Sameena

BRÏN

Butze Verlag

Bibliografische Information der Deutschen Nationalbibliothek
Die Deutsche Nationalbibliothek verzeichnet diese Publikation in der Deutschen Nationalbibliografie; detaillierte bibliografische Daten sind im Internet über http://dnb.d-nb.de abrufbar.

Impressum

Tanja Gerstel | Butze Verlag
Lerchenweg 11, 25436 Uetersen
info@butze-verlag.de
www.butze-verlag.de

Umschlaggestaltung & Illustration:
Sameena Jehanzeb, www.saje-design.de

Druck & Bindung:
Bookpress, Olsztyn, Polen

1. Auflage 2017
ISBN 978-3-940611-57-4

Inhalt

Kinobes Leitfaden für Betonungskünstler	7
Prolog: Jeanne	10
Kapitel 1: Ein Mord zum Tee	22
Kapitel 2: Etwas endet, etwas beginnt	30
Kapitel 3: Skraelsen	34
Kapitel 4: Jack	40
Kapitel 5: Wir, die Quelle	43
Kapitel 6: Eins	49
Kapitel 7: Die Wilde & die Fremde	53
Kapitel 8: Gestrandet	63
Kapitel 9: Home, sweet Home	69
Kinobes Ratgeber für Neuankömmlinge	76
Kapitel 10: Schlaflos	79
Kapitel 11: Das kleine ABC für Aliens	84
Kapitel 12: Scherben machen Krach	89
Kapitel 13: Die Edana auf der Perle	96
Kapitel 14: Zwei	99
Kinobes Ratgeber für Neuankömmlinge	103
Kapitel 15: Krumm ist die Beere	104
Kapitel 16: Bäumchen, rüttel Dich	110
Kapitel 17: Lyre	122
Kapitel 18: Shi trifft Blaurock	128
Kapitel 19: Zweieinhalb	136
Kapitel 20: Freunde mit gewissen Abzügen	145
Kapitel 21: Drei	153
Kapitel 22: Sofia macht einen Ausflug	159
Kapitel 23: Ein Plausch unter Linden	164
Kinobes Ratgeber für Neuankömmlinge	172
Kapitel 24: Spieglein, Spieglein an der Wand	173
Kapitel 25: Ein Hausbesuch	180
Kapitel 26: Bogen, Dolch & Tinte	189
Kapitel 27: Im Auge des Betrachters	193
Kapitel 28: Vier	196
Kapitel 29: Von Fall zu Fall	200

Kapitel 30: Familienglück 207
Kapitel 31: Das Lied des Windes 215
Kapitel 32: Ein feiner Zwirn 222
Kapitel 33: Portos 227
Kapitel 34: Sommer, Sonne, Fangzahn 231
Kinobes Ratgeber für Neuankömmlinge 238
Kapitel 35: Lyre in Nöten 239
Kapitel 36: Leere 247
Kapitel 37: Ein vorbildliches Blitzlichtgewitter 250
Kapitel 38: Fünf 253
Kapitel 39: Geheimnisse 258
Kapitel 40: Blut, Speichel & Antiquitäten 265
Kapitel 41: Feuer brennt, Feuer erlischt 268
Kapitel 42: Bibbedibabbedi 274
Kapitel 43: Freud' und Leid und Abendkleid 278
Kapitel 44: Vom Winde geküsst 292
Kapitel 45: Morgenstund' tut Wahrheit kund 303
Kapitel 46: Das Monster in dir 311
Kapitel 47: Mordgeflüster 314
Kapitel 48: Akkos Verrat 318
Kapitel 49: Die Symphonie gebrochener Herzen 326
Kapitel 50: Die Himmelskarte 338
Kinobes Ratgeber für Neuankömmlinge 345
Kapitel 51: Sechs 346
Kapitel 52: Der Geist und die Quelle 356
Kapitel 53: Neue & alte Ufer 365
Kapitel 54: Die rote Füchsin 376
Kapitel 55: Sofias Tagebuch 386
Kapitel 56: Maus frisst Katze 391
Kapitel 57: Kin Akko & Ripper Jack 398
Kapitel 58: Wunsch & Schwert 402
Kapitel 59: Ein unerwartetes Wiedersehen 408
Epilog 421
Danksagung 427

Kinobes Leitfaden für Betonungskünstler

Edition: Terra

Als Person, die kurz davor ist eine Reise quer durch Raum und Zeit zu unternehmen, wirst du in dem folgenden Abenteuer auf verschiedene Namen und Titel treffen, die dir zunächst fremd erscheinen mögen. Womöglich wirst du sogar befürchten, mit einem unansehnlichen Knoten in der Zunge zu enden, doch dieser Furcht kann vorgebeugt werden.

Obwohl niemand von dir eine – im Sinne der Verfasserin – korrekte Aussprache verlangt, bist du vielleicht pedantisch genug, einen Namen so aussprechen zu wollen, wie er von der Autorin gedacht war. Hierbei möchte dir ›Kinobes Leitfaden für Betonungskünstler‹ behilflich sein.

Brïn ist eine multikulturelle Welt, die Menschen aus allen Nationen der Erde und aus verschiedenen irdischen Epochen beherbergt. Sie hat ihre eigenen Gepflogenheiten entwickelt, wobei vereinzelt Elemente terranischer Traditionen mit einfließen. Die meisten Namen und Bezeichnungen in diesem Roman orientieren sich an der Aussprache eines bis ins kleinste Detail durchbürokratisierten Landes mit Namen Deutschland. Das heißt im Regelfall: Ein R ist deutlich zu hören und wird weder gerollt, verschluckt noch zur Adoption freigegeben ...
Abweichungen von der deutschsprachigen Phonetik finden sich in Namen, die aus anderen Ländern Terras stammen.

Zu den Namen und Bezeichnungen in BRÏN:

Akko = A | ko

Brammas = Bram | mas

Brïn = Briin

Brïnai = Brii-na-i *(singular)*

Brïnae = Brii-na-e *(plural)*
Ein Brïnai, zwei Brïnae

Djakal = Dʒa | kall
Das Dj *von* Djakal *wird zu einem englischen* J *wie in* Jack *- Jack Sparrow, Jack Reacher, Jack'o'lantern ... Du verstehst das Konzept.*

Edana = E | daa | na

Edanae = E | daa | na | e
Eine Edana, zwei Edanae.

Erigen = E | rii | gen

Eydwall = Eid | wall
Wie der Schutzwall

Jack = Dʒäk
Du siehst richtig. Es gibt tatsächlich einen Jack in diesem Roman.

Jeanne = ʒan
Jeanne stammt aus Frankreich, entsprechend weich spricht sich das J in ihrem Namen. Etwa wie in Bonjour, Journal, *etc.*

Juno = Dʒuu | no

Juno ist, obwohl das im Roman nicht explizit erwähnt wird, Italienerin. Das J spricht sich daher wieder wie das englische J in Jack.

Kamika = Ka | mii | ka

Kassia = Kass | ja

Vgl.: Wasser

Lorden = Lor | den

Lyre = Lü | re

Midori = Mii | do | rii

Die erste Edana Brïns stammte von dem Inselreich Japan. Japanische Silben sind der Aussprache deutscher Silben überraschend ähnlich, haben aber meist die Betonung auf dem i *eines Wortes. (Jetzt weißt du auch, weshalb das* i *in* Brïn *ein langes ist.)*

Shi = Shii

Vgl.: Shiitake Pilz

Eine ebenfalls aus dem Japanischen stammende Silbe. Abgeleitet von dem Wort Senshi *(= Krieger).*

Skra = Skra

Skrae = Skrä

Ein Skra, zwei Skrae.

Zolana = So | laa | na

Vgl.: Sonntag

Prolog: Jeanne

Terra im Mai 1431 n. Chr.

Rouen, Frankreich

Es war Maries fünfzehnter Geburtstag. Damit war sie nun schon eine richtige Frau, und man sah es ihr bereits an. Ihre Brüste hatten in den letzten zwei Jahren begonnen, sich zu verführerischen, hellen Äpfeln zu formen, und ihr Rumpf zeigte eine geschmeidige Rundung, die in lange, schlanke Beine überging. Obwohl sie aus einer Bauernfamilie stammte, wenn auch aus recht wohlhabender, war Maries Haar immer gepflegt und glänzte wie Mondlicht, das auf die seichten Wellen eines Sees traf. Es fiel ihr wie ein rotbrauner Wasserfall bis hinab auf den Ansatz ihres wohlgeformten Pos, und wenn Marie gedankenverloren eine Strähne durch die Finger zwirbelte, dann war das ein hypnotischer Anblick, der einen alles andere stehen und liegen ließ. Ihre dunklen Lippen schoben sich in solchen Momenten zu einem angedeuteten Schmollmund vor, den sie gelegentlich mit der Zungenspitze anfeuchtete und damit auch noch zum Glänzen brachte.

Sie war eine wahrlich süße Erscheinung. Marie duftete außerdem immer nach Wildrosen. Ihre Mutter züchtete sie im Garten, und man hätte den Verdacht hegen können, dass sich das Mädchen die zartweiße, seidige Haut mit den Blütenblättern abrieb. Heute trug sie ein Kleid in der Farbe lieblicher Vergissmeinnicht. Das Blau harmonierte perfekt mit Maries wasserblauen Augen und ließ ihr ohnehin immer strahlendes Lachen noch schöner erscheinen. Ihre Stimme klang glockenhell. Eine Melodie, wie der Gesang von Engeln, die im Herzen ihrer Bewunderer eine ganz besondere Saite erklingen ließ. Bewunderer hatte sie viele.

Jeanne sah an sich selbst herab. Sie war erst vor Kurzem dreizehn Jahre alt geworden, und ihr Körper ähnelte noch mehr dem eines Jungen als dem einer Frau. Ihre Brust war flach, ihre Taille schmal und ihre Beine erweckten den Eindruck von zwei staksigen Stöcken mit knubbeligen Knien. Ihre strohblonden Haare waren glatt, aber es schien unmöglich, sie auf elegante Art zu flechten. Stattdessen fielen ihr immerzu unzähmbare Strähnen ins Gesicht. Außerdem war sie viel zu groß für ein Mädchen. Schon jetzt überragte sie ihre ältere Freundin um wenigstens zwei Finger breit und es mangelte Jeanne in jeder Weise an der Anmut Maries. Gleichzeitig fühlte sich Jeanne aber schon sehr erwachsen, und sie empfand Dinge, die ihr sehr erwachsen vorkamen. Deswegen musste sie heute mit Marie sprechen, bevor es dafür zu spät war. Jeannes Finger zitterten, obwohl ihre Furcht unbegründet war. Schließlich vertraute sie Marie so sehr wie niemandem sonst auf der Welt.

Als Jeanne Marie am Brunnen sitzen sah, eingehüllt in das Licht des Vollmondes, lief sie zu ihrer Freundin und ließ sich auf den Brunnenrand neben sie fallen. Marie zog die Finger aus dem kühlen Wasser, sah zu ihrer Besucherin auf und lächelte fröhlich.

»Jeanne! Da bist du ja. Wo hast du dich so lange versteckt?«

»Hier und da«, grinste das jüngere Mädchen heiter. »Ich habe dich beobachtet und aufgepasst, dass dich niemand wegstiehlt!«

Marie lachte und warf den Kopf zurück. »Ach, Jeanne, du bist so süß.«

»Wer war das, mit dem du eben getanzt hast?«, fragte Jeanne betont beiläufig. In Wahrheit war sie natürlich sehr neugierig.

»Irgendwer«, gab Marie desinteressiert zurück.

»Das sah nicht aus wie irgendwer. Er hat dich geküsst.«

»Dafür bist du noch zu jung, Jeanne.«

Jeanne gab ein leises, undamenhaftes Grunzen von sich. »Ich bin kein Kind mehr, Marie.«

Wieder ihr fröhliches Lachen. »Natürlich bist du das!«

Jeanne griff nach Maries Hand und drückte sie ganz fest. »Ich bin noch nicht sehr hübsch, das weiß ich, Marie. Aber in ein paar Jahren werde ich es sein. Für dich.«

»Für mich? Jeanne! Was redest du denn für einen Unsinn?« Marie kicherte und strich dem Mädchen mit der freien Hand über das ewig zerzauste Haar.

»Wir gehören doch zusammen, Marie. Oder nicht?«

»Aber natürlich! Freundinnen fürs ganze Leben, Jeanne.«

»Fürs ganze Leben, ja genau.« Jeannes Finger strichen zart über Maries rosige Wange, und sie spürte das Lachen auf ihrem Gesicht und in der Brust. »Das ganze Leben«, sagte sie noch einmal. Der Moment war gekommen. Jeanne beugte sich vor, hielt Maries Gesicht zärtlich in ihren kleinen Händen und küsste die Ältere rasch auf die Lippen, bevor sie der Mut verließ. Die Schmetterlinge flatterten wild in ihrem Bauch und das Blut rauschte laut in ihren Ohren.

Maries Reaktion kam so prompt und hart wie der Aufprall, der damit einherging. Der Stoß gegen die Brust verschlug Jeanne beinahe den Atem. Sie rutschte vom Brunnenrand und knallte auf den Boden. Verwirrt setzte sie sich auf und schaute mit geweiteten Augen zu Marie, die aufgesprungen war und sich mit dem Handrücken die Lippen rieb. Ihr Gesicht, sonst das perfekte Antlitz einer Madonnenstatue, war zu einer Grimasse verzogen, und Jeannes Welt zerbrach, als sie darin nichts als Abscheu erkannte. »Marie«, flüsterte sie, kam flink auf die Füße und reckte die Hände nach ihrer Freundin.

Doch Marie wich mit einem Quieken in der Stimme zurück. »Bleib weg!«, rief sie. »Was denkst du denn?«

»Aber wir lieben uns doch, Marie.«

»Lieber Gott!«, Marie schlug ein Kreuz über der Brust. »Wofür hältst du mich? Ich bin doch nicht ... ich bin doch keine ...« Sie konnte es nicht einmal aussprechen, so sehr entsetzte sie der Gedanke.

»Bitte sieh mich doch nicht so an, Marie«, flüsterte Jeanne und kämpfte mit den Tränen. Ihr schlaksiger Körper zitterte wie Espenlaub.

»Wie sonst sollte ich dich ansehen? Du hast versucht, mich zu küssen!« Marie spuckte auf den Boden und achtete nicht darauf, wie sehr Jeanne diese Geste schmerzte und wie sie zusammenzuckte. »Wenn du mir noch einmal zu nahekommst, erzähle ich allen, was du getan hast, und dann sperren sie dich in einem Kloster weg. Wenn du Glück hast!«

»Marie!«

»Das ist so widerwärtig. Ich will dich nie mehr wiedersehen!«, rief Marie und rannte zurück zu der hell erleuchteten Feststube.

»Marie! Marie!«

»Verschwinde!«

Jeannes Lippen zitterten, und ihrer Kehle entfuhr ein Wimmern, das an einen getretenen Hundewelpen erinnerte. Das Mädchen ließ sich auf den Boden fallen und schlang die Arme um die drahtigen Beine. Das hatte sie sich alles ganz anders vorgestellt. Sie hätte nie erwartet, dass Marie so gemein zu ihr sein würde und ihre Liebe unerwidert bliebe.

Schluchzend verbarg sie das Gesicht zwischen den Knien und spürte den kühlen Stein des Brunnens in ihrem Rücken. Eine kantige Spitze bohrte sich zwischen ihre Rippen, und sie rutschte auf dem Boden herum, um ihre Position zu verändern. Doch der Schmerz breitete sich eher noch weiter aus, anstatt nachzulassen. Ein brennendes Stechen durchdrang ihre ganze Seite und sie spuckte Blut.

»Au«, jammerte sie kaum hörbar, »au.«

•••

Die Gegenwart brach unbarmherzig, in Form dreckiger Lederstiefel, die ihr in die Rippen gerammt wurden, über Jeanne herein. »Aufwachen, Ketzerin! Genug ausgeruht.«

Jeanne rollte sich herum, um ihre bereits zur Genüge lädierte Körperhälfte vor weiteren Tritten zu schützen. Offenbar hatte die Erinnerung an Maries Abweisung Jeanne noch verwundbarer gemacht. Die körperlichen Schmerzen waren auf jeden Fall schwerer zu ertragen als vor dem Traum. Wie lange war sie schon in diesem Loch? Tage? Wochen? Es schien eine Ewigkeit her zu sein, dass sie ihr Heimatdorf verlassen hatte und mit den Soldaten in den Krieg gezogen war. Die gefeierte Heldin, die Jungfrau mit den Visionen. Sie hätte wissen müssen, dass es nicht ewig gut gehen konnte. Sie hätte wissen müssen, dass ihre eigenen Leute sie fallen lassen und dann noch einmal zutreten würden. So wie es Marie vor all den Jahren mit ihr gemacht hatte. Man durfte eben niemandem vertrauen.

»Nur zu, Bastard«, röchelte Jeanne und wischte sich das Blut aus den Mundwinkeln, »tritt noch einmal zu! Ich glaube, es sind noch ein paar heile Rippen übrig!« Sie lachte mit unverhohlener Verachtung.

Der Wachmann packte sie an den Haaren und stieß sie quer durch die Zelle. Sie prallte gegen die Wand und fiel wie ein nasser Mehlsack zu Boden. Jeanne keuchte und versuchte sich auf alle viere aufzurichten. Der große Kerl über ihr trat ihr noch einmal in die Seite, und sie hätte beinahe gelacht, als sie spürte, wie die nächste Rippe brach. Doch statt eines Lachens hörte sie sich schreien. Jeannes Kleider hingen bereits in Fetzen an ihr herunter. Der Mann riss ihr nun auch den letzten Rest vom Leib. Trotz ihrer Schmerzen lugte sie zwischen den verfilzten Haaren hervor und warf dem dreckigen Fettsack einen hasserfüllten Blick zu. Er fummelte an seinem Hosenrock herum und versuchte sich freizumachen. Dazu also war er hergekommen. Wie einfallslos.

Nicht mit mir, dachte Jeanne. Sie spuckte Blut und sammelte jedes Fünkchen Kraft zusammen, das noch in ihr stecken mochte. Sie würde eher sterbend untergehen, als geschändet von einem verlausten

Schwein ohne Ehre. Während er sich mit seiner deutlich sichtbaren Erregung zu ihr hinabbeugte, schloss Jeanne eine Hand um den Dreck des Zellenbodens und atmete ein letztes Mal so tief ein, wie ihre Lungen es erlaubten. Sie ignorierte den stechenden Schmerz. Als die rauen Hände des Kerls ihren Schenkel berührten, entfesselte sie ihre ganze Wut. Sie warf sich herum und schleuderte ihm den Dreck genau in die Augen. Er fluchte und zog sich ein Stück zurück, um sich das Gemisch aus Dung, Kotze und was immer sich sonst noch in diesem Loch gesammelt hatte, aus dem Gesicht zu klauben. Sie wartete nicht, bis er sich sortiert hatte. Stöhnend stemmte sie sich auf, suchte Halt an der feuchten Kerkerwand, biss die Zähne zusammen und trat mit aller Kraft zu. Die Bewegung schickte ein Feuerwerk von Stichen durch ihren zerschundenen Körper, doch sie ignorierte es. Ihr Tod war unvermeidlich, es gab keinen Grund noch zimperlich zu sein. Ihr drohte der Scheiterhaufen, da kam ihr die Möglichkeit, vorher ihren Verletzungen zu erliegen, wie ein Segen vor.

Ihr Tritt hatte den Mistkerl hart genug getroffen, um ihn an die gegenüberliegende Wand der Zelle zu stoßen. Sie sah eine aufgeplatzte Lippe und einen rötlichen Fleck um sein Auge, der sich bald zu einem satten Bluterguss entwickeln würde. Sie glaubte zu lächeln, war sich aber nicht sicher, ob ihre Gesichtsmuskeln dazu noch fähig waren. Es spielte keine Rolle. Es war ein befriedigendes Gefühl, so oder so. Eines, das leider nicht sehr lange vorhalten würde. Der massige Kerl raffte sich bereits wieder auf und sah entschlossener denn je aus. Sie hatte natürlich damit gerechnet, dass ihre Gegenwehr ihn nicht allzu sehr beeinträchtigen würde. Dafür waren ihre Tritte nicht mehr kräftig genug, und ihre eigenen Verletzungen behinderten sie. Den nächsten Angriff des Mannes würde sie vermutlich nicht abwehren können. Mit etwas Glück würde sich im Handgemenge eine der gebrochenen Rippen in ihr Herz bohren, bevor ihr der Bastard mit seinem Geschlechtsteil zu nahekommen konnte.

Jeanne sah seine Bewegung wie durch einen Schleier. Vielleicht würde sie auch bloß ohnmächtig werden und mit dem, was er ihr währenddessen antat, später fertig werden müssen. Bei der Vorstellung drehte sich ihr der Magen um, und wäre noch etwas darin gewesen, hätte sie sich übergeben. Sie zog sich so weit wie möglich in sich selbst zusammen, machte sich klein und rund und kauerte sich in die Zellenecke. Er ragte über ihr auf und leckte sich grinsend das Blut von der Lippe. »Wehr dich nur, das gefällt mir gut.«

Jeanne funkelte ihn an. Sie wünschte sich, ihre Blicke wären imstande, ihn zu durchbohren. Sie würde nicht lange fackeln. Ein sauberer Stich ins Herz und Ende. Was gäbe sie jetzt nicht alles für ein Messer.

»Was geht hier vor sich?«

Jeannes Kopf und der des Wächters fuhren herum zu der neuen Stimme: Ein zweiter Wächter, jünger, besser in Form, sauberer als ihr aktueller Gegner, mit dunklen, aber gewollt positionierten Stoppeln im Gesicht. Dazu fremdländische Gesichtszüge, sonnengebräunte Haut, seltsam leuchtende Augen, die wie zwei glühende Kohlen in den Sockeln ruhten. Seine Mimik zeigte Verachtung und Besorgnis. Eine merkwürdige Kombination, fand Jeanne.

»Scher dich zum Teufel«, knurrte Jeannes Angreifer dem neuen Besucher zu. »Du kannst sie später haben.«

»Du Scheißkerl bewegst deinen stinkenden Wanst jetzt aus der Zelle oder ich schlage dir den Kopf gleich hier ab und spieße ihn draußen auf.«

Jeanne hätte es nicht besser ausdrücken können.

»Was bildest du dir ein, Bursche? Mach dich weg, sonst fängst du dir eine, dass es morgen noch in deinen Ohren klingelt«, erwiderte der Scheißkerl.

Der Jüngere machte eine blitzschnelle Bewegung. Jeanne fragte sich, ob sie vielleicht kurz ohnmächtig geworden war, denn er erschien ihr beinahe übermenschlich schnell. Mühelos wurde der Dicke an die Wand gedrückt, und seine Füße zappelten machtlos ein paar Zoll über dem Boden. Der Jüngere hielt ihn am ausgestreckten Arm oben, als wäre der massige Kerl federleicht. Seine andere Hand lag nun über Nase und Mund des älteren Mannes. Der schrie mit erstickter Stimme und schlug hilflos mit den Armen nach dem Gesicht seines Gegners. Doch der junge Wächter gab nicht nach und nahm die Bemühungen seines Gegenübers mit stoischer Gelassenheit hin, als wäre das zappelnde Etwas am Ende seines Armes nicht mehr als ein aufgeschrecktes Huhn.

Jeanne nahm den entfernten Geruch von Feuer wahr. Der ältere Wachmann hörte schnell auf zu strampeln, seine weit aufgerissenen Augen erstarrten, die Arme fielen leblos an der Seite herab. Als der Jüngere den Arm zurückzog, sackte der Dicke mit einem dumpfen

Geräusch auf den strohbedeckten Boden. Jeanne glaubte eine schwarze Rauchwolke aus seinem halb offenen Mund entweichen zu sehen. Ihre Sinne spielten ihr eindeutig Streiche.

Der jüngere Wachmann wandte sich zu ihr um. Sie begegnete seinem Blick und studierte die Miene des Mannes, um dessen Absichten auszumachen. Doch sein Gesicht war eine perfekte Maske, die nichts preisgab. Aufgrund seiner Jugend und des gepflegten Äußeren wirkte er auf den ersten Blick weniger bedrohlich, doch hinter den funkelnden Augen erkannte Jeanne instinktiv den Jäger in ihm. Der hier war nicht etwa ein freundlicher Samariter, er war ein Wolf im Schafspelz. Er machte einen langsamen Schritt auf sie zu und Jeanne schloss mit einem bitteren Seufzer die Augen. Sie atmete flach und betete darum, dass ihr Körper endlich zu kämpfen aufhören und sie sterben lassen möge.

»Sieh mich an«, hörte sie ihn mit einer derart sanften Stimme sagen, dass ihr die Angst mit tausend Spinnenbeinen den Rücken hinauflief. »Jeanne, sieh mich an.« Sie gehorchte mit Mühe und hob die müden Augenlider wieder an. »Du darfst jetzt nicht aufgeben. Du musst durchhalten.«

»Wozu?«, gab sie röchelnd zurück. »Damit du mich brennen sehen kannst?«

Der Sarkasmus in ihrer Stimme schien den Wachmann heimlich zu amüsieren und entlockte seinem Mundwinkel ein Zucken. »Du wirst nicht brennen.«

»Hinter welchem Stein haben sie dich hervorgezogen? Weißt du nicht, wer ich bin? Morgen früh stellen sie mich auf den Scheiterhaufen, und bei Gott, ich werde brennen wie eine Fackel. Wenn ich die Chance habe, vorher zu sterben, dann werde ich sie gerne nutzen, Mann. Hast du vielleicht Lust, mir dabei zu helfen?«

»Hör mir jetzt zu, Jeanne. Du musst diese Nacht überstehen, wenn du leben willst. Sie werden dich morgen auf den Scheiterhaufen stellen, ja. Sie werden das Feuer entfachen und du wirst schreien.«

Jeanne hätte bereits jetzt gerne geschrien. Genügte es denn nicht, dass sie lebendig verbrannt werden würde? Warum musste er ihr noch mehr zusetzen? Hatte er sie vor seinem Genossen beschützt, damit er sie am Morgen ihrer eigentlichen Strafe zuführen konnte? »Was willst du von mir? Reicht es dir nicht, was mich erwartet? Kennt ihr denn gar keine Gnade?«

»Ich versuche dich zu retten, Mädchen. Also hör zu! Sorg dafür, dass du nicht noch mehr Prügel einsteckst, bevor sie dich an den Pfahl binden. Ich kann dich nicht retten, wenn du dich vorher umbringen lässt. Verstanden?«

»Du kannst mich nicht retten, Narr. Wieso solltest du das auch wollen? Sie würden dich gleich neben mir anbinden.«

»Das lass meine Sorge sein. Wenn sie das Feuer entfachen, Jeanne, musst du schreien. Sie müssen glauben, dass du wirklich brennst, dass du Angst hast, dass du leidest, dass du stirbst. Wir müssen sie von dir ablenken. Gib ihnen, was sie wollen, dann verschwinden sie schneller.«

»Natürlich werde ich all das tun, verdammt. Glaubst du denn, irgendein heiliger Lichtstrahl wird mich retten? Es war alles gelogen. Meine Visionen sind nur Geschichten! Ein Mädchen muss erfinderisch sein, wenn es in dieser Welt überleben will.«

»Das ist nicht wichtig. Du wirst beschützt werden und nichts spüren. Das verspreche ich dir.«

Jeanne lachte knapp und freudlos. »Wenn du nicht vorhast, mich umzubringen, dann lass mich einfach in Frieden und geh.«

»Du glaubst mir nicht, verständlich. Aber ich weiß, dass du leben willst, und deswegen wirst du es trotzdem tun. Hier.« Der Fremde zog eine kleine Phiole aus seinem Wams, in der eine milchig weiße Flüssigkeit aus sich selbst heraus leuchtete. Er nahm den Verschluss ab und hielt Jeanne das Fläschchen an die Lippen. »Trink das.«

»Was ist das?«

»Wasser.«

Sie schnaubte und neigte den Kopf zur Seite. Der Mann fasste bestimmt nach ihrem Kinn und zwang sie, den Mund zu öffnen. Er flößte ihr das Wasser ein und hielt ihr schnell den Mund zu, ehe sie es ausspucken konnte. Jeanne versuchte sich zu widersetzen, doch ihre Wunden hatten sie zu sehr geschwächt. Sie schluckte. Was spielte es noch für eine Rolle, ob er sie vergiftete oder betäubte?

Die Flüssigkeit lief ihre trockene Kehle hinab und begann sich sofort spürbar im ganzen Körper auszubreiten. Die Schmerzen in Jeannes Brustkorb ließen plötzlich nach, das Atmen fiel ihr leichter und sie sog die Luft tief in die Lunge ein. Sie spürte die Tränen über ihre Wangen laufen, spürte das geschwollene Gesicht, die abgerissenen Fingernägel, die unzähligen Wunden auf ihrem Körper. Die Verletzungen waren noch da, doch sie schienen plötzlich weniger Schmerz zu verursachen als bisher.

»Was war das wirklich?«, fragte Jeanne erstaunt und mit einer Stimme, die so klar und stark wie seit Tagen nicht mehr in der Zelle erklang.

»Wie ich schon sagte, Wasser. Heilwasser.«

»Das ist ein verflucht gutes Heilwasser.«

»Kann man so sagen, Schwester. Also, bereit, mir zu vertrauen?«

»Ich bin geneigt, es in Erwägung zu ziehen.«

»Das ist ein Anfang. Die Nacht über werde ich hier sein und den Aufpasser spielen.« Jeannes Helfer wandte sich dem toten Scheißkerl zu. »Er und seinesgleichen werden dich bis zum Morgen nicht mehr belästigen. Schlaf etwas und ruh dich aus. Morgen wird ein aufregender Tag für dich.«

»Wer bist du?«, fragte Jeanne und merkte, wie Erschöpfung und Müdigkeit sie bereits mit sich rissen.

»Ein Freund«, hörte Jeanne ihn noch sagen, bevor die Welt schwarz wurde.

•••

Als der Morgen kam, schlug Jeanne die Augen auf. Ihr Blick fiel auf die Stelle der Zelle, an der kürzlich der tote Wachmann gelegen hatte. Es war keine Spur von ihm geblieben. Sie fragte sich, ob sie alles nur geträumt hatte, ob er und der andere nur ein Gespinst ihrer Phantasie gewesen war, während sie mit dem Tod gerungen hatte. Sie fühlte sich noch immer elend und schwach, aber ihre Rippen schienen nicht gebrochen zu sein. Nicht mehr.

Das Stampfen schwerer Stiefel ließ sie aufhorchen. Sie kamen sie holen. Jeanne wehrte sich nicht, als sie auf die Beine gezogen und aus der Zelle gestoßen wurde. Sie schlurfte mit krustigen, nackten Füßen über den harten Boden und ignorierte die brennenden Schmerzen, die ihr die Schnitte in den Fußsohlen bereiteten. Brennend. Ein Anflug von Panik überkam sie bei dem Wort. Sie hatte in ihrem Leben noch niemals solche Angst gehabt. Es war nicht die Angst vor dem Tod, sondern vor den Flammen. Jeanne konnte sich keinen schlimmeren Tod vorstellen als den, lebendig zu verbrennen. Sie hatte andere Frauen brennen sehen. Hilflos an den Pfahl gebunden, flehentlich um Gnade rufend. Die entsetzlichen Schreie aus ihren Kehlen verfolgten Jeanne seit jeher, doch gerade jetzt kamen sie ihr wie eine unausweichliche Prophezeiung vor.

Der Marsch vom Gefängnis zum Marktplatz von Rouen war begleitet von Beschimpfungen. Der mordlüsterne Pöbel spuckte nach ihr, warf mit verdorbenem Gemüse und Steinen. Die Wachen stießen die ganz forschen Schaulustigen zurück in die Menge, und der Priester sang sein Gebet. Der Geruch von Weihrauch klebte in Jeannes Lunge. Als der Marktplatz in Sicht kam, beschleunigte sich ihr Herzschlag. Der Scheiterhaufen erhob sich inmitten der grölenden Meute, und sein Schatten senkte sich bedrohlich über Jeanne. Ihre Füße gerieten ins Straucheln, und sie stolperte, fiel auf die Knie. Keine Sekunde später traf sie ein Hieb auf den Rücken.

»Steh auf!«

Jeanne rappelte sich schwerfällig auf und wankte weiter ihrem Ende entgegen. Das Geschrei der Menge wurde unerträglich laut. Die Welt verschwamm vor ihren Augen, doch sie schlurfte vorwärts, unbarmherzig angetrieben von den sporadischen Schlägen auf ihr längst taub geprügeltes Kreuz. Sie prallte gegen die aufgestapelten Holzscheite und schnappte nach Luft. Ihre Füße verweigerten den Dienst. Die Rute traf sie mit drei kräftigen Hieben. Die Männer packten sie und warfen sie auf den Stapel.

»Sei stolz, Jeanne. Sei mutig. Sei stark«, flüsterte sie sich selbst zu und ließ sich von ihrem Henker an den Pfahl drücken und daran festbinden. Er wickelte ein Seil um ihren Körper, das sie nahezu vollständig bewegungsunfähig machte und ihr die Luft nahm. Jeanne hob den Kopf und sah zum Himmel auf. Ein klares Blau, nur ein paar Wolken zogen vorbei. Sie wünschte sich, sie könnte noch an einen Gott glauben, an irgendetwas, doch ihr Inneres war leer. Der Wind strich ihr sanft durch die Haare wie eine Abschied nehmende Liebkosung. Wie gerne hätte sie sich von ihm davontragen lassen. Wie ein Blatt ... eine Feder im warmen Luftzug.

Der Geistliche predigte und hielt seine Rede. Jeanne blendete alles aus. Sie konzentrierte sich darauf, nicht in Panik zu geraten. Sog die Luft tief ein und wieder aus und stellte sich eine bessere Welt vor. Eine Welt, in der sie sich nicht in Marie verliebt hatte, in der sie nicht versucht hatte, sie zu küssen, in der sie keine Frauen begehrte. Eine Welt, in der sie nicht aus ihrem Zuhause flüchten musste, in der sich ihre Mitstreiter, ihr ganzes Land nicht gegen sie wandten. Eine wunderschöne Welt, in der sie willkommen war. Sie lächelte für einen seligen Moment, dann stieg ihr der Geruch von brennendem Holz in die Nase.

Sie riss die Augen auf. Rauch stieg empor. Die Scheite unter ihren Füßen brannten noch nicht, doch die äußeren Holzstücke waren bereits verkohlt, und das Feuer war gierig. Es fraß sich schnell vorwärts. Jeannes Brustkorb hob und senkte sich schnell, und der dichter werdende Rauch füllte ihre Lunge. Sie begann zu husten. Der dunkle Qualm brannte ihr in den Augen. Sie suchte die Menge ab, doch sie fand kein Mitgefühl in den Blicken der Zuschauer. Nein. Sie gierten nach ihrem Tod, sie freuten sich auf ihr bevorstehendes Leiden. Das Holz unter ihren nackten Füßen wurde wärmer. Sie starrte hinunter. Die ersten kleinen Feuerzungen schlängelten auf Jeannes Zehen zu. Sie hörte, wie sie leise, ängstliche Töne von sich gab.

»Sei stolz. Sei mutig. Sei stark. Sei stolz. Sei mutig. Sei stark. Sei stolz. Sei mutig. Sei stark«, sagte sie sich wieder und wieder vor. Die Flammen erreichten ihre Zehen und zogen ihr die Haut vom Fleisch. Sie biss die Zähne zusammen, unterdrückte den Schrei in ihrer Kehle, wimmerte verzweifelt, zerrte an ihren Fesseln. Nun war bewiesen, dass sie die Begegnung mit dem jungen Wachmann nur geträumt hatte. Diese Flammen waren mehr als real. Sie verursachten realen Schmerz. Als das Feuer nach ihren Knöcheln und Waden griff, begann sie endlich zu schreien und die Menge tobte. Doch ihre Beine wurden schnell taub. Sie wagte es nicht, an sich hinabzusehen. Was würde sie erblicken? Zwei schwarze Kohlestumpen? Ihr Blick streifte abermals die Menge. Sie verfluchte sie alle. Wie sie vor Begeisterung tobten und johlten. Sie hasste diese Welt. Es war ein trügerischer und untreuer Ort. Es war besser, dass sie bald fort sein würde.

»Jeanne.«

Sie hörte die Stimme nicht mit den Ohren. Sie war in ihrem Kopf. Tatsächlich und wahrhaftig. War das nun Gottes sarkastische Art, ihr zu sagen, dass sie ein böses Mädchen gewesen war?

»Wir sind hier, Jeanne. Hab keine Angst. Halt dich im Feuer verborgen, bis es erlischt.«

Jeanne hätte am liebsten laut gelacht.

»Schrei, Jeanne. Je eher sie kriegen, was sie wollen, desto eher verschwinden sie.«

Und Jeanne schrie. Sie spürte längst nichts mehr, doch solange sie schrie, war sie noch nicht tot. Ihre Schreie würden jemand anderen verfolgen. Etwas von ihr würde in dieser Erinnerung weiterleben. Sie schrie und schrie und schrie, bis ihre Kehle wund war und die Flammen sie so hoch einhüllten, dass sie von der Außenwelt abgeschirmt war. Sie spürte noch immer nichts und war dankbar. Das Seil, das sie gehalten hatte, war längst an ihr herabgefallen, und sie hob die Hände vor die Augen. Sie stand in Flammen, aber sie brannte nicht. Sie war das Feuer selbst. Ihre Haut war fort, ihre Muskeln, ihre Knochen. Alles fort. Nur die Flammen leisteten ihr Gesellschaft und formten, was Jeanne ausmachte. Sie lachte leise oder glaubte es zu tun. Sie bewegte die feurigen Finger, strich sich über die glühenden Arme. War das möglich?

Sie hob den Blick, sah hinter den Vorhang aus lodernden Flammen. Direkt vor ihr, am Rand des Scheiterhaufens, standen zwei Gestalten. Eine von ihnen war eine Ordensschwester, die die Hände im Gebet gefaltet hatte und die Lippen bewegte. Jeanne schaute geradewegs in ihre grünen Augen, und sie verstand augenblicklich, dass das Gewand dieser Frau nur eine Verkleidung war und kein Ton über ihre Lippen kam.

»Wir sind bei dir«, hörte Jeanne die falsche Schwester in ihren Gedanken sagen.

Jeannes Blick fiel ein Stück weiter rechts auf den Wachmann. Seine Augen waren auf sie gerichtet und glühten in der Farbe von Bernstein. Er wirkte hochkonzentriert, seine Hand war fest um eine Hellebarde verkrampft. Er rührte sich nicht, doch als er ihre Aufmerksamkeit bemerkte, legte sich ein liebevolles Lächeln auf seine Lippen. Jeanne spürte, wie ihr warm ums Herz wurde, was eigenartig war, angesichts ihrer Situation. Er beschützte sie. Sie wusste nicht, wie er es tat oder warum, aber sie wusste plötzlich mit absoluter Gewissheit, dass er die Flammen beherrschte, dass er sie kontrollierte, dass er die Flamme war. Ein Freund, hatte er gesagt. Ein Freund. Jeanne lächelte zurück und setzte sich ruhig in die Holzscheite, die langsam zu Asche zerfielen.

Kapitel 1: Ein Mord zum Tee

Terra im November 1888 n. Chr.
London, England

Kamika stöhnte und stampfte sich den schnell matschig werdenden Schnee von den Stiefeletten. Was für unbequeme und archaische Dinger das waren. Ihre Edana hatte darauf bestanden, nur authentische Kleidung zu tragen. Dass Zolana ausgerechnet sie nach Terra hatte mitbringen wollen, würde Kamika ihrer Edana niemals verzeihen. Nun gut, vielleicht nicht niemals, aber sie würde es sich nicht nehmen lassen, es Zolana bei jeder sich bietenden Gelegenheit vorzuwerfen und dabei möglichst theatralisch zu übertreiben. So viel Strafe musste erlaubt sein. Denn die Wächterin sehnte sich nach ihrem Zuhause und nach ihrer restlichen Familie. Sie war es leid, in diesen unpraktischen Kleidern und auf diesem magielosen Planeten herumzuschleichen, den sie in seiner Gesamtheit schon immer verachtet hatte.

An jedem Morgen in den vergangenen siebzehn Tagen hatte sie sich in eines dieser unkomfortablen Korsette schnüren lassen müssen, das ihren Bewegungsfreiraum unangenehm einschränkte und ihr die Atmung erschwerte. *Modisch* nannten sie das in dieser Zeitlinie. Kamika fühlte sich bloß lächerlich in diesem Aufzug und hatte ernsthafte Bedenken, was ihre Beweglichkeit im Ernstfall betraf. Noch dazu waren die Röcke an den Knöcheln grundsätzlich zu kurz, denn Kamika war größer als die meisten Frauen auf Terra, und ihre athletisch geformte Gestalt, sowie ihre kurzen Haare, wurden ständig tadelnd beäugt. Auf Brïn sahen die Menschen zu ihr auf. Dort war sie eine Weltenwächterin, eine Shi. Hier auf Terra war sie wie üblich ein Skandal.

Was hätte sie jetzt nicht alles für ihre Jägerkluft gegeben. Die weichen Hosen, die leichte, aber robuste Rüstung aus den modernsten Fasern Brïns und natürlich die Jagd selbst. Bei den Adern, sie hätte nicht geglaubt, dass sie die Skrae einmal vermissen würde. Selbst ihre administrativen Pflichten wären ihr lieber gewesen als eine Mission auf Terra, noch dazu eine so ungenau definierte. Sie hasste es, ständig im Pferdedung zu stehen, einen Nachttopf für ihre Notdurft verwenden zu müssen und allgemein wie eine halbe Wilde zu leben. Sie hasste es, wie eine geistig Verwirrte behandelt zu werden, sobald sie versuchte, als

Frau eine Meinung zu äußern. Sie hasste den Geruch dieser Welt, die Stille des Windes, die Intoleranz der Menschen und auch solch banale Dinge wie das schwache, rückständige Gaslicht und die Kerzen. Überall Kerzen! Für Erigen wäre das hier ein großer Spielplatz gewesen, der allerlei Streiche ermöglichte. Für Kamika war es eine Aneinanderreihung von potenziellen Brandherden. Ach, Erigen. Sie vermisste den Wächter und seine unbekümmerte, manchmal allzu kindische Seite.

In ihrer Zerstreuung stieß sie mit ihrem nutzlosen Regenschirm – denn klatschnass war sie in dem kalten Schneeregen letztlich doch geworden – gegen den kleinen Tisch im Flur. Die Porzellanvase darauf geriet ins Wanken und zerschellte auf dem Boden. Sie fluchte und schob die Scherben gerade mit dem Fuß beiseite, als ein Schrei durch die kleine Pension hallte. Kamika wurde sofort eiskalt. Sie rannte. Sie stürmte die Treppe hinauf zu Zolanas Schlafzimmer und rief in einer instinktiven Reaktion die Magie des Windes zu sich. Doch es lag ein sehr weiter Weg zwischen Terra und der magischen Quelle auf Brïn, sodass ihr der Wind ungewohnt schwerfällig antwortete.

Kraftvoll stürzte sich Kamika, begleitet von einem heftigen Windstoß, durch die hölzernen Türen. Sie nahm die Szenerie im Bruchteil einer Sekunde in sich auf. Ihr Herz setzte einen Schlag lang aus.

Zolana lag in einem Teich aus Blut, die Augen geschlossen. Neben ihr hockte das einfältige Hausmädchen, das ständig wie ein grauer Geist um sie beide herumlief. Sie jammerte, und ihre Wangen waren nass von den vielen Tränen. Sie schüttelte Zolana an den Schultern und blickte nun erschrocken auf, als Kamika so wild hereingestürmt kam.

»Lady Kamika, er hat sie ermordet.«

Kamika fiel neben Zolana auf die Knie, hob ihre Augenlider an, prüfte die Pupillen, den Puls. »Sie lebt noch«, sagte sie und hörte das Hausmädchen scharf die Luft einziehen.

Die Wächterin versuchte sich ein Bild von der Verletzung zu machen. Ja, ihre Freundin lebte, aber es sah verdammt schlecht aus. Überall war Blut, und Zolanas Haut wirkte bereits totenbleich. Kamika zog die Phiole mit Heilwasser aus ihrem Ausschnitt und goss es über die Wunde, die tief in Zolanas Brust klaffte. »Wer war das?«

»Ich habe ihn nicht gut sehen können«, antwortete das Hausmädchen mit zittriger Stimme. »Er trug einen langen schwarzen Mantel oder einen Umhang und auf dem Kopf einen Hut, den er tief ins Gesicht gezogen hatte. Er ist zum Fenster raus geflüchtet, als ich Lady Zolana Tee bringen wollte. Sein Messer hat er dort fallen lassen.« Sie zeigte auf eine blutverschmierte Klinge, die nahe beim Fenster lag. Ein altes Ding mit Rostflecken.

Für eine Sekunde war Kamika versucht, zum Fenster zu laufen und Ausschau nach dem Angreifer zu halten. Doch sie wusste, es würde niemand zu sehen sein. Es war schon zu dunkel, und die Laternen boten da keine Abhilfe. Die Straßen dieser Stadt waren eng und verworren, und es reihte sich ein Haus an das nächste. Kaum Platz genug, um die Arme auszubreiten. Wer auch immer hier auf der Flucht war und sich auskannte, der könnte in Windeseile untertauchen. Sie hörte ein Röcheln und konzentrierte sich wieder auf ihre Edana. Das Heilwasser reichte nicht. Es war zu wenig für eine solche Verletzung, die vermutlich das Herz getroffen hatte. Kamika fluchte im Geiste. Lorden hätte hier sein sollen. Er war der Heiler. Sie musste ihre Edana so schnell wie möglich zurück nach Brïn bringen. Wenn es sein musste, dann unter Anwendung von Magie, ungeachtet der Gefahr, entdeckt zu werden.

Zolanas Augen flatterten einen Spalt breit auf. Das Hausmädchen kreischte hysterisch, als wäre sie gerade einem Gespenst begegnet. Zolanas schwache Stimme wurde völlig übertönt. Kamika befahl dem Mädchen zu schweigen. Es warf erst einen ängstlichen Blick auf Kamika und dann auf die am Boden liegende Zolana und kroch blutverschmiert in eine Ecke des kleinen Raumes, wo es seine dürren Beine umklammerte und manisch vor und zurück wippte. Die Wächterin strich Zolana über die Wange. Die Edana war so schwach, und ihr wurde klar, dass sie sie nicht würde retten können. Es war zu spät.

»Zolana«, flüsterte Kamika und nahm die Hand ihrer Führerin und Freundin in die Hände. »Es tut mir leid. Ich habe als Wächterin versagt.« Zolana versuchte zu sprechen, doch ihre Kehle gab keinen Laut mehr von sich. Sie blickte kurz zu dem verängstigten Hausmädchen und drückte energisch Kamikas Hand. »Was hat sie dir gesagt?«, fragte Kamika an das Mädchen gewandt.

»Nichts.«

»Irgendetwas hat sie dir gesagt«, giftete Kamika sie ungeduldig an. Zolana gab einen jämmerlichen Laut von sich, der die Wächterin über alle Maße erschütterte. Dann wurde die Frau schlagartig schlaff in ihren Armen. Kamika stöhnte und vergrub das Gesicht in Zolanas Haar.

Eine Minute lang umklammerte sie den leblosen Körper, und stille Tränen widersetzten sich ihrer Kontrolle. Sie hatte seit vielen Jahren nicht mehr geweint, und verdrängte Emotionen drohten sich ihren Weg an die Oberfläche zu bahnen. Es konnte nicht real sein. Kamika sah in Zolanas Gesicht und fand nur Leere. Vollkommene Leere. Eine weitere Erkenntnis drohte die Wächterin an den Rand der Verzweiflung zu bringen. Die Magie der Edana war nicht mehr in Zolana verankert. Dann fiel Kamika die fehlende Kette auf. »Das Artefakt. Wo ist die Perle?« Ihr Kopf fuhr zu dem Dienstmädchen herum. »Sie hatte eine Halskette mit einer Perle daran. Wo ist sie?«

»Ich weiß es nicht, Lady Kamika. Er muss sie mitgenommen haben.«

»Sag das nicht. Nein, nein, sag das nicht«, flüsterte Kamika mit Grabesstimme. Erst jetzt bemerkte sie die aufgerissenen Schubladen der Kommode, die herausgezerrten Kleidungsstücke und die offenen Schränke. Jemand hatte das Zimmer in aller Eile durchsucht. Kamika hob den Arm und spürte dem Echo der Magie nach, doch selbst dieser sonst einfache Zauber bereitete ihr Mühe. Ihre Hand bewegte sich fast schwebend durch den Raum und sie spürte ein sanftes Ziehen. Sie folgte diesem Gefühl und es wurde stärker, als sie direkt auf das Mädchen zeigte. »Hat sie dir etwas gegeben?«

»Nein, Lady Kamika. Sie war kaum ansprechbar, als ich sie gefunden habe.«

»Hat sie dich berührt?«

Das Mädchen machte ein verwirrtes Gesicht und stotterte. »I–Ich habe ihr die Hand gehalten, bis Sie hereingekommen sind.«

Kamika blickte wieder auf Zolanas stilles Gesicht hinab. Wenn der Angreifer Zolanas Kette gestohlen hatte, dann gab es nur zwei Möglichkeiten. Entweder hatte er einen wichtigen Teil der Magie Brïns mit sich genommen oder die Edana hatte den magischen Anker an das nächstbeste verfügbare Gefäß gebunden, das ihr zur Verfügung stand – ihr Dienstmädchen – und Kamika spürte die Magie an dem Mädchen haften. Die Wächterin drohte an den Entwicklungen zu verzweifeln, doch sie musste sich jetzt zusammenreißen und noch eine Weile durchhalten.

»Wie ist dein Name?«

»S–Sofia.«

»Sofia. Nimm den Mantel vom Haken und zieh ihn über. Ich muss dich in Sicherheit bringen.«

»Wie bitte, Lady Kamika?« Das Mädchen zitterte am ganzen mageren Körper, und ihr Blick huschte wie der eines gehetzten Tieres hin und her.

»Mach schon!«

Das Mädchen zuckte ängstlich zusammen und sie tat, wie ihr befohlen wurde. Sie verließen das Haus nur wenige Augenblicke später durch den Hinterausgang. Kamika rief eine Kutsche herbei. Sie betäubte den Kutscher mit einer winzigen Prise ihrer Magie. Es würde reichen, wenn er wenige Minuten bewusstlos blieb. Sie wollte nicht, dass er hier draußen erfror. Alles, was sie brauchte, war nur ein wenig Zeit, ein kleiner Vorsprung, bevor jemand Zolanas Leichnam fand. Sie hatte keine Zeit zu erklären, was geschehen war, oder sich womöglich noch zu verteidigen. Die Menschen auf diesem Planeten waren so entsetzlich stupide und würden ihr ohnehin kein Wort glauben.

Sofia japste vor Schreck, als die ältere Frau sie mit einem kräftigen Ruck in die Kabine schubste und die Tür hinter ihr zuschlug. Kamika sprang auf den Kutschbock, griff nach den Zügeln und spornte das Pferd zu einem schnellen Trab an. Ehe jemand ihr Verschwinden bemerken konnte, waren sie auf dem Weg aus der Stadt heraus. Kamika trieb das Pferd an, so schnell es der unebene Untergrund erlaubte. Zum Glück waren nur sehr wenige Passanten auf den Straßen unterwegs. Nach einer gefühlten Ewigkeit erreichten sie endlich den Stadtrand. In noch erkennbarer Ferne lag der Wald, in dem sich das Tor zu Kamikas Heimatwelt befand. Als der Weg zu schmal für die Kutsche wurde, spannte Kamika das Pferd ab. Sie holte Sofia, die sich nun nach Kräften wehrte, aus der Kabine und setzte sie auf den Rücken des Pferdes. Mit einer schnellen Bewegung saß sie hinter Sofia auf und trieb das Pferd in den Wald. Die Sicht wurde schlechter, sobald sie zwischen den Stämmen waren und das Mondlicht nur noch schwach zu ihnen durchdrang. Dank der dichten weißen Schneedecke reflektierten die wenigen Lichtstrahlen jedoch hell genug, sodass sie sich vorsichtig über den immer schmaler werdenden Pfad bewegen konnten.

»*Luah*«, sagte Kamika nach einer Weile, und ein kleines flirrendes Irrlicht erschien vor ihr, das in sprunghaften Bewegungen den Weg vorgab.

Die Bäume lichteten sich nach und nach. Vor ihnen erhob sich der Steinkreis, der Kamika nach Hause und die Terranerin in die Fremde bringen würde. Die Wächterin brachte das Pferd zum Stehen, wendete es und gab ihm einen Klaps auf die Flanke. Das Tier, das die Geste bereits kannte, trabte gehorsam davon. Kamika hielt das Mädchen fest am Arm und zog sie hinter sich her. Sofia sagte nichts, blickte sich aber immer wieder in alle Richtungen um. Ob auf der Suche nach einem Fluchtweg oder aus Furcht vor Verfolgern, konnte Kamika nicht beurteilen. Erst als sie Anstalten machte, mit Sofia in den Kreis zu treten, begann das Mädchen erneut, sich zu wehren und zu schreien.

»Hör auf zu kreischen!« Das Dienstmädchen zuckte zusammen, wurde still und zitterte. Es war offensichtlich, dass Sofia die fremde Frau fürchtete. Kamika biss die Zähne zusammen. »Schon gut. Es tut mir leid. Dir wird nichts passieren, das versichere ich dir. Wir müssen hier weg. Ob es dir gefällt oder nicht, du hast keine Wahl.« Das Mädchen schüttelte energisch den Kopf und versuchte sich loszureißen. Kamika war stärker und ging geradewegs mit ihr in den Steinkreis, der sofort aufleuchtete. Das Mädchen schrie weiter und zerrte an ihrem Handgelenk, doch Kamika hielt sie fest und zog sie mit sich. Sie hatte jetzt keine Zeit für Nettigkeiten. Das Portal würde bald zusammenbrechen, und Kamika wollte verdammt sein, wenn sie dann auf dieser Seite festsitzen müsste.

Das Wasser war kalt und schwer und stumm, als es wie von selbst aus dem Erdreich zu quellen begann, zuerst die Füße der beiden Frauen in eine eisige Umarmung schloss und dann den Steinkreis auszufüllen begann. Die Wächterin hatte angenommen, dass sie diesen Weg zusammen mit Zolana gehen würde, doch stattdessen hielt sie das Dienstmädchen, das nicht wusste, wie ihm geschah. Das Wasser reichte ihnen schon nach wenigen Augenblicken bis zur Hüfte, und Sofia wirkte mit jeder Sekunde hysterischer. Ihre Zähne klapperten bereits heftig, und ihre Lippen färbten sich blau. Das Wasser stieg schnell höher und kletterte nun Sofias Hals empor.

»Tief einatmen und Luft anhalten«, sagte die Wächterin. »Je mehr du herumzappelst, desto schneller wird dir die Luft ausgehen, also beruhige dich endlich.«

Sofia stieß einen ohrenbetäubenden Schrei aus und strampelte im Griff ihrer Entführerin. Sie reckte den Hals, stellte sich auf die Zehenspitzen und erst im allerletzten Moment, als ihr klar wurde, dass es wirklich kein Entkommen gab, füllte sie ihre Lungen ein letztes Mal mit der kostbaren Luft und schloss Augen und Mund. Kamika wartete einen Wimpernschlag länger, ehe das Wasser auch sie ganz und gar verschlang. Sie behielt die Augen offen und betrachtete die leuchtenden Steine durch das klare, eiskalte Nass. Es stieg schnell bis zur Oberkante der Steine, und der Zylinder aus Wasser erreichte seine endgültige Höhe. Sofia zappelte weiter in ihrem Arm. Kleine Luftbläschen entwichen ihren Lippen und stiegen tanzend der Oberfläche entgegen. Das Leuchten der Steine wurde jetzt heller und heller. Unsichtbare Symbole zeigten sich, bis alles ein schneeweißes Rauschen war. Kamika festigte ihren Griff um Sofia noch einmal, und dann spürte sie den vertrauten Sog an ihrem Körper. Schon wurden sie in den Strudel gezogen. Kamika verlor die Orientierung. Quälend langsam vergingen die Sekunden, in denen sie wie eine leere Muschelschale herumgewirbelt wurde.

Es wurde still. Endlich spürte sie wieder den frischen Wind auf der Haut. Lebendig. Voller Geschichten. Ein vertrauter Freund, der sie willkommen hieß. Sie spürte seine Magie durch ihre Poren dringen. Sie war Zuhause. Der Wind setzte sie zart und sanft im Portalraum ab. Doch der kurze Moment der Glückseligkeit verflog, als das Kreischen des Dienstmädchens an Kamikas Ohren drang. Sie ließ sie los, und das Mädchen begann zu rennen, nur um kaum drei Schritte weiter vor zwei sehr bedrohlich dreinschauenden Hütern stehen zu bleiben. Sofia stolperte zurück und fiel. Die beiden Hüter ragten über ihr auf, und sie kroch auf dem Gesäß hektisch hin und her.

»Sie gehört zu mir«, gab Kamika laut.

»Shi Kamika, willkommen zurück!«, rief die oberste Hüterin Adelai, die froh gelaunt hinzukam. »Das war ein kurzer Aufenthalt. Wir haben euch nicht so schnell zurückerwartet. Was hat eure Reise unterbrochen?« Sie erblickte das fremde Mädchen und runzelte die Stirn. »Wer ist das und wo ist die Edana?«

Kamika packte Sofia am Arm und zog sie auf die Beine. »Hüterin, ruf sofort alle Brïnae auf Terra und den Nachbarplaneten zurück. Sie müssen augenblicklich heimkehren.«

»Sofort? Die Familien der Kolonien werden nicht begeistert sein, ihren Aufenthalt unterbrechen zu müssen.«

»Sie werden noch weniger begeistert sein, auf Terra zu stranden, wenn die Tore zusammenbrechen.«

»Zusammenbrechen? Shi Kamika, wo ist Edana Zolana?«, fragte die Hüterin jetzt in einem Tonfall, der eine schlimme Vorahnung verriet.

»Tot«, antwortete Shi Kamika bitter, zog die jammernde Terranerin mit schnellen Schritten hinter sich her und beachtete das schockierte Schweigen der versammelten Hüter nicht. Sie eilte vorbei an den fragenden Gesichtern, vorbei an dem ungläubigen Entsetzen, das sich in ihren Augen spiegelte. Die Edana, die Führerin Brïns, die Stimme der Magie. Tot.

Vor nicht einmal einer Stunde wäre Kamika mit Freude in den Turm der Shi zurückgekehrt. Doch jetzt würde sie ihren Mitstreitern vom Tod ihrer Edana berichten müssen und davon, dass die wichtigste Magie des Planeten an einen ungeübten und möglicherweise nicht geeigneten Erdmenschen gebunden war. Danach, danach würde Kamika endlich Zeit haben zu begreifen, was heute geschehen war, und sie würde Zeit haben zu trauern.

Kapitel 2: Etwas endet, etwas beginnt

Brïn im Katesser 11'383 n. S.

Eydwall, Ideris

»Haben es alle geschafft?«, fragte Shi Erigen bedrückt, als die Wächterin mit dem rabenschwarzen langen Haar und den smaragdgrün leuchtenden Augen in den Besprechungsraum zurückkehrte.

»Fast alle«, antwortete Shi Kassia dem Wächter des Feuers. *»Zwei Studenten waren auf Abenteuerreise und hatten sich entgegen den Anweisungen zu weit von den Toren entfernt. Sie sind offenbar nicht mehr rechtzeitig hindurchgekommen.«*

Für einen langen Atemzug versetzte das den ganzen Raum in Stille, ehe Shi Erigen schwer seufzte. »Wir müssen den Angehörigen Bescheid geben.«

»Ich habe meine Tempelhüter bereits angewiesen, die Nachricht zu überbringen.«

Erigen nickte. »Was passiert jetzt mit den Kindern aus den Kolonien? Sie dürfen nicht auf Brïn bleiben.«

»Die neue Edana, wird bald lernen, die Magie zu benutzen, die ihr anvertraut wurde. Dann kann sie ein neues Tor nach Terra errichten. Der Aufbau einer neuen Kolonie wird anfangs sicher etwas an Komfort vermissen lassen, aber es wird ausreichen.«

»Sie ist selbst noch zu jung, um auf Brïn leben zu dürfen. Hast du sie dir angesehen, Kassia? Sie sieht aus wie ein halbes Kind und hat überhaupt keine Ahnung von der Magie, die ihr gegeben wurde. Es könnte Monate dauern, bis sie soweit ist.«

»Darüber können wir uns später noch Gedanken machen, Erigen.«

»Was für ein furchtbarer Tag das ist«, ächzte er. »Können wir die Kinder solange auf einen der Nachbarplaneten bringen? Was meinst du, Kassia?«

Die Wächterin des Erdelements studierte ihren Freund mit ihren intensiven, schmalen Augen. Sie kannte ihre Mitstreiter alle gut. Sie standen seit beinahe vier Jahrzehnten Seite an Seite, und sie wusste genau, wann Erigen einen Hintergedanken hatte. *»Du willst, dass ich meine Familie auf Naruht kontaktiere.«*

»Das ist unsere beste Chance.«

»Hast du vergessen, dass ich aus der Gemeinschaft ausgeschlossen wurde?«

»Wie könnte ich? Aber du hast auch gesagt, die Naruhti lassen ihre Töchter niemals ganz im Stich.«

»Naruht ist nicht frei von Magie.«

»Aber es ist nach Terra die beste Alternative. Sie könnten dort leben, ohne Schaden zu nehmen.«

Kassia verschränkte nachdenklich die Arme und sah ihren Gefährten lange Sekunden mit undurchdringlicher Miene an. *»Na schön, ich werde es versuchen.«*

»Ich hätte nie erlauben dürfen, dass Zolana Brïn verlässt. Wieso war sie überhaupt dort? Was wollte sie auf Terra, außerhalb der Kolonien?«, kam es leise aus Lordens Richtung. Kassia und Erigen unterbrachen ihr Gespräch und sahen zu dem sonst unbeugsam fröhlichen Wächter, der jetzt wie ein gebrochener alter Mann im Stuhl hing. Shi Lorden und Shi Kamika waren noch immer kaum ansprechbar. Der Verlust Zolanas hatte die beiden besonders hart getroffen.

»Sie hat etwas gesucht oder jemanden«, antwortete ihm Kamika heiser. »Mehr hat sie auch mir nicht gesagt.«

»Sie muss doch einen Grund gehabt haben. Warum wollte sie, dass nur du sie begleitest, Kamika? Ausgerechnet du?« Lordens Stimme zitterte. Man hörte den Schmerz darin, aber auch eine Spur von Wut.

»Wie ist das gemeint?«

»Du weißt, was ich meine.«

»Bei den Adern, Lorden. Dass du mir so etwas zutraust, ist schlimm genug, aber Zolana?« Sie funkelte Lorden wütend aus geröteten Augen an. »Ich habe sie nicht angefasst. Das hätte sie mir auch nie erlaubt.«

»Aber warum würde sie sonst verlangen, dass du sie nach Terra begleitest und nur du allein? Du verabscheust diese Welt!«

»Lorden, ich weiß es doch auch nicht!«, raunzte Kamika hilflos.

»Bitte fangt nicht an zu streiten«, bat Kassia beschwichtigend. *»Wir müssen jetzt alle stärker denn je zusammenhalten.«*

»Kann ich etwas für dich tun, Kamika?«, fragte Erigen vorsichtig.

Die Wächterin der Winde schüttelte den Kopf und er strich ihr liebevoll durch das goldblonde Haar. Zolanas getrocknetes Blut klebte noch immer an ihrer viktorianisch-terranischen Kleidung und unter ihren sonst sauber gepflegten Fingernägeln. Sie saß die meiste Zeit stumm und reglos da, und Erigen wusste, sie wünschte sich, aus diesem entsetzlichen Traum aufzuwachen. Sie war nicht die Einzige.

»Ich komme zurecht. Kümmert euch um Lorden, er braucht euch dringender. Wenn ihr mich entschuldigt, dann gehe ich mich jetzt waschen und statte Tari einen Besuch ab.« Kamika erhob sich und sah keinen der Shi an, als sie mit steifem Gang den weitläufigen Raum verließ.

»Kamika, ich habe es nicht so gemeint. Kamika!« Lorden sah ihr verzweifelt nach. Er hätte am liebsten laut gebrüllt. Er wollte der Wächterin nicht die Schuld für den Tod der Edana geben, aber ein Teil von ihm tat es doch. Er wollte, dass jemand schuld war. Egal wer. »Es tut mir leid«, hauchte er und vergrub das Gesicht in den Händen. Kamika war längst fort.

•••

Sofia hockte in der Ecke des fremden Zimmers und umklammerte ihre Knie. Endlich hatten sie sie alleine gelassen, statt sie mit Fragen zu löchern, deren Inhalt sie nicht verstand. Sie verstand wirklich niemanden und niemand verstand sie. Die Männer und Frauen, die sie hierhergebracht hatten, redeten mit ihr in einer Sprache, die Sofia noch nie gehört hatte. Lady Kamika schien die Einzige zu sein, die mit Sofia sprechen konnte, doch von der hatte das Mädchen nichts mehr gesehen, seit sie hier abgeliefert worden war. Wo dieses *hier* war, konnte Sofia nicht sagen. Das Letzte, woran sie sich erinnerte, war der Steinkreis im Wald, das Wasser, das sie voll und ganz einhüllte und ihr die Luft abschnitt, die Angst und das Gefühl zu ertrinken. Zuerst hatte sie den Boden unter den Füßen verloren und dann die Orientierung. Als sie endlich wieder etwas Anderes wahrgenommen hatte als weißes, blendendes Licht, schien sich die Welt so stark vor ihren Augen zu drehen, dass ihr übel geworden war. Fremde Menschen in fremder Kleidung hatten um sie herumgestanden und in einer fremden Sprache auf sie eingeredet. Zum ersten Mal hatte sie beim Anblick von Lady Kamika Erleichterung empfunden, als diese in ihr Sichtfeld getreten war und ihr, wenn auch grob, auf die Füße geholfen hatte.

Inzwischen saß Sofia seit bestimmt einer Stunde hier und traute sich nicht, sich aus ihrer Ecke herauszubewegen. Es war warm, obwohl draußen vor dem Fenster der Schnee fiel und in ihrer Kammer kein Kamin brannte. Genau genommen war nicht einmal ein Kamin zu sehen. Alles war sauber und hell und weckte bei Sofia den Eindruck, dass dieser Ort für sehr viel wohlhabendere Menschen, als sie bestimmt war. Es wirkte alles fremdartig. Die Wände leuchteten aus sich selbst heraus und tauchten den Raum in ein warmes Licht. Sie hatte noch niemals ein Zimmer wie dieses gesehen oder so feine Stoffe und Teppiche, wie sie hier lagen.

Sofia fühlte sich plötzlich schäbig und schmutzig in ihren braunen, fleckigen Arbeitskleidern. Der Stoff juckte so beständig auf ihrer Haut, dass sie das Gefühl normalerweise nicht mehr wahrnahm, doch hier zwischen diesen vornehmen Stoffen, Teppichen und Gardinen spürte sie es deutlicher denn je und kratzte sich in einem fort, was es nur noch schlimmer machte. Auch glaubte sie ihren eigenen Körper zu riechen. Eine saure Mischung aus Straßendreck und Schweiß, neben anderen Dingen, die ihr Körper absonderte. Sie fragte sich, ob das hier ein Gefängnis war. Wenn es eines war, dann war es viel schöner als jede Kammer, die sie als freie Frau bewohnt hatte. Es hätte sicher schlimmer kommen können. Trotzdem fürchtete sich Sofia. Sie wusste nicht, was sie erwartete, wo sie war, wer Freund oder Feind war. Wieso hatte Lady Kamika sie hierhergebracht? Was wollten all die Fremden von ihr? In was war sie bloß hineingeraten? Verdächtigten sie Sofia womöglich, Lady Zolana ermordet zu haben? Würde man sie bald abholen, um sie hängen zu lassen?

Sofia heulte leise auf und kaute sich die Fingernägel wund.

Kapitel 3: Skraelsen

Brïn im Antheste 11'384 n. S.
Westlicher Gebirgspass, Euridis

Der Hilferuf der Jäger sorgte bei den Weltenwächtern für Besorgnis. Seit die Portale zu den Nachbarplaneten zusammengebrochen waren, war auch das magische Netz geschwächt, das die Skrae davon abhielt, auf Brïn einzufallen. Die Jäger hatten seit Generationen nicht mehr derart viel zu tun gehabt wie in den letzten zwei Monaten. Als Shi Kassia den Hilferuf einer ihrer erdgebundenen Jäger empfing, fiel ihre sonst ruhige und gelassene Grundhaltung von ihr ab und die Jägerin in ihr gewann die Oberhand. Die vier Shi hatten sich umgehend auf ihre Greife gesetzt und eilten nun dem Ort entgegen, an dem die Jägerstaffel offenbar in einen Hinterhalt der Skrae geraten war. Zahlreiche Jäger lagen bereits reglos auf einer weiten Wiese, als die Shi in Sichtweite kamen. Wer sich noch aus eigener Kraft bewegen konnte, hatte hinter umgefallenen Baumstämmen oder Felsen Schutz gesucht. Die Shi hielten auf die größte Gruppe Jäger zu, als eine ganze Schar von Skrae aus dem Dickicht des umliegenden Waldes brach und in einem tödlichen Schwarm auf die geschwächten Jäger zueilte. Die Shi trieben ihre Greife an, doch sie sahen, dass es sinnlos war. Sie würden die Jäger nicht vor den Skrae erreichen.

»Scheiße!«, fluchte Erigen. »Sie sind zu weit entfernt.«

»Nicht für mich«, antwortete Kamika trocken und lenkte ihr Greifweibchen direkt auf die Skrae zu. Der Wind folgte ihr in einem kräftigen Strom und verlieh ihrem Greif noch mehr Geschwindigkeit.

»Kamika!«, rief Lorden ihr nach, aber die Wächterin der Winde ignorierte ihn, wie so oft in den letzten Wochen. Sie hob die Füße auf den Rücken ihres Greifs und richtete sich auf. Das Tier schlug ein weiteres Mal kräftig mit den schneeweißen Flügeln und holte noch ein wenig mehr Geschwindigkeit heraus, dann zog es die Schwingen dicht an den Körper und schoss diagonal in die Tiefe. Kamika stieß sich mit aller Kraft ab, ehe ihr Greif die Flügel wieder spreizte und in einer sanften Kurve laut kreischend zurück in den Himmel aufstieg. Kamika aber glitt wie ein Speer durch die Luft. Sie zog den goldenen Bogen vom Rücken und richtete ihn auf den ersten Skra ganz vorne an der Spitze des

Schwarms. Sie zog die Sehne zurück und der erste magische Pfeil bildete sich mit knisternder Energie zwischen ihren Fingern. Sie zielte und schoss. Noch bevor der erste Pfeil sein Ziel erreichte, hatte sie bereits drei weitere abgeschossen. Sie ließ Pfeil um Pfeil von der magischen Sehne gleiten und jeder einzelne traf ins Ziel. Die Reihen der Skrae wurden dünner und die ölig schwarzen Kreaturen stoppten verunsichert ihren Vormarsch, scharrten sich umeinander und kletterten über die eigenen Artgenossen, während die goldenen Pfeile unbarmherzig aus dem Himmel auf sie niederregneten. Sie fixierten die schnell fallende Wächterin mit ihren hellgelb glühenden Augen und fletschten ihre scharfen Reißzähne oder schlugen wütend mit langen Klauen in die Luft.

Kamika stürzte tiefer und rief schließlich die Winde herbei, die ihren Fall verlangsamten. Sie steckte den Bogen zurück in die Rückenhalterung und zog stattdessen ihre beiden Dolche vom Gürtel. Sie war furchtlos, als sie mitten durch die Schar Skrae brach und mit einem kräftigen Ruck auf den Füßen im Gras landete. Die Druckwelle stieß die schuppigen Kreaturen auseinander und für einen kurzen Moment stand die Wächterin in dem einsamen Auge eines schwarzen, wirbelnden Sturms. Dann begriffen die Skrae, was geschehen war, und fanden ihre Orientierung wieder. Sie richteten ihre gierigen Blicke auf die einsame Shi und stürzten wie von einem einzigen Gehirn gesteuert auf Kamika zu. Die Wächterin erwartete sie bereits. Ihre Dolche schnitten singend und mit tödlicher Präzision durch die Luft. Kamika hieb Gliedmaß um Gliedmaß ab und hatte ein Dutzend Kreaturen erlegt, ehe die erste zu ihr durchbrach und ihr eine Klaue über den Arm zog. Kamika schrie, überrascht von dem Schmerz, ließ sich davon aber nicht beirren. Sie lenkte einen der Dolche ins Auge des Skra.

Die Körper türmten sich bald kreisförmig um sie herum auf und sie kämpfte, ohne müde zu werden. Gnadenlos führte sie ihren wütenden Tanz auf, bis jeder einzelne Skra auf der Lichtung auf sie konzentriert war. Die schwarze Masse baute sich um Kamika auf, um schließlich wie eine unaufhaltsame Lawine auf die Wächterin einzustürzen. Kamika sah sie kommen und hätte sich fürchten sollen. Stattdessen schloss sie die Augen, lächelte und wartete.

Die Feuerwand brach in einem lodernden Sturm über die Skrae herein und riss die Hälfte der Kreaturen umgehend in den Tod. Ihre

Asche verteilte sich über die weite Graslandschaft. Wurzeln, spitz wie Speere, stießen aus dem Boden empor und bohrten sich wie peitschende Tentakel durch die Körper der Skrae. Kreatur um Kreatur wurde von den Pflanzen aufgespießt und fortgeschleudert. Die leblosen Reste flogen durch die Luft und fielen mit einem dumpfen Knall ins Gras, wo das Erdreich sich öffnete und sie verschlang.

»Kamika! Kamika!«, schrie Erigen und schickte eine Feuerschwalbe nach der anderen in die Menge der Skrae. Lorden spürte die unterirdischen Wasseradern auf und ließ sie in kraftvollen Fontänen, die einen Ring um Kamika bildeten, aus dem Boden schießen. Die Skrae kreischten und wurden auseinandergeworfen, manche ertranken in der unnatürlich unnachgiebigen Wassersäule. Das Kreischen der Skrae war bald verhallt und man hörte nichts als das Atmen der Wächter.

Lorden verschloss das Wasser wieder im Erdreich und wurde von dem reflektierenden Licht auf Kamikas goldener Rüstung geblendet. Inmitten der fallenden Asche sahen er und die übrigen Shi ihre Freundin zu Boden sinken. Ein sterbender Engel, fuhr es ihnen einheitlich durch den Kopf, als hätten sie diesen terranischen Ausdruck ständig in Gebrauch.

Die Shi rannten. Erigen fiel als erster vor Kamika auf die Knie und hob ihren Oberkörper in den Arm. Er tastete sie in Eile ab, begutachtete die Schnitte. Sie ächzte und verzog das schmutzige Gesicht vor Schmerz. Ihr Brustpanzer hatte das meiste abgefangen, trotzdem hatte sie zahlreiche Schnittwunden an Armen und Beinen. In ihrer linken Bauchhälfte befand sich ein tiefer Stich, wo eine der scharfen Schwanzspitzen die Wächterin sauber durchbohrt hatte. Sowohl ihr eigenes rotes Blut als auch das ölig schwarze Blut der Skrae klebten an ihr und durchtränkten den einst weißen Anzug. Erigen goss sofort Heilwasser in den tiefen Stich und drückte die Wunde ab, um den Blutfluss zu stillen.

»Lebt sie?«, schrie Lorden und rutschte durch den frischen Schlamm. In einer wenig anmutigen Bewegung gelangte er zu seiner Mitstreiterin, reckte im selben Zug die Hände nach ihr und spürte mit seinen Sinnen den Körper der Windwächterin nach sichtbaren und unsichtbaren Verletzungen ab. Kamika fluchte leise und Lorden sprang wieder auf die Füße, nachdem er sich vergewissert hatte, dass sie nicht in Lebensgefahr war. Er raufte sich die Haare und lief aufgebracht auf und ab. Die

Verletzungen waren weniger schlimm, als sie im ersten Moment erschienen. Oberflächliche Schnitte, die mit der richtigen Behandlung schnell verheilen würden, ohne große Spuren zu hinterlassen. Die Wunde in ihrem Bauch hatte alle wichtigen Organe knapp verfehlt. Er hatte sie schon in schlimmerer Verfassung erlebt. Lorden war erleichtert und wütend zugleich. »Es reicht, Kamika! Das muss aufhören! Ich kann nicht noch jemanden aus unserer Familie verlieren!« Er trat mit voller Wucht gegen einen der toten Skraekörper und stürmte seinem eigenen Greif entgegen, der gehorsam auf seinen Reiter zugetrabt kam.

Kamika drehte mühsam ihren Kopf und sah dem Wasserwächter nach. »So temperamentvoll habe ich ihn selten gesehen«, krächzte sie und bereute ihren Versuch zu lachen sofort. Die Gesichter der beiden anderen Wächter blieben ernst.

»Er hat recht. Wenn du so weitermachst, bringst du dich noch um.«

»Was ist mit den Jägern?«, fragte Kamika, ohne dem stillen Vorwurf Beachtung zu schenken.

»*Wohlauf*«, antwortete Kassia. Ihre Gedankenstimme klang ebenfalls gereizt. Es war weniger ein echter Klang, als ein unübliches Stechen in Kamikas Kopf.

»Na bitte. Worüber beschwert ihr euch?«

»Kamika. Das kann nicht so weitergehen.« Erigen raunzte unzufrieden und schüttelte dann den Kopf. Es hatte keinen Sinn. Sie hatten dieses Gespräch in den vergangenen Wochen schon mehrfach geführt.

Kassia zog ein Tuch aus einer ihrer Taschen und begann den Schmutz von Kamikas Gesicht und den Wunden zu wischen. Ihr Blick war härter als üblich und ihre Bewegungen ein wenig zu grob. Kamika aber biss die Zähne zusammen und sagte nichts dazu. Kassia war offensichtlich wütend auf sie, auch wenn die stumme Wächterin es zu verbergen versuchte.

Nun kam auch Lorden zurück und wirkte nur wenig beherrschter als zuvor. Er kniete sich nieder und leerte eine ganze Flasche konzentriertes Heilwasser auf Kamika aus. Er verteilte die schimmernde Flüssigkeit vorsichtig über ihrem Körper und ließ seine Magie hineinfließen. Das Wasser spülte in die Schnitte, reinigte die Wächterin vom verbliebenen Blut der Skrae, und begann die Verletzungen sofort zu verschließen. Kamika spürte die kühle Liebkosung der Wassermagie und ihre Schmerzen verblassten unmittelbar. Sie schaute zu Lorden auf, der mit verschränkten Armen und düsterem Blick zurückstarrte. Er schnaubte, noch immer verärgert. Es war seltsam, ihn so zu sehen. Der neue Lorden wirkte viel älter und strenger als der alte Lorden, der immer gelacht und damit im Handumdrehen Herzen hatte höherschlagen lassen.

»Wenn du noch einmal so ein riskantes Ding durchziehst, Kamika, kette ich dich höchstpersönlich im Turm fest und werfe den Schlüssel weg«, sagte er mit seinem neuen Befehlston.

»Mach keine große Sache daraus, Lorden. Ich wusste, dass ihr nicht weit hinter mir wart.«

»Das war das letzte Mal!«, fauchte er noch einmal unnachgiebig und verließ sie mit vor Wut geblähten Nasenflügeln.

Erigen und Kassia halfen Kamika auf die Beine, nachdem ihre Wunden bestmöglich gereinigt und versorgt waren. Die tieferen Stiche würden mehr Zeit und fähige Hände zur Heilung brauchen und Kamika müsste sich ein paar Tage schonen, doch sie hatte Glück gehabt. Mal wieder.

»Bring sie zurück, Erigen. Wir kümmern uns um die Jäger.«

»Es geht mir gut, Kassia«, versuchte sich Kamika zu widersetzen.

»Keine Diskussion jetzt.« Erigen stützte Kamika auf dem Weg zu Tari und half ihr, auf den Rücken des Greifs zu steigen. Sie unterdrückte ein Ächzen, als ihre Verletzungen sich mit einem unangenehmen Ziehen und Stechen meldeten. Ihr Begleiter schaute sie besorgt an. »Mach dich nicht so breit, ich steige hinter dir auf«, sagte er.

»Ich komme zurecht!«

»Du bist nicht unsterblich, verdammt. Jetzt hör auf zu maulen und lass mich dir helfen.« Der Feuerwächter knurrte missmutig und ignorierte den Protest seiner Freundin. Er schwang sich hinter ihr in den Sattel, klemmte seine Arme um die verletzte Shi und rief dem Greif einen Befehl zu. Das Tier breitete die Schwingen aus und begann seinen kraftvollen Anlauf. Erigen machte sich Sorgen um Kamika und er fühlte sich ungewohnt machtlos, denn er wusste nicht, wie er sie von diesem selbstzerstörerischen Weg abbringen sollte.

•••

»Wie geht es ihr?«, brummte Lorden später, als er, mit Kassia im Schlepptau, verdreckt und müde heimkehrte.

»Sie wird es überleben. Die Heiler behalten sie über Nacht im Tempel«, antwortete Erigen.

»Das heißt, sie steht vermutlich schon wieder auf ihrem Balkon und starrt in die Leere.«

»Sie hat mir versprochen bei den Heilern zu bleiben«, zwinkerte Erigen leichthin.

»Und du glaubst tatsächlich, sie gehorcht dir?«

»Es war eine Bitte, kein Befehl.«

»Viel besser!«, grunzte der Wasserwächter, schüttelte den Kopf und schaute aus dem Fenster. »Sie hat kein Recht, sich so aufzuführen. Zolana war *meine* Frau. Für mich ist es auch nicht leicht, aber ich habe eine Verantwortung. Genau wie Kamika. Irgendetwas müssen wir tun, um sie wieder zur Vernunft zu bringen.«

»Du kannst ihr nicht vorschreiben, wie sie trauern darf, mein Freund.«

Kapitel 4: Jack

Brïn im Antheste 11'384 n. S.

Eydwall, Ideris

Zehn Wochen. Solange hatte er darauf gehofft, dass sich das Tor nach Terra wieder öffnen würde. Doch den letzten Berichten zufolge sah es so aus, als ob die Tore vermutlich noch sehr lange verschlossen bleiben würden. Zu lange. Die neue Edana schien nicht allzu nützlich zu sein, aber was erwartete er auch von einer Terranerin? Es war ohnehin eine Zumutung, dass eine wie sie die Nachfolge von Edana Zolana antreten sollte.

Dass er auf Brïn festsaß, missfiel ihm von Tag zu Tag mehr. Zuerst dachte er, er könne warten. Doch dann wurde ihm klar, dass es auch Terraner auf Brïn gab. Allerdings war das ein gefährlicher Gedanke, denn auf Brïn war das Risiko, entdeckt zu werden, deutlich größer. Auf Terra hatte er sich lediglich mit den einfachen und rückständigen Mitteln der Terraner auseinandersetzen müssen, was kaum eine Herausforderung dargestellt hatte. Die Terraner waren Marionetten unter seinen fähigen Fingern. Auf Brïn sahen die Dinge anders aus. Diese Welt war viel fortschrittlicher und besaß Techniken, ihn zu entlarven, die er sich in ihrer Gänze nicht vorstellen konnte. Es würde viel Vorsicht und Planung erfordern, hier seine Spuren zu verwischen. Natürlich hatte er einen Vorteil. Er war der einzige Mensch auf Brïn, dessen Blut nicht im Zentralarchiv erfasst war. Selbst wenn er bei seiner Arbeit ein Haar oder Hautschuppen verlor, würde es niemand so schnell mit ihm in Verbindung bringen können. Er dachte darüber einen Moment lang nach und lächelte schließlich in sich hinein. Seine Mission auf Brïn fortzusetzen, war vielleicht nicht die schlechteste Entwicklung der Ereignisse. Es würde ihn fordern und seine Kunst verbessern. Wenn er es auf Brïn schaffte, dann war er wahrlich ein Meister. Ein Magier, wie es keinen zweiten gab. Zudem waren es letztlich doch genau jene Terraner hier auf Brïn, die eigentlich seine Aufmerksamkeit verdienten.

Jack zog sich dichter in den dunklen Bereich der Gasse zurück, als die Tür zur Bar aufgestoßen wurde. Ein lautes Getöse drang aus dem Innern. Das Gegröle betrunkener und streitlustiger Gäste. Offenbar war eine heftige Rauferei im Gange, denn er sah einen Stuhl durch den

Raum fliegen. All das interessierte Jack jedoch wenig. Es war das gleiche Treiben wie an beinahe jedem Abend. Nein. Er wartete auf die Frau, die gerade aus dem Etablissement floh, ihren Mantel eng um sich schlang und die Kapuze tief ins Gesicht zog. Sie bemerkte ihn in ihrer Eile nicht und begab sich leicht torkelnd auf den Heimweg. Die Gasse war leer. Es war spät und das Wetter nasskalt. Der Winter hielt sich dieses Jahr ungewohnt lange. Jeder, der bei Verstand war, würde die Straßen in einer Nacht wie dieser meiden.

Die Frau rutschte auf den glatten Pflastersteinen aus und stieß gegen die Hauswand. Sie kicherte in ihrem alkoholisierten Zustand und sprach mit sich selbst. »Über Stock und über Stein, aber brich dir nicht das Bein ...«, sang sie in schiefen Tönen. Ein Kinderlied von Terra. Jacks Mutter hatte es auch ihm gelegentlich vorgesungen.

Die Frau in der Gasse war noch nicht lange auf Brïn. Gerade einmal vierunddreißig Jahre, und, wie auf dieser Welt üblich, war auch sie seit ihrer Ankunft um keinen weiteren Tag gealtert. Die Magie Brïns hatte sie mit offenen Armen empfangen und sie mit ihrer heilenden Kraft gesegnet. Seit acht Wochen beobachtete er sie dabei, wie sie das Geschenk, das ihr von Brïn gemacht worden war, undankbar mit Füßen trat. Beinahe jeden Abend frönte sie dem Schnaps und stahl von ihrem Arbeitsplatz berauschende Elixiere, mit denen sie sich den Verstand ausknipste. Es war an der Zeit zu handeln. Er vergewisserte sich mit einem letzten schnellen Blick, dass die Luft rein war, dann trat er flink ins das schwache Licht einer Straßenlaterne.

»Guten Abend, mein Lämmchen.«

Sie erschrak und wich vor ihm zurück. Er sah, wie sich der Schrei in ihrer Kehle formte. Mit einer einzigen geschmeidigen Bewegung trat er zu ihr und presste ihr die Hand fest auf den Mund. Als sie sich zu wehren begann, drückte er sie dicht an die Mauer, und zog mit der freien Hand seine eigene Kapuze zurück. Er schaute sie mit seinen hellbraunen Augen liebevoll an. Ihr Körper wurde weich und nachgiebig unter seiner Berührung und er nahm die Hand von ihrem Mund.

»Du hast mich erschreckt, Jack!«, tadelte sie ihn. »Du sollst das doch nicht tun.«

»Hmhm. Du solltest eben nicht in einsamen Gassen verkehren«, sagte er mit einer Stimme, die wie warmer Honig war.

»Deswegen habe ich ja dich edlen Ritter. Geleitest du mich nach Hause?«

Sie säuselte ihm mit geröteten Augen süße Worte zu und schlang die Arme um ihn, wie ein glibberiger Tintenfisch die Tentakel um die Beute. Die Frau war entsetzlich abstoßend, besonders in diesem Zustand. »Aber natürlich. Warum sonst wäre ich gekommen, mein Lämmchen?«

»Oh, da könnte ich mir schon das eine oder andere vorstellen.« Sie kicherte wieder, presste sich noch fester an ihn und drückte ihm einen stinkenden Schnapskuss auf. Er ließ sie für eine Sekunde gewähren und schob sie dann bestimmt von sich.

»Nicht hier«, sagte er. »Lass uns zu dir gehen. Da ist es wärmer und gemütlicher als in dieser verschneiten Gasse. Außerdem habe ich ein Geschenk für dich.«

»So? Was ist es?«, fragte sie aufgeregt und zappelte in seiner Umarmung.

»Sei nicht so ungeduldig, mein Lämmchen. Komm! Je schneller wir aufbrechen, desto eher kann ich es dir geben.« Sie ließ sich von Jack stützen und durch die Nacht begleiten.

Kapitel 5: Wir, die Quelle

Gestern, Heute und Morgen

Von meiner Sphäre aus beobachte ich die beiden Frauen. Die Eine ist eine behütet aufgewachsene Eingeborene von Brïn. Ihre Vorfahren reichen sieben Generationen zurück. Sie kennt jedes Detail ihrer Heimatwelt, versteht die Abläufe und die Aufgaben der Edana und ihrer Shi wie kaum eine andere. Sie ist engagiert und genießt ihre Karriere als Lyre, auch wenn sie dabei ein wenig uninspiriert vorgeht. Sie ist dennoch perfekt vorbereitet. Die Andere dagegen ist eine Terranerin und ahnt nicht einmal etwas von der Existenz Brïns. Sie lebt in einer Zeit, in der sich die Menschen, trotz ihrer Vielzahl und erzwungenen räumlichen Nähe, weiter denn je voneinander entfernt haben. Sie wird in den nächsten Stunden ihres Lebens sterben. Dagegen kann ich nichts tun. Es ist eine Tatsache. Sie wird auf dem Weg zur Arbeit von einem Wagen erfasst werden, weil sie in ihrer Eile eine rote Ampel überquert. Ihr Leben ist anstrengend. Nicht das schlechteste aller Zeiten, aber Zeit ist es, die ihr zu einem erfüllten Leben fehlt. Sie hat kaum Zeit für Freundschaften, ihre letzte Beziehung hat gerade einmal drei Monate gehalten, ehe sie verlassen wurde. Sie war nicht überrascht, aber dennoch gekränkt. Niemand wird um sie trauern, wenn sie geht, niemand wird sie vermissen. Ich frage mich, ob sie sich dessen bewusst ist. Nicht, dass es ein Kriterium für unsere Wahl wäre, es stimmt mich bloß ein wenig traurig. Für einsame Menschen hatte ich schon immer eine Schwäche.

Die Namen der beiden Frauen, die ich durch meine Sphäre beobachte, sind Celeste und Juno.

Juno ist klug und einfühlsam, aber nicht perfekt als erste Wahl. Nicht, wenn es nach Midori geht. Celeste ist als Einheimische besser vorbereitet, deswegen, findet Midori, sollte sie es sein, die wir auswählen. Ich hätte ihr nicht widersprochen, wenn ich nicht das goldene Leuchten in Junos Aura gesehen und nicht plötzlich alles einen Sinn für mich ergeben hätte. Meine Suche auf Terra ... mein Tod. Ich war zur falschen Zeit am falschen Ort. Das Leuchten in Junos Aura ist eine Markierung, die niemand außer uns sieht. Sie hat noch eine zweite Bestimmung. Wir kennen diese Bestimmung, und wenn ich noch ein schlagendes Herz hätte, dann würde es ihretwegen vor Freude und Dankbarkeit wild in meiner Brust schlagen. Midori ist der Meinung, dass das keinen Einfluss auf unsere Entscheidung haben darf. Aber sie ist schon so lange tot, dass sie vergessen hat, was es bedeutet, ein Mensch zu sein. Eines Tages werde auch ich es vergessen, aber im Moment sind meine Erinnerungen an das Leben noch frisch und lebendig. Obwohl es Juno an Wissen um Brïn mangelt und trotz ihrer schlechten emotionalen Verfassung, ist sie meine erste Wahl.

»Ich will sie«, sage ich zu den anderen Geistern und zeige auf Juno, die gerade dabei ist, aufzuwachen, und sich gegen den Anbruch eines weiteren langen und freudlosen Tages zu wehren versucht.

»Die Quelle will Celeste.«

»Die Quelle macht nur Vorschläge«, wende ich ein.

»Du verlierst das höhere Ziel aus den Augen, Zolana. Celeste ist bereit. Sie ist eine Brïnai. Das persönliche Glück einzelner ist im Moment nicht so wichtig.«

Aus Gewohnheit beiße ich die Zähne zusammen. »Sie oder keine von beiden«, sage ich mit eiserner Stimme und nicke in Junos Richtung. Die Geister sehen mich an, ihre Gesichter gleichen ausdruckslosen Mienen. Ich weiß nicht, ob sie sich von mir erpresst fühlen. Es ist mir auch egal, denn mir ist das Schicksal einzelner sehr wichtig und als Jüngste in ihrem Kreis zählt meine Stimme mehr als ihre. Das habe nicht ich bestimmt, sondern die Quelle. Sie will menschliche Entscheidungen und dies ist eine sehr menschliche Entscheidung.

»Vertraut dem Urteil unserer Schwester«, sagt Alyana, meine Vorgängerin. »Kin Juno besitzt einen Mehrwert, den Celeste nicht hat.«

Ich bin dankbar, dass sie mich unterstützt. Sie war sehr viel länger eine Edana von Brïn, als ich es war. Siebenundvierzig Jahre, so lange habe ich mein Amt bekleidet, ehe ich ermordet wurde. Doch Alyana respektiert mein Hiersein und meine vorangestellte Meinung ohne Widerspruch.

»Bist du dir sicher, Zolana?«, fragt Midori.

»Ja, ich will Juno.«

»Wie du wünschst«, sagen die übrigen Geister schließlich wie aus einem Mund.

Ein Lächeln huscht über meine Lippen und ich wische Celestes Bild fort. Junos Kater stromert inzwischen im Wohnzimmer der jungen Frau herum und fängt Flusen mit der Pfote. Mein Geist schlüpft für einen

Moment in seinen Körper. Er ist fuchsteufelswild, als ich das tue, und wehrt sich mit aller Kraft. Katzen leben zwischen den Welten und haben ein natürliches Gespür für Magie. Von allen Tierarten sind sie die einzigen Geschöpfe, die merken, was mit ihnen geschieht. Deswegen wehren sie sich gegen Magie und meiden Menschen, die sie wirken können. Sie mögen es ganz und gar nicht, als Marionetten benutzt zu werden, darum ist ihre Ansiedlung auf Brïn wohl auch gescheitert. Doch heute bleibt Junos Kater keine andere Wahl, denn ich brauche seine Hilfe. Ich steuere den Körper zu dem Zimmerbrunnen und ziehe mit meinen Fingern an einem Strang der Magie. Auf Befehl zuckt das kleine Tier und gibt ein gluckerndes Würgen von sich. Juno kennt dieses Geräusch gut, sie ist inzwischen darauf konditioniert und schlagartig hellwach. Hastig springt sie aus dem Bett. Ich ziehe mich aus dem protestierenden Körper zurück, im selben Moment, als er seinen Mageninhalt ausgießt.

Ein jeder würde mir sicher darin zustimmen, dass ein Tag nicht gut anfängt, wenn einem die Katze in den Brunnen kotzt. Als Juno an diesem Morgen von ebendieser blubbernden Schweinerei im Wohnzimmer begrüßt und von ihrem Kater mit dem unschuldigsten aller Blicke erwartet wird, denkt sie sicherlich, dass der Tag kaum noch schlimmer werden könnte. Gleichzeitig ahnt sie natürlich, dass derlei Begebenheiten meist erst der Auftakt eines insgesamt bescheidenen Tages sind. Ich sehe die Bestätigung in ihren Augen, als ihr klar wird, dass sie deswegen zu spät zur Arbeit kommen und weitere Minuspunkte einfahren wird. Junos Kater, der noch ganz verstört ist von meinem Übergriff und das herannahende Donnerwetter kommen sieht, nutzt seinen Vorsprung und flüchtet durch das Fenster, das ich für ihn geöffnet habe. Er rennt durch den Hinterhof, während Juno besorgt die Verfolgung aufnimmt. Eine Hauskatze hat in Junos verkehrsbelebter Nachbarschaft keine großen Überlebenschancen. Aber hätte ihr in diesem Augenblick jemand gesagt, dass sie schon wenige Minuten später durch eine unscheinbare Pfütze rennen wird, und diese sie mitten in der Bewegung einfach verschlucken und in einer neuen Welt ausspucken wird, so hätte sie sich die Verfolgung des Pelzviehs vielleicht doch noch einmal überlegt oder ihren Schlafanzug wenigstens gegen straßenfähige Kleidung getauscht. Da sie allerdings nichts von alledem ahnt, kommt es, wie es kommen muss.

Ich leite den kleinen Kater, indem ich seine alternativen Routen mit wenigen Spritzern Magie blockiere. Er weicht den Blockaden nur zu bereitwillig aus. Juno sprintet hinter ihm her, springt über Äste und Sträucher und stolpert geradewegs in meine unschuldig wirkende Pfütze hinein, die hinter einer kleinen Mauer lauert. Sofort spürt sie den kräftigen Ruck, der sie einsaugt. Ich sehe den Schreck in ihren weit aufgerissenen Augen, ehe sie darin versinkt und durch einen wirbelnden Strudel aus Licht und Wasser katapultiert wird. Es sind nur Sekunden, bis sie wieder Luft an der Haut spürt, aber sie keucht dennoch und spuckt Wasser. Vor ihren Augen rasen jetzt die Bilder vorbei und der Aufprall treibt ihr die verbliebene Luft aus den Lungen. Rational betrachtet wird Juno nun langsam klar, dass sie still auf dem Boden liegt, doch würde man sie nach einer weniger sachlichen Meinung fragen, so würde sie vermutlich darum bitten, dass jemand den Schleudergang abstellen möge. Ich weiß aus Erfahrung, dass sich vor ihren Augen alles dreht und sie völlig außerstande ist, sich aufzurichten.

Sie hört das klägliche Maunzen ihres Katers und sucht mit den Augen die Umgebung ab. Der gestreifte Kater kommt vorsichtig auf sie zugelaufen und setzt sich patschnass auf ihre Brust. Sie legt die Arme um ihn. Ihr ist kalt, sehr kalt, aber ich kann ihr nicht helfen. Von hier aus muss sie alleine weitergehen. Ich sehe, wie sich ihr Blick verdunkelt, und sie verliert das Bewusstsein. Ich drücke mir die verschränkten Finger an die Brust und lächle hoffnungsvoll. Ich weiß, sie ist die richtige Wahl.

•••

Kamika stand auf dem Balkon zu ihrem Wohnbereich und blickte zum Himmel auf. Der Horizont war klar und wolkenlos. Kalt, aber sanft wehte ihr der Winterwind durch das kurze blonde Haar. Er flüsterte zu ihr. Tröstlich. Vertraut. Wenn die Wächterin unruhig war, kam sie gerne hier heraus auf den Balkon, um den Wind zu spüren, lehnte sich auf die Brüstung und schaute auf ihre Welt, ihre Heimat hinab. Der Wind beruhigte sie – normalerweise. In letzter Zeit fiel es ihr schwer, zur Ruhe zu finden. Zu viel war geschehen. Sie hatte zu viel verloren. Kamika rieb sich über die Stelle, an der sie der Skra beinahe komplett durchbohrt hatte. Die vergangene Nacht hatte sie bei den Heilern verbringen müssen, und sie hatten Kamika nur widerwillig gehen lassen, als sie heute Morgen aus dem Krankenbett geklettert war und sich geweigert hatte noch länger dort liegen zu bleiben. Erigen und Lorden hatten nicht unrecht. Sie genoss die Skraejagd, bei der sie ihrem unterdrückten Zorn freien Lauf lassen konnte, etwas zu sehr. Es kam ihr entgegen, dass die Angriffe der Kreaturen aggressiver wurden und immer häufiger stattfanden. Das magische Netz, das den Planeten vor deren Eindringen schützte, wurde schwächer, und nicht nur das. Die Magie, die den Schild unentwegt mit neuer Energie speiste, war im Ungleichgewicht. Es schien fast so, als ob sich ein Teil der Magie vollständig zurückgezogen hätte.

In weniger als einem Jahr würden die Shi mit Edana Sofia den schützenden Schild erneuern müssen. Aber wäre die neue Edana bis dahin soweit? Kamika hatte kein Vertrauen in Sofia. Es lag nicht nur daran, dass sie eine Terranerin war und Kamika den Terranern grundsätzlich misstraute. Irgendetwas stimmte mit diesem Mädchen einfach nicht. Irgendetwas stimmte mit ihrer Magie nicht. Sofia und die Magie von Brïn waren nicht eins. Nicht so, wie sie es mit Zolana gewesen war. Vielleicht war bei der Übertragung der Magie etwas schiefgegangen. Vielleicht hatte Zolana nicht mehr genug Zeit gehabt oder vielleicht hatte sie einen Teil der Magie an die Perle gebunden, bevor man sie gestohlen hatte. Was es auch war, etwas war im Ungleichgewicht.

Kamika schloss die Augen und ließ sich vom Wind liebkosen. Frieden. Sie versuchte sich an einem zaghaften Lächeln und verdrängte für einen Moment alle unliebsamen Gedanken.

Eine Erschütterung in den magischen Adern riss die Wächterin aus ihrem friedvollen Moment. Unruhe und Verwirrung zeichneten sich stattdessen auf ihrem Gesicht ab. Ein Portal hatte sich geöffnet. Ein sehr Starkes, eines, dass Brïn mit einer anderen Welt verband. Mit welcher? Und wie? Sie spürte den Adern der Magie nach, schickte ihre Sinne über die Winde hinaus in die Welt. Der Eintrittspunkt nach Brïn befand sich ganz in der Nähe, in Eydwall. Kamikas Verwunderung stieg. Sie spürte dem Weg des Portals nach, und dann ... nichts. Es war fort, bevor sie herausfinden konnte, wo das Tor hinführte, oder besser gesagt, wo es seinen Ursprung hatte. Denn Brïn war der Zielort, nicht der Ausgangspunkt, das hatte sie noch erkennen können. Sie fand keine Spur von einem Eindringling. Also konnte es kein Skra sein. Vielleicht war es nur ein Flackern der Magie gewesen oder Sofia, die versuchte, ihre Fähigkeiten zu testen.

Andere Gefühle drangen plötzlich zu ihr vor. Aufregung. Hoffnung. Freude. Zuneigung. Wessen Emotionen waren das? Nicht ihre Eigenen, das stand fest. Die Magie selbst schien der Ursprung zu sein. Kamika verstand nicht, was vor sich ging. Sie wünschte sich, nicht zum ersten Mal, die Magie könnte mit Worten zu ihr sprechen. Es würde vieles einfacher machen. Aber die Stimmen der Quelle zu hören war natürlich eine Fähigkeit der Edana, und die amtierende Edana war ihrer Gabe noch nicht gewachsen. Kamika richtete sich träge auf.

»Habt ihr das gespürt?«

Sie hörte Kassias Gedankenstimme, löste sich vom Geländer ihres Balkons und machte sich auf den Weg zum Besprechungsraum. Etwas ging vor sich und das war immerhin gut für eine Ablenkung.

Kapitel 6: Eins

Brïn im Antheste 11'384 n. S.

Eydwall, Ideris

Der Mann von der Stadtwache schaffte es gerade noch rechtzeitig auf die Straße, bevor sich sein Mageninhalt in einer spektakulären Fontäne auf den Boden ergoss. Er war kreidebleich und zitterte am ganzen Leib. Ein seltsames Bild, denn er war ein kräftiger Mann in seinen besten Jahren und galt nicht als besonders sensibel. Doch was er oben in dem kleinen Apartment vorgefunden hatte, war zu viel gewesen.

Er gab alles bis auf den letzten Tropfen von sich und wischte sich das Gesicht mit einem Tuch trocken. Seine Augen tränten, das Erbrochene lief ihm sogar aus der Nase und er bekam kaum Luft. Der Gestank der Verwesung schien sich in seinen Lungen und seinen Nasenflügeln festgesetzt zu haben und in seinen Ohren hörte er das unaufhörliche Summen des Fliegenschwarms, der sich an faulenden Gedärmen und geronnenem Blut gütlich tat. Eine neue Welle der Übelkeit überkam ihn, doch es blieb bei einem zwecklosen Würgen. An diesem Punkt war er mehr als froh über seinen nunmehr gänzlich leeren Magen. Mit einem letzten tiefen Atemzug richtete er sich auf und zog seinen Taschenspiegel hervor. Er gab die Insignien der Zentralwache über den Rahmen ein und lieferte seinen knappen Bericht ab.

»Schickt sofort Verstärkung her. Bringt jemanden mit, der Spuren sichern kann. Sagt auch im Turm der Shi Bescheid. Die Wächter sollten davon erfahren.« Sein alarmierter Tonfall und das erbärmliche Erscheinungsbild waren offenbar überzeugend genug. Der Mann in der Zentrale nickte mit offenem Mund und machte sich daran, die Befehle weiterzuleiten.

Nach nicht einmal zwanzig Minuten war die Straße abgesperrt und die Blauröcke befragten die Nachbarn, während die Wissenschaftler, die drei besten von Eydwall, sich mit ihrer ersten Mordsache auseinandersetzen mussten. Sie kannten sich mit solchen Situation nicht aus und hatten keine Ahnung, wie sie sich einem Tatort richtig nähern mussten. Naturgemäß trugen sie sterile Kleidung, denn das erschien ihnen in jedem Fall logisch, und auch eine genaue Dokumentation würde ihnen später zugutekommen. Sie verhielten sich, wie sie es bei einem Experiment oder einer Testreihe taten. Sachlich, logisch, gewissenhaft. Doch es war kein leichtes Unterfangen. Die Leiche der Frau war an die Wand genagelt wie ein Schmetterling. Der Mörder hatte ihr die Kehle durchgeschnitten und sie dann in der Mitte längs aufgeschlitzt, vom Brustkorb bis zum Schambein. Ihre Gedärme waren herausgefallen und hingen hinab bis auf den weißen Steinboden, wo das getrocknete Blut einen großen rotbraunen Teppich gebildet hatte. Einige ihrer Organe schienen seltsam ordentlich positioniert. Herz, Lunge, Gehirn und die Fortpflanzungsorgane lagen in einem Halbmond um die Füße der Frau inmitten der Lache aus Blut. Vielleicht war es Zufall, dass es ausgerechnet jene Organe waren, in denen die Magie sich am dichtesten konzentrierte. Doch die Brïnae waren grundsätzlich kein Volk, das sich gerne auf Zufälle berief.

»Im Namen der Quelle!«

Die Wissenschaftler drehten sich in Richtung der aufgebrachten Stimme um und sahen durch ihre Schutzbrillen das leichenblasse Gesicht von Shi Lorden, der sichtlich um Fassung rang. Die übrigen Shi drängten ihn aus dem Weg und wurden augenblicklich ebenso starr und bleich wie Lorden.

»*Was ist hier vorgefallen?*«, streifte Kassias Stimme schwach durch die Gedanken der Anwesenden.

»Wer macht so etwas?«, stammelte auch Erigen.

»Sie darf nicht hier sein«, sagte eine der Wissenschaftlerinnen trocken und zeigte knapp auf Kamika. Die Wächterin der Winde sah sie an und runzelte die Stirn.

»Was soll das bedeuten?«, fragte Kamika schroff. »Wer bist du?«

»Mein Name ist Dala, ich leite diese Forschungsgruppe.«

»Ist ja phantastisch«, knurrte die Shi unbeeindruckt. »Und warum bist du der Meinung, ich sollte nicht hier sein, Kin Dala?«

Die Forscherin ließ ihren Blick von Kamika zu Lorden wandern. »Es könnte problematisch werden, wenn sie bleibt, Shi«, sagte die Frau an Lorden gewandt, als wäre Kamika gar nicht da.

Die Wächterin wollte gerade erneut ansetzen, als Lorden die Hand hob und seiner Gefährtin damit signalisierte, sich zurückzuhalten. »Kin Dala, was soll diese Bemerkung? Was ist hier los?«

»Shi Lorden, deine Mitstreiterin hat vielleicht etwas damit zu tun. Desw...«

»Was?«, rief Kamika dazwischen und Erigen schaffte es gerade noch, einen Arm um ihre Hüfte zu schlingen, bevor sich Kamika auf die Wissenschaftlerin stürzen konnte. »Lass mich los!«

»Beruhige dich, Kamika! Glaubst du, es wird besser, wenn du dich mit ihr prügelst?«, flüsterte er ihr warnend zu. Sie hörte auf, sich gegen seinen Griff zu wehren, und sah die Frau fassungslos an.

»Es würde mir zumindest etwas Genugtuung verschaffen!«, fauchte sie stattdessen in Erigens Richtung.

Wieder schweifte der Blick der Frau von der aufgebrachten Wächterin zu Lorden. »Es gibt Hinweise, dass sie hier war«, sagte sie wachsam.

»Ich bin niemals hier gewesen, Lorden!«

»Was für Hinweise?«, fragte er, ohne Kamika zu beachten.

Die Wissenschaftlerin nickte einem ihrer Kollegen zu. Dieser ging zu seiner Ausrüstung und zog ein durchsichtiges Tütchen heraus. Im Innern waren drei Haare, keines länger als eine Handlänge, rot gefärbt vom Blut der Toten. Man erkannte dennoch, dass sie einmal blond gewesen sein mussten.

»Wir haben sie gleich getestet. Das Zentralarchiv sagt, sie gehören zu Shi Kamika.«

Lorden und Kassia sahen Kamika fragend an.

»Kanntest du sie?«, fragte Erigen dicht hinter der innerlich kochenden Wächterin.

»Ich weiß nicht einmal, wer hier gestorben ist!«

»Der Name der Toten ist Kin Merle. Alter sechsundfünfzig, gestrandete Terranerin. Auf Brïn seit vierunddreißig Jahren.«

»Eine Gestrandete von Terra«, schnaubte Kamika. »Dann kannte ich sie ganz sicher nicht.«

»Nicht hilfreich«, raunte Erigen.

»Das ist nicht zwingend ein Beweis dafür, dass Shi Kamika dieser Frau etwas getan hat, Kin Dala.«

»Das will ich auch nicht behaupten, Shi Kassia. Im Augenblick wissen wir aber nicht, was geschehen ist. Wenn wir festlegen konnten, wann genau Kin Merle verstorben ist, erfahren wir vielleicht mehr. So, wie es aussieht, liegt, beziehungsweise hängt, sie hier seit etwa zwei bis drei Tagen.«

»Du solltest in den Turm zurückkehren, Kamika. Bis das geklärt ist.«

»Lorden!«, begehrte nun Erigen auf. »Du glaubst doch wohl nicht ...«

»Natürlich nicht«, unterbrach Lorden seinen Freund ruhig. »Aber wenn sie verdächtigt wird, dann sollte sie auf keinen Fall hier sein. Am Ende wirft man ihr sonst auch noch vor, sie hätte versucht, etwas zu vertuschen. Kamika«, wandte er sich nun an sie, »bitte, zu deinem eigenen Schutz. Wir werden herausfinden, was wirklich passiert ist.«

»Du glaubst mir nicht«, gab Kamika fassungslos von sich und verschränkte die Arme vor der Brust. »Es sollte mich nicht wundern.«

»Wir glauben dir, meine Schwester. Aber Lorden hat recht. Du darfst nicht hier sein, wenn wir beweisen müssen, dass du nichts damit zu tun hast.« Kassias Gedankenstimme erklang hell und besorgt.

»Fein. Ich gehe. Viel Erfolg.« Kamika schob sich unsanft den Weg frei und stampfte die Stufen hinab. Sie fühlte die Welt unter sich zusammenbrechen. Ihr Leben entglitt ihr zunehmend. Wie kamen ihre Haare an diese entstellte Person? Und wer, bei den Adern der Welt, war überhaupt fähig, eine so grausame Tat zu vollbringen?

Kamika konnte jetzt nicht in den Turm zurückkehren, um dort nervös auf die anderen zu warten. Unwissend, was vor sich ging. Falls es je einen Moment gegeben hatte, der sich dazu eignete, sich nach Strich und Faden zu betrinken, dann war er heute gekommen. Und wie es der Zufall wollte, war sie nicht weit entfernt vom ›Roten Klee‹.

Kapitel 7: Die Wilde & die Fremde

Brïn im Antheste 11'384 n. S.

Eydwall, Ideris

Die beiden Blauröcke stießen Kamika in die Zelle und warfen die schwere Glastüre zu, bevor sie ihre Balance wiederfinden konnte. Trotzdem stand sie bereits an der Glaswand, kaum dass sich das Schloss verriegelt hatte und der Bannzauber aktiv wurde.

»Hey! So behandelt man keine Dame!«, brüllte sie den beiden Männern hinterher und erntete dafür ein herzhaftes Lachen. Aus gutem Grund, wenn Kamika ehrlich war, denn nichts an der Wächterin würde sie davon überzeugen können, dass eine feine Dame in ihr steckte. Schon gar nicht in diesem angetrunkenen Zustand, der ihr die Zunge schwer und sie gleichzeitig sehr redselig machte. Sie schnaubte, straffte ihr ruiniertes Oberteil, mit dem großen braunen Bierfleck darauf, und warf den Wachen rüde Schimpfworte hinterher.

»Miiaaaaaaaau!«, fuhr es laut und elend durch die kalte, kleine Zelle.

Kamika zuckte zusammen und wandte sich um. Zwei Betten standen in dem kahlen Raum. Eher Gestelle als echte Schlafstätten, ohne ein gemütliches Kissen oder wenigstens eine Decke. Deutlich bequemer als ihr letzter Aufenthalt in einer Zelle, aber schön fand sie es deswegen noch lange nicht. Auf einem der Bettgestelle lag bereits eine schmale Gestalt. Zusammengerollt und stumm, nur ab und an regte sie sich, wenn ein Zittern durch ihren Körper fuhr. Neben ihr saß eine kleine gestreifte Katze mit spitzen Ohren und großen grünen Augen, die herzzerreißend vor sich hinheulte.

»Kannst du mal aufhören, solch einen Krach zu machen? Du bist hier nicht die Einzige in misslicher Lage«, sagte Kamika mehr zu sich selbst als zu dem Tier und ließ sich auf das freie Bett fallen. Doch die Katze versank offenbar in größerem Selbstmitleid als Kamika und wollte einfach keine Ruhe geben. Mit einer der Vorderpfoten tastete das Tier die gekrümmten Schultern seines Besitzers ab. Sie stieß mit dem pelzigen Kopf gegen den des Menschen, doch nichts schien ihn aufwecken zu können. Kamika schob ihre schlechte Laune für den Augenblick beiseite und sah sich ihre beiden Mitinsassen genauer an. Die Person, die sich so beharrlich weigerte aufzuwachen, war augenscheinlich eine junge Frau, und so wie sie dalag, war ihr Zustand nicht der beste. Kamika verzog ärgerlich die Miene und ging zu ihr hinüber.

»Hey, du, lebst du noch?« Sie rüttelte vorsichtig an der nackten Schulter der Frau. Ihre Haut war eiskalt und sie reagierte nicht. Ihre Katze geriet dafür in Aufregung, begann sich an Kamikas Arm zu reiben und gab ein lautes Schnurren von sich, das Kamika gegen ihren Willen milder stimmte. Sie setzte sich auf die Bettkante und beugte sich über den zur Wand gerichteten Körper der Frau. Das Licht in der Zelle war schon weit heruntergedimmt, aber die Sicht reichte aus, um Kamika wütend werden zu lassen. Die Frau vor ihr war vollkommen unterkühlt. Sie schlief nicht etwa nur sehr fest, sie befand sich vielmehr in einer Art Delirium. Ihre Haut war blass, die Fingerspitzen bläulich verfärbt, ebenso wie ihre nackten Füße. Sie trug nur ein dünnes Hemdchen mit feinen Trägern und eine luftige bunte Hose, die vielleicht im Hochsommer tragbar gewesen wäre, aber sicher nicht im späten Winter. Die Gefangene zitterte nur noch in Schüben, als hätte ihr Körper selbst dafür keine Kraft mehr. Kamika schnaubte einmal mehr an diesem Abend. All ihre Frustration gipfelte in der Erkenntnis, dass sich niemand darum scherte, was mit dieser Frau geschah. Mit einem Satz war sie bei der Tür, presste das Gesicht dicht an die Glasscheibe und brüllte im besten Befehlston einer Shi von Brïn: »Blaurock! Beweg sofort dein faules Hinterteil hierher und bring mir eine Decke und heiße Suppe!« Sie hörte den Mann verächtlich grunzen und sah aus den Augenwinkeln, wie er tiefer in seinen Stuhl rutschte und die Füße bequem auf den Tisch warf. »Das Mädchen hier drin geht bald drauf!«

»Nicht mein Problem!«, rief der Mann zurück.

Kamika hatte Lust, die Tür aus den Verankerungen zu brechen und sie dem Bastard über den Schädel zu ziehen. Sie hätte es tun können, sie war eine Shi, und kein Gefängnis, egal ob es ein gewöhnliches war oder eines mit magiebannenden Scheiben und Wänden, hielte sie auf. Aber als Shi musste sie auch dann die Gesetze achten, wenn sie ihr nicht gefielen. Und Kamika steckte bereits in genügend Schwierigkeiten, auch ohne sich über die Gesetze hinwegzusetzen, nur deshalb, weil sie es konnte. Zuzusehen wie ihre Mitinsassin starb, stand allerdings nicht auf der Liste von Dingen, die sie bereit war zu tun. »Es wird dein Problem, wenn sie dir bis morgen weggestorben ist. Dann wanderst du nämlich in eine Zelle der Jäger und die sind weitaus weniger bequem als dieses Etablissement hier!«

Der Mann schwieg, aber dann ließ er seine Füße auf den Boden sinken. Er wusste, dass Kamika wegen einer Rauferei in einer Bar nicht lange einsitzen musste und die Shi sie am nächsten Morgen abholen würden. Außerdem war Kamikas zorniges Temperament der letzten Monate kein Geheimnis, und auch, dass man sie des Mordes verdächtigte, hatte sich schon rege verbreitet. Ihm wurde klar, dass er sich mit der falschen Wächterin anlegte, wenn er es darauf ankommen ließ.

Auf dem Flur entstand Bewegung. Kamika sah seinen Schemen verschwinden und wieder auftauchen, begleitet von dem leicht schlurfenden Gang schwerer Stiefel auf kahlen Fliesen. Es dauerte eine Ewigkeit, bis der Wächter endlich vor Kamika stand, in den Händen ein kleines Tablett mit zwei abgedeckten Schüsseln und etwas Brot daneben. Er blickte Kamika mürrisch an und setzte dann das Tablett auf die Ablage vor der Durchreiche. Die schmale Klappe in der Glastür bewegte sich leicht und gleichmäßig ein Stück zurück, dann zur Seite und der Mann schob die Schüsseln hindurch.

»Wo ist die Decke?«, brummte Kamika betont unfreundlich.

»Keine mehr da«, kam die grimmige Antwort.

»Dann besorge eine!«

»Das ist hier kein Gasthof. Nur weil du eine Shi bist, kriegst du keine Sonderbehandlung, klar? Die Kleine ist eine Streunerin. Die hat sicher schon Schlimmeres überlebt.«

»Was ist mit der Heizung?«, fuhr sie ihn wirsch an.

»Kaputt«, antwortete er knapp.

Kamikas Blick wurde wieder finster. Sie sah die Hände und Füße der jungen Frau vor sich. Kalt, verfroren, aber weich und gepflegt. »Woher kommt sie?«

»Keine Ahnung. Ein paar Kollegen haben sie halb bewusstlos im Stadtpark hinter dem Regentenhaus gefunden. Sie ist nicht auf Brïn registriert, brabbelte unverständliches Zeug und war verwirrt. Als sie mit ihr reden wollten, ist sie aggressiv geworden und wollte die Flucht ergreifen. Also haben sie sie niedergerungen und hergebracht.«

»Wie lange ist das her?«

»Zwei, nein, drei Tage.«

»Drei Tage? Sie liegt da seit drei Tagen in diesen Fetzen und es kümmert euch nicht, dass sie allmählich erfriert?« Kamika war außer sich.

»Nun mach keine große Affäre daraus, Shi! Die Heizung ist erst seit heute Mittag ausgefallen. Morgen wird jemand kommen und die Lavasteine neu aufladen.«

»Morgen? Und bis dahin kannst du nicht einmal eine Decke auftreiben? Herzloser Mistkerl! Schick sofort eine Nachricht zum Turm. Wer auch immer hier morgen aufschlägt, um mich herauszuholen, soll ein paar warme Kleider mitbringen.« Sie riss dem Wachmann das Tablett aus der Hand und marschierte zu der schlafenden Frau. Hinter sich hörte sie den Mann fluchen und mit der Faust gegen die Scheibe schlagen, dass es dumpf in der Zelle donnerte. Kamika nahm ihren eigenen Umhang ab, drehte die Fremde auf den Rücken, tastete ihr über die Stirn und deckte sie zu. Kein Fieber. Bisher. Sie hob den Oberkörper der Frau an und legte ihn sich halb auf den Schoß. Kamikas Mundwinkel zuckten leicht nach oben. Irgendwo unter den Schürfwunden und dem Dreck war die Streunerin sehr hübsch. Schwarzbraune Locken, die im Augenblick recht verfilzt wirkten, eine leicht getönte Haut, die Kamika an den Sommer erinnerte, und weiche Gesichtszüge. Sie war schon erwachsen und eigentlich kein Mädchen mehr, aber so verletzlich, wie sie in ihren Armen lag, wirkte sie furchtbar jung und schutzbedürftig. Die Wächterin griff nach einer der Schüsseln und nahm den Deckel ab. Der Duft einer kräftigen Fleischbrühe stieg ihr in die Nase.

»Kannst du mich hören? He, wach auf!« Sie schüttelte den Körper vorsichtig und nach ein paar Sekunden flatterten die Augenlider des Mädchens träge auf. Es fiel ihr schwer, den Blick zu fokussieren, und es dauerte, bis sie Kamika richtig ansah. Zwei beinahe farblose Juwelen in einem ausgezehrten Gesicht. Ungewöhnlich. »Hier ist heiße Suppe für dich.« Die Augen verdrehten sich wieder und das Mädchen drohte aufs Neue ins Delirium zu gleiten. Kamika schüttelte sie noch einmal. Kräftiger. »Nichts da. Bleib wach! Mund auf!«, befahl sie streng und setzte die Schüssel an die Lippen der Fremden. Die Fremde begehrte leise auf, aber sie gehorchte. Mühsam nahm sie einen ersten Schluck und beinahe zeitgleich füllten sich ihre Augen mit Tränen. Ihre Hände langten zittrig nach der Schüssel und legten sich auf die warme Keramikschale. Kamika spürte die fremden Finger auf ihren eigenen. Eisige, zarte und schwache Finger, die nach Wärme suchten. Die junge Frau trank, bis sie nicht mehr konnte. Ihre Wangen hatten wieder etwas mehr Farbe und auch ihre Finger waren mehr rosa als blau, als Kamika sie noch einmal kritisch beäugte.

»Danke«, krächzte die vermeintliche Streunerin schwach und schlief augenblicklich wieder ein, geborgen in Kamikas Armen. Die Shi sah die Fremde an und merkte, dass all ihre Wut mit einem Mal verflogen war. Stattdessen fühlte sie sich leer und traurig. Sie strich dem Mädchen durch das verdreckte Haar und legte sie vorsichtig ab. Die Katze strich Kamika derweil unablässig laut jammernd um die Füße und rieb sich energisch an ihrem Bein.

»Ich nehme an, du hast auch noch nichts zu futtern bekommen, hm?« Sie stellte den Rest der Suppe auf den Boden. Das Tier stürzte sich begierig darauf und begann wild zu schlabbern und Brocken aus der Schüssel zu fischen. »Guten Appetit, Kätzchen.« Kamika schob sich mit unter den Umhang und legte den Arm um die Fremde. Der Körper war noch immer kühl, glich aber nicht mehr ganz so sehr einem Eiszapfen. Seit Monaten fühlte sich Kamika erstmals wieder nützlich und fiel bald in einen friedlichen Schlaf.

•••

»Du bist wirklich die einzige mir bekannte Person, die es schafft, in nur einer Nacht einem Mann die Nase zu brechen, ganz zu schweigen von seinem Ego, in einer Zelle zu landen und dabei noch eine Frau aufzureißen. Ist das deine große Geheimstrategie? Freundschaften in einer Zelle zu beginnen?«

Kamika schlug müde die Augen auf und blinzelte. Die Wände waren inzwischen hell illuminiert und gaben ein sanftes, milchiges Licht ab. Durch das einzige Fenster der Zelle drang helles Sonnenlicht, der Himmel war klar und weckte eine Ahnung von Frühling. Sie hielt die Fremde noch immer im Arm und löste sich nun vorsichtig von ihr, darauf bedacht, sie nicht aufzuwecken. Der Atem der Frau ging ruhig und flach. Kein Zittern mehr. Kamika drehte sich um und grinste breit. »Guten Morgen, Erigen. Ich bin froh, dich zu sehen, mein Freund!«

»Na, du hast ja ausgenommen gute Laune. Soll ich dich vielleicht noch eine Weile hierlassen?« Er zog verwundert die Augenbraue hoch.

»So schön finde ich es hier nun auch wieder nicht. Haben dich die anderen geschickt, um mich abzuholen?«

»Nein. Du hattest Glück. Lorden war schon fast am Greifgehege, als ich ihn eingeholt habe.«

»Wie wütend ist der gute Lorden?«

»Frag lieber nicht. Was ist passiert?«

Kamika zuckte mit den Schultern und setzte sich auf. »Ich war im ›Roten Klee‹.«

»Und weiter?«

»Nichts weiter.«

Erigen stand mit verschränkten Armen da und schaute sie argwöhnisch an. »Wieso treibst du dich im ›Roten Klee‹ herum?«

»Ist es neuerdings ein Verbrechen, sich zu betrinken?«

»Wenn man auf eine Schlägerei aus ist, ja. Du weißt, was das für ein Laden ist.«

»Ich war nicht ...«

»Mach mir nichts vor, Kamika. Du bist leichtsinnig, seit wir Zolana verloren haben. Also, was hast du angestellt?«

»Bei den Adern! Ich werde des Mordes beschuldigt, darf man sich da nicht einmal ein starkes Ale genehmigen? Die Nachricht hat sich schnell verbreitet. Einer der Kerle wollte sich wichtigmachen. Er war betrunken, hat mich angegriffen und ich habe ihm gezeigt, was ich davon halte.«

Erigen zog eine Grimasse. »Hm. Schön, lass uns erstmal gehen.«

»Hast du die Sachen mitgebracht, um die ich gebeten habe?«

Er zeigte stumm auf ein Bündel, das auf dem verwaisten Bett lag.

»Hilf mir mal.« Kamika warf sich ihren Umhang um und drehte ihre Zellengenossin auf den Rücken.

»Woah, hey, was wird das denn?«

»Wir nehmen sie mit.«

»Wie bitte?«

»Wir nehmen sie mit«, wiederholte Kamika standhaft.

»Weißt du überhaupt, wer das ist?«

»Nein. Ist das wichtig?«

»Ja?!«

»Ist es nicht und ich lasse sie nicht hier.«

»Warum?«

»Ich weiß nicht, warum!«, begehrte Kamika überraschend laut auf und atmete zur Beruhigung tief durch. »Weil es richtig ist. Weil ich wenigstens einen Menschen retten will, Erigen. Deshalb.«

Erigen seufzte mit übertriebener Verzweiflung. »Du kostest mich teure Lebensjahre, Shi.«

»Deswegen magst du mich so gerne«, antwortete sie müde lachend und begann der Fremden die warmen Kleider überzustreifen. Die schlief weiter und gab nur hin und wieder ein leises Seufzen von sich. Zu ausgemergelt, um zu merken, was mit ihr geschah.

»Was geht hier vor?« Der Blaurock stand in der offenen Zellentür und verfolgte das unerwartete Geschehen.

»Ah, der Herr Gastwirt«, rief Kamika voller Elan. »Es war wirklich reizend in dieser charmanten Behausung, aber wir reisen ab. Meine neue Freundin hier kommt mit uns.«

»Moment mal! Ihr könnt sie nicht einfach mitnehmen. Sie ist eine Verdächtige.«

»Was hat man ihr denn vorzuwerfen? Verwirrtheit? Sprachprobleme? Orientierungsverlust?« Der Mann schien protestieren zu wollen, doch Kamika kam ihm zuvor. »Sind das neuerdings Verbrechen in Eydwall?«

»Sie hat sich den Blauröcken widersetzt!«

»Tragisch. Sonst noch etwas?«

»Was ist mit ihrer fehlenden Registrierung?«, protestierte der Mann.

»Wenn sie nicht registriert ist, ist sie hier vermutlich fremd. Und wenn sie hier fremd ist, dann dachte sie sicherlich, die Blauröcke wollten sie angreifen. Folglich hat sie sich nicht widersetzt, sondern sich gegen ein paar handgreiflich gewordene Kerle verteidigt.«

»Das ... Du verdrehst die Tatsachen, Shi!«

Erigen schüttelte den Kopf und kniff sich zwischen die Augen. »Es gibt sicher irgendwelchen Papierkram, den ich unterzeichnen muss, nicht wahr?«

»Sicher, aber die Insassin ...«

»Wir stellen sie unter die Obhut der Wächter. Keine Sorge. Shi Kamika übernimmt die volle Verantwortung für sie. Falls sie ausbüxt und die Stadt in Schutt und Asche legt, bringe ich dir Shi Kamika höchstpersönlich zum Verhör vorbei.«

Der Wachmann brummte unzufrieden, nickte aber schließlich. Es blieb ihm auch nichts anderes übrig.

•••

Juno hörte entfernte Stimmen. Gedämpft wie durch eine Wand.

»Ich wusste nicht, wo ich sie sonst hinbringen sollte. Bei dir ist der sicherste Ort, den ich mir vorstellen konnte.«

»Es war schon gut so. Hier ist sie wirklich absolut sicher, Lorden. Shi Kamika weiß bestimmt nichts über ihre Herkunft und das wilde Portal?«

»Die Terranerin war nicht oft wach, seit Kamika sie gefunden hat. Es sieht nicht danach aus, dass sie Gelegenheit hatte, viel über sich zu verraten.«

»Glaubst du, Shi Kamika hat etwas mit dem Mord zu tun?«

»Nein!«, rief die jüngere Stimme erschrocken. »Nein, Bramas, das glaube ich keine Sekunde. Aber du weißt, wie schlecht sie auf die Terraner zu sprechen ist. Erst recht seit Zolanas Ermordung. Sie muss nichts über die Herkunft der Gestrandeten wissen, und auch sonst niemand. Kassia und Erigen sind eingeweiht, das reicht.«

»Es wird kein Problem sein, die junge Dame hier unterzubringen. Zeitlich kommt es gut mit Eolas Unfall hin«, sagte der ältere Mann nun mit etwas bedrückter Stimme.

»Du sagst es niemandem, ja? Auch nicht deinem Sohn?«

»Gewiss nicht, mein Freund. Ihr Geheimnis ist bei mir sicher. Aber wenn du mir die Frage gestattest, warum willst du es geheim halten?«

Eine Weile war es still, dann fuhr die jüngere Stimme fort. »Nur zur Sicherheit. Die Nachrichtenagentur hat einen Brief des Mörders erhalten und an die Blauröcke weitergeleitet. Darin steht ganz klar, dass unser Opfer ausgewählt wurde, weil sie eine gestrandete Terranerin war. Vielleicht hat es nichts weiter zu bedeuten, aber irgendetwas sagt mir, dass diesem Mord noch andere folgen werden, und ich möchte niemanden in unnötige Gefahr bringen.«

Juno regte sich in ihrem Halbschlaf, denn sie hatte keine Lust mehr auf diesen nicht enden wollenden Albtraum, der jetzt auch noch Morde einzuflechten gedachte. Er war so real gewesen und sie spürte noch immer die Kälte, den Hunger und die Erschöpfung in den Knochen. Schlimmer aber war die Angst gewesen. Nicht zu wissen, wo sie sich befand oder wie sie dorthin gekommen war und dabei völlig fremden

Menschen ausgeliefert zu sein, die sie nicht verstanden und gefangen hielten. Sie erinnerte sich an ein Gesicht, das für einen winzigen Moment vor ihr aufflackerte. Nachtblaue Augen, gerade, feminine Gesichtszüge, geschwungenes kurzes blondes Haar. Ein Anblick, der sie für einen Moment von ihrer Angst befreit hatte. Juno lächelte in ihrem Schlummerzustand und schmeckte die salzige Flüssigkeit auf den Lippen, die mit dem fremden Gesicht gekommen war, die Wärme, die sich in ihrem Inneren ausgebreitet hatte. Es war eine angenehme Wendung gewesen, sie war aber dennoch froh, dass der Traum vorbei war. Sie gähnte und streckte sich. Es tat ihr tatsächlich alles weh und sie fühlte sich genauso ausgelaugt wie in ihrem Traum.

Sie hörte Schritte, die näherkamen. Eine Tür wurde aufgeschoben. Sie spürte den schwachen Luftzug auf den Wangen. Junos Herz pochte in ihrer Brust. Sie riss die Augen auf.

Das hier war nicht ihr Schlafzimmer.

Sie richtete sich auf und erhob sich eilig von einem ihr unbekannten Sofa. Die Kleidung, die sie trug, war fremdartig und gehörte ihr ebenso wenig wie das Zimmer. Sie war außerdem mehrere Nummern zu groß und schien eher auf einen Männerkörper zugeschnitten zu sein. Juno bekam es mit der Angst zu tun und versuchte sich daran zu erinnern, wie sie hierhergekommen war, doch in ihrem Kopf herrschte gähnende Leere. Sie sah sich um. Im Türrahmen stand ein älterer Herr in einer seltsamen, kupfern schimmernden Robe. Ihr Kopf pochte plötzlich so deutlich wie ihr Herz.

»Guten Morgen«, sagte der Mann, »kannst du mich verstehen?«

»Natürlich kann ich Sie verstehen«, gab Juno zurück. Was für eine dumme Frage war das? Er hatte allerdings einen leichten Akzent, den sie nicht einordnen konnte.

»Sehr schön. Wie fühlst du dich?«

»Ganz gut. Denke ich.« Juno zögerte. »Wer sind Sie?«

»Ich bin Bramas. Dein Onkel.«

»Mein ... Onkel?«, fragte Juno misstrauisch, die sich ziemlich sicher war, dass sie keinen Onkel hatte. »Netter Versuch, aber ich habe keinen Onkel. Sorry.«

»Nun ja, von nun an hast du einen.« Der alte Mann wippte froh gelaunt auf und ab.

»Einen Scheiß hab' ich«, sagte Juno schroff und das frohe Wippen hörte auf. »Was wollen Sie von mir? An mir wird nicht herumgegrapscht, klar?«

»Ehm, ehm. Ich will dir helfen. Irgendwo musst du leben, und in der Bibliothek ist viel Platz und viel Wissen, das du brauchen wirst«, brachte der Mann etwas irritiert heraus.

Der Typ war doch durchgeknallt. »Danke, aber ich habe bereits ein Zuhause, in das ich jetzt gerne zurückkehren werde.« Damit straffte sie sich, sah einen Moment lang missbilligend an sich herab und setzte sich in Bewegung. Doch der Mann trat vor den Türrahmen und versperrte ihr den Weg. Er hob beschwichtigend die Hände, als er ihren feindseligen Blick und die sich ballenden Fäuste an ihren Seiten sah. »Weißt du überhaupt, wo du bist?«, fragte der ältere Mann vorsichtig.

Juno zog die Augenbrauen hoch. Der Punkt ging an den Fremden. »Ich komme schon klar.«

Dann aber sagte er etwas, was für Juno der Anfang eines noch viel größeren Albtraums werden sollte als der letzte.

»Meine Liebe, ich will nicht mit der Tür ins Haus fallen, doch unter diesen Umständen habe ich leider keine Wahl. Die Sache ist die: Du bist nicht mehr auf dem Planeten, auf dem du geboren wurdest. Das dürfte ein ziemlich langer Heimweg werden.«

Kapitel 8: Gestrandet

Brïn im Antheste 11'384 n. S.

Eydwall, Ideris

»Brïn ist einer von neun Planeten, auf denen menschliches Leben existiert. Zumindest unter den uns bekannten Welten. Auf einigen dieser Planeten gibt es Magie, echte Magie, und auf Brïn ist sie sehr stark.«

Juno hatte Mühe, ihre Gedanken um eine solche Information zu wickeln. Nach unzähligen Demonstrationen, an denen der Mann vor ihr, ein gewisser Shi Lorden, beteiligt war, blieb ihr allerdings nichts anderes übrig, als das Unglaubliche zu akzeptieren. Er zog Wasser aus der Luft, formte Muster daraus und ließ es wie ein lebendiges Tierchen durch die Luft tanzen.

Er sah anders aus, als in ihrer Erinnerung. Seine Haare waren kürzer, seine Augen von einem hellen Eisblau und seine Gesichtszüge kein bisschen weiblich. Hübsch anzusehen war er schon, aber eben auf eine maskuline Art. Als sie sich für seine Hilfe in der Zelle bedanken wollte, hatte er ihr bloß mit einem verwirrten Ausdruck zugenickt, als wüsste er nicht genau, was sie meinte. Sie musste sich falsch ausgedrückt haben, denn mit der Sprache haperte es gelegentlich noch. Viel wichtiger aber war seine Mitteilung, dass es momentan keine Möglichkeit gab, ein *Portal* zur Erde zu errichten.

»Terra ist sehr weit von Brïn entfernt. Weiter als alle anderen Planeten. Deswegen ist die Magie dort so schwach. Praktisch nicht vorhanden. Nur die Edana kann so viel Magie bündeln, dass ein stabiles Tor zwischen Brïn und Terra bestehen kann.«

»Edana?«

»Unsere Führerin.«

»Eine Art Königin?«

»Etwas in der Art.«

Er zog die Mundwinkel mitleidig hoch, als bedauerte er ihre Naivität. Sie kam sich schlagartig blöd vor. »Warum öffnet sie kein neues Tor?«

Shi Lordens Gesichtsausdruck änderte sich und Meister Bramas, der Bibliothekar, der hier lebte, unterbrach ihr Gespräch. Er trat mit Shi Lorden auf den Flur und unterhielt sich mit ihm, während Juno alleine in dem fremden Zimmer wartete. Noch immer in die fremden Sachen gekleidet, die ihr jemand übergezogen hatte, rollte sie sich auf dem Sessel zusammen. Würde sie daheim jemand vermissen?

Sie hörte, wie die schwere Tür zum Hinterhof ins Schloss fiel. Meister Bramas kehrte kurz darauf zu ihr zurück und setzte sich.

»Wo ist Shi Lorden?«, fragte Juno.

»Er ist gegangen. Er kann nichts für dich tun, meine Liebe. Du musst wissen, es gab vor ein paar Monaten einen tragischen Zwischenfall. Edana Zolana wurde getötet. Sie war seine Frau.«

»Das ... das tut mir leid«, sagte Juno und schluckte. Sie wollte nicht taktlos sein, doch sie musste schließlich irgendwie zurück nach Hause. »Gibt es denn keine neue Edana, die das Tor öffnen kann?«

Bramas schnalzte mit der Zunge. »Ja und nein. Es gibt eine Nachfolgerin, aber sie ist noch neu auf Brïn und sie hat Schwierigkeiten, einen Zugang zu ihrer Magie zu finden.«

»Aber den wird sie doch sicher bald erlangen?«

»Da bin ich sicher.« Bramas nickte mit Überzeugung. Juno sah aber deutlich, dass ihn noch etwas beschäftigte.

»Gibt es ein Problem mit ihr?«, fragte sie besorgt.

»Nicht direkt mit ihr. Es ist das Tor selbst.«

»Was heißt das?« Sie hatte das Gefühl, dass sie ihm jede Information einzeln aus der Nase ziehen musste, und Geduld war nicht gerade ihre Stärke.

Er faltete die Hände auf dem Schoß. »Es ist so. Das Tor auf der anderen Seite, auf Terra, es öffnet sich immer zu einer anderen Zeit. Hier auf Brïn ist es stabil, aber auf Terra weiß man anfangs nie, in welcher Zeitlinie man bei Durchschreiten eines neuen Portals eintrifft.«

Juno kniff die Augen zusammen. »Soll das heißen«, fragte sie mit einem Anflug von Panik, »selbst wenn diese Edana das Portal öffnen kann, dass ich nicht nach Hause komme, weil ich ... keine Ahnung ... in der Steinzeit herauskommen könnte?« Bramas nickte zögerlich. Sie sprang von ihrem Sessel auf, raufte sich die dunklen und völlig verknoteten Haare und ging in dem Zimmerchen auf und ab. »Das darf doch nicht wahr sein. Wie bin ich denn überhaupt hier gelandet?«

»Das ist eine Frage, die im Augenblick niemand beantworten kann, Kin Juno. Die wilden Portale von Terra zu Brïn wurden von den Shi schon vor Jahrtausenden geschlossen. Die Edanae halten stets nur ein Portal offen, damit solche Unfälle möglichst nicht passieren.«

»Unfälle?«

»Terraner, die unbeabsichtigt durch ein Tor fallen und aus ihrer Zeit entrissen hier stranden. So wie du.«

»So wie ich«, murmelte Juno. »Aber wenn sich einmal so ein wildes Tor geöffnet hat, dann kann das doch wieder passieren, oder?«

»Hin und wieder passiert es schon, soweit ich weiß, aber nur sehr selten. Vielleicht ein- oder zweimal pro Jahrhundert und dann auch nur für wenige Sekunden«, sagte Bramas sanft. »Selbst wenn sich weitere Tore öffnen sollten, Kin Juno, es wäre sehr gefährlich, sie unerforscht zu benutzen. Sie könnten überall enden. Hunderte Meter über der Erde, auf dem Grund des Meeres, inmitten einer Kriegsschlacht, zehn Jahre in deiner Vergangenheit oder tausende in der Zukunft. Mal eben in eines hineinzugehen, ist dementsprechend wenig empfehlenswert.«

»Was ist mit den anderen Planeten? Gibt es dort Tore zur Erde?«

Bramas nickte. »Normalerweise schon. Aber auch die sind zusammengebrochen.« Er hob eine Hand, weil Juno schon zur nächsten Frage ausholte. »Auch die Führenden der anderen Planeten können vorerst keine Tore öffnen. Im Moment herrscht bei uns eine etwas ungewohnte Ausnahmesituation, Liebes. Die Magie aller Planeten ist miteinander verbunden und Zolanas Tod hat eine große Erschütterung verursacht.«

Juno hörte auf, nachdenklich im Zimmer umherzulaufen. »Das heißt also, ich sitze hier für den Rest meines Lebens fest.«

»Es hat auch Vorteile, auf Brïn zu leben«, sagte der Meister, doch davon wollte Juno jetzt nichts wissen. Sie wollte einfach nur nach Hause – keine Gestrandete auf einem fremden Planeten ohne Dach über dem Kopf sein.

»Vater, darf ich – oh, Verzeihung. Komme ich ungelegen?«

Juno und Bramas sahen zu dem Mann hinüber, der im Türrahmen erschienen war. Er war vielleicht Mitte dreißig, hatte nussbraunes Haar und hellbraune Augen. Er war recht groß und von sportlicher Statur. Seine schmalen Lippen umspielte ein Lächeln, das einen gewissen Charme versprühte. Die Ähnlichkeiten zwischen ihm und Meister Bramas waren nicht zu übersehen.

»Nein, komm nur herein. Kin Juno, das ist mein Sohn. Akko, das ist deine Cousine Juno.«

»Meine was?«

»Sie ist Eolas' Tochter.«

»Eolas? Aber er und seine Familie sind doch vor zwanzig Jahren verunglückt, dachte ich.«

»Unsere kleine Juno hier hatte offenbar Glück und kam bei einer anderen Familie unter.«

»Wieso haben die sich denn nie bei dir gemeldet?«, fragte der jüngere Mann fassungslos.

»Es ist einiges durcheinandergeraten. Sie wussten gar nicht, wer das Kind war.«

Juno traute sich nicht, auch nur ein Wort zu sagen. Sie war kaum aufgewacht, da war sie instruiert worden, ihre Herkunft zu verbergen. Egal vor wem. Nur Meister Bramas und Shi Lorden wussten bisher, wo Juno wirklich hergekommen war.

»Das ist eine riesige Schlamperei!«, echauffierte sich der jüngere Mann.

»Die Kolonien mussten so übereilt aufgelöst werden, Akko, das wird sicher noch Monate für kleine Absurditäten sorgen. Nehmen wir es als kleines Wunder, dass Juno jetzt hier ist«, sagte Bramas an seinen Sohn gewandt. »Wolltest du nicht etwas von mir?«

»Oh, ja, ich muss noch einmal ins Regentenhaus. Könntest du diese Abschriften hier vielleicht für mich einsortieren?« Der Mann namens Akko ließ Juno kaum aus den Augen und hielt seinem Vater den Stapel Papiere hin. Er schaute sie mit unverhohlener Neugier an. Ihr kam der Verdacht, dass er auf eine Reaktion von ihr wartete, doch sie war ganz und gar nicht in der Stimmung für Nettigkeiten und blickte eher verdrießlich drein.

»Ich erledige das, Junge.«

»Danke, Vater.« Akko wandte sich wieder zur Tür um, blieb dann aber noch einmal stehen und richtete seine Worte diesmal direkt an die Besucherin. »Ich hoffe, wir sehen uns später noch.«

Unschlüssig schaute Juno zu Bramas, der die Antwort dankenswerterweise übernahm. »Juno wird vorerst bei uns bleiben. Ihr könnt euch später noch unterhalten.«

»Wundervoll«, sagte Akko enthusiastisch, verneigte sich und verschwand.

»Er scheint nett zu sein«, meinte Juno nach einer Weile, als ihr die Stille zu unangenehm wurde.

»Akko ist ein guter Junge.« Bramas nickte.

Als ›Jungen‹ hätte Juno ihn nun nicht mehr beschrieben, aber aus Bramas' väterlicher Sicht würde der Sohn vielleicht immer sein ›Junge‹ bleiben.

•••

Er hatte Kin Juno nicht von Kamika erzählt. Offenbar erinnerte sie sich nicht an ihre Helferin und es war besser, wenn sich die beiden nicht allzu oft über den Weg liefen. Er konnte bisher nicht erklären, wodurch sich das wilde Portal von Terra aus geöffnet hatte, und Kamika würde keine Ruhe geben, bis sie die Antwort gefunden hatte, wenn sie von der Herkunft der Gestrandeten erfuhr. Wer wusste schon, wie die Windwächterin letztlich reagieren würde? Lorden war durchaus in der Lage zu erkennen, dass sich Kamika dieser Tage stets am Rande eines Wutausbruchs entlanghangelte. Sie hatte gewiss nachvollziehbare Gründe für dieses Verhalten und manchmal wunderte sich Lorden, wie viel ruhiger er selbst bleiben konnte. Er schüttelte sich ein wenig, um die sorgenvollen Gedanken zu vertreiben. Er musste jetzt den Rest seiner Familie zusammenhalten und dafür sorgen, dass ihnen Kamika nicht auch noch entglitt. Die Terranerin war sicher untergebracht und niemand musste erfahren, woher sie wirklich stammte. Mit einem barbarischen Mörder in der Stadt war es zudem eine reine Vernunftentscheidung, sie als Brïnai auszugeben, und es war ein glücklicher Zufall, dass er Bramas und dessen Familiengeschichte kannte, in die Juno wunderbar hineinpasste.

Während seine Gedanken weiter abschweiften, legte Lorden die Kleider zusammen und strich ein wenig wehmütig über den kalten Stoff jedes einzelnen Stücks. Er hatte Zolanas persönliche Dinge in seine eigenen Räume bringen lassen, die Räume, die dem Wächter des Wassers normalerweise zugeteilt waren, und hortete sie hier seit Monaten. Er hatte sich nicht gleich von ihnen trennen können und der Gedanke behagte ihm auch jetzt noch nicht allzu sehr. Aus ihren gemeinsamen Räumen auszuziehen und sie der neuen Edana zu überlassen, war Lorden dagegen leichtgefallen, denn es steckten zu viele Erinnerungen in diesen Wänden. Wenn er sich umdrehte, dann schmerzte es ihn, Zolana nicht in ihrem Sessel am Fenster sitzen zu sehen und wenn er etwas suchte, dann erwartete er ihre Stimme zu hören, die ihm sagte, wo er suchen musste. Es dauerte jedes Mal lange Sekunden bis er sich daran erinnerte, dass seine Frau nie wieder in dem Sessel sitzen oder zu ihm sprechen würde. Nein. Der Umzug war ihm wirklich nicht im Geringsten schwergefallen. Mit Zolanas Kleidern verhielt es sich hingegen etwas anders. Noch immer hing ihr vertrauter Geruch in den Stoffen und auch das weckte Lordens Erinnerungen an sie. Doch der Geruch, und die Möglichkeit, das Kleidungsstück in die Arme schließen zu können, spendete Lorden an besonders düsteren Tagen ein wenig Trost und Kraft. Nun aber glaubte er, einen neuen Zweck für die Kleider gefunden zu haben, der auch Zolana gefallen hätte. Bramas' vermeintliche neue Nichte stand ohne Hab und Gut da, und anders als die viel jüngere und mager gebaute Sofia hatte Kin Juno in etwa die Maße seiner verlorenen Geliebten. Er könnte also hier sitzen und Zolanas Kleider verstauen, bis sie zerfielen, oder er überließ sie der Frau, die ihre ganze Welt verloren hatte. Wenn er Juno schon nicht zurückbringen konnte, so konnte er ihr wenigstens dabei helfen, ein neues Zuhause für sich zu schaffen und ihr für den Anfang Zolanas Garderobe überlassen. Vielleicht war es an der Zeit, endgültig Abschied zu nehmen.

Mit stoischer Ruhe packte er alles in Kartons und stapelte sie schließlich neben der Tür. Er entschied sich, nur Zolanas Lieblingshemd zu behalten, das sie meist in der Nacht getragen hatte. Ein unsäglich hässliches Ding, das groß genug war, um einen Riesen bequem zu kleiden. Oder eben eine zierliche Edana, die sich darin einwickelte wie eine Raupe in ihren Kokon. Zwischen all den aufwendig geschneiderten Festkleidern, Hosen und Blusen war es dieses unförmige Hemd, das den eigentlichen Schatz der Kleidersammlung darstellte. Mehr brauchte Lorden nicht. Er würde den Rest zu Meister Bramas in die Bibliothek schicken und der gestrandeten Terranerin damit bei ihrem Neuanfang in dieser Welt helfen.

Kapitel 9: Home, sweet Home

Brïn im Antheste 11'384 n. S.

Eydwall, Ideris

»Das hast du nun davon, dass du dich ständig verwunden lässt.«

»Was meinst du?«, fragte Kamika ihren Freund.

»Das Mordopfer, Kin Merle. Sie war eine Aushilfe bei den Heilern. Am Tag ihrer Ermordung hatte sie zuvor Dienst im Tempel.«

»Und?«

»Du bist aber auch wirklich wieder sehr gesprächig heute«, maulte Erigen, der ein wenig enttäuscht darüber war, dass Kamika kaum erleichtert wirkte. Als wollte sie ihn ärgern, zuckte sie desinteressiert mit den Schultern.

»Die Aufzeichnungen beweisen, dass sie zu den Heilern gehört hat, die deine Wunden nach dem Kampf mit den Skrae versorgt haben. So sind deine Haare auf ihre Kleider gelangt.« Erigen musste sich eingestehen, dass seine Erleichterung darüber größer war, als es ihm behagte. Er hatte keine Zweifel an Kamikas Unschuld haben wollen, doch nun zeigte sich, dass ihn dennoch leise Bedenken begleitet hatten. Kamikas Abneigung gegen alles, was mit Terra in Verbindung stand, war kein Geheimnis. Natürlich machte einen das nicht gleich zu einer Mörderin, noch dazu zu einer so bestialischen. Doch wenn ein Mensch unter Druck geriet, waren viele stressbedingte Reaktionen möglich. Er war wahrlich froh, dass sein Glaube an Kamika nicht erschüttert worden war.

»Damit ist überhaupt nichts bewiesen, Erigen.«

Rumms! Ein weiterer abschmetternder Kommentar, der ihm die Stimmung verdarb. »Du hast die Nacht bei den Heilern verbracht. Das ist der Beweis, dass du Kin Merle nicht ermordet haben kannst, Kamika.«

»Du kennst die Menschen doch gut genug. Sie werden reden.« Wieder zuckte sie mit den Schultern.

»Dann lass sie reden! Seit wann interessiert es dich, was die Leute denken?«

Kamika schüttelte sanft den Kopf. »Diesmal ist es etwas anderes. Wir sprechen hier von der Auslöschung eines Menschenlebens. Es spielt keine Rolle, wie oft ihr wiederholt, dass ich in dieser Nacht nicht bei Kin Merle gewesen sein kann. Es werden Zweifel bleiben. Man wird denken, ihr wollt mich beschützen, hättet die Aufzeichnungen gefälscht, oder was auch immer diesen Sensationsgeiern noch einfällt. Bis der wahre Mörder gefasst wird, werden sie mich im Stillen verdächtigen. Falls er jemals gefasst wird.«

»Nun sei doch nicht so ekelhaft negativ!«

»Er hat keine Spuren hinterlassen. Nicht einmal ein Echo von Magie, dem wir nachspüren könnten.«

»Er war sorgfältig, na und? Er kann sich nicht ewig verstecken. Wir haben seinen Brief, und die Wissenschaftler nehmen jede gesicherte Probe noch einmal genauestens unter die Lupe.«

»Was soll das bringen?«

»Es ist ein Anfang, Kamika. Kannst du nicht ein wenig mehr Erleichterung an den Tag legen?«

»Vielleicht hast du recht.« Sie nickte und straffte sich. Es hatte keinen Sinn, sich hängen zu lassen. »Hast du etwas von dem Mädchen gehört?«

»Deiner Freundin aus der Zelle?« Erigen zwinkerte ihr nun mit einem schelmischen Grinsen zu. »Lorden war vor ein paar Tagen bei ihr. Es scheint ihr gut zu gehen, dank dir. Da hast du etwas, worüber du dich freuen kannst.«

•••

»Akko, guten Morgen. Hast du nicht deinen freien Tag heute?«

»Sei mir gegrüßt, Trissa! Ich begleite heute bloß meine Cousine hier, sie muss registriert werden.«

Meister Bramas' Sohn hatte Juno an diesem Morgen zur Registratur begleitet, um eine Probe ihres Blutes in das Zentralarchiv einlesen zu lassen. Es ging alles sehr schnell, da außer ihr niemand dort war. Die junge Sachbearbeiterin war überrascht, als sie beinahe drei Monate nach dem Zusammenbruch der Portale wieder eine Kundin hatte. Vermutlich aber nicht so überrascht wie Juno, die es gewohnt war, für Behördengänge eine deutlich längere Wartezeit einzuplanen.

»Weshalb erst jetzt?«, fragte Trissa etwas vorwurfsvoll.

»Es ist alles ein wenig durcheinandergeraten nach dem Zusammenbruch der Portale. Sie ist bei einer Pflegefamilie aufgewachsen. Nach ihrer etwas hektischen Ankunft auf Brïn ist sie ziellos umhergeirrt, bis sie kürzlich nach Eydwall kam und Shi Lorden herausgefunden hat, dass sie die Nichte meines Vaters ist. Ist es zu fassen, dass wir zwanzig Jahre lang dachten, sie wäre mit ihren Eltern zusammen umgekommen?«

»Verirrt, mitten im Winter und noch dazu eine Waise?«, sagte die Frau mit unangenehm hoher Stimme. »Armes Ding!«, schloss sie mit einem mitleidigen Schnalzen, machte die Dokumente anstandslos fertig und stellte keine weiteren Fragen. »Aber du hast Glück, dein Onkel ist ein sehr netter Mann – ich traf ihn während einer Fortbildung vor etwa fünfundzwanzig Jahren – und Akko hier ist ein ausgesprochen charmanter Zeitgenosse.« Den letzten Teil sagte sie etwas leiser und mit einem koketten Blick zu dem erwähnten Mann. Wie zur Bestätigung ihrer Worte schmunzelte er bescheiden und verneigte sich leicht vor seiner Kollegin.

Juno übersah den zarten Flirt höflich und wunderte sich stattdessen darüber, dass die Frau hinter dem Schalter nicht alt genug aussah, um auch nur ein Jahr älter als fünfundzwanzig Jahre sein zu können. Während sie sich über die kleinen Dinge ihrer neuen Heimat wunderte, nahm Kin Trissa routiniert ihre Daten auf: Name, Größe, Heimatplanet, Fingerabdruck und zuletzt natürlich eine Blutprobe. Es wunderte sie ein wenig, dass niemand den Wahrheitsgehalt ihrer Angaben überprüfen wollte, aber das war mit den geschlossenen Portalen vielleicht auch gar nicht richtig möglich. Außerdem schienen Akko und Bramas genug Vertrauen in Eydwall zu genießen, als dass jemandem Zweifel an ihrem Wort käme.

»Wie steht es mit deinem Namen, Kin Juno? Soll er vor deiner Registrierung geändert werden?«

»Geändert?« Juno legte die Stirn in Falten.

»Solange du nicht eingelesen wurdest, kannst du ihn noch ändern. Nicht allen Brïnae gefällt die Namenswahl ihrer Eltern. Wir machen dann nur eine Notiz für den Fall, dass der ursprüngliche Name einmal für eine Zuordnung gebraucht wird.«

»Danke für das Angebot, aber ich denke, ich bin mit meinem Namen zufrieden.«

»Wie du möchtest, Kin Juno. Dann reich mir jetzt bitte deine linke Hand.«

Beinahe beiläufig erfolgte Junos Markierung als Bewohnerin Brïns. Die Sachbearbeiterin legte ihr dazu ein kleines weißes Gerät um das Handgelenk und in nur wenigen Sekunden war die Prozedur beendet, noch bevor Juno die winzigen kleinen Stiche als echten Schmerz registrieren konnte. Als ihr das Gerät wieder abgenommen wurde, glänzte ein kaum sichtbares weißes Insigne auf der Innenseite von Junos Handgelenk.

»Das war es, Kin Juno. Willkommen auf Brïn! Oh, und Augenblick ...« Die Frau kramte in einer etwas angestaubten Ecke ihres Abteils und zog schließlich ein gebundenes Buch aus einem der Regale. »Hier ist noch eine Ausgabe von ›Kinobes Ratgeber‹. Da stehen sicher auch für dich ein paar wichtige Dinge drin. Immerhin dürfen sie euch nicht alles erzählen, solange ihr noch in den Kolonien lebt.«

»Vielen Dank«, antwortete Juno mit Zurückhaltung und nahm das Buch an sich. Sie rieb sich über die frische kleine Tätowierung an ihrem Handgelenk, die sie von heute an als Bürgerin dieser neuen Welt auswies.

•••

Meister Bramas erwartete sie bei ihrer Rückkehr in die Bibliothek bereits in seinem Arbeitszimmer. »Juno, wie ist es gelaufen?«

»Gut, denke ich. Sie haben mich tätowiert.« Sie hielt ihr Handgelenk zum Beweis hoch und verzog dabei das Gesicht. Da hatte sie sich ihr ganzes Leben gegen diesen Körperkult gewehrt, und nun hatte sie es doch erwischt. Sie konnte nur hoffen, dass das unbekannte Insigne kein brïnaisches Äquivalent zum chinesischen Zeichen für Suppe darstellte.

»Dann sei willkommen in deinem neuen Zuhause!«, rief Bramas feierlich und strahlte über das ganze Gesicht.

»Sie ist doch nicht erst vor fünf Minuten angekommen, Vater.« Akko schüttelte vorwurfsvoll den Kopf.

»Sei kein Spielverderber, Junge.« Er wedelte mit den Fingern. »Komm, Juno, lass mich dir etwas zeigen.« Der Bibliothekar drehte sich aufgeregt um und lief los.

Es ging die Treppen hinunter, um eine Ecke, durch schwach beleuchtete Gänge. Dann und wann schauten Bibliothekare neugierig von ihren Arbeiten auf, als die kleine Prozession an den Zimmern vorbeilief. Bramas führte Juno in eines der Zimmer, das zurzeit menschenleer war. Zwischen hohen Regalen, vollgepackt mit Büchern in allerlei Formen und Farben, blieb er stehen. Juno drehte sich und legte den Kopf in den Nacken, um die oberen Reihen zu finden.

»Das hier ist unsere historische Abteilung. Hier findest du alles, was jemals über Brïn, die Magie, die Edanae und die Shi niedergeschrieben wurde. Besucher gibt es hier nur selten, so dass du meistens ungestört sein dürftest. Dort hinten sind auch Abschriften der Tagebücher von der ersten bis zur letzten Edana, manchmal auch die ihrer Wächter. Ein eher persönlicher Ansatz, und manches davon wird dir sicher unverständlich sein, aber wenn du die menschliche Seite der Wächter und ihrer Aufgaben kennenlernen willst, dann sind sie sicher die beste Lektüre. Es gibt selbstverständlich auch Bücher, die das scheinbar Unerklärliche erklären.«

Juno drehte sich im Kreis und starrte die unzähligen Bücher in den Regalen an. »Wo soll ich denn da anfangen, Meister Bramas?«

»Keine Sorge. Es ist alles sauber sortiert und archiviert. Über einen der Spiegel kannst du dir zu jedem Thema Informationen erfragen und Lektüreempfehlungen abholen. Aber ich war so frei und habe dir schon ein paar Bücher zusammengesucht.« Bramas zeigte in die entgegengesetzte Richtung auf einen runden Tisch, der Juno bisher entgangen war. Ein Stapel Bücher türmte sich dort auf. »Du kannst mich natürlich auch jederzeit fragen, wenn du nicht weiterkommst oder etwas Bestimmtes suchst. Die meisten Texte sind außerdem im Spiegelnetzwerk abrufbar. Ich mag es allerdings lieber altmodisch auf Papier. Das riecht schöner.«

Juno lächelte. »Das finde ich auch. Und ich kann mir hier jedes Buch ausleihen, das ich möchte?«

»Aber sicher.«

Juno ließ die Finger über die Buchrücken wandern und grinste vor sich hin. Dann ging sie zu dem Tisch, versuchte, aus den ausgewählten Büchern schlau zu werden, musste aber feststellen, dass sie erst einmal nichts von dem verstand, was darauf geschrieben war. Die Schriftzeichen waren ihr vollkommen fremd. »Aber Meister Bramas, das kann ich ja gar nicht lesen.«

»Das werden wir bald ändern. Komm, es gibt noch mehr!«

»Noch mehr?« Sie hatte sich gerade die Bücher auf die Arme geladen und war ganz sicher, dass da nicht ein einziges Buch mehr drauf passen würde.

»Lass mich dir helfen, Kin Juno«, bot Akko an, der still im Türrahmen gewartet hatte. Er nahm ihr einen Teil der Bücher ab und lächelte ihr mitleidig zu. Sein Vater konnte sich schrecklich für Bücher begeistern und vergaß dabei manchmal, dass es nicht allen Menschen so erging. Als er Juno nun ansah, hatte er allerdings schnell den Verdacht, dass Bramas diesmal Glück gehabt haben mochte. Die Neugier und Vorfreude standen ihr förmlich in das strahlende Gesicht geschrieben und ihre beinahe farblosen Augen glänzten vor Aufregung.

»Danke«, sagte sie und nickte dem Bibliothekar dankbar zu.

»Na los, los!«, rief Bramas ungeduldig und die beiden folgten ihm hastig.

Es ging zurück in den Mitarbeiterbereich der Bibliothek. Doch diesmal bogen sie nicht auf den Gang ab, der sie zu den Arbeitsräumen brächte, sondern stiegen die Treppe hinauf, durch eine Tür im ersten Stock, die in den Privatbereich des Gebäudes führte. Von dort ging es einen weiteren Gang entlang und eine weitere Treppe hoch. Sie bogen um eine Ecke und dann standen sie vor einer schlichten, weiß gestrichenen Tür.

»Nur zu, geh hinein«, ermutigte Bramas sie.

Juno drückte die Klinke gespannt herunter und öffnete die Tür. Vor ihr lag ein möbliertes Zimmer mit einem Bett, einem Schrank, einem leeren Regal und einem kleinen Arbeitstisch, der direkt unter einem großen Fenster stand. Durch das Fenster hatte man eine herrliche Aussicht über den weiten und begrünten Hinterhof der Bibliothek und Teile der Stadt.

»Gefällt es dir? Wir haben es die letzten Jahre als Rumpelkammer benutzt und mussten erst einmal etwas ausmisten. Aber es ist doch besser als das Arbeitszimmer mit dem unbequemen Sofa, oder?«

»Es ist toll!«, sagte sie und legte ihren Bücherstapel auf dem Tisch ab. Akko stellte seinen Teil dazu. Das Zimmer war kleiner als Junos alte Wohnung, aber familiärer, obwohl es noch nach frischer Farbe roch und ganz und gar kahl war. Auch die Nachbarschaft war freundlicher und sauberer, als in ihrem alten Viertel. Sie spürte eine Welle der Erleichterung über sich gleiten. Sie hatte ein Heim. »Es ist wirklich wunderbar, Meister Bramas.« Wie zur Untermalung ihrer Aussage kam Kater Portos hinter ihnen durch die Tür geschlichen, sprang zielstrebig auf das Bett und rollte sich nach einigem Geschnüffel und Herumgerolle zu einem flauschigen Knäuel zusammen. Es dauerte nicht lange, bis sein leises Schnarchen einsetzte, und Juno musste lachen.

»Dann richte dich erst einmal ein. Deine Kleider habe ich schon im Schrank verstaut, während du mit Akko unterwegs warst, und in deiner Schreibtischschublade ist ein Handspiegel. Wir besorgen dir in nächster Zeit noch einen großen, mit dem du vernünftig arbeiten kannst, aber für den Moment kommst du sicher zurecht.«

»Das ist unglaublich nett von euch. Ich weiß gar nicht, was ich sagen soll.«

»Ach, das ist doch gar nichts! Wir freuen uns, dich bei uns zu haben«, rief Bramas heiter.

Juno schaute Vater und Sohn an. Sie hatte wirklich Glück, dass sie bei so netten Menschen untergekommen war. Wer weiß, wo sie sonst noch hätte landen können? »Danke, Bramas.«

»Also dann, du weißt ja, wo du mich findest.«

»Oder mich«, ergänzte Akko mit einem Zwinkern.

Bramas und Akko verneigten sich knapp und ließen sie in ihrem neuen Zimmer alleine. Juno breitete die Arme aus und drehte sich voller Freude über ihr neues Heim. Sie nahm die Bücher vom Tisch, stellte sie nebeneinander ins Regal und ließ sich dann zu Portos auf das wirklich bequeme Bett fallen. Der Kater hob kurz den Kopf und sah sie etwas missbilligend an, ehe er sich mit einem eindeutigen Schnurren auf den Rücken warf, die Vorderpfoten anzog und ihr den Bauch entgegenstreckte.

»Kleiner Charmeur!«, rief sie amüsiert und begann ihm den Bauch zu kraulen.

Kinobes Ratgeber für Neuankömmlinge

(11') - 117. Auflage

Abschnitt Eins: Willkommen auf Brïn

Wenn du diesen Ratgeber in Händen hältst, dann hast du gerade deine Volljährigkeit erreicht und bist endlich von deiner Kolonie in deine eigentliche Heimat umgesiedelt worden. Herzlichen Glückwunsch! Da dich deine Eltern und Lehrer bestens vorbereitet haben werden, enthält dieser erste Abschnitt für dich keine neuen Informationen. Somit steht es dir frei, gleich zu Abschnitt Zwei: Die ersten Tage - Orientierung im brïnaischen Alltag zu springen.

Wenn du allerdings nicht in einer der Kolonien Brïns aufgewachsen bist, dann hat es dich aller Wahrscheinlichkeit nach, durch Raum und Zeit, als gestrandete Person von Terra zu uns verschlagen und dein Leben steht nun kopf. Keine Panik, Brïn heißt dich willkommen!
Um dir dein neues Leben und den Übergang dorthin so leicht wie möglich zu machen, haben wir in diesem Ratgeber die wichtigsten Informationen für dich zusammengefasst.

Eine kurze Einleitung:
Brïn ist deiner alten Welt nicht ganz unähnlich, wie du vielleicht schon bemerkt haben wirst. Unsere Klimazonen sind gemäßigt, die Flora und Fauna entsprechen zu einem großen Teil denen auf Terra. Dies ist auf die Formung Brïns seit Beginn der Symbiose zwischen Menschen und Magie zurückzuführen. Bis zu diesem Moment war Brïn ein unbewohnbares Ödland, auf dem die Elemente wild und zerstörerisch wüteten. Erst unter der Führung der ersten Edana und ihrer vier Shi (Weltenwächter) wurde Brïn zu der Perle geformt, die es heute ist. In diesem Zuge wurden so viele Tiere und Pflanzen wie möglich von Terra nach Brïn gebracht. Weitere Informationen dazu findest du in Abschnitt Dreizehn: Edana de Brïn, in Abschnitt Vierzehn: Shi de Brïn und Abschnitt Fünfzehn: Entstehung von Brïn
Da sich Brïn auf Basis vieler verschiedener terranischer Kulturen aus allen existierenden Epochen gründet, werden dir manche Eigenarten unserer Welt vertraut erscheinen, andere dagegen sehr befremdlich.

Die Gesellschaft von Brïn existiert ganzheitlich demokratisch und in gegenseitigem Respekt, ungeachtet unserer individuellen Unterschiede. Die wichtigsten Gesetzesgrundlagen findest du in Abschnitt Drei: Verhalten & Grundregeln

Für den Anfang soll dies als Einstieg genügen. Im Folgenden findest du noch eine Übersicht zu den wichtigsten Eckdaten deiner neuen Heimat:

Kalendarium:

1 Jahr auf Brïn = 14 Monate = 490 Tage
1 Monat = 5 Wochen
1 Woche = 7 Tage
1 Tag = 27 Stunden

Monatsnamen:

01: Gamel
02: Antheste
03: Elaphebol
04: Munich
05: Thargel
06: Skirophor
07: Hekato
08: Metageit
09: Boedrom
10: Pyanops
11: Maimakter
12: Poseid
13: Dekatrai
14: Katesser

Jahreszeiten:

Frühling: 01. Antheste – 35. Thargel
Sommer: 01. Skirophor – 35. Boedrom
Herbst: 01. Pyanops – 35. Poseid
Winter: 01. Dekatrai – 35. Gamel

Kontinente:

Es gibt 6 Kontinente auf Brïn.
1: Ideris
2: Euridis
3: Oberes Antaris
4: Unteres Antaris
5: Piramis
6: Golidis

Hauptstadt: Eydwall (auf dem Kontinent Ideris)

Hoshide: beginnt am 30.09. und endet am 35.09.

Datum (ein Beispiel):

Diese überarbeitete Auflage des Ratgebers wurde im Monat Dekatrai (13) am dreiundzwanzigsten Tag (23) des Monats und elftausenddreihundertundvierundachtzig Jahre (11'384) nach der Symbiose (n. S.) fertiggestellt.
Daraus ergibt sich das numerische Datum: 23.13.11'384 n. S.

Kapitel 10: Schlaflos

Brïn im Antheste 11'384 n. S.

Eydwall, Ideris

Kamika war hellwach, obwohl es weit nach Mitternacht sein musste. Aios und Eios, die beiden Zwillingsmonde von Brïn, hatten schon die Hälfte ihres allnächtlichen Weges hinter sich gebracht. Mit offenen Augen lag sie in dem fremden Bett und starrte reglos an die Zimmerdecke, die im Laufe der Zeit feine Risse in der Farbe bekommen hatte. Ihre Augen folgten den zackigen Linien hin und her, während ihre Gedanken ständig abdrifteten und sie wachhielten.

Sie hatte Lorden nicht die ganze Wahrheit gesagt. Niemand kannte die ganze Wahrheit. Vor vielen Jahren, nach ihrer Ankunft auf Brïn, hatte Kamika ein ganzes Jahr damit verbracht, an Zolana zu denken und von ihr zu phantasieren. Wie ein dummes Kind war sie sich dabei vorgekommen. Ein dummes, liebeskrankes Kind, zu feige, etwas zu sagen. Sie hätte es nie gewagt zu glauben, dass die Edana ihre Zuneigung je erwidern würde. Nachdem Kamika aber zur Wächterin berufen und in den Turm der Shi eingezogen war, hatte Zolana sie regelrecht ermutigt, bis es irgendwann passiert war. Ihre erste echte intime Erfahrung mit einer anderen Frau. Einer, die sie nicht für falsche Zuneigung bezahlen musste. Die Tür zu einer neuen Welt hatte sich für Kamika geöffnet. Wortwörtlich, was Brïn anging, aber auch metaphorisch, was ihre Neigungen und Sehnsüchte betraf.

Es hatte eine Weile gedauert, bis sie glauben konnte, dass all das wirklich geschah und plötzlich alles möglich war. Drei Monate lang kam Zolana in Kamikas Schlafzimmer geschlichen, wenn alle anderen im Turm längst schliefen, und im Morgengrauen war die Edana wieder verschwunden. Es waren liebevolle Momente gewesen, aber auch geheime, und es hätte ewig so weitergehen können. In jener Zeit war Kamika überwältigt gewesen von neuer Hoffnung und Zuversicht und hatte geglaubt, Zolana empfände wirklich etwas für sie. Nach all diesen Jahren der Zurückweisung und Einsamkeit, der Vorsicht und Furcht vor sich selbst, durfte sie plötzlich sie selbst sein. Sie wurde nicht länger geächtet.

Doch dann war der Tag gekommen, an dem der alte Wasserwächter, Shi Bionis, in den letzten Schlaf gesunken war und plötzlich Lorden vor ihnen gestanden hatte, erfüllt von der Magie des Wassers. Ein wenig überfordert hatte er damals ausgesehen, schüchtern sogar. Obwohl er ein echter Brïnai war und kaum älter als Kamika zu dieser Zeit, war Lorden noch nicht lange auf dieser Welt zuhause gewesen. Er hatte noch gar nicht recht die Zeit gehabt, sich in seiner Heimat einzuleben, bevor er von der Magie des Wassers gerufen worden war. Doch in der Sekunde, in der Zolana ihn zum ersten Mal gesehen hatte, war Kamika klargeworden, dass sich die Edana in ihn verlieben würde. Ihr war auch klargeworden, dass Zolanas Gefühle für Kamika bei Weitem nicht so tief gingen. Die Erkenntnis hatte sich wie eine Schlinge um den Nacken der Wächterin gewickelt und ihr den Atem abgeschnürt. Dreimal war die Edana nach Lordens Ankunft noch zu Kamika gekommen, und dann, von einem Tag auf den anderen, endete es.

Die Wächterin hatte lange, einsame Wochen vergebens darauf gewartet, dass Zolana wieder in ihr Zimmer geschlichen kam. Aber sie blieb alleine und niemand kam, nicht einmal, um ihr zu erklären, was geschehen war. Es schien fast so, als wäre das, was sie mit Zolana geteilt hatte, nur ein schöner Traum gewesen. Für Kamika war damit eine schwierige Zeit angebrochen, in der sie ihre Gefühle einmal mehr verbergen musste und in der sie einmal mehr erlebte, wie ihre große Liebe sie im Stich ließ.

Seit mehr als drei Jahrzehnten nun bewahrte Kamika dieses Geheimnis und nicht einmal Erigen ahnte etwas davon. Sie hatte zugesehen, wie Lorden und Zolana einander verfielen, wie sie sich verliebt ansahen und anfangs heimlich berührten. Später schaffte sie es, ihnen zur Hochzeit zu gratulieren und sich anschließend zu schwören, sich nie wieder zu verlieben. Mit der Zeit waren die Erinnerungen an die gemeinsamen Nächte mit Zolana verblasst und der Schmerz war zu einer dumpfen Gleichgültigkeit verödet. Kamika hatte sich einige Affären erlaubt, die nicht alle Bedürfnisse stillen konnten, die aber das Alleinsein gelegentlich erträglicher machten. Doch nach Zolanas Ermordung war alles frisch und unvermindert zurückgekommen. Sehnsucht. Enttäuschung. Der Verlust ihrer Geliebten. Mehr denn je wünschte sich, nein, brauchte Kamika jemanden, mit dem sie reden konnte. Sie fühlte sich zum Bersten voll und glaubte bald platzen zu müssen. Doch es gab niemanden, dem sie ihr Geheimnis anvertrauen durfte. Es würde Lorden das Herz brechen, wenn er davon erfuhr, und Zolanas Andenken würde es auch beflecken. Die Edana hatte sich für ihr Verhältnis mit Kamika geschämt, davon war die Wächterin überzeugt.

Zu dieser späten Stunde war es allerdings weniger Zolana, die Kamika durch den Kopf spukte, was sie am meisten erstaunte. Auch der Mord an der Terranerin hielt sie nicht vom Schlafen ab, sondern die zerzauste Schöne aus der Zelle. Warum, fragte sie sich. Sie hatten kein Wort miteinander wechseln können. Kamika hatte die bewusstlose junge Frau zunächst in ihr Apartment mitgenommen, doch sie hatte die kurze Zeit, die sie in Kamikas Obhut verbracht hatte, durchgeschlafen.

Kaum angekommen war Lorden vor Kamikas Tür erschienen, um die Fremde zu Meister Bramas, *ihrem Onkel*, zu bringen. Noch bevor Kamika die Chance gehabt hatte, zu protestieren, oder sie wenigstens nach ihrem Namen zu fragen, war ihre Zellennachbarin auch schon wieder fort gewesen. Ihren Namen hatte die Wächterin natürlich trotzdem schnell erfahren, dennoch ließ es Kamika nicht los, dass sie so schnell ihrer Obhut entzogen worden war. Lorden hatte ihren etwas zu grantigen Protest einfach abgewiegelt und gesagt, dass das Mädchen schließlich Bramas' Nichte sei und es keinen Grund gebe, sie im Turm zu behalten. Der Bibliothekar war offenbar schon seit einer Weile auf der Suche nach seiner Nichte gewesen und Lorden, als dessen Freund, hatte es endlich geschafft, sie aufzuspüren, ehe Kamika ihm in die Quere kommen konnte. Im Grunde war also alles in Ordnung.

Trotzdem fand die Wächterin keine Ruhe, *sie* ließ ihr keine Ruhe. Kamika hatte das Gefühl, die Fremde aus der Zelle im Stich gelassen zu haben. Sie hätte bei der Unterbringung dabei sein sollen. Sie hätte sich vergewissern müssen, dass die junge Frau an einen sicheren Ort kam und dort gut versorgt wurde. Nicht, dass sie Grund zum Zweifeln gehabt hätte. Lorden würde nie einen Menschen wissentlich in Gefahr bringen. Es war einfach nur das unsäglich nagende Gefühl, etwas Wichtiges nicht richtig zu Ende gebracht zu haben. Kamika verurteilte Lorden heimlich dafür, dass er ihr das Mädchen so schnell entrissen hatte. Die Freundschaft der beiden Wächter litt mehr und mehr.

Genug! Kamika zischte frustriert, warf die Decke von sich und trat ans Fenster. Mit verschränkten Armen stand sie entblößt im kalten Licht der beiden Monde und schaute zu den wandernden Himmelskörpern hoch, während sie vor sich hinschmorte. Was genau war eigentlich ihr Problem?

»Hey, Süße.« Die verschlafen murmelnde Stimme störte Kamika in ihren ziellos umherirrenden Gedanken. »Was machst du da? Komm wieder ins Bett.« Kamika drehte ihr nur kurz das Gesicht zu und sah wieder aus dem Fenster, ohne einen Kommentar abzugeben.

»Ist irgendetwas?«

Ja, dachte Kamika, irgendetwas war. Nur was? Sie löste sich von dem Fenster und begann wortlos, ihre Kleider einzusammeln. Nun wurde die andere Frau etwas aufmerksamer und stützte sich auf ihre Ellbogen.

»Willst du schon gehen?«, fragte sie verwundert.

»Ich habe noch etwas zu erledigen«, antwortete Kamika knapp.

»Um diese Uhrzeit? Gibt es etwa schon wieder einen Angriff der Skrae?«

Kamika schüttelte sanft den Kopf und setzte sich zu der Frau auf die Bettkante, während sie sich ihr Shirt überstreifte und in ihre Stiefel schlüpfte.

Die Frau schmiegte sich zärtlich an Kamikas Rücken, liebkoste ihr den Nacken und ihre Arme wanderten um Kamikas Körper. »Musst du wirklich schon gehen? Wo wir gerade wach sind ...«

»Elisia ...« Kamika sprach ihren Namen in einem Tonfall aus, der unmissverständliches Desinteresse vermittelte.

Elisia zog sich zurück und lehnte sich schweigsam an das Kopfende ihres Bettes. Sie beobachtete ihre Besucherin eine Weile, wie sie mit stoischer Ruhe das eng geschnürte Hemd zurechtrückte und tonlos vor sich hin grübelte. »Du kommst nicht wieder, habe ich recht?«

Für einen Moment hielt Kamika inne. »Ja«, sagte sie schließlich.

»Ist das alles? Ein schlichtes ›Ja‹?«

Kamika zog die Schnüre an ihrem Stiefel fest und wandte sich zu Elisia um. »Machst du mir jetzt eine Szene?«

»Nein, ich wusste, dass der Tag kommen würde. Aber ich bin neugierig. Warum jetzt? Es lief doch gut. Wir hatten ein paar interessante Monate zusammen.«

Die Wächterin zuckte mit den Schultern und erhob sich. »Die hatten wir.«

»Es gibt wohl wirklich niemanden, der es vermag, dein Herz zu stehlen, was, Kamika?«

»Man kann nicht stehlen, was nicht da ist.«

Elisia lachte leise und freudlos. »Ich hoffe für dich, dass du dich irrst.«

Kamika legte sich den Umhang über die Schultern und ging zur Tür. Sie warf noch einmal einen Blick zurück, die Hand auf dem Knauf. Die Frau beobachtete sie mit stillem Vorwurf. »Mach's gut, Elisia.«

»Leb wohl, Shi.«

Die Tür öffnete sich und Kamika verschwand aus Elisias Leben so spurlos, wie sie gekommen war.

Kapitel 11: Das kleine ABC für Aliens

Brïn im Elaphebol 11'384 n. S.

Eydwall, Ideris

Von der Spitze des Daches aus, wo Juno sich sehr gerne aufhielt, hatte sie eine gute Aussicht über die fremde Stadt. Im östlichen Teil lag der Palast des Regenten mit dem angebundenen Zentralarchiv. Ein großes Areal mit einem flachen, aber breiten Gebäude in seiner Mitte und einer gewaltigen Kuppel darauf. Dort befand sich das politische Zentrum Brïns. In einigem Abstand dazu ließen sich kleine Gärten und Statuen erkennen, gefolgt von einem Meer aus Häusern und kleineren Türmen, die der Bibliothek ganz ähnlich waren. Nicht weit entfernt herrschte außerdem reges Treiben auf dem großen Stadtplatz. Es war der größte Markt, den Juno jemals gesehen hatte, und stand dem geschäftigen Treiben einer Großstadt-Shoppingmeile in nichts nach, außer dass er deutlich bunter und lebhafter wirkte. Es hatte etwas von einem Basar. Die Stadt wurde außerdem von zwei Flüssen und etlichen Bächen durchflossen. Alle hatten sichtbar klares Wasser und überall wuchsen Büsche und Bäume.

Es war eine beeindruckende und schöne Stadt. Das Beste an der Aussicht aber war der hohe Turm der Shi, der Wolkenturm, der im Norden der Stadt lag. Seine weiße Fassade schimmerte im Sonnenlicht wie Perlmutt und überragte alles andere. In regelmäßigen Abständen flogen die Greife dort ein und aus, umkreisten den hohen Turm und verschwanden hinter den Bäumen der weitläufigen Gärten. Von ihrem aktuellen Standort aus waren die Tiere nur kleine Punkte, doch manchmal hatte Juno Glück und ein Greif überflog die Bibliothek, so dass seine Flügel einen weiten Schatten warfen. Es hieß, die Wächter von Brïn säßen auf dem Rücken dieser gewaltigen Tiere, die auf einem Planeten mit Namen Naruht gezüchtet wurden. Die Reiter hatte Juno noch nie gesehen, keinen bis auf Shi Lorden.

Der Turm der Shi übte eine besondere Faszination auf Juno aus. Denn dort lebten die Edana und ihre Weltenwächter. Neben Shi Lorden gab es noch drei weitere Wächter, die Juno nur dem Namen nach kannte. Sie hatte hier und da ein paar Berichte über die Shi im Spiegelnetzwerk aufgeschnappt, aber hauptsächlich konzentrierten sich dabei alle auf

Shi Kamika, die Wächterin der Winde, mit ihrer ganz besonderen Verachtung für alles, was mit Terra zu tun hatte. Es ging das Gerücht, dass sie eine terranische Frau ermordet haben soll, und obwohl sie inzwischen ein Alibi aufweisen konnte, kam der Verdacht immer mal wieder zur Sprache. Mittlerweile hatte Juno die Gerüchte um die Wächterin ebenso oft gehört wie Bramas' Empfehlung sich von dieser speziellen Wächterin vorsichtshalber fernzuhalten. Eine unnötige Warnung, wie Juno fand, denn sie glaubte nicht, dass sie den Shi im Allgemeinen oft begegnen würde. Schließlich waren sie in etwa so abgeschirmt wie Prominente auf der Erde. Eine ganz andere Gesellschaftsschicht. Noch dazu hatte Juno nicht oft Gelegenheit, die Bibliothek überhaupt zu verlassen, und soweit sie wusste, trieben sich auch die Wächter nicht allzu häufig außerhalb ihres Turms herum. Es sei denn, sie gingen zur Jagd oder gaben Kurse für die Elitemagier an der Universität. Aber all das berührte Juno nicht und es war ihr auch ziemlich gleichgültig.

Sie war inzwischen seit ungefähr drei Wochen in Eydwall, der Hauptstadt von Brïn, und es gab noch immer Tage, an denen sie aufwachte und alles anzweifelte. Sie war das Alien auf einem fremden Planeten. Ein Planet, der mit Magie funktionierte. Kein Hokuspokus oder Simsalabim, nein, echte und wahrhaftige Magie, die ein paar erstaunliche technologische Entwicklungen ermöglichte. Schwebebahnen, Kommunikations*spiegel* und sogar einen planetaren Schutzschild gab es. Die Magie konzentrierte sich in den Elementen, vor allem im Wasser und der Luft. Sie atmeten die Magie und das Wasser war in allem, was sie tranken, aßen und anfassten. Meister Bramas behauptete, auch sie würde früher oder später anfangen die Magie zu spüren und sie wirken zu können. Das Wasser besaß außerdem eine besondere Heilkraft. Es hielt die Menschen jung und gesund und gewährte ihnen eine Lebensspanne von etwa eintausend Jahren.

Eintausend Jahre.

Juno konnte und wollte sich nicht mit der Frage auseinandersetzen, ob sie sich mental gewachsen fühlte, eine solch lange Zeit zu leben. Sie wollte nach Hause, zurück in ihre eigene vertraute Welt, zurück zur Erde. Doch hier war das Problem: Es gab keinen Rückweg. Selbst wenn die Brïnae irgendwann ein neues Portal zur Erde öffnen könnten, dann wäre ihr diese Erde vermutlich genauso fremd wie Brïn. Die Chancen, dass sich das Portal zur selben Zeit auf der Erde öffnete wie die, zu der sie sie verlassen hatte, standen eins gegen unendlich. Der Gedanke trieb Juno gefährlich nahe an den Rand der Verzweiflung und so schüttelte sie ihn ab, so gut es ging. Brïn war jetzt ihr Zuhause und wenn sie ehrlich war, dann hatte sie eigentlich nicht viel mehr zurückgelassen als vertraute Strukturen. Sicherlich würde sie sich auch irgendwann an die Strukturen von Brïn gewöhnen.

Junos Armreif begann zu leuchten und eine kleine Laufschrift darauf erinnerte sie daran, dass sie einen Termin hatte. Meister Bramas rief zum Unterricht. Zuhause hatte sie sich mit ihren siebenundzwanzig Jahren einigermaßen erwachsen gefühlt. Sie hatte einen Job gehabt, genau genommen zwei, eine Wohnung und alles in allem war sie gut zurechtgekommen. Hier in den Archiven der Bibliothek auf einer fremden Welt, unter fremden Menschen und Gepflogenheiten, kam sie sich dagegen vor, als ginge sie wieder zur Schule. Was sie genau genommen auch tat. Glück im Unglück, nutzten sie immerhin dieselbe Sprache, was erstaunlich genug war. Meister Bramas hatte eine Erklärung dafür, die ganz schön phantastisch auf Juno wirkte und eine Art Dolmetscher-Magie beinhaltete. Gedankenmuster, die aufeinander abgestimmt wurden, ohne dass sie etwas davon merkte.

Offenbar hatte sie die Anpassungsphase größtenteils während ihres Zellenaufenthalts verschlafen, aber ihr Weltbild war bereits so durcheinander, dass sie sich vornahm, eine Information nach der anderen zu verarbeiten. Für den Augenblick nahm sie es als glückliche Fügung hin, dass sie in der Lage war, sich sprachlich zu verständigen. Die Schriftsprache der Brïnae dagegen war eine völlig andere Geschichte. Juno kannte nicht ein einziges der verschlungenen Zeichen, die sie sehr an orientalische Schriftmuster erinnerten. Schwieriger noch als die normale Schriftsprache waren die magischen Symbole. Man musste Magie beherrschen, um diese Zeichen verstehen zu können, und für Juno waren es einfach nur herrlich anzusehende Muster, die mal mehr und mal weniger miteinander harmonierten. Trotzdem hatte sie sich ihr Regal mit Büchern vollgestopft und sie blätterte abends darin, in der Hoffnung, etwas wiederzuerkennen.

»Die Symbole werden zu dir kommen, hab etwas Geduld. Es ist nur eine Frage der Zeit, bis du die Magie spüren wirst. Wer weiß? Vielleicht steckt in dir sogar eine Tempelhüterin!«

Bramas hatte gelacht und ihr aufmunternd auf die Schulter geklopft. Die Vorstellung von echter Magie und Zauberei war unwirklich. Sie konnte allerdings nicht leugnen, dass die Idee sie faszinierte.

Meister Bramas stand bereits im Arbeitszimmer und wartete, als sie den Fuß der Treppe erreichte. Wie immer kam sie zu spät, weil sie zu viel Zeit oben auf dem Dach verbrachte. Ihr Bewegungsradius in Eydwall hielt sich in Grenzen. Alleine verlief sie sich noch in den Straßen, was Bramas für gefährlich hielt, denn es galt zu bedenken, dass ein Mörder auf freiem Fuß war. Er wollte nicht, dass Juno ein unnötiges Risiko einging, indem sie alleine in der Stadt umherirrte.

So wenig es ihr auch behagte der Bitte des Brïnai Folge zu leisten, so musste sie zugeben, dass seine Sorge nicht ganz unbegründet war. Eydwall war keine Metropole, wie Juno sie von Terra kannte. Auf Brïn lebten nur etwa halb so viele Menschen. Diese Welt war klein und groß zugleich. Es gab deutlich mehr Platz in den begrünten Städten und die Menschen hier schienen sich größtenteils zu kennen. Eine Fremde, wie Juno es nun einmal war, fiel auf. Bramas hielt es für sicherer, wenn Juno so lange wie möglich in der Bibliothek blieb. Solange, bis sie zu lesen gelernt und ihre Sprachmelodie gut genug angepasst hatte, um als gebürtige Brïnai durchzugehen und keine neugierigen Fragen beantworten zu müssen, auf die sie nicht immer eine Antwort wusste.

Das Raum-Zeit-Konzept der Portale bereitete Juno zudem ab und an Kopfschmerzen. Niemand wusste, welche Zeit in genau diesem Moment auf der Erde herrschte. Darüber nachzudenken erinnerte sie bloß daran, wie weit entfernt sie von ihrer Heimat war und dass ihr bekannte Menschen gleichzeitig tot und lebendig waren. Wenn sie zur richtigen Zeit auf die Erde gelangen könnte, ließe sich der Tod ihres Vaters dann verhindern? Würde sie sich selbst begegnen?

Sie schüttelte sich und konzentrierte sich wieder auf ihr unmittelbares Problem: ihre begrenzte Bewegungsfreiheit. Obwohl sie Bramas' Argumente nachvollziehen konnte, fühlte sie sich allmählich doch ein wenig eingesperrt. Sie beneidete Portos, der unbehelligt die Stadt erkunden durfte und höchstens ein paar bewundernde Blicke aufgrund seiner Seltenheit auf diesem Planeten erntete. Juno blieben vorerst nur das Dach mit seiner wunderschönen Aussicht über die Stadt und der Anblick des majestätischen Turms der Shi, in dessen Nähe sie vermutlich nie kommen würde.

»Mal wieder der Turm, meine Liebe?«

»Es tut mir leid.« Wehmütig setzte sie sich in den Sessel am Fenster. Auf dem Tisch lagen bereits Papier und Füllfeder. Überraschend gewöhnliche Utensilien, wenn man einmal von der magischen Tinte absah, die auf Befehl die Farbe ändern konnte. Juno liebte sie und zögerte nicht, ein paar unnötige, aber dafür hübsch anzusehende Schnörkel auf das Papier zu setzen.

Kapitel 12: Scherben machen Krach

Brïn im Elaphebol 11'384 n. S.

Eydwall, Ideris

»Habt ihr über Bramas' neue Schülerin nachgedacht?«

»Du meinst Kamikas neue Freundin?«, grinste Erigen schelmisch. Lorden verdrehte die Augen. Sie saßen alle zusammen am Tisch und spielten ihr Würfelspiel, während sie die Pläne für Unterricht und Training besprachen. Nur Kamika fehlte, wie so oft in den letzten Monaten. Immer häufiger zog sie ihr eigenes Ding durch, verschwand stundenlang, ohne dass sie jemandem sagte wohin.

»Hör damit auf, Erigen. Wenn Kamika die Wahrheit über die Gestrandete erfährt, dann gibt es einen Sturm, den wir so schnell nicht vergessen.«

»Du übertreibst maßlos, Lorden.«

»So? Da bist du dir sicher?«

»Ich verstehe nicht, weshalb sie nicht wissen soll, dass wir eine neue Terranerin bei uns haben. Sie ist schließlich nicht die erste«, tadelte Erigen vorwurfsvoll. »Oder hältst du unsere Schwester vielleicht doch für eine Mörderin?« Lorden senkte den Blick und schüttelte seine Würfel. »Lorden?«, hakte Erigen empört nach.

»Nein. Das tue ich natürlich nicht! Aber sie verdächtigt sogar Sofia etwas verbrochen zu haben, und sie ist die Edana. Eine andere Terranerin, die noch dazu durch ein wildes Portal gekommen ist, würde Kamika doch nur argwöhnisch machen. Immerzu unterstellt sie ihnen irgendwelche niederen Absichten. Es geht Kamika nicht gut und es ist besser, wenn sie sich nicht noch mehr Sorgen macht.«

»Du machst es mal wieder unnötig kompliziert, Lorden. Ich glaube, sie mag die Kleine.«

Lorden grunzte. »Noch ein Grund mehr, sie von Kin Juno fernzuhalten. Stell dir das Drama vor, wenn Kamika klar wird, dass sie eine Terranerin mag.«

»Ich würde sie gerne auf ihre magische Begabung testen«, fuhr ihnen Kassia dazwischen. *»Eine echte Terranerin hatten wir hier lange nicht mehr und sie macht einen klugen Eindruck.«* Sie ließ die Würfel rollen und riss in

stummem Triumph die Arme hoch. Die beiden Männer stöhnten laut und warfen ihre Beute auf Kassias Seite.

»Fragt Kamika noch nach ihr?«, wollte Lorden wissen.

»Gelegentlich«, antwortete Erigen.

Lorden kam der Verdacht, dass der Feuerwächter nicht die ganze Wahrheit sagte. »Ist da etwas, das wir wissen sollten?« Erigen wich dem Blick seines Freundes aus. »Erigen?«

»Schön! Sie hat es sich in den Kopf gesetzt hin und wieder nachzusehen, wie es ihr geht.«

»Manche würden sagen, sie stellt dem Mädchen nach«, murrte Lorden.

»Kamika müsste ihr nicht *nachstellen*, wenn du ihr die Zeit gelassen hättest sie kennenzulernen«, brummte Erigen. »Sie will nur sicher sein, dass alles in Ordnung ist.«

»Hört auf zu streiten. Lass ihnen etwas Spielraum, Lorden. Sie sind beide erwachsene Frauen, keine Kinder, die an die Hand genommen werden müssen.«

»Wie ihr meint. Ihr steht Kamika näher als ich. Ich vertraue darauf, dass ihr es verhindert, wenn sie etwas Dummes anfängt.«

»Hast du das gehört, Kassia? Er vertraut auf unser Urteil. Das ist ja etwas ganz Neues.« Erigen schüttelte den Kopf. Lorden war mal deutlich lockerer gewesen und der neue, ernsthafte Lorden gefiel dem Feuerwächter nicht sonderlich. Kassia stieß ihm dennoch den Ellbogen in die Rippen und Erigen rieb sich die geprellte Stelle.

Lorden schnaubte bloß und wirkte dabei wie ein beleidigtes Kind. Er war derjenige, der sich neuerdings ständig um alles und jeden Sorgen machte und der immer ernst war, wenn Erigen und Kamika ihre Streiche spielten. Dabei war er, mal abgesehen von Sofia, der Jüngste in diesem Kader. Die Ereignisse der letzten Monate hatten ihn jedoch sehr viel müder und gefühlt deutlich älter werden lassen. Er spürte die Kluft zwischen sich und Kamika täglich größer werden, dabei liebte er sie von Herzen. Sie waren Teil derselben Familie, doch ihrer beider Zuneigung für Zolana hatte sie von Anfang an zu einem schwierigen Verhältnis miteinander verurteilt. Sein unbedachter Kommentar, nach Kamikas Rückkehr von Terra, hatte es nicht besser gemacht und er bereute sein lockeres Mundwerk längst. Ändern konnte er es nun aber auch nicht mehr.

Ein dumpfer Kopfschmerz riss ihn aus seinen Gedanken. Er wirkte plötzlich geistesabwesend. Seine Augen leuchteten in einem kräftigen Blauton, bewegten sich hin und her und seine Stirn lag in Falten.

»Stimmt etwas nicht, Lorden?«

Lorden empfing die Bilder der Wassermagie in seinem Geist. »Sofia. Sie ist heute bei den Wasserhütern und es läuft wie üblich nicht gut. Die Magie ist in Aufruhr.« Er starrte noch einen Moment in die Ferne und brummte müde. »Entschuldigt mich bitte. Ich werde nachsehen, was da vor sich geht.« Die Shi nickten sich zu und Lorden verließ den Besprechungsraum.

Er schritt schnell aus und ließ sich von der Schwebeplattform hinunterbringen. Die Unruhe aus dem Tempel zerrte kontinuierlich weiter an seinen Nerven. Es musste wirklich schlecht laufen, also beeilte er sich. Als das Gebäude in Sicht kam, beschleunigte er noch einmal seine Schritte und es dauerte nicht lange, bis schrilles Geschrei an seine Ohren drang. Sofia hatte offenbar wieder einen ihrer berühmten Wutanfälle.

»Bei den Adern der Welt«, ächzte der Shi wenig erfreut.

Es war nicht leicht mit der neuen Edana. Sie war unkooperativ, eigensinnig und hatte nur wenig Geduld. Sofia war oft gehässig, wenn sie keine Lust hatte etwas zu tun. Sie zerbrach Vasen und warf Gegenstände nach Angestellten und Hütern. Sie versuchte, die Shi herumzukommandieren, als wären sie ihre Diener und nicht ihre Verbündeten. Besonders Kamika und Erigen gerieten deswegen ständig mit der neuen Edana in Konflikt und erschwerten Lorden zusätzlich das Leben. Manchmal konnte er es Kamika einfach nicht verübeln, dass sie ihrer neuen Edana so sehr misstraute. Sofia besaß keine Manieren, hatte keinen Respekt und war furchtbar im Umgang mit anderen Menschen. Vermutlich war sich die junge Edana dessen bewusst und verschanzte sich deswegen die meiste Zeit in ihren Räumen. Den Räumen, die einst seiner Frau gehört hatten und in denen Lorden mit ihr gelebt hatte. Wenn er seine alte Wohnstätte in diesen Tagen betrat, dann überkam ihn gelegentlich eine kleine Wehmut. Nichts darin erinnerte noch an Zolana, obwohl erst ein paar Monate vergangen waren. Sofia hatte eine kleine Schatzkammer aus seinem alten Heim gemacht und es mit neuen Gerüchen gefüllt. Derart vielen Gerüchen, dass es ihm oft den Atem verschlug.

Der Wächter trat durch den Torbogen, der von zwei kolossalen Statuen getragen wurde. Wasser plätscherte in den Schalen, die in den gewaltigen Händen der beiden Kolosse ruhten. Er hörte das Echo seiner eigenen Schritte durch die Gänge schallen und er spürte das Pulsieren der Wassermagie wie eine kühle, vertraute Umarmung. Der Tempel hieß ihn willkommen.

»Nein!«

Sofias Geschrei traf Lorden wie ein Hammerschlag auf den Hinterkopf.

»Manchmal glaube ich, du willst es nicht lernen!«, rief eine andere Stimme.

»Vielleicht will ich das auch nicht, alte Hexe! Wenn es dir nicht passt, dann verschwinde ich eben!«

»Du kannst nicht einfach verschwinden. Brïn ist abhängig von deiner Magie! Wann lernst du das endlich?«

Lorden kam in die zentrale Tempelkammer gerauscht, die das Gebrüll der beiden Frauen in unzähligen unterschiedlichen Echos von den Wänden reflektierte. Scherben lagen auf dem Boden. Ein weiteres Opfer der neuen Edana. Normalerweise waren die Tempel sehr viel friedlichere Orte, doch wo auch immer Sofia zum Unterricht erschien, folgten bald Chaos und Gebrüll und kein Besucher traute sich mehr auch nur in die Nähe der Tempel.

»Was ist hier los?«

Sofia und die Hüterin verstummten. Leider nur kurz, dann brüllten beide gleichzeitig los und Lorden bekam einmal mehr das Gefühl von einer Lawine überrollt zu werden. Die beiden Frauen gestikulierten wild und schrien sich an. Sie beachteten Lorden gar nicht. Sofia griff nach einer der vielen schweren Wasserschalen und schleuderte sie schwungvoll auf die Hüterin. Die reagierte gerade noch schnell genug, um einen Zauber zu sprechen, das Wasser zu binden und die Keramikschale damit zurückzuhalten.

»Das reicht!«, brüllte Lorden. Die beiden zuckten erschrocken zusammen. Die Hüterin verlor die Konzentration, der Zauber zerbrach und die Schale krachte zu Boden, wo sie in Form unzähliger Scherben liegen blieb. Lorden verkniff sich einen Laut der Verzweiflung.

»Mir reicht es tatsächlich«, sagte die Hüterin schließlich. »Ich weiß nicht, wer in der Lage ist diese Wilde zu unterrichten, ich bin es jedenfalls nicht. Sie ist dieser Aufgabe nicht würdig, Shi Lorden.«

»Miststück!«, schrie Sofia und stürzte sich mit ausgefahrenen Krallen auf die Hüterin.

Lorden bekam sie gerade noch zu fassen und klemmte ihre Arme fest. »Hör auf, Sofia!«

»Lass mich los!« Sie zappelte in Lordens Umklammerung und versuchte mit aller Kraft die Hüterin zu erreichen.

»Du hörst jetzt auf, sage ich, sofort!«

Sofia war aufgebracht. »Gar nichts hast du mir zu befehlen. Gar nichts! Ich bin die Edana! Ihr solltet euch vor mir verbeugen!«

Lorden biss sich auf die Zunge. Diese rückständige Arroganz! »Die Edana ist keine Herrscherin, Sofia. Wir sind Wächter, Beschützer. Auch du! Niemand muss dir Respekt entgegenbringen, wenn du nicht selbst mit gutem Beispiel vorangehst.« Er erlaubte ihr, sich aus seinem Griff zu befreien und sie stieß ihn zurück. Solange sie nicht wieder auf jemanden losging, ließ er sie gewähren.

»Diese blöde Kuh verlangt Dinge von mir die ich nicht kann! Und wenn ich es nicht schaffe, blafft sie mich an und behandelt mich wie ein dummes Gör! Ich bin nicht deine Sklavin, Hexe!«, wandte sie sich wieder an die Hüterin.

»Werde nicht beleidigend, Sofia. Eine Edana spricht nicht so mit ihren Mitmenschen«, sagte Lorden und versuchte Haltung zu bewahren.

Die Hüterin schaffte es nur mit Mühe, sich zu beherrschen. Lorden konnte die Wut sehen, die unter ihrer Oberfläche brodelte. Die Bezeichnung ›Hexe‹ war auf Brïn nicht negativ behaftet, doch so wie Sofia sie benutzte und in Hinblick auf ihre terranische Abstammung, wurde es zu einer Beleidigung. Sie war sich dessen ebenso bewusst wie die Hüterin.

»Shi Lorden, darf ich mich bitte entfernen?«, bat diese angestrengt.

»Natürlich, Adelai. Danke für deine Geduld.« Er verneigte sich knapp und die Hüterin eilte schnellen Fußes davon.

»Sofia«, begann Lorden ruhig aber streng. »Adelai ist eine unserer zuverlässigsten Hüterinnen. Es gibt vieles, was du unbedingt lernen musst.«

»Ich versuche ...«

»Unterbrich nicht immer!« Sofia zuckte. Lorden rieb sich den Nasenrücken. »Niemand hier verlangt unmenschliche Dinge von dir. Niemand will dir etwas antun. Kannst du nicht zur Abwechslung einmal versuchen mit uns zu arbeiten, statt gegen uns? Du bist so wichtig, Sofia. Deine Mitarbeit ist unabdinglich.« Er konnte deutlich sehen, dass Sofia ihn anschreien wollte, sich aber nicht traute. Die Shi machten ihr noch immer Angst, seit sie verstanden hatte, wozu die Wächter imstande waren. Ein kleiner Hoffnungsschimmer für Lorden.

»Ich kann diese Zauberei eben nicht«, gab sie verärgert zurück.

»Du versuchst es zu erzwingen.«

»Das muss ich ja auch, so wie ihr mir alle im Nacken sitzt!«

»Du darfst sie nicht nur für dich alleine wollen, Sofia. Die Magie weiß, was du denkst. Sei bereit sie zu teilen und sie wird zu dir kommen.«

Sofia schnaubte. Sie wollte die Magie beherrschen, nicht teilen. Aber das konnte sie Shi Lorden nicht sagen. Sie wollte so mächtig sein wie die Shi und dann alle ihre Feinde in den Staub treten. Allen voran die Wasserhexe mit ihren fürchterlichen Übungen und Tests. Sie grub die Fingernägel so fest in ihre Handballen, dass sie sich verletzte. Das Blut tropfte auf die weißen Bodenplatten und sie begann vor Wut zu weinen. Immerzu begann sie zu weinen, wenn sie ihren Willen nicht bekam oder in Schwierigkeiten steckte. Sie war zwar jung und vielleicht forderten die Shi wirklich zu viel von ihr, aber sie benahm sich oft sehr viel unreifer, als sie es in ihrem Alter sein sollte. Lorden war sich nicht sicher, ob das an ihrer Erziehung lag oder ob sie aus ihren Tränen eine Strategie machte. Aber ihnen ging die Zeit aus. Die Edana musste lernen die Zeichen zu verstehen und neue Zeichen zu erschaffen. Hoshide war nicht mehr so fern, wie Lorden es sich gewünscht hätte und der Raum für Mitleid wurde knapp.

Er nahm behutsam ihre Fäuste in die Hände. »Lass mich sehen«, sagte er sanft. Sie sträubte sich, gab dann aber doch nach und öffnete die Fäuste. Vier Halbmonde hatten sich in jede Handfläche gebohrt. Er legte seine eigenen Hände auf die der launischen Edana. Sie spürte wie seine Magie sie berührte und als er seine Hände wegnahm, waren ihre Wunden geschlossen. Nicht einmal die feinsten Narben waren zu erkennen. »Würdest du das nicht auch gerne können?«, fragte Lorden vorsichtig. Sofia aber verstand es wie immer falsch, brauste wie üblich auf, stampfte mit dem Fuß auf und rannte aus dem Tempel. Lorden sah ihr nach und spürte den Anflug von Verzweiflung. Er vermisste Zolana. Er vermisste jemanden, der ihm sagte, was er tun sollte. Er war einfach kein Anführer. Wenn ihnen nicht bald eine Lösung einfiele, wie sie Sofia auf den richtigen Weg bringen konnten, dann mussten sie vielleicht in Erwägung ziehen ihre Gabe von ihr abzutrennen. Die Magie würde sich dann eine neue Zuflucht suchen können, doch der Preis war gefährlich hoch. Sofia würde sterben und dieser Gedanke behagte Lorden keineswegs. Sie war noch ein halbes Kind. Er konnte nicht einfach ihr Todesurteil sprechen, nicht solange ihr noch Zeit blieb, sich zu ändern.

Kapitel 13: Die Edana auf der Perle

Brïn im Elaphebol 11'384 n. S.

Eydwall, Ideris

»Diese verdammte Hüterin mit ihren Weisheiten!«

Sofia marschierte in ihrem Zimmer auf und ab und kochte innerlich. Es war ein glamouröser Raum, wie sie ihn sich in ihren kühnsten Träumen nie vorzustellen gewagt hätte, doch es fiel ihr gerade sehr schwer, ihn zu genießen. Wenn sie auf der Erde von einem besseren Leben geträumt hatte, von Reichtum und Schätzen, dann hatte sich ihr begrenzter Verstand ein solides Haus vorgestellt und mindestens eine warme und kräftige Mahlzeit am Tag. Vielleicht sogar ein Hausmädchen, das sie bediente und sich um die niedersten Arbeiten kümmerte. Jemanden, wie sie es selbst gewesen war. Seit Sofia allerdings in dieser fremden Stadt war, hatte sie eine Form des Reichtums kennengelernt, der selbst Könige vor Neid erblassen ließe.

Sie strich gedankenverloren über den samtweichen Stoff ihres goldgelben Kleides. Ein reich verziertes Stück, das eigens für sie geschneidert worden war. Sie besaß inzwischen etliche Kleider in allen Farben und Formen für jede Jahreszeit. Es mangelte ihr an nichts, sie lebte wie eine Königin in dieser Welt. Sie *war* eine Königin in dieser Welt. So betrachtet hätte Sofia also der glücklichste Mensch sein müssen, doch es gab Dinge, die ihr dieses Glück madigmachten. Allen voran: die Perle.

Ja, sie war im Besitz jenes Artefakts, nach welchem Lady Kamika, oder vielmehr *Shi* Kamika, seinerzeit im Zimmer von Lady Zolana gesucht hatte. Sofia hatte keine Ahnung gehabt, dass die Perle ein magisches Artefakt war. Für sie war es lediglich ein teures Schmuckstück gewesen, das ihr etwas Geld einbringen würde. Geld, mit dem sie sich ein besseres Leben erkaufen wollte. Wegen der Perle war sie nun hier in diesem Turm, der ihr wie ein Schloss erschien und gleichzeitig wie ein Gefängnis. Denn der Wohlstand kam mit einem so gewaltigen Haken, dass Sofia daran zu ersticken drohte. Die Shi glaubten allesamt, dass diese besondere Magie von Lady Zolana jetzt in Sofia ruhte. In Wahrheit steckte sie in der Perle und verhöhnte Sofia. Das Mädchen hatte versucht die Magie tatsächlich in sich aufzunehmen und das zu werden, wofür alle Welt sie bereits hielt. Doch in den Monaten, die Sofia nun schon eine Bewohnerin Brïns war, hatte sie es noch nicht geschafft die Magie der Perle überhaupt zu erfassen. Oh, sie hatte Fortschritte gemacht. Sie hatte selbst Magie gewirkt. Aber es beeindruckte die Shi und diese immer nörgelnden Hüter der Tempel nicht, dass sie gelernt hatte kleine Rinnsale von Wasser in jede gewünschte Richtung zu lenken oder dass sie ein Blatt im Wind schweben lassen oder ein Hölzchen mit einem einzelnen Wort entzünden konnte. Sie wollten, dass sie magische Zeichen erschuf, von denen sie nicht das Geringste verstand. Zeichen, die von der magischen Quelle erschaffen wurden, nicht von den Menschen. Insbesondere die Hüterin des Wassertempels ärgerte Sofia entsetzlich und setzte sie unter Druck, wo es nur ging.

Die neue Edana zog die kristallene Schatulle unter der Matratze hervor. Sofia konnte die Perle nicht einmal berühren, ohne sich die Finger zu verbrennen. Die Magie dieses Artefakts ließ sie nicht an sich heran, konnte aber offensichtlich auch nicht eigenmächtig aus der Perle hinaus. Es war wohl großes Glück gewesen, dass Sofia beim Diebstahl der Perle, damals in London, Handschuhe getragen hatte. Wahrscheinlich wäre sie sonst an Ort und Stelle gestorben. Lebendig verbrannt oder etwas ähnlich Schlimmes.

Inzwischen hatte Sofia alles nur Erdenkliche versucht. Sie hatte sich konzentriert und alles so gemacht, wie es ihr die Shi und die Hüter erklärt hatten, um die Verbindung zur Magie zu finden. Sie waren anfangs geduldig gewesen mit Sofia, die aus einer fremden Welt und einer weniger entwickelten Gesellschaft stammte, und von den Ereignissen überrumpelt worden war. Sofia war im Besitz der bedeutendste Magie Brïns und doch war sie machtlos. Die Perle verweigerte sich ihr beharrlich und die falsche Edana hatte alle Mühe ihre Täuschung aufrecht zu erhalten. Es wurde mit jedem Tag schwerer dieses Geheimnis zu bewahren. Sie wollte nicht wieder zurück in ihr armseliges Leben. Der Gedanke daran verstärkte ihre schlechte Laune und förderte ihr mitunter aufbrausendes Temperament zutage. Sie wünschte sich sehnlichst einen Ausweg. Einen Ort an den sie flüchten konnte. Eine Methode, um die Magie der Perle an sich zu binden. Sofia war verzweifelt. Sie hatte Angst. Sie brauchte Hilfe.

»Was bringt es dir und den Deinen, wenn du nicht mit mir arbeitest? Es wird dir deine alte Herrscherin nicht zurückbringen. Sie ist und bleibt tot. Und bald werden das auch alle anderen sein, wenn du mir nicht endlich gehorchst. Aber das ist dir sicher egal, nicht wahr? Wir sind alle bloß Ameisen für dich!«, schimpfte sie mit der Perle.

Die Magie ist nicht einfach eine Sache, ein Ding, das man benutzen kann. Sie ist lebendig und sie hat einen eigenen Willen. Zolana hat dir das Herz dieser Magie anvertraut, damit es nicht verloren geht, aber du musst lernen ihr Vertrauen zu gewinnen.

Shi Lordens Worte waren nur langsam bis in ihren Verstand vorgedrungen. Die Farbe war ihr aus dem Gesicht gewichen, als ihr die Bedeutung klargeworden war. Die Magie war lebendig. Sie besaß einen eigenen Willen. Sofia musste ihr Vertrauen gewinnen.

Die Shi hatten Sofia erklärt, dass die Magie mit den Menschen sprach, und je lauter die Stimme war, desto größer war die Macht, die ihnen von der Magie gewährt wurde. Sofia war seit Monaten auf diesem Planeten und was sie hörte, war gelegentlich ein kaum wahrnehmbares Flüstern, von dem sie eher Albträume bekam. Es war unzweifelhaft zum Verzweifeln und sie bekam es aus gutem Grund mit der Angst zu tun. Sofias Furcht davor, dass man ihr Geheimnis entdecken würde, wich der sehr viel bedrohlicheren Furcht, bald zu sterben. Denn auch sie saß auf diesem Planeten fest, wenn die Dämonen kommen würden. Dass sie kommen würden, daran ließen die Shi keinen Zweifel. Und sie, die Edana, die Stimme der Magie, sollte sie alle beschützen. So wie es die Edanae vor ihr getan hatten.

»Hätte ich ihnen sagen sollen, dass ich deine Magie nicht spüre? Dass ich dich nicht aus dieser Perle herausholen kann?« Sofia schob die Schatulle verärgert zurück zwischen ihre Matratzen. Die Magie würde ihr niemals vertrauen. Dessen war sie sich sicher. Sie war verloren.

Kapitel 14: Zwei

Brïn im Munich 11'384 n. S.

Eydwall, Ideris

Jack kniete über der gelähmten Frau, die ihn mit weiten und furchterfüllten Augen anstarrte. Jede seiner noch so winzigen Bewegungen versetzte sie in Panik. Es amüsierte ihn und erfüllte ihn mit einer kindischen Freude, wenn sie leise quiekte, bloß weil er den Arm hob. Er machte sich einen Spaß daraus sich übertrieben auffällig hinter dem Ohr zu kratzen, sich zu strecken oder statt nach seinem Messer, nach einer Beere aus der Schale zu greifen, die gleich neben seiner Klinge stand. Bei jeder Bewegung erwartete sie den Tod.

Der würde jetzt kommen.

Jack hatte genug mit ihr gespielt. Ihm verging die Lust und die Wirkung des Elixiers würde bald nachlassen. Er konnte nicht riskieren, dass sie ihre Sprache und damit den Zugang zu ihrer Magie zurückerlangte und ihn womöglich überwältigte. Ihre Magie gehörte ihm, genauso wie ihr Leben.

»Du bist selbst schuld, Lämmchen. Du hättest eben auf deiner eigenen Welt bleiben sollen.«

Sie wimmerte, als er diesmal wirklich sein Messer in die Hand nahm und die gebogene Klinge im Licht des Zimmers reflektierte. Er wusste genau, was er tat. Er hatte es schon viele Male auf Terra getan, doch nie mit solcher Hingabe und solcher Entlohnung, wie hier auf Brïn. Jack begann seine ihm ganz eigene Magie zu entfalten und führte die Klinge näher an die Frau heran. Sie wollte schreien, aber ihre reglosen Lippen blieben fest verschlossen. Der erstickte Schrei dröhnte wie ein vibrierendes Brummen aus ihrer Kehle. Nicht laut genug, um jemanden zu alarmieren. Schon gar nicht zu so später Stunde.

Er führte die Klinge an die Knöpfe ihrer Bluse und ließ sie nach und nach durch die Fäden gleiten. Plopp, plopp, plopp. Sie atmete schneller, als ihr Herz klopfte und jammerte in ihrer verzweifelten Hilflosigkeit. Er ließ sie zappeln, metaphorisch gesprochen, denn die Lähmung ihrer Gliedmaßen war natürlich vollkommen. Sie lag ganz ohne Fesseln auf ihrem Rücken, die Arme sanft ausgebreitet. Sie wirkte fast entspannt. Jack lächelte.

»Es ist Zeit, mein Lämmchen. Womit wollen wir bei dir anfangen? Den schönen Augen vielleicht?« Er führte die Messerspitze unter ihr linkes Auge und sah sie an. Wieder dröhnte ihr erstickter Schrei in ihrem Hals. Diesmal mehrfach, beinahe rhythmisch. »Ich dachte mir doch, dass dir die Idee gefällt.« Er zog ihr Unterlid mit dem behandschuhten Finger hinunter. Sie schrie weiterhin stumm in ihre Kehle und dann bohrte er das Messer mit einem schnellen präzisen Hieb in ihre Augenhöhle ohne die kostbare Murmel zu verletzen. Das Geräusch, das die Frau diesmal von sich gab, war nicht mehr das von Furcht. Diesmal hörte er den schrillen Klang des reinen, klaren Schmerzes, als sich seine Klinge vorsichtig unter den Augapfel schob und sich dahinter kunstvoll wand, bis das Auge widerstandslos in Jacks Handfläche rollte.

Für einen Moment blendete er das panische Klagen seines Lämmchens aus und schaute tief in das Auge. Die Iris war von einem intensiven, von Magie getränkten Grün, mit dunkelbraunen Schattierungen darin. Es war ein schönes Exemplar. Die Erdmagie hatte es wohlgeformt.

Jacks Beziehung zu Augen war eine ganz besondere. Er fühlte sich ihnen verbunden. Sie sahen und er war der, der sehend war. Er war ein Beschützer Brïns, den niemand wahrnahm. Unter fairen Umständen würde man auch ihn einen Shi nennen. Aber es gab immer einen, der in der Dunkelheit leben musste, damit die anderen strahlen konnten. Er hatte sein Schicksal längst akzeptiert, obwohl es ein weiter Weg bis dahin gewesen war. Zugegeben, im Spiegelnetzwerk verglichen sie ihn mit einem ordinären Mörder, dabei hatte er ihnen seine Botschaft ganz deutlich mitgeteilt. Doch anders als die Zeitungsmacher auf Terra waren die Reporter von Brïn ernüchternd zurückhaltend in ihrer Berichterstattung. Sie konzentrierten sich viel zu sehr auf die Frauen und sprachen über sie, als wären es Opfer. Es war durchaus ein wenig frustrierend, doch sie würden noch einsehen, warum Jack tun musste, was er tat. Vielleicht hatten sie seinen Brief einfach nicht verstanden.

Jack legte das Auge in das bereitgestellte Glas und widmete sich dem Nächsten. Einen kurzen Moment lang fragte er sich, wie es sich wohl anfühlte mitzuerleben, wie die Welt plötzlich für immer dunkel wurde. Glich es dem Gefühl, unantastbar für die Magie zu sein? Er hätte sein Lämmchen gerne dazu befragt, aber die Erfahrung hatte ihn gelehrt, dass seine Lämmchen in diesem Stadium ihrer Beziehung nicht mehr bereit waren Fragen zu beantworten. Sie schrien bloß noch um Hilfe oder flehten ihn an sie gehen zu lassen. So pathetisch.

Er nahm seine beiden Augen und schüttete das Konservierungsmittel über ihnen aus. Die Augen waren seine Juwelen. Alles andere gehörte Brïn und den Shi, doch die Augen, die gehörten zu ihm.

»So, mein Lämmchen. Nun wird es Zeit für die großen Fünf. Wir beginnen damit, das Elixier des Lebens aus dir zu befreien.« Er legte seine Klinge an ihre Kehle und lauschte einen Moment lang dem leisen Wimmern. Jack betrachtete ihre eingefallenen Augenlider, die von kleinen Rinnsalen aus frischem Blut eingerahmt wurden. »Würdest du nicht auch zustimmen, dass das sehr gnädig von mir ist?« Mit einem schnellen und kraftvollen Hieb trieb er seine Klinge durch ihre Haut und das Blut spritzte einmal hoch hinauf, bevor es in einen stetig pulsierenden Fluss überging. Mit beinahe zärtlicher Zuneigung sah er zu, wie das Blut schnell und schillernd aus ihr herausfloss und auf dem Boden einen wunderschönen roten See bildete. Er leckte mit der Zunge über seine Klinge. Er kostete das warme Rot, ließ es sich in seinem Mund verteilen, rollte es über die Zunge. Die Magie darin war deutlich zu schmecken und für einen Augenblick spürte er jene Verbindung zu Brïn, die ihm sein Leben lang verschlossen war und es immer sein würde. Er saugte ein paar Spritzer von seinen Fingern und schloss für einen Moment die Augen. Diese Terraner hatten ja keine Ahnung, welch unverdientes Geschenk ihnen gemacht wurde.

Jack wandte sich wieder an sein Lämmchen. Ihr nunmehr stiller Kampf gegen das unvermeidliche Ende wurde schwächer, ihr Brustkorb hob und senkte sich nur noch ruckartig und in immer länger werdenden Abständen. Man hörte das Gurgeln in ihrer Lunge und den panischen Versuch zu atmen immer seltener. Gleich war sie fort. Gleich würde ihre gestohlene Magie wieder Brïn gehören. Ihr Atem verstummte.

»So ist es gut, kleines Lämmchen.«

Jack packte sein kunstvoll gefertigtes Messer fester, streckte sich genüsslich und dann stieß er die Klinge mit aller Kraft in die Brust seines Lämmchens. Zeit, mit der eigentlichen Arbeit zu beginnen.

•••

»Dasselbe Blutbad wie beim letzten Mal?«, fragte Blaurock Riskel. Sein Untergebener nickte. Das Gesicht des Mannes war aschfahl geworden.

»Ein einzelner glatter Schnitt durch die Kehle. Augen, Herz, Gehirn, Lunge und die Geschlechtsorgane wurden nach dem Tod herausgetrennt.«

»Gibt es einen Brief?«

»Ja, Chef. Dieselbe Handschrift, dieselbe Tinte. Auch an der Botschaft hat sich nichts verändert, sie ist allenfalls etwas weniger kryptisch verfasst.«

Riskel nickte mürrisch. »Sonst noch etwas?«

»Keine Spuren vom Täter, kein Echo von Magieausübung. Wie beim letzten Opfer wurden die herausgetrennten Organe zu Füßen der Toten drapiert. Alles bis auf die Augen.«

»Die hat er wieder mitgenommen?«

»So scheint es, Inspektor. Ach, da wäre noch ein Detail.«

»Ja?«

»Die Augen. Laut Kin Dala trennt er ihnen die Augen vor dem Tod heraus und geht dabei sehr vorsichtig vor. Vermutlich um dabei nicht das Gehirn zu verletzen. Sie sagt, die Schnitte seien zu präzise und identisch, um Zufall zu sein.«

»So ein verfluchter und kranker Dreckskerl!«, fluchte Riskel, wappnete sich mental gegen den bevorstehenden Anblick und betrat die Wohnung der Toten.

Kinobes Ratgeber für Neuankömmlinge

(11') - 117. Auflage

Abschnitt Sechs: Fortpflanzung

Die Bevölkerung Brïns ist mit einem verlängerten Lebenszyklus gesegnet, der an die eintausend Jahre beträgt. Die natürlichen Eigenschaften des Wassers verhindern jedoch nicht nur den herkömmlichen Alterungsprozess, wie er auf Terra üblich ist. Auch die Tragezeit eines Embryos wird erheblich verlängert und die konstante Anwesenheit der Magie während der embryonalen Entwicklung hat darüber hinaus schwerwiegende Nebenwirkungen.

Für eine sichere Fortpflanzung wurde daher bereits unter der Führung unserer ersten Edana Midori und Regent Rodemir das Gesetz zur außerplanetaren Fortpflanzung festgelegt. Bewohnerinnen Brïns, die eine Schwangerschaft feststellen oder planen, haben für die Dauer der Tragezeit, sowie der Aufzucht des Nachwuchses eine Kolonie auf Terra zu beziehen. Die relativ milden Klimazonen ähneln denen von Brïn und erfordern nur minimalen Verzicht. Bis zum Ende der Tragezeit ist es den werdenden Müttern selbstverständlich untersagt, brïnaisches Wasser zu sich zu nehmen. In der Anschlusszeit steht euch in den Kolonien ein Brunnen mit einem Vorrat an brïnaischem Wasser zur Verfügung, der regelmäßig nachgefüllt wird. Kindern ist der Konsum bis zu ihrer Volljährigkeit ebenfalls untersagt – darüber hinaus ist ein länger andauernder Verzicht, bis zur Erreichung des gewünschten und selbst gewählten Alterungszustands, möglich. Nach Erreichen der Volljährigkeit kann die Übersiedlung nach Brïn jederzeit stattfinden.

Haltet eure Kolonie stets geheim und vermeidet den Kontakt mit der einheimischen Bevölkerung Terras. Im Notfall sind die Hüter eurer Kolonie zu informieren.

Kapitel 15: Krumm ist die Beere

Brïn im Munich 11'384 n. S.

Eydwall, Ideris

Akko fand Juno im Studierzimmer seines Vaters. Sie hatte sich in einem der Sessel zusammengerollt und las in dem kleinen Ratgeber, den sie bei ihrer Registrierung erhalten hatte. Sie sprang zwischen den Kapiteln hin und her, das erkannte er daran, dass sie ihre Finger in verschiedenen Abschnitten hielt.

»Juno!«

Sie blickte von ihrer Lektüre auf und sah Bramas' Sohn im Türrahmen stehen. »Hallo, Akko. Schon wieder zurück?«

Er nickte und setzte sich in den Sessel neben ihr. Sie zog die Füße unter das Gesäß und ließ ihr Buch etwas absinken. »Was liest du gerade?«, fragte er.

»Ach, ich versuche noch mich mit Brïn vertraut zu machen. Gerade bin ich bei der Beschreibung des Hoshidefestes und was bei dem Ritual der Erneuerung geschieht. Ich verstehe das mit den Zeichen der Magie nicht so recht. Die Shi zeichnen ein Muster und das steigt dann in den Himmel auf? Einfach so?«

»Es ist schon ein wenig komplizierter. Vielleicht darfst du irgendwann mal bei einem der Rituale zusehen. Hin und wieder erlauben sie Besuchern dabei zu sein.«

»Hast du es schon einmal gesehen, Akko?«

»Ich? Nein. Es sind in der Regel begabte Magier und Hüter, die sich dafür interessieren. Manchmal auch die Jäger. Magier, die mögliche Nachfolger der Shi sein könnten, hohe Tempelhüter ... Solche Leute eben.«

»Aber alle Brïnae sind Magier, dachte ich. Du doch auch.«

»Schon«, antwortete er gleichgültig. »Aber manche sind gut und andere besser. Für eine große magische Karriere reicht es bei mir nicht. Das ist nicht schlimm, ich interessiere mich ohnehin mehr für Politik als für Magie. Da komme ich wohl nach meinem Vater. Ich bin ein Papierhengst!« Er grinste breit, was ihn deutlich jünger wirken ließ, als es die kleinen Krähenfüße um seine Augen andeuteten.

»Hm«, machte sie grüblerisch. »Dass es Unterschiede gibt, wusste ich nicht.«

»Wäre es nicht seltsam, wenn alle gleich wären?«

»Vermutlich«, gab sie nickend zu.

»Freust du dich denn auf dein erstes richtiges Hoshidefest? Ich weiß, ihr feiert auch in den Kolonien, aber ohne Magie ist es doch nicht dasselbe.«

Juno zog eine nachdenkliche Schnute. »Ich war eigentlich noch nie eine Freundin großer Feste.« Sie zuckte die Schultern. »Geht das wirklich über mehrere Tage?«

Er nickte. »Sechs Tage und Nächte. In der letzten Nacht findet die Erneuerung des Schildes statt. Es ist das größte Fest auf ganz Brïn. Das Schönste, das du je sehen wirst, und du hast das Glück in Eydwall zu leben, so nah bei der Edana und den Wächtern. Du musst es dir also ansehen, Juno.«

»Ach, ich weiß nicht. Ich werde mal darüber nachdenken, aber ich kenne hier doch fast niemanden. Alleine machen solche Feste nie Spaß, egal wie schön sie sind.«

»Dann gehen wir gemeinsam hin. Du und ich. Was sagst du dazu?« Sein Blick änderte sich schlagartig und bevor er merkte, was er tat, griff Akko nach ihrer Hand. Juno zog sie im selben Moment weg und schnalzte mit der Zunge. Akko ertappte sich dabei, wie er sich den Geschmack dieser süßen Zunge vorstellte. Sie würden tanzen, die Lichter würden für eine romantische Stimmung sorgen, sie würden sich näherkommen und – er schüttelte sich. Wo war das nun hergekommen?

»Alles in Ordnung? Du bist etwas rot im Gesicht.«

»Es ist warm heute!«, rief er hektisch und lachte künstlich.

»Bramas meint es zu gut mit dem Heizen. Es ist immerhin Frühling«, gab sie diplomatisch zurück.

Es entging Akko nicht, dass Juno sein ungeschickter Annäherungsversuch unangenehm war. Da er sich selbst nicht ganz wohl dabei fühlte, versuchte er schnell das Thema zu wechseln. »Ich habe etwas für dich. Ein Geschenk.« Er kramte in seiner Tasche und zog ein kleines Paket heraus, das in weißes Papier eingewickelt war und wie Perlmutt schimmerte. Akko reichte es Juno, die ihn zurückhaltend anblickte und keine Anstalten machte, es anzunehmen.

»Was ist das?«, fragte sie misstrauisch.

»Nur eine Kleinigkeit. Bitte nimm und mach es auf!«

Zögernd griff sie schließlich nach dem Päckchen, entfernte das Papier und hielt nun eine dunkelrote Schachtel in den Händen. Mit wachsender Skepsis hob sie den Deckel ab und war erleichtert, darin bloß gezuckerte Früchte zu finden. Sie warf Akko dennoch einen fragenden Blick zu. Er machte einen erwartungsvollen Eindruck und schien ungeduldig auf ihre Reaktion zu warten.

»Eine süße Spezialität. Früchte von allen neun Planeten. Ich dachte, du magst sie vielleicht. Vater hat mir damals auch welche mitgebracht, als ich gerade erst nach Brïn umgezogen war.«

»Danke. Das ist sehr nett von dir.« Sie wusste nicht recht, was sie sonst sagen sollte. Akko schien einen Narren an ihr gefressen zu haben und sie fühlte sich etwas unwohl dabei, in das Zentrum seiner Aufmerksamkeit gerückt zu sein. Sie hoffte, dass er einfach nur froh darüber war jemanden in der Bibliothek zu haben, der etwas lebhafter war als Bramas. Eine vertraute Person, halbwegs in seinem Alter, denn viele Freunde schien Akko außerhalb der Bibliothek nicht zu haben. Andererseits war er vermutlich schon deutlich älter, als Juno annahm. Sie hatte ihn einmal danach gefragt, aber er war der Antwort ausgewichen, wie es viele Brïnae taten. Manche hörten sogar irgendwann ganz auf die Jahre zu zählen. Mit dem andersartigen Alterungsprozess auf Brïn würde Juno sich erst noch anfreunden müssen, obwohl es sie natürlich erfreute zu wissen, dass sie nie gebrechlich werden würde. Der Gedanke brachte sie darauf, dass sie Meister Bramas einmal fragen musste, wieso er eigentlich äußerlich so alt war. Sie glaubte, sich zu erinnern, dass Bramas' Familie schon seit mehreren Generationen zu den Brïnae gehörte. Warum war er dann nicht in jüngeren Jahren nach Brïn gekommen?

»Wollen wir teilen?«, fragte sie schließlich und hielt Akko die Schachtel hin. Er machte ein zufriedenes Gesicht und pickte eine der verschrumpelten Früchte heraus.

»Versuch eine von den Krummbeeren.«

Sie sah ihn fragend an.

»Das sind die halbmondförmigen mit dem roten Puder. Wenn du mich fragst, sind das die Besten. Mein Freund Djakal ist ein großer Anhänger der Krummbeere.«

»Ich weiß nicht, ob euch beiden zu trauen ist«, sagte sie humorvoll und schob sich eine der Krummbeeren vorsichtig in den Mund. Sie hatten eine leicht stachelige Oberfläche und das irritierte Junos Geschmackssinne zunächst. Zweifelnd biss sie auf die Frucht und ein klebriger, dickflüssiger Saft quoll heraus. Sie hatte das Gefühl, ihr Mund explodiere, und sie riss völlig perplex die Augen auf. Der Saft war so enorm süß, dass er ihr die Tränen in die Augen trieb. Sie zog schreckliche Grimassen, gepaart mit unattraktiven Geräuschen, bei dem Versuch die Krummbeere zu verschlingen. Auf der Erde musste das der Instant-Tod für jeden Zahn sein. Sie hustete, schluckte mit größter Mühe und rang nach Luft.

»Wow«, stammelte sie schließlich. »Das war ... speziell.«

Akko begann herzhaft zu lachen und klopfte sich sogar auf den Schenkel. »Dein Gesicht! Du hättest dich selbst sehen müssen!«

»Da habe ich eine fabelhafte Idee«, sie hielt ihm die Schachtel unter die Nase und forderte ihn heraus. »Nimm auch eine! Dann sehe ich ja, was du für ein Gesicht machst. Du und Djakal habt wirklich einen furchtbaren Geschmack!«

Akko griff nach einer Krummbeere und schob sie sich mit gespielter Tapferkeit in den Mund. Es dauerte nicht lange, bis er selbst das Gesicht verzog und mit der Faust auf die Sessellehne trommelte. Juno begann nun lauthals zu lachen. Ihre Stimme hallte durch die sonst stille Bibliothek und füllte sie mit einer albernen Fröhlichkeit, die diese Wände selten erlebten.

Meister Bramas blickte von seinen Abschriften auf, als die ungewohnten Geräusche ihn erreichten. Er schmunzelte und war froh, dass Juno sich eingelebt hatte. Die ersten Tage waren schwer für sie gewesen. Sie hatte sich Sorgen gemacht, nur wenig Appetit gezeigt und seine Aufmunterungsversuche waren oft ins Leere gelaufen. Außerdem war sie erstaunlich misstrauisch gewesen. Aber nach und nach wurde sie aufgeschlossener. Umgeben von Büchern aus allen Epochen und Winkeln dieser und jeder anderen Welt, war sie neugierig geworden und fing an, Bramas etwas mehr zu vertrauen. Sie hatte sich bedankt, dass er sie nicht einfach auf die Straße setzte, doch darüber hinaus war sie insgeheim unglücklich gewesen, auch wenn sie es gut zu verbergen verstand. Das eigene Zimmer und der Unterricht hatten ihr merklich gutgetan. Sie lernte schnell und das gab ihr ein neues Ziel. Seine neue

Schülerin war ein wirklich wissbegieriger Mensch und beherrschte die Schriftzeichen nach nicht einmal zwei Monaten beinahe perfekt. Sie begann sogar Muster in den magischen Symbolen zu sehen. Die Magie hatte sich ihr noch nicht geöffnet, doch das war nicht bedenklich. Bei manchen dauerte es ein wenig länger. Er überlegte, ob es an der Zeit war, Juno zur Universität zu schicken.

Bramas erhob sich und folgte dem Gelächter. Er fand seinen Sohn und seine vermeintliche Nichte im Studierzimmer. Sie lachten sich krumm und schief und verzogen abwechselnd das Gesicht als wären sie noch Kinder. Er hatte seinen Sohn selten so albern gesehen und war recht froh darüber, wie sich die Dinge mit Junos Ankunft entwickelt hatten.

»Oh, du liebe Zeit, Akko! Die sind wirklich scheußlich!«

»Warte! Nach der Dritten schmecken sie besser!«

»Ich glaube eher, nach der Dritten sind meine Geschmacksnerven mausetot!«

»Eine noch!«, rief er amüsiert und Juno griff lachend in die Schachtel.

»Meine Rache ist dir gewiss, Akko.« Sie schob sich die nächste Krummbeere in den Mund und quietschte vergnügt. Akko lachte lauthals. Juno streckte die dunkelrot verfärbte Zunge weit heraus, als sie die Krummbeere mit Mühe vertilgt hatte. »Blergh! Das war's! Ich gebe mich geschlagen. Noch eine überlebe ich nicht.«

Bramas räusperte sich. Die beiden jungen Menschen blickten auf und richteten sich in ihren Sesseln auf. »Was gibt es so Unterhaltsames, meine Lieben?«

»Krummbeeren«, antwortete Akko mit einem breiten Grinsen und Beerensaft in den Mundwinkeln.

»Ah. Grässliche Dinger, nicht wahr?«, er schmunzelte milde. »Juno, ich habe mir deine letzten Aufsätze angesehen. Ich glaube, wir sind soweit, darüber zu sprechen, ob du zur Universität gehen möchtest.«

Junos Gesicht wurde plötzlich ernst und sie saß kerzengerade im Sessel. »Universität? Wirklich?«, fragte sie aufgeregt. »Ich bin doch aber erst seit ein paar Wochen hier.«

»Du lernst schnell und hast alles, was du für den Anfang brauchst. Die anderen Studenten starten auch sehr früh nach ihrer Ankunft. Akko kann dich sicher die erste Zeit begleiten und dir den Weg zur Universität zeigen, nicht wahr?« Sein Sohn nickte. »Ich werde dir nach dem Unterricht natürlich weiterhin helfen die Lücken zu füllen. Wenn du möchtest, kannst du in ein paar Tagen anfangen. Ich glaube das neue Semester beginnt schon in der nächsten Woche.«

»Ja! Oh, jajaja!« Juno sprang von ihrem Sitzplatz auf, rannte zu Bramas und umarmte ihn voller Vorfreude. Der alte Mann wusste gar nicht, wie ihm geschah und klopfte seinem Familienzuwachs auf den Rücken.

»Nun, also, solch große Begeisterung hätte ich gerne bei all meinen Schützlingen gesehen.«

»Welche Kurse gibt es? Wie viele darf ich belegen? Welche Studienziele habt ihr hier?« Die Fragen schossen aus ihr heraus und sie konnte es kaum abwarten, endlich aus der Bibliothek herauszukommen. Die Universität gehörte zum ältesten Teil Eydwalls, zum inneren Kreis des Wolkenturms. Sie würde den Turm der Shi aus der Nähe sehen! Sie würde echte Magier beim Wirken ihrer Fähigkeiten erleben und neue Menschen treffen. Vielleicht sogar Freunde finden und sich endlich nicht mehr so nutzlos vorkommen. Sie war plötzlich so aufgeregt wie ein kleines Kind, dem eine Belohnung winkte.

»Immer langsam, junge Dame. In meinem Arbeitszimmer liegt eine Liste mit den Fachbereichen und ihren Lehrern. Du kannst sie später durchsehen.«

»Danke, danke, danke!«

Sie tanzte durch den Raum und Akko klatschte sie ab. Er freute sich darauf, sie durch die Stadt zu führen. Vielleicht würden sie so etwas mehr Freiraum haben, um sich richtig kennenzulernen, unbeobachtet von Bramas, der hinter jeder Ecke zu lauern schien.

Kapitel 16: Bäumchen, rüttel Dich

Brïn im Munich 11'384 n. S.

Eydwall, Ideris

Der Angriff kam aus dem Nichts und fegte Erigen von den Füßen. Kamika trat hinter eine Säule, bevor sie jemand entdecken konnte. Der Feuerwächter lag auf dem Rücken und starrte die Studentin mit offenem Mund an. Sie stellte den Fuß auf seine Brust, die Hände zu Fäusten geballt und in sicherem Stand. Erigen rührte sich nicht, erwiderte nur überrascht ihren finsteren Blick. Natürlich hätte er sie mühelos niederringen können, aber er schien zu beeindruckt von ihrem frechen Vorstoß zu sein. Vielleicht glaubte er auch, sie mit gespielter Unterwürfigkeit doch noch aus der Reserve locken zu können. Sie wäre nicht die Erste, bei der es funktionierte.

»Das war eine ganz miese und plumpe Nummer, *Shi.*« Sie sprach seinen Titel aus, als wäre er eine ätzende Flüssigkeit, hob ihre Tasche auf und rauschte in grüner Pluderhose und schwarzer Wickelbluse davon. Kamika grub sich tiefer in die Ecke, als die junge Frau mit wehenden Locken an ihr vorüber, dem Universitätsgebäude entgegeneilte. Sie fing einen leichten Duft von ihrem Shampoo auf und sah ihr nach, wie sie stolz und ungezähmt den Gang hinaufstürmte. Ganz das Gegenteil des halb erfrorenen Mädchens aus der Zelle. Sie ging jetzt seit ein paar Wochen zur Universität von Eydwall und schien sich gut eingefügt zu haben. Sie verbrachte viel Zeit mit einer anderen Brïnai, mit der sie einige Kurse teilte.

Kamika trat hinter der Säule hervor und wandte sich Erigen zu. Er saß jetzt im Schneidersitz auf dem Boden, den Kopf seitlich auf die Faust gestützt und sah der Studentin verträumt nach. Kamika ging auf ihn zu, aber er machte keine Anstalten ihre Ankunft zu kommentieren.

»Harte Landung?«, fragte sie und reichte ihm die Hand. Erigen ließ sich auf die Füße helfen und klopfte sich den Dreck von den schwarzen Hosen und dem blutroten Hemd.

»Für mein Ego? Unbedingt.« Er schüttelte den Kopf. »Hast du das gesehen? Nur halb so groß wie ich, aber schnell wie ein Wiesel. Ich hätte nicht gedacht, dass das in ihr steckt. Offenbar vergeude ich meinen Charme bei ihr.«

»Ich kann nicht behaupten, dass mir das leidtäte.«

»Was denn, was denn? Eifersüchtig, Kamika?« Der Shi grinste breit.

»Ich behalte sie bloß im Auge. Nur für alle Fälle.«

»Was würde Lorden wohl dazu sagen?«

»Wieso sollte Lorden sich dafür interessieren?«, fragte Kamika ein wenig verwundert.

Erigen kratzte sich an seinem gepflegten Dreitagebart und beäugte Kamika nachdenklich. »Sie ist Meister Bramas' Nichte. Du weißt, er mag es nicht, wenn du mit den Töchtern seiner Freunde Spielchen treibst.«

»Warte, habe ich *dich* nicht gerade dabei erwischt, wie du versucht hast, dich an sie ranzumachen?«

»Es ist ein Fluch und ein Segen, ein so begehrter Mann zu sein, wie ich es bin«, scherzte der Feuerwächter.

»Es sah mir nicht danach aus, als ob sie diese Meinung teilen würde.« Kamika war ungewohnt zufrieden.

»Gehen wir etwas essen?«, fragte Erigen ausweichend.

»Sicher«, antwortete Kamika. »Und Erigen?«

»Hm?«

»Lass die Finger von ihr.«

Sein Lachen wurde breiter. »Zu Befehl, Schwester.«

•••

Silka stand vor dem kleinen verdorrten Bäumchen in seinem Topf und versuchte zum wiederholten Male es zum Wachsen zu bringen. Sie rezitierte den Zauberspruch wieder und wieder und hielt die Hände vor die knorrigen kleinen Äste, doch nicht ein einziges grünes Blatt wollte sich zeigen.

»Vielleicht müssen wir es vorher etwas wässern«, schlug Juno vor und sah sich im Hörsaal um. Fast alle anderen Gruppen hatten ihr Bäumchen dazu gebracht wenigstens ein paar zaghafte Knospen erscheinen zu lassen und sie bekam ein schlechtes Gewissen. Sie hatte noch keinen Funken Magie aus sich herausholen können und vielleicht zog das Silkas Leistungsfähigkeit mit nach unten.

»Nein«, nörgelte Silka unzufrieden. »Hilfsmittel sind verboten. Es muss einen anderen Weg geben. Vielleicht bin ich auch einfach eine Niete als Erdmagierin. Wenn du mich fragst, steckt doch mehr eine Feuermagierin in mir.«

Juno sah ihrer neuen Freundin reuevoll dabei zu, wie sie in dem magischen Folianten blätterte und einen neuen Zauberspruch zu rezitieren begann. Feuer würde Silka tatsächlich gut stehen, dachte Juno bei sich, auch wenn ihre meergrünen Augen dem Wasserelement schmeichelten.

»*Elori vantas!*«, sagte Silka streng und stierte den unansehnlichen Strauch so energisch an, dass Juno schon fast befürchtete, sie würde gleich Blitze aus den Augen schießen und das Bäumchen pulverisieren. Juno blieb nichts anderes zu tun, als Silkas Versuche in ihrem Protokoll festzuhalten, und so kringelte sie die Symbole des neuen Spruchs auf ihren Notizblock. Plötzlich hatte sie eine Eingebung. Während Silka mit wachsender Verärgerung ihren Zauberspruch auf das Bäumchen abfeuerte und ihre Worte dabei so bewusst korrekt aussprach, dass es sich bald ziemlich verkehrt anhörte, nahm Juno ein leeres Blatt und begann darauf die Symbole der gescheiterten Sprüche neu zu sortieren. Vielleicht war es ja eine Frage der Kombination verschiedener Sprüche, nicht bloß eines einzigen. Sie pickte heraus, was ihr sinnvoll erschien, und ignorierte den Rest, aber irgendwie schien dennoch etwas zu fehlen. Sie dachte einen Moment lang nach und rief sich in Erinnerung, was sie bisher aus Bramas' Büchern gelernt hatte. Es erstaunte sie manchmal, wie leicht es ihr inzwischen fiel, sich die Zeichen der Magie richtig zu merken. Sie hatten vielerlei winzige Details, die man schnell einmal miteinander verwechseln konnte, aber für Juno war jeder Bogen und jede feine Linie so deutlich wie ihre Auswirkung.

Juno fügte drei kleine Symbole in ihren Sprüchemix ein und sah sich ihr Werk noch einmal an. Ja, das gefiel ihr. In der Kombination lagen Zeichen des Wassers und Erdzeichen für das Wachstum, aber auch Verbindungszeichen, die es überhaupt erst ermöglichten, dass die beiden Elemente zusammen als Einheit wirken konnten.

»Hier, versuch den mal«, sagte Juno und hielt Silka die Notiz hin.

Die Studentin griff nach dem Papier und sah sich Junos Zusammenstellung an. Zweifelnd runzelte sie die Stirn. »Was ist das?«

»Nur eine Idee. Kann doch nicht schaden.«

»Ich kann das nicht lesen, Juno«, gab Silka irritiert zurück und zuckte mit ihrer stupsigen Nase. Sie hatte das beneidenswerte Antlitz einer nubischen Prinzessin und die liebenswerte Eigenschaft, trotzdem nicht eitel zu sein.

»Oh, ehm, entschuldige. Ich habe ein paar Zeichen aus einem von Meister Bramas' Büchern eingebaut. Hier: *Mallas elori peridiem verasi vantas.*« Sie schrieb es in Lautbuchstaben unter die magischen Zeichen.

Silka schaute nun mehr als zweifelnd, wandte sich aber dennoch dem Bäumchen zu und wiederholte Junos Worte peinlich genau. Sie war eine sehr disziplinierte Studentin, ehrgeizig und wahnsinnig organisiert. Ganz anders als Juno, die alles aus dem Bauch heraus machte. Gespannt warteten sie einen Moment, dann ließen beide enttäuscht die Schultern hängen. Es geschah rein gar nichts, außer dass es Silka kurz ein wenig übel wurde.

»Alles in Ordnung?«, fragte Juno, als sie sah, wie Silka sich an den Bauch griff.

»Ja, schon gut. Der Zauber hat es ganz schön in sich.«

»Entschuldige.«

»Es geht schon wieder. Tut sich etwas?«

»Nein. Verdammt«, antwortete Juno entmutigt. »So langsam fängt das hier an, mich zu ärgern.«

»Wem sagst du das!«, meckerte Silka, als sie plötzlich ein leises Knistern hörten. Silkas Augen wurden groß. Die Erde in dem völlig ausgetrockneten Topf begann sich zu bewegen und nahm eine gesunde, feuchte Farbe an. Plötzlich dehnten sich auch die in sich eingetrockneten Ästchen etwas aus, bis sie eine glatte Oberfläche aufwiesen und nicht nur das, es sprossen auch beinahe sofort überall Knospen und winzige Blätter aus dem Holz. Mit einem leisen plopp-plopp-plopp sprangen die Knospen auf und prächtige weiße Blüten entfalteten sich. Eine nach der anderen, bis der kleine Baum mit einer dichten Krone dastand.

»Wahnsinn, Juno!«, rief Silka begeistert. Die anderen Studenten gaben ihre Bemühungen auf und starrten die beiden Frauen an, deren Bäumchen plötzlich perfekt und makellos zwischen ihren kläglich wirkenden Ergebnissen hervorstach. »Wie hast du das angestellt?«

»Ich habe gar nichts gemacht. Du bist hier die Magierin.«

»Aber es war dein Zauberspruch.«

Juno zuckte bloß mit den Schultern. Ein paar Worte miteinander zu kombinieren war nun wirklich keine große Kunst. Apropos groß, war das Bäumchen gerade gewachsen?

»Ausgezeichnet, ausgezeichnet!« Ihr Lehrer kam höchst zufrieden auf Juno und Silka zugelaufen und begutachtete mit einem strahlenden Lächeln ihren Baum.

Er ging herum und warf von allen Seiten einen Blick darauf. Er lobte die beiden in den höchsten Tönen, als ein anderer Ton seine Rede unterbrach. Ein Knacken drang aus dem Blumentopf, dann ein weiteres Ploppen, diesmal allerdings deutlich lauter, und dann bewegte sich die Krone raschelnd, schüttelte sich geradezu und schoss in die Höhe. Die Studenten stießen vereinzelt erschrockene Laute aus. Juno, Silka und ihr Lehrer traten überrascht einen Schritt zurück. Die Wurzeln der Pflanze sprengten endgültig den Topf und wucherten in Windeseile über den ganzen Tisch, bis sie den Boden erreichten und sich auch dort auszubreiten begannen. Die Blätterkrone reichte schon bis zur Zimmerdecke und knarzte, als sie sich gegen den Stein drücken musste. Ihr Lehrer rief ein einzelnes Wort, dass er dem Baum entgegenschleuderte.

Das Rascheln hörte augenblicklich auf und der Mann starrte Juno und Silka fassungslos an. »Welchen Spruch habt ihr dafür benutzt? Rualds Wachstumsbeschleuniger? Gisbeths Mutationserzeuger?« Auf einmal schien er nicht mehr so erfreut zu sein, wie noch einen Augenblick zuvor. Er sah sie verärgert an.

»Nein!«, rief Silka beinahe empört. »Oder?«, fragte sie Juno vorsichtig.

Rualds Wachstumsbeschleuniger? Gisbeths Mutationserzeuger? Juno wusste nicht einmal, was das bedeutete. Sie schüttelte den Kopf.

»Was dann? Zeigt es mir!«, sagte er und musste den magischen Folianten erst unter einer Wurzel hervorzerren, ehe er ihn den beiden zuschieben konnte.

Silka biss sich unglücklich auf die Lippe und warf Juno einen schuldbewussten Blick zu. Doch die zuckte nur mit den Schultern. »Schon gut, gib sie ihm.«

Der Lehrer nahm die Notiz entgegen, die Silka ihm reichte. Der Mann ließ seinen prüfenden Blick über den Zettel gleiten. »Wo habt ihr diese Zeichen her?«, fragte er sehr ruhig, ohne den Blick von dem Papier zu nehmen.

»Aus ein paar Büchern«, teilte Juno kleinlaut mit.

»Hast du diese Bücher dabei?«

»Nein, Meister Kuri.«

»Woher wusstest du, dass wir heute Wachstumszauber üben würden?«

»Wusste ich nicht.«

»Aber du hast diese Zeichen gelernt«, empörte er sich nun fast schon.

»Nicht gezielt«, wehrte Juno ab. »Ich habe sie irgendwann aufgeschnappt.«

»Aufgeschnappt?«, wiederholte Meister Kuri mit hoher Stimme. »Was hast du sonst noch *aufgeschnappt*?«

»Keine Ahnung. Eine Menge anderes Zeug eben.«

Er schnaubte. »Kannst du mir das Zeichen für einen Windsturm aufschreiben?«

»Ich, ehm, denke schon.« Juno wechselte einen besorgten Blick mit Silka, die kein bisschen glücklicher aussah, als sie sich selbst fühlte. Juno nahm Stift und Papier und begann die geschwungenen Linien des Windsymbols niederzuschreiben, gefolgt von einem Zeichen, das für Unruhe und Tumult stand. Sie wollte es schon zu ihrem Lehrer schieben, da beschloss sie noch ein drittes Symbol hinzuzufügen. Das Zeichen für Rotation. Sie fügte Verbindungszeichen ein und schlug Bögen, die den Charakter des Sturms festlegten. Dann reichte sie das Papier ihrem Lehrer.

»Was ist das nun wieder?«, fragte er, endgültig am Ende mit seiner Gelassenheit.

»Eine Windhose. Nicht exakt das wonach du gefragt hast, aber ...«

»Das reicht.« Er hob die Hand und Juno verstummte. Ihr kam der Verdacht, dass sie tief in der Scheiße saß. Meister Kuri machte eine eigene Notiz unter Junos Windhose, faltete das Blatt und reichte es ihr zurück. »Bring das rauf zu Shi Lorden. Er dürfte gerade Unterricht bei den fortgeschrittenen Wassermagiern haben. Beeilung, Kin Juno.«

Sie warf Silka einen letzten besorgten Blick zu und huschte aus dem Hörsaal, verfolgt von dem Getuschel ihrer Mitschüler. Juno war versucht die Notiz zu öffnen und sich anzusehen, welche Botschaft ihr Lehrer für Shi Lorden hinterlassen hatte. Aus irgendeinem albernen Grund traute sie sich dann aber doch nicht. Vielleicht konnten diese Magier ja erkennen, ob sie die Botschaft gelesen hatte, und dann gab es am Ende noch mehr Ärger. Dabei wusste Juno nicht einmal, was sie falsch gemacht haben sollte. Der Baum war ein bisschen zu groß geworden, na gut. Sie hätte vielleicht noch ein Zeichen zur Begrenzung in den Spruch einbauen sollen, aber sie war schließlich noch eine Anfängerin. Da machte man Fehler. War das nicht Sinn und Zweck einer Universität? Kam man nicht her, um zu lernen, wie man es richtig machte?

Mit einem wütenden Grunzen klopfte sie an die Tür zu Shi Lordens Unterrichtszimmer und wartete mit klopfendem Herzen. Es dauerte nur einen kurzen Moment, dann öffnete der Wächter höchstpersönlich die Tür und sah sie aus seinen eisblauen Augen mit einem tadelnden Blick an. »Ja?«

»Ehm.« Was sollte sie ihm sagen? »Meister Kuri schickt mich. Ich soll dir das geben.« Sie reichte ihm das Papier und wartete auf das Urteil.

Shi Lorden las die Notiz und schaute dann stirnrunzelnd zu Juno hinab, wandte sich dann an seine Klasse und sagte: »Kin Jetta, übernimm bitte einmal. Geht die Ableitungen von Harras Analyse der Flüsse noch einmal durch. Ich bin in ein paar Minuten zurück.«

Lorden wies Juno an ihm zu folgen. Er führte sie ein paar Schritte weiter in ein Büro, das nicht so aussah, als wäre es seines. Zu chaotisch und vollgestopft für den peniblen Shi Lorden. Er wanderte dennoch zielstrebig um den vollgepackten Tisch herum, erweckte den Spiegel zum Leben und rief jemanden an. Innerhalb von wenigen Sekunden meldete sich eine Frauenstimme aus dem Spiegel. Juno konnte nicht sehen, mit wem er sprach, und er machte auch keine Anstalten, ihr zu sagen, warum er es tat.

»Kamika, erkennst du diesen Zauberspruch zufällig?« Er hielt die Notiz vor den Spiegel und die Antwort kam beinahe sofort.

»Was willst du mit einer Windhose?«, fragte die Stimme interessiert.

Lorden sah wieder auf die Notiz und schnalzte mit der Zunge. »Irgendwelche Fehler in der Symbolik?«, fragte er noch, um sicher zu gehen.

»Nein. Die Lösung ist unüblich, aber durchaus korrekt. Erfrischend elegant, wenn du es genau wissen willst«, antwortete die Wächterin der Winde anerkennend.

»Danke. Bis später.« Lorden beendete die Übertragung und ging zurück zu Juno, die langsam nervös wurde.

»War das Shi Kamika?«, fragte sie, ohne recht zu wissen, was sie sich davon erhoffte.

»War sie. Hast du diesen Zauberspruch angewendet?«

»Nein.«, gab sich Juno geschlagen. So einfach würde sie Shi Lorden nicht ablenken können.

»Und wer hat den Wachstumszauber angewandt?«

»Das war meine Freundin Silka.«

»Wie geht es deiner Freundin? Hatte der Zauber Auswirkungen auf sie?«

»Ihr ist kurz schlecht geworden. Stimmt etwas nicht damit?«

»Eins nach dem Anderen. Was ist mit deiner eigenen Magie? Kannst du sie nutzen?«

»Bisher nicht«, gab sie enttäuscht zurück.

»Und wie ist es mit den Zeichen, fällt es dir schwer, sie dir in Erinnerung zu rufen?«

»Nein. Sie sind sich alle relativ ähnlich, wenn man die verschiedenen Charaktereigenschaften der Elemente erkannt hat.«

»Tatsächlich? Den Eindruck hatte ich nie. Was ist mit der Zuordnung? Wie bist du auf die Windhose gekommen?« Er wedelte mit der Notiz.

»Das ... Das war nur so eine Idee.«

»Wie bei dem Wachstumszauber, der darübersteht?«

»Ja. Ich habe bloß versucht die notwendigen Eigenschaften zusammenzubringen, damit der Baum wachsen kann.«

»Weißt du, Juno, es ist ungewöhnlich, dass Magier das tun. Normalerweise wenden sie einen Spruch nach dem anderen an, wenn sie verschiedene Elemente zur Vollendung brauchen.«

»Ich bin eben keine Magierin.«

»Was ich meine, ist übergreifender Elementarzauber. Das ist nicht ganz ungefährlich für normale Menschen und insgesamt ungewöhnlich. Du verbindest Wasser- mit Erdmagie und schreibst aus dem Nichts eine abgewandelte Formel für eine Windhose auf. Die meisten Brïnae spezialisieren sich auf ein einziges Element, auf das, welches in ihnen am stärksten resoniert, das, welches sie am besten verstehen. In keinem Fall würden sie zwei Elemente gleichzeitig sprechen. Noch dazu sind das hier zum Teil Symbole höherer Magie. Die dürftest du noch gar nicht kennen.«

»Ich fürchte, in mir resoniert gar nichts, Shi Lorden. Ich kann mir nur Zeichen gut merken.«

»Nicht nur merken. Du verstehst sie offensichtlich auch. Das ist selten.«

»Stecke ich in Schwierigkeiten?«

»In Schwierigkeiten?«, er blinzelte. »Ganz im Gegenteil. Es ist eine äußerst seltene und gefragte Gabe, die du da hast. Die Magie der Sprache. Vielleicht hast du dich deshalb auch so schnell an die Sprache Brïns angepasst. Du siehst dir Schriften an und sie ergeben Sinn, habe ich recht?« Juno nickte vorsichtig. Sprachen waren ihr eigentlich schon immer recht leichtgefallen, auch zuhause auf der Erde. Sie beherrschte immerhin drei davon, die ihr auf Brïn allerdings nichts mehr nutzten. »Vielleicht bist du eine Lyre.«

»Eine was?«

»Eine Lyre. Menschen, deren magische Begabung darin liegt, die Sprache der Magie zu verstehen, Verbindungen zu sehen. Kommt dir das bekannt vor?«

»Ich denke schon. Aber ich höre keine Stimmen, Shi Lorden.«

Er lachte knapp. »Nein, unterhalten kannst du dich natürlich nicht mit ihr. Aber du kannst sie auf eine Art verstehen, wie es eben nur Lyre können.«

»Wenn das wahr ist, warum kann ich dann noch immer nicht zaubern?«

Er verzog die Mundwinkel ein wenig. »Wenn du tatsächlich eine Lyre bist, und danach sieht es aus, dann wirst du leider nie selbst Magie anwenden können.«

»Was? Aber wozu soll diese Gabe denn dann gut sein?«, fragte sie verstört. Juno ließ sich das durch den Kopf gehen. »Gibt es wirklich niemanden, der die Stimme versteht und die Magie selbst anwenden kann?«

»Doch, natürlich.« Er zwinkerte verspielt. »Die Edana und ihre Wächter.«

Junos Zuversicht sank. Sie würde keine Magie üben können. Niemals. »Das ist so typisch für mich«, maulte sie vor sich hin.

»Was sagst du, Kin Juno?«

»Ich sagte: Das ist typisch für mich! Da strande ich in einer Welt voller Magie und Möglichkeiten und ich schaffe es, eine völlig nutzlose Fähigkeit abzugreifen.«

»Diese Gabe ist mitnichten nutzlos«, protestierte Shi Lorden in seiner stets kühlen und sachlichen Art. »Lyre füllen die magischen Folianten, aus denen die Magier lernen, lehren und letztlich Magie anwenden. Anders als die Shi können normale Magier nur anhand dieser Sprüche Magie wirken. Verstehst du, was ich meine? Die Symbole verstehen sie nicht. Jemand muss sie für sie übersetzen.«

»Ich bin also ein wandelndes Nachschlagewerk für die Menschen, die tatsächlich etwas können.«

»Du machst dir Sorgen, dass du keinen Platz in unserer Gesellschaft findest.«

»Natürlich, Shi Lorden. Nicht nur, dass ich hier völlig fremd bin, jetzt muss ich auch noch erfahren, dass mein großes Talent darin besteht, ein langweiliger Sonderling zu sein!«

Sie sah, wie sich ein unerwartet liebevolles Schmunzeln in seinen Mundwinkeln zeigte. »Es mag dir jetzt noch nicht so vorkommen, aber Lyre sind sehr gefragte Menschen auf Brïn ... Und sehr gut entlohnte, wenn dich das beruhigt.«

»Dann muss ich also nicht verhungern? Das ist ein Lichtblick. Langweilig, aber immerhin brauchbar.«

»Niemand verhungert auf Brïn, Kin Juno. Unsere Gesellschaft ist genauso wenig perfekt wie irgendeine andere Gesellschaft, aber wir haben Möglichkeiten, die deiner alten Welt fehlen, und geben sehr stark aufeinander acht.«

»Die Jäger kann ich dann aber wohl vergessen, was?«

»Du wolltest zu den Jägern?«, fragte er sie überrascht.

»Ich habe darüber nachgedacht.«

»Jäger leben gefährlich, Kin Juno.«

»Aber sie tun etwas Gutes. *Ihr* tut etwas Gutes.«

»Du wirst deinen Weg finden, glaube mir. Die Magie hat immer einen Plan.«

»Und die ›Kinder von Brïn‹? Was machen die?«

»Wo hast du das denn aufgeschnappt?«

»In Kinobes Ratgeber.«

»Ach, dieser alte Schinken. ›Kinder von Brïn‹ sind wahrhaft bedauernswerte Geschöpfe. Ja, sie haben es schwer in unserer Welt. Es gibt zum Glück nur sehr wenige von ihnen. Aktuell drei auf ganz Brïn, wenn ich mich nicht irre. Sie werden leider niemals erfahren, wie es ist, von der Magie Brïns liebkost zu werden.«

»Du sprichst von der Magie wie von einem lebendigen Menschen.«

»Nun, sie ist lebendig, Kin Juno. Wir alle sind Teil eines Systems, eines Organismus.« Shi Lorden hielt plötzlich inne und schaute ins Leere. Die Organe zu Füßen der Opfer! Es hieß, das Feuer sei das Herz von Brïn, der Wind ihr Atem, das Wasser das Blut in ihren Adern ... Herz, Lunge, Blut ... Das Gehirn, der Verstand, die Fortpflanzungsorgane, Mutter Natur. Sie waren alle da. Jedes der Organe zu Füßen der Opfer ließ sich mit Brïn in Verbindung bringen. Konnte es tatsächlich so sein? War es das, was der Mörder machte? Symbolische Opfergaben darbringen? An die Shi? An ihn und seine Freunde? Ein Schauer lief ihm über den Rücken.

»Habe ich etwas Falsches gesagt?«, fragte Juno nach einer Weile.

»Wie bitte? Oh, nein, nein. Entschuldige, ich war in Gedanken. Sag, wie kommst du mit Shi Erigen zurecht?«, fragte der Wächter, um sich selbst auf andere Gedanken zu bringen.

»Oh, du hast schon davon gehört?«

»Dass du unseren Feuerwächter buchstäblich aufs Kreuz gelegt hast? So etwas spricht sich schnell herum.« Er schmunzelte schon wieder, was ihn jungenhaft und viel weniger ernst erscheinen ließ. Es stand ihm deutlich besser als die ewig ernste Miene.

Sie schüttelte den Kopf und rollte die Augen. »Ich wollte ihm gegenüber nicht respektlos sein, aber er hat sich schlecht benommen. Tut mir leid, ich neige zu impulsiven Reaktionen.«

»Da kenne ich noch jemanden«, sprach der Wächter mit leiser Stimme. »Soll ich mit Erigen reden?«

»Nicht nötig. Ich glaube nicht, dass er es noch einmal versucht.«

»Sag es mir, falls du deine Meinung änderst.« Sie nickte. Lorden wünschte sich, er käme mit Sofia nur halb so gut zurecht wie mit dieser Terranerin. »Kin Juno, darf ich dich vielleicht um einen Gefallen bitten?«

»Worum geht es denn?«

»Wir haben Probleme damit an Edana Sofia heranzukommen. Sie vertraut uns nicht und scheint sich vor ihrer Aufgabe zu fürchten. Würdest du versuchen mit ihr zu reden? Vielleicht öffnet sie sich jemandem, der aus ihrer Welt stammt. Deine Begabung, die Sprache der

Magie zu verstehen, könnte ihr sehr helfen. Du bist vielleicht genau der Mensch, den sie braucht, und du könntest gleich deine eigene Gabe besser kennenlernen.«

Juno nickte. »Klar, das kann ich versuchen.«

»Vielen Dank, Kin Juno.« Er verneigte sich knapp und Juno erwiderte die Geste, ehe sie mit gemischten Gefühlen zurück zum Unterricht schlurfte. Unabhängig davon, was Shi Lorden ihr über ihre Begabung gesagt hatte, fühlte sie sich trotzdem nutzlos und erstmals auch irgendwie schutzlos. Das war es dann wohl mit dem kurzen Traum vom Dasein als leuchtende Magierin.

Kapitel 17: Lyre

Brïn im Munich 11'384 n. S.

Eydwall, Ideris

»Eine Lyre? Tatsächlich? Wie aufregend!« Anders als Juno nahm Bramas die Information mit echter Begeisterung auf. Auch Silka war ganz aus dem Häuschen gewesen, als sie ihrer Freundin von dem Gespräch mit Shi Lorden berichtet hatte. Juno dagegen war noch immer etwas enttäuscht. Sie wusste nicht recht, was sie von ihrer *besonderen* Gabe halten sollte. Es gefiel ihr die Symbole zu verstehen und ihre Poetik war schön, aber es erschien Juno nicht magisch. »Da habe ich eine großartige Aufgabe für dich, Juno!« Bramas klatschte voller Enthusiasmus in die Hände.

»So?«

»Die Himmelskarten wurden schon seit Jahren nicht mehr mit der verdienten Hingabe kartographiert«, sagte er und Junos kurze Hoffnung auf eine tatsächlich spannende Aufgabe erstickte im Keim. »Ah, meine Liebe, ich sehe dir an der Nasenspitze an, dass du an dem, was ich sage, zweifelst. Aber warte, bis du die Karten gesehen hast. Komm mit!«

Bramas lief mit ihr runter in die fensterlosen Archive, die nur schwach beleuchtet und noch dazu unerfreulich kalt waren. Die Dokumente des Archivs waren alle ziemlich alt und Originalstücke, die etliche Jahrhunderte, vielleicht sogar Jahrtausende auf dem Buckel hatten. Juno konnte sich nicht vorstellen, dass es hier unten etwas gab, was für sie auch nur ansatzweise die Bezeichnung *großartig* verdienen könnte. Wie üblich hatte der alte Mann aber noch eine Überraschung im Ärmel, und so staunte sie nicht schlecht, als er einen matt schimmernden Schlüssel aus der Tasche zog und damit eine schwere schwarze Tür aufschloss. Er hielt sie für Juno auf und sie trat wenig erwartungsvoll ein, nur um mit offenem Munde stehen zu bleiben und die Szenerie mit großen, glänzenden Augen zu bewundern.

Der Raum war enorm weitläufig und verdiente wohl eher die Bezeichnung Halle. Juno kannte solche Räume nur aus dem Museum. Dieser musste die halbe Grundfläche der Bibliothek für sich beanspruchen und das war nicht wenig. Sie sah keine Regale in dem Raum, nur eine Reihe von Säulen stützte das Deckengewölbe. Die Wände waren in einem nachtblauen Ton gestrichen. In geraden Reihen hingen mittig große beleuchtete Bilderrahmen und in jedem Rahmen hing eine Art Zeichnung, die ausschließlich aus feinen langen Linien und magischen Symbolen bestanden. Der Hintergrund der Bilder war in einem etwas helleren Samtblau gehalten und die Zeichnung darauf hellweiß. Bei näherer Betrachtung allerdings erkannte Juno, dass es nicht einfach nur weiße Farbe war. Die Linien und Symbole hatten das gleiche unnatürliche Leuchten wie Bramas' Schlüssel und so sah es beinahe aus, als hätte Juno einen funkelnden Sternenhimmel vor sich. Sie staunte ergriffen.

»Na, habe ich zu viel versprochen?«

»Die sind atemberaubend schön, Meister Bramas.«

»Nicht wahr? Das sind ein paar der ältesten erhaltenen Exemplare. Das Licht in den Rahmen ist speziell für diese Karten kreiert worden. Es konserviert die Papierfasern und bewahrt sie vor dem Alterungsprozess, wie es das Wasser Brïns bei uns Menschen macht.«

»Eine spannende Technologie.«

»Kannst du zufällig verstehen, was du da siehst?«, fragte der Bibliothekar neugierig und Juno widmete den Symbolen ihre ganze Aufmerksamkeit. Sie waren sehr viel komplexer und komplizierter als alles, was Juno bisher in Bramas' Büchern entdeckt hatte. Sie ließen eine Melodie in Juno erklingen, die ihr vage vertraut war, aber diese Zeichen überstiegen eindeutig ihre Fähigkeiten.

»Ich verstehe, was sie machen, aber nicht was sie genau bedeuten. Das dort im unteren linken Quadranten ist das Windelement, darüber liegt Wasser neben Feuer und unten rechts Erde. In der Mitte ... Hmm ... Das ist kein einzelnes Element, das ist eine Art Knäuel. Irgendwie verbunden, aber auch neu.«

»Ja, gut, weiter.«

Sie zuckte mit den Schultern. »Ich weiß nicht. Die Linien scheinen eine Art Netz zu erschaffen. Die Elemente geben die Energie ab, die in der Mitte verbunden und als Ganzes ausgegeben werden. Dieses Ganze wandert über die Linien und ... «, sie merkte, dass sie mit den Fingern in der Luft malte und nahm die Hand runter. »Das ist der Planetenschild«, sagte sie verblüfft.

»Absolut richtig. Wenn du dich umsiehst, wirst du merken, dass die Symbole für jedes Jahr etwas anders aussehen. Das liegt daran, dass der Bannspruch jedes Jahr neu geschrieben werden muss.«

»Ihr haltet die Bannsprüche in diesen Karten fest?«

»So ist es. Du kannst dir vielleicht vorstellen, dass dabei Sorgfalt und ein paar geschickte Hände gefragt sind.« Diesmal nickte Juno. »Die Zeichen magst du vielleicht trotz deiner Gabe nicht entschlüsseln können, aber du erkennst ihren Charakter und ihr Zusammenspiel.« Das stimmte. »Könntest du dir vorstellen, die Himmelskarte für dieses Jahr anzufertigen?«

Junos Augen wurden noch größer und bekamen dieses besondere Leuchten, das trotz ihrer blassen Iris deutlich sichtbar hervorstach. »Ist das dein Ernst?«

»Sonst würde ich doch nicht fragen, Kind.«

»Aber ich habe doch eigentlich gar keine Ahnung von all den magischen Dingen.«

»Nun hab mal etwas Vertrauen in deine Fähigkeiten! Unsere Lyre der letzten fünfzehn Jahre ist sorgfältig, weißt du, aber nicht sehr kreativ. Kin Celeste macht immer nur das Nötigste, aber glaube mir, von den Karten wird hier niemals eine aushängen. Du dagegen, mit all deinen zierlichen Schnörkeln immerzu – ja, die sind mir aufgefallen, Liebes – bist wie dafür gemacht diesen Karten wieder ein wenig Glanz zu verleihen.«

Junos Herz klopfte. »Musst du nicht erst die Shi um ihre Zustimmung bitten oder so etwas?«

»Aber nein. Diese Karten dienen nur unserer Geschichtsaufzeichnung. Die Shi schicken uns ihre Teile der Karte und wir fügen sie hier zusammen. Für die Nachwelt. Du kannst nichts kaputt machen, falls du davor Angst hast.«

Sie schmunzelte. Genau das wollte sie hören. »Wann kann ich anfangen?«

»Sofort, wenn du willst. Lass uns wieder nach oben gehen, dann gebe ich dir die Schablonen und Kopien der letzten Karten zum Vergleich.«

»Darf ich Silka davon erzählen?«

»Nur zu.«

Juno malte sich Silkas Reaktion aus. Sicher würde sie vor Freude kreischen, und das in einem so hohen Ton, dass Juno gewiss die Trommelfelle reißen würden. Ihre Freundin hatte diese leichte und unbekümmerte Art an sich, die Juno immer schon an anderen Menschen bewundernswert fand. Sie mochte Silka wirklich gern und fing an, ihre lebensfrohe Natur auf sich abfärben zu lassen.

Als Bramas und Juno die Treppe wieder hinaufkamen und an den Arbeitszimmern vorbeiliefen, fiel ihnen die seltsame Stille auf, die nur von einer metallisch säuselnden Stimme durchbrochen wurde. Niemand schien an seinem eigentlichen Platz zu sein.

»Wo sind denn alle?«

»Vielleicht im Gemeinschaftsraum«, mutmaßte Bramas. Sie folgten dem Flur dorthin und schon auf dem Weg wurde die Stimme lauter und deutlicher.

»... Das zweite Opfer wurde am frühen Morgen in ihrer Wohnung gefunden. Auch bei ihr handelt es sich um eine Terranerin, die ...«

Sie erreichten den Gemeinschaftsraum und fanden darin so ziemlich die ganze Belegschaft der Bibliothek. Auch Akko stand mit verschränkten Armen nahe der Tür und schaute grimmig auf den großen Spiegel, der die jüngsten Nachrichten übertrug.

»Akko, was ist hier los?«, fragte Bramas seinen Sohn. Der nickte in Richtung des Spiegels und antwortete ihm mit einer belegten Stimme.

»Es hat ein weiteres Opfer gegeben. Wieder eine Terranerin.«

»Wie furchtbar.« Juno fehlten die Worte.

»Sei froh, dass du einer Ahnenlinie von Brïn entstammst, Juno«, sagte Akko, »ich fände es ausgesprochen beunruhigend, wenn ich mir vorstellen müsste, du könntest die Aufmerksamkeit dieses Mörders auf dich ziehen.«

Juno schluckte schwer und senkte schnell den Blick, aus Furcht man könnte ihr die Wahrheit an der Nasenspitze ablesen. Sie war in derselben Nacht auf Brïn gelandet, in der das erste Opfer gestorben war. Vielleicht hatte sie mit ihrer Inhaftierung mehr Glück gehabt, als sie dachte. In ihrer alten Heimat waren solche Verbrechen immer woanders geschehen. Weit entfernt von ihr. Wie eine Filmszene. Es fühlte sich unwirklich an, zu wissen, dass diesmal ein Mörder in ihrer Stadt sein Unwesen trieb, insbesondere jetzt, da es eine unumstößliche Tatsache war, dass es sich um einen Serienmörder handelte.

»... Kin Trissa gehörte bereits seit einhundertundneunzig Jahren zur Bevölkerung von Brïn und hatte es sich selbst zur Aufgabe gemacht ...«

Akko keuchte.

»Trissa?«, rutschte es Juno heraus, die unsanft aus ihren Überlegungen gerissen wurde und sich nun das soeben eingeblendete Portrait des neuen Opfers ansah. »Akko, ist das nicht die Frau aus dem Zentralarchiv? Die Sachbearbeiterin, die mich eingelesen hat?«

Nun senkte Akko den Blick und nickte noch ein Stück grimmiger als zuvor. »Ja, das ist ... Das war sie.«

Juno strich sich gedankenverloren über die kleine Tätowierung an ihrem Handgelenk. »Das tut mir so leid, Akko. Ihr kanntet euch gut, nicht wahr?«

»Wir sind ein paar Mal ausgegangen«, er stockte und sah sich nach seinem Vater um, der sich ein wenig weiter nach vorne gearbeitet hatte. »Entschuldige mich.«

»Hey, Akko, warte.« Sie hielt ihn sanft am Arm zurück. »Wenn du mit jemandem reden möchtest, ich bin da, ja?«

»Danke, ich ... Ich bin froh, dass du hier bist Juno, aber ich würde jetzt lieber mit einem alten Freund sprechen«, antwortete Akko blass. »Wir sehen uns später.« Er klopfte ihr auf die Schulter und schob sich durch die Menge nach draußen.

Juno sah ihm nach. Sie wusste nicht, was sie sagen sollte, fröstelte und schlang sich die Arme um den eigenen Körper. Es war nur ein paar Wochen her, da hatte eine lebendige Trissa mit ihr gesprochen und nun war sie einfach fort. Bloß weil sie Terranerin war. Falls Juno bisher Zweifel daran gehabt hatte, dass es besser war, ihre Herkunft zu verbergen, dann waren diese jetzt beseitigt. Sie war vermutlich die einzig sichere Terranerin auf Brïn.

•••

Akko war dicht. Um es in einer für Brïnae verständlichen Sprache zu sagen: Akko war so betrunken wie noch nie in seinem Leben und Juno hatte das zweifelhafte Glück, ihn dabei erleben zu dürfen. Er saß im Esszimmer und lag mit dem Kopf auf dem Tisch. In einer Hand hielt er noch die leere Flasche Gebranntes und lallte unentwegt unverständliche Dinge vor sich hin. Er versuchte seinen Kummer zu ertränken, was es bloß noch schlimmer zu machen schien. Juno und Bramas standen in einigem Abstand vor ihm und kamen sich beide sehr hilflos vor. Nach Auskunft der Blauröcke hatte Akko sich in eine Bar begeben und sich dort buchstäblich volllaufen lassen. Im Verlauf des Abends begann er so laut und vehement zu randalieren, dass der Wirt ihn vor die Tür setzen musste. Das ließ sich allerdings nur mit Hilfe der Blauröcke bewerkstelligen, die ihn schließlich vor Bramas' Haustür abgeliefert hatten. Der Bibliothekar war außer sich und tadelte Akko, dessen Verhalten ihm in mehrfacher Hinsicht zum Verhängnis werden konnte.

»Er hat eine Freundin verloren, Meister Bramas«, versuchte Juno ihn zu beschwichtigen. »Auf grausame Weise noch dazu.«

»Dieses Benehmen ist inakzeptabel. So etwas kann alles ruinieren, wofür er in den letzten Jahren gearbeitet hat!«

»Ich sage ja nicht, dass es besonders intelligent war, aber in dieser Situation sollte man ihm vielleicht mildernde Umstände zugestehen.«

»Mildernde Umstände! Mildernde Umstände!«, rief Bramas aufgeregt. »Akko will in die Politik! Er arbeitet im direkten Umfeld des Regenten. Da kann man sich nicht derartig aufführen!« Bramas seufzte und ließ sich auf einen Stuhl fallen. »Wenn der Regent davon erfährt, schickt er den Jungen zum Aktenzählen ans andere Ende der Welt.«

»Es wird sicher alles gut ausgehen, Meister Bramas. Niemand wird ihm verübeln, dass ihn der Tod einer Freundin mitnimmt, oder? Der Regent würde doch wie ein herzloses ... Arschloch dastehen.« Bramas warf ihr einen entsetzten Blick zu. »Entschuldigung«, fügte sie kleinlaut an.

»Er hat sie umgebracht. Einfach umgebracht. Als wäre sie irgendwer gewesen«, lallte ihnen Akko plötzlich dazwischen. Sie sahen ihn an, wie er ihnen mit gerötetem Blick gegenübersaß. »Schwein, Schwein, Schwein.«

»Oh weh«, brummte Bramas. »Es nimmt ihn wohl deutlich mehr mit, als ich dachte.«

»Ich glaube, er war verliebt in Trissa.«

»Wirklich? Er hat nie etwas erwähnt. Armer Junge. Ich werde mal versuchen ihn ins Bett zu kriegen.«

»Soll ich dir helfen?«

»Nein, das schaffe ich schon. Geh wieder schlafen, Juno. Ich kümmere mich um ihn.«

»In Ordnung. Sei nicht so hart zu ihm, ja?«, fügte Juno noch an und sah den Bibliothekar betrübt nicken.

Kapitel 18: Shi trifft Blaurock

Brïn im Munich 11'384 n. S.

Eydwall, Ideris

»Der Bericht von Blaurock Riskel ist endlich da«, begann Erigen und tippte die Symbole auf der großen Spiegelwand ein. Sofort erschienen die Porträts der beiden Frauen, begleitet von ihren Lebensdaten und Fotos der Tatorte darunter.

»Welches Tier ist zu so etwas in der Lage?«, keuchte Kamika. Als ehemalige Soldatin hatte sie auf dem Schlachtfeld einige brutale Bilder gesehen. Menschen, die sich gegenseitig zerhackten und verstümmelten. Aber es war nicht zu vergleichen mit dem, was dieser Mörder mit seinen Opfern anstellte. Diese Frauen hätten nicht sterben dürfen, schon gar nicht auf diese Weise.

»Menschen sind weitaus schlimmere Kreaturen als Tiere. Wir sind die einzige Spezies, die aus Vergnügen tötet.« Eine Nuance von Verbitterung schwang in Kassias Gedankenstimme mit.

»Ich bin die Letzte, die dir da widersprechen würde.« Kamika klang rau und verbittert.

Einen Moment lang herrschte Schweigen in dem weitläufigen Raum. Die Shi betrachteten die gesammelten Informationen der Blauröcke, jeder und jede in die eigenen Überlegungen versunken.

»Es muss irgendeine Verbindung zwischen den beiden geben. Eine andere als die, Terranerinnen zu sein, meine ich«, warf Lorden ein. »Der Mörder muss sie schließlich irgendwo kennengelernt haben. Vielleicht besuchten sie dieselben Orte. Woher wusste er zum Beispiel, dass sie Gestrandete von Terra waren? Das stand ihnen schließlich nicht auf die Stirn geschrieben.«

»Die Blauröcke arbeiten noch daran. Das erste Opfer war in ihrer Ausbildung zur Heilerin, das Zweite hat im Zentralarchiv gearbeitet. Sie kannten sich nicht, haben nicht dieselben Orte in ihrer Freizeit besucht, wie es scheint, und ihre Wohnungen liegen so weit auseinander, dass sie nicht einmal für Einkäufe dieselben Geschäfte besucht haben. Ihre bisher einzige erkennbare Gemeinsamkeit ist die, Terranerin zu sein.«

»Hoffen wir, dass die Blauröcke noch etwas Besseres finden, bevor dieser Mistkerl wieder zuschlägt.«

»Kannst du mal die Briefe aufrufen?«, bat Erigen.

Lorden tippte den entsprechenden Befehl auf der Konsole ein und die beiden Briefe wurden mehrfach vergrößert hervorgehoben. Die blutrote Tinte leuchtete ihnen satt entgegen und tauchte den Raum in einen ebenso roten Schimmer.

»Ich weiß nicht, ob diese Briefe überhaupt irgendetwas zu bedeuten haben. Er verspottet bloß die Blauröcke. Was soll darin an hilfreichen Informationen stecken?«, fragte Lorden übellaunig.

»Das weiß ich auch nicht. Aber vielleicht fällt uns noch etwas auf.« Erigen zuckte mit den Schultern und las sich die beiden Briefe einmal mehr durch. Doch die einzig nützlichen Zeilen waren die, in denen der Mörder seinen Zorn über die terranischen Frauen kundtat. »Warum sagt er wohl, diese Frauen stehlen die Magie Brïns?«

»Ihn interessiert sicher nicht, dass die Magie freiwillig zu ihnen kommt. Er hält sie für unwürdig die Magie zu empfangen«, sagte Kamika in einem Tonfall, der keinen Zweifel ließ. Die Blicke der anderen hefteten sich auf sie. »Was? Das ist nicht meine Meinung, sondern seine. Als ob ich mir solche Gedanken leisten könnte«, fügte sie leise grummelnd hinzu.

»Was bedeutet dieses Symbol? Soll das eine Unterschrift sein?«, fragte Erigen und zeigte auf ein einsam stehendes Wort am Ende der Seite.

»Vermutlich sein Name. Sieht aus wie eine der Sprachen auf Terra«, dachte Kamika laut.

»Bitte nicht schon wieder«, knurrte Lorden.

»Wir sollten die Möglichkeit in Betracht ziehen, dass er Terraner ist, Lorden.«

»Wenn er von Terra käme, würde er dann unsere Schriftsprache beherrschen? Nein«, sagte Lorden etwas gereizt.

»Er hatte genug Zeit sie zu lernen«, entgegnete Kamika genauso ungehalten.

»Ganz ohne Hilfe? Das bezweifle ich.«

»Vielleicht hatte er die. Woher nimmst du denn die Gewissheit, dass er sich nicht angepasst hat? Dass er die Briefe auf brïnaisch verfasst, aber mit einem terranischen Namen unterzeichnet, *muss* etwas bedeuten.«

»*Falls* es sein Name ist. Es könnte auch einfach nur ein Liniengewirr sein. Bei seiner Sauklaue wäre das nicht überraschend.«

»Können wir uns vielleicht zuerst einmal auf die Briefe und Opfer selbst konzentrieren?«

»Schön«, Kamika warf die Arme in die Luft. Wenn ihr die Shi nicht glauben wollten, dann tat es vielleicht jemand anderes. »Sucht weiter, ich rede derweil mit Riskel. Vielleicht hört der mir zu.«

»Kamika, komm schon«, bat Erigen, aber die Windwächterin entfernte sich bereits. Sie verließ den Turm und begab sich auf direktem Weg zu den Schwebebahnen.

Die Häuser rauschten schon bald vor den Fenstern vorbei, wie ein buntes Muster aus Farben und Lichtern. Kamika nahm das Schauspiel nur beiläufig wahr, denn ihre Gedanken waren ganz woanders. Sie hörte das Kichern zweier Frauen auf den Sitzen gegenüber und riskierte einen Blick. Sie erstarrten für eine lange Sekunde, dann begannen sie wieder zu tuscheln und zu kichern und warfen der Wächterin immer wieder verstohlene Blicke zu. Eine Dritte stieß einer der anderen in die Rippen und machte dabei ein unfreundliches Gesicht. Die Art wie sie Kamika flüchtige Blicke zuwarf, verriet, dass sie nicht ganz so erfreut war Kamika zu sehen, wie es ihre beiden Freundinnen zu sein schienen. Shi oder nicht, Alibi oder nicht, der kurze Mordverdacht hatte, wie befürchtet, einen Makel an der Wächterin hinterlassen. Nicht jeder war überzeugt davon, dass sie tatsächlich unschuldig war.

Kamika wandte die Augen von den Frauen ab. Sie lehnte den Kopf gegen die Glasscheibe und beobachtete die Lichter, die im Halbdunkeln an ihr vorüberzogen. Sie schloss die Augen und blendete alles aus. Die Lichter, die Farben, das Gekicher und das Getuschel. Sie wäre lieber auf Taris Rücken ins Hauptquartier der Blauröcke geflogen. Sie benutzte die Schwebebahnen nicht unbedingt gerne, doch Tari wurde zwischen den großen Flugmaschinen, auf dem Landeplatz der Blauröcke, immer etwas seltsam und hielt die großen Geräte wohl für Spielkameraden. Zu einer anderen Gelegenheit hatte sie einem der Gyrocopter das Heck angenagt und ein paar unschöne Schnabelabdrücke in der Hülle hinterlassen. Von den völlig verbogenen Rotorblättern, nach einer intensiven Schmuseminute, mal ganz zu schweigen.

»Eydwall West«, ertönte die Durchsage.

Kamika schlug die Augen auf und sah ein letztes Mal aus dem Fenster. Die Schwebebahn wurde bereits langsamer. Aus den farbigen Lichtstreifen wurden einzelne Punkte. Die Wächterin erhob sich und begab sich zum nächsten Ausstieg, wo sie darauf wartete, dass die Bahn endlich zum Stillstand kam.

»Shi Kamika?«

Kamika schaute sich um. Die Stimme der Frau zitterte. Sie war kleiner als die Wächterin und sichtlich nervös, was ihre verkrampfte Haltung verriet.

»Ja?«

»Ich … Ich will dich nicht belästigen, aber darf ich dir das geben?« Die Fremde hielt Kamika ein abgerissenes Stück Papier hin und wirkte nun regelrecht eingeschüchtert.

»Was ist das?«, fragte die Shi, während sie das Papierstück entgegennahm.

»Meine Spiegelsignatur. Mein Name ist Ori.«

»Ori«, wiederholte Kamika und sah erst das Papier, dann wieder die Frau an. Sie hatte niedliche Sommersprossen auf der Nase, volle rote Lippen, zartgrüne Augen und feurig rotes Haar. Ori war attraktiv. Sehr attraktiv. Bis vor Kurzem hätte Kamika nicht einen Moment lang gezögert, das stille Angebot anzunehmen. Sie war selbst ein wenig überrascht, dass sie die Gelegenheit, eine schöne Frau kennenzulernen, nicht nutzen wollte. Sie strich der Frau, die all ihren Mut zusammengenommen haben musste, um Kamika überhaupt anzusprechen, sanft über die Wange. Ori lachte sie an.

»Tut mir leid, Ori.« Das Lachen verschwand. Die Tür zischte und Kamika trat schnell hinaus. Sie sah die Enttäuschung in Oris Blick, während sich die Schwebebahn langsam wieder in Bewegung setzte und die Sommersprossen davontrug. »Du bist eine Idiotin, Kamika«, sagte die Shi zu sich selbst, zerknüllte den Zettel und warf ihn in den nächsten Abfallsammler. Sie eilte die Stufen hinauf in das Verwaltungsgebäude der Blauröcke. Das letzte Mal, als sie hier gewesen war, hatte sie dieses Gebäude auf der anderen Seite und in Gesellschaft von Erigen und der zerzausten Hübschen verlassen. Sie murrte leise. Da war sie wieder, die Fremde, und infiltrierte Kamikas Gedanken.

»Shi Kamika«, begann der Blaurock, als die Wächterin durch seine Tür trat. Die leichte Verwunderung stand ihm in die gebogene Augenbraue geschrieben. »Als Yara mir sagte, eine Shi sei hier, um mich zu sprechen, habe ich am wenigsten dich erwartet.«

»Stehe ich etwa schon wieder unter Mordverdacht?«, fragte Kamika gleichgültig.

»Keineswegs, nein. Was führt dich her?«

»Ich habe ein paar Fragen.« Riskel bat die Wächterin, sich zu setzen, was Kamika tat. Sie nahm ihm gegenüber Platz und der Mann studierte sie einen Moment lang.

»Ist etwas vorgefallen?«, fragte er.

»Nein, ich habe mir nur Gedanken gemacht. Über die Morde.«

»So?«

»Ich habe mich gefragt, ob der Mörder der beiden Terranerinnen nicht auch Zolana auf dem Gewissen hat.«

Der Blaurock räusperte sich. »Wie kommst du auf die Idee?«

»Es wäre möglich, dass mir ihr Mörder hierher gefolgt ist.«

»Du hältst ihn für einen Terraner? Hast du Edana Zolana denn in einem ähnlichen Zustand gefunden wie unsere beiden Opfer?«, fragte Riskel sichtlich bedrückt. Er schien erleichtert zu sein, als Kamika den Kopf schüttelte.

»Sie war nicht verstümmelt worden, wenn du das meinst. Sofia behauptet allerdings, sie habe den Einbrecher überrascht und er sei sofort geflohen. Vielleicht hat sie ihn gestört, bevor er fertig war.«

»Du hast Zweifel an ihrer Aussage.«

»Ich traue ihr nicht. Vielleicht hat sie ihm geholfen, wer weiß?«

»Das ist ein sehr gefährlicher Gedanke, für eine Wächterin.«

»Das brauchst du mir nicht extra sagen.«

»Bist du deswegen ohne deine Mitstreiter hier? Wissen sie von deinem Verdacht?«

Kamika lachte freudlos. »Sie wollen nichts davon hören. Sie denken, ich wäre überreizt und bräuchte eine Pause.«

»Und was denkst du?«

»Dass der Täter sein Handwerk zu gut versteht. Ich glaube nicht, dass dies seine ersten Morde sind.«

»Da sind wir einer Meinung.«

»Tatsächlich?« Kamika war überrascht, dass der Ermittler ihr so schnell zustimmte. Doch er nickte noch einmal zur Bekräftigung und machte einen aufrichtigen Eindruck. Also sprach sie weiter. »Es gab eine Mordserie, als ich mit Edana Zolana auf Terra war. Der Täter trieb sich in einem anderen Viertel herum, aber das muss nicht heißen, dass er ausschließlich dortgeblieben ist.«

»Gibt es Ähnlichkeiten zwischen den beiden Mordserien?«

»Durchaus. Mindestens fünf Frauen wurden auf Terra ermordet. Allerdings handelte es sich bei den Opfern um Prostituierte. Leichte Beute. Aber ihr Zustand ... Er hatte ihnen die Kehlen durchgeschnitten und ihre Eingeweide herausgenommen. Es gab dort ebenfalls Briefe, die mit roter Tinte geschrieben waren. Den Inhalt kann ich nicht genau wiedergeben. Ich weiß nur das, was ich aus Gesprächsfetzen aufgeschnappt habe. Aber die Ähnlichkeiten scheinen mir zu groß für einen Zufall zu sein.«

Riskel nickte. »Ich verstehe, was du meinst.«

»Und noch etwas.«

»Ja?«

»Die Unterschrift. Ich glaube, unser Mörder signiert die Briefe in terranischer Schriftsprache.«

»Dann kennst du seinen Namen?«

»Lesen und Schreiben haben sie mir auf Terra nicht beigebracht«, antwortete sie kopfschüttelnd. »Es gibt doch aber sicher jemanden auf Brïn, den wir fragen können.«

»Da bin ich mir sicher. Ich werde das überprüfen, Shi«, und tatsächlich machte sich der Mann einige Notizen. Kamika nickte erleichtert und ließ sich tiefer in ihren Sitz fallen. »Da du schon hier bist, könntest du mir vielleicht helfen. Ich möchte überprüfen, ob es auf Brïn schon einmal Morde gab, die zu den aktuellen Fällen passen könnten. Allerdings brauche ich dafür den uneingeschränkten Zugriff auf das Zentralarchiv. Eine planetenweite und zeitlich so weit zurückreichende Abfrage ist ohne Sondergenehmigung nicht gestattet.«

»Dafür brauchst du die Freigabe des Regenten und die der Wächter.«

»So ist es. Der Regent hat mir die Freigabe bereits zugesichert.«

Kamika nickte und hielt ihm ohne zu zögern das Handgelenk mit dem Insigne hin.

»Das war leichter, als ich dachte.«

»Hast du mit mehr Gegenwehr gerechnet?«, fragte sie, während Riskel das Insigne einlas.

»Um ehrlich zu sein, ja. Jeder weiß, wie du zu den Terranern stehst, Shi. Dein Besuch hier, dein Anliegen ... Das ist schon ein wenig überraschend.«

»Ich mag den Terranern nicht trauen, deswegen wünsche ich den Gestrandeten aber nicht den Tod. Schon gar nicht einen Solchen, wie ihn dieses Monster bringt. Alles worum ich bitte ist, dass es in Betracht gezogen wird, dass er selbst von Terra stammen könnte. Damit wir ihn schnell finden, Riskel.«

»Wir lassen nichts unversucht. Kann ich sonst noch etwas für dich tun?«

»Eines gäbe es tatsächlich noch. Könntest du einmal für mich nachsehen, ob es in der Nacht vom vierten Antheste irgendwelche Besonderheiten gegeben hat. Vielleicht auch einige Tage danach. Möglicherweise eine Verhaftung oder jemanden, der ohne Registrierung aufgegriffen wurde?«

»Das war die Nacht des ersten Mordes. Du denkst, wir haben ihn vielleicht verhaftet?«

»Vielleicht«, antwortete sie, obwohl sie eigentlich nicht glaubte, dass der Mörder ihnen so einfach in die Arme gelaufen war. Worauf Kamika abzielte, waren Informationen über das wilde Portal. Sie hätte dem Blaurock davon erzählen können, aber dann würde er wissen wollen, weshalb sie sich damit an ihn wandte, statt an Lorden. Schließlich merkte es der Wasserwächter sofort, wenn jemand durch ein wildes Portal kam. Insbesondere, wenn es sich dabei um jemanden von Terra handelte und dieser Person das Insigne Brïns am Handgelenk fehlte. Sicherlich wollte sie einem Fremden nicht auch noch erklären müssen, weshalb sie ihrem Freund misstraute. Oder vielmehr, weshalb sie annahm, dass Lorden *ihr* misstraute und ihr möglicherweise etwas verschwieg. Wie sie mit seinem Misstrauen umgehen sollte, wusste sie beim besten Willen nicht.

»Tja, mal sehen.« Riskel begann auf seiner Tastatur zu tippen. Der Spiegel gab nur wenige Sekunden später einen dezenten Ton von sich. »Die Kollegen haben tatsächlich jemanden in jener Nacht verhaftet. Zwei Personen. Ein Tourist aus Kalam und eine unregistrierte Frau. Der Tourist hatte eine Ausnüchterung nötig und die Frau, Name unbekannt, wurde drei Tage später entlassen, und zwar in die Obhut von ... oh.«

»Oh – was?« Riskel drehte den Spiegel zu ihr um. Das Porträt einer verstörten jungen Frau schien Kamika direkt anzuschauen. »Oh«, sagte nun auch sie.

»Jemand den ich mir ansehen sollte?«

»Nein. Nein, sie war nur spät dran mit ihrer Registrierung. Sie ist mit den letzten Kolonisten von Terra evakuiert worden und in der falschen Stadt gelandet. Inzwischen ist sie sicher bei ihrer Familie angekommen. Sonst niemand?«, fragte sie schnell, um das Thema von der Studentin abzulenken, die Kamika nur zu gut kannte.

»Nicht laut unserer Akten. In den Protokollen der Tage danach kann ich nichts finden.«

Sie nickte. »Dann will ich dich nicht länger aufhalten, Kin Riskel. Vielen Dank für deine Zeit. Lass es uns wissen, wenn deine Ermittlungen etwas Neues ergeben oder wir dir behilflich sein können.« Kamika erhob sich von ihrem Sitz und auch Riskel stand auf. Sie verneigten sich knapp voreinander und Kamika versuchte nicht überstürzt aus dem Büro zu hasten. Sie atmete laut aus, als die Tür hinter ihr zufiel. Ihre einstige Zellennachbarin hatte ihr aus Riskels Spiegel entgegengeblickt. Was hatte die junge Brïnai tatsächlich in der Zelle zu suchen gehabt? Was war der wahre Grund dafür, dass sie nicht auf Brïn registriert gewesen war? War es Zufall, dass sie in derselben Nacht verhaftet worden war, in der sich das wilde Portal geöffnet hatte? Unwahrscheinlich. Blieb also die Frage: Was genau verheimlichte Lorden, und warum?

Kapitel 19: Zweieinhalb

Brïn im Munich 11'384 n. S.

Eydwall, Ideris

Sofia langweilte sich beinahe zu Tode. Die Shi hatten darauf bestanden, dass sie sie ins Regentenhaus begleitete. Schon wieder. Es sei die Pflicht der Edana an solchen Besprechungen teilzunehmen. Blabla. Nun saß sie hier und wippte nervös mit dem Fuß, während die Shi, die Blauröcke und die Politiker miteinander stritten. Sofia selbst sagte nichts und wurde auch nichts gefragt. Die Mitglieder des Rates nahmen sie ebenso wenig ernst, wie die Shi es taten. Für sie alle war Sofia bloß ein ahnungsloses Kind, das seine Magie nicht im Griff hatte. Sie fragte sich, warum sie trotzdem ständig zu diesen staubtrockenen Treffen gehen musste.

»Wie kann es sein, dass die Mächtigsten unseres Volkes nichts wissen?«, schimpfte eine der Frauen im Rat der Zwölf.

»Das möchte ich auch gerne wissen. Wenn die Edana und ihre Shi das Volk von Brïn nicht schützen können, wer dann?«

»Wir sind sehr wohl in der Lage Brïn zu schützen«, knurrte Erigen. »Aber auch wir können uns nicht um alles alleine kümmern. Falls es euch nicht aufgefallen ist, wir haben alle Hände voll zu tun mit den Skraeangriffen.«

»Es läuft ein Mörder frei in Eydwall herum!«, echauffierte sich ein weiteres Ratsmitglied. »Zwei Bürgerinnen sind schon tot, wie viele müssen es werden, damit die Shi reagieren?«

Ein lautes Wortgefecht brach zwischen den Wächtern und den Ratsmitgliedern aus.

Sofia rieb sich die Schläfen und wünschte sich zurück in den Turm. Sie verließ den Tisch, ohne dass es jemand wahrnahm, und schaute aus einem der hohen Fenster, während die anderen Männer und Frauen sich gegenseitig Schuldzuweisungen machten oder abwechselnd nach Entschuldigungen suchten. Es interessierte Sofia nicht im Geringsten, wer woran Schuld hatte oder nicht. Sie kümmerten auch die Morde nicht, die waren nichts Neues für Sofia. In ihrer Heimat starben ständig Menschen. Besonders die Armen, die elternlosen Kinder und die Frauen, die für ein paar magere Pennys ihren Körper verkaufen mussten.

Die Herrscher Brïns waren weiterhin in ihren Streit vertieft. Sofia warf ihnen ab und an einen gelangweilten Blick zu und schnappte dabei den Blick eines Schreibers auf, der ebenso desinteressiert wirkte, wie sie selbst. Sie hatte ihn in den vergangenen Monaten schon ein paar Mal bei Besprechungen gesehen, auch wenn er stets abseits saß und vermutlich sonst niemandem auffiel. Ihr allerdings ließ er jedes Mal die Knie weich werden. Zuhause in London, da wäre er ein guter Fang gewesen. Gebildet, attraktiv mit einer guten Anstellung. Dort allerdings hätte er sie keines Blickes gewürdigt oder zumindest keines Blickes mit ehrbaren Absichten. Aber hier war sie eine Königin. Hier würde er ihr die Füße küssen wollen. Er gefiel ihr tatsächlich gut, auch wenn er aussah, als wäre er schon doppelt so alt wie sie. Vielleicht war er auch noch viel älter. Sofia hatte keine Ahnung, wie sie das Alter der Menschen auf dieser Welt einschätzen sollte.

Sie senkte mit einem betont scheuen Lächeln den Blick, wie sie es immer tat, wenn sie unschuldig und süß wirken wollte. Die Shi ließen sie leider niemals aus den Augen, wenn sie den Turm verließ. Sie würde nie die Chance bekommen, mit dem attraktiven Schreiber zu sprechen.

Jemand knallte die Faust auf den Tisch und das Holz barst. Sofia schrak zusammen. Für einen Moment senkte sich eine Totenstille über den Raum, ehe eine Windböe die Papiere vom Tisch fegte und die Vorhänge herumwirbelte. Alle starrten Shi Kamika an, unter deren Fäusten sich der Tisch gespalten hatte. Es war nicht das erste Mal, dass sie ihre Macht versehentlich einsetzte. Von allen Shi mochte Sofia Shi Kamika am wenigsten. Ihretwegen saß sie in dieser seltsamen Welt fest und musste den Befehlen dieser Wächter folgen. Nicht, dass ihr Brïn nicht gefiel, aber sie wollte diese neue Welt gerne unter anderen Bedingungen und ohne ständige Aufpasser um sie herum kennenlernen. Außerdem misstraute Shi Kamika ihr und ließ das jeden wissen. Die Wächterin war ein Problem, um das sie sich würde kümmern müssen. Den Widerstand der Perle zu brechen hatte allerdings Vorrang.

Die Ruhe im Raum währte leider nicht lange und so stürzten die Stimmen wie auf Kommando erneut aufeinander ein.

»Es reicht!« Shi Kassia erhob sich schwungvoll von ihrem Stuhl und stemmte die Hände auf den lädierten Tisch. Sie starrte die Ratsmitglieder einen nach dem anderen an, ihre Augen funkelten wie grüne Sterne.

Sofia ballte die Fäuste. Der Schmerz stach ihr tief in den Kopf und sie riss die Hände über die Ohren, obwohl dies ohnehin nicht half. Wenn Shi Kassia schrie, dann war es kein Laut, den man mit den Ohren hörte, sondern ein beißender Schmerz, der sich in Windeseile in ihrem Schädel ausbreitete. Sofia brauchte einen Moment Ruhe. Mit einem letzten Blick über die Schulter stellte sie fest, dass sich wirklich niemand um sie scherte und so stahl sie sich durch eine Seitentür aus dem Konferenzraum. Sie hatte Glück. In dem Gang, in dem sie sich wiederfand, war niemand zu sehen. Auf dieser Seite des Gebäudes mussten sich die Arbeitszimmer der Angestellten befinden, denn nirgends sah sie die typische Beschilderung, die Besuchern dabei half, sich zurechtzufinden. Mit einem zufriedenen Seufzer strich sie sich über den langen Rock und lief summend und tanzend über den Teppich. Sollten sich die anderen doch weiter um Politik und Mörder kümmern, sie würde sich derweil ein wenig Abenteuer und Freiheit gönnen.

Hinter manchen der verschlossenen Türen hörte sie Stimmen. An denen huschte sie schnell vorbei. Andere Zimmer waren verwaist und beherbergten nicht mehr als einen Schreibtisch und Bücherregale. Nichts, was Sofias Interesse wecken konnte. Sofia streifte durch die weitläufigen Gänge des Regentenhauses, bog hier und dort ab und fand sich in immer neuen verwirrenden Gängen wieder. Es war das reinste Labyrinth. Manchmal glaubte sie, hinter sich gedämpfte Schritte zu hören, doch immer, wenn sie sich umdrehte und nachsah, war sie alleine. Nur die langen Vorhänge vor den Fenstern und die Büsten an den Wänden leisteten ihr Gesellschaft. Sie schüttelte den Kopf. Damals in ihrem Viertel, da hatte sie zwangsläufig gelernt, auf jedes kleine Geräusch und jede noch so unscheinbare Bewegung in den Gassen zu achten. Besonders wenn sie nach Sonnenuntergang nach Hause gehen musste. Hier auf Brïn brauchte sie diese Vorsicht eigentlich nicht, doch alte Gewohnheiten ließen sich nur schwer ablegen.

Sie lief durch die wirren Flure, bis sie eine halb offene Tür fand, hinter der ein großes Zimmer mit einem unverschämt prunkvollen Arbeitstisch stand. Er war beinahe so groß wie ihr ganzes Bett. An den wandgroßen Fenstern hingen schwere Gobelins, verschiedene weiße Büsten standen in den Ecken des Raumes. Es musste die Amtsstube des Regenten selbst sein. Wer sonst würde eine solch teure Ausstattung bekommen? Der Turm der Shi war freilich noch deutlich prächtiger, aber der Regent war ja auch bloß die zweite Instanz auf Brïn. Die Erste war sie. Sofia grinste.

»Hallo? Ist hier jemand?«

Niemand antwortete ihr und so betrat sie das imposante Zimmer und sah sich um. Mit ihrer blassen Hand strich sie über das dunkle Holz des polierten Tisches. Er war massiv und eine handwerkliche Meisterarbeit mit detailverliebten Verzierungen an den Beinen und goldenen Insignien, die die Tischplatte einrahmten.

»So alleine unterwegs, Edana?«

Sofia erschrak und sprang herum. Sie erkannte ihn sofort wieder. Ihr Schreiber, der gerade die Tür hinter sich schloss und verriegelte. Es war ihr also doch jemand gefolgt.

»Was willst du?«, fragte die junge Edana mit erhobenem Haupt und fester Stimme.

»Plötzlich so unfreundlich? Vorhin hast du mir noch schöne Augen gemacht«, entgegnete der Mann mit seinem charmanten Lächeln und kam langsam auf Sofia zu. »Es ist nicht klug, dich von deinen Shi zu entfernen. Nicht, solange hier ein Mörder frei herumläuft, der es auf euch Terraner abgesehen hat.«

Sofia vernahm die Kälte in der Stimme des Mannes. Sie war nicht dumm und erkannte den Klang von Abscheu, wenn sie ihn hörte. Schon oft, in ihrem kurzen Leben, war Sofia dieser markante Tonfall zu Ohren gekommen. »Wer bist du?«

»Du kannst mich Jack nennen.«

»Jack?«, fragte Sofia argwöhnisch. »Ist das dein richtiger Name?«

»Manchmal«, antwortete der Mann geheimnisvoll und schloss dichter zu ihr auf.

Instinktiv wich Sofia zurück. Etwas stimmte nicht mit ihm. Doch kaum hatte er ihre Absichten ausgemacht, stand er vor ihr, drückte sie gegen die Wand und schnitt ihr fast die Luft ab. Sofia versuchte sich zu wehren, aber er hielt sie mühelos fest, als wäre sie bloß eine Puppe.

»Lass mich sofort los oder ich schreie!«, keifte sie ihn an.

Der Mann aber lachte laut und herzhaft. »Schrei so laut du willst, mein Lämmchen. Aber du solltest erfahren, dass du dir den perfekten Raum dafür ausgesucht hast. Dieses Zimmer ist geschützt. Etliche Bannzauber umgeben es. Kein Geräusch dringt hinaus, wenn die Tür erst verschlossen ist. Der Regent kann schließlich nicht riskieren, dass jemand seine Gespräche belauscht.«

Er zog etwas hinter seinem Rücken hervor. Als Sofia es erkannte, begann sie zu schwitzen. Ein langes glänzendes Messer näherte sich ihrem Gesicht.

»Jack«, stammelte sie und erinnerte sich schlagartig daran, wo sie schon einmal einen Blick auf sein Gesicht erhascht hatte, lange bevor sie von Brïn überhaupt wusste. Im Schein einer Gaslichtlampe in einer verdreckten Seitengasse von Whitechapel. *Das darf doch nicht wahr sein.* »Wie kannst du hier sein?«, fragte sie nun mit unverhohlener Furcht in der Stimme. »Was willst du von mir?« Der Blick in den Augen des Mannes wirkte nun nicht mehr verführerisch wie zuvor, er wirkte bedrohlich wie das Messer in seiner Hand.

»Was werde ich schon wollen?«, fragte er in einem so unverfänglich humorvollen Ton, dass man beinahe vergessen konnte, welch düsterer Freizeitbeschäftigung er nachging. »Es ist ein bisschen früh, so kurz nach der anderen, aber an dich komme ich so schnell nicht wieder heran.«

»Du kannst mich nicht einfach töten, Jack. Ich bin doch keine dieser ehrlosen Dirnen. Ich bin deine Edana.«

Wieder lachte er schallend und warf den Kopf in den Nacken. »Du bist so naiv, Lämmchen, aber da du es schon ansprichst, du hast etwas, das nicht dir gehört. Du hast die Magie Brïns gestohlen, *Edana.*«

Sofias Atem setzte einen Moment lang aus. Woher wusste er, was sie getan hatte?

»Wie ist sie zu dir gekommen?«

»Wer?«, fragte Sofia und dachte angestrengt über einen Ausweg nach.

»Die Magie von Brïn, die Stimme der Magie. Wie hat sie dich ausgewählt?«

Sofia runzelte die Stirn bei dieser Frage. War es möglich, dass Jack vielleicht gar nichts wusste? »Ich verstehe nicht ganz.«

»Wie kannst du das nicht verstehen? Du trägst die Macht Brïns in dir, wie hast du sie bekommen?«, sprach er mit Verachtung im Blick.

»Aber das habe ich ja gar nicht.«

»Was?«

»Die Magie, ich habe sie nicht. Sie ist eingesperrt, in einem Artefakt«, sagte sie schnell und wartete, doch Jack erwiderte lange nichts.

»Wo?«

»Wo?«, wiederholte Sofia absichtlich dümmlich und überlegte. Sie konnte ihm nicht die ganze Wahrheit über die Perle erzählen. Dann tötete er sie ganz gewiss und wenn er sie doch am Leben ließ, würde er den Shi die Wahrheit über Sofia erzählen. Nein, sie brauchte eine Idee.

»Wo hast du es versteckt?«

»Oh, ich doch nicht! Nein! Niemals!« Sie schüttelte mit bebenden Lippen den Kopf und gab sich alle Mühe verletzlich und zutiefst enttäuscht auszusehen. Sie wusste, dass sie jünger aussah, als sie tatsächlich war, das half ihr dabei, den Eindruck zu verstärken. »Es war Lady Zolanas Wächterin.«

»Shi Kamika?« Misstrauisch legte er die Stirn in Falten.

»Ja! Lady ... Ich meine, Edana Zolana wollte mir die Magie anvertrauen, als sie im Sterben lag, aber die Shi hat mir das Artefakt weggenommen, bevor ich es den anderen Wächtern bringen konnte.«

»Du lügst«, sagte Jack trocken.

»Es ist die Wahrheit. Ich habe es gerade noch rechtzeitig durch das Portal geschafft, von dem mir deine frühere Edana erzählt hatte, aber kaum war ich hindurch, hatte Shi Kamika mich eingeholt. Sie hätte mich sicher auf der Stelle getötet, wenn da nicht überall Zuschauer gewesen wären. Natürlich habe ich sofort versucht den Hütern und den anderen Wächtern alles zu sagen, aber damals hat mich noch niemand verstanden und als sie es endlich taten, hatte Shi Kamika das Artefakt längst weggeschafft.«

Der Zwiespalt des Mannes zeichnete sich in seinen unruhigen Gesichtszügen ab. Er wollte Sofia nicht glauben, aber die Art wie sie die Abläufe schilderte, wirkte plausibel und der intensive Blick, mit dem sie ihn dabei ansah, aufrichtig.

»Gib mir deine Hand«, forderte er.

»Wozu?«

»Ich will wissen, ob du die Wahrheit sagst. Mach schon!« Er wartete nicht ab, ob sie gehorchen würde oder nicht. Mit einer flinken Bewegung packte er sie am Handgelenk und schnitt ihr in die Handfläche. Sie schrie auf und versuchte die Hand von ihm wegzuzerren, doch er hielt sie fest im Griff. Zu ihrer Überraschung leckte er an dem Blut, das aus dem glatten Schnitt herausquoll. »In dir ist wirklich kaum ein Funken Magie.«

»Das erkennst du am Geschmack meines Blutes?«, fragte sie und verzog angewidert das Gesicht.

Er ignorierte sie. »Das verstehe ich nicht. Sie nennen dich die neue Edana.«

»Sie wissen es nicht besser. Ich versuche seit meiner Ankunft das Artefakt zu finden, damit ich den anderen Shi beweisen kann, dass ich die Wahrheit sage und natürlich, um Brïn beschützen zu können. Das war es schließlich, worum mich Edana Zolana gebeten hatte, bevor sie starb.« Sie machte ein trauriges Gesicht und schaffte es sogar ihre Augen mit Tränen zu füllen. »Aber ohne den Beweis, kann ich nicht zu ihnen gehen. Sie würden mir nie glauben.«

»Jammerschade, Lämmchen, aber töten muss ich dich dennoch.«

»Warum?«

»Du hast mein Gesicht gesehen, Dummerchen.«

Sofia legte ihm die zarte blasse Hand auf die Wange und strich mit dem Daumen über die feinen Stoppeln darauf. Er wirkte müde, so aus der Nähe betrachtet. Als hätte er seit Tagen kaum geschlafen. Sie sah, dass er sich auf die Zähne biss. Er war in Versuchung, wie sie es gehofft hatte. Er sehnte sich nach der Nähe eines anderen Menschen. »Ich würde dein Gesicht gerne öfter sehen.«

»Hältst du mich für einfältig? Du wirst mich verraten«, sagte er mit gedämpfter Stimme.

»Warum sollte ich das tun?«

»Ich bin ein Mörder und ihr versteht nicht, warum ich es tun muss.«

Sofia zuckte mit den Schultern. »Du willst deine Heimat beschützen.«

Er sah sie misstrauisch an. Hinter seiner Stirn arbeiteten die Gedanken. »Wie war das?«

»Ich möchte dir ein Angebot machen.«

»Sag bloß.« Nun wirkte er amüsiert.

»Du willst deine Heimat beschützen und ich kann dir dabei helfen es zu tun.«

»Was?«

Sie nickte. »Wir könnten uns gegenseitig helfen, Jack.«

»Du ... Du bist eine von *ihnen*«, hörte er sich selbst mit Verwunderung sagen.

»Das ist wahr, aber mir liegt sehr viel daran, Edana Zolana ihren letzten Wunsch zu erfüllen.«

»Du weißt zu viel«, raunte er ihr nach einem Moment nachdenklicher Stille zu.

»Du kannst mir vertrauen, Jack. Du und ich, wir beide wollen Brïn beschützen und du bist nicht der Einzige, über den ich viel weiß.«

»Was willst du damit sagen?«, fragte er mit einem neugierigen Funkeln in den Augen.

Sofia lächelte ihm mit neuem Selbstvertrauen zu. »Ich kann dir sagen, wer Edana Zolana ermordet hat.«

Jack wich ein Stück von ihr zurück und starrte sie mit weit aufgerissenen Augen an. Er hatte eine schlimme Vorahnung. »Wer?«, fragte er geradeheraus.

»Haben wir eine Vereinbarung?«

»Vereinbarung?« Jack war vollkommen irritiert.

»Nun?«

»Ist das dein Ernst?«

»Sehe ich aus, als würde ich scherzen?«, antworte sie mit straffer Haltung.

Jack ließ die Idee eine Weile hinter seinen Augen kreisen. Es war ein Risiko ihr zu trauen. Aber sie war offiziell als Edana von Brïn eingesetzt und als solche, wäre sie eine starke Verbündete. Sie könnte das Risiko wert sein. »Na schön, Lämmchen, aber wenn du mich hintergehst ...«, er führte den Satz nicht zu Ende. Das musste er auch nicht. Sie lächelte und er war noch immer überrascht zu sehen, wie aufrichtig erfreut sie wirkte. Hatte sie denn gar keine Angst vor ihm? »Und wer war es nun? Wer hat Edana Zolana getötet?«

»Shi Kamika natürlich«, antwortete sie ohne jede Reue oder Scham. Es war die perfekte Lösung.

Jack kratzte sich grüblerisch das Gesicht. »Warum sollte eine Shi das tun? Es gehört zu ihrem Lebenszweck die Edana zu schützen.«

»Zolana hat sie zurückgewiesen. Mehrfach. Ich war zwei Wochen lang ihr Dienstmädchen und ich habe sie in der Zeit oft streiten hören. Eines Tages ist Shi Kamika so wütend geworden, dass sie einen ihrer Dolche gezogen hat und ... Nun. Wenn du mich jetzt tötest, Jack, dann hilfst du ihr bloß dabei mich loszuwerden und die Wahrheit endgültig zu begraben.« Sofia hatte ihre Hausaufgaben gemacht und festgestellt, dass ein Verbrechen aus Leidenschaft immer eine gute Erklärung war. Sie unterdrückte das Gefühl der Freude in sich, als sie sah, wie Jacks Blick finster wurde und eine neue Entschlossenheit annahm.

Kapitel 20: Freunde mit gewissen Abzügen

Brïn im Thargel 11'384 n. S.

Eydwall, Ideris

Akko wartete wie immer an der Straße auf sie. Er winkte zu ihr rüber und sie sah das charmante Lachen auf seinem Gesicht. Sie hatte es damals schon einmal gesehen, als er mit der armen Kin Trissa geflirtet hatte. Es erfüllte Juno mit Unbehagen, dass dieses Lächeln nun ihr galt, denn sie erwischte ihn neuerdings recht häufig dabei, dass er sie auf diese verträumte Art und Weise anschaute. Zu anderen Gelegenheiten wiederum war er distanziert und ruhig, als könne er sich nicht recht entscheiden, welche Art von Beziehung er zu Juno haben wollte. Es war daher schwierig für sie, ihren neuen Cousin einzuschätzen, und sie hoffte inständig, dass sich keine Probleme anbahnten. Sie war wirklich nicht in der Stimmung jemandem das Herz brechen zu müssen, der gerade eine harte Zeit durchmachte.

Der kleine Trunkenbold hatte ohnehin zuletzt mehr Glück als Verstand gehabt. Offenbar waren in der Bar seinerzeit alle so entsetzlich betrunken gewesen, dass entweder niemand Akko und seinen Freund erkannt hatte oder es interessierte sich einfach niemand für zwei Schreiber des Regentenhauses. Zu den Berühmtheiten zählte man mit so einer Position schließlich nicht gerade. Den befürchteten Skandal hatte es nicht gegeben und Bramas' Furcht davor, Akko könnte in irgendein vergessenes Dorf versetzt werden, war erst einmal vom Tisch.

Seit Akko von Trissas Ermordung erfahren hatte, war er allerdings nicht mehr ganz er selbst. Nicht soweit Juno es beurteilen konnte zumindest. Seit jenem Tag begleitete er sie nahezu überallhin, wenn sie das Haus verließ. Er war innerhalb kürzester Zeit zu einer vorbildlichen Klette mutiert. Inzwischen hätte Juno den Weg zur Universität natürlich gut alleine gefunden, doch darauf kam es ihm nicht an. Trissas Verlust hatte ihn aus der Bahn geworfen und es beruhigte ihn etwas, Juno zu begleiten und ihren Beschützer spielen zu dürfen. Den Mord an einer Freundin zu überwinden brauchte sicher seine Zeit.

Die glänzende Stadt rauschte an den Fenstern der Schwebebahn vorbei und Juno schaute still hinaus. Sie bekam eigentlich nie genug von der Aussicht. Es hätte sie gewiss schlimmer treffen können als in Eydwall zu stranden. Wer weiß schon, wohin die verhängnisvolle Pfütze sie sonst noch hätte schicken können. Es gab noch andere Planeten da draußen, die mit der Magie verbunden waren, und nicht alle empfingen Gestrandete mit derselben Gastfreundschaft, wie es die Menschen von Brïn taten. Womöglich galt das nicht einmal für alle Brïnae, sondern nur für die Einwohner von Eydwall oder vielleicht hatte Juno auch einfach nur verdammt viel Glück gehabt, dass sie Shi Lorden in die Hände gefallen und schließlich bei Meister Bramas untergekommen war.

Außerdem liebte sie es zur Universität zu gehen. Anfänglich kam sie sich zugegebenermaßen vor wie in einem Labyrinth. Nicht nur, was den Ort anging, sondern vor allem in Bezug auf die Fächer. Vieles hier drehte sich um die Magie, die nicht aus dem Alltag der Menschen wegzudenken war. Sie nutzten sie ganz unterschiedlich und oft auf absurd profane Art. Eine Welt mit Magie brauchte beispielsweise keine Mobiltelefone, denn die Brïnae benutzten Spiegel – wie im Märchen. Es war erstaunlich, wie viel Planung und Organisation dahintersteckte. Man konnte nicht einfach ein bisschen Magie um sich werfen und plötzlich funktionierte alles von selbst. Nein. Die Magie war ein Rohstoff, der sich in Geräten und Abläufen wiederfand, was Juno eine ganz neue Vorstellung von diesem Wort gab. Die Menschen waren nicht alle große Magier oder Zauberer, die ihre Unordnung mit dem Wink einer Hand im Sitzen erledigten – eine Fähigkeit, für die Juno allerdings einiges geben würde.

Die meisten Brïnae gingen einer ganz normalen Arbeit nach. Sie waren Handwerker, Künstler, Reinigungskräfte, Erfinder oder Gelehrte. Alle waren sie unterschiedlich begabt darin, auf die magischen Fertigkeiten zuzugreifen. Für einen funktionierenden Alltag konzentrierten die Brïnae ihre Bemühungen darauf, die Magie in nützliche Funktionen umzuleiten. Es gab entsprechend Kurse für Ingenieure, zukünftige Tempelhüter, Jäger oder angewandte Symbolik, neben etlichen anderen Fächern. Juno war fasziniert und versuchte in jeden Bereich wenigstens einmal hineinzuschnuppern, bevor sie sich bei ihrer Fachwahl festlegen musste. Natürlich schränkte ihre Eigenschaft als Lyre ihre Möglichkeiten etwas ein. Für manche Berufe war man auf eine hohe Resonanz der Elementmagie angewiesen.

»Was steht heute auf deinem Plan?«, fragte Akko, als sie ihre Zielstation erreicht hatten und das letzte Stück Fußweg vor ihnen lag. Akko, so hatte Juno inzwischen gelernt, war ein Erdmagier wie sein Vater, doch die magische Resonanz war bei ihm schwach ausgeprägt. Wahrscheinlich interessierte er sich deswegen so sehr für die Arbeit im Regentenhaus, wo es selten echter Magie bedurfte, um befördert zu werden. Wie Juno, die Lyre ohne Zauberkraft, würde er nie in der Lage sein durch Magie zu Ruhm zu gelangen und das verschaffte ihm wohl den Eindruck, dass sie beide sich deswegen näherstünden.

»Nichts Aufregendes, befürchte ich. Vielleicht sehe ich mir die Jäger an.«

»Du kannst nicht zu den Jägern!«, rief Akko sofort vorwurfsvoll und blieb wie angewurzelt stehen.

»Das weiß ich selbst. Aber ansehen werde ich sie mir wohl dürfen«, gab sie etwas schroff zurück und wünschte sich, er würde endlich damit aufhören, sich solche Sorgen um sie zu machen. Es konnte einem wirklich auf die Nerven gehen.

Das große Tor der Universität kam bald in Sicht. Als sie näher heran waren, sah Juno, dass Shi Erigen und Shi Kassia am Eingang warteten. Sie war wenig begeistert von der Aussicht, so früh am Morgen womöglich ein neues Gefecht mit Shi Erigen austragen zu müssen, und hoffte, sie könnte sich unauffällig an ihm vorbeischleichen. Leider konnte sie sich nicht in einer Gruppe Studenten verbergen, da sie spät dran war und bereits alle außer ihr in dem großen Gebäude verschwunden waren. Sie biss die Zähne zusammen und ging mit dem schweigsamen Akko an ihrer Seite auf das Tor und die Shi zu. Für einen Moment schien es, als käme sie ungeschoren davon, doch dann hörte sie die Stimme des Wächters.

»Kin Juno, auf ein Wort.«

Sie fluchte im Geiste. Akko blieb mit ihr stehen und setzte einen wachsamen Blick auf. »Kann das nicht warten? Ich komme zu spät zum Unterricht, Shi.« Der Tonfall ihrer Stimme war respektvoll aber kalt.

»Du wurdest vom Unterricht befreit«, antwortete der Wächter ernster als sonst. Es dauerte einen Moment bis Juno begriff, woran es lag. Er versuchte nicht mit ihr zu flirten. Ein Gefühl des Triumphs ging durch ihren Körper. Dann machte sich Besorgnis breit.

»Was habe ich verbrochen?«, fragte sie automatisch.

»Nichts. Es geht um das Gespräch, das du mit Shi Lorden geführt hast. Er hat ein Treffen arrangiert.«

»Mehr nicht?«

»Sollte da mehr sein?«, fragte Erigen und wirkte dabei vollkommen unschuldig.

Shi Kassia warf ihm einen fragenden Blick zu. Ihre Gesichtszüge erinnerten Juno an die einer Māori. Das rabenschwarze lange Haar und der smaragdgrüne Anzug verstärkten diesen Eindruck noch. Nur die Farbe ihrer Haut war ein wenig zu hell.

»Was für ein Treffen?«, traute sich Akko zu fragen.

Erigens Blick fiel auf Junos Begleiter, der den Wächter ganz eindeutig eifersüchtig beäugte. »Wer ist das?«

»Das ist Akko«, antwortete Juno. »Meister Bramas' Sohn.«

»Dein Freund?«

Akko legte plötzlich den Arm um Junos Schulter und sie wich irritiert zurück. »Mein Cousin«, brummte sie missmutig.

Erigen unterdrückte ein Grinsen. Sie sah es genau. »Nun, Kin Akko, du hast sicher noch andere Verpflichtungen.« Erigen verneigte sich höflich aber knapp.

»Aber«, setzte Akko an, doch er kam nicht weit. Kassia nahm Juno am Arm und führte sie fort. Mit einem Blick über die Schulter sah Juno, wie Akkos Stimmung weiter sank. Sie hörte förmlich, wie der Mann seinen Ärger herunterschluckte und dabei mit den Zähnen knirschte.

»Armer Kerl«, sagte Erigen und machte dabei doch einen wenig mitfühlenden Eindruck.

»Was?«

»Dein Freund hat keine Ahnung.«

Juno runzelte die Stirn. »Keine Ahnung wovon?«

»Von dir.« Er zwinkerte. Juno schoss das Blut in den Kopf. Ihre Ohren wurden heiß. Kassia stieß Erigen mit der freien Hand an und zeigte ihm einen warnenden Finger.

»*Erigen, lass sie in Frieden!*«

»Ihr gönnt einem aber auch keinen Spaß«, grummelte der Wächter.

Sie begaben sich auf kürzestem Weg in Richtung der westlichen Tempelanlage und bewegten sich durch Teile des Geländes, die Juno noch nicht kannte. Sie waren weit in den inneren Ring des Turmareals vorgedrungen und Juno verrenkte sich den Hals, als sie von dieser Stelle aus die Spitze des Wolkenturms ansehen wollte. Aus dieser Nähe betrachtet, wirkte es auf Juno tatsächlich so, als könnte die Turmspitze die Wolken berühren. Sie glaubte, jemanden auf einem der Balkone stehen zu sehen, aber die Entfernung war zu groß, so dass es vielleicht auch nur ein Teil der verzierten Fassade war.

»Wir sind da.«

Juno richtete ihren Blick geradeaus. Vor ihr stand ein prachtvolles Gebäude mit einem großen blauen Kuppeldach. Zwei riesige Marmorstatuen mit blauen Kristallaugen flankierten den Eingang. In ihren Händen hielten sie zwei Schalen in denen Wasser tanzend auf und ab plätscherte. Sie hatte von diesem Ort gehört, aber geglaubt ihn erst sehr viel später wirklich zu betreten. Wenn sie gelernt hatte Magie zu wirken, was, wie ihr nun klar wurde, nie der Fall sein würde.

»Ist das der Wassertempel?«, fragte sie halblaut. Kassia nickte ihr zu.

»Edana Sofia und einer der Tempelhüter erwarten dich. Viel Glück!« Erigen grinste hinterlistig. Seine unübersehbar gute Laune machte Juno sehr misstrauisch.

Sie ging vorsichtig an den imposanten Statuen vorbei, ließ den Eingang hinter sich und durchquerte eine weite Halle. Starke weiße Säulen stützten die Kuppel, auf deren Oberfläche leise plätschernd das Wasser hinabrann und in einer kleinen Öffnung im Boden verschwand. Im Zentrum der Halle befand sich ein Brunnen, der genauso perlmuttfarben schimmerte wie die meisten Dinge auf dieser Welt. Mehrere Gestalten in blauen Roben umringten ihn. Ihre Köpfe waren gesenkt, die Hände hatten sie leicht auf die Brust gelegt, während sie im Flüsterton andächtig ihre Zaubersprüche rezitierten. Juno schritt leise an ihnen vorbei und ging näher auf den Brunnen zu. Aus seiner Mitte erhob sich eine weitere Statue. Eine feminin wirkende Gestalt, haarlos, eine Hand zum Himmel erhoben, in der anderen eine Schale, aus der das Wasser herausquoll und in das Becken schwappte. Ein Mädchen saß auf dem Sims und schaute mit einem Schmollmund zu Juno auf, als die näher heran war. Neben ihr stand ein weiterer Robenträger. Er verneigte sich knapp und begrüßte Juno.

»Willkommen im Tempel des Wassers. Du bist Kin Juno?«, fragte er. Seine Stimme hatte einen ätherischen Klang. Juno nickte. »Ich bin Hüter Isel, dies«, er zeigte auf das Mädchen, »ist Edana Sofia.«

»Guten Tag«, begrüßte Juno das Mädchen und reichte ihm die Hand. Sofia war jünger, als sie erwartet hatte. Unschlüssig blickte die junge Edana von dem Hüter zur Lyre. Da sich Sofia nicht weiter regte, nahm

Juno die Hand wieder herunter. »Darf ich mich setzen?« Das Mädchen zuckte gleichgültig mit den Schultern. *Das fängt ja gut an.*

»Ich lasse euch alleine«, sagte der Hüter. »Wenn ihr mich braucht, ich bin im Nebenraum. Edana.« Er verneigte sich respektvoll vor Sofia und schwebte geradezu davon.

»Ich hasse sie.«

Juno blickte überrascht zu der Edana, neben der sie sich gerade niedergelassen hatte. Sie ließ ihre Tasche auf den Boden sinken und legte die gestreckten Beine übereinander. »Wen?«

»Alle. Diese ganze Hexenbande.«

»Hexenbande?« *Herrje.* »Wieso sagst du das?«

Die Edana schnaubte und Juno nahm sich einen Moment Zeit, sie anzusehen.

Das Mädchen war vielleicht fünfzehn oder sechzehn Jahre alt. Sie hatte einen geradezu mageren Körperbau, der sie sehr zerbrechlich erscheinen ließ. Ihre Schultern hingen etwas herab, wie bei jemandem, der ständig gebückt lief. Im Kontrast dazu trug sie ihre markante Nase etwa so hoch, wie das blassrote Haar, das ihr zu einer Flechtfrisur auf dem Kopf hochgesteckt worden war. Entgegen ihrer etwas trotzigen und jungen Erscheinung wirkten ihre Augen aber so müde wie die einer alten Frau.

»Wieso bist du so verärgert?«, fragte Juno vorsichtig.

»Das ist eine dumme Frage. Weil ich hier festsitze natürlich.«

»Das Problem habe ich auch.«

»Du kommst auch von Terra?«

Juno nickte.

»Kennst du einen Weg zurück?«

»Nein, mir wurde gesagt, du bist die Einzige, die uns zurückbringen könnte.«

»Wie lange bist du schon hier? Kannst du ihre Zauberei?«, fragte das Mädchen, als hätte sie Juno nicht gehört.

»Leider nicht. Ich bin wohl ein Sonderfall.« Juno lächelte um ihre Enttäuschung darüber zu verbergen. Das Mädchen nickte und Juno sah, dass sich ihre verkrampfte Haltung etwas lockerte.

»Sie wollen immerzu, dass ich ihre Welt beschütze. Dass ich stärker werde und mehr übe. Sie sagen mir, wie ich sprechen soll und was ich alles lernen soll, wie ich richtig sitzen und gehen soll. Ständig muss ich zu irgendwelchen Terminen, nett lächeln und einfach allem zustimmen. Sie lassen mir kaum Luft zum Atmen. Ich wurde nicht einmal gefragt, ob ich das alles überhaupt will.«

»Das ist sicher nicht einfach für dich«, sagte Juno verständnisvoll. »Du bist da in eine schwierige Lage geraten. Es steht viel auf dem Spiel.«

»Es ist anstrengend.« Die Edana nickte.

»Vielleicht haben sie nur Angst.«

»Angst? Wovor sollen die schon Angst haben?«

»Vor dem, was passiert, wenn du nicht rechtzeitig bereit bist.«

Die junge Edana schnaubte wieder und verschränkte die Arme.

»Sie meinen es sicher nicht böse. Sie brauchen dich, Edana. Ganz Brïn braucht dich. Das ist schon viel Verantwortung, aber überleg doch mal, was du für großartige Dinge vollbringen könntest.«

Sofia hob den Kopf. »Die Wächterin, Shi Kamika, sie hat mich gegen meinen Willen hergebracht. Zuerst dachte ich, hier wartet ein besseres Leben auf mich, aber ich bin hier genauso ein Fußabtreter wie daheim. Fehlt bloß noch, dass sie mich mit dem Besen schlagen.«

»Schlagen die Shi dich?«, fragte Juno alarmiert.

»Nein. Sie lassen mir aber auch keine ruhige Minute.«

Ein Teenager wie jeder andere, dachte Juno, egal, aus welcher Epoche sie stammten. »Du kannst doch schon etwas Magie üben, richtig?«

Die Edana nickte zögerlich.

»Wenn du möchtest, könnten wir uns gelegentlich treffen und zusammen üben. Es macht vielleicht mehr Spaß zu zweit, als es alleine zu versuchen, oder? Wir könnten voneinander lernen.« Sofia sah sie nun mit großen Augen an. Noch immer ein wenig maulig, aber auch mit Neugier und Interesse. Schließlich nickte sie knapp. »Dann ist es abgemacht«, sagte Juno. Sie wusste nicht, ob sie sich freuen sollte. Sofia schien launisch und unreif zu sein. Nicht unbedingt das, was sie sich von der allseits bewunderten Edana erwartet hatte. Aber andererseits gefiel ihr die Idee tatsächlich, mit jemandem reden zu können der genauso deplatziert war in dieser Welt, wie sie selbst. Jemand der aus ihrer Heimatwelt stammte und Junos Geheimnis wenigstens zum Teil kannte.

•••

»Du wirst doch wohl nicht zusehen, wie Shi Erigen sich an Juno heranmacht, Akko.«

»Nun hör aber auf, Djakal. Das ist ihre Sache.«

»Nimm das nicht auf die leichte Schulter!«

Akko pustete einen Schwall Luft durch die Lippen und ließ damit den Spiegel ein wenig beschlagen, so dass Djakals vertrautes Gesicht für einen Moment wie eine fremde, entstellte Grimasse wirkte. »Es gefällt mir nicht, dass du neuerdings so großes Interesse an meiner Cousine hast.«

»Sie ist recht attraktiv.«

»Oh, Djakal, nein! Du lässt die Finger von ihr! Sie ist meine Cousine.«

»Das stört mich nicht.« Djakal zuckte unbekümmert mit den Schultern.

»Mich stört es! Und was ist mit Trissa? Ist dir völlig egal, was mit ihr passiert ist?«

»Was soll mit der sein? War doch nichts Ernstes.«

»Nichts Ernstes!« Akko schnaubte verächtlich. »Manchmal kannst du ein echtes Arschloch sein, Djakal.« Verärgert stieß er den Spiegel um und verließ das Zimmer. Djakal wusste, wie er seine Geheimnisse für sich behalten konnte, doch Akko kannte ihn lange genug. Er hatte den unguten Verdacht, dass sein Freund längst irgendetwas im Schilde führte. Er musste mit Juno sprechen. Bald.

Kapitel 21: Drei

Brïn im Thargel 11'384 n. S.
Eydwall, Ideris

Er hatte sich gehen lassen. Die Lunge der Frau lag auf dem Boden, zerfetzt von unzähligen Messerhieben. So etwas hatte er noch nie getan, aber zuvor hatte er ja auch noch nicht von dem Verrat der Wächterin gewusst. Er konnte Shi Kamikas unverzeihliche Tat nicht für einen Moment vergessen. Je länger er darüber nachdachte, desto mehr ergab alles Sinn. Doch an eine Shi heranzukommen, noch dazu an diese, war fast unmöglich. Er würde sie nicht umgarnen und dann an einen stillen Ort locken können. Für sie müsste er viel Geduld aufbringen und sich eine bessere Strategie zurechtlegen. Es ärgerte ihn maßlos, dass er diese niederträchtige Verräterin nicht sofort töten konnte. Keine hatte es mehr verdient als sie. Und warum wandte sich die Magie der Winde nicht von ihr ab? Jack konnte nur annehmen, dass die Quelle einen Plan verfolgte. Vielleicht war er dieser Plan. Brïns Antwort auf die wachsende Verderbnis unter den Mächtigsten ihres Volkes.

Mit einem verächtlichen Grunzen hob Jack die zerfledderten Reste der Lunge auf und nagelte sie mit einer silbernen Haarnadel schwungvoll an die Wand.

Geistesabwesend leckte er sich das Blut von den Fingern und ihm fiel auf, dass er jedes Mal einen süßen Rausch bekam, wenn er das tat. Anfangs hatte er es für eine Sinnestäuschung gehalten. Eine Folge seiner Euphorie. Doch inzwischen kam der Rausch wie ein vertrauter Freund zu ihm. Wenn er das Blut seiner Opfer kostete, schmeckte er darin die Magie Brïns und für einen kleinen Moment war er mit seiner Heimat verbunden. So wie es immer hätte sein sollen. Doch die Wirkung hielt nicht sehr lange an und er sehnte sich nach einer längeren Verbindung, die ihm Klarheit verschaffen würde. Er brauchte mehr Blut. Er brauchte einen Vorrat und einen Ort, an dem er in Ruhe seine Verbindung zu Brïn studieren konnte.

Jack ging zu der kleinen Kochnische seines Lämmchens und durchstöberte die Schränke. Er fand Trichter, Kelle und eine angebrochene Weinflasche. Die Flasche leerte er bis auf den letzten Tropfen aus, dann ging er in aller Gelassenheit zurück zu der Toten. Er stellte den Trichter in die Flasche und tauchte die Kelle in kleine Blutpfützen, die sich hier und da in ihrem geöffneten Körper gebildet hatten. Er summte leise vor sich hin, während er Kelle für Kelle mit Blut füllte und es in die Flasche goss. Das Meiste war schon aus dem Lämmchen herausgeflossen, bevor er sie ausgeweidet hatte, doch ein wenig der kostbaren Flüssigkeit war noch übrig. Bei seinem nächsten Lämmchen würde er sich klüger verhalten und zunächst einen Vorrat abzapfen, ehe er mit der eigentlichen Arbeit begann.

Er wartete noch ein paar Minuten, ob sich neue Blutpfützen bildeten, musste aber schließlich einsehen, dass er nicht mehr als ein Fünftel der Flasche füllen konnte. Kaum genug für ein einziges Glas. Für den Anfang würde es dennoch reichen müssen. Er nahm den Trichter wieder heraus, versiegelte die Öffnung mit einem Korken, leckte einen einzelnen Blutstropfen vom Flaschenhals und verstaute das Gefäß in seiner Tasche. Trichter und Kelle spülte er aus und stellte beides zurück an ihre Plätze. Seine Mutter hatte stets Ordnung von ihm verlangt, und als ihm auffiel, dass er gerade eine ihrer Alltagsregeln befolgte, nahm er die Gläser von der Anrichte und schleuderte sie zornig zu Boden.

»Miststück!«, fauchte er. Nur ihretwegen war er, was er war und er hasste sie dafür. »Verdammtes terranisches Miststück.«

Bevor Jack über die Dächer in die Umarmung der Nacht verschwand, warf er noch einen letzten hasserfüllten Blick auf die aufgespießte Lunge an der Wand. Er würde einen Weg finden Edana Zolana zu rächen.

•••

»Aldos, mach einen Termin im Regentenhaus.«

»Schon wieder, Inspektor Riskel?«

»Ja, schon wieder. Sag ihnen wir müssen uns darüber unterhalten, wie wir die Terranerinnen beschützen. Das Beste wäre es, sie still und leise aus der Stadt zu schaffen, bis wir diesen verfluchten Mistkerl geschnappt haben.« Der Ermittler brummte frustriert und versuchte die grausamen Bilder verstümmelter Frauenkörper aus seinem Gedächtnis zu verbannen. Doch wann immer er die Augen schloss, waren sie da. Die Blutlache, die herausgenommenen Organe, die leeren Augenhöhlen, die ihn schwarz und vorwurfsvoll anstarrten.

»Und wenn sie gar nicht gehen wollen, Chef?«

Riskel schluckte schwer. »Dann möge ihnen das Schicksal gnädiger sein, als es ihnen ihr begrenzter Verstand ist.« Es klopfte an der Bürotür und der Kopf einer aufgeregten schwarzhaarigen Frau lugte kurz darauf ins Zimmer. »Was gibt es, Yara?«

»Sie sind hier, Inspektor.«

Riskel brummte schlecht gelaunt. »Gut. Schick sie rein.« Wenige Momente später nahmen die Shi vor seinem Arbeitstisch Platz und schauten ihn erwartungsvoll an. »Danke, dass ihr gekommen seid, Shi.«

»Es hörte sich dringend an«, sagte Kassia. *»Was ist also passiert?«*

»Wir haben es noch nicht öffentlich bekannt gegeben. Vor einigen Stunden haben wir ein drittes Opfer gefunden. Der Brief lag diesmal in meinem eigenen Briefkasten. Der verdammte Mistkerl will mir wohl Angst machen. Er teilte uns darin höhnisch mit, wo wir das jüngste Opfer finden würden.«

»Verdammt«, knurrten Erigen und Kamika gleichzeitig. Lorden rieb sich den verspannten Nacken.

»Wieder eine Terranerin?«, fragte der Wasserwächter.

»Ja, Kin Eva, Floristin. Aber ich habe euch nicht ihretwegen hierhergebeten.«

»Sondern?«

»Zwei Dinge. Zum einen wissen wir nun, wie sich der Mörder selbst nennt. Er hat außerdem entweder bereits auf Terra einige Morde begangen oder er nimmt sich ein Beispiel an dem Terraner und tritt hier in seine Fußstapfen. Ganz gleich, was davon zutreffen mag, es bestehen offensichtlich Verbindungen zwischen den Morden hier und denen auf Terra.«

»Bist du dir sicher, Riskel?«, fragte Lorden, der etwas schuldbewusst wirkte und den Augenkontakt mit Kamika vermied.

»Ohne ein Portal nach Terra können wir nicht alle Details abklären. Aber Jack – so nennt er sich in seinen Briefen – handelt nach demselben Muster, wie es der Mörder zu jener Zeit auf Terra getan hat. Dort wurde er auch ›Der Ripper‹ genannt. Ihr könnt Shi Kamika für diesen Fortschritt danken. Es hätte sicher länger gedauert all das herauszufinden, wenn sie mich nicht auf diese Spur gebracht hätte.« Lorden warf seiner Mitstreiterin nun doch einen scheuen Blick zu, den Riskel offenbar nicht bemerkte, denn er sprach nahtlos weiter. »Das Zweite ist die Art, wie dieser *Jack* den letzten Tatort hinterlassen hat.« Riskel drehte seinen Arbeitsspiegel zu den Wächtern um. Einige der jüngsten Bilder leuchteten den Shi entgegen.

Lorden rieb sich angestrengt über das Gesicht. Er musste sich einen Moment lang sammeln, bevor er sich die brutale Szenerie ansehen konnte. Er fragte sich, wie die anderen es schafften, so gefasst zu bleiben.

Die Frau hing wie üblich an die Wand genagelt da. Ihr Rumpf war geöffnet und die Rippen des Brustkorbs waren wie blutgetränkte Fensterläden weit geöffnet. Die bewusst gewählten Organe lagen erwartungsgemäß zu Füßen des Mordopfers drapiert, der Rest ihrer Innereien hing wahllos herab. Das Blut war an der Wand in unzähligen kleinen Bächen heruntergeflossen, wie auf einem grotesken Gemälde.

»Er spricht in seinen Briefen immer wieder davon, dass die Magie den Beschützern Brïns gestohlen wurde. Wir vermuten inzwischen, er tötet diese Frauen für Brïn. Für euch.«

»Das ist krank. Wie kommst du auf so eine Idee, Kin Riskel?«, fragte Erigen mit deutlichem Ekel in der Stimme.

Lorden räusperte sich. »Wäre es möglich, dass er ausgerechnet diese Organe wählt, weil er ... Weil er den Wächtern ein Opfer bringen will?«

»Das ist exakt, was ich denke, Shi Lorden, und der Grund warum ich euch hergebeten habe.« Riskel tippte mit dem Finger auf eines der Bilder. Ein undefinierbarer Klumpen von zerfleddertem Fleisch, der neben dem Kopf der Toten fixiert worden war. Teile davon schienen in der Zwischenzeit abgefallen zu sein. Sie bildeten einen kleinen klebrigen Haufen auf dem Boden.

»Was ist das?«

»Das, Shi Erigen, war einmal die Lunge von Kin Eva. Der Mörder hat mehrfach auf sie eingestochen, ehe er sie an der Wand aufgespießt hat.«

»Und du glaubst, das hat etwas zu bedeuten?«

»Alles, was dieser Mann macht, hat eine Bedeutung, Shi Kassia. Ich denke, das ...«, er tippte auf das Bild, »... ist eine Botschaft für Shi Kamika.«

»Für mich?«, sagte die Wächterin überrascht. »Wieso sollte er mir eine Botschaft schicken?«

»Du bist von Terra zu uns gekommen. Vielleicht ist ihm das gerade klargeworden.«

Kamika ließ sich tiefer in den Stuhl fallen und stützte den Kopf auf die Faust. »Von der Tatverdächtigen zum nächsten Opfer. Das wird immer besser«, knurrte sie. »Wenn er es wirklich auf mich abgesehen hätte, warum hat er die Lunge dann nicht schon die ersten Male so zugerichtet? Und was ist mit Sofia? Es ist weithin bekannt, dass sie eine Terranerin ist. Hätte er das Gehirn – als Sinnbild für Verstand und Stimme der Magie – dann nicht ebenso zurichten müssen wie die Lunge?«

»Es wäre zudem Selbstmord sich mit einer Wächterin anzulegen.«

Riskel nickte. »Über manches müssen wir noch intensiver nachdenken, das gebe ich zu. In der Zwischenzeit möchte ich trotzdem zur Vorsicht raten, Shi. Dieser Kerl ist wahnsinnig. Ob seine Chancen nun gut oder schlecht stehen, kümmert ihn vielleicht nicht. Ich möchte dich nicht eines Tages in der gleichen Position wiederfinden wie diese Frauen, Shi Kamika.«

»Danke, Riskel, aber ich glaube nicht, dass wir uns darüber Gedanken machen müssen.«

»Wir werden dennoch die Augen offenhalten. Nicht wahr, Kamika?« Lorden sah sie vorwurfsvoll an. Er hörte sich leicht verärgert an. Kamika fragte sich, was sie nun wieder falsch gemacht hatte.

»Wir passen auf sie auf. Danke, Kin Riskel«, sagte Erigen. Kamika verdrehte die Augen.

Auf dem Weg nach draußen hielt sie Lorden am Arm zurück.

Der Wächter schaute sie an. »Was ist?«

»Sag du es mir. Warum bist du schon wieder wütend auf mich?«

»Ich bin nicht wütend auf dich, Kamika, ich bin in Sorge um dich.«

Sie schnaubte. »Wieso? Den Kerl würde ich auseinandernehmen, bevor er mich nur ansehen kann.«

»Bei den Adern! Er betäubt seine Opfer, macht sie handlungsunfähig. Er könnte dir etwas einflößen, ohne dass du es merkst, und dann war es das für dich und deine Halsstarrigkeit.«

»Lorden, ich bin eine Wächterin. Eleander lähmt den Körper, nicht den Verstand. Ich brauche keine Worte um Magie zu wirken.«

»Was ist, wenn er bei dir etwas anderes benutzt und dich komplett ausschaltet? Kannst du nicht wenigstens ein bisschen Vorsicht an den Tag legen? Glaubst du, Zolana hätte gewollt, dass du dich umbringen lässt? Dein Tod bringt sie nicht zurück.«

Kamika schluckte schwer und ballte die Hände zu Fäusten. »Schon gut, schon gut.« Sie schüttelte müde den Kopf und setzte ihren Weg fort. Die übrigen Wächter folgten ihr schweigsam.

Kapitel 22: Sofia macht einen Ausflug

Brïn im Thargel 11'384 n. S.

Eydwall, Ideris

Zum ersten Mal, seit sie in dieser Stadt war, fühlte Sofia sich wohl. Vielleicht würde sich doch noch alles zum Guten wenden. Zusammen mit Juno fiel es ihr leichter, den Lektionen der Hüter zu folgen, und so hatte sie in den letzten zwei Wochen große Fortschritte gemacht. Sie ließ Juno meist den Vortritt bei den Übungen. Die ältere Terranerin besaß keinerlei magische Begabung und konnte nicht einmal eines der Elemente kontrollieren. Sie kannte viele Sprüche, aber sie war nicht imstande ihnen Magie einzuhauchen. Es machte Sofia stolz, dass sie selbst schon viel weiter war und ihre Fähigkeiten sich endlich verbesserten. Juno schien sich zu freuen, wenn Sofia Erfolg hatte, und das war es, was für die Edana zählte. Wenn ihre neue Freundin mit ihr lernte, dann begann Sofia die magischen Zeichen zu sehen. Sie schwebten durch das klare Brunnenwasser, tanzten im Wind und im Feuer und schrieben sich selbst in die feuchte Erde. Sofia verstand die Zeichen noch nicht und wusste auch nicht so genau, wie sie diese erscheinen ließ, doch das sagte sie weder Juno noch den Hütern. Die Magie sprach endlich zu ihr. Sie machte Fortschritte.

Sofias Finger schwebten dicht über der Perle. Es dauerte schon etwas länger, bis es zu schmerzen begann. Die Magie würde sich ihr am Ende doch noch öffnen. Sie lächelte zufrieden und summte glücklich vor sich hin. Bevor Sofia sie vergessen würde, wollte sie die Zeichen aufschreiben. Sie vergaß alles so schnell und würde diese Symbole bald brauchen. Bei dem Fest, wenn sie und die Shi die Zeichen in den Himmel schreiben sollten. Sie schob die Perle in ihrer Schatulle wieder unter die Matratze und kam auf die Füße.

»Alles wird gut. Alles, alles, alles!« Sie tanzte in ihrem reich verzierten Gewand durch den sonnendurchfluteten Raum und war nach langer Zeit wieder hoffnungsvoll. Sie schaute auf die Uhr. Es war Zeit sich auf den Weg zu machen. Wie lange sie sich auf diesen Tag gefreut hatte!

Sofia nahm einen leichten Umhang aus ihrem Schrank. Lindgrün, mit einem wundervoll delikat gearbeiteten Muster darauf. Der Stoff war hauchdünn und kühlend, perfekt für einen Ausflug an einem sommerlichen Abend. Sie legte sich den Umhang zunächst locker über den Arm, ehe sie zur Tür hüpfte, sich selbst zur Ruhe zwang und vornehm die Türe öffnete. Sie trat auf den Flur und sofort schauten die beiden Gardisten von ihrem Posten auf.

»Edana Sofia, was können wir für dich tun?«, fragte der eine. Er gab sich so nüchtern wie alle Wachen im Turm. Pflichtbewusstsein schien alles zu sein, was diese Gardisten antrieb. Sie ließen sich nicht so leicht auf einen zarten Flirt mit ihr ein.

»Oh, nichts«, antwortete Sofia in einem so gelangweilt klingenden Ton, dass sie sich fast selbst geglaubt hätte. »Ich werde einen Spaziergang machen.«

»Wir begleiten dich«, antwortete der Wächter.

»Das ist nicht nötig, ich werde nicht weit weggehen.«

»Edana Sofia, das hatten wir doch schon. Zu deiner Sicherheit müssen wir in deiner Nähe bleiben.«

Sofia wusste, dass er das sagen würde. Die Antwort war immer dieselbe. »Aber ich werde doch nicht alleine gehen. Shi Lorden wird mich begleiten. Die Treppe hinunter zu ihm werde ich doch sicher alleine gehen dürfen, oder nicht?«, gab sie streng zurück.

»Selbstverständlich, Edana.« Er nickte und ließ Sofia davonziehen.

Sie spürte die Blicke des Wachmanns in ihrem Nacken, bis sie am Ende des Korridors angelangt war und langsam Stufe um Stufe hinabstieg, bis sie aus seinem Sichtfeld verschwunden war. Auf der letzten Stufe blieb sie einen Moment lang stehen und lauschte, doch sie kamen ihr nicht nach. Sofia nahm ihren Umhang und warf ihn sich über. Sie zog die dünne Kapuze tief ins Gesicht und wickelte sich in den feinen Stoff ein. Vorsichtig warf sie einen Blick um die Biegung. Die Garde auf der nächsten Ebene stand im Korridor. Zwei neben jedem Wohneingang, verteilt auf vier Abschnitte. Von Sofias Position aus waren nur die beiden vor Shi Kamikas Wohnräumen zu sehen und die waren, zu ihrem Glück, miteinander in ein leises Gespräch vertieft. Sofia hatte nicht vor ihnen in die Arme zu laufen, und wollte schon gar nicht Shi Lorden aufsuchen. Sie drückte sich dicht an die Wand und schlich leise die nächste Treppe hinab. Ihr Herz klopfte so laut, dass sie Angst hatte, die Wachen könnten es pochen hören. Erst als sie den Treppenabsatz erreicht hatte und in einem der Dienstbotengänge verschwunden war, merkte sie, dass sie den Atem angehalten hatte, und sie erlaubte sich die schale

Luft entweichen zu lassen. Einen Moment lang stand sie nur so da. Es war wirklich lächerlich, dass sie sich aus ihrem eigenen Turm hinausschleichen musste, aber ihr blieb keine Wahl. Sie hatte eine Verabredung, bei der sie keine weitere Gesellschaft brauchen konnte.

Nun, da sie im Bereich der Angestellten war, fühlte sie sich jedoch schon wesentlich entspannter. Hier liefen immer zahlreiche Dienstkräfte herum und in der Menge würde sie kaum auffallen. Nicht so, das Gesicht unter der weiten Kapuze ihres Umhangs verborgen, unterwegs in einem Bereich des Turms, in dem sich die Edana normalerweise nie herumtreiben würde. Mit gesenktem Kopf lief sie den gewundenen Gang entlang zur Schwebeplattform, trat ohne Aufsehen zu erzeugen darauf und ließ sich den langen Weg hinuntertragen. Sofia eilte auf schnellstem Weg durch einen der kleinen Hinterausgänge aus dem Wolkenturm hinaus und hinein in die Gärten. Kaum war sie zwischen den Büschen und Bäumen verschwunden, warf sie die Kapuze zurück und begann zu rennen. Sie war so aufgeregt! Endlich würde sie ihn wiedersehen! Sie lachte und jauchzte, hüpfte und tanzte durch das Gras.

»Worüber freust du dich so, mein Lämmchen?«

Sofia erschrak und wandte sich der Stimme zu. Der Mann schälte sich aus dem Schutz eines Baumes. Ein Lächeln umspielte seine perfekt geformten Lippen.

»Jack!«, rief Sofia mit unterdrückter Stimme und sprang in seine Arme. Sie küsste ihn und er drückte sie an sich. »Du bist wirklich hier.«

»So war es abgesprochen«, sagte er mit jener verführerischen Stimme, in der stets ein Hauch von Gefahr lauerte.

Sie hatte ihn nicht mehr gesehen, seit sie ihn im Zimmer des Regenten getroffen hatte. Niemand durfte erfahren, wer Jack in seinem anderen, gewöhnlichen Leben war, und sie konnte ihn natürlich nicht einfach besuchen. Schließlich durften sie nicht zusammen gesehen werden.

»Ich bin so froh, dich zu sehen, Jack. Hattest du Schwierigkeiten auf dem Weg hierher?«, fragte sie süß und herzlich.

»Ist Shi Kamika in ihren Räumen?«, entgegnete Jack statt einer Antwort.

»Ist das der einzige Grund, weshalb du hier bist?«, fragte sie etwas beleidigt.

Er zögerte mit der Antwort und ein Funke von Zorn blitzte in seinen Augen auf. Doch dann erhellte sich sein Blick und seine Lippen formten ein perfektes Lächeln für sie.

»Sie muss bestraft werden, Sofia. Das weißt du.«

»Natürlich weiß ich das.«

»Dann sag mir, dass du einen Weg gefunden hast, wie ich in den Turm gelange.«

»Noch nicht. Die Leibgarde ist überall und selbst wenn ich dir ihre Schichtwechsel nenne, dann würde dich der Schutzzauber erfassen.«

»Magie kann mich nicht aufhalten, Sofia.«

»So funktionieren die Zauber des Turms nicht, Jack! Wenn du ihn ohne Einladung betreten würdest, dann wüssten die Shi sofort, dass sich ein Unbefugter Zutritt verschafft hat.«

»Dann lade mich ein!«, knurrte Jack mit zusammengebissenen Zähnen.

»Das kann ich nicht! Shi Kamika hat dafür gesorgt, dass ich für den Turm vorerst nur eine Besucherin bin. Außerdem brächte dich das auch nicht in ihre Räume, Jack. Sie würde dich niemals zu sich einladen. Du wärst tot, noch bevor du ihre Türe ganz geöffnet hättest.«

»Das bringt mich nicht weiter, Sofia!« Er raufte sich frustriert die Haare. So nah. So nah!

»Ich finde noch einen Weg, Jack. Nur eben nicht heute. Vielleicht zu Hoshide, wenn sie sich außerhalb des Turmrings aufhält. Da fällst du doch auch viel weniger auf, wenn massenhaft Menschen unterwegs sind. Meinst du nicht?« Sie trat dichter an ihn heran und legte ihre Hände auf seiner Brust ab.

»Das dauert zu lange!«

»Hab etwas Geduld, Jack«, fauchte sie ihn an und er schaute grimmig zurück. »Sei nicht böse. Wir haben uns so lange nicht gesehen. Ich will mich heute nicht über Shi Kamika ärgern«, flüsterte sie dann und kam ganz dicht an sein Gesicht heran. Sie musste sich dafür auf die Zehenspitzen stellen und strecken, weil er fast zwei Köpfe größer war als sie. Er war schrecklich angespannt. Armer Jack. »Ich habe ständig an dich gedacht, seit wir uns zuletzt gesehen haben. Hast du mich denn gar nicht vermisst?«

Seine Augen senkten sich verärgert und beobachteten sie unschlüssig. Sie sollte nicht mehr als ein Werkzeug sein, aber sie wusste, wie sie ihn ansehen musste, wie sie ihn berühren musste, wie sie ihn erregen konnte. Er gab seinen Widerstand auf, presste ihren zerbrechlich wirkenden Körper an seinen und hob sie ein Stück vom Boden, so dass ihre Füße in der Luft baumelten. Seine Hand griff in ihr Haar und zerstörte ihr die aufwendige Frisur. Er suchte mit seinen gierigen Lippen nach den ihren. Sofia musste spüren können, dass er sie wollte. Sehr sogar. Wie zur Bestätigung kicherte sie selbstzufrieden, bevor sie ihm, gerade noch sanft genug, in die Zunge biss. Dann schlang sie ihre Beine um ihn und sie fielen ins Gras, verborgen zwischen blühenden Sträuchern und Trauerweiden mit weiter Krone.

Kapitel 23: Ein Plausch unter Linden

Brïn im Thargel 11'384 n. S.

Eydwall, Ideris

Die Stunde war gut verlaufen. Sofia brauste nicht mehr so oft auf, wie noch in den ersten Sitzungen und die Hüter schienen dankbar für das neue Klima, das mit Junos Anwesenheit Einzug gehalten hatte. Heute war die oberste Hüterin des Wassertempels, Kin Adelai, zu ihnen gekommen und hatte zugesehen. Sofia war zuerst schroff und abweisend gewesen und wollte, dass die Hüterin wieder verschwand. Aber sie ließ sich nach einigem Gerangel von Juno überzeugen, die Hüterin nicht zu beachten und sich auf die eigentliche Aufgabe zu konzentrieren.

Sofia war nicht exakt das, was Juno als neue beste Freundin bezeichnen würde, aber sie hatten eine Gemeinsamkeit. Sie waren beide auf dieser Welt gestrandet und das schuf eine einzigartige Verbindung zwischen ihnen. Wenn Sofia älter wurde, würden sich die beiden vielleicht eines Tages auf demselben Niveau begegnen. Vielleicht könnten sie, Silka und Sofia, dann gemeinsam Zeit miteinander verbringen. Doch bis dahin gab es ohnehin noch viel zu tun und noch viel mehr zu lernen und zu verstehen.

Es war allerdings nicht immer einfach, gelassen zu bleiben, denn Juno fand, dass Sofia getrost als anstrengend bezeichnet werden durfte. Sie prahlte gerne mit ihrem Wohlstand und erwartete, dass man sie angemessen beneidete, und vernachlässigte dafür auch gerne die Übungen. Juno mochte solche Menschen eigentlich nicht besonders, aber Sofia war jung und hatte lange Zeit in Armut gelebt. Es war vermutlich normal, dass sie so viel Wert auf ihren angewachsenen Besitz legte, dass er ihr so viel Freude machte. Irgendwann würde sie sich daran gewöhnt haben und sich mehr auf die wichtigen Dinge im Leben konzentrieren können. Jedenfalls hoffte Juno es inständig.

Die Lyre spielte gedankenverloren an der Halskette herum, an der eine filigrane, in Gold gearbeitete Vogelfeder hing. Ein zauberhaftes Fundstück, das sie auf dem Stadtmarkt entdeckt hatte. Sie blickte auf ihr Armband, das ihr in leuchtender Schrift die Uhrzeit anzeigte. Der nächste Kurs begann erst in einer guten halben Stunde. Diese halbe Stunde, die ganz allein ihr gehörte, schien die Möglichkeit für wilde

Abenteuer und Expeditionen zu eröffnen. Sie lachte sich selbst aus, bis ihr die Idee dazu kam, welches Abenteuer sie erleben wollte. Den Vorstellungstermin der Jäger hatte sie verpasst, als Erigen und Kassia sie das erste Mal zu Sofia gebracht hatten, aber vielleicht könnte sie nun wenigstens einen Blick auf den Trainingsplatz werfen. Weit konnte sie nicht davon entfernt sein. Sie kramte die Geländekarte aus ihrer Tasche und bestimmte die Position des Jägerareals. Es lag direkt hinter den äußeren Gärten, am Rande des Sees, der den Turm der Shi wie ein weiter Wassergraben umgab. Das gesamte Gelände war kreisförmig angelegt. Im Zentrum erhoben sich der Turm der Shi und die Häuser der Angestellten, umringt von Gärten. Um den See zog sich ein Ring aus Wald und Wiesen, der einen blickdichten Schutzwall für die Turmbewohner bot.

Hinter den Wäldern und Wiesen lagen die Tempel der Elemente. Der äußere Ring war, wie die Tempelareale, in vier Bereiche unterteilt. In einem befanden sich die Stallungen der Greife, in einem anderen die Versorgungsgebäude und die letzten beiden bildeten die Universität und ihre verschiedenen kleineren Gebäude. Im westlichen Bereich wurden die magischen Fächer unterrichtet, im südlichen Teil alle anderen. Das Areal der Jäger gehörte zu einem gesperrten Teil des inneren Rings und war für die Öffentlichkeit, inklusive der Studenten, tabu. Aber Juno war heute neugierig und mutig genug, das Risiko erwischt zu werden einzugehen. Außerdem war sie nun eine Freundin der Edana und kannte auch fast alle Shi, wie schlimm konnte es schon werden? Junos Vorfreude stieg.

Sie folgte dem kleinen Pfad vom Tempel bis zur Weggabelung. Doch statt den Ringweg zurück zum Universitätsgelände zu nehmen, wie sie es üblicherweise tat, ging sie geradewegs auf die hohen Bäume der Gärten zu und tauchte in ihr schattiges Dickicht ein. Sie hörte das Summen der Insekten und das Zwitschern der Vögel. Sie roch den Dung kleiner Nager und das frische Grün der Blätter. Auf Brïn roch alles viel intensiver und gesünder als zuhause auf der Erde. Eine Sekunde lang erfüllte es Juno mit Heimweh, an ihr altes Zuhause zu denken. Der Moment verflog jedoch sehr schnell wieder, als sie an die unschöne Entdeckung während ihrer letzten Tage dort dachte. *Colto in flagrante!* Die unvermeidliche, lautstarke Trennung, die dem Ganzen gefolgt war, hallte noch immer in ihr wider.

Nach ein paar Minuten Fußweg teilte sich der Weg erneut vor ihr. Ein Pfad führte nach links, dort ging es zum Feuertempel. Weiter geradeaus würde sie irgendwann eines der Tore zum Turm der Shi erreichen, dessen weiße Fassade und tiefblaue Turmspitze sie von hier aus gelegentlich zwischen dem dichten Blätterwerk schimmern sehen konnte. So gerne sie dieser Versuchung nachgegeben hätte, nahm sie jedoch die nach rechts führende Abzweigung, die sie zum Trainingslager der Jäger bringen würde. Das Hauptgebäude kam schnell in Sicht und nach ein paar Schritten sah sie auch den Trainingsplatz, der um diese Uhrzeit im vollen Sonnenlicht lag. Sie verließ den Pfad und bewegte sich vorsichtig zwischen den Bäumen. Hinter einem dicken Stamm, der dem Platz am nächsten war, blieb sie stehen und warf neugierige Blicke darauf.

Juno war enttäuscht. Kaum jemand war da. Zwei Jäger unterhielten sich in einer Ecke nahe dem Hauptgebäude, in einem kleinen schattigen Teil des Platzes trainierten drei Jäger auf dem Boden, am weitesten entfernt, übte ein anderer am Bogen. Sie taten alle nichts Besonderes. Die Jäger am Boden machten ein paar Übungen, die ihre drahtigen Körper in Form halten sollten und der Bogenschütze schickte Pfeil um Pfeil geradewegs ins Ziel. Das einzig Ungewöhnliche daran mochten die Pfeile selbst sein, denn sie wurden nicht aus einem Köcher genommen. Sobald der Schütze die Sehne zurückzog, leuchteten goldene Partikel in der Luft auf und fügten sich zu einem hell strahlenden Pfeil zusammen. So geschmeidig die Bewegungen dabei auch anzusehen waren, so hatte Juno doch gehofft, etwas Aufregenderes zu erspähen. Ein paar magische Kunststücke vielleicht. Sie biss sich auf die Lippe und studierte ihre Karte. Vielleicht gab es noch andere Trainingsbereiche oder Gebiete, die sie erkunden konnte. Gerade sah sie abermals auf ihre Uhr, als ihr etwas an den Hinterkopf flog.

»Au!« Sie rieb sich die getroffene Stelle und schaute nach unten. Eine Nuss.

»Das nächste Mal ist es etwas Größeres, als eine Nuss.«

Juno fuhr herum. Gegen einen Stamm gelehnt stand eine junge Frau. Sie hatte kurzes goldblondes Haar, das ihr in schwungvollen Strähnen in die Stirn und halb über die Ohren fiel, nachtblaue Augen und helle Haut, die eine leichte sommerliche Tönung bekommen hatte. Juno stand stumm und reglos da und starrte sie mit offenem Mund an.

Der Blick der Jägerin war wachsam auf Juno gerichtet, aber ihre Haltung wirkte lässig. Die Arme locker vor der Brust verschränkt, ein Bein gegen den Baumstamm gelehnt. Sie kam Juno irgendwie bekannt vor, aber sie wusste nicht, wo sie die Jägerin schon einmal getroffen haben könnte.

Die Frau löste sich vom Stamm und kam auf Juno zu. Sie machte nicht das leiseste Geräusch auf dem Untergrund. Anders als die übrigen Jäger in ihren dunklen Kluften mit den farbigen Streifen darauf, trug diese hier einen weißen Trainingsanzug. Entlang der Brustnaht liefen in Gold gestickte Insignien, die Juno als Zeichen des Windes erkannte. Allerdings waren sie ähnlich kompliziert wie die Symbole der Himmelskarten, so dass ihr die genaue Bedeutung auch diesmal nicht sofort klar war. Trotz dieser aufwendigen Verzierungen wirkte die Kleidung der Jägerin aber doch schlicht, praktisch und dennoch elegant. An der Hüfte trug sie zusätzlich einen Waffengürtel aus weißem Leder, in dem seitlich zwei Dolche mit golden verzierten Griffen steckten. Sie konnte nicht leugnen, dass die Frau vor ihr eine beeindruckende Erscheinung war. Viele Jäger, die Juno gesehen hatte, strotzten nur so vor Stolz und Selbstbewusstsein, und diese hier war offenkundig keine Ausnahme. Sie hatte etwas von einer Katze. Grazil und lieblich anzusehen, doch wenn man nicht aufpasste, bekam man eins mit den Krallen verpasst.

Juno wich instinktiv einen Schritt zurück, als die Jägerin näher herankam. Bevor sie wusste, was geschah, hatte die Frau sie plötzlich gegen einen Baumstamm zurückgedrängt und platzierte ihre Hände links und rechts neben Junos Gesicht. Die Wächterin starrte sie mit forschendem Blick an, während sich Juno Gedanken über mögliche Fluchtwege machte.

»Sieh an. Gerade erst habe ich an dich gedacht«, raunte die Jägerin schließlich und ein verschmitztes Grinsen schlich sich in ihre Mundwinkel.

»Entschuldigung?«

»Du erinnerst dich nicht an mich, was?«

»Tut mir leid. Ich habe dich schon einmal gesehen, glaube ich, aber ich weiß leider nicht mehr wo.«

»Du hast in meinen Armen geschlafen.« Das Grinsen der Jägerin wurde breiter und sogar ein wenig lasziv.

Juno spürte wie ihr das Blut in den Kopf schoss. Sie hatte was getan? Wann? Wo? Und wie weggetreten musste sie gewesen sein, dass sie sich daran nicht erinnerte?

Die Jägerin lachte kurz aber herzhaft. »In der Zelle?«

Es fiel Juno wie Schuppen von den Augen. »Aber ja! Die ganze Zeit dachte ich, es wäre Shi Lorden gewesen, der mich dort gefunden hat.«

»Lorden in einer Zelle? Amüsante Idee. Ich bin Kamika«, sagte sie mit einer theaterreifen Verbeugung.

»Kamika, wie *Shi* Kamika?«

»Die einzig Wahre. So erschrocken, wie du mich ansiehst, nehme ich an, mein Ruf eilt mir voraus.« Eine leichte Melancholie senkte sich über ihr schönes Antlitz. Juno hatte sich eigentlich nie Gedanken darüber gemacht Shi Kamika einmal zu treffen. Bisher hatte sie die Wächterin nur als kleinen Punkt in den Nachrichten gesehen, wenn es um den jüngsten Skraeangriff ging. Kurz streifte der Gedanke an die Anschuldigungen durch Junos Hirnwindungen. Traute sie Shi Kamika zu eine Mörderin zu sein? Sie sah nett aus. Aber es waren am Ende doch immer diejenigen, von denen man es nie erwartet hätte, nicht wahr?

»Wie läuft es mit Shi Erigen?«, fragte Kamika mit einem Lächeln, das Juno nun so gar nicht freundlich erschien. Für den Moment schob sie ihre Bedenken beiseite und sah zu der Shi auf, die ein wenig größer war als Juno und nicht etwa – wie sie selbst – in einer Vertiefung zwischen den Baumwurzeln stand.

»Gar nichts läuft mit ihm.« Dieser verdammte Schürzenjäger, dachte Juno gereizt und fragte sich, wieso jemand eine Frau wie Shi Kamika betrügen wollen könnte.

»Er hat ein Auge auf dich geworfen«, antwortete die Wächterin mild und zuckte die Schultern.

»Shi Erigen ist mir gleichgültig. Keine Sorge, der gehört ganz dir, Shi.«

Die Wächterin lachte herzhaft. »Oh, nein. Soweit kommt es noch.«

»Ihr seid gar kein Paar?«

»Auf keinen Fall. Nicht mein Typus.«

»Er scheint zu glauben, dass jede Frau ihm zu Füßen liegt«, sagte Juno mit einem Schulterzucken.

»Er hat ein ausgeprägtes Ego«, entgegnete Kamika und biss sich sinnlich auf die Lippe. »Meines ist vielleicht noch etwas größer. Gewaschen bist du recht hübsch anzusehen.«

»Ha! Von Höflichkeit hältst du wohl nicht sehr viel.«

»Das sagst du mir? Ich habe dir gerade ein Kompliment gemacht und du meckerst.«

»Das war doch kein Kompliment.« Juno rümpfte die Nase. Die Wächterin hingegen schmunzelte und Juno fragte sich, was sie so amüsant fand.

»Sag, was hast du hier zu suchen, Hübsche? Dieser Bereich ist für Studenten verboten. Hattest du Sehnsucht nach mir?«, fragte die Shi kokett.

»Wie bitte?«, japste Juno.

»Also nicht meinetwegen. Wie schade.«

»Ich habe mich verlaufen«, log Juno schnell. »Aber ich denke, ich weiß jetzt wieder, wie ich zurückkomme. Guten Tag, Shi Kamika.« Sie machte einen Schritt auf den Pfad zu, aber die Wächterin blockierte ihr den Weg.

»Nicht so schnell, Hübsche.«

»Weißt du, ich habe einen Namen«, sagte sie mit erzwungener Gelassenheit.

Die Shi lachte kurz auf. »Das ist sicher hilfreich.«

»Juno. So heiße ich.«

»Weiß Lorden, dass du hier bist?«

»Ehm, nein. Wieso? Sollte er?«

Die Wächterin zuckte mit den Schultern. »Ich habe den Eindruck gewonnen, dass er dich vor mir verstecken will. Habe ich damals etwas übersehen? Hast du ein dunkles Geheimnis?«

»Viele«, antwortete Juno, »aber keine, die dich etwas angehen.« Shi Kamika machte sie langsam aber sicher nervös.

»Soso. Wieso warst du in jener Nacht in der Zelle?« Ihre Augen waren voller Neugier und Entschlossenheit. Der Blick einer Jägerin. »Hm.«, machte die Shi plötzlich und kniff die Augen eng zusammen. Sie beugte sich näher an Juno heran und nahm ihr Kinn zwischen die Finger. Juno biss die Zähne zusammen. Was hatte die Shi vor? »Diese Augen«, sagte Shi Kamika mit milder Verwunderung und blickte Juno, die sich dabei sehr unwohl fühlte, endlose Sekunden an. »Wie zwei leere Gefäße.«

Juno keuchte. In einem Reflex schlug sie die Hand der Shi beiseite und stieß sie so fest vor die Brust, dass die Wächterin einige Schritte zurückstolperte. Juno nutzte das Überraschungsmoment und rannte flink an ihr vorbei. Sie hastete wie vom Blitz getroffen den Pfad entlang, zurück zum Universitätsgelände. *Wie zwei leere Gefäße.*

Kamika stand da wie angewurzelt und überlegte was gerade schiefgelaufen war. Hatte sie die schöne Fremde beleidigt? Wenn ja, womit? Hatte sie unbeabsichtigt einen wunden Punkt getroffen? War die lockenköpfige Brïnai ein *Leeres Gefäß*? Eines das keinen Zugang zur Magie fand? War sie eine ›Stumme‹? Kamika war noch nie bewusst so jemandem begegnet. Aber es ging das Gerücht, dass es noch immer solche Menschen gab, Menschen die auf Brïn geboren worden waren. Menschen, die für immer *immun* gegen die Magie wurden und sie niemals würden spüren, geschweige denn nutzen können. Der Gedanke jagte ihr einen Schauer über den Rücken. Es war eine grauenhafte Vorstellung, die Gaben Brïns nicht empfangen zu können.

Wenn Juno wirklich eine Stumme war, dann hatte Kamika sie mit ihrer gedankenlosen Bemerkung verletzt, auch wenn ihre Intention eine ganz andere gewesen war. Sie fluchte innerlich und verspürte das dringende Bedürfnis das klarzustellen. Sich zu entschuldigen. Ihr erstes offizielles Wiedersehen hatte sich Kamika etwas anders ausgemalt. Sie musste das wieder in Ordnung bringen.

Ihr weiteres Training, das zeigte sich schnell, war vollkommen umsonst. So sehr Kamika auch versuchte, sich zu konzentrieren, es gelang ihr nicht. Schließlich verfehlte sie ihr Ziel und verzog verwirrt das Gesicht. Die Shi ließ den Bogen sinken und die Jäger auf dem Platz verharrten in ihrer Bewegung. Sie blickten zu der Wächterin, deren Pfeil, zum ersten Mal, solange sie sich erinnern konnten, nicht getroffen hatte. Shi Kamika verfehlte ihr Ziel niemals. Sie *konnte* ein Ziel nicht verfehlen. Ihre Pfeile folgten ihrem Willen. Eine reglose Sekunde lang stand die Shi da und starrte auf den goldenen Pfeil, der sich fernab der Zielscheibe in einen der Zaunpfosten gebohrt hatte und langsam verblasste. Sie bemerkte die Stille auf dem Platz und sah sich um. »Was gibt es da zu glotzen?«, maulte sie und die Jäger machten sich eilig daran, sich wieder um ihre eigenen Belange zu kümmern.

Kamika warf sich ihren goldenen Bogen auf den Rücken und eilte mit schnellen Schritten zum Wolkenturm zurück. Die Gardisten des Turms grüßten sie und sahen ihr mit milder Verwunderung nach. Mit einem grimmigen Gemurmel gab sie einen halbherzigen Gruß zur Antwort. In ihrem Wohnbereich angekommen warf sie ihre Trainingskleidung von sich, sprang kurz unter die Dusche und trocknete sich anschließend ab, während sie gleichzeitig frische Kleider aufs Bett warf. Sie schlüpfte hastig in ihre Hosen und streifte eine ihrer leichten Jacken über, lief zurück in den vorderen Raum, setzte sich auf das Sofa und begann sich die Stiefel zu schnüren. Kamikas Spiegel erwachte unerwartet zum Leben und stellte den Anrufer durch, ohne ihre Zustimmung einzuholen. Sie blickte neugierig auf. Für den Bruchteil einer Sekunde sah sie das Gesicht von Juno, die erschrocken nach Luft schnappte und ihre Hand dem Spiegel entgegenwarf. Das Bild verschwand und die Übertragung starb. »Huh«, machte Kamika nachdenklich und schnürte schneller.

Kinobes Ratgeber für Neuankömmlinge

(11') - 117. Auflage

Abschnitt Sieben: Kinder von Brïn

Trotz des bestehenden Gesetzes und regelmäßiger Aufklärungskampagnen zur gesunden Fortpflanzung hat es in der Vergangenheit immer wieder Vorfälle gegeben, in denen sich werdende Mütter geweigert haben diesem Gesetz Folge zu leisten. Wer sich mit dem Gedanken trägt, es sei nur vernünftig, sein Kind auf Brïn auszutragen und aufzuziehen, unterliegt, hinsichtlich der Entwicklung magischer Fähigkeiten bei Heranwachsenden, einem Irrglauben.

Ein ›Kind von Brïn‹ entwickelt während seiner Wachstumsphase eine unvermeidbare, natürliche Immunität gegen den Einfluss der Magie, die eine Nutzung der Gaben Brïns unumkehrbar verhindert. Da diese Kinder nicht in der Lage sind die Stimmen und Gaben der Magie zu erfahren, werden sie umgangssprachlich auch oft als ›Leere Gefäße‹ oder häufiger noch als ›Stumme‹ bezeichnet. Diese Begriffe werden von den Betroffenen jedoch in der Regel als Beleidigung empfunden und sollten dementsprechend nicht in deinen Wortschatz übergehen.

Anmerkung: ›Kinder von Brïn‹ zeigen häufig auch psychische Symptome infolge ihrer geschädigten Entwicklung. Eines der unerfreulichsten dabei ist eine mentale Fehlprägung, die zu einem intellektuellen Rückstand und/oder einer labilen bis gewalttätigen Persönlichkeit führen kann.

Kapitel 24: Spieglein, Spieglein an der Wand

Brïn im Thargel 11'384 n. S.

Eydwall, Ideris

»Unser Planet ist stets darauf ausgerichtet in seinen ursprünglichen Zustand zurückzukehren. Wie ihr euch denken könnt, hätte das fatale Folgen, die ein Überleben auf Brïn völlig unmöglich machen würden. Die Sonne käme so dicht an den Planeten heran, dass unsere Atmosphäre in Sekunden verglühen und die Oberfläche in Flammen aufgehen würde. Die Rotation unserer Welt wäre zu langsam, um eine ausreichende Gravitationskraft zu erzeugen. Es gäbe weder Luft zum Atmen, noch Nahrung oder Wasser. Brïn würde sich in kürzester Zeit in einen leblosen Felsen mit Lavaströmen auf der einen, und Eisbergen auf der anderen Seite zurückentwickeln.« Die Dozentin für die Geschichte Brïns machte eine bedächtige Pause. »Damit all das nicht geschieht, ist es notwendig, dass die ersten Zauber, jene, die angewandt wurden um unsere schöne Heimat zu formen, ununterbrochen aufrechterhalten werden. Hier kommen die Shi ins Spiel. Jeder Wächter und jede Wächterin ist ein Anker für jene ersten Zauber, die von unserer ersten Edana Midori und ihren Shi gesprochen wurden. In jeder Generation werden diese bestehenden Zauber an die nachfolgende Generation weitergegeben, damit Brïn das Juwel bleibt, auf dem wir leben.«

Juno war geistesabwesend und bekam nichts von dem mit, was im Unterricht geschah. Sie kritzelte gedankenverloren in ihrem Notizbuch herum. *Wie zwei leere Gefäße. Wie zwei leere Gefäße. Leere Gefäße.* Immer wieder dieselben Worte. Sie hingen frisch und schwer über ihren Gedanken und bohrten sich tief in ihr Herz. Sie hatte seit Jahren nicht mehr an diese Worte gedacht. Shi Kamika konnte nicht wissen, was sie da gesagt hatte, aber die beinahe identische Wortwahl war wie ein elektrischer Schlag direkt in Junos Herz gefahren. Ein leeres Gefäß.

»Juno? Was machst du denn noch hier? Der Unterricht ist vorbei. Hast du die Klingel nicht gehört?« Juno zuckte kaum merklich zusammen. Sie sah auf. Silka stand mit großen glänzenden Augen vor ihr, der Saal war ansonsten leer. Sie hatte nicht einmal bemerkt, wie um sie herum alle verschwunden waren.

»Ist alles in Ordnung mit dir?«

»Entschuldige. Ich war wohl in Gedanken versunken.« Ihre Stimme klang nicht so fröhlich wie sonst, sondern hohl und leblos. »Gehen wir nach Hause.«

»Was ist denn los? Hattest du Schwierigkeiten mit Edana Sofia?«

»Hm? Oh, hm, nein. Nein, alles in Ordnung mit Sofia«, murmelte Juno.

Silka drückte ihr die Hand und schaute die Freundin etwas besorgt an. Sie kannten sich vielleicht noch nicht lange, aber es war unschwer zu erkennen, dass Juno etwas bedrückte. Silka begleitete sie bis zum Tor, wo Akko wie üblich wartete und erleichtert aufschaute, als er sie endlich näherkommen sah. Als die beiden Frauen ihn schließlich erreichten, verabschiedete Silka sich mit einer Umarmung von Juno. Doch die nickte ihr bloß stumm zu, ohne sie direkt anzusehen. Offenbar wollte sie niemandem in die Augen sehen und von niemandem gesehen werden.

»Soll ich mit dir mitkommen, Juno? Ich kann die Chorprobe absagen«, bot die dunkelhäutige Freundin Juno an.

»Nein, Silka. Geh zur Probe.«

»Na schön, ich rufe dich später an, ja?« Juno nickte und Silka ging.

Akko legte die Stirn in Falten. »Ist etwas vorgefallen?«, fragte er, während sie den Schwebebahnen entgegengingen.

Vielleicht hätte Juno ihm von ihrer Begegnung mit Shi Kamika berichten sollen. Aber sie fühlte sich kraftlos und verwundet. Vermutlich würde auch niemand ihre Reaktion verstehen, ohne dass sie die ganze Geschichte erzählen musste. Das war nun wirklich das Letzte, was sie wollte.

»Es geht mir gut. Gehen wir.«

Akko musste große Schritte machen, um mit ihr mithalten zu können. Er gab es bald auf sie mit Fragen zu löchern oder heitere Anekdoten aus dem Regentenhaus zu erzählen, auf die sie nur mit einem gedankenverlorenen Nicken reagierte. So verbrachten sie den Heimweg schweigend nebeneinander und sie protestierte nicht einmal, als Akko ihr über das lockige Haar strich. Sie war nicht wirklich anwesend.

Sie gingen durch das Tor zur Bibliothek und Juno flitzte geradewegs ums Haus zum Hintereingang, der sie direkt in den privaten Bereich der Bibliothek bringen würde. Sie öffnete flink die Haustür und hatte den Fuß schon auf der ersten Treppenstufe, als Akko ihre Hand zu fassen bekam. Sie schaute ihn wartend an und er biss sich nervös auf die Zunge.

»Was ist?«, fragte sie ungeduldig.

»Wir müssen etwas miteinander besprechen, Juno.«

»Ein andermal, Akko, in Ordnung?« Sie hörte sich genauso ausgelaugt an, wie sie sich fühlte.

»Hast du ein Verhältnis mit Shi Erigen?«, platzte es dennoch plump aus ihm heraus.

»Wie bitte?«, fragte Juno schnippisch. Offenbar interessierte sich heute jeder für sie und Shi Erigen. Das hatte ihr gerade noch gefehlt. »Hast du noch alle Sinne beieinander?«

»Es tut mir leid, ich weiß das geht mich nichts an, aber ich muss es wissen.«

»Worauf läuft das hier hinaus? Du machst mich nicht gerade an, oder?«

»Nein!«, rief er und gestikulierte abwehrend mit den Händen.

»Warum fragst du dann nach Shi Erigen?« Sie entzog ihm ihre Hand und schaute ihren Nicht-Cousin verdrießlich an.

»Du solltest vielleicht mit ihm ausgehen.«

»Was?«, schnappte sie laut zurück und stemmte die Hände in die Hüften. »Der Kerl ist ein Weiberheld! Wer würde denn mit so jemandem ausgehen wollen?«

»Er ist ein Wächter. Du wärst bei ihm sicher.«

»Akko, hast du wieder getrunken?«

»Nein. Hör zu, es ist wegen meinem Freund Djakal. Es wäre gut, wenn er sieht, dass du mit jemandem zusammen bist, verstehst du?«

»Nein, tue ich nicht. Ich kenne Djakal doch überhaupt nicht.«

»Aber er kennt dich.«

»Wir haben uns nie getroffen.«

»Das ist doch unwichtig! Ich habe ihm von dir erzählt und er hat dich mal sehen wollen. Hätte ich geahnt, dass ...« Juno unterbrach ihn mitten im Satz.

»Lass uns das einfach mal gleich klarstellen, ich habe nämlich gerade völlig andere Probleme. Mir ist egal welches Interesse du, Shi Erigen oder dein komischer kleiner Freund an mir haben, klar? Es interessiert mich nicht im Geringsten. Es könnte mir egaler wirklich nicht sein.«

Akko biss sich auf die Unterlippe. Darüber würde Djakal bloß müde lachen. Sein Freund war hartnäckig, wenn er sich erst einmal auf jemanden eingeschossen hatte. »Es wäre wirklich gut we...«

»Überspann den Bogen nicht!« Sie hob mahnend den Finger und rauschte die Treppe rauf. Falls er sich in sie verguckt hatte, dann hatte er eine sehr merkwürdige Art das zu zeigen. Sie bezweifelte, dass Djakal sie schon einmal gesehen hatte. Es sei denn, der Kerl versteckte sich gerne in irgendwelchen Häusergassen, um die Cousinen seiner Freunde auszuspionieren. Wie es allerdings in Akkos Plan passen sollte, sie zu umwerben, indem er sie auf Shi Erigen ansetzte, das entzog sich ihrer Logik. Andererseits, wann ergaben Männer schon einmal Sinn?

»Was ist denn hier los?«, fragte Bramas, der gerade um die Ecke gebogen kam und nur noch einen kurzen Blick auf Junos Rücken erhaschen konnte. »Man hört euch bis in die Haupthalle streiten!«

Akko starrte dem Echo ihres Bildes nach. »Sie hat irgendwas und möglicherweise habe ich es gerade schlimmer gemacht.«

»Junge, ...«, setzte Bramas an, entschied sich dann aber gegen jedes weitere Wort.

Juno schloss derweil die Türe hinter sich, warf die Tasche auf ihr Bett und setzte sich vor ihren Arbeitstisch. Sie dachte und dachte und dachte und konnte sich schon im nächsten Augenblick nicht mehr daran erinnern, woran sie gedacht hatte. Sie zog die Schublade ihres Schreibtischs auf und holte ihren Handspiegel hervor. Sie legte ihn auf den Tisch und starrte hinein. Ihr Gesicht starrte ausdruckslos und schweigsam zurück. *Wie zwei leere Gefäße.* Ihre Augen waren wirklich leer. Sie waren ungewöhnlich blass, und wären ihre Pupillen nicht schwarz und ihre Iris von einem dünnen dunkelgrauen Ring umzogen, dann wären ihre Augäpfel nicht mehr als weiße Kugeln. Zuhause, auf der Erde, hatte sie farbige Kontaktlinsen getragen und so beinahe vergessen, wie unangenehm ihr die fast farblosen Augen waren. Jedem, der sie sah, waren Junos *leere Augen* unheimlich. Zu oft hatte sie die entsprechenden Kommentare dazu gehört und die verhassten Blicke gesehen, bevor sie anfing, Kontaktlinsen zu tragen. Ihre Schlagfertigkeit half Juno nicht dabei, die Scham, die sie empfand, abzulegen. Hier auf Brïn gab es keine Kontaktlinsen. Die Menschen hatten Magie. Wenn ihnen etwas an sich selbst nicht gefiel, dann änderten sie es mit einem einfachen Zauberspruch. Es war typisch, dass Juno diese Möglichkeit verwehrt blieb. Andererseits hatte sie diese besondere Möglichkeit bisher aber auch nicht vermissen müssen. Ihre Augenfarbe, oder vielmehr das Fehlen einer solchen, schien den Brïnae überhaupt nicht weiter aufzufallen. Bis jetzt.

Es war keine Frage der Eitelkeit, weshalb Shi Kamikas Worte so schwer über Juno hingen. Denn Tatsache war, sie hatte die Augen ihres Vaters geerbt. Dieselben leeren Augen.

Wir alle sind leere Gefäße, kleine Juno, und wir brauchen Träume, die uns ausfüllen. Als Kinder haben wir mehr Träume, als wir fassen können. Aber du musst sie festhalten, mein Engel, sonst fliegen sie dir eines Tages davon.

An die Stimme ihres Vaters erinnerte sie sich längst nicht mehr. Es war beinahe zwanzig Jahre her, dass sie ihn zuletzt hatte sprechen hören, und egal, was sie in Filmen und Büchern behaupteten, man vergaß die Stimme geliebter Menschen genauso schnell wie irgendeine andere. Die Erinnerung hatte keine Stimme.

In ihrer Erinnerung sah sie ihren immer ruhigen Vater, der ihr jeden Morgen und jeden Abend das Haar kämmte und ihr Geschichten vorlas, bis sie einschlief. Den Vater, der ihre Schürfwunden küsste und ein Pflaster darauf klebte, der ihr das Schwimmen beibrachte und der sie durch die Luft fliegen ließ, wie ein Flugzeug. Ihr Vater, der alleine in seinem Zimmer saß, wenn sie sich spät aus dem Bett schlich und dem Lichtkegel im Flur folgte. Der Vater, der mit gebeugtem Rücken das Gesicht stumm in den Händen verbarg. Eine gebrochene, schmale Gestalt.

Wir alle sind leere Gefäße, kleine Juno.

Es war viel Zeit vergangen, bis Juno endlich verstanden hatte, was ihr Vater ihr damit sagen wollte und warum er kurz darauf zu der Entscheidung gekommen war, seinem Leben ein Ende zu setzen. Sie hatte erst älter werden müssen, um es verstehen zu können. Sie hatte lernen müssen, dass Träume nicht in Erfüllung gingen. Ganz gleich, wie hart man für sie kämpfte. Dass erst die Überzeugungen starben, dann der Glaube und zuletzt auch die Hoffnung. Am Ende blieb nur die Realität, die manchmal härter war, als ein Mensch dauerhaft ertragen konnte. Juno spürte die Leere, von der ihr Vater gesprochen hatte, selbst. Tag für Tag ein wenig stärker. Manchmal machte sie ihr Angst. Die Leere war schuld daran, dass ihr Vater zerbrochen war. Sein Leben lang schien er auf der Suche nach etwas gewesen zu sein, das er nicht verstehen und nicht finden konnte. Würde es ihr eines Tages auch so ergehen? Sie kämpfte seit Jahren mit diesen Erinnerungen und Ängsten, steckte eine Enttäuschung nach der anderen ein und kämpfte sich doch jeden Tag weiter vorwärts. Und jeden Tag vergaß sie ein bisschen mehr, weshalb sie sich so abmühte.

Dann war sie durch die Pfütze gefallen.

Von da an war Juno viel zu sehr damit beschäftigt gewesen, sich Gedanken über ihre Rückkehr zu machen. Als Gestrandete musste sie plötzlich lernen zu akzeptieren, dass ihr Zuhause nicht mehr existierte. Ihr bisheriges Leben war ausgelöscht worden. Doch es war ihr erstaunlich leichtgefallen, das hinzunehmen, nachdem sie den ersten Schock überwunden hatte. Ihr Dank galt vor allem Meister Bramas, der sie mit einer Fürsorge aufgenommen hatte, die sie seit dem Tod ihres Vaters vermisste. Statt zwischen zwei Jobs hin- und herzuspringen, die ihr gerade genug einbrachten, um nicht zu verhungern oder auf der Straße schlafen zu müssen, konnte sie nun studieren und sich überlegen, welcher Tätigkeit sie einmal nachgehen *wollte*. Die Möglichkeiten, die sich dadurch ergaben, waren so unglaublich, dass Juno das alles noch immer für einen Traum hielt. Es fiel ihr sehr viel schwerer, an ihre vielfältigen Möglichkeiten zu glauben, als an die Existenz wahrer Magie. Ihr Vater hätte Brïn geliebt.

Sie gestand sich ein, dass sie ihre Ankunft auf dieser Welt als eine neue Chance betrachtete. Eine Chance darauf, wieder Träume haben zu dürfen, die sie sich nach zu vielen Enttäuschungen verboten und letztlich verdrängt hatte. Und nun kam die Shi, die sie so unzutreffend als mutige Heldin und Beschützerin Brïns idealisiert hatte, die sie unbewusst im Geiste verteidigt hatte, wenn sie in den Nachrichten wieder einmal verdächtigt wurde, und wählte exakt jene Worte ihres Vaters. Shi Kamika hätte ihr auch gleich eines ihrer Messer in die Brust stoßen können, das wäre gnädiger gewesen.

Eine einzelne Träne rollte an ihrer Nase entlang und fiel auf den Spiegel, doch das Gesicht darin blieb reglos. Juno strich mit dem Finger durch den Tropfen. Eine schimmernde Welle rollte über die Oberfläche. Junos Lieblingsmärchen als Kind war immer ›Schneewittchen‹ gewesen. Ihr Vater hatte es ihr unzählige Male vorlesen müssen. *Haut so weiß wie Schnee, Lippen so rot wie Blut und Haar, so schwarz wie Ebenholz.* Niemand interessierte sich für Schneewittchens Augenfarbe, niemand hänselte sie deswegen.

»Spieglein, Spieglein, an der Wand«, sagte sie gedankenverloren und spielte dabei mit der Fingerspitze in dem Tränenwasser, »wer ist die Schönste im ganzen Land?«

Der Spiegel begann hell zu leuchten und Juno blickte verwundert hinein. Das Licht wurde schnell wieder schwächer und ein Bild formte sich auf der Oberfläche. Juno beugte sich dichter über den kleinen Spiegel und wartete darauf, dass das Bild klare Konturen annahm. Doch im Spiegel tauchte plötzlich Shi Kamika auf, die sich offenbar gerade die Schuhe anzog und nun überrascht in Junos Richtung aufblickte. Juno japste erschrocken und wischte mit einer schnellen Bewegung über die flüssige Oberfläche des Spiegels. Shi Kamika verschwand, die Oberfläche verfestigte sich wieder. Juno warf den Spiegel zurück in die Schublade, stieß sie hektisch zu und sprang gleichzeitig von ihrem Schreibtisch zurück. Was war da gerade passiert? Wie hatte sie das gemacht? Und hatte Shi Kamika sie erkannt? Sie schlang die Arme um sich selbst und kaute nervös auf ihrer Unterlippe herum. Ihr Herz klopfte aufgeregt in ihrer Brust. Magische Spiegel waren so unberechenbar.

Nur Minuten später flog ein Schatten an ihrem Fenster vorbei. Der Schrei eines Vogels, eines großen Vogels, schnitt durch die gewohnten Geräusche der Stadt. Juno sah auf und ging zum offenen Fenster. Sie suchte den Himmel nach einem Greif ab, doch da war nichts als blauer Horizont. Dann hörte sie ein Scharren und sie schaute nach unten. Im Hof saß der massive Körper eines Greifs mit schneeweißem Gefieder. Auf dem Rücken trug er einen leichten, goldfarbenen Sattel. Doch von seinem Reiter fehlte jede Spur. Der Greif hockte sich mit einem entschlossenen Rumpeln, fern jeder Eleganz, auf das Gesäß und putzte sich seine hinteren Pranken. Er schnatterte gelegentlich, als würde er lachen, und warf die abgenagten Stücke seiner Krallen schwungvoll durch die Gegend. Neugierig geworden blickte Portos Juno über die Schulter und fauchte herzhaft, ehe er mit gesträubtem Fell unter den Tisch sprang und sich dort versteckte. Junos trübe Stimmung war schlagartig verflogen. Ihr Herz raste vor Aufregung. Ein Greif! Ein echter Greif in ihrem Hinterhof!

Kapitel 25: Ein Hausbesuch

Brïn im Thargel 11'384 n. S.

Eydwall, Ideris

Kamika sprang von Taris Rücken, noch bevor das Greifweibchen vollständig im Hinterhof der Bibliothek aufgesetzt hatte. Sie eilte um das Gebäude herum und durchschritt die massive Tür. Dann stand sie in der großen Halle und schaute sich ungeduldig um. Sie wusste nicht, wo sie nach der jungen Frau suchen sollte. Der Wind fing Junos Signatur irgendwo in den oberen Etagen auf, doch hier in der Bibliothek war die Aura der jungen Brïnai praktisch überall spürbar, so dass es Kamika schwerfiel ihren genauen Standort zu bestimmen.

»Hallo?«, rief sie kurzerhand in die Stille und mehrere Köpfe wandten sich ihr mit strafendem Blick zu. Genauso schnell änderte sich der Ausdruck ihrer Blicke, als sie sahen, dass dort eine Shi stand. Die Besucher begannen aufgeregt zu tuscheln und wirkten plötzlich sehr heiter. Meister Bramas entging der wachsende Geräuschpegel nicht und so kam er bald selbst in die Haupthalle gelaufen. Als er die Wächterin erblickte, stand er für einen Moment still da, und versuchte sein Unbehagen zu verbergen.

»Shi Kamika«, sagte er in einem nervösen Ton, der Kamikas Nerven strapazierte. »Was führt dich hierher?«

Der Wächterin war nicht nach höflicher Plauderei. Sie musste mit Juno reden. Jetzt. »Deine Nichte. Kin Juno.«

Bramas leckte sich die Lippen und rieb sich die Hände. Ein jüngerer Mann gesellte sich zu dem Bibliothekar, sagte aber nichts.

»Was ist mit ihr?«, fragte Bramas.

»Ich muss mit ihr reden.«

»Sie ist heute etwas misslaunig.«

»Ja, Meister Bramas. Ich traf sie vorhin und habe wohl etwas Dummes gesagt. Ich bin hier um mich bei ihr zu entschuldigen.«

»Du hast sie getroffen?«

Die übertriebene Besorgnis in der Stimme des Bibliothekars, nagte weiter an Kamikas ruhiger Fassade.

»Sie lungerte bei den Jägern herum.« Der Mann hinter Bramas gab einen mürrischen Laut von sich. Die Wächterin sah ihn forschend an und eine eisige Welle der Verachtung schlug ihr entgegen. Offenkundig war er keiner ihrer Bewunderer.

»Ich bin sicher, was du auch gesagt hast, es war nicht so schlimm, wie du glaubst, Shi. Ich werde ihr ausrichten, dass du da warst.« Bramas machte sich daran Kamika freundlich aber unmissverständlich hinauszugeleiten. Die Luft um sie herum begann zu knistern, was dem Bibliothekar keinesfalls entging. Die Blätter raschelten auf den Tischen der Besucher und sie legten schnell eine Hand auf die losen Zettel, bevor diese sich davonmachen konnten.

»Meister Bramas«, sagte Kamika ernst und unbeweglich wie eine Steinsäule, »ich möchte mit ihr sprechen, und wenn sie mich nicht selbst aus der Tür wirft, dann werde ich hier stehenbleiben und warten, bis ich mit ihr reden durfte.«

Bramas schluckte und ging seine Möglichkeiten in Gedanken durch. Shi Kamika war eine sehr unnachgiebige Frau. Er wusste, sie meinte es genauso, wie sie es sagte, und ohne unangenehmes Aufsehen zu erregen, würde er sie nicht von ihrem Vorhaben abhalten können. »Wenn das so ist, dann folge mir bitte.«

»Vater!«, protestierte der Jüngere. Kamika warf ihm einen tödlichen Blick zu und der Mann verstummte widerwillig. Sie hasste diese Reaktionen und würde sich nie daran gewöhnen.

Die Tür sprang sofort auf, als Bramas anklopfte. Kamika erhaschte einen kurzen Blick auf einen Kopf mit schwarzbraunen Locken, der wie ein kleiner Wirbelwind auf das Fenster zustürmte.

»Bramas! Sieh dir das an! Da steht ein Greif! In unserem Hof! Das ist das Großartigste, was ich je gesehen habe. Schau dir sein Gefieder an und das glänzende Fell! Aus der Nähe sind sie um einiges größer, als ich geglaubt habe.« Juno hatte ausschließlich Augen für das außergewöhnliche Tier und nahm nur bedingt wahr, wie Bramas vorsichtig in ihr Zimmer eintrat. »Hast du schon einmal einen Greif aus solcher Nähe gesehen, Bramas? Ach natürlich hast du das!«, rief sie aufgeregt und plapperte wie ein Wasserfall jeden Gedanken aus, der ihr in den Sinn kam.

»Juno ...«

»Weißt du, wem er gehört, Meister Bramas?«

»Juno ...«

»Diese Pranken!«, sie lachte beeindruckt. »Mit denen möchte ich wirklich nicht kuscheln.«

»Ihr Name ist Tari und ja, mit ihren Klauen und Pfoten sollte man tunlichst nicht *kuscheln.*«

Juno erstarrte auf dem Fenstersims und sagte nichts mehr. Diese Stimme. Sie schaute über ihre Schulter zurück und jeder Muskel in ihr spannte sich. Die Shi sah sie direkt an, Juno starrte kalt zurück.

»Shi Kamika ist gekommen um mit dir zu reden.«

»Ich will aber nicht mit ihr reden«, antwortete sie dem Bibliothekar bitter und drehte sich wieder zum Fenster um.

»Bleib bitte höflich, Liebes«, sagte er und hörte sie verächtlich grunzen. Juno war egal, ob sie einer Wächterin gegenüber nicht den angemessenen Respekt zeigte und ihr war egal, dass sie Shi Kamika vielleicht ihr Leben verdankte – auch, dass sie sich wie ein schmollendes Kind benahm.

»Schon gut«, sagte die Shi sanft, »ich habe es nicht besser verdient. Würdest du uns bitte einen Moment alleine lassen, Meister Bramas?«

Der Mann zögerte und warf Juno einen besorgten Blick zu.

»Bei den Adern, Mann! Was ist eigentlich mit euch los? Ich werde sie nicht gleich in Stücke reißen!«, fluchte Kamika, für die Geduld keineswegs eine Tugend war. Sie sah, wie der Bibliothekar vor Schreck zuckte. »Hier«, sie zog die beiden Dolche schwungvoll aus ihrem Gürtel und machte zwei große Schritte auf Juno zu.

»Shi!«, rief Bramas empört.

Juno fuhr herum und sah die Wächterin mit den gezogenen Dolchen. Sie sprang vom Fenstersims, ballte die Hände zu Fäusten und fixierte die Frau vor sich mit einem wütenden Blick. Kamika knallte die Dolche ebenso wütend neben Juno auf den Tisch und trat wieder zurück.

»Sehe ich so dumm aus, als würde ich dich vor aller Augen abstechen? Ich will nur mit dir reden!« Sie sah Juno in die farblosen Augen. »Ich bin keine Mörderin, verdammt noch mal.« Juno blickte von Kamikas Dolchen zu der Shi und studierte sie lange Sekunden. Dann entspannten sich ihre Gesichtszüge und sie atmete einmal tief durch.

»Ist schon gut, Bramas. Wir kommen zurecht.«

»Ich bleibe in der Nähe«, sagte der Mann und wandte sich zu Kamika um. »Ich will später weder ein gekrümmtes Haar, noch ein gebrochenes Herz vorfinden, Shi Kamika«, sagte er leise zu der Wächterin, bevor er das Zimmer mit einer steifen Verbeugung verließ und die Tür hinter sich zuzog.

Kamika fühlte die Wut in sich aufsteigen und kämpfte sie zurück. Sie schloss für einen Moment die Augen und zwang sich zur Ruhe. Sie hatte beinahe vergessen, dass der Bibliothekar vielleicht gar nicht wegen der Morde so nervös auf Kamika reagierte. Sie wusste nicht, was schlimmer war. Der Makel, der seit Kin Merles Ermordung an ihr haftete oder die Warnungen, die Eltern ihren Töchtern zuraunten, wenn Kamika ihnen zulächelte. Als ob diese Frauen nicht fähig wären, ihre eigenen Entscheidungen zu treffen.

»Willst du dich setzen?«, fragte Juno plötzlich und riss Kamika damit aus den Gedanken. Sie zeigte auf den kleinen Sessel neben dem vollgestopften Regal. »Du kannst ihn haben. Ich setze mich aufs Bett, wenn es dich nicht stört.«

»Natürlich nicht«, antwortete die Shi. Sie ließ sich lässig im Sessel nieder und beobachtete die junge Brïnai dabei, wie sie sich im Schneidersitz auf das Bettende platzierte. Die kleine flauschige Katze sprang sofort zu Juno auf den Schoß und rollte sich umgehend auf den Rücken. »Es gibt nicht viele Katzen auf Brïn. Sie scheinen sich auf Terra wohler zu fühlen als hier. Wie bist du an sie gekommen?«

»Portos war ein Streuner. Er ist mir vor etwa zwei Jahren zugelaufen.« Sie rieb dem Tier den Bauch und lächelte, als der Kater zufrieden zu schnurren begann und mit den Pfoten die Luft trat. Das Geräusch erfüllte den kleinen Raum mit Ruhe und Wärme. »Also, warum bist du hier, Shi Kamika?«, fragte Juno geradeheraus. Es war besser, dieses Gespräch so kurz wie möglich zu halten.

»Um mich bei dir zu entschuldigen. Für das, was ich vorhin gesagt habe. Es war nicht böse gemeint. Aber du hast mir keine Zeit gelassen es zu erklären.«

»Dafür hättest du nicht herkommen müssen. Es gibt nichts, was du erklären müsstest.«

»Doch, das muss ich. Es sind sehr ungewöhnliche Augen. Ich habe noch nie welche wie deine gesehen. Aber sie sind schön. Meine Wortwahl allerdings war schlecht.« Kamika sah, wie sich die Wangen der Frau vor ihr ganz leicht röteten und sie musste sich ein hoffnungsvolles Lächeln verkneifen. Sie bewegte etwas in der Studentin und trotz Bramas' Warnung gefiel ihr das. Sie konnte eben doch nicht ganz aus ihrer Haut.

»Du sagtest, sie sehen aus wie«, Juno stockte, »wie leere Gefäße.«

»Das war furchtbar. Das habe ich jetzt verstanden und ich entschuldige mich dafür. Ich wollte dich nicht beleidigen. Es tut mir leid, wirklich. Ich bin vorher noch nie einem ›Kind von Brïn‹ begegnet und hatte die Bedeutung dieser Worte einfach vergessen.«

Juno schaute auf. »Aber ich bin kein ›Kind von Brïn‹. Ich bin eine Lyre, sagt Shi Lorden.«

»So? Aber dann ... Jetzt bin ich verwirrt.«

»Es ist nicht wichtig. Für deine Entschuldigung danke ich dir, aber eigentlich hat es nichts mit dir zu tun. Du bist in ein Fettnäpfchen getreten, das ist alles. Entschuldige, dass ich so grob zu dir war.« Juno konzentrierte sich wieder auf den flauschigen Bauch ihres Katers und die Stille zwischen den beiden Frauen hing schwer wie eine dunkle Wolke über ihnen.

Die Shi wollte wissen, was genau der Lyre auf dem Herzen lag. Doch sie sah noch immer den Kummer auf dem lieblichen Gesicht und beschloss, dass sie für heute genug Unheil angerichtet hatte und die Frage zurückstellen musste. »Warum warst du heute beim Trainingslager der Jäger?«, fragte sie stattdessen.

»Neugier. Ich habe den Einführungstermin verpasst.«

»Du weißt, dass du als Lyre keine Jägerin werden kannst, oder?«

»Darum ging es mir nicht. Ich wollte sie mir nur einmal ansehen, schauen, was ich versäume.«

»Bist du etwa enttäuscht darüber?«

»Es hätte mir gefallen eine Jägerin zu werden«, sagte Juno und zuckte mit den Schultern. »Vielleicht versuche ich es stattdessen bei den Blauröcken.«

»Du bist noch nicht lange auf Brïn. Wenn du erst einmal mehr über die Skrae gelernt hast, wirst du sicher froh sein, dass du eine Lyre geworden bist und keine Jägerin.«

Juno grunzte unzufrieden.

»Ja, ja, ich weiß!«, maulte sie verärgert. »Es ist so entsetzlich gefährlich und ich bin ja so zerbrechlich! Ein Wunder, dass ich mir nicht längst das Genick unter der Dusche gebrochen habe!«

Kamika beobachtete sie einen Moment lang schweigend. Sie lachte knapp und schüttelte den Kopf. *Zerbrechlich* hatte man sie selbst vor sehr langer Zeit auch genannt. »Die Quelle muss sich für eine Komikerin gehalten haben, als sie aus dir eine Lyre machte. Zeig mir deinen Stundenplan.«

Nun sah Juno von Portos auf. »Wozu?«

»Mach schon, bevor ich es mir anders überlege.«

Juno zog ihre Tasche zu sich und kramte ihren Kursplan heraus. Sie reichte ihn Shi Kamika und die Wächterin schnappte ihn sich mit einer schwungvollen Bewegung. Nachdem sie ihn einen Moment mit grübelndem Ausdruck überflogen hatte, nahm sie einen Stift vom Tisch und markierte etwas. Dann reichte sie Juno den Plan zurück. »Hier. Komm in der Freistunde zum Trainingsplatz. Wenn du willst, führe ich dich herum und zeige dir alles.«

Juno schaute von ihrem Plan zu der Wächterin. »Wirklich? Hast du nicht wichtigere Dinge zu tun, als eine neugierige Studentin zu betreuen?«

»Mordpläne schmieden vielleicht?« Die Wächterin stieß erneut ein kurzes Lachen aus, als Juno die Augen zu missbilligenden Schlitzen zusammenkniff, und erhob sich. Sie sollte sich ihren Galgenhumor vielleicht für bessere Momente aufheben, befand Kamika.

Juno stand ebenfalls auf und ging mit ihr zur Tür. »Warte!«, rief sie und lief zurück zum Schreibtisch, wo die Wächterin ihre herrlich verzierten Dolche hatte liegen lassen. Juno nahm sie achtsam hoch und bemerkte sofort das solide Gewicht der Waffen und die überaus scharfen, beidseitig geschliffenen Klingen. Vorsichtig reichte sie sie Shi Kamika.

»Wo habe ich nur meinen Kopf?«, murmelte die Shi und nahm die Dolche in Empfang. Ihre Fingerspitzen streiften dabei ganz kurz die der Lyre und sie spürte eine elektrische Entladung durch ihren Körper sausen. Kamika ließ sich nichts anmerken und schob die Klingen geschickt und geschmeidig in ihren Waffengürtel. Dann reichte sie Juno die Hand zum Abschied und sie sahen sich einen Moment lang verlegen an. Kamika straffte plötzlich ihre Schultern und schaute der trotzigen Lyre herausfordernd in die Augen. Die wiederum versuchte den Blick abzuwenden. »Du solltest dich nicht für sie schämen.«

»Leicht gesagt, wenn man Augen wie deine hat«, gab Juno zurück.

Kamika schmunzelte. »Deine Komplimente gehen auf ebenso wackeligen Beinen wie meine.« Sie zwinkerte und ihr Daumen strich der jungen Frau mit einer unerwartet liebevollen Geste über die Wange. Ein Prickeln breitete sich in Junos Gesicht aus und sie spürte etwas Kühles und Schmeichelndes. Ein seltsam flüchtiges Gefühl. Ein Hauch von Nichts. Dann war Kamikas Hand ganz abrupt fort und die Wächterin öffnete die Tür, um zu gehen.

Im Gang stand Akko mit verschränkten Armen gegen die Wand gelehnt und wartete. Oder lauschte. Der Ausdruck auf seinem Gesicht war einer von denen, die Juno immer wieder als befremdlich empfand. Sie konnte deutlich sehen, dass er sich anstrengen musste, um Ruhe zu bewahren. Sie zwang sich, gelassen zu bleiben.

»Was machst du denn hier?«

»Aufpassen.«, brummte der Mann und fixierte Kamika mit seinem bohrenden Blick.

»Darum hat dich niemand gebeten«, tadelte Juno gereizt.

»Ich geleite Shi Kamika für dich hinaus«, erwiderte er gleichgültig. Manchmal erkannte Juno ihn kaum wieder.

»Wir sehen uns morgen, Hübsche.« Sie sagte es in einem allzu verschwörerischen Ton, der seine Wirkung nicht verfehlte, und rauschte davon. Akko warf Juno einen schockierten Blick zu, ehe er hinter der Wächterin hereilte.

Juno musste grinsen. Die Wächterin war schnell wie der Wind, was vermutlich genau der Punkt war. Sie schloss die Tür, als Kamika und Akko außer Sicht waren und lief zurück zum Fenster. Nur wenige Momente später kam Kamika um die Hausecke gebogen und sprang behände auf den Rücken ihres Greifs.

»Bis morgen!«, rief Juno zu ihr herunter und kam sich augenblicklich mächtig kindisch vor. Aber die Shi schaute mit einem fröhlichen Ausdruck zu ihr hinauf und griff nach den Zügeln.

»Sieh mal in den Spiegel! Der Zauber verblasst in spätestens zwei Tagen. Bis dahin kannst du dir überlegen, ob es dir gefällt.«

»Zauber? Was für ein Zauber?«

Aber die Shi sagte nichts mehr, sondern pfiff einmal kurz durch die Lippen, woraufhin ihr Greif sich erhob, mit einem kraftvollen Satz in die Luft sprang und weit über dem Dach der Bibliothek die gewaltigen Flügel spannte. Juno sah den beiden fasziniert und beeindruckt nach, bis sie nur noch ein dunkler Punkt in der Ferne waren. Dann zog sie ihren Spiegel aus der Schublade und sah hinein. Plötzlich begriff sie, was das Prickeln in ihrem Gesicht zu bedeuten hatte, denn ihre Augen leuchteten in einem intensiven nachtblauen Farbton. Die gleiche Färbung, die sie in Shi Kamikas Iriden gesehen hatte. Sie lachte laut und rief ein herzhaftes Danke in die Ferne, das ihr lediglich verwunderte Blicke der Passanten auf der Straße einbrachte. Aber sie scherte sich nicht im Geringsten darum, ob man sie für wunderlich hielt. Sie war verzaubert worden. Buchstäblich.

»Das kann nicht dein Ernst sein!«, protestierte Akko. Er stand wie ein Stier mit blähenden Nüstern im Türrahmen und hatte die Hände in die Hüften gestemmt.

»Wie bitte?« Juno wandte sich zu ihm um und legte die Stirn in Falten.

»Shi Kamika! Du kannst dich nicht ernsthaft mit ihr verabredet haben!«

»Ich verstehe dein Problem nicht. Es ist doch wohl meine Sache, was ich in meinen Freistunden mache.«

»Nicht, wenn du vorhast, sie mit Shi Kamika zu verbringen!« Er raufte sich die Haare und lief wütend in ihrem Zimmer auf und ab.

»Und was ist daran so schlimm? Neulich wolltest du noch, dass ich mich mit einem Shi anfreunde.«

»Shi Erigen, nicht Shi Kamika!«

»Wo ist der Unterschied? Sie ist nett!«

»Ach, nett!«, schimpfte er weiter vor sich hin. »Sie ist eine Lügnerin und eine Heuchlerin. Nicht zu vergessen, eine Mörderin!«

»Das ist nicht wahr, Akko. Sie hat niemanden getötet.«

»Du weißt nicht, wovon du redest. Du musst dich von ihr fernhalten.«

Juno schüttelte entnervt den Kopf. »Hör zu, Akko, ich weiß, dass du dir Sorgen um mich machst. Was mit Trissa passiert ist, ist furchtbar und ich verstehe, dass du so etwas nicht noch einmal erleben willst, aber …«

»Es geht hier nicht um Trissa. Shi Kamika ist gefährlich!«

»Ich kann auf mich aufpassen.«

Nun fauchte Akko beinahe schon und brachte damit zum Ausdruck, für wie lächerlich er diese Aussage hielt. »Gegen eine Shi hättest du nicht die geringste Chance. Sie könnte dich mit einem einfachen Gedanken zerreißen.«

»Dann hoffen wir einfach mal, dass sie kein so schlechter Mensch ist, wie du mir einreden willst. Andernfalls bin ich nämlich nirgends sicher.« Damit warf Juno ihn aus dem Zimmer und verriegelte die Tür hinter ihm. Er fluchte und die Tür vibrierte einmal kräftig, als er mit der Faust dagegen knallte und ein letztes Mal ihren Namen brüllte.

»Idiot«, brummte sie und ließ sich mit einer der alten Tagebuchabschriften der zweiten Edana in ihrem Lesesessel nieder.

Kapitel 26: Bogen, Dolch & Tinte

Brïn im Thargel 11'384 n. S.
Eydwall, Ideris

Sie ließ den Pfeil zum gefühlt hundertsten Mal vom Bogen schnellen und traf einmal mehr den armen Busch weit neben der Zielscheibe. »Tja, also eine gute Schützin bist du nicht gerade«, stellte Kamika resignierend fest, nahm Juno den Bogen ab und hängte ihn zurück zu den anderen Übungsbögen.

»Ich kann einfach nicht gut zielen mit dem Ding. Aber es hat trotzdem viel Spaß gemacht. Danke, Shi Kamika.«

»Du kannst dir die förmliche Anrede gerne sparen, Hübsche.«

Juno sah sie zweifelnd an. »Sind wir jetzt so etwas wie Freunde?«, fragte sie vorsichtig.

»Da sich unsere Wege ohnehin ständig kreuzen, können wir uns auch einfach unserem Schicksal ergeben. Meinst du nicht?«, antwortete die Wächterin heiter.

»Wenn du es so charmant ausdrückst, kann ich kaum widerstehen.«

»Hat dir der Rundgang gefallen?«

»Aber ja, es war großartig! Ich hatte keine Ahnung, wozu die Jäger wirklich fähig sind. Ich habe es in den Berichten natürlich gesehen, aber da ist alles so klein und irgendwie – unwirklich. Und du kannst so etwas auch?«

»So etwas«, gab Kamika schlicht zurück und Juno hatte das Gefühl, dass sie gründlich untertrieb.

»Ich würde dich gerne einmal in Aktion erleben.«

»Lieber nicht. Du kommst mir nicht in die Nähe eines Skra«, sagte die Wächterin lachend.

»Nur mit einem Bogen bewaffnet – sicher nicht«, stimmte Juno verdrießlich zu.

»Vielleicht versuchen wir das nächste Mal etwas anderes. Mit einer Armbrust zu schießen ist einfacher.«

»Kannst du mir beibringen mit denen umzugehen?« Juno zeigte auf die Dolche in Kamikas Hüftholster.

»Nahkampf. Ausgerechnet. Das ist gefährlich. Andererseits scheint das wohl dein Stil zu sein.« Nun schaute Juno sie fragend an. »Ich habe dich gesehen, als du Erigen über die Schulter geworfen hast.«

»Oh«, gab Juno kleinlaut von sich und schämte sich ein wenig. Doch dann sah sie den amüsierten Ausdruck in den Augen der Wächterin. »Ich hatte ein paar Kurse in Selbstverteidigung.«

»Unfair, so harmlos, wie du ausschaust.«

»Das ist der Trick!«, schmunzelte Juno.

»Na schön. Wenn du möchtest, bringe ich dir bei, wie man die Dolche richtig benutzt. Aber stell keinen Unsinn damit an, klar? Es werden keine Skrae gejagt und deine Verehrer schneidest du bitte auch nicht in Stücke.«

»Da du darauf bestehst, werde ich natürlich versuchen artig zu sein.«

»Wenn ich das bloß glauben könnte.« In Kamikas Brusttasche begann es zu zirpen. Sie zog ihren Taschenspiegel heraus und sah hinein. »Es wird Zeit zurückzugehen. Sonst kommst du zu spät zu deiner nächsten Stunde.«

»Die wird deutlich langweiliger als das hier.«

»Was steht denn als Nächstes an?«

»Basiszauber bei Meister Kuri. Er ist nicht mehr so gut auf mich zu sprechen, seit ich versehentlich einen Baum in sein Klassenzimmer gepflanzt habe.«

»Einen Baum? Wie hast du den da hineinbekommen?«

»Es war eine Übung. Wir sollten eine vertrocknete Topfpflanze revitalisieren und ich habe bei der Zusammenstellung meines Zauberspruchs wohl einen winzigen Fehler gemacht. Als meine Freundin Silka ihn aussprach, wurde auf einmal ein ziemlich solider Baum daraus. Sie mussten einen professionellen Erdmagier rufen, um das Ding wieder da heraus zu bekommen.«

Kamika grinste. »Das warst du? Kassia hat uns davon erzählt. Sie hat sich köstlich amüsiert, aber sie hat mir verschwiegen, dass *du* daran beteiligt warst.«

»Sie kannte mich damals noch nicht.«

»Oh, doch.«

»Was soll das heißen? Steht sie auf mich?«, fragte Juno im Scherz.

»Kassia?« Kamika lachte kurz auf. »Nein, sie wohl eher nicht.«

»Was ist eigentlich ihre Geschichte?«

»Wie meinst du das?«

»Wieso spricht Shi Kassia nicht?«

»Das tut sie doch.«

»Nicht richtig. Nur mittels ihrer Gedankenstimme. Kann sie überhaupt richtig sprechen?«

Kamika verschränkte die Finger hinter dem Rücken und dachte einen Moment lang nach. »Sie hat keine Stimme wie du und ich. Nicht mehr.«

»Was ist passiert? War sie krank? Konnte die Magie von Brïn sie nicht heilen?«

»Kassia war nicht immer eine Brïnai. Sie stammt von Naruht.«

»Naruht. Die Greife werden dort gezüchtet, nicht wahr? Und leben dort nicht nur Frauen?«

»Richtig«, sagte Kamika. »Sie haben eine sehr feste Gemeinschaft dort. Es kommt selten vor, dass eine von ihnen Naruht verlassen will.«

»Aber Shi Kassia wollte es? Warum?«

»Tja, das darfst du mich nicht fragen. Ich hätte sicher nicht von dort weggewollt. Als ich in meinem ersten Jahr im Jägertraining war, habe ich sogar überlegt, nach Naruht zu gehen. Aber Kassia kam sich dort immer deplatziert vor. Sie war nicht wie die anderen Frauen ihrer Welt.«

»Du wolltest Brïn verlassen?«

»Es erschien mir sinnvoll.«

»Wieso bist du geblieben?«

»Die Windmagie wollte mich als neue Wächterin. Da musste ich mich entscheiden.«

»Was für ein Glück für uns andere.«

»Wenn du es sagst.«

»Und wie hat Shi Kassia nun ihre Stimme verloren?«

»Das war der Preis, den sie zahlen musste. So ist das Gesetz auf Naruht. Kassias Leidenschaft war es zu singen. Sie war sogar ziemlich gut, wenn man Erigen glauben darf. Er hat sie einmal gehört, auf einem ihrer Feste. Wie dem auch sei, die Naruhti forderten als Tribut für ihr Fortgehen Kassias Stimme.«

»Das ist ja furchtbar«, schnaubte Juno unzufrieden.

»Ich habe es anfangs auch nicht glauben wollen, aber Kassia bereut es nicht. Sie wusste immer, dass sie nach Brïn gehört.«

»Aber ihre Stimme?«

»Sie hat letztlich mehr bekommen, als sie aufgegeben hat.« Kamika zwinkerte ihrer Weggefährtin zu und führte sie über private Pfade zurück zum Universitätsgelände. Sie standen einen schweigsamen Moment lang vor dem Haupteingang. Kamika rieb sich unsicher ein Ohr und gab ein nachdenkliches Murmeln von sich. »Sehen wir uns wieder?«

Juno lächelte sie an, zog einen Stift aus ihrer Tasche und griff nach Kamikas Hand. Sie kritzelte schnell und präzise eine Abfolge von Symbolen auf den Handrücken der Wächterin. »Ich muss jetzt wirklich zum Unterricht, sonst nimmt Meister Kuri mich auseinander. Aber ruf mich nachher an, ja?« Kamika nickte und strich sich gedankenverloren über die getrocknete Tinte, während Juno in dem weitläufigen Gebäude verschwand.

Kapitel 27: Im Auge des Betrachters

Brïn im Skirophor 11'384 n. S.

Eydwall, Ideris

Die Farben strahlten intensiver als jemals zuvor. Die Gerüche waren kräftiger als jemals zuvor.

Jack lag ausgestreckt auf dem Hausdach und sah zu den Sternen hinauf, die ihn anfunkelten wie leuchtende Kristalle, obwohl es heller Tag war. Sie schienen zum Greifen nahe und er sah ganze Sternstraßen und Galaxien in der Ferne, hinter den Wolken, hinter dem feinmaschigen Planetenschild. Ein breites Lachen lag auf seinem Gesicht. Wie unglaublich schön der Blick durch die Augen der Magie war. Alles war so viel *mehr*! Die Welt drehte sich um ihn und er drehte sich mit ihr und um sie herum. Er war hier und dort und überall. Er spürte die Adern der Quelle, er sah die feinen magischen Fäden, die durch jedes lebende Ding in Eydwall und darüber hinaus flossen. Alles war verbunden, alle waren eins und Jack hatte endlich einen Weg gefunden ebenfalls eins mit Brïn zu sein. Wenigstens für eine Weile.

Er hatte sich seinen Blutvorrat sorgfältig eingeteilt und mit süßem Wein gestreckt. So ließ sich die Wirkung besser kontrollieren und länger aufrechterhalten. Inzwischen hatte er es geschafft, bis zu einer Stunde in diesem herrlichen Zustand verweilen zu können, in dem er Dinge sah, die sich so lange vor ihm verborgen hatten. Er nippte noch einmal an seiner Flasche, doch nicht einmal der kleinste Tropfen war noch darin. Er ließ sie aus seiner Hand kullern, lag reglos auf dem Rücken da, säuselte vor sich hin und sprach von Dingen, derer er sich nicht bewusst war. Jack grinste in seinem Zustand vollkommener Glückseligkeit, wo nichts und niemand ihn stören konnte.

Später, wenn der Rausch nachließ, würde er einen fürchterlichen Brummschädel haben und die Welt käme ihm wieder ein Stück blasser und lebloser vor. Dann würde er sich um sein nächstes Lämmchen kümmern müssen, denn er brauchte mehr Blut. Doch jetzt, in diesem Moment, war die Welt noch vollkommen.

Er spürte, wie sich sein erweiterter Geist langsam wieder in sich selbst zurückzog. Er flog über die Dächer Eydwalls und sah seinen eigenen Körper auf einem dieser Dächer liegen. Er wollte noch nicht zurückkehren, zurück in das Gefängnis dieses Fleischsacks. Als hätte die fremde Magie in ihm seine Gedanken gelesen, schweifte sein Bewusstsein in eine andere Richtung ab und flog durch ein offenes Fenster. Für einen Augenblick war er verwirrt, als sich seine Perspektive veränderte. Er bewegte sich durch ein kleines Zimmer, in dem sich Bücher an den Wänden und auf einem Tisch stapelten und er schien zu einem winzigen Zwerg geschrumpft zu sein, der nun nach unten blickte. Er leckte sich sein eigenes Hinterteil, das eigentlich gar nicht seines war, soweit er es beurteilen konnte, und fand das seltsamerweise alles gar nicht seltsam. Jack hatte einen pelzigen Geschmack auf der Zunge und den Geruch von Tierkot in der Nase. Er konnte allerdings nicht sagen, welche Art von Tier er gerade war, aber er spürte die Gegenwart eines anderen Geistes, eines kleinen Geistes, der sich gegen Jacks Anwesenheit sträubte. Jack kümmerte sich nicht um den stummen Protest. Er war stärker.

Nach einer Weile hörte er auf, sich die eigenen Genitalien zu lecken, denn er lauschte nun dem Geräusch einer Bewegung. Jemand anderes war bei ihm in dem kleinen Zimmer. Er drehte den Kopf und erblickte nun zwei nackte Füße, die im Zimmer umherliefen. Er hörte das weiche Summen einer Melodie und blickte höher hinauf. Die junge Frau stand ganz und gar nackt im Raum und rubbelte sich halb vorgebeugt das nasse lange Haar trocken. Ihre Brüste waren fest und die Größe passte perfekt zu ihrer Statur. Sie wackelten mit der Bewegung wie kleine prall gefüllte Wasserballons. Jacks raue Zunge schnellte heraus und er leckte sich über die pelzige Schnauze.

Die Frau beachtete Jack nicht. Warum sollte sie auch? Er war ja bloß ein Tier. Ungeniert lief sie zu ihrem Kleiderschrank und warf ein Teil nach dem anderen auf das Bett. Mit einer Haarnadel steckte sie ihre nassen Locken zu einem praktischen Knoten fest und beugte sich über ihre Kleider. Jack sprang auf das Bett, von wo aus er die Frau besser sehen konnte. Er betrachtete sie nun ganz unverhohlen und ohne Eile. Sie schien glücklich zu sein. Sie lächelte unentwegt und machte einen verträumten Eindruck. Woran sie wohl dachte?

Sie griff nach ihrer Unterwäsche und steckte ein Bein nach dem anderen in ihr Höschen. Schwarz mit einem Hauch von Spitze an den Kanten. Nicht zu provokant, aber auch nicht langweilig. Jack sah sich ihre Beine genauestens an und verfolgte den schwarzen Stoff auf seinem Weg nach oben. Er schnappte die Details ihrer intimsten Körperstellen auf und schämte sich nicht im Geringsten dafür, dass er die Frau so schamlos ausspionierte und eine mentale Notiz über jede kleine Narbe und jedes noch so versteckte Muttermal machte. Sie war schön. Nicht so mager wie Sofia. Sie hatte angenehme, weibliche Rundungen und eine gut gezeichnete Muskulatur.

Plötzlich spürte er ihre Hand auf seinem Kopf, die ihn kurz kraulte und dann gab sie ihm auch noch einen Kuss, gleich oben zwischen die Ohren. Während sie sich wieder abwandte und weiter ankleidete, erhaschte er in einem langen Spiegel in der Zimmerecke einen Blick auf sich selbst. Sein Körper war mit einer mehrfarbigen Fellschicht überzogen. Er hatte spitze große Ohren und zwei hell leuchtende gelbe Augen. Vielleicht hätte er überrascht sein sollen, aber es erschien ihm ganz normal, ein kleiner Kater zu sein. Nun wusste er zudem nicht nur, was er war, sondern auch wo und bei wem er war. Wie hatte er sie nicht gleich erkennen können?

Während er noch über diese Frage nachdachte, wurde er plötzlich aus dem fremden Körper gestoßen. Jack spürte, wie sein eigener Leib an seiner Seele zerrte und zurückverlangte, was ihm rechtmäßig gehörte.

Kapitel 28: Vier

Brïn im Skirophor 11'384 n. S.

Eydwall, Ideris

»Es ist nicht so, dass ich es ungern mache«, sagte Jack, während sie wimmernd auf dem Bett lag und langsam aus ihrer offenen Pulsader in die Flasche blutete. »Würde ich etwas Anderes behaupten, wäre das eine glatte Lüge. Aber es ist auch notwendig, nicht wahr? Irgendjemand muss euch aufhalten, bevor ihr Unschuldigen das Leben ruiniert. Wie meinem naiven Kollegen zum Beispiel, der doch wirklich glaubt, er könnte ewig verhindern, dass man erfährt, was er ist. Dabei sieht man jetzt schon die Falten, die er bekommen hat, über die letzten zehn Jahre. Irgendwann werden die Brïnae anfangen sich zu wundern, meinst du nicht?«

Er richtete den Trichter unter ihrer Hand etwas aus, damit ihr Blut besser hineinfließen konnte. Sie war bereits blind und ihre Augen ruhten in dem gläsernen Behälter in seiner Tasche. Es waren braune Augen wie die von einem Reh. Die Magie dieses Lämmchens schmeckte erdig. Jack hatte inzwischen gelernt, dass die Magie selbst unterschiedliche Geschmacksnuancen besaß, je nachdem, welches Element in dem Lämmchen am stärksten resoniert hatte. Dieses hier war eine Erdmagierin gewesen. Eine recht begabte sogar und die starke Begabung schlug sich in einer kräftigen Gewürznote in ihrem Blut nieder. Nicht zum ersten Mal fragte er sich, wie viel intensiver das Blut einer Shi munden musste. Natürlich würde er auch das bald herausfinden, doch bis dahin musste er noch immer einen guten Plan entwickeln.

»All die Macht, Lämmchen, und doch scheitert ihr immer wieder an einem charmanten Lächeln und einem liebevollen Kompliment von mir.« Er hörte, wie sie versuchte zu schreien, doch wie auch seinen Lämmchen zuvor hatte er ihr seine lähmende Tinktur eingeflößt.

Die Flasche war endlich voll und er zog sie ehrfürchtig unter ihrer Hand weg, darauf bedacht keinen Tropfen zu vergeuden. Während er die Flasche verkorkte und sicher verpackte, warf er der Frau gelegentliche Blicke zu. Sie schien nicht sterben zu wollen, obwohl das Blut weiter in einem steten Strom aus ihr herauslief. Als er seine Flasche in der Tasche verstaut hatte, lebte sie noch immer, was er mit einiger Missbilligung hinnahm. Es ging schneller, wenn er ihnen die Kehle durchschnitt, aber das war nicht praktikabel, wenn er ihr Blut abzapfen wollte. Er schaute auf seine Uhr. Sie ließ sich wirklich Zeit und er hatte keine Lust mehr noch länger zu warten. Wenn sie so sehr darauf bestand, dann sollte sie eben dabei sein. Jack ging zu ihr und kniete sich neben sie. Sie heulte leise und schwächlich in sich hinein. Immerhin, viel Leben steckte nicht mehr in ihr.

»Ich wette, du wünschst dir gerade, du wärst auf Terra geblieben, habe ich recht?« Wie zur Antwort quiekte sie in einem beißenden hohen Ton, der ihn beinahe zum Lachen gebracht hätte. Er zog sein Messer wieder hervor und trennte ihr die Bluse auf. Wo wollte er diesmal beginnen? Die Klingenspitze zog eine dünne rote Linie von ihrer Halsschlagader bis hinunter zu ihrem Bauchnabel. Die ganze Zeit über hechelte sie in Furcht und ihre Bauchdecke hob und senkte sich in schnellem Tempo unter dem reflektierenden Metall. Er ließ die Messerspitze dicht unter ihrem Bauchnabel verharren und sah ihr noch einmal in das blutverschmierte Gesicht. Er hob den Griff seiner Klinge höher und drückte die Spitze langsam tiefer. Ihre Stimmbänder vibrierten in ihrer Kehle, als das Metall durch ihre Hautbarriere glitt und sich in ihren Unterleib bohrte. Einen Moment lang fragte er sich, warum er sie nicht öfter lange genug leben ließ, damit sie an seiner Kunst noch etwas teilhaben konnten. Ihre Angst stimulierte ihn und er stellte sich vor, wie er Shi Kamika etwas Ähnliches antun würde. Wie sie hilflos und kraftlos vor ihm liegen würde und ihre stummen Schreie ausstieß. Sie sollte er wirklich so lange wie möglich bei Bewusstsein halten, bevor er ihr die Gnade zu sterben erwies. Leider war das ausgerechnet bei ihr keine Option.

Shi Kamika. Vielleicht hatte er gerade unerwartet einen Weg gefunden, um an sie heranzukommen. Allerdings verlangte das ein gewisses Fingerspitzengefühl, denn er musste eine junge Brïnai dafür involvieren. Als Lyre war sie ihm nicht ganz unähnlich. Vielleicht könnte er sie von seinem besonderen Wein kosten lassen. Er könnte ihr zeigen, wie es war, wirkliche Magie zu spüren, eins zu sein mit Brïn, nicht nur ein passiver Durchleiter für sie zu sein. Möglicherweise könnte er sie so von seiner Sache überzeugen und sie dazu bringen, ihm zu helfen. Doch er hatte seine Zweifel.

Shi Kamika hatte bereits begonnen sie um den Finger zu wickeln und er wusste durch langjährige Beobachtung der Klatschpresse, wie überzeugend die Wächterin sein musste. Die Gelegenheit allerdings war zu gut, um sie nicht zu nutzen, mit oder ohne Hilfe von der schönen Lyre, an der die Shi Interesse gefunden hatte. Falls Juno ihm nicht freiwillig helfen wollte, nun, man musste Opfer bringen für das höhere Wohl. Das war schließlich der Grund für das, was er tat. Allerdings würde er eine Menge Ärger mit ihrem Cousin bekommen, der neuerdings ohnehin immer öfter aufsässig wurde und ihm im Weg stand. Vielleicht ahnte der dumme Troll etwas von Jacks Mission, auch wenn er sich nicht recht vorstellen konnte, wie er dahintergekommen sein sollte.

Während Jack über Shi Kamika und Juno nachgedacht hatte, war sein Lämmchen endlich erloschen. Ihre Bauchdecke lag offen vor ihm und ihre durchtrennten Gedärme sonderten einen beißenden Gestank von Kot und Urin ab. Er schalt sich für seine Unachtsamkeit, während er ihre Knochen zersägte und die Organe für die Präsentation entnahm. Seit Jack Sofia getroffen und die ganze Wahrheit über Edana Zolana und Shi Kamika erfahren hatte, überkamen ihn gelegentlich Zweifel, ob seine Opfergaben noch gerecht waren. Die übrigen Wächter ahnten vielleicht nichts von dem Verrat ihrer Mitstreiterin, doch das machte es für Jack nicht leichter, seine allgemeine Unzufriedenheit über ihr Unwissen abzuschalten. Mehr als einmal hatte er sich in seinem abgelegenen Versteck über seine Schreibutensilien gebeugt und einen Brief an die Shi begonnen. Einen, in dem er ihnen die Wahrheit verriet. Doch er zerknüllte das Papier jedes Mal und warf es achtlos in die Ecke. Er konnte den Shi noch nichts sagen, nicht solange Sofia keinen Beweis fand, oder besser noch einen Weg, um die verlogene Wächterin endlich auszuschalten.

Es half alles nicht. Die Mission, war die Mission. Er musste sie fortsetzen, auch wenn ihm nicht alle Details der Umstände gefielen. Immerhin ging es mit jedem Mal schneller. Seine Routine hatte sich weiter verbessert und in Rekordzeit war alles erledigt. Er zog den Schutzanzug aus und wickelte ihn zu einem kleinen Paket zusammen, das er wie üblich in seinem Unterschlupf reinigen und lagern würde, bis der Anzug wieder gebraucht wurde. Ihn beunruhigte nicht so sehr, dass er Spuren von sich hinterlassen könnte. Sein Blut war nicht im Zentralarchiv eingelesen worden, dafür hatte sein alter Freund damals gesorgt. Zum Schutz, damit niemand erfuhr, welches Handicap Jack mit sich herumtrug. Doch nun erwiesen sich die umsichtig gefälschten Proben und Abdrücke als sehr viel nützlicher, als Jack es damals hätte vorhersehen können. Natürlich konnte er trotzdem nicht über und über mit Blut verdreckt hinaus auf die Straßen gehen. Zumindest nicht auf Brïn.

Er nahm seine Tasche und warf sie sich über die Schulter, ließ noch einen letzten prüfenden Blick über die Szenerie gleiten, zog die Kapuze tief ins Gesicht und verschwand lautlos durch die Tür.

Kapitel 29: Von Fall zu Fall

Brïn im Skirophor 11'384 n. S.

Eydwall, Ideris

»Mir ist zu Ohren gekommen, dass du dich mit Shi Kamika herumtreibst«, meckerte Sofia beleidigt.

»Bei dir klingt es, als hätte ich versucht, das geheim zu halten. Was stört dich daran?«, gab Juno etwas gleichgültig zurück. Sie mochte es nämlich ziemlich gern, Zeit mit der Wächterin zu verbringen, und was Sofia davon hielt, kümmerte sie nicht allzu sehr.

»Ich will nicht, dass du dich weiter mit ihr triffst.« Die Edana stand nun selbstgefällig im Zimmer. Juno sah endlich zu ihr hoch und legte den Stift ab.

»Wie bitte?«

»Du hast mich schon verstanden.«

Die Ältere schaute Sofia sekundenlang ausdruckslos an. »Du schreibst mir nicht vor, mit wem ich befreundet sein darf, Sofia.«

»Shi Kamika ist *meine* Wächterin und ich bin die Edana. Wenn ich sage, dass ihr euch nicht mehr trefft, dann trefft ihr euch nicht mehr«, sagte sie fest.

»Traust du dich auch mit Kamika so zu reden?«, fragte Juno gereizt und erntete das erwartete Schweigen von dem Mädchen. Juno hatte es schon immer gehasst herumkommandiert zu werden. Selbst wenn sie Kamika nicht so sehr gemocht hätte, wie sie es tat, wäre sie nach einer Anordnung wie dieser rebellisch geworden. Juno fühlte sich schlicht und ergreifend zu alt, um sich von einem Kind herumschubsen zu lassen. Also stand sie von ihrem Platz auf, ging um den Tisch herum und baute sich vor Sofia mit einer ähnlich herrischen Pose auf. Die Edana war kleiner und zierlicher als Juno, so dass diese zu dem Mädchen hinunterblicken musste. »Ich weiß nicht, was für ein Problem du mit Kamika und mir hast, Sofia, aber ich lasse mir von dir nicht verbieten mich mit ihr zu treffen. Mir ist egal, welche Position du bekleidest, also versuche nie wieder mich zu bevormunden.«

Sofias Wangen wurden rot vor Ärger. »Du bist *meine* Freundin!«

»Es ist nicht in Ordnung, so etwas von einer Freundin zu verlangen. Weder Kamika noch ich gehören dir. Wenn du willst, dass wir Freundinnen sind, dann behandle mich nicht wie eine Leibeigene. Das gefällt *mir* nämlich nicht.« Juno wandte sich um und packte ihre Notizhefte und Bücher zusammen.

»Was machst du da?«

»Ich gehe.«

»Unsere Stunde ist noch nicht vorbei!«, zeterte die Edana.

»Für heute ist sie das.«

»Ich werde ihr erzählen, woher du wirklich kommst!«

Diese eindeutige Drohung ließ Juno einen Moment innehalten. Als sie sich zu Sofia umdrehte, lag ein süffisantes Lächeln auf deren Gesicht.

»Wenn du dich so benimmst, wie du es gerade tust, dann mag ich dich nicht besonders, Sofia. Sag es ihr, wenn du willst. Dann sehen wir auch gleich, wer von euch beiden eine echte Freundin ist.« Damit wandte Juno sich wieder ab und durchquerte den Raum mit wenigen Schritten.

»Juno!«, rief Sofia ihr wütend nach, doch die Lyre machte keine Anstalten, sich noch einmal umzudrehen. Sofia musste zusehen, wie Juno zielstrebig den Gang hinunter auf die Treppen zulief, die sie geradewegs auf die Etage der Shi und damit zu Shi Kamika führen würde – als hätte das, was die *Edana* sagte, überhaupt keine Bedeutung für die renitente Terranerin. Sofia knallte die Tür zu, sodass es laut im Flur schepperte und die Gardisten sich einen schiefen Blick zuwarfen.

Leise vor sich hinfluchend eilte Juno indessen den Gang entlang. Sie konnte noch gar nicht fassen, was Sofia da eben von ihr verlangt hatte und sie begann sich zu fragen, ob denn nun alle um sie herum verrückt geworden waren.

Zielstrebig lief sie zu Kamikas Apartment und klopfte härter als nötig an. Die Tür schwang kurz darauf auf und die Wächterin stand mit einer einladenden Geste da, während Juno an ihr vorbei ins Zimmer rauschte.

»Du bist früh dran. Hattest wieder viel Spaß mit unserer Edana, hm?«

»Frag lieber nicht. Sie kann wirklich nervtötend sein«, fluchte Juno leise und ließ sich auf das Sofa fallen. Kamika brachte ihr einen kühlen Eistee und setzte sich neben die müde wirkende Lyre. »Als ob mein werter Cousin nicht schon anstrengend genug wäre.«

»Da du ihn gerade erwähnst, ich würde dich gerne etwas fragen, Hübsche.«

»Nur zu«, meinte Juno und nippte am Eistee. »Worum geht es?«

»Seid ihr ein Paar?«

Juno verschluckte sich an dem Getränk und hustete. »W... Was? Nein!«

»Er scheint dich gut zu finden.«

»Er ist nur durcheinander.«

Kamika lachte mitleidig. »Das ist alles?«

»So oder so, er ist nicht mein Fall.«

»Erigen nicht, Kin Akko nicht ... Wer *ist* dein Fall?«, fragte Kamika, erntete aber nur ein stummes Schulterzucken. »Findest du ihn nicht attraktiv? So schlecht sieht Kin Akko nicht aus, denke ich.«

»Soll ich dich ihm vorstellen?«, bot Juno mit hochgezogenen Augenbrauen an. So wie Akko und Kamika miteinander umgingen, hätte Juno nicht erwartet, dass sich Kamika für ihn interessieren könnte. Außerdem gefiel ihr der Gedanke kein bisschen, die Shi mit Akko zu sehen. *Sie passen so gar nicht zusammen*, dachte Juno.

»Mich?« Kamika lachte herzhaft auf. »Du liebe Zeit, nein. Haben dein Cousin und dein Onkel dir nichts über mich erzählt?«

»Oh doch. Vor allem, dass es besser wäre, wenn ich mich von dir fernhalten würde.« Sie sah etwas Räuberisches in Kamikas Augen aufblitzen. »Sollte ich mich vor dir in Acht nehmen?«

»Vielleicht«, antwortete die Wächterin geheimnisvoll. »Gehst du denn mit niemandem aus?«

»Nicht im Moment.«

»Wieso nicht?«

»Das letzte Mal, als ich mich auf jemanden eingelassen habe, fand ich eine fremde Frau in unserem gemeinsamen Bett«, antwortete Juno. »Das ist erst ein paar Monate her und ich habe gerade keine Lust darauf, dass sich so etwas wiederholen könnte.«

»Das tut mir leid.« Kamika kratzte sich verlegen am Kopf.

»Nicht schlimm. Solche Sachen passieren. Aber das ist Vergangenheit«, und während Juno es sagte, wurde ihr klar, dass ihr der Vorfall tatsächlich nicht mehr besonders naheging. Sie lächelte Kamika unbekümmert zu, die sich vorsichtig wieder entspannte.

Juno genoss Kamikas Gesellschaft. Es war erfrischend einfach mit ihr. Sie konnten einen ganzen Tag zusammen verbringen, ohne sich zu langweilen. Manchmal zeigte die Wächterin ihr, wie man mit den Dolchen umgehen musste und das richtige Maß zwischen Angriff und Deckung fand. Natürlich wussten sie beide, dass Juno keine ernst zu nehmende Gegnerin für Kamika war. Die Shi hielt sich bei den Übungen bewusst zurück, nahm keine Magie zur Hilfe und führte ihre Angriffe nur so lange aus, bis Junos Deckung durchbrochen war und die Lyre ihre Niederlage erkennen musste. Kamikas Hiebe waren dabei nie gefährlicher als ein Pieksen mit der Fingerspitze. Juno war, und das bestätigte ihr die Shi zufrieden, nicht unbegabt. Trotzdem landete sie regelmäßig auf dem Hintern und Kamika erklärte sie zu Skraefutter.

Die beiden konnten auch gut miteinander schweigen. Wie faule Sofakartoffeln saßen sie dann gemeinsam auf dem Sofa und schauten sich belanglose Sendungen im Spiegelprogramm an. Manchmal trafen sie sich nach ihrem Unterricht, um genau das zu tun und sonst nichts. An Tagen wie heute fiel dabei jeglicher Ärger von Juno ab. Sie konnte sich beim besten Willen nicht erklären, weshalb manche Menschen in ihrem Umfeld Kamika abschätzig begegneten. Die Shi war mitunter frech und ihre sarkastische Seite mochte nicht jedermanns Sache sein, aber Juno gefielen diese Eigenschaften. Sie machten ihr Freude.

»Es wird dunkel«, merkte die Lyre nach einer Weile an. »Ich sollte mich auf den Heimweg machen, sonst hält mir Bramas später wieder einen Vortrag, weil er sich meinetwegen sorgt.«

»Nicht einmal ein Shi ist vor dir sicher und Meister Bramas macht sich Sorgen um dich? Erigen wäre sicher gekränkt, wenn er davon wüsste«, schmunzelte Kamika.

»Nicht jeder bringt mich so auf die Palme, wie es Shi Erigen tut«, gab Juno flachsend zurück und schob sich das lange Haar aus dem Gesicht.

»Na, dann komm. Irgendwie kann ich Meister Bramas gut verstehen, darum bringe ich dich jetzt auch artig heim.« Kamika zwinkerte, während sie sich erhob, um ihre Schuhe zu suchen.

»Das musst du nicht. Du bist so oft unterwegs, genieß es doch einfach die Füße hochlegen zu können.«

»Ich bin kein Mensch, der lange ruhig sitzen bleiben kann, Hübsche. Außerdem kannst du dann noch ein paar Minuten länger meine unwiderstehliche Persönlichkeit genießen. Ist das nichts?«

»Du hörst dich schon an wie Shi Erigen!«, rief Juno lachend und Kamika würdigte die Feststellung mit einem zufriedenen Grinsen.

Die Sonne berührte längst die Meeresoberfläche in der Ferne, als Kamika die Lyre den Turm hinunter durch die Gärten begleitete. Es war nicht das erste Mal, dass sie gemeinsam zu den Stallungen der Greife liefen. Tari stieß wie immer einen erfreuten Schrei zur Begrüßung aus, als sie Kamika kommen sah. Die Shi tätschelte ihr den großen granitgrauen Schnabel, half Juno auf den Rücken des Tieres aufzusteigen, und platzierte sich selbst hinter sie.

»Bereit?«, fragte die Wächterin und griff unter Junos Armen hindurch nach den Zügeln.

»Dafür werde ich nie bereit sein«, gestand Juno mit weichen Knien. Kamika lachte schelmisch und pfiff Tari ihren Befehl zu. Der Greif stürmte umgehend über die freie Wiese und sprang mit einem freudigen Satz in die Luft. Juno hielt den Atem an und klammerte sich an den Knauf, auch wenn Kamika sie bereits fest im Sattel hielt. Nach einem Moment der üblichen Todesangst begann ihr Herz in normaler Geschwindigkeit zu klopfen und sie wagte es die fest zusammengekniffenen Augen, eins nach dem anderen, zu öffnen.

»Besser?«, fragte die Wächterin. »Irgendwann wirst du deinen eigenen Greif haben wollen.«

»Versprochen?«

»Aber ja«, versicherte sie. »Was gibt es Schöneres, als auf dem Rücken eines Greifs durch die Luft zu gleiten?«

»Für dich mag das toll sein. Du bist immerhin ein Teil des Windes. Aber ich bin bloß eine Lyre, und wenn ich hier herunterfalle, dann gibt das einen unschönen Fleck auf dem Boden. Dieses Szenario finde ich nicht ganz so erquicklich.«

»Aber Juno, ich würde dich doch nie fallen lassen.«

»Wenn ich aber auf meinem eigenen Greif fliege und du am anderen Ende von Brïn einen Einsatz hast?«

»Wenn du einmal von deinem Greif fällst, werde ich dich auffangen. Egal wo ich gerade bin. Verlass dich darauf.«

»Wie soll das gehen?«

»Ich beherrsche den einen oder anderen magischen Trick, weißt du?«, gab Kamika mit gespielter Empörung zurück.

»Habe ich jetzt deine Ehre als Shi verletzt?«

»Zutiefst!«

»Weißt du, wenn wir schon beim Thema Sicherheit sind – ich würde dich gerne etwas fragen, Kamika.«

»So? Dann mal raus damit.«

»Ist es wahr, dass dieser Jack womöglich hinter dir her ist?«

»Von wem hast du das denn?«

»Gerüchte. Akko hat die Berichte der Blauröcke gesehen, die an den Regenten gehen.«

»Arbeitet er nicht in der Bibliothek? Wie kommt er da an die Berichte der Blauröcke?«

»Ich denke, er hilft nur zur Freude seines Vaters in der Bibliothek aus. Die meiste Zeit ist er im Regentenhaus. Als Schriftführer, glaube ich. Was er da genau macht, weiß ich nicht. Aber stimmt es denn? Ist Jack hinter dir her?«

»Kann schon sein«, antwortete die Wächterin zaghaft.

»Bist du in Gefahr?« Juno konnte die Besorgnis in ihrer Stimme nicht verbergen.

»Ich verspreche dir, mir wird nichts passieren. Weder eine Horde Skrae noch irgendein verrückter Mörder können mich davon abhalten dir Flugstunden auf die schönen Augen zu drücken. Und jetzt hörst du auf, dir darüber Gedanken zu machen, in Ordnung?«

»Jemand sollte *dich* nach Hause bringen«, erwiderte Juno besorgt.

»Darum kümmert sich Tari, nicht wahr, mein Mädchen?«, rief sie über den Kopf des Greifs hinweg und das Tier stieß einen lauten Vogelschrei zur Bestätigung aus, der Junos ganzen Körper nervös vibrieren ließ. »Mit einem Greif legt man sich nicht ungestraft an. Außerdem bin ich mir sicher, Lorden hat mir irgendeinen Überwachungszauber an die Fersen geheftet.«

»Gut so«, meinte Juno und entlockte der Wächterin damit ein Lachen. »Das ist nicht zum Lachen, Kamika. Jack the Ripper ist ein berühmter Serienmörder in der Geschichte von Terra. Sie haben ihn nie gefangen.«

»Woher weißt du denn das schon wieder?«

Juno schaute einen Moment in die Ferne, ehe sie ihrer Freundin nicht ganz ehrlich antwortete. »Ich lebe in einer Bibliothek. Da bekommt man so einiges zu lesen. Du nimmst das nicht auf die leichte Schulter, oder? Du wirst vorsichtig sein. Nur für den Fall.«

»Das bin ich«, versprach Kamika aufrichtig.

Juno nickte unglücklich. Jetzt musste sie sich nicht nur wegen der Skrae um Kamika Sorgen machen, sondern auch noch wegen Jack. »Bist du zu Hoshide mit jemandem verabredet?«, fragte sie zu Kamikas Überraschung.

»Hoshide? Nein.«

»Hättest du Lust mit mir zu feiern?«

»Du willst mit *mir* zu Hoshide gehen?«, fragte die Wächterin ruhig.

»Tut mir leid. Manchmal vergesse ich, dass du eine Wächterin bist und, nun ja, *berühmt*. War eine blöde Idee. Vergiss, dass ich gefragt habe.«

»Nein, jetzt rede nicht so einen Unsinn. Ich würde sehr gerne mit dir auf das Fest gehen. Es ist nur ...«, Kamika zögerte. Wie viel wusste Juno über Kamikas Verhältnis zu Frauen? Vielleicht sollte sie mit ihr darüber sprechen, bevor sie der Lyre in ihrer Euphorie einfach zusagte.

»Ja?«

»Nichts. Es wäre mir eine Freude.« *Das also zu meinen guten Vorsätzen*, dachte die Wächterin.

»Super!«

Nur kurze Zeit später setzte der Greif im Hof der Bibliothek auf. Juno schwang ein Bein über den Kopf des Tieres und Kamika ließ sie an ihrem Arm hinabgleiten, bis sie mit den Füßen den Boden erreichte.

»Danke«, sagte Juno.

Kamika schwang sich geschickt von Taris Rücken und landete federleicht auf dem Grund. »Treffen wir uns morgen? Nach deinem Unterricht?«

»Gerne«, antwortete Juno und Kamika nickte zufrieden. Ehe sie sich wieder dem Greif zuwenden konnte, nahm Juno sie in den Arm und drückte sie fest an sich. Kamika zögerte einen Moment, bevor sie die Umarmung erwiderte. Die vertrauensvolle Geste erwischte sie unvorbereitet.

»Bis morgen!«, rief Juno schließlich, winkte der Wächterin zum Abschied noch einmal zu und lief ins Haus.

Kamika sah Juno nach, bis sie durch die Tür verschwunden war und spürte ein vage vertrautes Ziehen in ihrer Brust. »Bis morgen«, hauchte die Wächterin.

Kapitel 30: Familienglück

Brïn im Skirophor 11'384 n. S.

Eydwall, Ideris

Ferien waren für Juno immer ein interessantes Konzept gewesen, das sich nicht in ihr Leben integrieren ließ. Auf der Erde hatte sie in dieser Zeit arbeiten müssen, während ihre Klassenkameraden in den Urlaub gefahren waren. Juno fand das nicht weiter tragisch, beneidete ihre Mitmenschen aber gelegentlich um die freien Tage. Doch nun, da sie selbst acht Wochen lang Zeit zum Nichtstun haben sollte, fiel ihr schon bei der Vorstellung die sprichwörtliche Decke auf den Kopf. An ernsthaften Unterricht war bereits seit Tagen nicht mehr zu denken. Die Konzentrationsfähigkeit der Studenten – und auch die der Dozenten – schien offenbar längst in die Ferien aufgebrochen zu sein. Erleichterung verschaffte Juno dagegen die Information, dass Akko in den nächsten Wochen mit dem Regentenrat durch die großen Städte Brïns reisen und erst ein paar Tage vor dem Hoshidefest wieder zurücksein würde. Für Juno bedeutete dies: Fünf Wochen, in denen sie nicht Akkos verstohlene Blicke im Nacken spüren musste. Fünf Wochen in denen sie frei von seinen Launen wäre.

Sie versuchte ein freundschaftliches Verhältnis zu ihm zu wahren, aber er machte es ihr nicht leicht mit seinem wechselhaften Benehmen. Vielleicht tat es ihm ganz gut einmal aus Eydwall herauszukommen und mehr Zeit mit seinem besten Kumpel Djakal und den übrigen Kollegen zu verbringen.

Im Moment hatte Juno allerdings ein eher triviales Problem zu lösen. Sie war auf der Suche nach Meister Bramas, den sie wie üblich in seinem Studierzimmer fand. Heute jedoch in ungewohnter Pose, denn er hatte sich entspannt in seinem Sessel zurückgelehnt und die Füße auf den Schreibtisch gelegt. Mit geschlossenen Augen summte er leise die Melodie nach, die aus unsichtbarer Quelle den Raum erfüllte. In einer Hand hielt er ein Glas mit dunklem Rotwein, mit der anderen dirigierte er die imaginären Musiker. Er machte einen recht zufriedenen und heiteren Eindruck, wie er da so locker in seinem Sessel fläzte. Offenbar war auch der Bibliothekar in Ferienstimmung. Einen Moment lang überlegte Juno, ob sie nicht besser wieder gehen und Silka bei nächster

Gelegenheit um Hilfe bitten sollte, doch in dem Moment schlug Bramas die Augen auf und sah sie im Türrahmen stehen. Er nahm die Füße vom Tisch und sprach einen kurzen magischen Befehl aus, der die Musik leiser werden ließ.

»Juno, was gibt es, meine Liebe?«

»Falls ich störe, kann ich später wiederkommen.«

»Du störst doch nicht. Also?«

»Könntest du mir kurz behilflich sein?« Sie ging zu Bramas und reichte ihm den Zettel mit dem Zauberspruch darauf. »Würdest du dieser Formel Leben einhauchen? Ich habe Akko darum gebeten, aber er sagte, er habe zwei linke Hände, wenn es um Magie geht, und er würde mir dabei vielleicht versehentlich die Augen platzen lassen.«

»Was für eine unappetitliche Vorstellung.«

»Allerdings! Ich vermute, er hat sich noch zurückgehalten.«

»Wie meinst du das?«

»Ach, er ist mir böse.«

»Was ist denn passiert?«

Juno biss sich auf die Lippe und zuckte die Schultern. »Es stört ihn, dass ich meine Zeit häufig mit Kamika verbringe. Er würde sich bestimmt prächtig mit Sofia verstehen. Vielleicht sollte ich die beiden miteinander bekannt machen«, murrte sie. »Wir kommen in letzter Zeit nicht mehr so richtig miteinander zurecht, Akko und ich.«

»Das ist mir schon aufgefallen. Willst du mir mehr erzählen?«

»Ach, es gibt Momente, da starrt er mich an wie in Trance oder er riecht an meinen Haaren oder er versucht mir Vorschriften zu machen. Er scheint sich dann später selbst dafür zu schämen. Ich werde nicht recht schlau aus ihm. Mir will nichts einfallen, womit ich ihn ermutigt haben könnte, solche Sachen zu machen.«

»Ich werde mit ihm reden. Er hat sich schon ein wenig verändert, seit Kin Trissa ermordet wurde, nicht wahr?« Bramas lief um seinen Tisch herum und drückte Juno sein Weinglas in die Hand. »Halte das bitte, während ich hier kosmetische Maßnahmen ergreife.« Bramas legte ihr die Finger auf die Schläfen und sprach den kleinen Zauber für Juno aus, der ihre Augen von einem blass gewordenen grünlichen Ton in ein sattes Türkis verwandelte. »Schöne Farbe. Macht Shi Kamika das nicht gewöhnlich für dich?«

»Sie ist mit den anderen Shi auf der Jagd.«

»Viel zu tun in letzter Zeit.« Er nickte.

»Machst du dir je Sorgen um Shi Lorden, Bramas?«

»Nein. Die Wächter sind stark, Juno. Deiner Freundin wird nichts passieren.« Er klopfte ihr ermutigend auf die Schulter. »Nimm einen Schluck Wein und entspann dich.«

Ohne darüber nachzudenken hob sie Bramas' Glas an die Lippen und schreckte augenblicklich davor zurück. »Mein Gott! Das riecht fast genauso schlimm wie das Zeug, das Akko mir andrehen wollte. Gibt es denn auf ganz Brïn keinen halbwegs erlesenen Rotwein?«

»Achte auf deine Ausdrucksweise, Juno, und mach meinen guten Wein nicht schlecht.«

»Verzeihung«, brummte sie.

»Ich hoffe, du bist vorsichtiger mit deinen Worten, wenn du mit Shi Kamika zusammen bist.«

»Bin ich, Meister Bramas. Obwohl ich es nicht gut finde, dass ich ihr nichts von meiner Herkunft sagen darf.«

»Das ist nur zu deiner Sicherheit, Liebes.«

»Traust du ihr nicht?«

Der Bibliothekar wich ihr aus. »Sie hat Vorurteile, was die Terraner angeht. Ich möchte nicht, dass dir wehgetan wird.«

»Sie würde mir nicht wehtun.«

»Du magst sie gerne, hm?«

»Ja, sehr. Sie ist ein wundervoller Mensch. Sonst wäre sie doch auch sicher nicht als Wächterin ausgewählt worden, oder?«

Der alte Mann wirkte jetzt nachdenklich und hatte die Stirn in leichte Sorgenfalten gelegt.

»Ich verstehe es nicht. Warum kann Akko sie nicht leiden?«, fragte Juno ratlos. »Silka hat ein Apartment nicht weit von der Universität. Vielleicht könnte ich eine Weile bei ihr leben und so Akko aus dem Wege gehen. Bis ich etwas Eigenes gefunden habe.«

»Nun mach mich nicht unglücklich, Juno.«

»Akko ist dein Sohn. Ich will keinen Ärger machen.«

»Du gehörst zur Familie.«

»Ich bin dir wirklich sehr dankbar, Bramas, und ich bin auch gerne hier, aber es wird sicher nur noch schlimmer werden.«

»Lass mich erst einmal mit ihm reden. Es ist ohnehin längst überfällig, dass wir ein Vater-Sohn-Gespräch führen.«

»Wenn du meinst«, antwortete sie.

»Manchmal fühle ich mich wirklich alt, wenn ich euch junge Menschen in euren frühen Jahren so durch das Leben stolpern sehe.«

»Wenn du solche Sachen sagst, komme ich mir wieder vor wie siebzehn. Warum bist du eigentlich so ... So ...«

»Alt?«

»Ja.« Juno nickte.

»Ich habe ein paar Jahre auf Terra gelebt. Das hat mir etliche Falten eingebracht.«

»Aber ihr habt doch euren Jungbrunnen in den Kolonien, dachte ich. Damit ihr nicht altert, während eure Kinder aufwachsen.«

»Nun, es war so. Es gab eine Frau hier auf Brïn. Sie war eine Gestrandete von Terra. Ich habe versucht ihr dabei zu helfen sich bei uns einzuleben, dabei kamen wir uns bald näher, aber sie war ein wenig kompliziert und fühlte sich einfach nicht heimisch auf Brïn. Wir hatten uns für eine Weile aus den Augen verloren. Jahre später erst habe ich sie wiedergetroffen. Sie hat mich um Hilfe gebeten, weil sie gerade vor Gericht stand. Ich tat mein Bestes, aber sie wurde trotzdem nach Terra zurückverbannt.«

»Da bist du mit ihr gegangen?«

»Ja. Es war keine leichte Entscheidung, denn sie durfte nicht wissen, wo sich die Kolonien von Brïn befanden. Für mich bedeutete das, dass ich mein Leben aufgeben und auf das magische Wasser von Brïn verzichten musste.«

»Wie lange warst du dort?«

»Elf Jahre.«

»Du musst sie sehr geliebt haben. Was ist aus ihr geworden?«, fragte Juno.

»Sie ist unerwartet verstorben.«

»Oh, Bramas, das tut mir entsetzlich leid. Ich wollte keine alten Wunden aufreißen.«

»Ist schon gut, Liebes. Das ist mehr als zwanzig Jahre her und ich habe ja noch meinen Jungen. Wäre seine Mutter damals nicht gestorben, wären wir wohl nie nach Brïn zurückgekehrt, und dann hätte ich es versäumt, deine zauberhafte Bekanntschaft zu machen.«

»Armer Akko. Erst seine Mutter, dann Trissa. Kein Wunder, dass er so durcheinander ist«, sagte sie betroffen. »Wenigstens kann er sich auf dich und Djakal verlassen.«

»Was?«, entfuhr es Bramas. »Woher kennst du diesen Namen?«

»Djakal meinst du? Akko erwähnt ihn gelegentlich, wenn er von der Arbeit spricht.«

»Macht er das?«, brummte der Bibliothekar und sein Blick wurde finster. »Ich hatte gehofft, diesen Namen nie wieder hören zu müssen.«

»Warum denn das?«

»Er war nie ein guter Freund für Akko. Djakal ist ein schlimmer Kerl, Juno. Ich dachte, er wäre fort.«

»Akko hat gesagt, dass Djakal für ihn wie ein Bruder sei«, murmelte Juno kleinlaut.

»Anfangs, als Akko noch klein war, traf das auch zu. Dein *Cousin* war ein sehr eingeschüchterter Junge. Er war für sein Alter auch immer viel zu schmächtig. Heute ist er ein großer und sportlicher Kerl, aber damals hat er Djakal gebraucht, der immer zur Stelle war, wenn Akko Hilfe nötig hatte. Aber als die beiden älter wurden, verlor Djakal immer öfter die Beherrschung, und auf einmal war es Akko, der Djakal helfen und ihn decken musste. Einmal prügelte Djakal einen Nachbarsjungen bis zur Bewusstlosigkeit und sengte einem Mädchen die Haare an. Es war reines Glück, dass die Ärmste nur mit ein paar leichten Verbrennungen davongekommen ist. Akko hatte ständig Ärger wegen Djakal, deswegen mussten wir ihn wegschicken. Das war nicht leicht und hat Akko viel abverlangt. Sie standen sich wirklich sehr nahe, aber Djakals Verhalten war nicht zu dulden.«

»Meine Güte. Davon hat Akko gar nichts erwähnt.«

»Er nimmt seinen alten Freund zu sehr in Schutz.« Bramas brummte und ging sich mit der Hand durch die halb ergrauten Haare. »Hör mal, Juno, halt dich von Djakal fern, in Ordnung? Falls Akko dich ihm irgendwann vorstellen will, kommst du gleich zu mir. Tust du mir den Gefallen?«

»Ja, sicher.«

»Gut. Könntest du mich jetzt für einen Moment alleine lassen, bitte?«

Juno nickte betrübt und ging zum Ausgang. Sie beobachtete, wie der alte Mann mit hängenden Schultern um seinen Tisch wanderte und sich wieder in den Sessel fallen ließ. Diesmal gänzlich unentspannt. Im Türrahmen drehte sie sich noch einmal zu ihm um. Sein konzentrierter Blick hing an der leeren Zimmerdecke.

•••

»Wie lange schon?«

Akko schaltete den Wandspiegel ab und blickte zu seinem Vater auf, der mit hochrotem Kopf in seinem Zimmer erschienen war und innerlich vor Wut kochte.

»Wie lange schon was, Vater?«

»Seit wann ist er wieder da?«

»Wer?«

»Djakal!«

Nun richtete sich Akko etwas in seinem Sessel auf und beobachtete seinen Vater aufmerksam. »Seit zwei Jahren etwa.«

»Zwei Jahre!«, rief Bramas aus. »Wie konntest du mich derart belügen? Du hast mir versichert, er wäre fort!«

»Du weißt doch, wie Djakal ist. Manchmal verschwindet er eine Weile, aber nie für immer.«

»Akko, du musst dich von ihm lossagen.«

Akko schnaufte angespannt. In der Vergangenheit hatten sie sich oft wegen Djakal gestritten. Vor fünf Jahren hatte Akko seinem Vater gesagt, dass Djakal endgültig Geschichte sei, was nicht der Wahrheit entsprach. Akkos Freund kam und ging, wie es ihm gefiel, doch er war geschickt darin, nicht aufzufallen. Akko hatte keine Lust auf diese Unterhaltung. Denn die Streitgespräche mit seinem Vater liefen immer auf dasselbe hinaus: Bramas wollte, dass Akko seine Freundschaft zu Djakal beendete und Akko hätte ihm den Gefallen gelegentlich gerne getan, aber Djakal war niemand, den man so einfach loswerden konnte. *Wenn sich Vater bloß endlich damit abfinden könnte.*

»Vater, glaubst du denn nicht, ich hätte es oft genug versucht?«

»Steckt er in Schwierigkeiten?«, fragte Bramas. »Steckst *du* in Schwierigkeiten?«

»Es ist alles in bester Ordnung, Vater.«

»Du hast dir in den letzten Jahren so vieles aufgebaut, Junge, lass dir das nicht von Djakal kaputt machen.« Er schimpfte leise vor sich hin. »Du hättest mir etwas sagen müssen.«

»Was hätte das genützt? Dann hättest du mir diesen sinnlosen Vortrag eben schon früher gehalten. Nichts wäre heute anders.«

»Es geht jetzt nicht mehr nur um dich und mich, Junge. Muss ich Juno wegschicken?«

»Nein! Warum denn?«

»Sie sagte, du benimmst dich komisch. Ist das seinetwegen?«

»Kann schon sein.« Akko zuckte die Schultern und sank tiefer in die Polster seines Sessels. »Djakal findet sie attraktiv«, räumte er mit Unbehagen ein.

»Dieser verdammte Mistkerl!«

»Djakal ist nicht das Problem, Vater. Juno sollte sich vielmehr von Shi Kamika fernhalten. Du musst sie davon abbringen sich weiter mit der Wächterin zu treffen.«

Bramas zog die Augenbrauen tief ins Gesicht. »Was ist das mit dir und Shi Kamika?«

»Das kann ich dir nicht sagen. Djakal hat etwas über sie erfahren. Sie hat etwas getan ... Ich kann mit dir nicht darüber sprechen. Aber du musst mit Juno reden. Auf mich hört sie nicht. Sie darf nicht mehr zu Shi Kamika gehen, verstehst du? Ich kann sie nicht beschützen, wenn sie sich weiter mit der Shi trifft.«

»Was redest du da bloß, Junge? Was geht hier vor? Du weißt, man kann sich auf Djakals Wort nicht verlassen.«

»Du musst mir vertrauen.«

Bramas schüttelte den Kopf. »Das kann ich nicht, solange Djakal in der Nähe ist. Tut mir leid, Junge. Du wirst auch Juno nicht davon abbringen können sich mit Shi Kamika zu verabreden. Ihr liegt sehr viel an der Wächterin.«

»Dann muss ich einen anderen Weg finden sie voneinander fernzuhalten.«

»Akko ...«, begann Bramas, wurde aber sofort wieder unterbrochen.

»Nein, Vater. Das steht nicht zur Diskussion.«

»In was ist Djakal wieder verwickelt? Irgendetwas geht doch vor sich.«

»Ich kümmere mich um Djakal.«

»Du hast ihn schon immer unterschätzt.« Der alte Bibliothekar war so verärgert wie seit Jahren nicht mehr. Frustriert warf er die Arme in die Luft und machte auf dem Absatz kehrt.

Akko schaltete den Wandspiegel wieder ein und setzte sein Programm fort, doch seine Gedanken fegten rastlos in seinem Kopf herum, so dass er kaum etwas von der Sendung mitbekam.

Kapitel 31: Das Lied des Windes

Brïn im Hekato 11'384 n. S.

Eydwall, Ideris

Juno und Silka röchelten, was das Zeug hielt. »Wozu machen wir das gleich noch?«, fragte Silka, als sie bei den Treppen angelangt waren und ihre Runden endlich beendet hatten.

»Um fit zu bleiben, und weil es guttut!«, gab Juno atemlos zurück. Ihre Gesichter waren rot angelaufen und sie stemmten die Hände erschöpft auf die Knie.

»Dafür gibt es sicher einen Zauber, der uns das Schwitzen erspart, und falls nicht, kannst du uns einen schreiben.«

»Das könnte ich wirklich, aber wo bliebe dann der Spaß?«, entgegnete Juno lachend. Sie richteten sich auf, nahmen ihre Taschen von der untersten Stufe und machten sich daran die Treppe zu den Umkleideräumen zu erklimmen. Auf halber Strecke fiel ihr Blick auf die Gestalt im schlichten weißen Top. Ihre eng anliegende Hose endete unter dem Knie; dazu trug sie leichte, aber feste und flache Schuhe. Alle Nahtkanten waren golden umsäumt und die Insignien des Windelements verliefen in Form einer geraden Linie von oben nach unten über die linke Körperhälfte. Sie hatte die Beine lässig auf den Stufen ausgestreckt, den Oberkörper bequem auf die Ellbogen gestützt und auf dem Gesicht lauerte ein vertrautes Grinsen. Neben sich spürte Juno, wie Silka in eine verkrampfte Verbeugung verfiel und die Zähne zusammenbiss. Anders als Juno schienen die normalen Brïnae die Shi aufrichtig zu verehren, und behandelten sie beinahe wie Rockstars – sofern sie nicht wie Silka eine plötzliche Schockstarre erlitten, sobald die Shi den Turm verließen und sich unter das gemeine Volk mischten. Da Juno nicht mit dieser Ideologie aufgewachsen war, konnte sie dieses eigentümliche Verhalten eines beeindruckten Fans nicht nachempfinden. Zudem sah sie Kamika inzwischen beinahe täglich und war zu vertraut mit ihr, um noch so etwas wie Ehrfurcht vor ihr haben zu können. Sie bewunderte die Wächterin schon, allerdings nicht wegen ihrer gesellschaftlichen Stellung.

»Kamika!«, rief Juno erfreut. »Was machst du denn hier?«

»Nach dir suchen«, gab die Wächterin zurück.

»Wieso das?«

»Langeweile. Die Skrae lassen sich nicht blicken und du bist die einzig interessante Alternative«, sagte Kamika und zwinkerte ihr zu.

»Charmant«, konterte Juno sarkastisch.

»Was machst du, wenn du hier fertig bist?«

»Nichts Besonderes. An der Himmelskarte arbeiten vielleicht.«

»Hast du später Lust auf einen Ausflug?«

»Wo soll es denn hingehen?«

»Das wird eine Überraschung. Will deine Freundin uns begleiten?«, fragte Kamika und blickte dabei zu der schweigsamen Brïnai.

Aus dem Augenwinkel sah Juno, wie Silka in heller Panik eifrig den Kopf schüttelte, die Augen groß wie die eines Rehs im Scheinwerferlicht.

»Ich habe noch Chorprobe!«, quiekte Silka und strafte ihr stimmliches Talent damit Lügen.

Kamika schaute selbstzufrieden, als hätte sie diese Reaktion erwartet. Sie sah Juno nun mit offenem Amüsement von oben bis unten an und grinste breit. Juno wurde sich schlagartig bewusst, dass sie gerade einen wenig attraktiven Anblick bot. Unwillkürlich begann sie an ihren hochgebundenen Haaren zu zupfen und sich Schweißperlen aus dem Gesicht zu streichen.

»Gib dir keine Mühe«, warf Kamika sofort ein und machte damit Junos Bemühungen zunichte. »Dein Gesicht ist rot wie ein Krebs, du riechst wie Tari nach einem Schlammbad und deine Haare sind ein vorbildliches Vogelnest. Irgendwie kommt mir dieser zerzauste Anblick doch sehr bekannt vor.«

»Du siehst nach zehn Runden um den Platz sicher auch nicht mehr so frisch aus!«, schimpfte Juno pikiert. Doch Kamika lachte bloß und erhob sich von den Stufen.

Sie kam zu den beiden Läuferinnen herunterspaziert, jeder Schritt eine fließende elegante Bewegung, neigte ihren Kopf dicht an Junos Ohr und flüsterte mit rauchiger Stimme: »Du bist in jeder Verfassung reizvoll, meine Hübsche.« Sie nickte Silka zum Abschied höflich zu, gab Juno dreist einen Klaps auf das Hinterteil und verließ die beiden.

»He!«, rief Juno ihr tadelnd nach.

Silka löste sich aus ihrer Starre und raunzte kopfschüttelnd. »Was war das denn?«

»Shi Kamika in Bestform, würde ich behaupten.«

»Wieso nennt sie dich *Hübsche*? Kann sie sich deinen Namen nicht merken?«

Juno grinste, als wäre sie zu einem Duell herausgefordert worden. »Es macht ihr Spaß mich in Verlegenheit zu bringen.«

»Du wirkst nicht verlegen.«

»Weil ich es nicht bin«, antwortete sie keck.

»Läuft da etwas zwischen euch beiden?«

»Inwiefern?«

»Du weißt, dass Shi Kamika lesbisch ist?«

Juno sah ihre Freundin reserviert an. »Vermutet habe ich es gelegentlich, aber ich habe sie nicht danach gefragt.«

»Hast du dir denn gar nichts über die Wächter angelesen, Juno? Du lebst doch mitten in der größten Bibliothek von Eydwall. Das Spiegelnetzwerk ist zudem voll mit Berichten über die Shi. *Wie* kann all das an dir vorbeigehen?«, fragte Silka verständnislos.

»Ich habe eben eine Menge zu tun!«, verteidigte sich Juno und musste dabei nicht einmal lügen. »Neben dem Studium, meinen Sitzungen mit Sofia, den Lektionen bei Meister Bramas und den Himmelskarten, bleibt mir nicht viel Zeit für andere Dinge. Wenn ich doch welche übrig habe, dann verbringe ich die lieber in deiner Gesellschaft und der von Kamika, als alleine vor dem Spiegelnetzwerk. Da werden ohnehin nur erschütternde Nachrichten über verstümmelte Frauen wiederholt oder eine wachsende Sorge um Sofias Tauglichkeit als Edana diskutiert.«

»Darf ich eine kleine Warnung loswerden?«, begann Silka.

Bitte nicht noch jemand, der mir sagt, wie ungesund Kamika für mich ist, dachte Juno müde, doch in der Sekunde fuhr Silka bereits fort.

»Shi Kamika und Shi Erigen sind aus demselben Holz geschnitzt. Es würde mich nicht wundern, wenn die beiden eine Wette darum laufen hätten, wer von ihnen dich ins Bett kriegt. Oder wer zuerst.«

»Ergh, Silka!«

»Was denn? Ich sage ja bloß, wie es ist!«, verteidigte sich die junge Frau achselzuckend.

»Das ist nicht wahr«, verweigerte sich Juno dieser Theorie aus tiefer Überzeugung. »Kamika würde unsere Freundschaft niemals so entwürdigen.«

»Du könntest schon recht haben. Es *ist* ungewöhnlich, dass sie dir gegenüber offenbar noch keine eindeutigen Avancen gemacht hat. Normalerweise lässt sie sich nicht so viel Zeit – soweit ich weiß.«

»Vielleicht gefalle ich ihr nicht.«

Silka verschluckte sich an ihrer eigenen Spucke, als sie spontan lachen musste. »Ja, klar, Zuckerpüppchen, das wird der Grund sein.«

»Zuckerpüppchen?«, empörte sich Juno. »Vielleicht sollte ich dich noch eine Runde um den Platz jagen!«

»Nein! Das wagst du nicht!«, rief Silka entschieden.

»Freches Ding. Dann lass uns gehen. Mir wurde gesagt, ich rieche wie ein nasser Greif, und das ist eine Feststellung, die ich als maximal beunruhigend einstufen würde.«

•••

Tari schaute durch die große Öffnung zu den beiden Frauen nach unten, keckerte zufrieden und trabte dann davon, um es sich irgendwo im saftig grünen Gras der weiten Ebene gemütlich zu machen. Die Höhle lag weit außerhalb von Eydwall im Landesinneren und war riesig. Durch ein großes Loch im Deckengestein fiel warmes Sonnenlicht und gab die Sicht auf ein überraschend grünes Biotop frei. Pflanzenadern hatten sich über viele Jahre hinweg entlang der Wände ausgebreitet und fluoreszierten in den schattigeren Bereichen der Höhle. Juno staunte mit offenem Mund. Der Anblick war märchenhaft, farbenfroh und geheimnisvoll.

»Habe ich zu viel versprochen?«, fragte ihre Begleiterin.

»Ganz und gar nicht. Wie hast du diesen Ort gefunden?«

»Einer meiner Vorgänger hat die Höhle vor ein paar tausend Jahren entdeckt. Seitdem wird das Geheimnis vom einen zum anderen weitergegeben.«

»Kommst du oft hierher?«, fragte Juno, während sie im Sonnenlicht stand und sich drehte. Es gab unzählige Winkel und überall summten Leuchtkäfer in den schattigen Bereichen.

Kamika ließ sich auf einem kleinen Felsen nieder und knabberte Nüsse, die sie in einem Beutel verstaut hatte. »Nicht mehr so oft wie früher, aber wenn ich einen stillen Ort zum Nachdenken brauche, wo mich niemand stört, dann komme ich hierher.«

Nun legte Juno den Kopf ein wenig schräg und schaute Kamika milde verwundert an. »Wieso zeigst du mir dein Versteck?«

Die Wächterin zuckte mit den Schultern. »Dieser Ort ist zu schön, um nicht geteilt zu werden, meinst du nicht?«

»Dann teilst du die Höhle also mit jedem?«

»Nein«, lachte Kamika. »Das nun auch wieder nicht.«

»Aber die anderen Wächter kennen sie doch sicher?«

»Erigen kennt sie.«

»Du vertraust ihm sehr, nicht wahr?«

»Sie sind mir alle wichtig, aber Erigen ganz besonders. Ich weiß, er kann anstrengend sein, aber vieles von dem, was er sagt, ist nur Getue.«

»Hm, so etwas habe ich mir schon gedacht.«

»Hier, halt das einmal.« Kamika drückte Juno den Beutel mit Nüssen in die Hand und erhob sich von ihrem Sitzplatz. »Siehst du diese Wellenformation da oben im Deckengestein?« Juno musste nicht lange suchen, um zu erkennen, was Kamika meinte. Sie nickte. »Sind dir auch die Öffnungen aufgefallen?«

»Sind sie«, bestätigte Juno. Jetzt, da Kamika es ansprach, fiel ihr auf, dass das ganze Gestein von kleinen und großen Löchern durchsetzt war.

»Dann pass jetzt auf.«

Die Shi küsste leicht ihre Finger und hauchte den Kuss mit einer zärtlichen Geste fort. Juno spürte den Luftzug, den der feine Zauber erzeugte. Sie sah die goldenen Partikel, die sich von Kamika entfernten und in den Gesteinsöffnungen verschwanden. Ein leiser Ton erklang in der Höhle. Hell und lang. Dann noch ein zweiter und ein dritter und plötzlich ertönte eine vollständige, harmonische Melodie. Ein richtiges Lied.

»Oh!«, seufzte Juno und fiel langsam auf die Knie. Ihre Beine fühlten sich mit einem Mal wie weicher Pudding an. Sie setzte sich ins grüne Gras der Höhle, beobachtete den goldenen Schleier, der durch das löchrige Gewölbe wanderte und lauschte dem seltsamen Lied, das nach ihrem ganzen Wesen zu greifen schien. Als sie aufschaute, sah sie, wie Kamika sie beobachtete. Die Wächterin lächelte ihr jetzt zu und Juno erwiderte es halb entzückt und halb verzweifelt. Einen Moment später verstummte das Lied, doch Juno rührte sich nicht.

»Du bist traurig«, stellte Kamika enttäuscht fest. »Das war nicht meine Absicht, Juno.«

»Nein, ich bin überwältigt und vielleicht ein wenig melancholisch.«

»Was ist los?«

»Es ist albern«, wiegelte Juno beschämt ab.

»Ich mag alberne Dinge«, erwiderte die Wächterin.

»Wie fühlt sich Magie an?«, fragte Juno schließlich schüchtern. »Ich meine, ich kann sie wahrnehmen und gewissermaßen hören, aber richtig fühlen kann ich sie nicht. Nicht so, wie die anderen es beschreiben.«

»Ah, darum geht es also. Es gefällt dir wirklich nicht eine Lyre zu sein, hm?«

Juno schüttelte sanft ihren Lockenkopf. »Shi Lorden hat mir gesagt, die Magie würde uns kennen, unsere geheimen Wünsche, Ängste und Sehnsüchte. Wenn das stimmt, wieso hat sie aus mir dann eine Lyre gemacht? Ich fühle mich ausgeschlossen. Langweilig. Ist das egoistisch von mir?«

Kamika zuckte mit den Schultern und hielt Juno die Hand hin. »Komm, ich helfe dir auf«, sagte sie und tat es auch. »Stell dich vor mich.« Während Juno so dastand und sich fragte, was die Wächterin vorhaben mochte, nahm Kamika Junos Hände und legte die rechte Hand auf ihre Bauchdecke. »Ich werde jetzt einen ganz kleinen Zauber durch dich hindurchgleiten lassen. Erschrick nicht, ja?«

»Das geht?«, fragte Juno.

»Da du eine Lyre bist, ja«, sie lachte. »Also, diese Art der Magie ist nicht ganz ungefährlich, aber es wird nur ein wirklich winziger Zauber sein. Trotzdem: Wenn es dir unangenehm wird, sagst du sofort Bescheid, verstanden?«

»Verstanden«, antwortete Juno gespannt.

»Dann geht es jetzt los.« Kamika umarmte Juno ein wenig fester und ließ die Magie durch ihre Handfläche in Junos Bauchdecke hineinfließen. Sie hörte, wie ihre Freundin scharf die Luft einsog. Die Magie verteilte sich sanft und vorsichtig in Junos Körper. Sie war wie der Wind selbst, flüchtig und leicht, aber noch viel mehr, als Juno erklären konnte. Es kamen Unmengen an Sinneseindrücken mit der Magie und ein Gefühl von Verbundenheit und Weite.

Kamika führte Junos linke Hand und ließ sie langsam durch die Luft gleiten. Sofort spürte Juno, wie die geborgte Magie in ihr durch die Handfläche entwich. Ein dünner goldener Schleier bildete sich und wie zuvor, tänzelte er durch die Öffnungen des Gesteins. Die Melodie begann wieder zu spielen, nur leiser und zögerlicher als zuvor. Das

Herz der Lyre tanzte vor Freude in ihrer Brust. Kamikas Magie hätte ihr vermutlich fremd erscheinen sollen, aber das war sie nicht. Sie war ihr ebenso eine Freundin wie die Wächterin selbst und fühlte sich an, wie eine schmeichelnde Hand auf der Haut. Es wurde ihr klar, dass die Magie und der Mensch, zu dem sie gehörte, eine Einheit bildeten. Kamika war der Wind und der Wind war Kamika. Sie hörte sich selbst glockenhell lachen, bevor ihr Kopf für eine Millisekunde herabfiel und ihre Knie kurz nachgaben, als wäre sie in einen Sekundenschlaf gefallen. Kamika reagierte sofort. Der sanfte Magiefluss verebbte und das goldene Leuchten, das sich in Junos Brust ausgebreitet hatte, verschwand. Die Melodie der Höhle verstummte.

»Warum hörst du auf?«, fragte Juno.

»Du wirst schwächer.«

»Es geht mir gut, Kamika, bitte mach weiter.«

Aber die Wächterin löste sich von der Lyre und verneinte abermals. »Keine Chance. Sicherheit geht vor. Ein andermal wiederholen wir es vielleicht.«

Juno schloss für einen Moment die Augen und prägte sich die Erinnerung an diese einmalige Erfahrung fest ein. Als sie Kamika wieder ansah, umspielte eine tiefe Zufriedenheit Junos Lippen. »Danke.«

»Was immer dich glücklich macht, Hübsche.«

Kapitel 32: Ein feiner Zwirn

Brïn im Hekato 11'384 n. S.

Eydwall, Ideris

»Aber Bramas«, nörgelte Juno und fühlte sich reichlich unbehaglich, während die Schneiderin Junos Maße nahm, »tut es denn nicht auch eines der Kleider, die Shi Lorden mir überlassen hat? Oder wenigstens irgendein Kleid von der Stange, das kein Vermögen kostet?«

»Mein liebes Kind! Meine Nichte bekommt für ihr erstes Hoshidefest ein einzigartiges Kleid oder gar keins.«

»Aber ich bin nicht wirklich deine Nichte.«

»Sag so etwas nicht, Liebes. Ich fange doch gerade erst an, mich daran zu gewöhnen.«

Juno schüttelte sanft den Kopf und hob die Arme zur Seite, damit die Schneiderin ihren Körper weiter in Zahlen übertragen konnte. »Wie soll ich denn das je wieder gut machen? So viele Bücher katalogisieren und Abschriften anfertigen, kann ich doch gar nicht, Bramas!«

»Du sollst dich auf dem Fest amüsieren und alle verzaubern, mein Kind.«

Juno sah den kauzigen Mann an. Er hatte ihr ein neues Zuhause gegeben, ihr geholfen, sich in diese fremde Welt einzufinden, und er behandelte sie wie eine Tochter. Sie wusste nicht, womit sie die Sympathie eines so netten Menschen verdient hatte.

»Du bist viel zu gut zu mir, Bramas, weißt du das?«

Er winkte verschämt ab, aber seine Augen glänzten vor Glückseligkeit. »Also, Maril, was empfiehlst du unserer Juno?«

Die Schneiderin notierte die letzten Zahlen und lief noch einmal im Kreis um ihr lebendes Mannequin herum. »Ich habe da schon eine hinreißende Idee. Welches Element spricht am lautesten zu dir?«

Juno warf abwechselnd einen unsicheren Blick zu Bramas und Maril. »Du meinst, über welche Magie ich verfüge?« Sie knabberte auf ihrer Lippe herum. »Ich bin eine Lyre, Maestra Maril, ich kann keine Magie wirken.«

»Oh, eine Lyre, wie schön! Nun, dann wäre Gelb deine Farbe.«

Juno rümpfte die Nase. Gelb schien ihr so gar nicht die richtige Wahl zu sein. Zudem empfand sie ihre Gabe noch immer als etwas Fremdes, das nicht mit ihr verwachsen wollte. Sie war weder glücklich darüber, noch dankbar dafür, eine Lyre zu sein. »Darf ich eines der Elemente tragen, auch wenn ich es nicht selbst kontrollieren kann?«

»Selbstverständlich, Kin Juno. Welches soll es sein?«

»Wind«, antwortete sie umgehend.

»Wind?«, wiederholte Bramas mit gerunzelter Stirn. »Muss es denn ausgerechnet dieses Element sein?«

Juno verweigerte die Antwort. Sie wusste, dass ihr Adoptivonkel Vorbehalte hinsichtlich ihrer Freundschaft zu Kamika hatte. Im Stillen hoffte er, dass sich Juno bald jemand anderem zuwenden würde.

»Es ist eine gute Wahl, Bramas. Gold und Weiß, das wird ihr wundervoll stehen. Wir werden einen leichten Stoff für den Rock nehmen und etwas Schimmerndes für dein Mieder. Du wirst fabelhaft aussehen. Es war schon immer mein Wunsch Shi Kamika ein festliches Kleid zu schneidern, aber sie weigert sich beharrlich etwas anderes als Hosen zu tragen. Und das bei diesen schönen langen Beinen. Eine Schande ist das.« Die Schneiderin lachte aufgeregt und tänzelte beinahe zurück zu ihrem Notizblock. »Sie war erst gestern hier und hat mir ihre alljährliche, strikte Order vorgetragen«, fügte sie scherzhaft hinzu.

»Allerdings«, lachte Juno verschmitzt, »ihr Po kommt in Hosen besser zur Geltung.«

Maril lachte lauthals. »Du kennst Shi Kamika persönlich?«

»Wir sind Freunde«, antwortete die Lyre ein wenig stolz.

»Ja, sie verbringen jede freie Minute zusammen«, brummte Bramas. »Die Jugend! Sie sind sogar zum Fest verabredet, stimmt's, Liebes?«, fragte er an Juno gewandt und kannte die Antwort natürlich längst.

»Wirklich? Das ist ja ganz hinreißend! Shi Kamika ist eine wundervolle Frau. Man muss sie nur richtig kennenlernen, nicht wahr, Kin Juno?«, rief Maril und machte sich gleich noch mehr Notizen. »Das wird ein Meisterwerk.« Sie drehte sich zu Bramas um. »Was machen wir mit dir, alter Mann? Vielleicht ein temperamentvolles Rot dieses Jahr?«, fragte sie kokett und Juno warf der Dame, die etwa gleich alt wirkte wie der Bibliothekar, einen neugierigen Blick zu. Versuchte sie gerade Meister Bramas schöne Augen zu machen? Der Mann hustete verlegen und wiegelte ab.

»Ich bin bestens versorgt, Maril.«

»Zu schade. So eine feurige Robe stünde dir sicher hervorragend.« Der Bibliothekar wirkte eindeutig verlegen und räusperte sich. Maril kritzelte weiter in ihr Buch. »Kin Juno sollte nächste Woche noch einmal zur Anprobe kommen. Dann prüfen wir den Sitz des Unterkleides, bevor es an die eigentliche Arbeit geht. Ist das möglich?«

»Kein Problem«, antwortete Bramas schnell an Stelle seiner Adoptivnichte.

Juno stieg unterdessen von dem kleinen Podest und lief in der Schneiderei herum, während sich die beiden Älteren miteinander unterhielten und über ihre gemeinsamen Scherze lachten. Sie entdeckte eine ganze Reihe von wunderschönen Stoffen, die zum Teil eigenartige Eigenschaften besaßen. Da gab es einen feuerroten Stoff, der seine Farbnuancen wechselte und dabei flackerte wie ein richtiges Feuer. Die Außenseite war sogar warm, während die Innenseite kühl blieb. Ein grüner Samtstoff dagegen war außen kühl und fühlte sich an wie feuchtes Moos, wenn man mit den Fingern darüberstrich. Es gab Stoffe mit außergewöhnlich schönen Verzierungen in allen erdenklichen Farben und Mustern. Manche ganz schlicht, andere schimmerten und leuchteten, wenn sie mit Magie getränkt waren. Juno war fasziniert. Völlig egal was Maril auch für sie schneidern würde, bei solchen Stoffen, da war Juno sicher, konnte es nur erstaunlich werden. Der kleine Taschenspiegel in ihrer Hüfttasche vibrierte. Sie zog ihn heraus und klappte ihn auf. Silkas aufgeregtes Gesicht schaute ihr aus dem Spiegel entgegen.

»Juno! Wir machen Urlaub!«

»Äh, wie bitte?«

»Wir besuchen meine Nana. Sie wohnt in Bados, das ist eine Stadt an der Nordküste. Warst du schon einmal dort?«

»Nein.«

»Weißer Strand, Palmen und Meerwasser so klar, dass du bis auf den Grund schauen kannst!«

»Ich kann doch nicht einfach bei deiner Familie einfallen, Silka.«

»Nana Kadhi hat nichts dagegen. Kommst du mit? Bitte?« Sie machte einen Schmollmund mit ihren vollen Lippen und ihre meergrünen Augen funkelten aufgeregt aus ihrem schönen dunklen Gesicht. Sie wusste, dass Juno dem nicht würde widerstehen können.

»Falls Meister Bramas mich in der Bibliothek entbehren kann, vielleicht.«

»Er wird doch wohl ein paar Tage ohne dich auskommen. Oder suchst du vielleicht eine Ausrede, um in Eydwall bleiben zu müssen?«, fragte sie argwöhnisch.

»Was? Nein. Wieso?«, rasselte Juno in rekordverdächtigem Tempo herunter.

»Möchtest du möglicherweise eine gewisse Shi fragen, ob sie sich uns anschließen will?«

»Du wirst doch sofort wieder zur Steinsäule, wenn Kamika in der Nähe ist.«

»Was soll ich machen? Meine beste Freundin hat beschlossen, sich ständig in Gesellschaft einer Shi zu befinden, da werde ich mich wohl abhärten müssen.«

»Stört es dich, dass ich mit Kamika befreundet bin?«

»Aber nein. Wie kommst du denn darauf? Sie ist eine waschechte Shi!«, rief Silka in den kleinen Spiegel. »Das ist, ehrlich gesagt, ziemlich aufregend.«

»Wirklich? Du bist nicht nur nett?«

»Was ist los, Juno?« Silka beobachtete, wie ihre Freundin müde die Schultern hängen ließ.

»Es scheint einfach jeder etwas gegen sie zu haben. Bramas murrt ständig in sich hinein, Akko ist megamäßig schlecht gelaunt wegen ihr und vor Kurzem hat Sofia auch noch verlangt, dass ich mich in Zukunft von Kamika fernhalten soll.«

»Aber das lässt du dir doch nicht gefallen, hoffe ich?«

»Natürlich nicht! Du und Kamika, ihr seid die tollsten Freundinnen, die ich je hatte.«

»Na klasse! Ich bin genauso begehrt wie eine Shi. Kann der Tag noch besser werden?«

»Es ist wirklich in Ordnung für dich, dass sie meine Freundin ist?« Obwohl Silka aufrichtig wirkte, war Juno inzwischen verunsichert genug, um auch ihrer besten Freundin zu misstrauen, wenn es um Kamika ging. Sie konnte einfach nicht recht nachvollziehen, warum ihre direkten Mitmenschen so schlecht auf die Wächterin zu sprechen waren.

»Es ist mehr als in Ordnung für mich, Juno. Akko ist bestimmt eifersüchtig und nach allem, was ich von Sofia weiß, ist die ein bisschen zu eingebildet. Aber das habe ich nie gesagt, klar?«, fügte Silka verschwörerisch hinzu.

»Meine Lippen sind versiegelt«, antwortete Juno erleichtert und zog einen imaginären Reißverschluss über dem Mund zu. Sie lächelte breit.

»Geht es dir jetzt wieder besser?«, fragte Silka fröhlich.

»Viel besser, danke.«

»Können wir jetzt wieder über unseren Uuuuuuurlaub nachdenken, bitte?«, quengelte sie und entlockte Juno damit ein Schmunzeln.

»Wann soll er denn stattfinden?«

»In zehn Tagen.«

»Notiert. Ich rede mit Meister Bramas ... Und mit Kamika.«

»Juchu!«, quietschte Silka so laut in den Spiegel, dass Bramas und Maril tadelnd zu Juno herüberschielten.

»Silka«, sie grinste die beiden verlegen an und winkte mit dem Spiegel in der Hand. Sie ging ein Stück weiter weg und schaute wieder in das handliche Gerät. »Schrei doch nicht so laut!«

»Gönn mir gefälligst ein wenig Freude!«, meckerte Silka mit strategisch inszeniertem Schmollmund.

Kapitel 33: Portos

Brïn im Hekato 11'384 n. S.

Eydwall, Ideris

Der letzte Tag vor den Ferien. Zu Junos Überraschung war sie tatsächlich aufgeregt und freute sich diebisch auf ihren Ausflug mit Silka. Sie lief durch den Teil der Turmgärten, der dem Gehege der Greife am nächsten war. Silkas Urlaubsplanungen nahmen erschreckend schnell Formen an. Während Juno überlegte, wie sie Kamika am besten fragen konnte, ob sie sie begleiten würde, begann es in ihrer Schultertasche plötzlich zu rumpeln. Sie erschrak laut. Die Bewegung setzte einen Moment aus, dann begann es einmal mehr zu zucken und zu scharren. »Was zum ...« Vorsichtig stellte sie die Tasche auf dem Boden ab und öffnete sie. Sofort schaute ein pelziger kleiner Kopf mit spitzen Ohren hervor. Portos maunzte vorwurfsvoll.

»Portos! Was machst du denn in meiner Tasche? Da ist es ja kein Wunder, dass sich das Ding heute wie ein Sack Zement anfühlt.« Der blinde Passagier sprang nun munter ins grüne Gras und strich Juno sehr aufdringlich um die Beine.

»Na hallo, willst du vielleicht zu mir?« Juno hob den Blick von Portos und schaute Shi Erigen an, der in gewohnt selbstbewusster Pose vor ihr stand und seine Fingernägel mit einem koketten Blick studierte. Er tat so, als verderbe ihm ihr zweifelnder Blick den Spaß, aber sie sah ihn heimlich grinsen. »Also nicht. Du brichst mir das Herz.«

»Wird es dir eigentlich nie langweilig mit dieser Nummer als unwiderstehlicher Frauenschwarm?«, fragte Juno unbeeindruckt.

»Es ist dir also aufgefallen«, antwortete er ausgesprochen heiter.

»Oh Mann. Ist Kamika hier irgendwo? Sie hat mir eine Nachricht geschickt, dass ihr am See seid.« Sie packte ihre Tasche und hob Portos auf den Arm, weil der Kater ihr nicht eine Fingerbreite von der Seite weichen wollte.

Erigen wies mit dem Daumen über seine Schulter. »Mir nach, schöne Maid.«

Sie liefen am Ufer entlang und nach ein paar Minuten sah Juno die Wächter. Die Shi saßen und lagen auf einem Holzsteg am Uferrand, hatten die Hosenbeine hochgeschlagen und ließen die Füße im Wasser baumeln.

»Wir sind eben erst zurückgekommen«, erklärte Erigen den wenig eleganten Anblick seiner zerzausten und verdreckten Mitstreiter.

»Ihr seid in letzter Zeit ziemlich oft auf der Jagd.«

Er nickte und seine Stimme wurde ein wenig ernster. »Die Angriffe häufen sich. Früher mussten wir vielleicht zweimal im Monat raus. Jetzt ist es mindestens zweimal in der Woche. Ich bin froh, dass das Hoshidefest bald beginnt. Wir brauchen dringend einen neuen, starken Schild.«

»Ich hatte gehofft, es wäre endlich ruhiger geworden.«

»Leider nicht.«

»Juno!« Kamika zog die Füße aus dem Seewasser, als sie Juno kommen sah und setzte sich auf. Sie winkte. Alle Shi starrten Juno an und sie schluckte schwer. »Steh nicht dahinten herum. Komm her!«

Erigen hatte sich bereits zu seinen Freunden gesetzt und schälte seine Füße aus den Stiefeln. Einen nach dem anderen steckte er sie in das kühle Wasser. Es dampfte und zischte kurz und der Wächter stöhnte auf, während er sich auf den Rücken fallen ließ. »Magisch!«

Kassia rutschte ein wenig zur Seite und bedeutete Juno sich zwischen sie und Kamika zu setzen. Die Erdwächterin hatte offenbar ein Auge auf Junos kleinen Begleiter geworfen und strahlte den pelzigen Besucher mit heller Freude an.

»Ein Kätzchen! Von deiner Sorte habe ich schon seit Ewigkeiten keines mehr gesehen.« Portos zappelte auf Junos Arm und sie lockerte den Griff. Der Kater trampelte auf ihren Beinen herum und maunzte mürrisch.

»Ich sehe, du bist in Begleitung erschienen«, sagte Kamika und strich dem Tier über den Kopf.

»Tut mir leid. Er hatte sich in meiner Tasche versteckt. Er ist neuerdings ziemlich anhänglich.«

»Kein Wunder«, meinte Kassia, als wäre der Grund doch ganz offensichtlich. *»Jemand benutzt deinen Kater für eine Geistwanderung.«*

»Wie bitte?«, fragte Juno und warf der Erdwächterin einen verdutzten Blick zu.

»Jemand überträgt seinen Geist in den Körper deines Katers. Nicht sehr nett, wenn man bedenkt, dass Katzen den Eindringling wahrnehmen und sich nicht wehren können.«

»Soll das heißen, Portos ist besessen?«

»Nicht in diesem Moment, aber gelegentlich schon.« Kassia kraulte Portos hinter dem Ohr und das Kätzchen wechselte vom einen auf den anderen Schoß. *»Eine seltsame Signatur, die diese Person hinterlässt. Leider zu schwach, um sie zu verfolgen.«*

»Wie kann ich verhindern, dass das wieder passiert?«, fragte Juno, der es aus ganz verschiedenen Gründen nicht behagte, dass jemand seinen Geist in den ihres Katers übertrug.

»Schwer zu sagen. Geistübertragung bei Tieren ist auf Brïn eigentlich nicht möglich. Sie werden ja alle hier geboren und sind deswegen immun gegen solche Zauber. Dein kleiner Freund hier allerdings stammt nicht von Brïn. Das macht ihn anfällig für Magie. Könnte er sprechen oder denken wie ein Mensch, könnte er sich mit Magie verteidigen.«

»Das ist nicht fair. Irgendwie muss ich ihm doch helfen können.«

»Du kannst ihn erst einmal bei uns im Turm lassen. Die Bannzauber um die Insel halten alle fremden Zauber draußen.«

»Ich weiß nicht, ob er da mitmacht. Wahrscheinlich kommt er irgendwann einfach zurück in die Bibliothek gelaufen.«

»Hm.« Kassia hob das dauermaulende Kätzchen hoch und sah ihm in die gelben Augen. Sie lächelte ihm zu und Juno hatte den Eindruck von einem fremdartigen Gedanken gestreift zu werden. Plötzlich begann Portos zu schnurren und stieß Kassia den Kopf gegen das Kinn.

»Also abgemacht, kleiner Freund?« Portos maunzte zustimmend und rieb sich noch energischer an der Shi.

»Hast du dich gerade mit meinem Kater unterhalten?«, fragte Juno verdutzt.

»Wir verstehen uns, nicht wahr, Portos?« Wieder maunzte das Tierchen. *»Er ist einverstanden.«*

Juno glotzte die Erdwächterin drei Atemzüge lang staunend an. Kassia sprach mit ihrem Kater? Das war verrückt. »Er wäre hier sicher vor diesem ... Geistwanderer?«

»Absolut.«

»Dann ist es wohl das Beste, aber ich werde ihn vermissen«, sagte Juno und wurde ganz sentimental. Portos war für sie das, was einer Familie am nächsten kam.

»Er kann bei mir bleiben«, meldete sich Kamika zu Wort. »Du bist so oft bei mir, da würdest du ihn fast öfter zu Gesicht bekommen als bisher.«

»Das würdest du für mich tun?«

»Klar. Ein bisschen Gesellschaft kann mir auch nicht schaden, oder?« Kamika lächelte, griff über Juno hinweg und kraulte Portos das Fell, der sich kaum entscheiden konnte, wessen Streicheleinheiten er nun mehr benötigte.

Junos Ohren fühlten sich mit einem Mal heiß an. Sie schaute den blonden Haarschopf an, der ihr sehr nahe gekommen war. »Machst du mit mir Urlaub?«, platzte es plötzlich aus ihr heraus. Schon wieder starrten die Wächter sie an.

»Urlaub?«, antwortete Kamika überrascht und schaute auf.

»Ja, na ja, ein paar Tage Ferien eben. Silka und ich wollen an den Strand fahren.« Einen Moment lang lag tiefe Stille über dem Steg und Juno hätte schwören können, dass sie irgendwo eine Grille zirpen hörte. Sie rutschte unbehaglich auf dem Gesäß hin und her, denn die Wächter beobachteten sie noch immer mit unverhohlenem Interesse. »Was sagst du dazu?«, fragte Juno Kamika halblaut.

Die Windwächterin erforschte die Gesichter ihrer Freunde. Erigen hatte alle Mühe sich zu beherrschen und nicht in lautes Gelächter auszubrechen. Stattdessen presste er die Lippen fest aufeinander und zwinkerte ihr zu, ehe er den Blick schnell in den Himmel richtete. Lorden dagegen schien sie mit seinem kühlen Blick durchbohren zu wollen und Kassia schenkte ihr den arglosesten Gesichtsausdruck, seit Erfindung der Unschuldsmiene. Die Erdwächterin hatte es faustdick hinter den Ohren, dachte Kamika.

»Ein andermal, Hübsche. Zur Zeit sind Horden von Skrae unterwegs, die machen leider keine Ferien.« Sie hörte deutlich, wie Lorden einen erleichterten Seufzer von sich gab, auch wenn er versuchte, ihn zu unterdrücken.

»Das verstehe ich«, sagte Juno leise.

»Sei nicht enttäuscht, ja? Nach Hoshide wird es wieder ruhiger werden. Dann darfst du mit mir machen, was du willst und wann du willst.« Sie stupste die Lyre mit der Schulter an und zupfte verspielt an einer ihrer lockigen Strähnen.

»Versprochen?«

»Mein Ehrenwort als Shi darauf.«

Erigen kicherte am anderen Ende der Reihe.

Kapitel 34: Sommer, Sonne, Fangzahn

Brïn im Hekato 11'384 n. S.

Bados, Euridis

Silka stand mit den Füßen im kühlen Meerwasser und ließ sich kleine Schaumkronen um die Knöchel spülen. Es war ein perfektes Sommerbild. Silkas Haut, die Farbe dunkler Schokolade, vor einem wolkenlosen blauen Himmel. Sie trug ein türkises Sommerkleid, das die Farbe ihrer Augen widerspiegelte. Es war eine gute Idee gewesen hierher zu kommen. Juno spürte wie sie sich mit jeder Minute mehr entspannte. Zum ersten Mal seit Wochen hatte sie nicht das Gefühl, dass ihr jemand im Nacken saß und heimlich über die Schulter blickte. Akkos unerbetene Aufmerksamkeit hatte ihr offenbar stärker zugesetzt, als ihr bewusst gewesen war. Außerdem entpuppte sich Bados als eine wunderschöne kleine Stadt, ein Dorf vielmehr. Es war nicht so geschäftig wie Eydwall und noch viel familiärer. Sie hatten das Meer direkt vor der Haustür, die Luft roch nach Salzwasser und trug den Klang schreiender Möwen mit sich. Juno hätte es noch schöner gefunden, wenn Kamika sie begleitet hätte. Sie machte sich immer ein wenig Sorgen, wenn die Wächterin auf die Jagd ging. Es war albern, das wusste Juno. Schließlich handelte es sich bei den Shi nicht um Amateure, dennoch hatte sie Angst um ihre Freundin. Shi hin oder her. ›Ich werde unverletzt zu dir zurückkommen, versprochen!‹, pflegte Kamika in ihrer unbekümmerten Art zu sagen und bisher hatte sie sich daran gehalten. Kamika würde nichts passieren. Das musste Juno sich immer wieder sagen.

»Es ist wirklich schön, Silka. Es war eine großartige Idee in die Ferien zu fahren.«

»Habe ich dir doch versprochen!«

»Aber dass Kadhi deine Urgroßmutter ist, daran werde ich mich nie gewöhnen.«

Silka lachte zur Antwort und setzte sich zu Juno in den warmen Sand. Sie spielte mit den Körnern, die ihr auf der nassen Haut klebten. »Für mich ist es auch seltsam, obwohl ich damit aufgewachsen bin. Sie sieht ja kaum älter aus als wir beide, wie soll man da glauben, dass sie schon gute vierhundert Jahre alt ist? Als ich noch klein war, hat sie mich in der Kolonie auf Terra manchmal besucht und egal wie viele Jahre vergingen, sie hat sich nicht verändert.«

Juno ließ sich auf den Rücken fallen. »Es ist so friedlich. Ich könnte für immer hier liegen und den Himmel anschauen.«

»Zumindest für die Dauer der Ferien«, gab Silka gut gelaunt zurück. »Nach einer Weile wird es einem doch schnell langweilig.«

»Niemals!«, trällerte Juno zufrieden und ließ sich die Sonne auf den Bauch scheinen. In eben diesem idyllischen Moment der vollkommenen Entspannung schrillte ein hochfrequenter Ton durch die Stille. »Uh! Was soll denn das jetzt?«, beschwerte Juno sich und schaute zurück zur Stadt, aus deren Richtung der Lärm kam.

»Das ist ein Alarmsignal«, sagte Silka und ihre Gesichtszüge wurden starr.

»Was denn für ein Alarm? Brennt es? Ich rieche und sehe nichts.«

»Nein, kein Feuer, Juno. Komm mit! Schnell!« Silka raffte ihren langen Saum hoch und rannte.

Ahnungslos rappelte sich Juno auf und folgte ihrer Freundin den Strandweg entlang zurück in die Häuserreihen und zum Haus ihrer Urgroßmutter. Die vorsitzende Stadthüterin und ihr Berater waren in heller Panik, als die beiden bei ihr eintrafen.

»Nana! Was ist passiert?«

»Silka, oh Kleines, ihr müsst sofort in den Keller. Schließt die Tür ab und kommt auf keinen Fall heraus.«

»Was ist hier los, Nana?«, rief Silka völlig verängstigt.

»Eine ganze Horde von Skrae ist auf dem Weg hierher.« Nana Kadhis Stimme klang zum ersten Mal so alt, wie es die Frau hinter ihrem jugendlichen Äußeren war.

»Skrae? Hier?«

»Was ist mit den Jägern und den Shi?«, fragte Juno kreidebleich. »Sie sind doch sicher auf dem Weg?« Kadhi schwieg lange. »Nana Kadhi?«

»Sie werden es nicht rechtzeitig schaffen«, sagte die Stadthüterin schließlich.

Junos Herz rutschte ihr in die metaphorische Hose. Sie hatte schon einiges über diese Kreaturen gehört und in den Spiegelnachrichten gesehen und sich doch nie ernsthaft mit ihnen auseinandergesetzt. Sie waren so fiktiv, so weit entfernt, so surreal. In Eydwall gab es keine Skrae und es machte es ihr bloß schwerer, sich keine Sorgen um

Kamika zu machen, wenn sie sich mit diesen Geschöpfen zu sehr befasste. Also tat sie es ganz einfach nicht. Sie wusste nur, dass schon ein einziger Skra unvorstellbaren Schaden anrichten konnte, und wollte nicht daran denken, wozu eine ganze Horde fähig war. »Wie viele Skrae sind es denn?«, fragte sie vorsichtig.

»Die Jäger sprechen von mindestens zweihundert«, flüsterte Nana Kadhi beklommen.

»Zweihundert!«, riefen Silka und Juno wie aus einem Munde.

»Die Skrae werden die ganze Stadt auslöschen!« Silka zitterte am ganzen Körper und Juno drückte ebenso ängstlich die Hand ihrer Freundin.

»Die örtlich stationierten Jäger sind bereits hier und werden die Skrae so lange zurückdrängen, wie es geht. Wenn wir Glück haben, schaffen es die Shi und die anderen Jäger zu uns, solange ...«, sie stockte mitten im Satz.

»Solange noch jemand lebt, den sie retten können?«, keuchte Juno. Sie war nicht bereit zu sterben. *Ganz und gar nicht bereit.*

»Es tut mir leid. Ihr müsst jetzt runter in den Keller. Ich weiß nicht wie viel Zeit uns noch bleibt.«

»Gibt es keinen Schutzzauber, der die Skrae von der Stadt fernhalten kann? Wenigstens für eine Weile?«, fragte Juno hoffnungsvoll und kam sich im selben Moment einfältig vor. Wenn es einen solchen Zauber gäbe, dann hätte sie nicht erst danach fragen müssen.

»Bados ist ein kleines Nest. Solch ausgereifte Zauberei haben wir hier nicht. Los jetzt. Runter in den Keller mit euch.«

»Was ist mit dir, Nana?«, rief Silka mit zittriger Stimme.

»Ich werde tun, was ich kann, um die Skrae zurückzudrängen.«

»Nein, Nana, nein! Das ist viel zu gefährlich!«

»Ich habe dich lieb, Kleines. Sage deiner Mutter und deiner Schwester, dass ich auch sie sehr lieb habe, ja?«

Silka warf sich in die Arme ihrer Urgroßmutter und hielt sie fest umschlungen. »Ich bleibe bei dir, Nana.«

»Nein, Silka, du bist noch zu jung und unerfahren.«

»Das ist mir egal, Nana. Ich lasse dich nicht alleine.«

Während sich die beiden Frauen unglücklich voneinander verabschiedeten und sich dem unvermeidlichen Schicksal zu stellen versuchten, war Juno zu Kadhis kleinem Arbeitstisch gelaufen und kritzelte wild auf einem Blatt Papier herum. Sie rief sich Zeichen um Zeichen in Erinnerung, Himmelskarte um Himmelskarte. *Ein Schutzzauber muss bloß die Ähnlichkeit von Brïns Planetenschild haben. Er muss für Bados auch nicht so groß sein. Es ist eine kleine Stadt.* Sie schrieb die Zeichen nieder, schlug Verbindungsbögen und strich jedes unnötige Detail wieder heraus. Die Badoser waren keine großen Magier, hatte Kadhi gesagt. Juno sah das nicht als Problem an. Ihr Schild musste schließlich kein ganzes Jahr standhalten, sondern nur so lange, bis die Shi eintrafen. Sie brauchten einen einfachen Spruch, der ihnen Zeit verschaffte. Juno hörte Silka und Kadhi leise miteinander sprechen. Worte, die zwischen Flüstern und Flehen lagen, unterbrochen von kleinen schluchzenden Lauten.

»Nana Kadhi«, begann Juno und merkte erst jetzt, dass auch sie am ganzen Körper zitterte.

»Juno, nimm Silka ...«

»Nein, warte! Hier, wird das vielleicht helfen können?« Juno hielt Nana Kadhi ihren Zauberspruch hin. Die alte Seele nahm das Papier unbeeindruckt entgegen. Sie hatte keine Zeit für gut gemeinte Versuche eines Neulings, das merkte Juno ihr deutlich an. Aber sie blieb hartnäckig und redete auf Kadhi ein, bis die Stadthüterin endlich nachgab und sich das Papier ansah. Die Hüterin hielt einen Moment lang inne und anstatt Juno abzuweisen, schaute sie die Lyre plötzlich sichtlich aufgeregt an.

»Ist das ein Schild?«

»Ja, wie der, der Brïn umgibt, nur kleiner und einfacher. Nicht so stark und er wird gewiss nicht lange bestehen, aber ...«

»Aber er wird stark genug sein, um uns Zeit zu verschaffen.«

»Ja!«, rief Juno nun hoffnungsvoll.

»Wir bräuchten die Hilfe jedes einzelnen Bewohners und Jägers. Jeder müsste den Schild mit seiner Magie speisen.« Kadhi lief langsam auf und ab und kaute auf einem ihrer perfekten Fingernägel. Eine liebenswert gewöhnliche Geste, die Juno trotz der aussichtslosen Lage beruhigte. »Nein, nein. Das kann nicht funktionieren.«

»Wieso nicht? Nana, Juno ist eine begabte Lyre. Ihre Zaubersprüche funktionieren. Wir müssen es versuchen!«

»Darum geht es nicht. Ein Zauber wie dieser verbindet alle vier Elemente. Wir bräuchten die Edana als Verbindungsglied, um das bewerkstelligen zu können. Uns fehlt der Durchleiter, in dem sich die Elemente verbinden können.«

Die vorsichtige Freude, die sich auf Junos und Silkas Gesichtern abzubilden begonnen hatte, verebbte. *Die Edana. Ein Durchleiter. Jemand in dem sich die Elemente miteinander verbinden können. Durchleiten. Durchleiten. War es nicht das, was Kamika in der Höhle mit mir gemacht hat?*

»Was ist mit einer Lyre?«

»Wie bitte?«

»Lyre sind Durchleiter. Wir wirken keine Magie. Sie fließt durch uns hindurch und bleibt nicht in uns haften. Könnte eine Lyre nicht die Funktion der Edana erfüllen? Wenigstens für eine kurze Zeit?«

Kadhi schwieg und dachte nach. »Ich weiß nicht, Juno. So etwas wurde meines Wissens nach noch nie versucht. Es könnte tödlich sein.«

»So, wie die Dinge stehen, überlebt keiner von uns lange genug, um sich darum Gedanken zu machen, wenn die Skrae erst hier einfallen.« Juno war überrascht, wie fest ihre Stimme blieb, während sie sich vor Angst am liebsten in ein dunkles Loch verkrochen hätte.

»Juno«, flüsterte Silka. »Bist du sicher, dass du das tun willst?«

»Der Schild muss nicht lange halten. Vielleicht nur ein paar Minuten. Die Shi werden bald hier sein, richtig?«

»Ja«, flüsterte Silka.

»Dann lasst es uns tun.«

Kadhi nahm sie plötzlich in den Arm, drückte sie so fest, dass ihr einen Moment lang der Atem wegblieb, und rauschte blitzschnell zu ihrem Spiegel. Sie öffnete einen Kanal zu allen Spiegeln der Stadt und gab ihre Anweisung durch. Sie stellte die Nachricht auf Wiederholung und lief aus dem Haus.

Draußen herrschte inzwischen Chaos. Die Jäger, nur eine kleine Gruppe von ihnen, versuchten die Stadt, in der kurzen Zeit, die ihnen blieb, mit Barrikaden zu sichern und Schutzzauber an der Grenze zu legen. Die Bewohner hatten sich größtenteils in ihren Häusern verschanzt, doch nun gingen einzelne Türen auf und sie kamen zögerlich heraus. Kadhi eilte zu einem der Jäger, auf den sie mit hektisch wirkenden Gesten einredete, ihm das Papier zeigte und kurz auf Juno wies. Der Jäger schaute einen Moment lang mit ernstem Blick zu der Lyre, dann wandte er sich wieder an Kadhi und Juno sah, wie er nickte. Sie hatte nicht den Eindruck, dass er von dem Plan der Stadthüterin überzeugt war, doch er schien bereit es auf den Versuch ankommen zu lassen. Kadhi kehrte zu Juno und Silka zurück.

»In Ordnung. Die Jäger werden sich auf den Kampf vorbereiten, falls es nicht funktioniert oder die Skrae den Schild zu früh durchbrechen sollten. Silka, du bringst Juno auf den Marktplatz. Ich werde die Bewohner einweisen.«

Der Marktplatz war nahezu menschenleer. Nur die Jäger rannten vereinzelt vorbei. Juno zeigte Silka, welche Zeichen sie ihr auf die Haut schreiben musste. Auf ihre Handflächen zwei Zeichen für den Eintritt, auf ihre Stirn eines für den Austritt. Als magielose Lyre brauchte sie diese Zeichen, um der Magie den Weg weisen zu können. Gerade als Silka damit fertig war, Juno zu markieren, kamen die Menschen auf den Platz geströmt.

»Du wirst das schaffen, ja, Juno?« Silka hielt sie fest an den Handgelenken und sie sah sie mit einem Flehen in den Augen an. »Wir werden heute Abend wieder am Strand sitzen und uns irgendeinen echt harten Punsch einfahren.« Die Lyre nickte steif. »Versprochen?«

»Versprochen«, antwortete Juno. Sie zitterte am ganzen Körper und ihr war plötzlich eiskalt. »Falls etwas schiefgeht, Silka, sagst du Kamika dann bitte, dass sie gut auf sich und Portos achtgeben soll?«

»Es wird nichts schiefgehen!«, verweigerte sich Silka dieser Vorstellung.

»Bitte, Silka. Versprich mir, dass du für sie da sein wirst.«

Silka bekam feuchte Augen. Sie wollte nicht daran denken müssen, dass Juno vielleicht wirklich nicht mehr lange genug leben würde, um den geplanten Punsch mit ihr zu trinken. Es schien alles ein böser Traum zu sein. »Ich verspreche es. Aber du wirst nicht sterben. Ich verbiete es dir!«

Trotz der erdrückenden Situation spürte Juno, wie sich ein dankbares Lächeln auf ihre Lippen legte. »Einverstanden. Und jetzt ... Würdest du den Anfang machen?«, bat sie Silka.

Silka nickte und trat einen Schritt zurück. Sie sah ihre Freundin an, dann begann sie den Spruch zu rezitieren. *Anyon, anyon, elori shidann. Anyon, anyon, elori sedit di shidann.*

Juno spürte die weiche noch zaghafte Magie Silkas nach ihren Handflächen greifen. Sie glitt in ihren Körper hinein wie ein feiner Faden und schlängelte sich ebenso zaghaft durch Junos Körper. Es war ganz anders als mit Kamikas unverfälschter Magie. Nicht richtig schmerzhaft, aber es fühlte sich an wie ein juckender Ausschlag, an dem man gerne kratzen will. Störend wie ein Staubkorn im Auge oder ein Splitter im Finger.

Der feine Faden trat aus Junos Stirn wieder hinaus und stieg den Himmel empor. Junos klopfendes Herz beruhigte sich ein wenig. Es war gar nicht so schlimm, nur etwas unangenehm. Doch dann hörte sie die Stimmen der anderen Bewohner in Silkas Singsang einstimmen. Ein Faden nach dem anderen gesellte sich zu dem ersten. Keiner so weich und vertraut wie der ihrer Freundin. Die neuen Fäden waren härter, fremder und stärker. Sie schlängelten sich nicht sanft durch ihren Körper, sie bohrten sich durch Juno hindurch wie rostiger Stacheldraht und rissen kleine Teile ihres Wesens mit sich. Sie begann zu wimmern, als der Schmerz einsetzte. Zuerst war es ein schwacher Kopfschmerz, das Gefühl von leicht verbrannter Haut, ein Kribbeln im ganzen Körper das eine Grippe ankündigte. Doch je mehr Stimmen hinzukamen, je mehr Fäden sich durch Juno hindurchdrängten, desto heller und intensiver wurde der Schmerz. Sekunden wurden zu Stunden, der Schmerz zu einer stechenden Dornenranke, die Juno fest umwickelte. Gnadenlos bissen sich die vielen Facetten der Pein in Junos Körper und in ihren Geist. Der Schmerz verschlang Haut und Seele – alles, was sie zu geben hatte.

Juno schrie, bis ihre Kehle trocken war. Die Welt begann sich vor ihr zu drehen und sie fiel wie betäubt auf die Knie. Ihre Hände hingen schlaff an ihrem Körper herunter und sie legte den Kopf in den Nacken, die Stirn dem Himmel zugewandt. Sie spürte die Tränen über ihre Wangen laufen, hörte ihre eigenen jämmerlichen und erstickten Laute. Sie wollte, dass es aufhörte, aber es gab keinen Weg zurück. Die Magie hunderter Menschen floss durch sie hindurch und verflocht sich in ihr zu einem Netz.

Juno wurde blind. Die Welt war Schmerz und weißes Licht.

Kinobes Ratgeber für Neuankömmlinge

(11') - 117. Auflage

Abschnitt Vier: Skrae

Über die Rasse der Skraelsen, kurz Skrae, ist wenig in Erfahrung zu bringen. Sie haben einen sehr wandlungsfähigen Körper, der sowohl im freien Raum des Alls existieren kann, als auch auf einem Planeten mit starker Gravitation. Der einzige zuverlässige Schutz vor den Skrae ist der Planetenschild, der ganz Brïn umgibt.

Woher diese Kreaturen ursprünglich stammen, konnte bisher trotz intensiver Betrachtung nicht eindeutig geklärt werden. Forschungen legen nahe, dass sie ihre Heimat in den einst mit Magie angereicherten Nebeln des Sternbilds Tarem-Ordis haben, wo es eine Vielzahl von treibenden Asteroiden gibt. Skrae vermehren sich schnell und nähren sich ausschließlich an Magie. Die schwindenden Nahrungsressourcen des Nebels treiben die Skrae immer wieder nach Brïn. Da es hier kaum noch wilde und ungebundene Magie gibt, scheuen Skrae nicht davor zurück, Menschen anzugreifen um so an die in ihnen eingelagerte Magie zu gelangen. Im Klartext heißt dies, dass ein Skrae sein menschliches Opfer ausweidet und es verspeist.

Bewohnern Brïns wird dringend geraten, sich nicht ohne ausgebildete Jäger außerhalb der urbanen Zonen aufzuhalten. Solltest du einen Skra sichten, sind die Jäger umgehend zu informieren.

Kapitel 35: Lyre in Nöten

Brïn im Hekato 11'384 n. S.

Bados, Euridis

Die Flügel der Greife durchschnitten die Luft wie Klingen. Die Shi sahen den Schwarm Skrae wie eine dunkle, ölige Masse auf die Stadt einschlagen. Es mussten an die dreihundert Kreaturen sein. Doch sie schienen nicht vorwärtszukommen und hetzten wie ein geschäftiger Ameisenschwarm über die Barriere vor ihnen.

»Was ist das?«, rief Erigen vom Rücken seines schwarzgefiederten Greifs und schaute zu der wabernden, milchig leuchtenden Kuppel hinunter, die wie ein feines Netz über der Stadt lag.

»Das ist ein Schild!«, kam es deutlich überrascht aus Lordens Richtung zurück.

»Wie ist das möglich?«

»Unterhalten könnt ihr euch noch, wenn die Biester tot sind!«, rief Kamika ihnen zu. »Erigen, geh über die linke Flanke. Kassia, du nimmst die rechte. Lorden, setz dich nach vorne ab und versuch die Biester ins Meer zu ziehen. Ich nehme mir die Mitte vor. Los!« Niemand widersprach. Kamika nahm ihren goldenen Bogen vom Rücken, presste ihre Schenkel fest in den Sattel und begann zu schießen. Die Jäger, die die Shi zur Verstärkung mitgebracht hatten, schwärmten mit ihnen aus und stürzten sich hinter den Wächtern in die Tiefe.

•••

Silka hielt Juno in den Armen. Ihre Freundin hatte nicht mehr die Kraft, sich eigenständig aufrecht zu halten. Ihre Hände hingen schlaff an ihrer Seite herab, die Handflächen mit den aufgemalten Symbolen zeigten nach oben und die Ränder der Zeichen glühten wie angesengtes Papier. Silkas Freundin war kaum mehr als eine leblose Hülle und die junge Brïnai kämpfte gegen ihre wachsende Furcht.

Die Stimmen wiederholten den Zauber wieder und wieder und die Magie strömte stetig durch Juno hindurch, um den Schild über ihnen zu formen. Er war nicht fest und unnachgiebig, wie Silka es erwartet hatte. Er war vielmehr wie ein weicher Stoff, der sich mit der Strömung des Windes in sanften Wellen bewegte. Sie alle hatten mit angesehen, wie die ersten Skrae auf ihn eingestürzt waren. Eine dunkle Masse die mit

Klauen, Krallen und fauchenden Lauten auf das feine Gewebe einhackte. Doch so zerbrechlich wie der Schild auch wirkte, er hielt stand. Silka konnte kaum fassen, dass es funktioniert hatte. Die Menschen um sie herum schienen ebenso überrascht zu sein. Jene, die in ihrer Furcht ihren Singsang unterbrochen hatten, fanden zu neuer Kraft zurück und schickten all ihre Magie durch Junos kälter werdenden Körper. Viele hatten inzwischen Schweiß auf der Stirn und stützten sich gegenseitig. Die Badoser wurden schwächer. Der Schild verlangte ihnen alles ab. Einhundert Badoser besaßen zusammengenommen vermutlich nicht einmal die Macht eines einzigen Meistermagiers, die es meist in die großen Städte zog.

Silka spürte die Erschöpfung. Die Magie zehrte an ihr und brannte auch die anderen langsam aus. Lange würden sie nicht mehr durchhalten können. Kaum hatte sie diesen Gedanken vollendet, hörte sie die alarmierenden Rufe der Jäger. Sie sah sich um und entdeckte einen Skra, der sich durch ein Loch im Schild zwängte. Ihr Herzschlag beschleunigte sich. Der Skra krabbelte nun kopfüber an der milchigen Innenseite des Schildes entlang und stieß ein zähnefletschendes Heulen aus. Seine Artgenossen schienen ihm zu antworten und stürmten dem Loch entgegen. Ein Dutzend Klauen schob sich durch die kleine Öffnung, als alle Skrae gleichzeitig versuchten, hindurch zu kommen. Sie schnappten nacheinander und fauchten sich an. Jeder kämpfte um die Vorherrschaft. Eine Jägerin schleuderte rotierende Eisblumen mit scharfen Schnittkanten auf die Kreatur, die bereits zuvor durchgeschlüpft war. Die Geschosse trafen den Skra direkt in den Kopf und die Bestie fiel zu Boden. Ein zweiter Jäger stieß mit einem brennenden Speer nach und das Zischen des öligen Skrae-Fleischs jagte Silka einen Schauer über den Rücken. *Gut so*, dachte sie trotz des abscheulichen Anblicks, *sicher ist sicher*.

Doch während sie die beiden Jäger beobachtet hatte, hatten sich die Skrae oberhalb des Schilds weiter in das Loch hineingefressen und die Öffnung ein wenig vergrößert. Die ersten Badoser fielen auf die Knie und mussten ihren Singsang aufgeben. Die Skrae brachen durch und die Jäger entfesselten ihre Kräfte. Silka sah Feuerpeitschen durch die Luft sausen, die die wendigen Körper zerteilten und schwarzes Blut auf die Badoser regnen ließen. Pfeile und Eissplitter stiegen blitzschnell in die Höhe und rissen weitere Skrae in den Tod. Einige Jäger ließen sich vom

Wind hoch hinauftragen, liefen auf dem Luftstrom wie Eiskunstläufer und stießen mit Klingen nach den Skrae. Sie kämpften routiniert und sicher, in kleinen Gruppen, deren Mitglieder sich gegenseitig den Rücken freihielten. Doch die Bestien waren den Jägern zahlenmäßig weit überlegen. Sie drängten sich zu einem schwarzen Teich auf dem Schild zusammen und suchten nach weiteren Öffnungen, während die ersten ihrer Artgenossen schon bald den Boden erreichten. Dort stürzten sie sich sofort auf die Menschen, die zu schreien begannen und auseinanderliefen. Doch damit unterbrachen die Badoser ihren Zauberspruch, was den Schild noch schneller schwächte. Die Jäger konnten die Skrae noch rechtzeitig erlegen, bevor jemand ernsthaft zu Schaden kam, aber Silka war bewusst, dass ihnen allen nicht mehr viel Zeit bleiben würde. Juno hielt nicht mehr lange durch und auch die Badoser würden bald keine Kraft mehr haben. Silka sang weiter, obwohl ihre Stimme inzwischen regelmäßig wegbrach und obwohl ihr Hals schmerzte. Sie wiegte Juno wie ein Kind in ihrem Schoß und flehte in Gedanken darum, dass die Shi endlich eintreffen mögen. Sie fragte sich, wie lange sie Juno schon so im Arm hielt. *Eine Minute? Oder waren es zehn?*

Eine neue Welle von Schreien veranlasste Silka, sich panisch umzuschauen. Auf der entgegengesetzten Seite des ersten Lochs im Schild hatte sich ein zweites gebildet. Während sich alle auf die große Masse konzentriert hatten, hatte sich ein einzelner Skra von der Gruppe abgesetzt und war unbemerkt durch die zweite Öffnung eingedrungen. Er preschte durch die Menschenmenge und Silka sah mit Entsetzen rotes Blut spritzen. Doch die Kreatur hielt sich nicht lange mit den Umstehenden auf. Als hätte der Skra ausgerechnet sie zum Ziel, kam er direkt auf sie und Juno zugestürzt. Silka entfuhr ein erstickter Schrei. Sie umklammerte Juno fester und vergrub ihr Gesicht in deren Haar. Sie kniff die Augen zusammen und rezitierte ihren Zauberspruch schneller und schneller, lauter und lauter. Krallen scharrten über den Boden. Silka hörte die Kreatur näherkommen, näher, noch näher, zu nah.

Ein Zischen, ein matschiges nasses Geräusch an Silkas Ohr, ein dumpfer Knall und dann ... Nichts. Sie wagte es, den Blick aus Junos Locken zu nehmen und öffnete vorsichtig die Augen. Keinen Meter von ihnen entfernt lag der nebulös wabernde Körper des Skra. In seinem linken Auge steckte ein langer Pfeil aus goldenem Licht, der langsam zu verblassen begann. Neben ihr schlugen weitere dieser Pfeile in den Boden ein, ein jeder befleckt mit dem schwarzen Blut eines Skra. Silka riss den Kopf hoch und sah die Skrae in Scharen fallen. Ein regelrechter Schauer goldener Pfeile prasselte auf sie nieder. Falken, geformt aus reinem Feuer, schossen in einem wütenden Schwarm durch den Himmel und bohrten sich mit den Schnäbeln voran durch die Körper der Bestien. Vom Meer her erhob sich eine gewaltige Faust aus Wasser, die nun über den Skrae einbrach und sie von dem schwächer werdenden Schild riss. Etliche Dinge geschahen gleichzeitig, sodass Silka ihnen kaum folgen konnte.

»Juno, Juno! Hörst du mich? Halt durch, Juno. Nur noch ein ganz kleines bisschen. Die Wächter sind hier. Sie sind hier, Juno, Kamika ist hier. Du hast es geschafft!«

Silka strich ihrer Freundin über das reglose Gesicht. Keine Reaktion kam zurück. Die Stimmen der Badoser wurden leiser. Der magische Fluss versiegte nach und nach. Silka sah, wie der weiße und kraftvolle Faden, der aus Junos Stirn entwich, allmählich dünner wurde und dann schließlich völlig verebbte. Gleichzeitig begann der Schutzschild sich aufzulösen. Silka sah die Wächter und eine Handvoll Jäger auf ihren Greifen tiefer sinken. Die überlebenden Skrae flüchteten sich zurück ins Landesinnere, die Jägerstaffel war ihnen dicht auf den Fersen. Silka schüttelte sich beim Anblick der zurückgebliebenen Skrae. Sie lagen tot und starr auf dem Marktplatz, wo sie sich als unheimliche, schwarze Silhouetten von der beschaulichen Kulisse Bados' abhoben. Was Silka zusätzlich verstörte, war, dass die Bestien eine gewisse Ähnlichkeit mit den Menschen hatten. Das, was den Körperbau der Skrae von der Gestalt der Menschen unterschied, war, die Länge ihrer Arme und Beine, die hellgelbe Farbe ihrer Augen und die ölige Schwärze ihrer Haut. Teile von ihnen wirkten solide, andere flüssig oder ätherisch. Alles an ihnen schien der menschlichen Schablone eine Nuance entrückt worden zu sein, aber nicht stark genug, um die Skrae als etwas gänzlich Außerweltliches zu betrachten. Die vertrauten Züge der Kreaturen waren Silka sehr viel unheimlicher als deren Andersartigkeiten. Den Anblick würde sie so schnell nicht vergessen können.

Hier und da erkannte Silka auch die leblosen Augen eines Dorfbewohners, doch sie wandte den Blick schnell von ihnen ab und schaute stattdessen auf Juno. Die Freundin hing still und kalt in ihren Armen, sodass Silka für einen Moment glaubte, sie wäre tot. Der Blick der Lyre ging ins Leere und ihre Lippen waren einen Spalt weit geöffnet.

»Juno?« Silka schüttelte ihre Freundin vorsichtig. Dann fielen Junos Augen zu und ihr Atem verebbte. »Juno, Juno!« Diesmal rüttelte Silka sie kräftig und schlug ihr mit der flachen Hand auf die Wange. Nichts. Völlig hilflos blickte sie sich um, nach irgendjemandem der ihr helfen konnte. Aber sie sah ihre Nana nirgendwo und niemand wollte ihr zuhören. Ein jeder war so sehr mit sich selbst oder den eigenen Freunden und Verwandten beschäftigt, dass Silkas Hilferufe einfach untergingen. Mit Tränen der Verzweiflung in den Augen erhaschte sie einen Blick auf eine hoch gewachsene Frauengestalt in weißgoldener Rüstung. Ihr Herz machte einen Satz. »Shi Kamika!«, schrie sie mit aller verbliebenen Kraft. Wieder und wieder, so dass ihre Stimmbänder wie Sägeblätter in ihrem Hals arbeiteten. »Shi Kamika!« Und endlich drehte sich die Wächterin in ihre Richtung um. Die Shi brauchte einen Moment, um sie hier unten auf dem Boden sitzend, zwischen den orientierungslos herumirrenden Menschen zu entdecken. Die gerunzelte Stirn der Shi verriet, dass die Wächterin Silka nicht sofort erkannte und es brach ihr fast das Herz, als sie sah, wie die Gewissheit schließlich in Shi Kamikas Bewusstsein eindrang und die Wächterin bis ins Mark erschütterte.

»Juno braucht Hilfe. Ich glaube, sie stirbt«, presste Silka die Worte krächzend hinaus.

Kamika stand wie erstarrt in der Menge und ihre Gedanken rasten. Die Signatur. Junos Signatur. Wie hatte Kamika nicht bemerken können, dass Juno in Gefahr war? Der Schild, natürlich. Er hatte nicht nur die Skrae aus Bados herausgehalten, sondern auch verhindert, dass Kamika Junos Aura wahrnehmen konnte. Kamika hielt den Atem an und blickte auf die leblose Gestalt in Silkas Armen. Dann endlich gaben ihre Füße sie frei. Sie eilte zu ihnen, nahm das Gesicht der Lyre in ihre Hände und wurde kreidebleich. Das hier war nichts, was sie mit ihrer Windmagie würde richten können und plötzlich fühlte sie sich in jenen schrecklichen Moment zurückversetzt, als Zolana in ihren Armen gestorben war. »Lorden!«, rief sie, ohne den Blick von Juno abzuwenden. Sie griff in eine ihrer kleinen Taschen und brachte eine Phiole zum Vorschein. Sie zog den Korken mit den Zähnen heraus und flößte Juno die Flüssigkeit ein. »Mach schon, Juno! Mach schon, schluck!« Aber

Juno lag einfach nur da. »LORDEN!«, brüllte Kamika noch einmal über das Stimmengewirr der Badoser hinweg. Sie war verzweifelt und zornig. Ungehalten erzeugte Kamika eine Bö, die alles und jeden aus dem Weg stieß. Schnell schlug der Wind eine Schneise in die Menge und stieß den Wasserwächter schließlich unsanft in den Rücken.

Lorden stolperte, schimpfte lautstark und sah sich um. Zunächst reagierte er verärgert, doch dann hörte er die panische Stimme seiner Freundin und sah sie mit furchterfülltem Blick auf dem Boden knien. Kamika versuchte stets ihre Emotionen zu verbergen. Nun, da Lorden ihren hilflosen Gesichtsausdruck sah, begriff er sofort, dass etwas ganz und gar nicht stimmte. Er rannte umgehend zu ihr. »Was ist los?«, fragte er bestürzt, sah die Lyre und fluchte. Er kam auf die Knie und drückte Juno seine Hände auf Brust und Stirn.

»Hilf ihr, Lorden, bitte hilf ihr«, flehte die Wächterin mit einer hauchzarten Stimme, die Lorden mehr Angst machte, als ihr furchteinflößendster Wirbelsturm.

»Was ist mit ihr passiert?«, fragte der Wächter und seine Hände begannen sanft zu leuchten. Er schickte die heilende Magie in Junos Körper. »Sie ist vollkommen leer. Es steckt keine Lebenskraft mehr in ihr. Was ist mit ihr passiert? Was, bei den Adern, sind das für Zeichen?«, fragte er irritiert und wischte sie hastig von Junos Stirn und den Händen.

»Sie hat den Schild für uns aufgebaut und die Magie gebündelt«, antwortete Silka schnell und knapp.

Lorden und Kamika starrten die junge Frau eine Sekunde lang entsetzt an, ehe sie sich wieder auf Juno konzentrierten. Silka begann vor Erschöpfung zu weinen. Es war ihr egal, dass sie sich vor den Shi wie ein ängstliches Kind verhielt. Sie konnte einfach nicht mehr. Auch die Wächterin der Winde wirkte nicht so souverän wie üblich. Sie nahm Junos Hand und führte sie an ihre Lippen. »Komm zurück, Juno, bitte komm zurück. Tu mir das jetzt nicht an. Komm zurück.« Sie ließ vorsichtig etwas von ihrer Windmagie in Junos Hand gleiten, um die Lyre wissen zu lassen, dass sie hier war und ihre entsetzlich waghalsige Freundin zurückhaben wollte. Sie hatte Juno versprochen auf sie aufzupassen und sie hatte versagt. Schon wieder.

»Ich habe sie.« Lorden atmete erleichtert auf und keine Sekunde später rang auch Juno nach Luft.

Sie suchte mit unsteten Augen die Umgebung ab, erkannte Silka und Lorden und dann die Windwächterin. »Kamika«, flüsterte sie, ehe sie die Augen verdrehte und bewusstlos wurde.

»Lorden!«, stieß Kamika aus.

»Bleib ruhig. Sie ist nur erschöpft. Wir müssen sie irgendwo hinbringen, wo sie sich ausruhen und erholen kann.«

»Wir können sie in Nana Kadhis Haus bringen. Es ist nicht weit«, warf Silka mit heiserer Stimme ein.

Kamika schob ihre Arme unter Junos Körper und hob sie mühelos hoch. Lorden half unterdessen Silka auf die Füße. Gemeinsam bahnten sie sich einen Weg durch die Menschenmenge, vorbei an den leblosen Körpern niedergestreckter Skrae. Silka führte sie auf schnellstem Wege zu Kadhis Haus und hinauf ins Gästezimmer. Vorsichtig legte Kamika Juno auf dem Bett ab, ehe sie beiseitetrat, um Lorden Platz zu machen. Der Wächter streckte Junos Glieder lang aus.

»Was hat sie sich bloß dabei gedacht?«, schimpfte er verärgert und fühlte den Puls an ihrer Halsschlagader.

»Sie hat uns beschützt«, protestierte Silka mit der Stimme einer steinalten Waldhexe.

»Sie hat sich beinahe umgebracht. Das hat sie getan.«

»Sie hat uns beschützt«, wiederholte Silka mit einem Schluchzen und kniete sich ans Bettende zu Junos Füßen.

Lorden sah sie einen Moment lang stumm an und versuchte weniger verbittert zu klingen. »Du hast recht. Wir wären nicht rechtzeitig hier gewesen, wenn sie es nicht getan hätte«, sagte er etwas milder und drehte sich wieder zu Juno. »Trotzdem war das sehr riskant. Es ist ein Wunder, dass sie noch lebt.«

Zwischen seinen Händen formte der Wächter einen kleinen Ball aus Wasser, in dessen Zentrum unzählige hellblaue Partikel leuchteten. Er hielt ihn über Junos Stirn und zog die Hand fort. Die Kugel blieb über der jungen Frau in der Luft hängen und die blauen Partikel begannen langsam und fließend auf Juno niederzuregnen. Sie rieselten auf ihre Haut und tauchten hindurch, wo sie für einen Moment als leuchtende Punkte sichtbar waren, ehe sie ihre Wanderung durch Junos Körper aufnahmen und dort irgendwo in ihr verschwanden.

»Es wird eine Weile dauern, aber ich denke, sie wird wieder.« Aus der Ecke des Zimmers hörte er Kamika, die er beinahe vergessen hatte, tief durchatmen. Mit besorgter Miene sah er zu, wie die Wächterin ihre Waffen und den Brustpanzer ablegte, sich einen Stuhl heranzog und mit einem unsanften Plumps darauffallen ließ. Sie griff sofort nach Junos Hand und ließ den Kopf neben die Lyre sinken.

»Ich komme später noch mal rein und sehe nach ihr. Ruf mich, falls es ihr wieder schlechter gehen sollte.«

»Wird deine Magie denn nicht auch einfach durch sie durchfließen, Shi Lorden?«, fragte Silka mit wunder Kehle.

»Lyre können keine Magie anzapfen, aber ein Zauber fließt deswegen nicht einfach durch sie hindurch. Er hat eine Aufgabe zu erfüllen.« Lorden sah sich die junge Frau genauer an. Er kannte sie. Sie war mit der letzten Evakuierungswelle von Terra gekommen und gehörte einer sehr alten Linie von Brïnae an. »Kin Silka, so lautet doch dein Name?« Sie nickte. »Du singst im Chor der Universität. Habe ich dich nicht schon häufiger in Kin Junos Gesellschaft gesehen?« Silkas Wangen wurden warm. Sie nickte noch einmal, etwas steifer. Lorden griff in seine Tasche und zog eine Phiole hervor, die genauso aussah, wie die Phiole die Shi Kamika bei sich trug. »Trink das, bevor deine Stimmbänder dauerhaft Schaden nehmen. Das wäre bedauerlich. Aber kipp es nicht zu schnell herunter, sonst wird dir womöglich noch schlecht davon. Das ist sehr schnell wirkendes und hoch konzentriertes Heilwasser.«

Silka griff zögerlich nach dem kleinen Fläschchen und zuckte kaum merklich, als ihre Finger die des Wächters streiften. »Danke«, sagte sie und sah ihn mit großen Augen an. Er nickte ihr zu und verließ die drei Frauen. Die Eine bewusstlos, die Andere so gut wie stumm und die Dritte in einem Zustand, über den er nicht einmal nachdenken wollte.

Kapitel 36: Leere

Brïn im Hekato 11'384 n. S.

Bados, Euridis

Juno öffnete langsam die Augen und blinzelte träge. Sie fühlte sich so schwach und einsam wie noch nie in ihrem Leben. Über sich sah sie die weiße Zimmerdecke und die zarten Strahlen der roten Abenddämmerung, die durch das Fenster hineinfielen. Es war still, bis auf den Klang ruhiger Atemgeräusche und das leise Flüstern einer vertrauten Magie in ihrem Innern. Sie wendete vorsichtig den Kopf und sah den blonden Haarschopf, der auf ihrer Hand ruhte und sich sanft in ihre Seite drückte. Für einen Augenblick wusste Juno nicht, was vor sich ging, dann erinnerte sie sich an den Skraeangriff und einen einzelnen goldenen Pfeil, der für den Bruchteil einer Sekunde ihren Blick gestreift hatte. Sie hob ihre freie Hand, die sich schwer wie Blei anfühlte, und strich über die blonden Haare.

»Kamika«, flüsterte sie. Ihre Stimme war ebenso schwach, wie sie sich fühlte. Sie spürte ein leichtes Zucken in den Fingern der Wächterin, die ihre Hand fest umklammert hielt. »Kamika«, sagte sie noch einmal.

Diesmal kam Regung in den Körper der Shi und sie hob mit einer schnellen Bewegung den Kopf. »Juno!«, rief sie erleichtert und drückte ihre Hand noch fester. »Wie geht es dir?«

»Ich fühle mich, als wäre ein Greif auf mir gelandet«, antwortete Juno und versuchte, die Wahrheit hinter einem Lächeln zu verbergen. Sie wollte Kamika nicht sagen, dass sie sich nicht nur erschöpft fühlte, sondern auch vollkommen hohl und ausgeraubt. Da war eine entsetzlich gähnende und obszöne Leere in ihr. Als wäre ihr das Leben für einen Moment entrissen und nur widerwillig zurückgegeben worden. Ihr war nach weinen und schreien zumute, doch sie drängte das Bedürfnis zurück und drückte Kamikas Hand. Noch nie war sie so froh gewesen, die Wächterin an ihrer Seite zu wissen. »Was ist passiert?«

»Das solltest *du* mir erklären. Was war das für ein Zauber, den du benutzt hast?«

»Eine vereinfachte Version eures Planetenschilds.«

»Hast du eine Ahnung, wie gefährlich das war? Du bist keine Magierin. Du bist erst recht nicht die Edana«, sagte die Wächterin und erweckte den Eindruck, als könne sie sich nicht entscheiden, ob sie besorgt oder wütend sein wollte.

»Ich weiß.«

»Dieser Zauber hat dich vollkommen ausgesaugt.«

»Ich weiß.«

»Du wärst beinahe gestorben, Hübsche.«

»Hast du dir Sorgen um mich gemacht?«, fragte Juno beinahe zärtlich.

Kamika schnaubte ein wenig verärgert. »Nun sei nicht so überrascht. Natürlich mache ich mir Sorgen um dich. Ständig! Es ist schon das zweite Mal, dass du halb tot in meinen Armen gelandet bist, Juno. Noch ein Mal, und ich erwürge dich höchstpersönlich, klar?«

»Klar«, antwortete Juno brav und ließ sich durchs Haar streichen. »Wo ist Silka? Geht es allen gut?«

Kamika wies ans Bettende. »Deine Freundin liegt da und schläft. Sie ist selbst reichlich erschöpft, und nebenbei bemerkt, sie schnarcht.«

»Sag ihr das bloß nicht. Und die Bewohner?«

»Es gibt ein paar Verwundete, aber die Meisten haben es geschafft.«

»Die Meisten? Wie viele haben es nicht geschafft?«, fragte Juno besorgt.

»Ich hatte nicht genug Zeit sie zu zählen, aber du musst dir wirklich keine Gedanken machen. Bados existiert noch und das ist dein Verdienst.«

»Wie lange sitzt du schon hier? Wie spät ist es?«

»Ein paar Stunden. Es wird bald dunkel.«

»Musst du denn nicht woanders sein?«

Kamika schüttelte bekümmert den Kopf und strich ihr über die Wange. »Du hast keine Ahnung, was für einen Schrecken du mir eingejagt hast, oder? Da lässt man dich ein paar Tage aus den Augen ...«

»Da siehst du mal, wie das für mich ist, wenn du zur Jagd gehst.« Juno versuchte locker zu klingen, was sie einige Mühe kostete.

»Dummkopf«, sagte Kamika liebevoll. »Ich bin eine Shi. Was könnte mir schon passieren?«

»Du bist schon einmal verwundet worden.«

»Das war bloß ein Kratzer.«

»Da habe ich etwas anderes gehört.«

»Die Leute übertreiben gerne.«

Ein scheues Lächeln wagte sich auf Junos Lippen. »Ich hätte dich wohl fragen sollen, ob du Lust auf einen Abenteuerurlaub inklusive Skraeangriff hast. Vielleicht wärst du dann gleich mitgekommen.«

»Da hätte ich nie ablehnen können.« Mit einem Schmunzeln auf den Lippen nickte Kamika.

»Mist. Ich dachte die Aussicht auf Hängematte und knappe Bikinis wäre das bessere Lockmittel gewesen.«

»Du hast mich erwischt.« Kamika lachte, aber es lag eine sichtbare Melancholie in ihrem Blick.

»Würdest du etwas für mich tun?«, fragte Juno wehmütig.

»Was immer du willst.«

»Nimmst du mich einen Moment in den Arm?«

Die Wächterin kletterte vorsichtig neben Juno auf das allmählich reichlich überfüllte Bett und hielt in ihren Bewegungen kurz inne, als die schlafende Silka am Fußende ein lautes Schnarchen von sich gab. Schließlich legte sie einen Arm um Juno und die Lyre schmiegte sich in Kamikas Umarmung. Es dauerte nicht lange, bis die Shi Juno leise wimmern hörte. »Es geht bald vorbei«, versprach Kamika und strich Juno sanft über den Kopf. »Im Nu wirst du leichtfertiges Ding mich wieder in den Wahnsinn treiben können.« Kamika drückte sie noch ein wenig fester an sich und leitete dabei kleine Mengen ihrer Magie in Junos Körper. Sie wollte ihrer Freundin dabei helfen, die Leere in ihrem Innern mit neuem Lebensmut zu füllen, doch für Fälle wie diesen gab es keinen Zauber, der eine sofortige Heilung brachte. Die Magie konnte den Genesungsprozess nur unterstützen. Lordens heilendes Magiereservoir war längst aufgebraucht und dass Juno sich noch immer so elend fühlte, zeigte nur, wie sehr sie ihr Glück strapaziert hatte. »Mach so etwas nie wieder. Versprichst du mir das?«

»Vielleicht musst du mich ab und an daran erinnern«, schniefte Juno. »Du darfst dabei auch gerne einen Bikini tragen.«

»Du machst mich fertig, Hübsche.«

Kapitel 37: Ein vorbildliches Blitzlichtgewitter

Brïn im Hekato 11'384 n. S.

Eydwall, Ideris

Die Menge drängte sich dicht an dicht vor den Toren der Bibliothek und machte ein Vorankommen fast unmöglich. Wie eine zähe Masse warmen Kaugummis zog sie sich hinter ihm sofort wieder zusammen, wenn Erigen es einmal geschafft hatte einen Schritt vorwärtszumachen.

»Nun macht doch mal Platz! Verdammte Aasgeier!«, fluchte er und schob die Menschen vor sich aus dem Weg. Kamika folgte ihm dichtauf und hielt Juno im Arm, die das Gesicht unter einem bunten Wickeltuch verbarg. Lorden und Kassia flankierten die beiden und hielten informationsgierige Reporter, wie auch neugierige Nachbarn auf Abstand. Blitzlicht regnete aus allen Richtungen auf die kleine Gruppe nieder, Hände griffen nach Kamika und ihrem Schützling. Die Wächterin wollte nichts lieber tun, als alle mit einem kräftigen Windstoß von den Füßen zu fegen.

»Shi Kamika, stimmt es, dass die Beschützerin von Bados eine enge Freundin von dir ist? Was kannst du uns über sie sagen? Wie steht ihr zueinander?«, tönte es aus einer nicht eindeutig zu bestimmenden Richtung.

»Shi Lorden, sind Lyre grundsätzlich in der Lage, einen Schild für weitere Randstädte zu erzeugen?«, schallte es aus einer anderen.

»Wie fühlt es sich an eine Heldin zu sein, Patrona Juno?«

»Patrona?«, nuschelte Juno abschätzig und so leise, dass nicht einmal Kamika sie hören konnte.

Die Fragen prasselten aus allen Richtungen auf Juno und die Wächter nieder.

»Zurück jetzt!«, brüllte Kassia plötzlich und in ihren Augen loderte die Wut in grünem Feuer. Die Schaulustigen kreischten und hielten sich in einem Reflex die Ohren zu, als die schneidende Gedankenstimme ihre Schädel zu spalten drohte. *»Verzeihung«*, fügte Kassia weniger intensiv hinzu. *»Zeigt etwas Anstand und lasst uns durch«*, verlangte sie mit vorsichtiger Strenge. Die Menge wich widerwillig zurück, so dass die Shi und ihr Schützling endlich durch das Tor der Bibliothek treten und es gleich wieder verschließen konnten.

»Danke«, murrte Kamika der Erdwächterin zu.

»Keine Ursache.«

Die Türen der Bibliothek sprangen auf und Meister Bramas winkte sie schnell herein. Er wirkte völlig neben der Spur. Er warf die Türe hinter der Gruppe achtlos ins Schloss, griff im selben Moment nach Juno und schloss sie in eine feste Umarmung ein. »Liebes, geht es dir gut? Bist du wohlauf?«

Juno keuchte und kämpfte sich unter ihrem Sichtschutz hervor. »Wenn du mich weiter so fest drückst, bleibt mir möglicherweise die Luft weg. Aber sonst geht es mir gut.«

»Oh, entschuldige.« Der Bibliothekar lockerte seinen Griff und sah in das Gesicht seines jüngsten Familienzuwachses. »Ist sie wirklich in Ordnung?« Er schaute Lorden besorgt an.

»Sie hatte Glück, aber es geht ihr gut. Ein paar Tage lang wird sie sich vermutlich noch schwach fühlen. Versuch sie dazu zu bewegen, es ruhiger angehen zu lassen.«

»Das wird sie. Dafür werde ich sorgen. Die Bibliothek bleibt geschlossen, bis sich dieses Theater da draußen etwas beruhigt hat.«

Lorden nickte. »Ich überwache ihre Körperfunktion für die nächsten Tage persönlich. Nur zur Sicherheit, aber ich glaube nicht, dass ...«

»Hallo, ich bin noch hier und höre zu. Es geht mir wirklich gut«, beschwerte sich Juno.

»Das nächste Mal überlegst du dir vielleicht, ob du so einen gefährlichen Zauber *wirklich* anwenden willst«, tadelte Kamika, die sich ein wenig zurückgezogen hatte, damit Bramas seine Nichte ausgiebig umarmen und nach *Kratzern* absuchen konnte.

»Nun falle du mir nicht auch noch in den Rücken!«

»Käme mir nie in den Sinn, Hübsche.« Kamika zwinkerte und Juno konnte sich nur seufzend geschlagen geben.

»Wir gehen dann jetzt«, sagte Lorden. »Kin Juno, keine falsche Scham: Falls du dich nicht wohlfühlst, meldest du dich bei mir.«

»In Ordnung«, murrte die Lyre.

»Ich komme sofort zu euch«, sagte Kamika zu ihren Freunden und blieb mit Bramas und Juno noch einen Moment zurück, während die drei übrigen Wächter die Bibliothek schon verließen. Sie verschränkte die Arme mürrisch vor der Brust und schaute Juno bohrend an. »Geht es dir wirklich gut? Wirst du zurechtkommen?«

»Oh, verdammt noch eins«, meckerte Juno. »Ich fühle mich todmüde, aber sehr viel besser als gestern. Wenn es mir nicht gut ginge, würde Shi Lorden dann jetzt gehen?«

»Nein, sicher nicht.«

»Na siehst du, Kamika. Hört ihr nun bitte auf, mich so sorgenvoll anzusehen?«

»Leichter gesagt als getan«, kam es wie aus einem Munde von Bramas und Kamika. Die beiden warfen sich einen vielsagenden Blick zu und vermutlich zum ersten Mal, schien Bramas die Freundschaft der beiden Frauen ein wenig entspannter zu betrachten.

Kamika lehnte sich zu Juno rüber und hauchte ihr einen schnellen Kuss auf die Wange. »Ich komme dich morgen besuchen. Versuch bis dahin keine neuen Dummheiten anzustellen. Guten Tag, Meister Bramas.« Die Shi verbeugte sich und eilte ihren Mitstreitern hinterher.

»Dann bringen wir dich mal in dein Zimmer«, sagte der Bibliothekar und legte sich Junos Hand über den Arm. »Ich soll dich von Akko grüßen. Er wünscht dir gute Besserung.«

»Danke.«

»Er war drauf und dran seine Rundreise mit dem Regentenstab abzubrechen, als er von dem Angriff auf Bados erfahren hat. Aber ich konnte ihn davon überzeugen, dass er bleibt, wo er ist.«

»Puh, danke, Meister Bramas. Einen überbesorgten Akko um mich herum würde ich jetzt wirklich nur schwer ertragen. Die da draußen sind anstrengend genug.«

»Allerdings. Ich hoffe sehr, es wird ihnen bald zu langweilig dir nachzujagen.«

»Das hoffe ich auch.«

Kapitel 38: Fünf

Brïn im Metageit 11'384 n. S.

Jaro, Ideris

Sie hatte nicht einmal versucht sich vor ihm zu verstecken. In diesem kleinen Künstlerdorf, ein ganzes Stück außerhalb der nächsten großen Stadt, wo jeder jedem traute, wähnte sie sich in Sicherheit. Und wieso auch nicht? In Jaro war schon seit mindestens tausend Jahren nichts Interessantes mehr passiert, wer käme da schon auf die Idee, dass Jack sich ausgerechnet hier blicken lassen würde? Dennoch war es erstaunlich gewesen, wie bereitwillig sie ihm, einem Fremden aus dem großen und schönen Eydwall, einem Mitarbeiter des Regentenstabs noch dazu, hatte helfen wollen. Vielleicht glaubte sie eine echte Brïnai zu sein, weil sie schon seit mehr als fünfhundert Jahren auf Brïn lebte. Jemand hätte ihr vielleicht sagen sollen, dass er keine Ausnahmen machte. Fünfhundert Jahre oder fünf Tage, was gab es da für einen Unterschied? Sie blieb, was sie war, und das machte sie zu einer tickenden Zeitbombe. Sie war schon viel zu lange ein verschont gebliebenes Risiko.

Er hatte sie unter dem Vorwand angesprochen, sich verlaufen zu haben, und wie jede einfältige Terranerin, hatte sie sich regelrecht gefreut ihm den richtigen Weg zu der gesuchten Adresse zu zeigen. In der kleinen abgeschiedenen Gasse, die er vorher natürlich schon abgegangen war, hatte er sie dann überraschen wollen, doch sie war erstaunlich flink und reagierte schnell. Sie hatte ihm einen kräftigen rechten Haken verpasst und ihm den Stiefelabsatz ins Gemächt gestoßen, was ihn einen Moment lang aus der Fassung gebracht hatte. Aber damit war sie längst nicht zufrieden gewesen und hatte das Wasser der Pfützen benutzt, um ihn weiter zu attackieren. Sie war offenbar nicht so leichtgläubig gewesen, wie er vermutet hatte. Irgendwann in den ersten Momenten musste sie ihn mit ihrer Magie abgetastet und erkannt haben, dass er ein Stummer war. Denn anstatt es mit einem der eher zu erwartenden Verteidigungszauber zu versuchen, hatte sie sofort zu indirekter Magie gegriffen. Sie war schlau genug gewesen ihre Zaubersprüche um physische Dinge zu wickeln, um ihn damit anzugreifen.

Schlaues kleines Lämmchen. Die gefrorenen Wasserspitzen hätten ihm beinahe ein Auge ausgestochen, wenn er nicht im letzten Moment den Arm hochgerissen hätte. Der Arm schmerzte ihm seither bei jeder Bewegung. Wenigstens war es ein sauberer Stich und die Wunde hatte sich schnell abbinden lassen. Es würde allerdings mühselig werden bei dem warmen Sommerwetter mit langärmeligen Hemden herumlaufen zu müssen, damit niemand den Verband sah. Er hasste es, verletzt zu sein. Eine Wunde wie diese würde sicher Wochen brauchen, um vollständig zu verheilen, und wenn er Pech hatte, würde sie sich auch noch entzünden. Jack grunzte wütend. Diese Verletzung erinnerte ihn einmal mehr daran, warum das, was er tat, getan werden musste. Sein Dienst an der Gesellschaft war unermesslich, doch diese verfluchten Reporter behandelten ihn noch immer ohne jeden Respekt und ignorierten seine Briefe geflissentlich. Er gab es nicht gerne zu, aber die Zeitungsmacher von Terra gefielen ihm da deutlich besser. Wenigstens gaben sie ihm ein Medium und erkannten seine Arbeit, mit ihren Berichten über ihn, an.

Er musste sich auf das Wesentliche konzentrieren. Um Haaresbreite hätte ihm das neue Lämmchen mit seiner Magie alles verdorben, doch er hatte Glück im Unglück gehabt, denn was sie konnte, konnte er schon lange. In einer schwungvollen Bewegung, die zu schnell für sie war, warf er sein Messer nach ihr. Die Klinge bohrte sich mit einem dumpfen Geräusch in ihre Schulter. Der Schock und die vorübergehende Orientierungslosigkeit, hatten ihm wertvolle Sekunden verschafft, in denen er sie überrumpeln und ihr schnell sein Elixier einflößen konnte, bevor sie wusste, wie ihr geschah. Nun lag sie reglos in dem Schuppen, der sicher schon seit Jahren nicht mehr benutzt worden war. Es war nicht die schönste Schaffensstätte in Jacks Karriere, aber auch nicht die schäbigste. Immerhin war es hier abgeschieden und trocken. Keine Menschen in der näheren Umgebung, die versehentlich vorbeikommen könnten. Er hatte den Ort sorgfältig ausgewählt, nachdem er sich in der letzten Nacht schon im Dorf umgesehen hatte. Auch in der Fremde war Vorsicht das oberste Gebot, wie er heute Abend wieder schmerzlich gelernt hatte. Das Lämmchen schon in der Gasse anzugreifen, statt ihr, wie den anderen, zunächst einen kleinen Umtrunk anzubieten, war ein Fehler gewesen, der leicht hätte fatal enden können. Sein übliches Vorgehen hätte allerdings eine Interaktion in der

Öffentlichkeit verlangt – das Risiko war zu groß gewesen. Jemand, der fremd in einer so kleinen Stadt war, dessen Gesicht fiel auf wie ein Leuchtsignal.

Sein jüngstes Lämmchen jammerte nicht. Ihr Blick war hart und zornig, keine Spur von Selbstmitleid. Sie versuchte, auch nicht zu schreien. Ihr Atem war laut und wütend, aber sonst gab sie keinen Ton von sich. Ihre Augen waren kalt auf ihn fixiert und folgten jedem seiner Schritte mit einem solchen Hass darin, dass er die Frau beinahe für ihren Kampfgeist achtete. Aber natürlich nur beinahe, denn eine Terranerin blieb letztlich doch nur eine Terranerin. Trotzdem war es eine seltsame neue Erfahrung ein Lämmchen zu haben, das ihm mit solch einem Starrsinn begegnete. Es war in höchstem Maße interessant und er freute sich darauf herauszufinden, wie sehr sich ihre weiteren Reaktionen von denen ihrer Vorgängerinnen unterscheiden würden. Ob sie ihn noch so furchtlos ansehen würde, wenn er erst einmal mit dem Tanz seiner Klinge begonnen hatte?

Die Fragen weckten eine solche Neugier in ihm, dass er kurzerhand beschloss, sein Vorgehen ein wenig zu ändern. Die Augen kämen diesmal zum Schluss dran und er würde sich bei seinen wohl platzierten Schnitten ein wenig mehr Zeit lassen. Das Blut durfte nicht zu üppig aus ihr herausfließen, solange sie noch lebte, denn er brauchte es, um seine Flaschen damit zu füllen. Sein Verlangen nach mit Magie angereichertem Blut war weiter gestiegen, seit er herausgefunden hatte, welche Möglichkeiten es ihm bot. Inzwischen glaubte er eine, wenn auch schwache, so doch konstante Verbindung zur Magie zu spüren. Selbst nachdem die Wirkung des Blutes längst erloschen war. Vielleicht hatte er ja sogar ein Heilmittel für seine angeborene Magieresistenz gefunden. Wenn dem so war, dann hatte er einen unerwarteten und unglaublich wichtigen Durchbruch für sich und seinesgleichen erzielt. Doch zunächst einmal musste er sich am Riemen reißen und seine Aufregung zügeln. Für seine Nachforschungen blieb ihm später noch viel Zeit. Vorerst galt es das Lämmchen zu schlachten, ihr Blut abzufüllen und ihre Augen seiner Sammlung hinzuzufügen. Sie war sein erstes Wasserlämmchen und auch das machte ihn sehr neugierig, denn den Geschmack der Wassermagie hatte er noch nicht kennengelernt.

»Du bist unterhaltsam, mein Lämmchen. So viele neue Entdeckungen und so viel Stoff für abenteuerliche Geschichten.«

Damit trennte er ihr die Kleider auf und setzte seinen ersten Schnitt an. Es war elektrisierend. Er konnte regelrecht hören, wie sie ihn wüst beschimpfte, statt kläglich um ihr Leben zu weinen. Ihre Tränen waren nicht wie die der anderen Lämmchen. Oh, sie hatte Schmerzen, natürlich, aber da war auch dieser erfrischende, lebendige Zorn. Was für ein wunderbarer Abend! Zu schade, dass er etwas in Eile war und die Sache nicht länger auskosten durfte. Er musste leider so schnell wie möglich zurück nach Aginos, bevor seinen Kollegen seine Abwesenheit auffallen konnte und so platzierte er schließlich den Trichter und hängte ihre aufgeschlitzte Hand hinein. Sie war noch wach genug, um das Entfernen ihrer Augen mitzuerleben. Er beugte sich tiefer über ihr Gesicht und zog das untere Augenlid herunter. Er hob die Klinge an ihr Auge und ...

»Was tust du da? Bei den Adern, was tust du da?!«, brüllte plötzlich jemand und Jack hätte fast sein Messer fallen lassen. Er trat erschrocken von der Frau zurück. Akko stand erstarrt da, raufte sich die Haare und machte den Eindruck, kurz vor einem Nervenzusammenbruch zu stehen.

»Scheiße. Was machst du denn hier?«, fragte Jack, der sich völlig überrumpelt fühlte.

»Was ich hier ... Hast du jetzt endgültig den Verstand verloren?«

»Lustige Frage, wenn sie von dir kommt. Jetzt verpiss dich.«

Aber Akko blieb, wo er war, und starrte auf die sterbende Frau. Ihr Blut lief wie ein feines rotes Netz über ihre Haut und floss in einem schwächer werdenden Bach durch ihre offene Pulsader in einen Trichter und von dort in eine Weinflasche. Ihre Augen beobachteten ihn mit einem gehetzten Blick. Er konnte erkennen, dass sie gegen die Müdigkeit kämpfte, die nach ihr griff.

»Du bist es den sie suchen«, stammelte Akko und musste den Würgereflex zurückdrängen. »Du hast all die Terranerinnen auf dem Gewissen.« Eine weitere schreckliche Erkenntnis tat sich Akko auf. »Trissa ... Du hast Trissa ... Du verdammter Dreckskerl!«

»Akko, jetzt verschwinde endlich und lass mich meine Arbeit machen«, knurrte Jack ungehalten.

»Deine Arbeit?«, rief Akko außer sich, »das hier ist keine Arbeit! Das ist Mord! Du bist ein verdammter Serienmörder!«

»Ich habe zu tun!«, brüllte Jack zurück. Dass dieser kleine Idiot ausgerechnet jetzt und hier auftauchen musste. Bei diesem Lämmchen. Diesem aufregenden, ungewöhnlichen Lämmchen. »Hör zu. Es gibt jetzt kein Zurück mehr. Lass mich das hier zu Ende bringen und später reden wir darüber.«

»Reden? Du willst darüber *reden*? Das hier geht zu weit, Djakal! Ich muss die Blauröcke rufen, die Shi, die ...«

Jack schnaubte. »Wag dich das bloß nicht. Was, glaubst du, passiert, wenn du den Blauröcken erzählst, was du hier gesehen hast? Denkst du etwa, die lassen dich einfach gehen? Du kennst mich. Dein schön geordnetes Leben kannst du dann vergessen, mein Freund. Geh jetzt. Sie ist sowieso in wenigen Minuten hinüber. Du kannst ihr nicht mehr helfen.«

Es fiel Akko schwer, klar zu denken. Er schaute auf die stumm daliegende Frau, mit den unzähligen kleinen Schnitten auf dem Körper. Der Mistkerl hatte ihr die Brustwarzen bei vollem Bewusstsein abgeschnitten. Sie musste schon viel Blut verloren haben. Akko lief zwei Schritte auf und wieder ab.

»Geh«, sagte Djakal genervt. »Wenn du nicht zusehen willst, was als Nächstes kommt, verschwindest du jetzt besser. Und halt bloß dein Maul, sonst knöpfe ich mir als Nächstes deine süße Cousine vor.«

»Das würdest du nicht wagen!«, stammelte Akko fassungslos.

»Bist du dir sicher?« Er registrierte wie sich Akko mit dem Ärmel Schweiß, Rotz und Tränen vom Gesicht wischte, ehe dieser still und leise verschwand. Jack spürte die Erleichterung darüber wieder alleine zu sein. Akko hätte ihn nicht derart überraschen dürfen. Das war noch nie passiert.

»Dieser dumme Schreiberling ist nicht aus demselben Holz geschnitzt wie ich. Er besitzt weder meine Stärke noch mein besonderes Verständnis für die Zusammenhänge. Und trotzdem hat dieser Papierhengst mich völlig unerwartet erwischt«, schimpfte Jack leise vor sich hin und betrachtete die Frau auf der Werkbank. Sein Lämmchen war still und leise ausgeblutet, ohne dass er ihr Dahinscheiden hatte richtig begleiten können. »Was für eine kolossale Verschwendung.«

Kapitel 39: Geheimnisse

Brïn im Metageit 11'384 n. S.

Eydwall, Ideris

»Ich glaube, ich werde die Vorhänge ändern lassen. Das Blau passt nicht gut zu meinen Haaren. Findest du nicht auch, Juno?« Sofia lief durch ihre Wohnkammern und stolzierte dabei wie ein Kind, das sich als Prinzessin verkleidet hatte und seinen imaginären Hofstaat vor sich niederknien ließ. Juno hörte sich schon seit einer Viertelstunde ihre Prahlerei an: Sofias prunkvolles dies und Sofias prunkvolles das. Die teuren Kleider, die private Schneiderin, blablabla. *Sofia legt wirklich unglaublich viel Wert auf ihren Reichtum*, stellte Juno nicht zum ersten Mal fest, und es begann sie zu ärgern. Das Mädchen schenkte diesem *Plunder* deutlich mehr Aufmerksamkeit als den lebenswichtigen Aufgaben, die sie als Edana hatte. Vielleicht war Juno auch nur leichter reizbar als sonst, weil ihr noch immer der Vorfall von Bados in den Knochen saß und sie sich heimlich fragte, ob Sofia bewusst war, wie viel tatsächlich von ihrem Erfolg abhing.

»Hast du schon einmal einen Skra gesehen, Sofia?«

»Auf Bildern.«

»Aber noch keinen echten?«

»Igitt, nein! Die sollen ganz schleimig sein.«

»Sie haben vor allem scharfe Krallen und breite Mäuler und Hunger. Riesigen Hunger! Wir brauchen den Planetenschild wirklich dringend.«

Juno beobachtete, wie Sofia stehen blieb und langsam die Hände übereinander faltete, wie eine vornehme Dame, die zu einer feinen Gesellschaft sprach. Sie wandte sich Juno ganz gemächlich zu und lächelte sie überschwänglich an. Allerdings lief es der Lyre dabei eiskalt den Rücken hinunter.

»Was glaubst du eigentlich, wer du bist?«, fragte die Edana mit einem so süffisant freundlichen Ton, dass sich die Härchen auf Junos Armen aufstellten. »Meinst du vielleicht, du wärst jetzt eine Heldin und müsstest gefeiert werden, weil du irgend so ein nutzloses Dorf beschützt hast?« Sie gestikulierte mit den Händen in der Luft und verdrehte hochmütig die Augen.

»Wie bitte?«, fragte Juno perplex.

»Bildest du dir vielleicht ein, du könntest mich ersetzen?«

»Nein!«

»Gut. Das wäre nämlich sehr dumm von dir und so etwas wie in Bados mit diesem erbärmlich schwachen Schild, solltest du auch nicht noch einmal versuchen. Sonst werde ich sehr ungemütlich«, sagte Sofia herablassend. Ihr Tonfall hatte sich schleichend aber gründlich verändert. Sie klang plötzlich sehr drohend. »Du bist ohnehin viel zu schwach für einen so schwierigen Zauber. Ein Wunder, dass es überhaupt funktioniert hat. Immerhin bist nicht du die Edana, sondern ich. Vergiss das besser nicht.«

Juno traute ihren Ohren kaum. Verstand Sofia denn gar nicht, was hier vor sich ging? Sie tat geradezu so, als ob Juno ihr Leben riskiert hätte, um dafür bewundert zu werden. Dabei hatte ihr die Erinnerung an den Vorfall tagelang den Schlaf geraubt. Immerzu sah sie die gefletschten Zähne der Kreaturen, sobald sie die Augen schloss. In der Nacht, wenn die Träume doch noch kamen, wachte sie schweißgebadet auf, weil sich ihr Körper an den Schmerz und die Leere erinnerte, die ihr Zauber verursacht hatte. Das Spiegelnetzwerk berichtete zudem gelegentlich noch immer von den Vorfällen in Bados. Sie hatte sich mehr als zwei Wochen lang in der Bibliothek einschließen müssen, um nicht ständig von neugierigen Menschen belästigt zu werden, die ihr Fragen stellten und einen Exklusivbericht von ihr haben wollten. Ihre Ferien hatte sie sich anders vorgestellt und sie empfand nicht die geringste Freude an diesem anhaltenden Interesse an ihrer Person. Sie war unendlich dankbar dafür, dass sie inzwischen wieder halbwegs ungestört unter die Menschen gehen konnte. Aber Sofia? Sofia machte es offenbar fuchsteufelswild, dass die Netzwerke über Juno berichteten und nicht über sie, als ginge es um einen Beliebtheitswettbewerb.

Als die Edana Junos sprachlosen Gesichtsausdruck sah, setzte sie wieder ihr püppchenhaftes Lächeln auf und wandte der Lyre den Rücken zu. Sie ließ sich auf ihren *exquisiten* Hocker gleiten und betrachtete sich im *handverzierten* Spiegel ihrer Kommode, die *natürlich* ein Unikat war. Sie straffte nicht vorhandene Falten mit den manikürten Fingern, schob sich einzelne Härchen ihrer Hochsteckfrisur zurecht und tupfte sich teures Öl auf die Lippen.

»Sofia ... Sollten wir ... Sollten wir uns denn nicht langsam wieder der Arbeit widmen?«

»Heute nicht«, gab die Edana mit einem gleichgültigen Wedeln zurück. »Ich möchte dir etwas zeigen«, rief sie nun zu ihrem Spiegelbild und lächelte Juno an, als hätte es die vorherige Unterhaltung nicht gegeben. Sofia erhob sich von ihrem Hocker und lief ins Nebenzimmer, wo ein großes Bett mit vier Pfosten und wabernden Schleiern stand. Sie ging in die Hocke und wühlte unter der Matratze, offensichtlich auf der Suche nach etwas. »Da ist sie ja!«

Sie hielt eine kleine Schatulle in den blassen Händen und kam auf Juno zugelaufen. In ihren Augen lag ein aufgeregter Glanz.

»Was ist das?«

»Ein Geheimnis. Du darfst es niemandem verraten«, sagte Sofia schroff. »Kein Wort zu irgendjemanden, auch nicht zu Shi Kamika.« Der Ton gefiel Juno gar nicht, doch sie nickte. Hauptsächlich, weil sie irritiert war und zu müde, um sich zu streiten.

Sofia bedeutete Juno, sich mit ihr auf das kleine Sofa am Fenster zu setzen. Sie war aufgeregt und konnte es kaum abwarten, der Lyre ihr Geheimnis zu zeigen. Langsam nahm sie den Deckel ab und hielt ihrer Besucherin die Schatulle hin. Juno blickte hinein und hob die Augenbraue. Zwischen dunkelblauer Seide lag eine weiße Perle. Keine gewöhnliche Perle, denn sie *plätscherte*. So etwas hatte Juno noch nie gesehen. Es sah aus, als wäre die Perle in eine Schicht aus Wasser eingeschlossen, doch die Seide des Kästchens war trocken und das Wasser blieb an der Perle haften. Ganz gleich, wie hoch die Tropfen sprangen, sie kehrten stets zurück in die Perle.

»Sie ist wunderschön.«

Sofia strahlte voller Stolz. »Ich habe sie noch nie jemandem gezeigt. Du bist die Erste.« Sie sagte es mit einer Stimme, die deutlich machte, dass sie eine hohe Erwartung an Junos Reaktion hatte.

»Ist das ein magisches Artefakt?«, fragte die Lyre interessiert und zwang sich zu einem Lächeln. Sofia war nicht zufrieden mit der Reaktion, das konnte ihr Juno an der Nasenspitze ablesen.

»Natürlich ist sie das. Fass sie mal an.« Juno war misstrauisch. In Sofias Blick lag etwas Heimtückisches. »Nur zu!«

Zögernd hob die Lyre die Hand und ließ die Finger zaghaft über der Schatulle schweben. *Vermutlich fängt Sofia gleich an laut zu schreien und behauptet, ich habe ihr die Perle stehlen wollen.* Sie atmete durch, um den Gedanken abzuschütteln, warf noch einen letzten prüfenden Blick zur erwartungsvollen Edana und ließ dann die Finger sinken. Ein Prickeln lief über ihre Fingerspitzen. Es kitzelte. Ihre Mundwinkel zuckten leicht nach oben. Sie streichelte zärtlich über die Perle. Die Tropfen tanzten um ihren Finger, umflossen ihn und sie kicherte schließlich, von einer plötzlichen Ruhe ergriffen. Die Perle war kühl und das Wasser weich. Juno hatte den Eindruck, dass sich die Farben veränderten und irgendwo schienen Stimmen miteinander zu flüstern. Sie verstand die Worte nicht, denn sie wurden von einem weit entfernten, mehrfach reflektierten Echo überdeckt, das langsam lauter wurde. Sofia riss plötzlich die Schatulle fort.

»Was ist denn?«, fragte Juno verwirrt. Für einen kurzen Moment war sie orientierungslos. Sie sah, wie Sofia hektisch den Deckel auf das Kästchen setzte und zu ihrem Bett zurückmarschierte. Dort schob sie ihr Kleinod wieder unter die Matratze und straffte sich.

»Du musst jetzt gehen.«

»Sofia ...«

»Ich bin müde.«

»Habe ich etwas falsch gemacht?«

»Geh!«, zischte Sofia.

»Schon gut. Sehen wir uns nächste Woche?«

»Sicher. Und kein Wort über die Perle!«, wiederholte sie noch einmal.

»Natürlich nicht. Ein Geheimnis ist ein Geheimnis.« Sofia antwortete nicht und drehte sich auch nicht mehr um. Juno verließ leise das Zimmer und zog die Tür hinter sich zu. Sie brauchte jetzt eine richtige Freundin und etwas Aufmunterung. Sie wusste genau, wo sie beides finden würde. Die Leibgarde vor Sofias Tür nickte Juno freundlich und ein wenig mitleidig zu. Juno war wohl nicht die Einzige, der Sofia das Leben gerne schwermachte.

Ihre Schritte führten sie, beinahe schon aus Gewohnheit, die weißen Stufen hinunter auf die Ebene der Shi. Auch hier wurde sie höflich begrüßt. Sie lief zu der vertrauten Tür und klopfte an. Juno wusste nicht, ob Kamika da war. Das wusste sie nie ganz genau, doch sie hatte langsam den Verdacht, dass die Wächterin insgeheim auf sie wartete und den Turm nicht verließ, wenn Juno einen Termin bei Sofia hatte. Der Gedanke heiterte sie ein wenig auf. Die Tür wurde geöffnet und Kamika grinste sie mit einer einladenden Geste an.

»Ah, endlich ein freundliches Gesicht!«, rief Juno und ließ sich mit hängenden Schultern von Kamika in Empfang nehmen.

»Na, harter Arbeitstag, *Liebling*?«, fragte die Shi neckisch.

»Haha«, meckerte Juno und warf sich lässig auf Kamikas Sofa. Sie hörte, wie die Tür hinter Kamika ins Schloss fiel. Kurz darauf federte das Sitzpolster neben ihr zurück, als sich die Wächterin auf das Sofa fallen ließ.

»Was hat sie heute gemacht?«, erkundigte sich Kamika.

»Ihre Sorglosigkeit macht mich wahnsinnig. Ich habe versucht mit ihr über den Schild zu sprechen, da hat sie mir beinahe den Kopf abgebissen. Manchmal möchte ich sie gerne gegen die Wand stoßen und langsam erwürgen.« Juno erwürgte stattdessen eine imaginäre Person vor sich. »Sie ist so furchtbar anstrengend, wenn sie diese vornehme Attitüde einnimmt. Du hättest hören sollen, was sie gesagt hat. Sie hält das hier scheinbar alles für einen Wettstreit. Wie haltet ihr es bloß mit ihr aus?«

Kamika lachte. »Manche von uns halten es gar nicht aus. Ich bin nicht sicher, wie das in Zukunft funktionieren soll mit ihr als Edana. Seit sie hier ist, habe ich kaum mit ihr gesprochen.«

»Warum nicht?«

»Zuerst hat sie mich gehasst, weil ich sie hierher gebracht habe. Später wurde mir klar, dass sie etwas verheimlicht, und ich versuche noch immer herauszufinden, was es ist. Das gefällt ihr gar nicht. Außerdem glaube ich, sie hat Angst vor mir, weil ich die Terraner nicht mag.«

»Sie sind sicher nicht alle schlecht, meinst du nicht?«

»Wer, die Terraner?« Juno nickte und Kamika fuhr fort. »Lass uns bitte nicht darüber reden. Wir würden uns am Ende sicher nur streiten.« Sie schnappte sich Junos Beine, warf sie sich über die Schenkel und schaltete den Wandspiegel an.

»Was würdest du machen, wenn ich eine Terranerin wäre?«

»Das brächte mich in eine arge Zwickmühle.«

»Erklärst du mir, weshalb du Terra so verabscheust?«

Kamika seufzte. »Ich habe dort gelebt, bevor ich nach Brïn kam.« Wie erwartet schaute Juno sie verdutzt an.

»Du bist eine Gestrandete?«

»Nein, das nicht. Die Wächter haben mich damals auf Terra gefunden und mich nach Brïn umgesiedelt. Es war meine Entscheidung, sie zu begleiten. Der terranische Mob war drauf und dran mich auf dem Scheiterhaufen zu verbrennen und ich habe auf Terra ohnehin nie eine glückliche Zukunft für mich gesehen.«

Junos Kiefer klappte nach unten. »Scheiterhaufen? Was? Wieso?«

»Das ist eine lange Geschichte. Meine Erfahrung mit den Terranern war einfach nicht die Beste. Können wir es dabei belassen?«

»Sicher«, antwortete Juno etwas niedergeschlagen. »Ich bin froh, dass du überlebt hast.«

Kamika zupfte an Junos Locken und lächelte unbeschwert. »Das bin ich auch.«

»Dann war dein Name sicher nicht schon immer Kamika, oder?«

»Nein«, antwortete sie schlicht.

»Sondern?«

»Das bleibt mein Geheimnis, sonst ziehst du noch los und stellst Nachforschungen an.«

»Ach, komm schon. Es steht doch sicher ohnehin irgendwo im Archiv.«

»Da bin ich sicher. Aber zum Glück werden nicht alle Informationen ohne Zugangsberechtigung bereitgestellt.« Sie summte zufrieden.

»So schlimm kann er doch nun wirklich nicht gewesen sein. Lass mich raten. Brunhilde? Nein? Wie ist es mit Wilhelmine?« Sie kicherte, aber Kamika schüttelte den Kopf und ihre Strähnen fielen einmal mehr aus der ihnen zugewiesenen Form.

»Ich will mich bloß nicht an ihn erinnern. Das Mädchen vor Kamika gibt es nicht mehr und ich hätte gerne, dass das auch so bleibt«, sagte die Shi sanft.

Konnte Kamikas Vergangenheit denn so finster gewesen sein, dass sie die Erinnerung daran vollständig vergessen wollte? »Was bedeutet er, dein neuer Name? Ich nehme an, du hast ihn nicht ohne Grund ausgewählt.«

»Den habe nicht ich ausgesucht, das war Erigen. Es ist ein alter Name aus der Heimat seines Urgroßvaters.« Mit einem liebevollen Lächeln sagte sie schließlich: »*Kamika* bedeutet *Die Erwünschte*.«

Juno wollte augenblicklich über den Flur rennen und Shi Erigen mit einer Umarmung überfallen, die ihn auf ganz falsche Ideen bringen könnte. Stattdessen küsste sie Kamika fest auf die Wange.

»Nanu, wofür war der denn?«

»Damit du nicht vergisst, dass du hier wirklich sehr *erwünscht* bist.«

»Nun werde nicht sentimental. Widmen wir uns jetzt erfreulicheren Themen?«, fragte Kamika, die das Thema lieber schnell wechseln wollte – bevor sich das zarte Flattern in ihrem Bauch zu einem ausgewachsenen Problem entwickeln konnte.

Juno nickte. »Du hast recht. Genug anstrengende Unterhaltungen für heute. Was hat das Programm zu bieten?«

•••

Sofia riss die Vorhänge von den Fenstern und warf sie zornig auf den Boden. Sie fegte all ihre Flakons, Fläschchen und Tuben von ihrer Kommode. Sie zerbrach den Spiegel und warf Vasen gegen die Wände. Sie schrie und tobte. Fast ein ganzes Jahr hatte sie damit zugebracht diese verdammte Perle zähmen zu wollen! Ein ganzes Jahr! Und wie dankte man ihr die Mühe? Juno spürte keinerlei Schmerz bei dem verwunschenen Schmuckstück. Die Perle war ein verfluchtes Hexenbiest und verspottete sie.

»So naiv, Sofia! So dumm!«, fauchte sie in die Einsamkeit ihres Zimmers. Sie hatte es endlich geschafft, Magie wirken zu können, und war überzeugt davon gewesen, dass sie Fortschritte machte. Sie hatte an eine Chance geglaubt. Wie dumm, dumm, dumm! Sie beherrschte die Perle nicht. Die Perle lachte sie aus.

Jemand klopfte an ihre Tür. »Edana Sofia, ist alles in Ordnung?«, fragte einer der Gardisten zaghaft.

»Verschwinde!«, keifte Sofia zurück und es blieb still.

Kapitel 40: Blut, Speichel & Antiquitäten

Brïn im Metageit 11'384 n. S.

Jaro, Ideris

Er sah die leuchtenden Umrisse von Kin Mia, die geübt und schnell Wasserpartikel aus der Luft sammelte und sie zu spitzen Eisprojektilen band. Mit einer kraftvollen Bewegung schickte sie die Geschosse ihrem Angreifer entgegen. Riskel sah sich die Erinnerungsbilder inzwischen zum sechsten Mal an. Kin Mias entschlossener Blick war auf einen festen Punkt fixiert, den der Ermittler nur als weiß umrandeten Schemen ohne Substanz wahrnehmen konnte. Ein blinder Punkt ohne den kleinsten Funken Magie. Mias Mörder hatte auch dann noch keinen Zauber gesprochen, als sie mit Magie auf ihn losgegangen war. Selbst in dem leblosen Gemäuer der Gasse steckte mehr Magie als in Kin Mias Mörder.

Riskel beobachtete weiter wie die Frau kämpfte und die gesichtslose Silhouette am Arm verletzte. Der Schemen reagierte schnell, wohl um sich vor Schlimmerem zu schützen, und warf in derselben Bewegung ein Messer nach ihr. Es bohrte sich bis zum Schaft in ihre Schulter. Mia ging zu Boden und er stürzte sich sofort auf sie, um ihr etwas zwischen die Lippen zu gießen. Sie versuchte zu spucken, aber er drückte ihr die Hand auf den Mund. Das Bild löste sich abrupt auf. An dieser Stelle der rekonstruierten Erinnerung musste der Mann sein Opfer betäubt haben. Ihre Zauber waren sofort zusammengebrochen und die an Kin Mia gebundene Magie hatte sich verflüchtigt.

Nun hockte Riskel in dieser Gasse über dem rostig roten Fleck auf dem Stein. Blut des Mörders. Wie wertvoll dieser satte Tropfen doch war. Oder wie wertvoll er hätte sein können. Unter normalen Umständen hätten sie nur Sekunden darauf warten müssen endlich die lang ersehnte Antwort zu erhalten. Der Name und das Gesicht des Mörders hätten in dem Spiegel erscheinen müssen, doch die kalte Wahrheit war eine andere. Kin Dala tippte noch immer frustriert auf ihrem funktionsreichen Spiegelrahmen herum und versuchte, irgendein Ergebnis zu bekommen, doch das war hoffnungslos. Riskel hatte es selbst erst einsehen können, als sein Suchzauber das vierte Mal an dem Blut abgeglitten war. Das Blut war immun. Sie jagten ein ›Kind von Brïn‹. Einen Stummen.

Die Entdeckung hatte Riskel nicht gerade mit Freude erfüllt. Es gab offiziell nur drei Stumme auf Brïn und keiner von ihnen wäre geistig oder körperlich in der Lage gewesen, all diese Frauen umzubringen. Das hatte er bereits überprüft. Noch dazu befanden sie sich etwa achttausend Kilometer weit entfernt in einer Anstalt, auf einem ganz anderen Kontinent.

»Das Team in der Scheune ist fertig.«

»Haben sie noch mehr von dem Blut des Mörders gefunden?«

»Nein, aber Speichel.«

»Speichel?«

Dala nickte. »Auf dem linken Handgelenk der Frau.«

»Sag es nicht«, murrte der Ermittler.

»Er hat das Blut von der Wunde geleckt. Vielleicht auch rausgesaugt. Laut der Messergebnisse fehlt eine nicht unerhebliche Menge.«

»Jetzt hast du es gesagt.« Riskel kniff sich angewidert den Nasenrücken. »Was ist das nur für ein Mensch?«

»Sieh es positiv, Chef. Immerhin wissen wir jetzt, dass er ein ›Kind von Brïn‹ ist.«

»Positiv soll ich das sehen? Das ist eine Katastrophe, Dala. Wie finden wir einen nicht registrierten Stummen, dessen Verstand klar genug arbeitet, um sich nicht durch sein Verhalten zu verraten? Das ist unmöglich. Kein Suchzauber käme auch nur in seine Nähe. Mit unseren magiebetriebenen Geräten kriegen wir nicht einmal eine Bestimmung seiner Blutgruppe zustande.«

»Wenn ich da einen Vorschlag machen dürfte?«

»Nur zu.«

»Es gibt ein paar Museen und private Sammler, die sich auf Exponate von Terra spezialisiert haben. Mein Kollege und ich waren im letzten Jahr auf einer Ausstellung, bei der *medizinische* Apparate präsentiert wurden. Sie hatten dort einiges an Geräten, die auf Terra zur Forschung verwendet werden. Auf den ersten Blick sind das natürlich reichlich primitive Erfindungen, aber es ist doch auch bewundernswert, was die Terraner sich ganz ohne Magie erschlossen haben.«

»Worauf willst du hinaus?«

Dala schaute ihren Vorgesetzten an, als versuchte sie, einem Affen das Alphabet beizubringen. »Riskel, terranische Geräte. Keine Magie im Gehäuse, keine Magie bei der Analyse der Proben.«

»Dala, willst du sagen, du könntest die Proben mit diesem terranischen Museumskram untersuchen?«

»Mit etwas Unterstützung der Eigentümer wäre es vielleicht möglich. Sie wissen mehr über diese Apparaturen als ich, aber es besteht immerhin eine Chance, dass uns diese Geräte ein paar Anhaltspunkte liefern.«

Riskels Lebensgeister kehrten zurück. »Dala, du bist ein Genie! Sammle alles zusammen, was du kriegen kannst, und hol dir jede Hilfe, die du brauchst.«

»Wir benötigen trotzdem noch eine Vergleichsprobe, und wir haben vielleicht nur ein oder zwei Versuche, Riskel, denn viel hat der Mörder uns nicht von sich dagelassen.«

»Du kriegst deine Vergleichsprobe bald. Die Blauröcke werden jeden Stein umdrehen. Wir überprüfen jeden, der das Tor nach Terra regelmäßig benutzt hat. Jeden, der in den Kolonien gelebt oder dort gearbeitet hat.«

»Das sind sicher hunderte, vielleicht tausende Brïnae!«

»Dessen bin ich mir bewusst. Wir müssen ja aber nur den einen finden, der nicht mit unseren Geräten getestet werden kann, Dala. Bis wir ihn haben, weißt du hoffentlich, wie diese terranischen Geräte eingesetzt werden.«

»Es wird dennoch Wochen dauern alle zu überprüfen, die durch das Tor gegangen sind. Woher willst du überhaupt wissen, dass er auf Terra war? Vielleicht ahmt er den echten Ripper nur nach. Unser Täter kann kein Terraner sein. Shi Kamika muss sich geirrt haben.«

Riskel knurrte. »Nein, irgendetwas sagt mir, dass dieser Mistkerl ein schlauer Mistkerl ist. Ich habe es nachgelesen, Dala. Der Ripper hat seine Tätigkeit auf Terra eingestellt und wurde danach nie wiedergesehen. Sein letzter bestätigter Mord fand statt, drei Tage bevor unsere Tore zusammengebrochen sind. Hältst du das für einen Zufall? Ich nicht.«

»Du sagst also, der Mörder beider Welten stammt von Brïn. Und nicht nur das, er hat auch so eine Art Mordurlaub auf Terra gemacht.«

»So hätte ich es nicht formuliert, aber wenn du so willst, ja. Das ist genau das, wofür ich das hier halte.«

Kapitel 41: Feuer brennt, Feuer erlischt

Brïn im Boedrom 11'384 n. S.

Eydwall, Ideris

»Was machst du hier?«, fragte Erigen argwöhnisch.

Kamika stand weit oben in einem der Einzelabteile des Zuschauerraums und beobachtete die beiden Menschen, die unten bei der geflügelten Statue des Windtempels standen und sich in dem großen Saal alleine wähnten. Jetzt warf sie einen kurzen Blick über die Schulter zurück und sah einen tadelnd schauenden Erigen herankommen.

»Zufällig ist das hier mein Tempel«, bemerkte Kamika nüchtern.

»Und du verbringst ja auch sonst so oft deine Freizeit hier, nicht wahr?«, entgegnete der Feuerwächter mit unverhohlenem Spott. »Es hat nicht vielleicht etwas damit zu tun, dass Sofia heute hier Unterricht hat?« Seine Freundin zuckte mit den Schultern. »Du musst langsam anfangen ihr zu vertrauen, Kamika. Sie ist nun einmal die neue Edana.«

»Abwarten«, gab Kamika unzufrieden zurück. »Ich habe Zweifel daran, dass sie in der Lage ist ihre Aufgabe zu erfüllen. Ihre Verbindung zur Magie fühlt sich noch immer nicht richtig an.« Sie hörte Erigens Seufzen und schaute ihn an. »Ihr glaubt, ich könnte sie nicht leiden, weil sie eine Terranerin ist. Aber das ist nicht der Grund, Erigen. Findest du nicht, dass es seltsam ist, dass die Wahl für die Nachfolgerin der Edana auf sie fiel?«

»Hm. Die Beste ist sie nicht, aber wir müssen die Dinge nehmen, wie sie sind.«

»Ich verstehe einfach nicht, warum die Magie an ihr festhält. Sofia ist boshaft.«

»Sie ist noch ein Kind. Irgendwann wird sie in ihre Aufgabe hineinwachsen.«

»Ein Kind, ein Kind. Immerzu höre ich euch das sagen. Es gibt solche und solche Kinder. Sie ist kaum jünger als Lorden und ich es waren, als die Magie der Wächter zu uns kam. Nicht alle Kinder werden gute Menschen. Macht ihr euch denn gar keine Sorgen wegen Hoshide? Was machen wir, wenn sie den Schild nicht aufbauen kann?«

»Ich verstehe doch, was du meinst, Kamika. Wir machen uns alle Sorgen, aber die Magie in ihr freizusetzen dürfen wir nur als letzten Ausweg sehen. Wir können sie nicht leichtfertig zum Tode verurteilen, nur weil sie verantwortungslos ist.«

»Natürlich nicht! Glaubst du denn, ich will sie gleich tot sehen? Also wirklich, ihr traut mir in letzter Zeit Dinge zu!«

»Das ist nicht wahr. Aber was sonst können wir tun, außer hoffen?«

Kamika schnaubte und schaute wieder hinunter, wo Sofia und der Tempelhüter inzwischen in ein kleines Wortgefecht verwickelt zu sein schienen. Die feinen Muskeln um Kamikas Augen zuckten. »Was ... Was macht sie da?«, rief sie plötzlich und sprang mit einem Satz über die Brüstung. Erigen schnappte bestürzt nach Luft und folgte Kamika auf dem Fuße.

•••

Der Lufttempel war Sofia mindestens ebenso zuwider wie die Wächterin, der er gewidmet war. Ihre Verbindung zur Windmagie war schwächer als die zu allen anderen Elementen, und Sofia hatte inzwischen keinen Zweifel mehr daran, dass es an Shi Kamikas Misstrauen ihr gegenüber lag. Die Edana hatte inzwischen genug über die Magie gelernt, um zu begreifen, dass die Windmagie von den Gedanken der Wächterin beeinflusst wurde. Anfangs hatte Sofia sich über diese Erkenntnis mächtig geärgert, doch mittlerweile kümmerte es sie nicht mehr. Wer brauchte schon Windmagie? Was sollte daran beeindruckend sein? Feuer war interessant. Mit diesem Element ließen sich viele Dinge tun und die Feuermagie konnte Sofia inzwischen gut kontrollieren. Während der Tempelhüter weiter über irgendwelche Wechselwirkungen zwischen Luft und Wasser schwadronierte, und ihr zu erklären versuchte, wie sich in der Natur die Elemente oft gegenseitig brauchten, begann Sofia einen Feuerball in ihrer Handfläche zu erzeugen. Ihre Augen leuchteten vor Freude, als die kleine Sonne munter anschwoll.

»Edana? Edana!«, mahnte der Hüter des Windtempels seine Schülerin. »Wir sind heute nicht hier, um Feuerzauber zu üben, sondern um etwas über die Windmagie zu lernen.«

»Deine Magie langweilt mich«, antwortete Sofia ohne den Blick von ihrem Feuerball zu lösen.

»Edana, es freut mich, dass du mit dem Feuerelement solche Fortschritte gemacht hast, aber du musst alle Elemente gleichermaßen verstehen können. Bitte konzentriere dich jetzt.«

Sofia warf ihm einen scharfen Blick zu. Der kleine Ball in ihrer Hand flackerte wild und stieß kleine Eruptionen aus. Sie war es gründlich leid, dass ihr jeder sagen wollte, was sie durfte und was nicht. »Ich brauche keine Kontrolle über den Wind, du dummer Mensch. Du könntest dich nicht einmal gegen mich verteidigen mit deinen lächerlichen Windzaubern. Ist es nicht so?«

Während sie sprach, wurde sie immer wütender und der Feuerball in ihrer Hand begann sich zu verformen und mit langen Zungen um sich zu schlagen. Der Hüter wich einen Schritt zurück und Sofia setzte einen Schritt nach. Es gefiel ihr, die leise Furcht in seinen Augen zu sehen. Oh, er gab sich Mühe es zu verbergen. Aber Sofia hatte ein besonderes Auge für die kleinen Details.

»Edana, zügle dein Temperament!«

»Wage es nicht, mir zu sagen, was ich tun soll. Vielleicht brauchst *du* eine kleine Lektion in Sachen Folgsamkeit, Hüter.« Mit diesen Worten schnellte ein langer Tentakel aus der inzwischen wild pulsierenden Kugel aus Feuer, der geradewegs auf das Gesicht des Hüters zielte.

Der Mann riss erschrocken die Arme hoch, doch er war nicht schnell genug. Das Feuer brannte ihm unbarmherzig das Fleisch von der linken Gesichtshälfte, und wenn er nicht vor Schreck und Schmerz die Augen fest zusammengekniffen hätte, dann wäre ihm Sofias teuflisches Lächeln nicht entgangen. Er stolperte rückwärts, während er gegen die Flamme kämpfte. Er versuchte sich auf einen Zauber zu konzentrieren, der dem Feuer den Sauerstoff entziehen würde, doch seine Sinne waren so überreizt, dass er keinen klaren Gedanken fassen konnte und seine eigenen Schreie kamen ihm fremd vor. Er spürte, wie sich die wachsenden Flammen nun um seine Hände und Arme schlangen und er keuchte, als ihm der Qualm und der Gestank seines eigenen verbrannten Fleisches die Atemwege blockierten. Er stürzte und blieb auf dem Rücken liegen, zappelnd wie ein Fisch, der plötzlich auf dem Trockenen lag. Ein Windstoß fegte über ihn hinweg und die Flammen erloschen. Er hörte ein gequältes Wimmern, das nicht sein eigenes war, und er wagte es durch sein unverletztes Auge aufzublicken. Shi Erigen kniete über ihm und sprach beruhigend auf ihn ein. Der Hüter suchte nach Sofia und fand sie in der Luft baumelnd, mit den Füßen zappelnd, die Hände an ihrem Hals und erfolglos nach Luft ringend. Shi Kamika stand unter ihr und schrie die Edana, deren Lippen sich blau zu färben begannen, überaus zornig an. Die Windwächterin löste schließlich ihren unsichtbaren Griff und die Edana prallte unsanft zu Boden. Auf allen vieren kroch sie hektisch vor Shi Kamika davon.

»Bist du jetzt vollkommen wahnsinnig geworden?«, brüllte die Wächterin unbeeindruckt weiter. »Bleib da und bewege dich bloß nicht vom Fleck!«, befahl sie der Edana, die sich fest gegen die Wand drückte und die Arme um die Knie schlang. Ihre Wangen waren nass von den Tränen, die sie in ihrer Todesangst vergoss. Kamika eilte zu Erigen und dem Hüter. »Wie schlimm ist es?«

»Das Gesicht hat es übel erwischt und er bekommt schlecht Luft. Er muss sofort zu den Heilern.« Erigen stand auf und marschierte zu Sofia hinüber, die noch immer hustete und sich von dem Schock zu erholen versuchte, plötzlich nicht mehr atmen zu können. Hätte Kamika nicht so schnell reagiert, wäre der Hüter jetzt gewiss in einem noch schlimmeren Zustand. Erigen kniete sich vor die halbwüchsige Edana und studierte sie für einen Moment. Sie sagte nichts und vermied es, ihm ins Gesicht zu sehen.

»Was hast du dir dabei gedacht? Du greifst einen Menschen an?«

»Es ... Es war ein Unfall«, jammerte Sofia herzerweichend.

»Das war kein Unfall, Sofia. Ich habe da oben gestanden und dich gesehen!« Erigen wurde selten laut, aber wenn jemand Magie missbrauchte, noch dazu *seine* Magie, dann hörte der Spaß auf. Sofia schwieg.

»Willst du dich nicht einmal entschuldigen oder erfahren wie es ihm geht?«, fragte der Wächter verständnislos, während er auf den verletzten Hüter zeigte, dem Kamika gerade die Rauchpartikel aus den Atemwegen zog.

»Es tut mir leid!«, fauchte die Edana da kratzbürstig. »Das ist doch nichts, was nicht mit etwas Heilwasser wieder zu beheben wäre.«

»So einfach ist das also für dich. Gar nichts tut dir leid, oder?«, stellte Erigen ernüchtert fest. »Höchstens, dass du erwischt wurdest. Ich will mir lieber nicht vorstellen, wie weit du gegangen wärst, wenn Kamika und ich nicht zufällig hätten dazwischen gehen können.«

Er hatte die Wahrheit gesagt. Sofia bereute ihre Tat kein bisschen. Sie spürte gar nichts, außer einer wachsenden Wut auf Shi Kamika, die ihr schon wieder nachspioniert hatte. Aber nun, da passiert war, was passiert war, musste sie Schadensbegrenzung betreiben. Sie konnte es nicht riskieren, noch einen Wächter gegen sich aufzubringen. »Es tut mir wirklich leid, Shi Erigen. Ich war verärgert und habe die Kontrolle verloren. Es wird nie wieder vorkommen.«

»Nein, das wird es allerdings nicht«, sagte er und seine Augen begannen so intensiv zu glühen, dass Sofia glaubte, geradewegs in die Augen des Teufels zu blicken. Er machte ihr Angst.

Sofia hatte plötzlich das Gefühl, als würde ihr ein Stück Seele aus dem Leib gezogen. Er nahm ihr die Magie des Feuers weg! »Nein! Shi Erigen, bitte nicht!«

»Du bekommst die Feuermagie erst zurück, wenn du gelernt hast sie mit Verantwortung zu gebrauchen, *Edana*. Und jetzt gehe mir aus den Augen, bevor ich selbst die Kontrolle verliere.«

Sofia schluchzte und rannte aus dem Windtempel. Endlich hatte sie eine Magie gefunden, die ihr lag, und nun nahm er sie ihr einfach so weg. Während Sofia rannte, versuchte sie die Feuermagie zu sich zu rufen. Sie spürte, wie die Magie auf sie zukam und ihr im letzten Moment auswich. Die Edana wimmerte. Sie hatte nicht einmal geahnt, dass die Wächter ihr das antun konnten. Sollte sie als Edana nicht die Macht über alle Elemente besitzen? Sollte sie nicht die Mächtigste von allen sein und sollte nicht sie die Shi kontrollieren? Es war ungerecht, so ungerecht und an allem war nur die Perle schuld.

Erigen lief mit hängenden Schultern zu Kamika und dem Hüter zurück. Der Mann lag nahezu reglos auf dem Boden und kämpfte um jeden Atemzug. »Wie geht es ihm?«

»Ich helfe ihm dabei Luft zu bekommen, bis Lorden hier ist. Er müsste jeden Moment eintreffen«, antwortete Kamika. »Er wird uns nicht glauben, dass sie mit Vorsatz gehandelt hat.«

»Mir ist verdammt noch mal egal, was er glaubt. Wenn Lorden uns nicht zuhören will, prügle ich ihm neuen Verstand ein«, fluchte Erigen, der so wütend war, wie kaum jemals zuvor in seinem Leben.

»Und wofür genau hätte ich das verdient?«, erklang die Stimme des Wasserwächters, der gerade rechtzeitig ankam, um ein paar Satzbruchstücke aufzuschnappen.

»Für deinen unerschütterlichen Glauben an dieses herzlose Biest, das sich unsere Edana schimpft«, entgegnete Erigen, während Lorden sich um den verletzten Hüter kümmerte.

»Ich verstehe nicht ganz.«

»Das ist ihr Werk«, sagte Kamika erstaunlich ruhig und nickte dem Hüter zu.

Lorden blickte erst den Verletzten und dann seine beiden Freunde an. »Das war sicher keine Absicht«, sagte er, doch es klang wie eine Frage.

»Sie hat gegrinst. Vom einen bis zum anderen Ohr. Sie hätte ihn umgebracht, Lorden. In ihren Augen hat Mordlust gelegen. Wir haben ein wirklich ernsthaftes Problem mit ihr.«

Kapitel 42: Bibbedibabbedi

Brïn im Boedrom 11'384 n. S.
Hoshide, Tag 1
Eydwall, Ideris

Juno stand vor ihrem Garderobenspiegel und verzog das Gesicht. Vor einer Stunde hatte ihr die Schneiderei das Kleid für das Eröffnungsfest geliefert und Juno war kreidebleich geworden. Sie hatte sich schon vor Tagen in heller Vorfreude mit Silka verabredet, damit sie sich gemeinsam fertigmachen könnten. Doch seit Juno das Kleid aus der Schutzhülle gezogen hatte, spielte sie mit dem Gedanken, ihre Teilnahme an dem Fest abzusagen. Leider war es auf Brïn ganz und gar unmöglich eine plötzliche Grippe, einen gebrochenen Fuß oder wenigstens Kopfschmerzen vorzutäuschen.

Sie stand halb angezogen da, die Arme um das noch lose Mieder geschlungen, und betrachtete sich im Spiegel. So konnte sie das Haus keinesfalls verlassen. Der weiche Tüll des Rockteils war derart ausufernd opulent, dass Juno in ihrem kleinen Zimmer kaum Platz hatte, sich zu bewegen. In diesem Ding sah sie aus wie eine Walt-Disney-Märchenprinzessin. Nur schlimmer. Die Menschen würden ihr den ganzen Abend ausweichen müssen. Sie würde auffallen wie ein bunter Hund. Dabei wollte sie eigentlich nur Kamikas Aufmerksamkeit gewinnen, nicht die der ganzen verdammten Stadt. Sie starrte grimmig in den Garderobenspiegel und ihr Spiegelbild starrte ebenso grimmig zurück.

Es klopfte an die Tür. Juno zuckte zusammen.

»Ich bin es, Silka!«, klang die Stimme gedämpft durch die Tür. Juno hielt sich mit einer Hand das Oberteil, und versuchte mit der anderen den Stoff des Rockes zu bändigen. Sie schaffte es, ächzend den Türknauf zu entriegeln und Silka hereinzulassen. Die war so aufgeregt, dass sie zunächst einmal nicht viel wahrnahm. Sie warf ihr Kosmetikköfferchen auf Junos Bett und fing an wie ein Wasserfall zu reden, während sie ihre mitgebrachten Utensilien auf der Bettdecke ausbreitete.

»Ich habe Akko gesehen, er ist also wieder da. Der hat sich heute mächtig herausgeputzt. Es würde mich nicht wundern, wenn der Tölpel dir nachher noch einen Antrag macht. Übrigens habe ich später noch eine Verabredung. Na ja, vielleicht. Aber ich kann dir jetzt noch nicht mehr über ihn sagen. Es muss noch geheim bleiben, weißt du?« Sie kicherte verlegen. Juno dagegen blieb stumm und versuchte sich nicht zu bewegen. Das Schweigen machte Silka neugierig. Sie hörte auf zu brabbeln und wandte sich zu ihrer Freundin um. Ihre Augen wurden groß und ihre muschelweiß gefärbten und schimmernden Lippen bildeten ein beinahe perfekt geformtes O.

»Hallo«, sagte Juno gänzlich verunsichert, als sie Silkas schockierten Ausdruck sah.

»Bei den Adern, Juno!« Die Freundin hielt sich das Gesicht mit beiden Händen.

»Es ist zu viel, nicht wahr? Ich habe es doch gewusst. Was mache ich denn jetzt? Bramas hat es extra für mich machen lassen, aber ich kann doch so nicht aus dem Haus gehen. Meinst du, wir können ein paar Schichten des Unterrocks entfernen, damit der Rock etwas flacher fällt?«

»Wovon redest du? An diesem Kleid wird nichts entfernt! Es ist umwerfend. Verdammt, du siehst aus wie die Shi der Winde, Juno.«

»Aber sieh dir doch den ganzen Stoff an! Ich sehe aus wie ein Sahnetörtchen! Fehlt bloß noch die glasierte Kirsche obendrauf. Moment, was war das eben mit der Shi der Winde?«

»Und was für ein Törtchen«, kicherte Silka lasziv und fächelte sich zur Untermalung ein wenig Luft zu. »Komm her, ich mache dir erst einmal die Schnürung fest.« Silka schob sich in die Unmengen von Stoff und begann die feinen goldenen Bänder auf Junos Rücken festzuziehen. Das Mieder schmiegte sich sofort an den Rumpf der Lyre und saß wie eine zweite Haut.

»Wer hat das entworfen?«

»Hm, Kin Maril. Ihr Geschäft nennt sich ›Zum seidenen Faden‹.«

»Das habe ich mir fast schon gedacht. Wie hast du es geschafft einen Termin bei ihr zu bekommen?« Silka trennte inzwischen Junos leichte Locken in saubere Stränge und steckte seitlich einzelne Strähnen fest.

»Meister Bramas hat das organisiert. Er ist mit der Schneiderin befreundet. Ist sie irgendwie besonders?«, fragte Juno, ahnungslos wie immer.

»Machst du Witze? Kin Maril ist die beste Schneiderin in Eydwall. Vielleicht sogar auf ganz Brïn. Sie kleidet die größten Magier ein – natürlich auch die Edana und die Shi.«

»Tatsächlich?« Sie beobachtete Silka, die ihr gerade goldene Spiralschnüre in die Locken flocht. »Was machst du da? Willst du mir den Rest geben? Falle ich nicht schon genug auf?«

»Als ob die Bänder noch einen Unterschied machen könnten«, lachte Silka. »Das bringt mich auf eine Idee, Augenblick!«

Juno beobachtete ihre Freundin misstrauisch, wie sie zu dem Wandspiegel lief und die Oberfläche zum Leben erweckte. Sie gab ein paar Kommandos über die Symbole ein, und auf der Oberfläche erschien eine Sammlung von Bildern. Juno erkannte sie als die Zeichen des Windes.

»Was führst du wieder im Schilde, Silka?«

»Tsch.« Silka gab einem der Bilder einen schnellen Wisch und das Foto erschien vor Juno auf dem Garderobenspiegel. »Wir zeichnen sie dir auf die Arme.« Silka kicherte aufgeregt. »Das wird phantastisch.«

»Vielleicht sollten wir tauschen«, schlug Juno todernst vor.

»Nein, ich kleide mich heute ins Wasserelement, vielen Dank, und jetzt hör auf zu jammern! Ich kenne einen Haufen Mädchen, die für solch einen Aufzug töten würden.«

»Kamika wird mich auf jeden Fall umbringen wollen. Sie wird denken, ich will sie ausstechen.«

»Shi Kamika ist nicht Sofia. Wenn überhaupt, wirst du aufpassen müssen, dass sich die Wächterin nicht Hals über Kopf in dich verliebt.« Silka sagte es im Scherz, aber Juno wurde knallrot im Gesicht und starrte die Reflexion ihrer Freundin im Spiegel an.

»Ach du meine Güte«, staunte Silka, »Juno, bist *du* etwa verliebt in Shi Kamika?« Das Schweigen der Lyre sprach Bände. »Ich hatte ja keine Ahnung! Seit wann?«

Juno wandte verlegen den Blick von Silkas Spiegelbild ab. »Eine Weile.«

»Oh Juno. Mach das nicht«, bat Silka einfühlsam.

»Sie ist ein liebenswerter Mensch.«

»Das weiß ich doch, Juno. Aber du musst wissen, Shi Kamika hatte noch nie eine feste Freundin, seit sie auf Brïn lebt, und das ist schon eine ganz schön lange Zeit. Sie wird dich fallen lassen. Ich will nicht, dass sie dir das Herz bricht, Juno«, sagte Silka traurig. »Aber dafür ist es schon zu spät, hm?«

Juno sagte lange nichts und strich sich über die feinen weißen Stoffschichten ihres Kleides. »Denkst du wirklich, es wird ihr gefallen?«

Silka strich ihr liebevoll über die Arme. »Sie wird keine Chance haben dir zu widerstehen.«

Juno schaute sich selbst im Spiegel an und blickte dann zu Silka in ihrem fließenden Kleid, das nachtschwarz an der Oberkante der Korsage begann und zum Saum hin in einem immer heller werdenden Blau auslief. Auf Höhe des Brustkorbs leuchteten die beiden Mondsicheln von Aios und Eios. Etwa auf halber Höhe des Rocks trennte sich der nächtliche Horizont vom Meer, welches das kühle weiße Licht der beiden Mondsicheln reflektierte. In dem künstlichen Ozean tummelten sich zahllose Fische und anderes Meeresgetier, sogar ein Delphin sprang ab und an aus dem Wasser und tauchte irgendwo hinter dem Horizont unter. Silkas perlförmige Ohrringe und der kleine Tropfen an ihrer Silberkette gaben das gleiche kühle Licht ab wie die Monde auf der Korsage und der Meerschaum, der die kurze Schleppe bildete.

Juno runzelte die Stirn. »Hey Silka, hast du mir nicht erzählt, Feuer wäre das Element, das in dir am stärksten resoniert? Stimmt das noch?«

»Aber sicher«, antwortete Silka knapp.

»So, und wieso siehst du dann heute aus wie eine Meeresgöttin?« Sie beobachtete, wie ihre Freundin sich auf die Lippen biss und dann wie eine ertappte Diebin wegschaute. »Hattest du vorhin nicht etwas von einer Verabredung erwähnt?«, bohrte Juno nach.

»Hm ... Oje, schon so spät. Wir müssen los!«

»Silka!«, rief Juno, aber die dunkle Schönheit war schon durch die Tür geflüchtet und zog ein sanftes Rauschen von Wellen hinter sich her.

Kapitel 43: Freud' und Leid und Abendkleid

Hoshide, Tag 1, 11'384 n. S.

Eydwall, Ideris

Kamika wartete am Westtor, welches der Bibliothek von Eydwall am nächsten war, die Hände akkurat hinter dem Rücken verschränkt. Sie nickte den vorbeilaufenden Gästen des Festes roboterhaft zu, registrierte aber eigentlich keines der Gesichter. Sie verbarg ihre innere Unruhe hinter einer stoischen Fassade, doch in Wahrheit war sie voller Ungeduld. Sie suchte den Zugang wieder und wieder nach einem vertrauten Gesicht ab und versuchte dabei gelassen zu wirken. Ab und an zupfte sie nervös an ihrer Kleidung. Die Schneiderin hatte es sich nicht nehmen lassen, eigenmächtig ein paar Verfeinerungen anzubringen und den vorgegebenen Schnitt abzuändern. Der Anzug betonte Kamikas weibliche Formen deutlicher als sonst und entblößte erheblich mehr Haut.

Kin Maril hatte ihr eine leichte und weiche Korsage entworfen, die mit einem kleinen Stehkragen im Nacken begann und nach vorn zu einem geraden Ausschnitt auslief. Die Kanten waren mit goldenem Faden vernäht und auch die schräg laufenden Stickereien der Insignien glühten wie flüssiges Gold. Der ansonsten weiße Stoff schmiegte sich an ihren Körper und lag trotz der spätsommerlichen Hitze kühl auf ihrer Haut. Sie fühlte sich ein wenig nackt in diesen leichten Stoffen und dem großzügigen Ausschnitt, der die Ansätze ihrer Brüste preisgab und ganz offen betonte. Wenigstens hatte die Schneiderin nicht versucht, Kamika einen Rock aufzuschwatzen, und so war die Shi dankbar für die lange Anzughose. Obwohl Kamika insgesamt einen durchaus eleganten, nicht zu provokativen Anblick bot, war sie nervös und machte sich Sorgen darüber, welchen Eindruck Juno von ihr haben würde.

»Kamika, Kamika!«

Die Wächterin hörte ihren Namen und das ungeduldige Fingerschnipsen wie durch eine Wand, dann blinzelte sie und wandte den Blick vom Tor ab. Erigen stand in seinem feuerroten Anzug mit dem schwarzen Drachen darauf vor ihr und sah die Wächterin mit einem ungeduldigen Ausdruck an.

»Erigen.« Kamika drehte sich vollends zu ihm um. Der Drache rauschte wie ein nebulöser, tiefschwarzer Rauchschwaden über den Anzug des Feuerwächters. Erigens bernsteinfarbene Augen hatten wieder das warme Leuchten glühender Kohlen angenommen. Die Kleidung passte hervorragend zu seinem schwarzen Haar und der honigfarbenen Haut.

»Du wartest an der falschen Stelle«, sagte er mit sanfter Stimme.

»Wie bitte?«

»Meister Bramas und Juno sind durch das Osttor gekommen. Juno wartet an der Grenze zwischen Feuer und Wind auf dich. Allerdings ... Ihr *Cousin* klebt ihr an den Fersen.«

Kamika versuchte ihre Vorfreude herunterzuspielen. »Nun, dann werde ich mal zu ihr rüberspazieren und sie begrüßen.«

»Spazieren. Sicher.« Er schüttelte in gespielter Missbilligung den Kopf und verbarg sein Grinsen, so gut es ging. »Bewegung, Shi, und beeil dich lieber, bevor sie dir jemand wegschnappt. So wie die Kleine heute aussieht, kann sie sich vor Angeboten vermutlich kaum retten. Was übrigens auch für dich gilt. Wenn ich lebensmüde wäre, würde ich dir glatt den Hof machen.« Er sah sie von Kopf bis Fuß an und pfiff anerkennend.

Kamika streckte ihm die Zunge raus und lief los. Sie versuchte Erigens Andeutungen zu ignorieren. Sie musste sich ohnehin schon sehr zusammenreißen, um keine Grenzen bei der schönen Lyre zu übertreten. Das war nicht leicht, denn Juno brachte sie zunehmend aus dem gewohnten Takt und erfüllte Kamika mit Wünschen und Gedanken, von denen sie fest geglaubt hatte, dass sie tief und endgültig vergraben waren. Von all den Frauen, denen Kamika im Laufe der Jahre begegnet war, war Juno die erste, nach der sie sich ernsthaft sehnte und vor der sie sich darum unglaublich fürchtete.

Sie tauchte zwischen den Bäumen unter und entfernte sich etwas von den Gästen. Mit einem verstohlenen Blick über die Schulter vergewisserte sie sich, dass sie alleine war und nicht versehentlich jemandem die aufwendige Frisur oder Schlimmeres zerstören konnte. Dann rief sie ihre Magie an und löste sich in unzählige goldene Partikel auf, die von einem unsichtbaren Luftstrom davongetragen wurden. Es war immer ein seltsames Gefühl, körperlos zu sein. Die Gedanken versuchten zu entfliehen, das fehlende Klopfen des Herzens wirkte unnatürlich still.

Trotzdem war es auch befreiend nur Wind zu sein. Wenigstens für eine Weile, solange sie nicht vergaß, dass sie darüber hinaus auch ein Mensch war.

Kamika flog hoch hinauf in den Himmel, wo niemand ihren Weg behindern und sie ausbremsen konnte. Im Nu hatte sie den Wolkenturm umflogen und steuerte auf den Osteingang zu. Kurz vor dem Tor berührten ihre Füße den Boden der Seebrücke und sie trat aus dem Wind zurück ins Menschsein. Sie lächelte zufrieden, als ihr Herz wieder zu klopfen begann und ihre Gedanken wieder Struktur bekamen.

Flink lief sie über die Brücke. Die beiden Gardisten am Tor machten den Durchgang frei und sie folgte dem geraden Weg bis zu den Gärten. Dort suchte sie die Zelte nach Juno ab. Meister Bramas, der mit einer Handvoll Gästen im Gespräch vertieft war, fand sie schnell. Dessen Sohn war nicht zu sehen und auch Juno schien nicht an der Seite des Bibliothekars zu sein. Doch unter einem der Zeltdächer teilte sich die Menge gerade etwas auf und gab die Sicht auf eine junge Frau frei, die ihr den Rücken zugewandt hatte. Kamika erkannte diese sofort an ihrer Haltung, der Farbe ihrer Haare, der leichten Tönung ihrer Haut und der Art wie sie mit den Händen gestikulierte, während sie sprach. Ihre schwarzbraunen Locken fielen in Kaskaden über die nackten Schultern und den Rücken, der von einem feinen goldenen Netz aus Schnüren geziert wurde. Goldene Bänder schimmerten auch in ihren Haaren. Sie trug ein aufwendig gearbeitetes weißes Kleid, das zum Rand hin eine goldene Färbung annahm, als wäre Juno in eine große Schale mit flüssigem Gold gestiegen.

Kamika stockte der Atem. Sie hatte angenommen, dass Juno in das sonnengelbe Gewand einer Lyre gekleidet sein würde, stattdessen trug sie jedoch die Farben des Windes. Eine nicht eingeladene Welle der Zuneigung durchströmte die Wächterin, gefolgt von einem Anflug von Panik. Juno sah aus, als würde sie zu Kamika gehören. Als wären sie ... Sie verbat sich den Gedanken.

Die Wächterin blieb einen Schritt hinter Juno stehen und wagte nicht, sie anzusprechen. Kamika fürchtete, ihr würde die Stimme versagen. Sie hörte Juno verlegen lachen und starrte die Lyre in stummer Ehrfurcht an. Ihre Gedanken glitten unerträglich langsam dahin, während ihr Herz raste. Das war nicht gut. Gar nicht gut.

Die Unterhaltung erstarb, als Junos Gesprächspartnerinnen Kamika bemerkten. Sie sahen die Shi an und verneigten sich zum Gruß, kicherten verdächtig und tuschelten einander ins Ohr. Kamikas Körper fühlte sich steif an, als sie versuchte, ihnen leichthin zuzunicken. Silka stieß Juno gegen den Arm und wies mit einem vielsagenden Blick in Kamikas Richtung. Als Juno sich herumdrehte und Kamika entdeckte, begann die Lyre vor Freude förmlich zu leuchten. Sie schaute die Shi an, als gäbe es niemand anderen auf der Welt. Kamikas Eloquenz trat unverzüglich in den Streik. Juno war wunderschön. Sie war unbeschreiblich und der Ausdruck in ihren Augen drohte Kamika das Herz zu brechen. In einer schnellen Bewegung hatte die freche Lyre die Distanz zwischen ihnen geschlossen und fiel Kamika in die Arme. Sie küsste die Shi fest auf die Wange und umarmte sie mit aller Kraft.

»Ich bin so froh dich zu sehen. Kurz dachte ich, du hättest es dir anders überlegt.«

Kamikas Wange brannte dort, wo Junos Lippen sie berührt hatten. Sie fasste Juno an den Händen, trat einen halben Schritt zurück und schaute sie sich schweigend an. Junos Augen waren heute ebenso dunkel wie ihr Haar und goldene Tupfer funkelten darin wie winzige Sterne. Über ihre Brust liefen die gleichen goldenen Stickereien, die auch auf Kamikas Oberteil zu sehen waren, der Ausschnitt hatte die gleiche Passform.

»Du siehst bezaubernd aus«, brachte Kamika mit schwacher Stimme heraus. »Du trägst meine Farben.«

Natürlich trugen viele die Farben der Windmagie, allerdings nicht in einem solch feierlichen Aufzug und natürlich waren die anderen nicht Juno. Sie war die Einzige, die zählte.

Die Lyre lächelte ihr ein wenig verlegen zu und drehte sich für die Wächterin einmal um die eigene Achse. Goldene Funken wirbelten wie leuchtende Blütenpollen um sie herum und stoben auseinander. Kamikas Herz machte einen neuerlichen Satz. Sie ertrug es kaum, wie hinreißend diese Frau war.

»Du bist doch nicht böse, oder? Die Schneiderin wollte sich wohl austoben, da du es ihr ja ständig verbietest. Ich ziehe es sofort aus, wenn es zu aufdringlich ist.«

Normalerweise hätte die Wächterin einen solchen Satz als Steilvorlage für einen anzüglichen Kommentar genutzt. Doch ihr Gehirn war allzu beschäftigt damit, das geistige Niveau einer Trockenpflaume zu halten. Kamika nahm stattdessen Junos Hand und drehte sie noch einmal – sanfter – und sah sich die Lyre genau an. »Es ist ganz fabelhaft, Juno. Ich fühle mich geehrt.« Zur Bestätigung bedachte sie Juno mit einer eleganten Verbeugung. Juno lächelte sie an und Kamika überkam der Wunsch, vor Glück zu schreien und gleichzeitig in Tränen der Verzweiflung auszubrechen. Sie hatte sich sehr lange nicht mehr derart verloren gefühlt. Zu ihrem Entsetzen musste sie feststellen, dass es wundervoll war, so zu empfinden.

»Ihr seht aus wie ein Paar«, raunte Silka und nahm die Hände vor den Mund. Sie hatte recht und es schürte Kamikas Sorge. Junos Kleid war ein perfekt abgestimmtes Gegenstück zu ihrem eigenen Aufzug. Es musste auch Juno aufgefallen sein, wie ähnlich sich ihre Garderoben waren. Was dachte die Hübsche wohl darüber?

»Du bist wunderschön, Kamika«, sagte Juno, als hätte sie Kamikas Gedanken gelesen und die Shi spürte, wie ihr die Wangen warm wurden. Die Lyre spielte mit einer Strähne von Kamikas Haar und lächelte sie bewundernd an. »Aber da fehlt etwas.«

»Wo?« Kamika erschrak und sah an sich herunter. Automatisch hob sie die Hände über den Ausschnitt. Juno schüttelte kichernd den Kopf und griff sich in den Nacken. Sie löste die goldene Kette von ihrem Hals, an der eine einzelne in Gold gearbeitete Vogelfeder hing. Juno langte hinüber zu Kamika, legte ihr die Kette um den Hals und ließ die Öse einrasten. Die Feder schmiegte sich an Kamikas Brustbein und die Wächterin schluckte schwer, als Juno mit dem Finger darüberstrich.

»Da, siehst du? Jetzt ist es perfekt.«

»Danke«, hauchte Kamika kleinlaut wie nie zuvor.

In dem Moment wurde die Musik im Zelt lauter und rettete die Wächterin davor auch noch mit dem Fuß zu scharren. Ein Violinenstück mit schnellen synthetischen Rhythmen unterlegt und wechselndem Tempo hatte begonnen. Es war eines dieser Lieder, die klassische Musik mit modernen Instrumenten kombinierte und aktuell sehr beliebt bei den Studenten war. Silka packte Juno völlig unerwartet an der Hand und zerrte sie auf die Tanzfläche. Juno sträubte sich und schüttelte den Kopf. Kamika musste lachen. Die Lyre warf ihr einen schelmischen Blick zu, bekam Kamikas Hand zu fassen und zog die

Wächterin mit sich. Die Shi gab einen überraschten Laut von sich, ehe sie sich inmitten der feiernden Bande wiederfand.

Einen Moment später bewegte sie sich drehend über die Fläche wie eine unbeschwerte, gewöhnliche Studentin. Die Frauen jauchzten vergnügt, hielten sich gegenseitig an den Händen und waren ausgelassen fröhlich. Kamika alberte mit ihnen herum, als gäbe es keine Sorgen und Ängste auf der Welt. Aber sie hatte nur Augen für Juno, die Kamika ihrerseits nicht von der Tanzfläche entkommen lassen wollte. Sie sah so glücklich aus, so reizend, in ihren flüssigen Bewegungen. Wie sie die Arme zart durch die Luft gleiten ließ. Die goldenen Funken fielen tausendfach aus dem Kleid und tauchten den Boden in einen wabernden funkelnden Nebel. Der Stoff fächerte sich bei jeder Drehung weit auf und die Menschen machten Platz. Juno tanzte und lachte und fügte sich der Musik. Sie suchte immer wieder Kamikas Blick, was die Wächterin jedes Mal ungeschickt stolpern ließ. Kamika schalt sich im Geiste. Sie benahm sich wie ein Tölpel.

Der Rhythmus der Violine veränderte sich, die Melodie wurde sanft und erzeugte Wehmut bei den Zuhörern. Kamika sah die Wandlung in Junos Bewegungen und in ihren Gesichtszügen. Sehnsucht, Hingabe, Leid und Glück. Juno schwebte leichtfüßig und mit weit ausgebreiteten Armen über die Tanzfläche.

Schwebte.

Kamika sah es genau vor sich. Sie wusste, das Musikstück würde gleich sein Ende erreichen und sie wusste, wie es enden musste. Juno hob die Arme über den Kopf und drehte sich. Sie reckte sich den Sternen entgegen und schloss die Augen. Die goldenen Funken kreisten um sie herum und die Gäste staunten über dieses Kunstwerk aus Stoff und Magie. Kamika aber wurde still und bewegte sanft die Hände. Der Wind wickelte sich sacht um Juno und hob sie von den Füßen, hoch hinauf, bis sie über allen Zelten schwebte. Die Lyre gab sich der Magie unerschrocken hin. Sie kannte Kamikas Berührung inzwischen gut, ganz gleich, ob es nun deren magische oder menschliche Hand war, die nach Juno griff. Die Shi lächelte, hob die Arme höher und ließ ihre Finger tänzeln. Die Gäste im Zelt staunten, manche applaudierten. Juno fügte sich derweil in die Umarmung der Windmagie, lehnte sich zurück und ließ die Arme weit von sich fallen. Sie schwebte langsam kreisend in der Luft, die feinen Schichten des Stoffs wehten leicht um ihren Körper wie Nebelschwaden, während die letzten goldenen Funken aus ihrem Kleid zu Boden fielen und dort langsam erloschen. Sie hörte das zärtliche Flüstern des Windes und lauschte ihm verträumt.

Juno spürte, wie sie langsam hinabschwebte, öffnete ihre Augen und richtete ihren Oberkörper wieder auf. Kamika stand unter ihr, die Hände erhoben, mit Fingern, die eine unsichtbare Harfe zu zupfen schienen, und einem intensiven, liebevollen Lächeln auf den Lippen. Juno reckte die Hände nach der Wächterin. Die Luft gab ihr einen sanften Schubs und führte sie in Kamikas Arme. Die Wächterin nahm sie in Empfang und setzte sie behutsam auf dem Boden ab.

Junos Hände strichen über Kamikas Nacken und kamen auf ihren Schultern zum Liegen. Die Härchen stellten sich der Wächterin auf. Sie strich Juno über die Wange und konnte die helle Freude in sich nur schwer zurückhalten. Die beiden sahen sich sekundenlang an und standen reglos da. Nur eine Handbreite trennte ihre Gesichter voneinander. Dann hörten sie den Jubel und den Applaus. Die beiden blinzelten ihre Trance fort und sahen sich um. Juno wurde rot im Gesicht. Schließlich nahm Kamika die Hand ihrer Freundin und sie traten zurück an den Rand, gerade als das nächste Musikstück einsetzte.

Junos Freunde aus der Universität fielen sofort über die beiden her und sprachen wild durcheinander. Sie waren ganz aufgeregt und wiederholten mehrfach, wie traumhaft die beiden zusammen aussahen. Kamika lächelte höflich, wie man es von der Shi erwartete, doch sie hielt sich zurück und überhörte geflissentlich alle Fragen zu ihrem Beziehungsstatus.

»Hast du dich schon auf dem Gelände umgesehen, Juno?«

»Nein, dazu war noch keine Zeit.«

»Wollen wir einen Spaziergang machen? Falls deine Freunde dich eine Weile entbehren können.«

Die jungen Frauen und Männer nickten enthusiastisch, kicherten und tuschelten vielsagend hinter vorgehaltenen Händen. Juno schlug spielerisch nach ihnen, damit sie das alberne Mauscheln sein lassen würden, doch die gut gelaunten Menschen lachten bloß noch lauter.

»Lass uns schnell verschwinden«, sagte Juno fröhlich und verschränkte ihre Finger kurzerhand mit Kamikas.

•••

Das Eröffnungsfest zu Hoshide hätte ihr Fest werden sollen. Das Fest, auf dem sie allen zeigen wollte, wie wunderschön und strahlend sie war, wie glücklich sie sich schätzen konnten, Sofia zur neuen Edana zu haben. Sie trug ihr feinstes Kleid, aus goldenen Stoffen, mit einer langen Schleppe und leuchtenden, königsblauen Stickereien darauf. Sie hatte der Schneiderin genau beschrieben, wie es aussehen musste. Teure Perlen und Saphire zierten ihre Brust, und in ihrem Haar steckte ein funkelndes Diadem aus reinem Kristall. Jeder würde sie ansehen und ihr zu Füßen liegen wollen.

Doch seit dem Vorfall im Windtempel wehte ein gänzlich unkomfortables Lüftchen in Sofias Richtung und drückte auf ihre Stimmung. Selbst Shi Lorden, der sie sonst immer in Schutz nahm, wirkte verbittert in ihrer Nähe und so war ihr die Freude auf das Eröffnungsfest gründlich verdorben worden. Dabei ging es dem Hüter des Windtempels inzwischen wieder prächtig. Er würde nicht einmal eine Narbe zurückbehalten. Ihr dagegen hatten sie nach dem Vorfall Hausarrest erteilt. Hausarrest. Ihr! Heute war der erste Tag, an dem sie ihr Apartment wieder verlassen durfte. Sie hätte gerne mehr Euphorie angesichts der wiedergewonnenen Freiheit empfunden, doch das Einzige, was sie motivierte hinauszugehen, war das Wissen, dass sie auf dem Fest ihrem Liebsten begegnen würde. Er war der einzige Mensch auf dieser Welt, der sie wirklich verstand und dem sie trauen konnte.

Sie lief mit erhobenem Haupt über die Festwiesen, in Begleitung zweier Gardisten, die sie den Abend über beschützen sollten. Sie brauchte sie nicht, sie hatte immerhin Jack auf ihrer Seite, aber vielleicht waren sie auch gar nicht zu Sofias Schutz abgestellt, sondern um sie zu kontrollieren. *Bestimmt* waren sie hier, um sie zu kontrollieren.

Die Menschen machten Sofia Platz, als sie über die Wiese schritt, und die Edana saugte jedes bewundernde Seufzen und Staunen wie ein durstiger Schwamm in sich auf. Sie verneigten sich vor ihr, beteten sie geradezu an, küssten ihr die Fingerspitzen und sie lächelte kokett zurück und machte einen huldvollen Knicks vor den schönen Herren. Es war, wie es sein sollte. Das Volk bewunderte sie. Wieso konnten die Shi nicht wie das gewöhnliche Volk sein?

Sofia hatte die Zelte im Windareal bald erreicht und suchte nach Jack. Sie wusste, er würde hier sein. Sie war darüber nicht erfreut gewesen, als er ihr am Mittag gesagt hatte, dass er im Windareal eintreffen würde. Doch sie kannte den Grund für seine Anwesenheit dort nur zu gut: Er wartete auf seine Gelegenheit, Shi Kamika niederstrecken zu können.

Jack hatte Sofia verboten, in der Öffentlichkeit mit ihm zu sprechen und preiszugeben, dass sie sich kannten. Es war gefährlich. Er wollte, dass sie sein Geheimnis blieb. Dass sie in Sicherheit war. Welch umsichtiger Mann! Aber heute Abend gedachte sie ihn so sehr zu bezirzen, dass es ihm egal sein würde, wer sie zusammen sah. Sofia träumte von dem Moment, stellte sich in jedem Detail vor, wie er ihr hingebungsvoll in die Augen schaute und sie zum Tanz aufforderte. Ihr charmanter Prinz, der den Rest ihrer Zeit nur ihr allein gehören sollte.

Sie hörte die Musik aus den Zelten. Das Interesse der Menschen war auf die Plattform gerichtet, die sich inmitten der großen Ringe aus Zelten befand. Sofia umrundete aufgeregt die Festgäste. Ihre Garde bahnte ihr einen Weg durch die Menschenmenge und sie hörte die Schaulustigen staunen und applaudieren. Diesmal galt die Aufmerksamkeit allerdings nicht ihr.

Juno bewegte sich leichtfüßig inmitten der leuchtenden Zelte über die Tanzfläche und ihr Kleid … Ihr Kleid war lebendige Magie, flüssiges Gold, geflochtener Wind. Da war nicht ein einziger Edelstein an der Lyre und doch war ihr Kleid viel beeindruckender als Sofias langweilig *gewöhnliche* Garderobe. Die Edana schwor sich Junos Schneiderin dafür bluten zu lassen.

Dann, als sie dachte, es könnte nicht mehr schlimmer kommen, sah Sofia Jack. Trotz ihres Ärgers schlich sich ein Lächeln auf ihre Lippen. Er verbarg sich in dem schlecht beleuchteten Bereich zwischen zwei angrenzenden Zelten und beobachtete seine ahnungslosen Lämmer. Welches würde er diesmal auswählen? Sie machte einige Schritte auf ihn zu und hob ihre Hand, um ihm zu winken, als Juno sich plötzlich in die Luft erhob. Aus ihrem Kleid fiel goldener Regen. Juno lächelte wie ein träumender Engel und selbst Sofia spürte eine unerfüllte Sehnsucht, den Wunsch, *Juno* die Welt zu Füßen zu legen. Sie war hypnotisierend, eine schwebende Göttin. Sofia sah zu Jack. Er wirkte gefesselt. Seine Augen waren erfüllt von Gier. Sie hatte ihn noch nie so gesehen. Ihr wurde klar, dass er sie, Sofia, nicht einmal bemerkt hatte. Niemand bemerkte die Edana, während die Göttin hinab in Shi Kamikas Arme sank. Jacks Blicke folgten Juno und sein Gesicht wurde zu einer finsteren Grimasse, als die Wächterin zärtlich über Junos Wange strich.

Jack hatte nur Augen für Juno.

Sofia fluchte und machte auf dem Absatz kehrt. Sie stieß einen ihrer Leibwächter grob beiseite und rannte zurück zum Turm.

•••

Die Gärten waren so voll, wie Juno es noch nie erlebt hatte. Die ganze Stadt schien auf den Beinen zu sein, um Hoshide zu feiern. Dutzende Zelte standen dicht an dicht beieinander und alle wurden von frei schwebenden Lichtkugeln erhellt, die wie kleine Monde über den Besuchern hingen. Es gab Vorführungen, Zelte in denen getanzt wurde, Zelte in denen die Menschen aßen und tranken. Zelte, Zelte und noch mehr Zelte, Bühnen mit Vorführungen und explodierende Feuerwerke.

»Wohin gehen wir, Kamika?«

»Ich will dir etwas zeigen. Es gibt Pagoden auf dem See im Feuerareal. Dort hast du das Gefühl, in einem Meer aus Kerzen zu stehen.«

»Klingt sehr schön«, antwortete Juno und schmiegte sich mit beiden Armen an Kamikas Seite. Die Shi spürte ihr Herz flatterhaft in der Brust klopfen. *Nicht gut. Gar nicht gut.*

Der See kam bald in Sicht und etliche Menschen standen an seinem Ufer. Kamika hielt Juno fest im Arm und gemeinsam manövrierten sie sich durch die Schaulustigen. Das Feuerareal grenzte an Wind und Wasser an. Sie hatten es also nicht weit bis zu der Stelle, die Kamika ihrer Freundin zeigen wollte. Sie kamen dem Ufer zudem schnell näher und ein leichter Geruch von Feuer stieg ihnen in die Nase.

Die Wächterin führte Juno den Weg entlang und registrierte nicht zum ersten Mal das leise Gerede der Gäste. Sie biss sich auf die Zunge und versuchte ihr Unbehagen zu verbergen. Sie würde Juno warnen müssen. *Nach diesem Abend wird es sicher Gerüchte über uns beide geben.* Der Gedanke daran machte die Shi rastlos. Juno hatte sich bisher nicht an Kamikas Neigung gestört, aber das konnte sich schnell ändern, wenn man in das Zentrum von Klatsch und Tratsch geriet. Wegen solcher Gerüchte könnte sie Junos Freundschaft verlieren.

Es war ausgesprochen unklug, was Kamika hier tat, und es würde das Gerede nur weiter verstärken. Trotzdem führte sie Juno hin zu dem schmalen Holzpfad, der in einem kleineren Pavillon mitten auf dem See endete. Rote Seidenvorhänge waren um Masten zusammengebunden worden und die Säume der Vorhänge bewegten sich seicht in einer lauen Brise. Sie spazierten über den Pfad und der Wind wehte ihnen warm und sanft entgegen. Er trug den Duft der unzähligen Flammen mit sich.

Juno betrachtete die schier endlose Anzahl von schwimmenden Glasschalen auf dem See. In jeder einzelnen flackerte eine kleine Kerze. Es stimmte, der See selbst schien zu leuchten. Die Bewegung des Wassers ließ die Schalen zudem zart gegeneinanderstoßen und der Klang wiederholte sich in hunderten weiteren Schalen. In der Ferne erhob sich der weiße Turm der Shi aus der Mitte des Sees und reflektierte die kleinen Lichter auf seiner glänzenden Oberfläche.

»Ein wirklich magischer Anblick.«

»So wie du«, antwortete die Shi und klang dabei reichlich betrübt.

»Geht es dir gut, Kamika?« Sie erreichten den Pavillon und traten an das Geländer.

»Es ist alles in Ordnung, Hübsche.« Sie lächelte Juno an und nahm sie vor sich in den Arm, während sie gemeinsam auf den See hinausschauten.

»Du klingst traurig.«

»Ich mache mir Sorgen«, gestand Kamika.

Juno zog die Arme der Shi fester um sich und schmiegte sich tiefer in die Umarmung. Ihr Kopf fiel auf Kamikas Schulter und ihre Nasenspitze kitzelte die Wächterin an der Wange.

»Weswegen?«

»Das Getuschel. Du wirst mir böse sein, wenn sie anfangen, über uns zu reden.«

Juno runzelte die Stirn. »Was stört es mich, worüber andere reden?«

»Hm, das sagst du jetzt noch.«

»Vielleicht überrasche ich dich.«

»Noch mehr als sonst? Bitte nicht!«, gab die Shi scherzhaft zurück.

»Ah, ein Lächeln. So gefällst du mir schon besser.«

Sie standen lange so da, sahen auf die schwimmenden Lichter, lauschten der leise herandringenden Musik und genossen das Schweigen. Für einen Moment schienen sie allein auf der Welt zu sein und es war gut so, wie es war. Gerade als Kamika sich wünschte, sie könnte mit Juno ewig hier stehen, hörte sie energische Schritte auf dem Holz. Sie vibrierten im Boden der kleinen Pagode und in jeder Faser ihres Körpers.

»Was machst du hier?«

Juno zuckte zusammen. Kamika löste langsam ihre Umarmung. Sie sahen sich um. Akko stand in seiner erdgrünen Robe vor ihnen. Die Hände waren zu Fäusten geballt und sein Gesicht glich einer harten Maske.

»Nicht schon wieder«, zischte Juno gereizt. Sie erkannte es inzwischen schnell, wenn Akko eine seiner Phasen hatte, und gerade jetzt, während dieses perfekten Moments unter dem Pavillon, störte sie die Anwesenheit des falschen Cousins massiv.

»Kamika!« Am Ufer stand nun auch noch Lorden und verlangte nach der Wächterin. Kamika gab auf. Der perfekte Moment war endgültig vorbei.

»Was will der denn jetzt?«, sagte die Wächterin.

»Warum gehst du nicht hin und findest es heraus, Shi?«, fragte Akko rau und kam näher heran. Kamika sah ihn warnend an, aber er wich nicht zurück. Sie war eine hoch gewachsene Frau, aber im Vergleich zu Akko wirkte Kamika zart und zerbrechlich, und Juno machte sich plötzlich Sorgen um ihre Begleiterin. Sie wusste noch immer nicht, weshalb Akko die Wächterin so sehr verachtete.

»Lauf nicht weg. Ich werde sehen, was Lorden will, und komme dann wieder zu dir, ja?« Sie strich Juno über die Wange und küsste ihre Stirn, leicht wie ein Wimpernschlag.

Im nächsten Augenblick wandte sie der Lyre den Rücken zu. Sie lief zu Lorden, stolz wie eh und je, und stieß Akko im Vorbeigehen hart gegen die Schulter. Der fauchte und biss die Zähne zusammen, als hätte sie ihm den halben Arm abgerissen. Juno wäre jede Wette eingegangen, dass in diesem Moment ein provokantes Grinsen die Lippen der Wächterin zierte.

Juno sah dabei zu, wie Lorden und Kamika sich unterhielten. Die Wächterin blickte kurz darauf für einen Moment zu ihr herüber und ging dann mit Lorden fort. Mit einem Anflug von Verzweiflung sah sie der Wächterin nach. Sie spürte Kamikas Umarmung noch warm auf der Haut und machte einen Schritt auf den Holzpfad zu, aber Akko hielt sie am Handgelenk fest. Er wirbelte sie schwungvoll herum, bis sie sich beinahe in einer Umarmung mit ihm wiederfand. Sie neigte sich von ihm fort, soweit es ging, drückte sich mit den Händen von seiner Brust ab und sah noch kurz wie Lorden und Kamika in der Menge verschwanden. Schließlich starrte sie Akko an. Entschlossenheit lag in seinem Blick. Sie war irritiert und wollte sich von ihm lösen, doch er hielt sie fest und zog sie noch ein Stück näher.

»Du musst dich von ihr fernhalten, Juno«, sein Ton war kalt und hart, genauso wie seine Augen, in denen eine unübliche und seltsam anmutende, gelbliche Färbung lag. Er machte seit Tagen schon ein unfreundliches Gesicht, seit er von seiner Reise mit dem Regentenstab zurückgekommen war. Offenbar hatte ihm etwas auch noch den letzten Rest seiner sonst guten Laune gründlich verdorben, doch Juno hatte nicht vor, als Sandsack für ihn und seine Unzufriedenheit herzuhalten.

»Mir ist ehrlich egal, was für ein Problem du mit Kamika hast, Akko. Ich entscheide selbst, mit wem ich zusammen sein will und mit wem nicht. Jetzt lass mich los!« Mit einer kräftigen Drehung befreite sie sich aus seinem Griff und trat von ihm weg.

»Juno, Shi Kamika ist eine Aufreißerin und eine Blenderin. Willst du wirklich ihre neue Trophäe werden? Du hast etwas Besseres verdient.«

»Ha!«, rief Juno verächtlich. »Du nimmst dir ganz schön viel heraus. Du kennst Kamika doch gar nicht. Oder mich.« Unter anderen Umständen wäre seine resolute Lernresistenz beeindruckend gewesen.

»Vielleicht ist es besser, wenn wir zu den anderen zurückgehen.«

»Viel Vergnügen, aber ich bleibe und warte auf Kamika.« Sie fauchte ihn mit solch einer Wut im Bauch an, dass er einen Schritt zurückwich und die übrigen Gäste ihnen empörte Blicke zuwarfen.

»Juno ...«

»Ich will nichts mehr davon hören, Akko. Wirklich nicht.« Sie hielt ihm drohend den Zeigefinger vor das Gesicht. »Du und ich – da wird niemals etwas zwischen uns laufen.«

»Darum geht es nicht. Ich versuche dich zu beschützen.«

»Vor wem denn, Akko! Kamika ist nicht deine Feindin!«, fiel sie ihm entnervt ins Wort und die Festbesucher schauten noch böser drein. »Was ist bloß los mit dir?«

Akko starrte sie freudlos an. »Du kennst die Wahrheit nicht. Niemand außer mir und Djakal kennt sie. Du bist bei ihr nicht si...«

»Akko, halt dich aus meinem Leben raus. Ich meine es ernst.« Damit machte sie auf dem Absatz kehrt und lief dem Ufer entgegen. Sie stieß alle Menschen beiseite, dir ihr nicht schnell genug ausweichen konnten. Wohin sie jetzt gehen sollte, wusste sie eigentlich nicht. Sie wollte bloß noch alleine sein, genauso alleine wie sie sich fühlte. Warum war Kamika gegangen? Hatte sie nicht versprochen zurückzukommen?

Juno brauchte einen Platz, an dem sie sich sammeln und zur Ruhe kommen konnte, denn sie empfand plötzlich eine überwältigende Enttäuschung in sich, die in Kürze aus ihr herauszuplatzen drohte. So hätte der Abend nicht verlaufen sollen. Ganz und gar nicht. Akko folgte ihr und rief ihren Namen. Sie stand einen Moment da, unsicher, in welche Richtung sie flüchten sollte.

Sie rannte zum Nordtor dem Wolkenturm entgegen. Zu spät fiel ihr ein, dass die Zugänge heute Abend alle verschlossen waren. Zwei Gardisten standen vor dem silbern schimmernden Tor. Sie war außer Atem, als sie vor ihnen zum Stehen kam. Sie sahen Juno an, einer löste sich aus seiner starren Haltung und runzelte mit leichter Verwunderung die Stirn. »Kin Juno?«, fragte er, »stimmt etwas nicht?«

Juno schaute ihn an. Sie kannte ihn. Er hielt meist Posten auf Sofias Ebene, war aber auch für die Zuteilung der restlichen Gardisten zuständig. »Kin Koalis.« Sie grub die Fäuste in ihren weit schwingenden Rock. »Darf ich ... Würdest du ...«, sie wusste nicht, was sie sagen sollte. Weder Kamika noch Sofia oder sonst ein Shi waren im Turm. Sie alle amüsierten sich auf dem Fest. Welchen Grund sollte sie dem Gardisten nennen, damit er sie passieren ließ? Sie hatte nichts im Turm zu suchen, so ganz alleine.

»Juno!«

Die Lyre blickte über die Schulter zurück und fluchte herzhaft. Akko folgte ihr noch immer. Sie hörte ein Klicken und schaute wieder zu den Gardisten. Koalis hielt das Tor für sie auf. Er gab ihr einen Wink und zwinkerte ihr verständnisvoll zu.

»Danke!«, hauchte sie und schlüpfte durch das Tor. Es klickte und summte, als der Wächter es hinter ihr verschloss und den magischen Bann aufrichtete. Sie rannte über die lange Brücke der Turminsel entgegen und hörte noch, wie Akko begann, sich mit dem unnachgiebigen Koalis und dessen Kollegen zu streiten.

Kapitel 44: Vom Winde geküsst

Hoshide, Tag 1, 11'384 n. S.

Eydwall, Ideris

»Lorden, was ist passiert?«, fragte Kamika wenig begeistert darüber, von Juno weggerissen worden zu sein.

»Passiert? Nichts. Können wir uns kurz unterhalten?«

»Tun wir das nicht gerade?«

»Vielleicht irgendwo, wo es etwas ruhiger ist?« Lorden schaute sich verstohlen in alle Richtungen um und hielt seine Stimme gesenkt.

Kamika musterte ihn nun argwöhnisch. Der Wasserwächter wirkte nervös. Beinahe so nervös wie an seinem ersten Tag als Wächter, wie an jenem Tag im Wassertempel, als sich die Menge um ihn herum geteilt, und alle ihn angestarrt hatten.

»Irgendetwas ist doch mit dir«, sagte Kamika, die nun langsam anfing, sich Sorgen um ihn zu machen.

»Ja, ich ... Komm mit«, antwortete Lorden und fügte etwas sanfter hinzu, »bitte.«

Wenn überhaupt, steigerte dieses kleine Wort Kamikas Argwohn bloß noch mehr. Sie warf einen letzten Blick zu Juno hinüber, die alles andere als glücklich wirkte. Sie seufzte und folgte Lorden tiefer in die Gärten, weit weg von den Zelten, den Feiernden und von Juno.

»In Ordnung, Lorden, sag mir endlich, was los ist. Dein Verhalten macht mich unruhig. Was ist mit dir?«

Der Wasserwächter sah sich noch einmal um. Sie waren alleine und er biss sich auf die Unterlippe. »Es gibt etwas, worüber ich mit dir sprechen muss.«

»Ja, soweit habe ich das schon verstanden.«

»Hör zu, Kamika, das ist nicht leicht für mich. Kannst du einen Moment lang versuchen, mich nicht zu verachten?«

»Wie kommst du denn auf die absurde Idee, ich würde dich verachten?«, fragte Kamika irritiert.

»Wir hatten zuletzt keine gute Zeit miteinander. Da brauchen wir uns nichts vorzumachen.«

»Lorden, ...«

»Nein, bitte, lass mich das hier zu Ende bringen. Ich weiß, du hast Zolana geliebt, und ich weiß, dass da mehr zwischen euch war, bevor ich zu euch gestoßen bin.« Er sah, wie Kamika schuldbewusst das Gesicht verzog und den Blick kurz abwendete. »Sie hat es mir gesagt. Vor Jahren schon.«

»Sie hat es dir gesagt?«, hörte Kamika sich selbst sagen und wünschte sich eine Sitzgelegenheit. All die Jahre hatte sie dieses Geheimnis in sich getragen, das sie Stück für Stück zerfraß, und er wusste es? Die ganze Zeit über?

»Es tut mir leid.«

Kamika schaute zu ihm. »Was denn?«

»Du musst denken, ich habe sie dir damals weggenommen.« Lorden senkte den Blick.

Kamika hatte immer geglaubt, dass sie Lorden anschreien und ihm genau das vorwerfen würde, sollte er jemals von ihren Gefühlen für Zolana erfahren. Doch nun, da er so dastand und unruhig vom einen Fuß auf den anderen trat, fiel ihr auf, dass sie keinerlei Wunsch danach hegte ihm Vorwürfe zu machen.

»Lorden, ihr habt euch ineinander verliebt. So laufen die Dinge eben. War ich wütend und verletzt darüber, wie sie mich abgelegt hat? Verdammt, ja, das war ich. Aber ich habe dich deswegen nicht weniger leiden können. Du bist mein Freund. Meine Familie.«

Er sah sie an. »Empfindest du das wirklich so?«

»Du denn nicht?« Sie zuckte mit den Schultern. »Ich weiß du traust mir nicht mehr, seit sie gestorben ist.«

»Das ist nicht wahr.«

»Du hast Geheimnisse vor mir, Lorden. Du hast auch Kassia und Erigen dazu gebracht, Geheimnisse vor mir zu haben. Denkst du, ich habe Zolana etwas getan, als wir auf Terra waren?«

»Was? Nein, Kamika, nein! Niemals! Ich wollte dir nur nicht noch mehr aufhalsen.« Er machte eine nachdenkliche Pause. »Was für ein Idiot ich doch bin. Keine Geheimnisse mehr, ich verspreche es.«

»Das wäre mir sehr recht. Und jetzt sag mir, warum wir wirklich hier stehen. Du wolltest mir etwas sagen, aber das war es nicht. Also?«

Lorden fasste sich nachdenklich an die Nase und überlegte, wie er sein Geständnis ablegen sollte. »Verdammt, das ist wirklich schwer.«

»Lorden, rück einfach raus damit. Wenn ich Glück habe verzeiht Juno mir vielleicht, dass ich sie mit ihrem anhänglichen Cousin habe stehen lassen.«

»Was Juno angeht, darüber sollten wir auch noch reden.«

»Lenk nicht wieder ab.«

»Ichhabejemandenkennengelernt!«, sprudelte es aus dem Wächter heraus, der jetzt stocksteif dastand und darauf zu warten schien, von einem Blitz getroffen zu werden.

»Wie war das?«, fragte Kamika perplex.

»Da ist diese Frau, eine Studentin«, sagte er kleinlaut und schluckte angestrengt. »Sie hat gefragt, ob wir uns später treffen wollen. Ich habe ihr gesagt, dass ich viel zu tun habe, aber ...«

»Aber da du eigentlich gar nichts zu tun hast, möchtest du gerne zu ihr gehen.« Er nickte steif. »Wieso erzählst du mir das?«

»Ich muss wissen, was du darüber denkst.«

»Bittest du mich etwa um Erlaubnis?«, erkundigte sich Kamika und sah ihn einmal mehr verkrampft nicken. »Wozu brauchst du denn meine Erlaubnis, Lorden?«

»Es ist noch kein ganzes Jahr her, dass wir Zolana verloren haben, und ich habe mir schon zu viele Fehltritte bei dir geleistet.«

Kamika strich sich durch das Haar und verschränkte die Arme. Sie dachte eine halbe Sekunde darüber nach, konnte aber letztlich nur den Kopf schütteln. Vor nicht allzu langer Zeit hätte sie auf diese Information sicherlich ganz anders reagiert, aber die Dinge änderten sich. Lorden hatte es verdient, glücklich zu sein und Zolanas Tod hinter sich zu lassen. Je eher er die Chance bekam, desto besser. »Worauf wartest du noch? Geh zu ihr«, sagte sie schlicht.

Der Wächter studierte unsicher ihre Gesichtszüge. »Nicht einmal ein vorwurfsvoller Blick?«

»Solange du mir nicht gleich sagst, dass es Juno ist, auf die du dein Auge geworfen hast, wünsche ich dir viel Glück.«

»Nein, die ist es nicht.« Er wagte ein vorsichtiges Lächeln. »Es ist ihre Freundin. Silka.«

»Ah, die schöne Sirene. Ich hoffe, sie ist in deiner Gegenwart entspannter als in meiner. Sonst werden es sehr einseitige Gespräche.« Kamika erwiderte sein Lächeln, obwohl sie sich plötzlich sehr wehmütig fühlte. Zolana geriet immer weiter in die Ferne, aber sie machte Lorden wirklich keinen Vorwurf. Die Shi trat dicht an ihn heran und überraschte ihn mit einem Kuss auf die Wange. Er wirkte ein wenig sprachlos, als sie ihm auf die Schulter klopfte und zurück in Richtung der Zelte lief. Es war gut, ihn wieder etwas unbeschwerter zu sehen, auch wenn sie nicht wusste, ob er mutig oder dumm war. Er ging das Risiko ein, sich erneut zu verlieben, erneut Verlust zu erleiden. Aber er verlor eben nie die Hoffnung.

Kamika machte sich daran zu der kleinen Pagode auf dem See zurückzukehren. Vielleicht war Juno noch dort. Vielleicht tanzte sie inzwischen aber auch mit Akko und vielleicht war das besser so, denn hätten Akko und Lorden sie nicht vorhin gestört, wäre möglicherweise etwas geschehen, was sich nicht mehr rückgängig machen ließe. Ihre Füße trugen sie trotzdem wie von selbst zu ihrem gedanklichen Zielort, doch weder Juno noch Akko waren zu sehen. Kamika schluckte. Sie konnte nicht verhindern, dass sich Enttäuschung in ihr breitmachte.

Ihre Phantasie begann sich umgehend auszumalen, wohin Juno mit Akko verschwunden sein konnte und was sie gerade tun mochten. Sie war sich nicht sicher, wie das Verhältnis der beiden zueinander war. Wenn Kamika sie zusammen sah, schienen sie meist zu streiten, aber ganz offensichtlich hatte zumindest Akko ein Interesse an der Lyre. In jedem Fall war es natürlich vernünftiger, davon auszugehen, dass Juno nicht wie Kamika war. Schließlich neigte sie dazu, sich auf Frauen zu fixieren, die sie nicht haben konnte, und sie hatte sich bisher nicht getraut, Juno mit einer möglicherweise aufdringlich wirkenden Frage zu verschrecken und zu vertreiben.

Die Wächterin grunzte. Für einen Moment hatte sie ihre Kontrolle schleifen lassen. Sie wandte sich um und verließ die Pagode, wie auch das Fest. Ihre Feierlaune war mit einem Mal verflogen. Die Torwächter öffneten ihr kommentarlos den Durchgang und sie eilte über die Brücke dem Turm entgegen. Sie sehnte sich nach der Einsamkeit ihres Balkons, dem freien Wind, der ihr dort oben über die Haut streifen würde. Es war der perfekte Ort, um sich zu sammeln. Doch als sie in ihren Räumen ankam und die Vorhänge zum Balkon beiseiteschob, schwiegen die vielen miteinander streitenden Gedanken plötzlich und Kamika schmunzelte. Die Aussicht war viel schöner, als sie erwartet hatte.

•••

Schlecht gelaunt unter einer Bande fröhlich feiernder Gäste zu sein, gehörte schon immer zu Junos absoluten Lieblingsbeschäftigungen – egal ob nun auf dieser oder jener Welt. Für sie wurden solche Momente tatsächlich nur noch von diesem ungemein weisen Ratschlag ›Lach doch mal!‹ übertroffen.

Sie stand am Geländer des weiten Balkons und ließ die Aussicht auf sich wirken. Eydwall machte von ihrem Standort aus einen winzigen Eindruck und die vielen kleinen Straßen, Bäume, Flüsse und all die anderen Dinge, die die Stadt ausmachten, lagen wie ein reich bestickter Quilt vor ihr. Sie blickte hinunter auf den See, der nur noch wie ein breiter Ring aussah. Von diesem Abschnitt aus sah sie die Pagoden nicht. Sie würde dem Balkon, der den Turm umringte, weiter zu Shi Erigens Wohnbereich herum folgen müssen, um die Lichter sehen zu können. Sie wollte jedoch lieber nicht dort herumlungern und am Ende noch Dinge hören, oder sehen, die ihre halbwegs gesunde Psyche nachhaltig beeinträchtigen konnten. Der eigentlich himmlische Anblick der Lichter würde sie so oder so nicht trösten können.

Sie schnaubte unzufrieden und ließ ihren sarkastischen bis zynischen Gedanken freien Lauf, während sie mürrisch zum Ufer blickte und in der Entfernung die kleinen Punkte der Tanzenden und Liebenden ausmachte. Sie suhlte sich in ihren zerplatzten Tagträumen und ärgerte sich über sich selbst und auch über Akko und Lorden und natürlich über Kamika, die sie einfach alleine ließ und ... *Ach, über die ganze Welt! Warum bescheiden sein?* Schlecht gelaunt stützte sie die Ellbogen auf dem kühlen Stein der Balkonbrüstung ab und schloss für einen Moment die Augen. Sie zählte langsam bis zehn.

Drei, vier, fünf ...

»He.«

Juno erschrak und richtete sich hastig auf. Kamika stand, wie aus dem Nichts erschienen, neben ihr ans Geländer angelehnt, die Hände locker vor der Brust verschränkt, ein Bein lässig über das andere gelegt. Sie schmunzelte heiter, mit einer Ahnung von Schabernack in den Mundwinkeln und spielte mit einem Zeigefinger an dem goldenen Federanhänger ihrer jüngst erworbenen Halskette.

Kamika besaß eine schlichte Schönheit, die Juno regelmäßig die Knie weich werden ließ. Doch heute Abend war es besonders schlimm. Vielleicht lag es daran, dass sie vor Silka und damit auch vor sich selbst zugegeben hatte, was sie für Kamika empfand und sich dadurch etwas verwundbar fühlte. Vielleicht lag es auch daran, dass Kamika heute Abend verhältnismäßig viel Haut zeigte und ihr damit ungeniert den Verstand vernebelte.

»Was machst du hier oben? Du verpasst ja den ganzen Spaß.« Die Shi grinste vergnügt und machte einen insgesamt munteren Eindruck.

Juno aber fühlte sich zu müde und zu ausgelaugt für neckische Frotzeleien. Sie war durcheinander, gekränkt und verärgert. »Und wieso bist du nicht selbst da unten und angelst dir eine unkomplizierte Begleitung?«

»Mein Appetit auf Unkompliziertes ist unlängst erloschen.«

»Ach, jetzt tu nicht so, als würde dir das nicht gefallen«, brummte Juno und ging sich allmählich selbst auf die Nerven.

»Ich bin keine Heilige, Hübsche. Manchmal sind die Damen neugierig und ich bin nicht gerne alleine. Dafür schäme ich mich nicht.«

»Es ist eine Menge Wein in Umlauf, das erhöht die Neugier meiner Erfahrung nach«, maulte Juno.

Kamika schüttelte missbilligend den Kopf und eine blonde Strähne fiel ihr in die Augen. Juno musste sich beherrschen, denn sie wollte das Haar gerne mit einer liebevollen Geste hinter das Ohr der Shi stecken. Offenbar war sie doch nicht wütend genug auf die Wächterin.

»Du glaubst, ich bin so leicht zu haben?«

»Ganz und gar nicht. Du bist die Jägerin. Du erlegst deine Beute gern, aber du willst sie nicht behalten, stimmt's?« Juno hörte ihre eigene Verbitterung. Für den Bruchteil einer Sekunde fegte ein Schatten über Kamikas wunderschöne Augen hinweg und ihr Lächeln fror ebenso kurz ein. Ihre Blicke bohrten sich ineinander, bis Juno nachgab und den Kopf zwischen den Armen auf dem Geländer verbarg. »Bitte entschuldige. Das war völlig unangebracht. Es geht mich nichts an, mit wem du weshalb deine Zeit verbringen willst. Es ist nur ...« Sie gab ein leises, wehklagendes Geräusch von sich und massierte sich die Schläfen, ehe sie wieder in die Ferne blickte. Die Stille zog sich einen unangenehmen Moment lang hin und fühlte sich wie eine Ewigkeit an.

»Warum bist du wütend auf mich? Habe ich dir etwas getan?«

Juno maulte in sich hinein. »Nein«, sagte sie schließlich.

»Bist du ... Bist du *eifersüchtig*?«, fragte Kamika vorsichtig.

Die Verwunderung in ihrer Stimme verletzte Juno. »Und wenn es so wäre?«

Kamika richtete sich zu voller Größe auf. »Hm«, machte sie nachdenklich, statt eine Antwort zu liefern. Sie straffte unnötigerweise ihre Kleider, dann hielt sie Juno die Hand entgegen und legte wieder ein humorvolles Lächeln auf. »Genug geschmollt. Lass uns tanzen. Reich mir deine Hand, Hübsche.«

»Ich schmolle nicht«, gab Juno zurück und zögerte. »Schön, ein wenig vielleicht.« Kamika zeigte sich unbeeindruckt und wartete geduldig mit diesem wunderbaren Leuchten in den Augen, bei dem es Juno immer ganz anders wurde. »Fein«, knurrte die Lyre. »Aber beschwere dich nicht, wenn ich dir ständig auf die Füße steige und dir die Zehen breche.«

»Gerüchten zufolge bin ich zäher, als ich aussehe.«

Juno schüttelte den Kopf. »Wo nimmst du nur deine gute Laune her?«

»Die kommt daher, dass ich die Gesellschaft der schönsten Frau von Brïn für mich alleine habe, auch wenn sie gerade grantig ist wie ein warziger Oger«, flüsterte sie provokant. »Wenigstens riechst du nicht wie einer.«

Juno entwich ein Grunzen, das in einer anderen Dimension einmal ein Lachen gewesen sein mochte. »Es ist schwer sich in Selbstmitleid zu ertränken, wenn du derart *charmante* Sachen sagst«, entgegnete Juno etwas weniger pampig und versuchte sich zusammenzureißen. Sie legte ihre Hand in Kamikas und die Wächterin zog sie schwungvoll vom Geländer fort. Sie hatte noch nicht genug Luft geschnappt um ein überraschtes Jauchzen auszustoßen, als sie auch schon gegen Kamikas Brust stolperte. Eine schöne Brust mit einem betörenden Ausschnitt.

»Nicht so stürmisch, Hübsche.«

»Pah!«, blaffte Juno geistreich.

Kamika lachte und legte die Hand auf Junos Taille. Sie begannen sich zu bewegen, scherzten und neckten sich, während sie der leise heraufdringenden Musik folgten. Ihr Gelächter und liebevolles Gezanke flüchtete bald hinauf in den Nachthimmel und vertrieb Junos Ärger.

»Wie bist du eigentlich hier reingekommen?«, fragte die Wächterin in einem kurzen Augenblick des Schweigens.

Juno zuckte leicht die Schultern, während sie unter Kamikas Arm hindurchtauchte. »Nachdem du so nett warst, mich mit Akko stehenzulassen, *vielen Dank* übrigens, habe ich die Flucht ergriffen. Die Torwachen haben meine missliche Lage erkannt und mich durchgelassen.«

»Du klingst etwas verärgert.«

»Das war ich. Du hast gesagt, du kommst zurück.«

»Und hier bin ich.«

»Uh – uh. Das zählt nicht. Du musstest irgendwann hier aufkreuzen.«

»Hm, touché. Ich dachte, du bist mit deinem Cousin losgezogen. Da bin ich eben hergekommen, weil ich einen Moment nachdenken musste«, Kamika lachte leise, »und dann sehe ich hinaus und wer steht da?«

»Oh.«

»Es soll wohl so sein.«

»Worüber hast du nachgedacht?«

»Lorden ist vielleicht verliebt«, antwortete Kamika nach einem kurzen Zögern.

»Das ist gut, oder nicht?«

»Schon.«

»Aber es macht dich traurig. Wieso?«

»Merkt man es mir so sehr an?« Sie sah, wie Juno ein eindeutig bestätigendes Gesicht machte. »Es kommt wohl einfach etwas unerwartet. Zolana war so lange Teil meiner Familie. Die Vorstellung, Lorden mit einer anderen Frau als ihr zu sehen, ist seltsam.«

»Und was ist mit dir?«

»Was soll mit mir sein?«, fragte die Wächterin.

»Wann warst *du* das letzte Mal verliebt?«

»Das ist sehr gefährliches Terrain, Juno. Lass uns lieber tanzen.« Nun machte Juno wieder ein angesäuertes Gesicht. »Fang nicht wieder an zu schmollen.« Kamika zog die Lyre ein wenig näher zu sich. Sie wiegten sich eine Weile schweigend und lauschten den Geräuschen. Der Wind streichelte sanft ihre Haut und die Melodien der Nacht hüllten sie ein wie ein warmer Umhang. Für einen Moment gab es nur Juno und Kamika und das war alles, was die Wächterin sich wünschte. Doch dann, es mochten nur Sekunden oder vielleicht auch Minuten vergangen sein, fiel der Shi auf, dass sie sich zu langsam bewegten. Das aktuell herauftönende Musikstück hatte einen deutlich schnelleren Rhythmus. Plötzlich hörte Kamika nur noch das laute Pochen ihres eigenen Herzens. Sie wagte es, Juno anzuschauen, und die sah ihr unerschrocken in die Augen, was sie erst recht verstörte. Wann war sie in Gegenwart einer Frau das letzte Mal derart nervös gewesen? Bereits das Gerede darüber, sich verlieben zu können, machte Kamika kribbelig.

Die Shi ahnte allerdings nicht, dass Juno keineswegs so furchtlos war, wie sie wirkte. Tatsächlich hatte sie eine Mordsangst davor, Kamika zu sagen, was ihr spätestens in Bados klar geworden war. Wie sollte sie es bloß anstellen? Es war immer gefährlich, wenn aus Freundschaft etwas anderes wurde. Wenn Juno zuviel verlangte und Kamika bloß eine gute Freundin in ihr sah, konnte sie alles verlieren.

Juno nahm all ihren Mut zusammen und trat noch etwas dichter an die Wächterin heran. Nur ein kaum sichtbares Zucken der Augenpartie, störte das liebliche Antlitz der Shi. Der Abstand zwischen den beiden Frauen wurde kleiner und kleiner und die Hände legten sich fester um den Körper der anderen. Junos Finger streiften wie von selbst zärtlich über Kamikas Nacken und sie spürte die Hände der Wächterin fest auf ihrem Rücken, der nur von der feinen Schnürung des Kleides bedeckt wurde. Ab und an bewegte sich Kamikas Daumen wie eine Liebkosung zaghaft über Junos nackte Haut, und jagte kleine Wellen der Euphorie durch ihren Körper. Ihre Nasenspitzen berührten sich bald, sie fühlten den Atem der anderen warm auf den Lippen. Juno schloss die Augen und neigte sanft den Kopf.

»Juno.«

Ein kaum hörbares Flüstern ließ die Angesprochene in der Bewegung verharren. Sie schaute Kamika an. *Da ist er wieder, dieser unglückliche Ausdruck in den schönen nachtblauen Augen.*

»Juno, hör auf. Wie viel Wein hast *du* heute Abend getrunken?«

»Keinen«, antwortete sie ruhig, aber auch ein wenig enttäuscht. Das Blut rauschte in ihren Ohren. Mit zittrigen Fingerspitzen strich sie Kamika hauchzart über das Gesicht.

Kamika schluckte und ihre Stimme klang schwach, als sie weitersprach. »Weißt du, was du gerade mit mir machst, Juno?«

»Das kommt ganz darauf an ...«

»Worauf?«

»Darauf, ob es dir gefällt.«

Die sonst so schlagfertige Wächterin blieb reglos stehen, ihre Pupillen weiteten sich, ihre ohnehin starren Schultern verspannten sich noch mehr. »Ob es mir gefällt? Bei den magischen Adern Brïns, spiele nicht mit mir, Juno.«

»Das mache ich nicht«, flüsterte die Lyre zurück. »Lass mich nur einen Kuss von dir stehlen. Mehr verlange ich nicht.«

»Bei einem Kuss würde es nicht bleiben.«

»Noch besser«, hauchte Juno.

Kamikas Finger pressten sich so fest an Junos Haut, dass sie Abdrücke hinterlassen mussten. Die beiden Frauen waren sich inzwischen so nah, dass Junos Wimpern Kamikas Haut kitzelten. Ihre Lippen berühr ten sich flüchtig. Als Kamika nach einer Weile die Kraft fand zu sprechen, klang sie milde verärgert.

»Nein, Juno, so wird das zwischen uns nicht laufen, verdammt. Du weißt nicht, was du mir damit antust. Wenn das hier weitergehen soll, dann verlange *ich* mehr.«

»Wie viel mehr?«

»Einfach alles.«

Junos Herz machte einen Satz. »In dem Fall weiß ich genau, was ich tue.« Damit vergrub sie die Finger in Kamikas Haar und küsste sie, bevor die Wächterin weiter widersprechen konnte.

Die Shi gab überrascht ein ersticktes Stöhnen von sich. Als sie spürte wie Junos Zungenspitze zart und forsch in ihren Mund glitt, wehrte sie sich nicht. *Natürlich nicht.* Sie hatte keine Chance gegen diese subtile Naturgewalt von einer Frau. Sie empfing Juno viel sehnsüchtiger als es für einen bedeutenden Moment wie diesen angemessen war. Zuerst versuchte sie sich zurückzuhalten, nicht gierig über sie herzufallen, aber dieses Vorhaben, das zeigte sich schnell, war zum Scheitern verurteilt. Kamika hatte sich diesen Moment zu oft im Geheimen ausgemalt, wo sie die Lage souverän meisterte. Jedes Mal. In der Realität dagegen war sie nur eine Frau, die von den warmen Lippen der Angebeteten in ein zitterndes Nervenbündel verwandelt wurde.

»Du bringst mich ganz durcheinander«, stammelte Kamika zwischen zwei Atemzügen.

»Noch nicht genug, wie mir scheint«, gab Juno zurück.

»Sag mir, dass ich kein Experiment für dich bin«, bat die Wächterin sanft.

»Du bist kein Experiment und auch nicht die erste Frau für mich.«

»Bin ich nicht?«

»Shi«, Juno kicherte leise und strich mit dem Daumen über Kamikas Lippen. »Nun sei endlich still und küss mich.«

Kamika atmete lang und schwer aus, und mit jedem neuen Atemzug wich auch die Anspannung aus ihren Schultern. »Zu Befehl, Hübsche«, seufzte die Wächterin und gehorchte bereitwillig.

Kapitel 45: Morgenstund' tut Wahrheit kund

Hoshide, Tag 2, 11'384 n. S.

Eydwall, Ideris

Sie erwachte durch die warmen Sonnenstrahlen, die durch das Fenster auf sie fielen. Ihr Körper spürte noch das sanfte Echo von Junos Berührungen auf der Haut, das zärtliche Geknabber an den Brüsten, die Küsse auf den Schenkeln, die Finger, die ihr hauchzart über das Gesicht gestrichen waren. Eine elektrisierende Welle lief ihr bei der Erinnerung daran durch den Körper und sie stöhnte fast verzweifelt in ihr Kopfkissen. Kamika war alleine.

Sie hätte nicht überrascht sein dürfen. Es war idiotisch, dass sie sich etwas anderes erhofft hatte. Wann würde sie es endlich lernen? Sie wickelte sich in die weiße Sommerdecke und strich über die leere Betthälfte, auf der Juno in der Nacht dicht an sie gekuschelt gelegen hatte. Es schien noch ein Hauch Wärme darin zu stecken. Juno war vermutlich noch nicht lange fort. Wieso hatte sie ihr Fortgehen nicht bemerkt? Was hatte Kamika sich bloß dabei gedacht sich so gehen zu lassen? Würde Juno ihr noch in die Augen sehen können? Würden sie noch Freunde sein können, wenn sie sich das nächste Mal sahen? Was wenn Juno ihr vor lauter Scham aus dem Weg gehen würde?

Kamika setzte sich auf, raufte sich das Haar und umklammerte schließlich die Knie. Wäre sie selbst noch in der Lage, Juno anzusehen, ohne sich dabei an die letzte Nacht zu erinnern? Ohne sich in stummer Verbitterung nach ihr zu verzehren? Schon der Gedanke an Juno brachte ihr Blut zum Kochen. Die Wächterin fühlte sich einsamer denn je. Sie vermisste ihre liebreizende Lyre schon jetzt viel zu sehr. Denn die wenigen Minuten, die sie ohne Juno hier lag, kamen ihr bereits wie eine Ewigkeit vor. In der letzten Nacht hatte Kamika eine tiefe Zufriedenheit empfunden, die weit über die Erfüllung sexueller Begierden hinausgegangen war. Da war Wärme gewesen und Ruhe. Eine wunderschöne, lebendige, kraftvolle Ruhe, die ihr in jeden Winkel des Körpers gekrochen war.

Das Gefühl war mit der Lyre verschwunden.

Wieso tat Juno ihr das an? Hatte Kamika sich etwa so unklar ausgedrückt oder nahm sie die Wächterin einfach nicht ernst? Vielleicht verdiente Kamika es, alleine aufzuwachen. Schließlich war sie die letzten Jahre selbst so eine gewesen, die sich bei der ersten Gelegenheit aus dem Staub machte, die niemanden an sich heranließ. Bis jetzt.

Leises Getuschel drang von draußen herein und die Shi horchte auf. Eine leichte Brise wehte durch die offene Balkontür in das Zimmer und erzählte der Wächterin unglaubliche Dinge. Mit klopfendem Herzen stieg sie aus dem Bett und schlüpfte hastig in ihren langen Seidenmantel. Sie lief zum Balkon, während sie den Gürtel um ihre schmale Figur wickelte und riskierte einen vorsichtigen Blick nach draußen. Erigen saß auf einer der Bänke. Er hatte die nackten Füße auf dem Geländer abgelegt und neben ihm saß ein schwarzbrauner Lockenkopf. Sie unterhielten sich mit gedämpften Stimmen und kicherten.

»Juno«, sagte Kamika erstickt und stand wie angewurzelt da. Gänsehaut kroch ihr die Arme hinauf. Erigen und Juno drehten sich gleichzeitig zu ihr um und beide schauten sie unbekümmert und fröhlich an.

»Guten Morgen, du unartiges Ding!«, rief Erigen übermäßig gut gelaunt. Juno drückte ihm umgehend ihre Teetasse in die Hand, sprang von der Bank auf und kam, in eine improvisierte Tunika gewickelt, auf Kamika zugelaufen. Sie schlang die Arme um die Wächterin und gab ihr einen honigsüßen Kuss, der Kamika augenblicklich dahinschmelzen ließ. Die Shi spürte einen süßen Kummer, den sie sich nicht erklären konnte.

»Ich dachte, du wärst gegangen«, sagte Kamika leise und drückte die Lyre fest an sich.

»Hätte ich etwa gehen sollen?«

»Nein! Bloß nicht.« Sie liebkoste Junos Nacken und sog den Duft ihrer Haut tief ein. Wieso schmeckte diese Frau wie die süßeste Frucht des Universums? Junos Atem strich warm über Kamikas Ohr. Sie schnappte überrascht nach Luft, als die Wächterin ihr zärtlich in die Schulter biss. Das kleine Geräusch ließ die Shi vergessen, wo sie waren. Kamika wollte sie bloß noch verschlingen. Sie wollte Juno berühren und von ihr liebkost werden. Ihre Hand schob gerade wie von selbst den Knoten von Junos Schulter, als sie weit entfernt ein Räuspern vernahm.

»Verzeihung? Meinetwegen müsst ihr nicht aufhören, aber ich wollte doch einmal daran erinnern, dass ich hier sitze und weder blind noch taub bin – und schon gar nicht anständig genug um mich abzuwenden.«

Kamika riss die Augen auf und erstarrte. »Oh verdammt«, sagte sie peinlich berührt. Juno zog den Träger ihrer Tunika verlegen zurück an seinen Platz, ehe die beiden Frauen verhalten grinsend zu Erigen gingen und sich zu ihm setzten. Kamika tat es ihrem Freund gleich und platzierte ihre hellen Füße neben seine braunen auf dem Geländer. Sie lehnte sich zurück und schmiegte einen Arm um Junos Taille. Die Lyre bekam gerade ihre Tasse von einem höchst amüsierten Erigen zurück und reichte sie an Kamika weiter. Die nahm einen Schluck von dem heißen Getränk und genoss die zusätzliche Wärme, die ihr durch den Körper wanderte. Hier saßen sie, beobachteten, wie die Sonne hinter den weit entfernten Bergen höher stieg, und genossen die einfachen Dinge des Lebens. Kamika war bis in jede Nische ihres Daseins zufrieden und wollte nie wieder aufwachen, falls das hier alles nur ein Traum war.

»So, ihr beiden also. Das hat lange genug gedauert. Wir haben schon Wetten abgeschlossen, wann es endlich so weit ist. Kassia hat mal wieder gewonnen. Es macht keinen Spaß mit ihr zu wetten.«

Kamika warf ihrem Freund einen unschuldigen Blick zu. »Ich habe keine Ahnung, wovon du sprichst«, nuschelte sie und rückte dichter an Juno heran, die ihre Hand inzwischen auf Kamikas Nacken abgelegt hatte und mit den Fingern in den Haaren spielte.

»Silka war davon überzeugt, ihr hättet darum gewettet, wer von euch beiden mich kriegt«, sagte Juno tadelnd.

»Bei der Wette wäre ich gar nicht erst eingestiegen«, entgegnete Erigen knochentrocken.

»Ach?«

»Was macht ihr beiden eigentlich hier draußen? Habt ihr so eine Art Waffenstillstand geschlossen?«, erkundigte sich Kamika bei Juno und Erigen, bevor es heikel werden konnte.

»Eine notwendige Allianz«, antwortete Juno. »Unser Feuerwächter hier kann ganz nützlich sein, wenn er nicht mehr versucht, einem schöne Augen zu machen. Der Tee ist immer heiß.«

»He!«, meckerte Erigen, »nun reduziere mich doch nicht nur auf meine Fähigkeiten.«

Juno schlürfte demonstrativ an der dampfenden Tasse, um ihr schelmisches Grinsen zu verstecken.

»*Guten Morgen*«, erklang es in ihren Gedanken.

Die drei drehten simultan die Köpfe und sahen Kassia um die Biegung des Turms näherkommen. Sie trug eine saftgrüne Robe, auf der ein blutrot leuchtendes Blattmuster eingestickt war. An ihrer Seite ging ein Mann mit aschblonden, schulterlangen Haaren, auf dessen ebenfalls grünem Morgenmantel, die Silhouette eines kleinen goldenen Greifs, hinter einem Kaninchen herjagte. Rund herum und auf und ab, rannte das Kaninchen, und hopp-hopp hüpfte der verspielte Junggreif hinterher. Juno schüttelte lachend den Kopf. Brïn war eine spannende Welt.

»Habt ihr noch Platz für uns?« Erigen, Juno und Kamika rückten dichter zusammen. Kassia und der Mann kamen zu ihnen. *»Kin Juno«*, stellte die Erdwächterin überrascht fest, als sie die Besucherin erkannte. Mit schnellen Blicken nahm sie die Situation in sich auf. Kassia schmunzelte. *»Wie schön dich zu sehen.«* Sie und der Mann ließen sich auf der Bank nieder. *»Wie hat dir das Eröffnungsfest gefallen?«*

»Es war wunderbar«, antwortete Juno und spürte die aufsteigende Röte im Gesicht.

Kassia nickte zufrieden, dann zeigte sie auf den Mann an ihrer Seite. *»Dies ist mein Gatte Reon«*, sagte sie zu der Lyre und wandte sich dann ihm zu. *»Kin Juno ist eine Freundin von Edana Sofia und Kamikas ...?«* Sie blickte zu der Windwächterin.

»Gefährtin«, nuschelte Kamika ein wenig unsicher und schaute Juno dabei ihrerseits fragend an. Diese hauchte ihr einen sanften Kuss auf die Lippen und damit war es beschlossen.

»Gefährtin also«, wiederholte Kassia und Gefühle von Freude und Aufregung wurden mit ihren Worten übertragen.

Reon nickte Juno freundlich zu. »Es ist mir eine Freude dich endlich in Fleisch und Blut kennenzulernen, Kin Juno.«

»Ganz meinerseits«, antwortete Juno, die bisher nicht einmal geahnt hatte, dass Kassia mit jemandem zusammen, geschweige denn, verheiratet war.

»Kassiana hat mir schon viel von dir erzählt«, sagte Reon.

»Kassia-*na?*«

»Reon ist der einzige Mensch, der mich noch so nennt.« Die Erdwächterin strich ihrem Gatten liebevoll die Wange, ehe sie fortfuhr. *»Seid ihr auch so hungrig wie ich?«* Ein kollektives Nicken war die Antwort. *»Wartet eine Sekunde.«* Die Erdwächterin schloss die Augen.

»Was macht sie da?«, fragte Juno leise.

»Sie ruft Lorden und gibt den Angestellten Bescheid.«

»Das kann sie? Auf solche Entfernung?«

»Das ist noch gar nichts, Hübsche. Sie kommuniziert regelmäßig mit ihrer Schwester auf Naruht.«

»Ihr erstaunt mich immer wieder.«

Kamika zuckte leichthin die Schultern, küsste Junos Stirn und wirkte dabei sehr zufrieden.

Es dauerte nicht lange und eine Handvoll Angestellte des Turms schwärmten aus den Zwischengängen auf den ringförmigen Balkon. Sie brachten Tische und Stühle heran, servierten die Speisen und verschwanden so schnell wieder, wie sie gekommen waren. Die kleine Gruppe erhob sich von der Bank und verteilte sich gerade auf die Sitzplätze, als Lorden in Sicht kam. Kassia winkte ihn zu sich. Er warf sich müde wirkend in einen der Stühle, rieb sich eines seiner Augen und öffnete den Mund um etwas zu sagen, als er erst Juno sah, dann ihre Finger, die mit Kamikas verschränkt waren. Er blieb mit offenem Mund sitzen und starrte die beiden an. Juno knabberte auf ihrer Lippe herum und Kamika tat als gäbe es hier nichts Außergewöhnliches zu sehen.

»Tee?«, fragte Erigen ihn amüsiert.

Lordens Augen bewegten sich langsam zu dem Feuerwächter. »Ich glaube, ich brauche etwas Stärkeres.« Der Wächter griff nach einem süßen Brötchen und biss hinein. Sein Blick blieb immer wieder an Kamika und Juno hängen.

»Langer Abend, Lorden?« Kamika warf dem Wasserwächter einen verschwörerischen Blick zu. Sie wusste nicht, wie viel er den Anderen von seiner Verabredung erzählt hatte.

Lorden verschluckte sich, schlug sich auf die Brust und zwängte seinen Bissen mühsam hinunter. »Ja«, hustete er und versenkte die Zähne schnell noch einmal in seinem Gebäck.

»Dann gehst du heute Abend wieder auf das Fest?« Lorden nickte knapp. »Schön«, lächelte Kamika neckisch und reichte den Brotkorb an Juno weiter.

»Wo steckt denn Sofia? Ich habe sie schon seit einer Ewigkeit nicht mehr gesehen.«

»Sie hatte Hausarrest und nun schmollt sie wohl wieder«, knurrte Erigen.

»Hausarrest?«, erkundigte sich Juno verwundert.

Der Feuerwächter nickte. »Etwas Besseres ist uns für den Moment nicht eingefallen. Der Haussegen hängt ziemlich schief. Nach Hoshide werden wir ein paar ernste Gespräche führen müssen.«

»Oh«, gab Juno zurück und bereute gefragt zu haben. Es war für sie ohnehin schon eigenartig genug, die Shi derart privat zu erleben. In Morgenmänteln, halb zerzaust, barfuß, noch mit einer Ahnung von Schlaf in den Augen. Teilweise sogar ein wenig verkatert, wenn sie sich Shi Lorden näher ansah. Ganz und gar nicht die sonst vorbildlich gekleideten und unnahbaren Wächter Brïns. Sie drückte Kamikas Hand etwas fester und fühlte sich zuhause.

»Woran denkst du gerade?«, fragte Kamika, die sie beobachtet haben musste.

»Nichts weiter. Es ist bloß schön mit dir und den anderen hier zu sitzen.« Sie legte ihren Kopf auf Kamikas Schulter. Die Shi hielt ihr eine Beere an die Lippen und Juno küsste schnell Kamikas Finger, als die Beere im Mund verschwunden war.

»Bleibst du heute bei mir?«, fragte die Wächterin leise. Unter dem Tisch zog Juno mit einer Fingerspitze kleine Kreise auf Kamikas Schenkel.

»Hm, ich habe nichts zum Anziehen hier. Ich kann doch nicht den ganzen Tag in dem Festkleid herumlaufen oder in diesem modischen Modell hier.« Sie zupfte an dem weißen Tuch, das sie von Kamikas Sofa stibitzt hatte und sah ein diebisches Leuchten in den Augen der Wächterin aufblitzen. »Was schaust du so?«

»Du wirst keine Kleider brauchen«, säuselte Kamika noch leiser als zuvor, in Junos Ohr. »Aber es wird sich schon etwas in meinen Schubladen für dich finden, wenn es sein muss.«

»Vielleicht sollten wir besser gleich nachsehen«, schlug Juno vor. Ihr Herz klopfte schneller.

»Gute Idee.« Kamika stand auf und hielt Juno an der Hand. »Wir werden meiner Hübschen ein paar Kleider suchen gehen«, verkündete sie fröhlich und winkte den anderen zu. »Bis später.«

»Uh – hu«, machte Lorden.

»Viel Vergnügen«, säuselte Erigen und sah ihnen nach, bis die Balkontür hinter ihnen geschlossen war.

»Das nimmt kein gutes Ende«, brummte Lorden.

»Sei nicht immer so pessimistisch«, tadelte Kassia.

»Hm«, knurrte der Wasserwächter besorgt, während er auf seinem Brötchen herumkaute, den Blick starr auf die verschlossene Tür gerichtet.

•••

Sofia stand hinter dem dicht gewachsenen Bäumchen und schaute auf den Balkonring unter sich. Shi Erigen und Juno saßen an der Brüstung und hielten einen netten kleinen Plausch. Sie konnte die Worte nicht alle verstehen, aber ihr Lachen und Kichern brannte in Sofias Innerstem wie heiße Lava. Wenn sie mit Blicken töten könnte, dann wäre Juno in den letzten Minuten bereits mehrfach aufgespießt worden. Sie malte sich aus, wie Flammen diese makellose Haut auffraßen und das glänzende schwarzbraune Haar versengten, wie Juno sich vor Schmerz und Panik wand, in dem hoffnungslosen Versuch die Flammen zu löschen. Vielleicht wäre es eine schlimmere Strafe für die Lyre, wenn sie entstellt weiterleben müsste. Ja, dachte Sofia, sie würde Juno nicht gleich umbringen, sondern hässlich und verbrannt weiterleben lassen. Sie wollte zusehen, wie Jack sich angewidert von Juno abwandte. Auf Knien sollte er angekrochen kommen und Sofia um Verzeihung bitten. Sie würde sich ein wenig zieren, ihm klarmachen, wie enttäuscht sie von ihm war, und er würde sie anflehen, bis sie ihm gutmütig verzieh. *Ja,* dachte sie, *er wird mir versprechen, mich mit nie enden wollender Dankbarkeit zu lieben.* Wenn Shi Erigen ihr bloß nicht die Macht über das Feuer genommen hätte, dann könnte sie all dies wahr werden lassen.

Juno sprang plötzlich von der Bank auf und Sofias Tagtraum zerplatzte. Sie sah, wie ihre *Freundin* in ihrem unschicklichen Aufzug zu Shi Kamika lief. Die stand in einem viel zu dünnen Morgenmantel, der ihren kleinen Busen allzu deutlich abzeichnete, in der Balkontür und stierte Juno an. Wie dumm sie doch aussah. Juno fiel ihr trotzdem um den Hals und küsste die Wächterin mitten auf den Mund. Sofia schnappte angewidert nach Luft. Sie würde so ein Verhalten niemals akzeptieren können. Es war nicht richtig.

Juno und Kamika gingen Hand in Hand zurück zu Shi Erigen und setzten sich neben ihn. Zusammengekuschelt wie ein richtiges Pärchen. Schamlos. Die Galle stieg in ihr hoch. Sofia wollte zurück in ihr Zimmer gehen, doch es fiel ihr schwer den Blick abzuwenden. Shi Kassia und ihr Gatte kamen bald dazu. Sie setzten sich zu den anderen und Sofia wartete darauf, dass die Erdwächterin Juno und Shi Kamika für ihr lästerliches Verhalten schelten würde. Aber nichts geschah. Auf dieser Welt war es ganz normal, dass Männer andere Männer und Frauen andere Frauen liebten. Sofia biss sich auf die Unterlippe.

Hausdiener verteilten sich auf der unteren Ebene und brachten den Wächtern das Frühstück. Die Shi wechselten ihre Sitzplätze. Juno und Shi Kamika klebten aneinander wie Kletten, schauten sich permanent lüstern in die Augen, hauchten sich kleine Küsse zu und tauschten versteckte Berührungen aus. Von hier oben sahen sie wie kleine Käfer aus und Sofia wollte sie liebend gerne mit den Fingern zerquetschen. Sie ballte die Fäuste und bohrte sich die Nägel einmal mehr ins Fleisch. Juno, Shi Kamika, die Perle. Dass die Wächter sie nicht einmal mehr fragten, ob sie mit ihnen dort unten sitzen wollte, machte Sofia deutlich, wie wenig die Shi sie respektierten. Stattdessen luden sie Juno ein. Die Lyre. Die überbewertete Retterin eines unbedeutenden Dorfes. Die Dirne, die sich mit Frauen schlafen legte und die ihr Jack wegnehmen wollte.

Sofia ging leise zurück in ihr Zimmer und fasste einen Entschluss. Sie würde Jack eine Nachricht schicken und sich mit ihm treffen. Dann würde sie ihm sagen, dass Juno eine Terranerin war.

Kapitel 46: Das Monster in dir

Hoshide, Tag 3, 11'384 n. S.

Eydwall, Ideris

Er hatte einen Tunnelblick, im wahrsten Sinne des Wortes. Die Welt war nicht exakt schwarz-weiß, aber auch nicht bunt, wie sie es hätte sein sollen. Es war eine Welt in Grautönen, über der ein gelber Filter lag. Er stieß einen klirrenden hohen Schrei aus, den seine verkümmerten Stimmbänder hinaus in die Nacht trugen. Er wusste, dass es andere wie ihn gab. Er konnte sie spüren, konnte ihren Hunger spüren wie seinen eigenen. Er wusste nicht, wo sie waren oder wieso er alleine war. Er wusste nicht einmal, woher er gekommen war, wer er war, wieso er hier war oder wohin er gehen musste. Er musste sein Rudel finden und er musste Magie finden, das war alles, was sein Verstand ihm mitteilte und das reichte ihm völlig.

Er hatte Hunger. Einen wirklich sehr großen, sehr intensiven Hunger. Er krabbelte auf seinen hinteren Klauen flink und geduckt durch die Schatten. Die Tiere, wenn er denn einmal welchen begegnete, nahmen Reißaus vor ihm, lange bevor er in ihre Nähe kam. Sie witterten ihn schon aus der Ferne. Aber er interessierte sich ohnehin nicht für sie. Sie waren leere Flecken in seiner graugelben Welt. Er hechelte und schnüffelte, suchte und suchte nach einer Spur. Er brauchte ein Leuchten in seinem Blick, er brauchte Magie. Zu lange hatte er keine mehr zu fressen bekommen und das bescherte ihm immer stärker werdende, körperliche Schmerzen. Seine Gedanken wurden immer intensiver von diesem einen Drang beherrscht, dem Drang Magie zu finden, Magie, die das Feuer in seinen Adern und Muskeln löschen würde. Er brauchte sie. Er brauchte sie unbedingt. Er kannte nur noch dieses eine Ziel. Er wollte etwas zerreißen, wollte die Magie aus den zweibeinigen Kreaturen herausquetschen, wollte seine Zähne in ihrem reichhaltigen Fleisch versenken. Magie hieß leben. Er wollte leben.

Er rannte, er preschte über die Steppe, der Speichel lief ihm an den Lefzen herunter, als er die Reißzähne fletschte und sich mit der langen Zunge über das Maul leckte. Ein Leuchten! Endlich ein Leuchten! Er heulte vor Freude und trieb seine Beine an schneller zu laufen. Sein Herz pochte bei dem Gedanken daran, sich endlich zu nähren. Das Licht wurde mit jedem Sprung größer. Ja, ja! Magie! Futter! Leben! Das Leuchten begann zu flüchten. Er freute sich. Die Zweibeiner waren nicht schnell genug für ihn. Er rannte jetzt auf allen vieren, machte lange Sätze. Das Leuchten war nun direkt vor ihm. Er machte einen finalen Sprung und legte all seine Kraft hinein. Er reckte die langen Arme nach dem von Magie erfüllten Menschen und schrie in heller Begeisterung. »Hunger Ende! Mjam mjam!«

Akko schoss in eine aufrechte Position und hätte fast laut geschrien, doch was er stattdessen von sich gab, war ein befremdlich klingendes Krächzen. Er war völlig verschwitzt, sein Atem kam kurz und sein Herz raste unstet in seiner Brust. Er zitterte am ganzen Körper und suchte nervös nach dem Lichtschalter seiner Nachttischlampe. Er war in Panik und es dauerte ewig, bis das Licht endlich anging und ihm die Sicht auf sein vertrautes Schlafzimmer erlaubte. Er war zu Hause. In Sicherheit.

»Scheiße«, hechelte er in die Stille, nur um sich selbst reden zu hören, und sicher zu gehen, dass er auch wirklich ein Mensch war. Er ging sich mit der Zunge über die Zähne. Glatt und stumpf. Gewöhnliche, menschliche Zähne. »Kannst du nicht einmal mehr von normalen Dingen träumen?« Es stimmte etwas ganz und gar nicht, wenn Aufwachen eine Erleichterung war.

Als ob ihm Djakal nicht schon genügend Probleme bereitete, begannen sich seine Angstträume stetig zu häufen. Was erwartete er auch nach dem, was er über Djakal erfahren hatte?

Akko schüttelte sich. In seinem Traum war er diese hungrige Kreatur gewesen, die an nichts anderes denken konnte als daran zu fressen. Jetzt, da Akko wach war, musste er feststellen, dass er sich noch immer einbildete, diesen Hunger und den Schmerz in seinen Gliedern zu spüren. Er warf das dünne Laken von sich, schwang die Beine aus dem Bett und lief zum Fenster. Er stieß die Läden grob auf und sog die frische Nachtluft tief in sich hinein. Er war beinahe erleichtert zu erkennen, dass die Welt noch alle ihre Farben hatte. Die Häuser schimmerten wie Perlmutt, die Dächer waren blau, die Bäume grün und die wenigen noch erhellten Fenster leuchteten orange in der Dunkelheit. Auch wenn es Nacht war, gaben die Monde und die Straßenlaternen genügend Licht ab, um die wunderbaren Farben seiner Heimat sichtbar zu machen. Das Zittern wurde bald schwächer und seine Gedanken wurden etwas klarer. Sein Körper schmerzte dennoch. Akko warf einen Blick in den Spiegel. Seine Augen hatten dunkle Ränder und sein Gesicht wirkte insgesamt ausgemergelt. Seit er Jacks Geheimnis in Jaro entdeckt hatte, fand er kaum noch Ruhe. Wann immer Akko die Augen schloss, plagten ihn entweder seine Albträume oder seine Erinnerungen an die entstellte Frau. Was sollte er nur tun? Er konnte, er durfte Jack nicht einfach weitermachen lassen.

Er rieb sich über das Gesicht, legte sich zurück in sein Bett und streckte die Hand nach dem Schalter der Lampe aus. Seine Finger schwebten einen Moment über dem kleinen Knopf, dann zog Akko die Hand zurück. Das letzte Mal, als er sich vor der Dunkelheit gefürchtet hatte, lag viele Jahre zurück. Er war noch ein Kind gewesen. Einen Moment sah er in das warme Licht, dann drehte er sich um und schloss die Augen.

»Träume nicht. Träume einfach nicht«, sprach er zu sich selbst und versuchte noch etwas Schlaf zu finden, bevor der nächste grauenhafte Tag anbrach, der gleich mehreren Menschen die Laune gründlich verderben würde. Juno, Shi Kamika, Djakal. Sie würden ihn alle auf ewig für das hassen, was er zu tun gedachte. Den Anfang würde er mit Djakal machen.

Kapitel 47: Mordgeflüster

Hoshide, Tag 4, 11'384 n. S.

Eydwall, Ideris

Jacks Blickfeld war rot wie das Blut an seiner Klinge. Er leckte das Messer ab und spielte mit dem Geschmack auf der Zunge. Eisen und Magie. Nicht außergewöhnlich viel Magie, aber sie war stärker geworden, seit er ihr Blut zum letzten Mal gekostet hatte. Sie war eine Lügnerin gewesen. In jeder Hinsicht.

Doch nun sah Jack die Terranerin auf dem Boden liegen, wie sie zuckend ihr Leben aushauchte. Sie hatte es verdient. Sie hatte versucht ihn von seinem Weg abzubringen, ihn zu benutzen, um eine Konkurrentin loszuwerden. Eine Marionette hatte sie aus ihm machen wollen. Sie hätte wissen müssen, dass es ihr nicht zustand, so mit ihm zu sprechen und der ›Patrona von Bados‹ derart widerliche Dinge vorzuwerfen. Schön, er hatte die Lyre selbst erst kürzlich als Druckmittel benutzt, aber er würde doch nie eine echte Brïnai angreifen. Nicht, wenn es sich vermeiden ließe, natürlich. Doch das war ein völlig anderes Thema. Sofia jedenfalls stand es nicht zu, ihn derart zu benutzen. Sie war eine Terranerin. Sie hatte ihm gar nichts zu sagen.

Zu guter Letzt hatte sie nun bekommen, was ihr von Anfang an zustand. Doch es war eine unbefriedigende Tat gewesen. Er hatte es nicht geplant, nicht einmal langfristig. Er hatte einmal mehr die Kontrolle über sich selbst verloren und in blinder Wut auf sie eingestochen. Immer und immer wieder. Ihr Blut war in weiten Bögen schwungvoll durch die Luft geflogen, hoch hinauf, sodass es die untersten Blätter der Bäume bespritzte und das saftige Gras weiträumig rot färbte. Es war ein kunstvoller Kontrast, ein wildes Gemälde aus Tropfen und Spritzern. Leider konnte er es nicht genießen. Sie hatte alles ganz falsch gemacht. Nicht einmal sterben konnte sie auf die korrekte Weise und überhaupt gefährdete sie seine Mission. Die Wächter würden vermutlich jeden Kieselstein auf der Suche nach ihm umdrehen, wenn sie vom Tod der Edana erfuhren. Die Leiche zu verstecken und ihre Signatur mit verschiedenen Elixieren zu überdecken verzögerte das Donnerwetter vielleicht ein wenig, aber es würde auf jeden Fall kommen. Er musste Vorbereitungen treffen. Vielleicht konnte er sich auf einem der Handelsschiffe auf dem Weg zu den Nachbarplaneten verstecken und dort untertauchen. Aber er konnte nicht sofort weg. Nicht solange Shi Kamika noch lebte. Es war kein geeigneter Moment, um in Panik die Flucht zu ergreifen. Sie würden nicht sofort wissen, wer Sofia ermordet hatte. Sie suchten seit Monaten erfolglos nach ihm, da käme es auf ein paar Tage nun sicher nicht an. Aber die musste er gut nutzen und dafür notfalls auch etwas riskieren. In der Zwischenzeit konnte er aber schon ein paar notwendige Dinge einpacken und alles für einen schnellen Abgang vorbereiten. So wie die Dinge standen, würde es auf Brïn bald ohnehin sehr ungemütlich werden, wenn Shi Kamika das Artefakt der Edana nicht langsam herausrückte. Warum behielt sie es überhaupt? Was erhoffte sie sich davon? Glaubte sie selbst die nächste Edana werden zu können? Jack wünschte sich so sehr, er könnte in die Räume der Wächterin gelangen, um sie zu durchsuchen, und natürlich um die Verräterin endlich zu richten.

Sofia gurgelte ein letztes Mal, bevor sie reglos liegen blieb und ihn mit leeren Augen anstarrte. Er wischte sein Messer und die Hände an ihrem Rock ab, bevor er sich daran machte, sie unter die Büsche zu schieben und mit Laub und Zweigen zu bedecken. In der Dunkelheit der Nacht würden die Menschen die Blutreste unter seinen Fingernägeln und die Flecken auf seinen dunklen Kleidern nicht bemerken. Nicht, wenn er sich in den lichtarmen Bereichen verborgen hielt und sich in keine Gespräche verwickeln ließ. Jack schob die Hände in die Hosentaschen und lief zwischen den Bäumen zurück zu den Zelten, zurück zur Musik, zu den Menschen, zu seiner Mission.

Er hielt den Kopf gesenkt und hob nur dann und wann den Blick, wenn ihn jemand ansprach. Er setzte ein charmantes und scheues Lächeln auf und versuchte die Ruhe zu spüren, die sein Freund immer so selbstverständlich für sich beanspruchte. Jack verabscheute es, sich zu verstellen, aber er durfte jetzt nicht auffallen. Wenn er angesprochen wurde, wechselte er ein paar schnelle Worte mit den Festgästen und verabschiedete sich mit der Ausrede, dass er verabredet und bereits spät dran sei. Niemand verspürte das Bedürfnis, ihn aufzuhalten, nicht zu Hoshide. Sie wünschten ihm viel Glück, *als ob ich das bräuchte*.

Als er die Turmringe erst einmal hinter sich gelassen und die gewöhnlichen Bereiche der Stadt erreicht hatte, wurde es schlagartig ruhiger. Eydwall selbst schien menschenleer zu sein. Jeder drängte zu Hoshide in den ältesten Teil der Hauptstadt von Brïn, in die Gärten nahe des Wolkenturms, um dem größten Fest des Jahres beizuwohnen. Eigentlich sollte er sich längst um sein nächstes Lämmchen gekümmert haben, doch seit Jaro war seine Routine deutlich ins Wanken geraten. Akko, dieser lästige Zeitgenosse, saß ihm ständig im Genick und störte seine Recherchen. Immerzu tauchte er aus dem Nichts auf und durchkreuzte Jacks Pläne. Er störte die Erkundungstouren und verhinderte, dass Jack sein nächstes Lämmchen ausfindig machen konnte. Es war wirklich kein Wunder, dass Jack bei Sofia derart überreagiert hatte.

Das Schlimmste an der ganzen Sache war jedoch, dass er seinen Blutvorrat in Jaro verloren hatte. Ein paar wertvolle Schlucke hatte er sich gönnen können, ehe der verdammte Schreiberling ihn auch dabei erwischt und die Flasche wutentbrannt in einen Abfallsammler geschleudert hatte, wo sie laut klirrend zerscheppert war. Und dann ständig das Gebrüll! Akko hörte gar nicht mehr auf zu brüllen und sich in Jacks Tagesablauf einzumischen. Offenbar hatte er es sich zur Aufgabe gemacht, Jack im Alleingang von seiner Mission abzuhalten, und bisher gelang ihm das ganz gut. Wenn Jack nicht bald eine Lösung einfiel, um Akko zu beschäftigen, würde er noch den Verstand verlieren.

Es war ohnehin irritierend, dass er neuerdings ständig und ohne Vorwarnung auftauchte. Das war früher nie passiert. Vielleicht war Jack, ohne es zu bemerken, nachlässig geworden. Vielleicht hatte sein besonderer Wein ihn zu sehr abgelenkt und schwach werden lassen. Insgesamt schien die Idee, Brïn zu verlassen, immer besser zu werden, sonst ließ der dumme Schreiberling ihn noch auffliegen und sie landeten beide in einer Zelle. Oder Schlimmeres.

Während Jack sich allerhand Ideen durch den Kopf gehen ließ, trugen ihn seine Füße wie von selbst in das Randgebiet von Eydwall, wo die Häuser so weit auseinanderlagen, dass man die Lichter hinter den Fenstern nur noch als kleine Punkte in der Ferne sah. Sein abgelegenes altes Zuhause aus Kindheitstagen war ideal für Jack. Das perfekte Versteck. Er erinnerte sich noch gut an seine ersten Jahre hier. An den kalten und dunklen Keller, in dem *sie* ihn versteckt hatte, wenn gelegentlich einmal jemand zu Besuch kam. Inzwischen stand das Haus seit fast drei Jahrzehnten leer und war der beste Ort, um seine Schätze aufzubewahren. Seine Juwelen. Seine zahlreichen, vielfarbigen Juwelen. In der aktuellen Dürrephase waren sie ihm ein wärmender Trost. Er sehnte sich nach einem neuen Lämmchen. *Wenn der Schreiberling diese quälende Sehnsucht bloß verstehen würde.*

Jack bog von der Straße auf den wenig benutzten Kieselsteinweg ab, der zwischen hohen Pappeln und vertrauten Krummbeerbüschen hindurchführte und nach etwa zweihundert Metern vor seinem Unterschlupf endete. Er war nicht mehr weit entfernt und schob sich gerade eine frisch gepflückte Krummbeere in den Mund, als er die blinkenden Lichter bemerkte und verschiedene Stimmen hörte. Jack erstarrte und duckte sich. Er schlich den Weg entlang, übervorsichtig darauf bedacht, bloß nicht das kleinste Geräusch zu verursachen. Als er nur noch fünfzig Meter von seinem Zufluchtsort entfernt war und das etwas heruntergekommene Haus sehen konnte, spuckte er die halb zerkaute Beere aus. Etliche Leuchtstrahler waren auf sein Versteck gerichtet und eine Gruppe von Blauröcken und Wissenschaftlern lief hinein und wieder heraus. In ihren behandschuhten Händen hielten sie Gläser, in denen je zwei kleine Kugeln schwammen.

»Nein!«, röchelte Jack und verspürte nun doch das Bedürfnis, laut zu schreien. Sie hatten seine Zuflucht gefunden. Sie stahlen ihm seine Juwelen! Wie hatten sie diesen Ort entdeckt? Wer – Jack hielt inne. Nein, das konnte dieser verdammte Paragraphenreiter nicht getan haben. Akko konnte unmöglich davon wissen, dass Jack sich hier verkroch. Jack hatte ihm nie auch nur ein Wort darüber anvertraut und Akko konnte doch wirklich nicht so unglaublich dumm sein, ihn zu verraten.

»Meine Juwelen, meine wunderschönen Juwelen.« Jack drängte sich tiefer in die Dunkelheit und lief den Weg zurück, den er gekommen war.

Kapitel 48: Akkos Verrat

Hoshide, Tag 5, 11'384 n. S.

Eydwall, Ideris

Juno klopfte zaghaft an die Tür zum Besprechungsraum der Shi. Sie war noch nie hier gewesen, war immer nur daran vorbeigegangen, wenn sie von Sofias Räumen zu Kamika hinuntergelaufen war. Grundsätzlich missfiel es ihr, die Wächter bei der Arbeit zu stören, doch Kamika hatte ihren Taschenspiegel im Zimmer vergessen – vermutlich, weil Portos es sich darauf bequem gemacht hatte – und Juno wollte nicht einfach verschwinden, ohne sich zu verabschieden. Nicht, nachdem ihr klar geworden war, wie erleichtert Kamika an jenem ersten Morgen gewesen war, Juno mit Erigen auf dem Balkon vorzufinden.

Die Tür öffnete sich einen Spaltbreit.

»Kin Juno, das ist jetzt kein guter Zeitpunkt«, sagte Shi Lorden, der sie durch die schmale Öffnung anblickte.

»Entschuldige, ich will euch nicht lange stören. Sagst du Kamika bitte, dass ich zurück zur Bibliothek muss? Meister Bramas braucht mich für irgendetwas und ihr habt offenbar selbst einiges zu tun.«

»Lass sie rein!«, hörte Juno Kamika rufen. Sie war schon halb durch den Raum gelaufen, bevor Lorden zur Seite trat und Juno einließ. Kamika begrüßte sie mit einem strahlenden Lächeln und einem leichten Kuss. »Du willst mich verlassen?«, fragte die Shi leise.

»Nur für ein paar Stunden«, Juno strich über Kamikas Wange. »Heute Abend bin ich zurück, wenn du magst.«

»Unbedingt.«

»Und ihr müsst gleich wieder zur Jagd?«

Obwohl Juno sich bemühte sich nichts anmerken zu lassen, hörte Kamika die Besorgnis in ihrer Stimme. Die Wächterin konnte sich nur schwer vorstellen, wie es sein musste, zurückzubleiben und darauf zu warten, ob die Menschen, die sie liebte, gesund nach Hause kommen würden. Geschweige denn überhaupt nach Hause kämen.

»Heute wohl nicht. Die Blauröcke haben in der Nacht eine Spur zu Jack gefunden. Das wollen wir uns ansehen.«

»Das ist ja großartig!«

Kamika nickte und schaute über die Schulter zu ihren Mitstreitern zurück. »Ich setze Juno an der Bibliothek ab und stoße dann zu euch. Einverstanden?« Die drei Wächter nickten. »Komm, Juno.«

•••

Kamika sprang als erste von Taris Rücken und streckte Juno die Hände entgegen. Sie half der Lyre aus dem Sattel, hielt sie dicht bei sich und strich ihr mit einem zärtlichen Lächeln über die Wange. Sie küsste Juno innig und die Sonne schien ihr warm auf den Rücken. Kamika war glücklich. Sie konnte sich nicht daran erinnern jemals so glücklich gewesen zu sein. Das Leben war geradezu perfekt.

In diesem Moment sprang die Tür zum Hinterhof der Bibliothek krachend auf. Akko stürmte aus der Tür, verfolgt von Meister Bramas, der ihn am Arm zu packen versuchte und den Sohn wütend anbrüllte. »Akko! Akko, bleib stehen!« Aber Akko blieb nicht stehen. Er stürmte mit einem wilden Blick in den Augen geradewegs auf Juno und Kamika zu. Juno stellte sich vor Kamika, doch die Shi zog sie rasch hinter sich. Immerhin war sie hier die Wächterin.

»Nimm deine Finger von ihr!«, schrie Akko und stierte Kamika an. Er zerrte an seinem Arm, den Bramas nicht freigeben wollte. Der ältere Mann stolperte und wäre fast gefallen, doch das interessierte Akko nicht im Geringsten. Juno hatte ihn noch nie zuvor derart zornig erlebt.

Kamika gab keine Antwort. Sie schob Juno bestimmt weiter zurück und duldete keine Widerrede. »Halt dich zurück, Juno.«

»Kamika ...«

»Diskutiere jetzt bitte nicht mit mir.«

»In Ordnung.« Juno trat missmutig einen Schritt zurück und sah, wie Kamikas Körper sich spannte. Sie konnte spüren, wie sich die Magie des Windes um die Wächterin wickelte, wie sich die Gedanken auf Akkos aggressive Gestalt fokussierten und ihn analysierten, während er auf Kamika zukam. Mit einem letzten kraftvollen Ruck riss Akko sich von seinem Vater los und seine Faust schnellte auf Kamika zu. Junos Pupillen weiteten sich vor Schreck und ein gequältes Stöhnen entwich ihrer Kehle. Sie erwartete den unvermeidlichen Aufprall. In einem Reflex reckte sie die Arme nach ihrer Liebsten, doch Kamika löste sich plötzlich auf. Sie war ein verschwommener goldener Nebel, der dem Angriff mühelos entging. Akkos Faust glitt durch die Wächterin hindurch und nur einen Schritt weiter fügte sich der Nebel wieder zu einer festen

Form zusammen. Kamika griff blitzschnell nach Akkos erhobener Faust und drehte ihm den Arm seitlich auf den Rücken. Sein Oberkörper beugte sich erzwungenermaßen nach vorn und sie stieß ihm das Knie in den Magen. Er sackte keuchend zusammen. Kamika gab ihn frei und trat zurück. Sie war wachsam.

Akko stemmte sich auf die Knie und hielt sich den Bauch. Bramas redete beschwichtigend auf die beiden ein. Die Wächterin suchte nach Junos Hand und legte etwas besitzergreifend den Arm um ihre Taille. Juno verspürte allerdings nicht das Bedürfnis, sich dagegen zu wehren und schmiegte sich bereitwillig in die Umarmung, dankbar, dass Kamika nicht verletzt worden war.

»Es tut mir leid, Shi Kamika«, sagte Bramas außer Atem. »Er hat sich heute nicht im Griff.«

»Ich habe mich sehr wohl im Griff!«, brüllte Akko wütend. »Sie bringt Juno in Gefahr!«

Kamikas Blick wurde hart. Sie drückte ihre neue Gefährtin fester an sich, als hätte sie Angst, die junge Frau würde ihr davonfliegen, wenn sie sie nicht festhielte.

»Akko!«, schimpfte Juno, »was ist denn in dich gefahren?«

»Was ist in *dich* gefahren?«, schrie er zurück, »oder sollte ich fragen *wer*?« Er sah sie voller Verachtung an.

»Du machst dich lächerlich!«

»Wie bitte?«, der Speichel sprühte ihm aus dem Mund, als er sich brüllend aufrichtete. »Du lässt dich mit ihr ein und nennst *mich* lächerlich?« Er wedelte in Kamikas Richtung, als wäre sie gar nicht wirklich da. »Du bist bloß ein Spielzeug für sie! Das Spielzeug einer Frau, die ihr Amt entwürdigt!«

»Das reicht«, sagte Kamika ruhig. Es gab viele Dinge, die sie sich vorwerfen ließ und die sie höflich ignorierte. Aber eine Shi zu sein, darauf war sie an jedem Tag ihres Lebens auf Brïn stolz. Niemand nahm ihr das weg.

»Ich habe keine Angst vor dir, Shi.«

»Die solltest du haben, denn du fängst an, mir gewaltig auf die Nerven zu gehen«, gab sie zurück und die Luft um sie herum wurde unruhig und kalt. Kleine Sandwirbel tanzten bereits wütend über die hellen Pflastersteine.

»Ist es nicht hinreißend, wie sie sich um dich sorgt, Juno?«, spottete Akko jetzt mit einem herablassenden Lachen. »Hast du ihr eigentlich gesagt, woher du kommst?«, fragte er nun ausgesprochen selbstzufrieden.

»Akko!«, warnte Bramas.

Juno wurde eiskalt. »Tu das nicht, Akko, bitte.«

»Wieso denn nicht? Hast du Angst, dass dir deine neue Freundin sonst vielleicht ein Messer in die Brust stößt?« Akko war so von Wut erfüllt, dass ihn Junos flehender Blick und ihr kreideweiß gewordenes Gesicht nicht kümmerten. »Sie ist eine Terranerin, Shi. Sie kam durch ein wildes Tor, Monate nachdem die Portale sich geschlossen hatten. Sie ist nicht die Nichte meines Vaters. Sie ist eine echte Gestrandete von Terra.« Er grinste zufrieden, als er ein Zucken in Kamikas Augenwinkeln sah.

»Akko«, keuchte Juno. Wie konnte er ihr das antun? Was war nur aus dem freundlich herumalbernden Mann geworden, den sie vor ein paar Monaten kennengelernt hatte? Sie wagte einen verzweifelten Blick zu Kamika. »Es tut mir leid. Ich wollte es dir so oft sagen, aber ich wusste nicht wie.«

Kamika wirkte gefasst, als sie Juno in die Augen sah. Dann schüttelte sie den Kopf. »Das wusste ich doch längst, Juno.«

»Du ... Wirklich?«

»Es war nicht schwer mir das zusammenzureimen.«

»Wieso hast du denn nichts gesagt?«

»Manchmal gibt es Dinge von denen wir nichts wissen wollen und dann entscheiden wir uns, so zu tun, als hätten wir sie nie erfahren.«

Die beiden Frauen hielten sich unbeirrt im Arm. Akko hatte sich offensichtlich mehr erhofft, denn seine Augen wurden zu schmalen Schlitzen. »Es gäbe da noch die eine oder andere Sache, Wächterin. Hat sie dir davon erzählt, dass sie nur wegen eines kleinen Streits in dein Bett geklettert ist? Oder von unserem Verhältnis vielleicht? Nein?«

»WAS?«, rief Juno entsetzt und drückte Kamikas Hand so fest, dass sie befürchtete, der Wächterin die Finger zu brechen. »Bist du jetzt vollkommen verrückt geworden?« Kamika stand reglos an ihrer Seite, ihr Gesicht glich einer versteinerten Miene. »Kamika, das ist nicht wahr!«

»Denk mal gut nach, Shi. Glaubst du denn, ich laufe ihr ständig hinterher und lasse mich vor deinen Augen von ihr zum Narren machen, wenn da nichts zwischen uns gewesen wäre? Seien wir ehrlich, so viel Stolz muss erlaubt sein, ich bin ein attraktiver Mann. Es gibt genug andere Frauen, die sich für mich interessieren. Einer grundlos nachzulaufen habe ich nicht nötig. Aber Juno und ich haben eine durchaus leidenschaftliche, wenn auch, wie man sieht, nicht immer einfache Beziehung.«

»Bramas! Sag ihr, dass das gelogen ist!«, fuhr die Lyre Akko ins Wort und schaute den Bibliothekar flehend an.

»Ich kann es beweisen«, sagte Akko hastig und lächelte süffisant wie ein Skra, bevor Bramas auch nur Luft geholt hatte. Kein Wort, keine Regung kam von der Wächterin, aber man sah deutlich, wie es hinter ihrer Stirn arbeitete. »Sie hat diese kleine, beinahe blumenförmige Verfärbung auf der Haut. Auf der linken Seite ihrer ...«

»Genug«, sagte Kamika und ihre Stimme war so kalt wie der plötzliche Temperaturabfall im Hinterhof. Ein scharfer Wind zog auf und der Himmel begann sich schnell zu verdunkeln.

»Woher zum Teufel weißt du von dem Mal?«, stammelte Juno teils erschrocken und teils wütend. Die Shi befreite sich aus Junos verzweifeltem Griff. »Kamika, bitte, sieh mich an.«

»Lass mich los«, sagte die Shi in einem ungewöhnlich gehetzten Ton.

»Er lügt, er lügt!« Juno stellte sich vor die Wächterin. Wollte sie zwingen sie anzusehen, aber Kamika sah durch sie hindurch, als wäre sie Luft. Nein, weniger als Luft.

»Geh mir aus dem Weg.« Kamika schob Juno zur Seite und trat an ihr vorbei. Ihr Blick war leer wie in Trance.

Juno zuckte. Was geschah hier? »Ich habe das nicht getan, Kamika. Du musst mir glauben! Ich würde dich nie belügen.«

Kamika schnaubte verbittert. »Ich habe dieses Muttermal auch gesehen, Juno, ich weiß wie gut verborgen es liegt.« Kamikas Stimme klang rau. »Du bist letztlich doch wie alle Terraner, nicht wahr? Ihr seid Heuchler. Lügner. So gute Lügner!« Ohne weitere Worte schwang sie sich auf Taris Rücken.

»Kamika, nein! Rede mit mir!«

Aber die Shi wollte nicht reden. Einen Moment lang schweifte ihr Blick über die Menschen, die sich neugierig hinter dem Zaun der Bibliothek versammelt hatten und das kleine Drama im Hof verfolgten. Die letzten hartnäckigen Reporter und neugierigen Anhänger, die seit Junos Aktion in Bados hier ausharrten, wurden endlich für ihre Ausdauer belohnt. Das gäbe wieder schöne Schlagzeilen für die Klatschspalte. Kamika schaute zornig und gleichzeitig verunsichert zu Juno hinunter, die ihre Hände auf die Wade der Shi gelegt hatte und mit flehenden Worten auf sie einredete. Doch Kamikas Gedanken waren derart in Aufruhr, dass sie kein einziges Wort hörte. Sie wollte bloß weg von Juno, ihrer liebreizenden, verführerischen, verlogenen Juno. Die Wächterin zog den Klappspiegel aus ihrer Tasche und drückte das Symbol für den Wolkenturm. Beinahe sofort wurde ihr Ruf beantwortet. »Koalis, hast du heute Dienst?«

»Wie du bin ich irgendwie immer im Dienst, Shi. Was kann ich für dich tun?«

»Stell bitte zwei Gardisten ab und schick sie in die Bibliothek von Eydwall.«

»Was gibt es dort?«

»Wie sich gezeigt hat, ist Kin Juno eine gestrandete Terranerin. In Kürze wird es sicher die ganze Stadt wissen.«

»Oh, ich verstehe. Ich werde Nandi und Sereb sofort zu ihr schicken. Wir sorgen dafür, dass sie sicher ist.«

Kamika nickte dem Mann im Spiegel verkrampft zu, verstaute das Gerät wieder in ihrer Brusttasche und gab Tari einen unnötig harschen Hieb in die Flanken. Das Greifweibchen stieß einen protestierenden Schrei aus und machte einen so heftigen Satz, dass Juno zurückgestoßen wurde und hinfiel. Eine heftige Windböe warf auch Akko und Bramas zu Boden. Juno war die Erste, die wieder auf die Füße kam. Sie lief hinter Tari her, bis ihr der Zaun den Weg blockierte. Sie rief Kamikas Namen. Immer und immer wieder. Aber die Shi war längst außer Hörweite.

Juno zitterte. Ihre Gedanken rasten. Ihr Herz pochte wild in ihrer Brust. Sie hatte das Gefühl zu ersticken. Hinter sich hörte sie Getuschel. Leise, aber wütende Stimmen. Bramas, der mit verminderter Lautstärke auf Akko einredete. Sie drehte sich zu den beiden um.

»Warum hast du das getan?«, fragte sie und rang um Fassung.

Akko blickte finster zurück. »Sie ist nicht gut für dich. Du darfst nicht mit ihr zusammen sein. Ich musste das tun. Um dich zu beschützen. Es steckt eine dunkle Seite in ihr, Juno.«

»Du!« Juno schrie auf und stürmte wie eine hungrig erwachte Todesfee auf Akko zu. Ehe er begriff, was geschah, donnerte ihr Handballen in einer kraftvollen Aufwärtsbewegung gegen seine Nase und hob ihn von den Füßen. Sie hörte das Knirschen brechender Knochen, bevor eine blutige Fontäne aus seiner Nase schoss. Er prallte wie ein geworfener Sandsack zu Boden und blieb stöhnend liegen. Die Lyre wollte nach ihm treten bis er nur noch eine breiige Masse unter ihren geborgten Stiefeln war. Die Bilder entfalteten sich bereits vor Junos geistigem Auge und erfüllten sie mit einer grimmigen Glückseligkeit, die ihr durch Mark und Bein ging. In diesem Moment holte Akko sie mit einem kräftigen Beinfeger von den Füßen und zurück in die Realität. Mit einem dumpfen Knall, der ihr die Luft aus den Lungen trieb, fiel Juno auf das Pflaster. Schnell warf sie sich herum und kam flink auf die Füße, bereit sich auf ihren Widersacher zu stürzen, ganz gleich wie schlecht ihre Chancen standen. Sie war keine Shi, sie war nicht einmal eine Magierin, aber sie würde ihn verdammt noch mal in Stücke reißen oder bei dem Versuch untergehen. Bramas aber packte Akko plötzlich hinten am Kragen und zog ihn mit überraschender Stärke drei Schritte weit mit sich zurück. Sein Gesicht spiegelte ein Wechselbad der Gefühle wider. Schock. Verwunderung. Mitgefühl. Hilflosigkeit.

Heftig atmend trat auch Juno etwas zurück und blinzelte ihre düsteren Gelüste fort. In *jedem* steckte auch eine dunkle Seite. Junos war gerade ziemlich deutlich zum Vorschein gekommen und kratzte nun mit scharfen Nägeln an ihrer Oberfläche. Ihre persönliche Bestie wollte nur zu gerne zum Spielen herauskommen, doch Juno wusste, wie falsch das wäre.

»Ich hasse dich«, sagte sie mit zittriger Stimme an Akko gewandt. »Woher weißt du verdammter Voyeur von dem Muttermal?« Die Tränen liefen ihr jetzt heiß über die Wangen. »Begreifst du eigentlich, was du gerade getan hast?« Sie kehrte den beiden Männern den Rücken zu und rannte ins Haus, ohne eine Antwort abzuwarten.

Draußen vor dem Zaun verrenkten sich die Schaulustigen die Hälse. Jack schob sich weiter nach vorn und sah Juno nach. Sie war also wirklich eine Terranerin. Sie hatte nicht einmal versucht, es abzustreiten.

Sofia hatte tatsächlich die Wahrheit gesagt. Es tat ihm beinahe leid, dass er sie umgebracht hatte. Aber nur beinahe.

Kapitel 49: Die Symphonie gebrochener Herzen

Hoshide, Tag 6, 11'384 n. S.

Eydwall, Ideris

Juno saß im Windschatten des kleinen Dachturms und starrte in die Ferne, wo der Turm der Shi in einer dichten und düsteren Gewitterwolke verschwand. Sie wickelte die Decke fester um ihre verkrampften Schultern und schlang die Arme enger um die Knie. Sie wusste, dass es dumm war, hier im Sturm zu sitzen und den Wolkenturm anzustarren, der seinem Namen heute alle Ehre machte. Kamika würde sie natürlich sowieso nicht sehen können, selbst wenn sie herüberschauen, und einen Gedanken an Juno verschwenden sollte. Und doch konnte sie nicht anders. Hier oben zu sitzen und den Turm anzusehen, vermochte Juno den einzigen Funken Trost zu spenden, den sie finden konnte.

In der letzten Nacht hatte sie kaum geschlafen und sich wie eine Idiotin die Augen aus dem Kopf geheult. Als sie doch irgendwann eingeschlafen war, träumte sie von Kamika und ihrem abweisenden Blick. Diesem kurzen Ausdruck der Enttäuschung und der Ablehnung. Die Enttäuschung war für sie das Schlimmste. Kamika hatte das Herz der Lyre gründlich erobert. Jetzt, da die Windwächterin fort war und sie mit Missachtung strafte, fühlte sich Junos Körper taub an. *Nun sei verdammt noch mal nicht so melodramatisch!*, schalt sie sich selbst.

Sie schüttelte den Kopf und versuchte die Gedanken freizubekommen. Juno war zutiefst verletzt, fragte sich aber, ob sie nicht vielmehr hätte wütend sein müssen. *Kamika hat mir nicht einmal eine Chance gegeben und blind Akkos Lügen geglaubt. Wie kann sie unsere junge Liebe so einfach wegwerfen? Sie liebt mich doch, oder nicht? Vielleicht empfindet sie gar nicht so für mich.* Vielleicht war sie für Kamika doch nur eine neue Trophäe gewesen. *Eine Freundin mit gewissen Vorzügen*, dachte sie verbittert.

Nein. Juno verscheuchte den Gedanken. Sie wusste, dass da mehr zwischen ihnen war. Sie vertraute ihrer Freundin. *Es ist nur ein blödes Missverständnis. Ich kann Kamika keinen Vorwurf daraus machen, dass sie Akko glaubt. Das Muttermal befindet sich in einem wirklich intimen Winkel meines Körpers und wäre ich an Kamikas Stelle, hätte ich dem Mistkerl auch erst einmal geglaubt. Vermutlich. Bestimmt.*

Der Donner rollte laut durch das Himmelsgewölbe und lange Blitze schossen dem Erdboden entgegen. Es war ein vorbildliches Unwetter, wie Juno es sich nicht besser hätte ausdenken können. Es passte auch ganz hervorragend zu ihrer Stimmung. Sie überlegte, wo sie eigentlich anfangen sollte ihr Leben wieder in Ordnung zu bringen. Sie konnte mit Akko nicht weiter unter einem Dach leben. In ein paar Tagen würde sie Bramas bitten, ihr bei der Suche nach einer neuen Bleibe behilflich zu sein. Vielleicht könnte sie noch eine Weile in der Bibliothek arbeiten und sich ihren Lebensunterhalt dort verdienen, bis sie auch dafür eine Alternative fände. Möglicherweise könnte sie anfangen Aufträge als Lyre anzunehmen. Doch für den Moment fehlte ihr zu alldem noch die Kraft.

Kraft. Akko hatte seine Wunde nach ihrem unschönen Kontrollverlust versorgen lassen, doch sie heilte ungewöhnlich langsam und machte ihm anständig zu schaffen. Juno war sehr angetan von dieser Tatsache. Er verdiente jeden Moment dieses lästigen und schmerzhaften Bruchs. Sie wusste, objektiv betrachtet, dass sie auf ihre Tat nicht stolz sein sollte. Trotzdem war dieser Handballenhieb das Einzige, was sie derzeit einigermaßen mit Zufriedenheit erfüllen konnte, und er war zudem deutlich stärker gewesen, als sie es sich selbst zugetraut hätte. Unter anderen Umständen würde sie behaupten, dass ihr die Magie geholfen hatte, doch das war natürlich unmöglich bei einer Lyre. *Vermutlich besitzt Adrenalin seine ganz eigene magische Wirkung.*

Bramas hatte noch am selben Tag ein lautstarkes Gespräch mit Akko geführt. Sein Gebrüll war durch den kompletten Hausflügel gefegt und hatte alle Anwesenden in stumme Verlegenheit versetzt. Es fehlte nicht viel und die Wände wären zusammengebrochen. Anschließend unternahm Akko den Versuch, sich bei Juno zu entschuldigen. Aber Juno hatte kein Gehör für ihn. Nicht mehr. Er hielt sich seitdem von ihr fern, doch sie sah seine verstohlenen Blicke, die sie ständig verfolgten. Es war ihr unheimlich, wie er sie ansah und der Mistkerl weigerte sich, ihr zu sagen, woher er von ihrem Muttermal wusste. War er nachts in ihr Zimmer geschlichen? Hatte er sie durch ein Loch in der Wand beim Duschen beobachtet? Wie hatte er es angestellt?

Die Tür zum Dachturm flog plötzlich auf und ein unzufriedenes Brummen und Fluchen drang an Junos Ohren. Sie riskierte einen Blick über die Schulter und runzelte etwas erstaunt die Stirn. Shi Erigen warf die Tür wieder hinter sich zu und schüttelte seine durchtränkten Kleider. Er tropfte von Kopf bis Fuß und sein schwarzer Umhang klebte an ihm. Der Wächter sah aus wie eine nasse Fledermaus. Sie hatte ihn noch nie derart verknittert und schlecht gelaunt erlebt. Wenn noch etwas Freude in ihr übrig gewesen wäre, hätte sie laut gelacht. Stattdessen aber wandte sie den Blick von ihm ab und sah wieder zum Turm der Shi.

»Ich hoffe, du bist gekommen, um meine Leibgarde abzuziehen«, sagte Juno grantig.

»Auf gar keinen Fall. Kamika bringt mich um, wenn ich das tue und dir dann etwas passiert.« Ein frustriertes Grunzen war ihre einzige Antwort. »Was mich auch gleich zum Thema bringt. Was, im Namen der Quelle, hast du getan, Juno?«

»Wie bitte?«, fragte sie und beobachtete den Wächter, wie er mit den Fingern schnipste. Kleine Funken stoben heraus und verpufften sogleich wieder. Er schnipste kräftiger, zweimal, dreimal und endlich flackerte eine kleine Flamme auf. Er nahm sie schnell in den Schutz seiner Hände und Juno beobachtete, wie sie größer wurde. Sie musste zugeben, dass ihr das schon ein wenig imponierte.

»Du und Kamika! Was hast du gemacht, dass ich dieses unmenschliche Unwetter die ganze Nacht und nun auch noch am Morgen ertragen muss? Ausgerechnet an Hoshide. Wer will denn bei so einem Wetter feiern? Und Lordens ständiges: ›Ich habe es euch gesagt!‹ Hast du eine Ahnung, wie sehr einem Lorden auf die Nerven geht, wenn er mit etwas recht behält? Die einzige Erleichterung ist, dass er zu beschäftigt damit ist die Wassermassen aus der Stadt zu leiten, damit die Flüsse nicht auch noch über die Ufer treten. Du kannst dir gar nicht vorstellen, wie sehr es Lorden gegen den Strich geht, dass Kamika mit ihren Stürmen sein Element durcheinanderwirbelt. Auch im Ministerium für Umweltkontrolle sind alle ganz schön aus dem gemütlichen Trott geraten.« Er warf die Flamme zwischen seinen Händen hin und her wie einen Ball, während er leise vor sich hin fluchte. Seine Augen glühten ebenso hell wie die Flamme und Juno erkannte jetzt, dass ein dünner Nebel von dem Mann aufstieg. Die Nässe verschwand langsam aber stetig aus seiner Kleidung und den platt herunterhängenden Haaren.

»Was kann ich denn für das miese Wetter?«, fragte sie verstimmt.

»Na, was glaubst du denn, woher die Wolken so plötzlich gekommen sind? Kamika ist die Wächterin der Winde. Sie kann mehr heraufbeschwören als eine warme Brise, die dir zärtlich über die Arme streichelt. Diese Frau hält den Atem der Welt in Händen, Juno.«

»Sie kann das Wetter kontrollieren?« Juno war sprachlos. Ach was, sie war erschüttert. Ihr war ganz offensichtlich nicht bewusst, welche Macht in den Shi steckte, und sie fing an, sich zu fragen, ob sie die ganze Sache mit der Magie nicht insgesamt unterschätzte. Was sah Kamika eigentlich in ihr? Gewöhnlich und unbegabt wie sie war. Nicht einmal ihre eigene Teetasse konnte sie mithilfe der Magie warmhalten.

»Die korrekte Frage sollte lauten: *Wieso* kann sie das Wetter im Augenblick *nicht* kontrollieren?«

»Und warum gehst du davon aus, dass es meine Schuld ist?«

»Weil Kamika in den letzten dreißig Jahren nicht derart am Boden zerstört war. Nicht einmal als Zolana gestorben ist, gab es einen solchen Sturm. Also, Juno, was hast du getan?«

»Dreißig Jahre? Verdammt, wie alt seid ihr eigentlich?«

»Bleib bei der Sache! Hast du sie fallen lassen?«

»Nein!« Juno schnaubte und verbarg sich tiefer in ihrem Kokon. »Ich habe gar nichts getan. Sie hat mich verlassen!« Sie unterdrückte ihr verräterisches Schluchzen und zurück blieb nur ein klägliches Hicksen.

»Warum?«

»Akko. Er hat ... Er hat ...«

»Nun rück endlich mit der Sprache raus! Mir ist kalt und es ist *nass*«, jammerte Erigen wehleidig, als ginge es um einen Teller gerösteter Spinnen zum Frühstück.

»Er hat behauptet, er und ich hätten ein Verhältnis, und dass Kamika nur ein Seitensprung für mich war. Und sie glaubt ihm! Einfach so!« Sie schnippte mit den Fingern. »Der kleine Spanner kannte Details, Erigen.«

Einen Moment lang war er still, dann brach der Wächter in lautes Gelächter aus. »Was für ein herrlicher Unsinn!«

»Schön, dass du es so witzig findest.«

»Das kann Kamika ihm unmöglich abgenommen haben.«

»Nun, du siehst ja dieses herrliche Sauwetter, nicht wahr?«

»Nein, so dumm kann sie nicht sein.« Erigen sah sie mit großen ungläubigen Augen an.

»Soll das vielleicht heißen, dass *du* mir glaubst?«

»Selbstverständlich.«

»W – wieso?«, fragte sie verdattert.

»Weil ich deine grundlegendsten Leidenschaften gesehen habe. Damals in der Zelle schon. Männer gehören einfach nicht dazu.« Er zuckte die Schultern.

»Aber du hast mich angegraben!«

»Eine zwanghafte Angewohnheit«, zwinkerte er verspielt. »Später auch ein Test.«

»Ein Test?«

»Ich wollte sichergehen, dass ich mich nicht irre, und dass du es ernst mit ihr meinst. Du hast es doch ernst gemeint, oder?«

Juno starrte ihn mit offenem Mund an. Nach einer Weile ließ er sich neben sie auf die Bank fallen. Sie spürte, wie seine Wärme auf sie abstrahlte und fröstelte für einen Moment. Ihr war nicht bewusst gewesen, wie kalt es hier oben war.

»Ich meine es sehr ernst mit ihr«, murmelte sie schließlich halblaut.

»Warum sitzt du dann hier im Unwetter, statt mit ihr zu reden?«

»Ich sitze hier, weil ich ihr nicht näher sein kann. Sie lässt nicht mit sich reden. Den ganzen gestrigen Tag und die halbe Nacht habe ich versucht, Kamika zu kontaktieren, aber der Spiegel bleibt hart und zeigt mir nur mein eigenes bemitleidenswertes Spiegelbild. Weißt du, wie blöd man sich da vorkommt? Also starre ich eben auf euren verdammten Turm, weil ich weiß, dass diese störrische Frau da drin ist. Mehr bleibt mir nämlich nicht von ihr. Ich sollte stinkwütend auf sie sein. Ich *bin* stinkwütend auf sie!« Juno fluchte, schluchzte und verbarg das Gesicht beschämt in ihren Armen. »Aber ich will sie wiederhaben.«

Erigen brummte verständnisvoll und legte Juno einen Arm um die Schultern. »Schon gut. Ihr werdet das hinbekommen.« Sie lachte freudlos und glaubte ihm offenbar kein Wort. »Erstmal muss ich einen Weg finden, sie aus ihrem Wohnbereich herauszukriegen. Sie hat sich eingeschlossen. Ich kann mich nicht daran erinnern, dass sie so etwas jemals zuvor gemacht hat. Sie benimmt sich ... Irrational. Fast so anstrengend wie Sofia. Die verkriecht sich seit Tagen und schmollt noch immer, weil ich sie bestrafen musste. So ein geballter Stress kurz vor der Zeremonie ... Dieses Jahr ist einfach fürchterlich.« Erigen knurrte.

»Sie hasst mich«, jammerte Juno und vergrub sich in einem Akt völliger Hoffnungslosigkeit in seinen Armen. Ja, so verzweifelt war sie.

»Nah. Ihr seid füreinander geschaffen.« Er tätschelte ihr den Kopf.

»Ausgerechnet Kamika und jemand von Terra? Das ist eine eher gewagte These, Shi.«

»Kamika hätte dir nicht zwei Turmwachen an die Seite gestellt, wenn du ihr nicht wichtig wärst. Meinst du nicht?«

»Im Augenblick weiß ich nicht, was ich glauben soll.«

»Hm, fangen wir mit etwas Einfachem an. Hast du eine Idee, wie wir diesen Sturm abstellen, bevor aus mir eine unattraktive Wasserleiche wird?«

Erigens Vorstellung von *einfachen* Dingen bedurfte einer dringenden Korrektur.

•••

»Was hast du kleiner Wurm dir dabei gedacht, hä? Dachtest du, dieses jämmerliche Spielchen überzeugt mich davon sie zu verschonen?«

»Du hast doch gesehen, dass Shi Kamika sie verstoßen hat, Djakal. Juno nützt dir rein gar nichts mehr.«

»Narr. Du glaubst wirklich, es wäre so einfach? Juno ist eine Terranerin, sie muss beseitigt werden.«

»Nein, Djakal, nein! Du lässt die Finger von ihr! Du machst mit ihr nicht das, was du den anderen angetan hast.«

»Du stellst hier keine Forderungen, Akko. Hast du ihnen mein Versteck verraten?«

Akko nahm sich Zeit. »Mir blieb keine Wahl. Ich kann dich nicht einfach weitermachen lassen.«

»Wieso hast du das getan? Du solltest am besten verstehen, weshalb ich das tue. Wir sind Brüder, verdammt noch mal!«

»Nein, nein, das sind wir nicht, Djakal. Ich wünschte, wir wären Brüder. Dann wäre alles leichter.«

»Das waren *meine* Schätze! Ich habe sie mir verdient. Du hattest kein Recht, sie mir wegzunehmen!«

Akkos abschätziges Lachen erzürnte Djakal. Früher wäre Akko vor Furcht ganz starr geworden, stattdessen empfand er nur noch eine tief greifende Hoffnungslosigkeit. Er wollte nicht mehr still sein. »Du sprichst von Recht? Wer bist du, dass du glaubst über das Leben anderer richten zu dürfen?«

»Ach sei doch endlich still, du dämlicher Vollidiot.«

»Hör auf damit. Nenne mich nicht so.«

»Wie denn? Vollidiot?«, lachte Djakal ihm aus dem Spiegel entgegen und schaute ihn dabei voller Verachtung an. »Du bist nun einmal ein Vollidiot. Ständig schleppst du diese terranischen Weiber an, als suchtest du geradezu nach ihnen.«

»Sei still!«, fauchte Akko zornig zurück.

»Sieh an. Seit wann bist du denn so mutig? Wird der feige Schwächling etwa endlich erwachsen?«

»Lass das!«

»Sonst was? Schickst du mich wieder weg? Du bist doch gar nicht lebensfähig ohne mich und du weißt es.«

»Du bist ein wirklich kranker Mann, Djakal. In der Vergangenheit habe ich zugelassen, dass *dein* rastloses Temperament zu *meinem* Problem wird. Doch damit ist jetzt Schluss. Was du mit diesen Frauen machst – das muss aufhören.«

»Bla bla bla. Du jämmerlicher Verlierer. Was willst du denn machen? Ich tue, was getan werden muss, und du wirst mir nicht noch einmal in die Quere kommen.«

»Ich werde dich nicht damit weitermachen lassen und von Juno hältst du dich fern.«

»Das hast du nicht zu entscheiden.«

»Doch, Djakal. Diesmal wirst du tun, was ich sage.«

»Du bist so naiv, Akko, dass ich mich schämen muss. Sei froh, dass ich dich solange mitgeschleppt habe. Ich brauche Juno und jetzt wo wir wissen, dass sie eine Terranerin ist, muss ich mich ihretwegen auch nicht mehr grämen. Das macht alles viel einfacher.«

»Du mich mitgeschleppt?«, fragte Akko verärgert. »Du magst ja vielleicht der Ältere von uns sein, aber ohne mich wärst du längst in irgendeinem Loch weggesperrt worden. Vater kann ja gerne weiterhin glauben, dass ich derjenige war, der deinen Schutz brauchte, aber wir beide wissen, wie es wirklich ist.«

»Oh, ja richtig. Akko, der gute Sohn, der ehrgeizige Streber, das Kind, das Bramas sich gewünscht hat.« Jack fauchte. »Dir hat er einen stolzen brînaischen Namen gegeben, während ich mich mit irgendeinem unbedeutenden von Terra zufriedengeben muss, den unsere Mutter *schön* fand. Dein Name steht im Zentralarchiv, während meiner totgeschwiegen wird. Als existierte ich gar nicht.«

»Unsere Mutter hat Fehler gemacht, Djakal ... Jack. Sie dachte, sie hilft dir. Zählen ihre guten Absichten denn gar nichts?«

»Gute Absichten?!«, brüllte Jack außer sich. »Sieh dir doch an, was sie aus mir gemacht hat!«

»Sie hat dafür bezahlt. *Du* hast sie dafür bezahlen lassen.«

»Ja und dann tauchst auf einmal du auf. Meine ganz persönliche und nicht enden wollende Bestrafung. Sie hatte es verdient zu sterben! Sie alle haben es verdient zu sterben!«

»Du musst gehen, Jack. Für immer.«

Ein lautes und herzhaftes Lachen donnerte aus Jacks Kehle. »Das kannst du vergessen.«

»Du bringst uns beide um.«

»Nein, nur dich.«

»Wie bitte?« Akkos Schultern verkrampften sich. Er sah die Veränderung in Djakals Gesichtszügen und er fühlte, wie er innerlich zusammenschrumpfte. Akko kannte diesen Blick. Er hatte ihn allerdings noch niemals gegen sich gerichtet gesehen.

»Du solltest mir nicht mehr im Weg stehen, kleiner Bruder. Es wird Zeit, dass ich mir zurückhole, was mir gehört.«

»Das kann ich dir leider nicht erlauben.«

»Fordere mich nur heraus, Schwächling.«

»Du brauchst mich, Jack.«

»Jetzt nicht mehr.«

•••

Kamika lag auf ihrem Bett und starrte an die Decke. Das magisch erzeugte Hologramm der Galaxien mit den neun bewohnten Planeten schwebte darunter und jeder bewohnte Planet leuchtete in einer ihm zugewiesenen Farbe zwischen den künstlichen Sternen. Sie schaffte es nicht, sich zu beruhigen und ihr Blick wanderte immer wieder zur blau leuchtenden Kugel ganz am Rande, weit entfernt von allen anderen Planeten. Terra. Junos Heimat. Wie sie diesen verdammten Planeten hasste. Aber Juno, Juno ...

Sie kniff die Augen zusammen und biss sich auf die Zunge. Vor ihrem geistigen Auge sah sie Juno und Akko. Nackt. Verschwitzt. Die Körper miteinander verschlungen. Er, ganz der starke Kerl, und ihre Juno, ganz *seine* hingebungsvolle und sehr engagierte Geliebte. Die Vorstellung wollte einfach nicht verschwinden. Es stieß sie gleichermaßen ab, wie es sie fesselte. Kamika wollte das alles nicht glauben. Etwas in ihr weigerte sich zu akzeptieren, dass Juno sie nur benutzt haben sollte. Aber er wusste von ihrem Muttermal. Das kleine verborgene Mal, über das Kamika mit ihrer Zunge gestrichen war, nur einen Moment, bevor sie Juno liebkost und ihr lustvolle Töne entlockt hatte. Kamika hörte Junos tiefe Seufzer. Die Erinnerung war so lebendig, dass ihr Körper darauf reagierte, als wäre die Hübsche auch jetzt hier. War das alles nur eine Farce? Hatte Juno sie wirklich belogen?

Kamika hasste sich selbst für ihre Schwäche. Immer wenn sie ihre Deckung fallen ließ, passierte etwas. Marie, Zolana und jetzt Juno. Sie war überrascht, wie viel stärker es bei Juno wehtat. Vielleicht lag es daran, dass diese wundervolle, unberechenbare junge Frau, auf emotionaler Ebene so viel weiter mit ihr gegangen war, als alle anderen vor ihr. Sie war so überzeugend gewesen, so liebevoll, zärtlich und *fordernd*! Juno hätte sich doch bei Kamika nicht so viel Mühe gemacht, wenn es ihr einziges Ziel gewesen wäre, Akko zu bestrafen. Oder etwa doch? Es hatte sich so verdammt echt angefühlt. Vielleicht zu echt.

Die Shi knirschte mit den Zähnen. Möglicherweise kam ihr innerer Tumult daher, dass *sie* für Juno viel stärkere Gefühle hegte, als sie zugeben wollte. Schon von Anfang an. Schon als Kamika sie in der Zelle liegen gesehen hatte, war etwas mit ihr passiert. Noch zart und verborgen, aber sie hatte *etwas* gespürt, und dieses Etwas verfolgte sie seither jeden Tag. Jetzt spürte Kamika allerdings nur Schmerz, Verwirrung und Einsamkeit. Ja. Eine bodenlose, alles verschlingende Einsamkeit, die ihr nur zu vertraut war. Was sie außerdem spürte, war der Verlust ihrer Kontrolle über die Windmagie.

»Sei stolz. Sei mutig. Sei stark«, brachte sie die längst vergessen geglaubten Worte hervor.

Es gab nicht viele Dinge, vor denen Kamika sich fürchtete. Doch die Vorstellung, die Kontrolle über die Magie zu verlieren, machte ihr Angst. Sie hatte die unstete Verbindung zur Quelle bereits nach Zolanas Hochzeit mit Lorden bemerkt. Es war wie das Flackern einer Kerze. Es geschah nicht oft, nie so stark, dass die Flamme erlosch, aber immer mal wieder. Das Herz ihrer Windmagie verlor für einen kurzen Moment die Verbindung zu Kamika, immer dann, wenn sie besonders unruhig und nachdenklich war. Immer wenn sie zu intensiv an Zolana dachte und an all die Dinge, nach denen Kamika sich so hoffnungslos sehnte, die anderen so scheinbar leicht vergönnt waren. Aber dann, von heute auf morgen, hatte es aufgehört und Kamika wurde mit entmutigender Erkenntnis bewusst, dass es an Junos Gegenwart lag.

Sie hatte lange nicht mehr an Zolana gedacht oder an ihren stillen Wunsch, jenes unerreichbar wirkende Ziel. Auch der Makel, der seit dem ersten Mord an ihr haftete, war nahezu in Vergessenheit geraten, nicht zuletzt, weil Juno so gar nichts davon hören wollte. Sie glaubte es ganz einfach nicht und so dachte auch Kamika nicht länger an den Vorfall. Alles, woran die Windwächterin noch denken konnte, was sie wirklich beschäftigte, war Juno. In jeder verdammten Minute, selbst wenn sie auf dem Rücken ihres Greifs saß und über einer Horde Skrae kreiste, drehten sich ihre Gedanken nur noch um Juno und darum, dass sie ihretwegen unverletzt zurückkehren musste. Sie verbrachte etliche Stunden des Tages damit, sich einen neuen Vorwand auszudenken, weshalb sie Juno wiedersehen musste. Es war geradezu lächerlich, welche Macht dieser Lockenkopf über sie besaß.

Kamika schrie wütend in ihr Kissen, bis ihr die Kehle schmerzte. Das verdammte Kissen roch nach Junos Haaren. Ihre Aura hing in diesem Zimmer wie ein klagender Geist. *»Schäm dich, Kamika«*, sagte der Geist. Sie griff nach dem goldenen Kleinod an ihrem Hals und stellte sich zum hundertsten Mal vor, wie sie die Kette herunterriss und kraftvoll vom Balkon schleuderte. Zum hundertsten Mal fiel ihre Hand energielos herunter.

Draußen brachen Donner und Blitz durch die dichte Wolkendecke und der stürmische Regen prasselte unbarmherzig auf alles und jeden nieder. Kamika hatte die Winde nicht mehr im Griff. Ihr Herz zerbrach ebenso wie die Verbindung zur magischen Quelle und sie konnte nichts dagegen tun.

»Sei stolz. Sei mutig. Sei stark.«

Jemand klopfte an die Tür. Polterte nach einem Moment. Sie ignorierte es wie schon in den Stunden zuvor. Sie konnte das Wetter nicht ändern, egal wie sehr sie es versuchte. Kein eingeschlagener Blitz und kein davongefegtes Hausdach konnte das ändern. Sie brauchte Ruhe und Zeit. Wenn das nicht half, dann würde sich der Wind sicher bald einen neuen Wächter suchen. Was sollte dann aus ihr werden?

Der Gedanke, den Turm verlassen zu müssen, und die anderen Shi zu verlieren, machte sie nur noch verzweifelter. Die Wächter waren ihre Familie. Das Jagen war ihre einzige Begabung und sie fühlte sich zur Shi berufen. Vielleicht konnte sie als gewöhnliche Jägerin weitermachen. Vorausgesetzt, dass ihr wenigstens ein Rest Magie bleiben würde. Hatte es das eigentlich schon einmal gegeben? Eine Shi, die ihre Gabe wieder verlor? Für Sofia würde die Unterbrechung ihrer Verbindung zur magischen Quelle den Tod bedeuten. Vielleicht galt das auch für Kamika. Sie wusste es nicht. Die düsteren Zukunftsaussichten stürzten sie bloß noch weiter ins Bodenlose und das Hämmern an der Tür wollte einfach nicht aufhören.

»Verschwindet!«, brüllte sie mit kratziger Stimme und ein weiterer Blitz spaltete den Himmel, gefolgt von dem Rollen des Donners.

»Kamika, ich bin es, Erigen. Lass mich rein. Wir müssen reden.«

»Verschwinde«, wiederholte sie müde.

»Ich war bei Juno.« Kamika öffnete träge die Augen, sagte jedoch nichts. Erigen wartete einen Moment, dann sprach er weiter. »Sie ist unglücklich. Sitzt im Sturm da oben unter dem Dach der Bibliothek und starrt unseren Turm an. Es ist wirklich erbärmlich, Kamika. Sei nicht dumm. Du weißt so gut wie ich, dass Kin Akko gelogen hat. Jetzt mach endlich auf und lass mich rein.«

Lügen. Alles Lügen. Er hatte nicht mit Juno gesprochen. Sie würde nie mit Erigen über solche Dinge sprechen. Sie mochte ihn doch gar nicht.

»Kamika?« Schweigen. »Na schön. Ruf mich, wenn du mich brauchst. Das hier ist für dich. Ich schiebe es unter der Tür durch. Es ist von Juno und es ist wirklich wichtig.«

Kamika setzte sich auf und sah quer durch ihre Räume. Sie hörte, wie Erigen etwas unter der Tür durchschob. Wollte sie wissen, was es war? Sie zögerte. Aber was, wenn Erigen wirklich bei Juno gewesen war? Wenn sie ihm tatsächlich etwas mitgegeben hatte? Ihr magisches und ihr menschliches Herz flatterten bei dem Gedanken. Sie legte das Kissen fort, schwang sich aus dem Bett und bereute es sofort. Vor ihren Augen drehte sich alles und ihr tat der Kopf weh. Sie fühlte sich ungewohnt schlapp, als sie zur Eingangstür schlurfte.

Auf dem Boden lag ein kleiner Umschlag. Zu klein und dünn für einen Brief. Kamika hob ihn auf und drehte ihn auf die Vorderseite. Ein einzelnes magisches Symbol schimmerte in goldener Farbe darauf. Das Zeichen der Windwächterin. Ihr Name. In Junos geschwungener Handschrift illustriert.

Ihr Herz klopfte nun überdeutlich in der Brust. Kamika ging zurück in ihr Schlafzimmer, setzte sich auf das zerwühlte Bett und starrte den winzigen Umschlag an. Sehnsüchtig strich sie mit den Fingern über die Tinte, atmete tief ein und wieder aus, dann öffnete sie ihn und zog eine weiße Karte heraus. Drei einzelne Worte standen darauf, in terranischer Schriftsprache, die Kamika nicht verstand, kunstvoll verschlungen mit einem magischen Wort. Oben Terra, unten Brïn, in Einheit verbunden. Es war schön. Symbolisch. Kamika drehte die Karte und las das Zeichen. Es war ein Sprachzauber, eine persönliche Botschaft, aber stumm, weil keine Magie daran hing. Die Wächterin blies sanft über das Papier und schickte einen Hauch ihrer eigenen Magie mit dem Atem hinaus. Das Symbol begann zu leuchten und plötzlich erklang Junos Stimme. Ein wenig zittrig und verletzt sprach sie die Worte. Kamika stöhnte und riss die Augen auf. Sie spielte die Botschaft wieder und wieder ab. Das war nicht die Wahrheit. Es konnte nicht von Juno sein. Aber die Stimme, es war unverkennbar ihre Stimme und ihre Handschrift. Ihre geschwungene Linienführung. Ihre *terranische* Schriftsprache.

Kamika wusste nicht, was sie denken sollte. Glaubte sie Juno?

Sie blickte abermals hoch zu ihrer Zimmerdecke. Terra leuchtete ihr hämisch entgegen. Sie verachtete diesen Planeten so sehr. Nichts Gutes kam von Terra. Niemals.

Draußen brach ein schwacher Sonnenstrahl durch die dunkle Wolkendecke. Der Regen wurde schwächer. Der Sturm hatte sich längst gelegt.

Kapitel 50: Die Himmelskarte

Hoshide, Tag 6, 11'384 n. S.

Eydwall, Ideris

Juno stand weiterhin unter dem Schutz der Jäger. Es würde nicht leicht werden an sie heranzukommen. Die privaten Bereiche der Bibliothek waren sehr viel kleiner und überschaubarer als die verschachtelten und labyrinthähnlichen Gänge im Haus des Regenten und er würde keine Hilfe von ihr bekommen. Sie würde ihn auch nicht einladen. Nicht wie die anderen, bei denen war es einfach gewesen. Es hätte noch einfacher mit Juno sein können, wenn Akko ihm nicht das ganze Jahr über Steine in den Weg gelegt hätte. Jack war immer der Stärkere von ihnen gewesen und wenn er Akko etwas befahl, dann folgte ihm dieser. Doch jetzt war das anders. Akko gab einfach keine Ruhe und widersetzte sich Jack heftiger, als er erwartet hatte. Er wünschte sich inzwischen, er könnte dem verdammten Schreiberling einfach die Kehle durchschneiden.

Jack grinste dennoch in seinem Versteck. Juno war eine Herausforderung, zu der auch Akko gehörte. Mit und ohne Garde, sie würde ihm einen harten Kampf liefern, das wusste er. Vielleicht war sie sogar noch zäher als sein letztes Lämmchen in Jaro, denn die Terranerin hatte sich schließlich nie auf Magie verlassen können, wenn es darum ging, sich selbst zu verteidigen. Dass sie dazu in der Lage war, hatte ihr Angriff auf Akko einmal mehr bewiesen. Jack musste sie eben unvorbereitet erwischen, was ihm nicht allzu schwerfallen sollte. Jetzt gerade sah er sie im Zimmer auf und abgehen. Auf ihrem Gesicht lag ein leidender Ausdruck. Der Blick stand ihr gut.

Enttäuschte Gesichter und Tränen standen ihnen allen gut. Das waren die Momente, die er auskostete. Wenn sie erkannten, wem sie ihr Vertrauen geschenkt hatten. Junos Kummer mochte jemand anderem gehören, doch das machte ihn nicht weniger wohlgefällig. Es lag einfach so viel Trost und Schönheit in einer echten Träne.

»Konzentration, Jack«, ermahnte er sich selbst. Akko hätte ihm seinen schönen Plan beinahe ruiniert, nun da Juno von Shi Kamika getrennt war. Doch die Anwesenheit der beiden Jäger, zwei von der Turmgarde noch dazu, verriet ihm, dass die Wächterin ihrer verschmähten Geliebten weiterhin zur Hilfe eilen würde, wenn Juno in

Gefahr geraten sollte. Und das würde bald passieren. Heute Abend, noch vor der Zeremonie musste es passieren. Es gab, wie zu erwarten, noch keine neue Edana. Vermutlich war Sofia dank des Unwetters noch gar nicht gefunden worden. Der Streit zwischen Juno und Shi Kamika hatte ihm überraschend in die Hände gespielt. Er wollte allerdings lieber nicht mehr auf Brïn sein, wenn die Skrae einfielen.

Jack leckte sich die Lippen und schlug den Mantelkragen höher. Er zog sich tiefer in die Schatten zurück, spielte ein letztes Mal mit dem langen Messer in seiner Hand und schob es zärtlich zurück in die schmale Scheide seines Wadenholsters. Der Regen hatte endlich aufgehört und der Boden trocknete bereits unter den durchbrechenden warmen Sonnenstrahlen. Bald würde er sich wieder spurlos von Dach zu Dach, von Gasse zu Gasse, von Lämmchen zu Lämmchen bewegen können. Er musste nur noch dafür sorgen, dass ihm Akko nicht noch einmal in die Quere kam.

•••

Juno lief rastlos im Studierzimmer der Bibliothek auf und ab. Das Wetter hatte sich gebessert, aber Kamika reagierte noch immer nicht auf ihre Kontaktversuche. Unzufrieden setzte sie sich an den großen Arbeitstisch und atmete betont ruhig ein und aus. Es gab noch Dinge zu erledigen, für die sie einen klaren Kopf brauchte.

Sie hatte die Himmelskarten der letzten fünf Jahre vor sich ausgebreitet. Zuoberst lagen die schriftlichen Aufzeichnungen der amtierenden Shi und die Insignien, die sie in dieser Nacht in den Himmel zeichnen würden. Juno war stolz darauf, dass sie die Symbole in die neue Karte übertragen durfte, und natürlich darauf, dass sich die Lernerei der letzten Monate auszahlte. Sie hatte bereits ein feinmaschiges Netzwerk aus Sternen und Punkten entworfen und sie in einem filigranen Muster um die Stellen herumgezeichnet, in die nun die Insignien eingetragen werden mussten. Seit Monaten freute sich Juno darauf, ihren Entwurf auf die echte Himmelskarte zu übertragen, doch nun, da es bald soweit sein würde, erhoffte sie sich bloß noch Ablenkung und schweigende Gedanken. Angesichts der Dinge, die unmittelbar vor ihr lagen, standen die Chancen dafür allerdings weniger gut.

Sie richtete den Blick wieder auf ihre Arbeit. Die Karten der vergangenen Zeremonien waren lieblos. Die Zeichen der Shi waren wunderschön, aber die Lyre, die diese Karten erstellt hatte, schien kein großes

Interesse an der Aufgabe gehabt zu haben. Vielleicht war sie noch unzufriedener damit eine Lyre zu sein als Juno selbst, auch wenn ihr das kaum vorstellbar erschien.

Juno verstand die Symbole der Wächter noch immer nicht in ihrer Gänze. Sie waren kompliziert und nur wenige konnten ihre genaue Bedeutung entziffern. Selbst die Lyren, die schon länger studierten, hatten ihre Schwierigkeiten. Es hieß, die Edana sei die Einzige auf ganz Brïn, die alle Zeichen erkannte, egal von welcher und welchem Shi sie erschaffen worden waren. Sie war das Bindeglied, Verstand und Stimme der Magie. Trotzdem ergaben alle Zeichen einen Sinn, wenn Juno sich die Karten ansah. Sie bildeten eine Harmonie, wie ein perfekt komponiertes Lied. Jeder Bogen, jeder Strich und jeder Punkt erfüllte einen Zweck, leitete zu einem der anderen Symbole weiter oder machte aus zwei Zeichen ein neues. Es war ein lebendiges Kunstwerk mit einer perfekten Melodie in Form und Takt.

Die Lyre übertrug die neuen Zeichen in die Entwurfsskizze vor sich. Es fehlten inzwischen nur noch die Insignien von Sofia und die von Kamika. Sie warf einen verstohlenen Blick auf die Symbole der Windwächterin. Ihre Zeichen waren wie ein Teil von Kamika selbst. Man konnte ihre Persönlichkeit aus ihnen herauslesen. Sie waren wild und frech. Sie waren leicht und humorvoll und traurig und einsam. Zahlreiche Facetten von Kamika spiegelten sich in diesen Symbolen wider, dass es Juno beinahe unangenehm war, so tief und ungebeten in ihre privaten Gefühle vorzudringen. Bramas konnte darüber nur lachen. Er sah nichts von alledem. Wie konnte er Jahrhunderte in der Bibliothek leben und arbeiten, ohne diese Vieldeutigkeit der Symbole zu erkennen? Vielleicht ging Junos Phantasie auch mit ihr durch, vielleicht sah sie in Kamikas Zeichen nur das, was sie sehen wollte.

Der Gedanke an Kamika versetzte ihr einmal mehr einen Stich, der sich schmerzhaft in ihrer Brust ausbreitete. Wie konnte Kamika auch nur eines von Akkos vergifteten Worten glauben? Oder lag es am Ende nur daran, dass Juno von Terra stammte? Schön, sie hatte ein Geheimnis vor Kamika gehabt und ihre Herkunft verschwiegen. Aber war das ein ordentlicher Grund, um gleich jedes Vertrauen zu verlieren? Und war es angesichts eines Mörders, der Jagd auf Terranerinnen machte, nicht auch ein wenig verständlich, dass sie dieses Detail über sich verschweigen musste? Wie konnte Kamika einfach alles, was zwischen ihnen war, so leichtfertig wegwerfen? Doch immerhin, der Sturm hatte sich gelegt. Hieß das, die Wächterin hatte Junos Nachricht bekommen? Wie dachte sie darüber? Warum ging sie ihr weiterhin aus dem Weg?

Geistesabwesend strich sie über die Zeichen des Windes und stellte sich vor, wie Kamika sie mit ihrer Füllfeder auf das Papier gesetzt hatte. Wie ihre Finger dabei über das Papier gestrichen waren, wie vor gar nicht langer Zeit über Junos Haut. Diese warmen, weichen Finger, die eine Gänsehaut auslösten, wo immer sie die Lyre berührten.

Juno schüttelte den Kopf und zog die Hand zurück. Sie würde erst einmal mit Sofias Teil der Karte weitermachen müssen.

Sie brachte ihren Notizblock in Position und breitete Sofias Zeichen vor sich aus. Zunächst begann sie das Muster der Symbole zu ordnen und die Zeichen in ihrem Kontext zu bestimmen. Sie setzte die magischen Symbole auf den Notizblock und merkte doch schnell, dass sie dabei wie befürchtet, einen Fehler nach dem anderen machte. Hier vergaß sie einen Bogen, dort einen kleinen Steg. Sie war offenbar weniger konzentriert, als sie dachte, und schalt sich im Geiste. Es war sinnlos sich etwas vorzumachen. Sie vermisste Kamika und ihre Arbeit litt darunter. Juno warf den Kopf in den Nacken und schloss für einen Moment die Augen. *Du kommst darüber hinweg, Juno. Du kommst immer darüber hinweg.* Sie betete sich diese Worte wieder und wieder vor und hoffte, dass sie es irgendwann glauben würde. Kamika war etwas Besonderes. Sie hatte für einen kurzen Moment geglaubt, dass die Shi die Antwort auf all ihre Fragen war. Es war schwer zu ertragen, wenn sich solch ein Mensch von einem abwandte. Sie war wunschlos glücklich, wenn Kamika bei ihr war.

»Reiß dich zusammen!«, wies sie sich selbst zurecht.

Sie streckte den Rücken durch, knetete sich die Finger, kreiste den Kopf bis weit in den Nacken und begab sich wieder an die Arbeit. Sie nahm das erste von Sofias Zeichen, sah es sich noch einmal genau an und begann die Linien zu ziehen. Sie hatte das Symbol noch nicht vollendet, da sah sie schon wieder denselben Fehler und stockte. Sie nahm Sofias Schriften und legte sie zum Vergleich neben ihre eigenen. Juno legte den Kopf schief und überlegte schweigend. Es war nicht ihr Fehler. Es war Sofias Fehler.

Juno übertrug die übrigen Zeichen in den Entwurf, ungeachtet ihrer vermeintlichen Fehler und sah sich das Gesamtbild an. Sie schluckte und prüfte alles noch einmal. Es blieb dabei. Das Netz war unruhig, die Insignien harmonierten nicht mit denen von Erigen, Kassia und Lorden und sie war sich sicher, wenn sie Kamikas Zeichen hinzunahm, dann würde sie auch bei ihnen keine Harmonie zu Sofias finden. Einen Moment lang dachte Juno darüber nach. Sofia war die Edana. Die Quelle selbst sprach zu ihr. Sofia war die Einzige, die die Zeichen der Verbindung wirklich verstehen konnte. Vielleicht waren sie einfach zu komplex für Junos Verstand, Lyre hin oder her. Sie murrte und grübelte. Dann sah sie sich die Symbole und die Karten der Vergangenheit noch einmal genauer an. Nein. Sie irrte sich nicht. Die Zeichen waren falsch. Sie hatten Ähnlichkeit mit dem, was dort stehen sollte, aber sie waren nicht ganz korrekt. Wenn die Zeichen nicht korrekt waren ...

Eilig schob sie die Unterlagen zusammen, schnappte sich ihre eigenen Aufzeichnungen und lief den Gang hinunter. Sie musste mit jemandem reden. Ihre beiden Leibwächter folgten ihr geräuschlos, sodass sie manchmal beinahe vergaß, dass sie überhaupt da waren. Juno erkannte die Gesichter ihrer neuen Begleiter. *Gardisten des Wolkenturms.* Sie waren die, denen die Shi blind ihre Leben anvertrauten und sie ließen Juno nicht aus den Augen. Die Lyre wusste nicht, ob sie sich damit wohl fühlte oder sich wie ein verwöhntes It-Girl vorkam. Aber sie hatte aufgehört, sich gegen ihre Anwesenheit wehren zu wollen. Die Turmgarde war unbeirrbar und die Shi nicht bereit sie zurückzurufen, solange der Mörder frei herumlief. Juno war vermutlich die einzige Terranerin, die sich noch in Eydwall befand. Was nicht hieß, dass es dem letzten Opfer geholfen hätte, sich in einer anderen Stadt aufzuhalten.

Bramas saß wie immer an seinem Schreibtisch und sortierte Abschriften, Manuskripte und historische Texte. Akko hockte an seinem eigenen Schreibtisch und blickte mit bandagierter Nase auf, als Juno hereinkam. Sie ignorierte ihn. Eine geringfügige Strafe für das, was er ihr und Kamika angetan hatte. Bramas dagegen bemerkte Juno nicht, bis sie den Stapel Blätter auf seinen Tisch fallen ließ. Der alte Mann sah fragend von seinem eigenen Papierberg auf.

»Juno, was soll das? Ich arbeite an diesem Tisch.«

»Tut mir leid, Bramas, aber das hier ist wichtiger, fürchte ich.« Sie breitete Sofias Symbole vor ihm aus und legte ihm das Erarbeitete vor. »Siehst du das?«

Bramas sichtete die vielen Zeichen und Junos Notizen dazu. Er schüttelte den Kopf. »Ich kann nichts sehen. Deine Auswertung sieht doch sehr gut aus.«

»Es geht nicht um meine Auswertung. Es geht um Sofias Zeichen.«

Er studierte sie ausgiebig. »Was soll mit denen sein?«

Juno schnaubte. »Sie sind falsch!«

»Falsch? Das ist sicher nur Einbildung. Die Zeichen der Edana ...«

»Ja ja, ich weiß: ›Die Zeichen der Edana sind sehr kompliziert.‹ Ich habe es mir mehrfach angesehen, Bramas. Hier,«, sie zeigte auf verschiedene Symbole und markierte hier und da eine Stelle, »siehst du das? Die Bögen bilden keine Verbindung zu denen der Shi. Sie wirken auf den ersten Blick normal, aber wenn du sie im Kontext betrachtest, dann siehst du, dass sie mehr wie ... wie Kosmetika sind. Nicht wie eine Sprache. Sofias Symbole sind Imitate ohne Stimme, eine falsche Note in einer klaren Melodie. Ich bin nicht einmal sicher, ob es wirklich ihre Eigenen sind. In den Symbolen der Shi steckt immer auch ein Teil ihrer Seele. Sofias Zeichen ... Da ist einfach nichts.«

Juno wusste nicht, wie sie es Bramas erklären sollte. Für sie war es vollkommen deutlich, aber sie konnte sehen, dass Bramas nichts davon nachvollziehen konnte. »Bitte, Bramas, du musst mir glauben. Etwas stimmt mit diesen Zeichen nicht und wenn sie falsch sind und Sofia sie heute Nacht in den Himmel schreibt, dann wird das Netz zerbrechen.«

Bramas wurde blass. Der Zusammenbruch des Netzes würde den Skrae freien Einlass nach Brïn gewähren. Sie würden in einer ungeahnten Anzahl über die Kontinente fegen und eine Spur von Tod und Verwüstung hinterlassen, wie sie der Planet seit der ersten Edana nicht mehr gesehen hatte. »Bist du dir sicher, Juno? Du redest hier von hoher Magie. Bist du *wirklich* sicher, dass du diese *Fehler* siehst?«

»Wir können ja gerne ›Im Zweifel für den Angeklagten‹ spielen, aber dann wird es heute Nacht sehr unangenehm auf Brïn werden.« Ihre Stimme war fest und ernst. Sie irrte sich nicht. Sie wusste es mit absoluter Sicherheit. Diese Zeichen waren stumm.

Er nickte. »Kannst du mir bitte einen Fahrer rufen?«

»Selbstverständlich, Bramas.« Sie ging zum Spiegel, um seiner Bitte zu folgen, während Bramas ihre Notizen stapelte und sie in seine Tasche steckte.

»Ich werde mit Shi Lorden sprechen. Wenn jemand deine Vermutung bestätigen kann, dann ist er es. Möchtest du mitkommen?«

Juno überlegte und wog die Risiken ab. Hin- und hergerissen zwischen Sehnsucht und Stolz. »Brauchst du mich dort?«, fragte sie zögernd.

»Nicht unbedingt. Ich denke, deine Aufzeichnungen sind klar genug.«

»Dann halte ich es für besser, hierzubleiben.«

»Das denke ich allerdings auch«, mischte sich Akko aus dem Hintergrund ein. Niemand schenkte ihm Beachtung.

»Sie redet noch immer nicht mit dir?«

Juno schüttelte den Kopf.

»Manchmal bin ich froh, nicht mehr jung zu sein. Nichts für ungut, meine Liebe.«

Juno lächelte zynisch. »Schaust du vielleicht nach, wie es Portos geht? Er fürchtet sich bei Gewittern immer so.«

»Mache ich«, gab der Bibliothekar zurück.

»Vater«, traute sich auch Akko einmal mehr zu Wort. »Soll ich dich begleiten?«

»Du, mein Junge, hältst dich in Zukunft soweit vom Wolkenturm fern, wie sich noch kein Brïnai zuvor von ihm ferngehalten hat«, brummte der alte Mann, der Akko die Lüge über sein angebliches Verhältnis mit Juno, noch nicht verziehen hatte. Seit dem Vorfall auf dem Hof war auch das Verhältnis zwischen Vater und Sohn angespannt.

Akko räusperte sich verhalten. Er machte nicht den Eindruck, als wäre er enttäuscht darüber, in der Bibliothek bleiben zu müssen.

Einer der Lehrlinge klopfte an die offene Tür und teilte ihnen mit, dass der Fahrer bereit war. Bramas tätschelte Juno zum Abschied mitfühlend die Schulter und verschwand.

Kinobes Ratgeber für Neuankömmlinge

(11') - 117. Auflage
Abschnitt Fünf: Planetenschild

Der Planetenschild ist der einzige zuverlässige Schutz vor einer Invasion der Skrae. Er besteht aus einer umgewandelten magischen Energie Brïns, die für Skrae weder genießbar noch ohne Weiteres durchdringbar ist. Gelegentlich gelingt es den Skrae, ein wildes Portal zu benutzen, um die Oberfläche Brïns zu erreichen, dies geschieht jedoch nur sehr selten und ein solches Portal bleibt nie länger als sieben Sekunden geöffnet (längste Zeit, die je gemessen wurde).

Der Erhalt des Planetenschildes hat somit oberste Priorität für die Edana und die vier Weltenwächter. Während die Shi auf die wilde Magie zugreifen, um zum Beispiel unser Klima zu kontrollieren oder Vulkanausbrüche zu verhindern, besitzt die Edana die Fähigkeit, die wilden Gaben Brïns zu einer neuartigen Elementmagie zu verflechten und eine komprimierte Form stabiler Magie zu erschaffen, die den Skrae gänzlich fremd ist.
Dieser besondere Bannzauber erfordert eine konstante Zufuhr von Energie während des gesamten Jahres. Nach Ablauf eines Jahres wird es notwendig, den Schild zu erneuern und somit eventuell gebildete Lücken zu schließen. Da sich die Skrae in der Vergangenheit außerdem als sehr findige und intelligente Kreaturen erwiesen haben, wird mit der jährlichen Änderung der Schildformel verhindert, dass die Skrae ein Muster erkennen und dieses gegebenenfalls zu durchbrechen vermögen.

Kapitel 51: Sechs

Hoshide, Tag 6, 11'384 n. S.
Eydwall, Ideris

Der Spiegel übertrug die Nachricht und Juno kämpfte ihre Nervosität heroisch zu Boden. Bramas war sehr aufgeregt, seit er aus dem Wolkenturm zurückgekommen war, verlor aber kein Wort darüber, was genau ihn in diesen Zustand versetzt hatte. Er stand neben ihr, während sie über den Wandspiegel mit Erigen diskutierte, und drängte sie, dem Wächter nachzugeben.

»Es herrscht Chaos. Wir brauchen deine Hilfe, Juno. Es sind nur noch ein paar Stunden bis zur Zeremonie und wir brauchen hier eine gewisse ... Expertise.«

»Und da fragt ihr ausgerechnet mich?«

»Es ist wichtig. Über den Spiegel kann ich nicht mit dir darüber reden, aber ...«

»Kannst du bitte einfach herkommen?«

Die Stimme jagte einen heißkalten Schauer durch Junos Glieder. Kamika wirkte beherrscht, aber nicht wie sie selbst. Sie hatte gerötete und geschwollene Augen und sah insgesamt sehr müde aus. Als hätte sie eine ebenso ruhelose Nacht verbracht wie Juno.

Die Lyre haderte mit sich. Es war nicht fair, dass sie Kamika benutzten, um Juno zu überreden. Aber es funktionierte. Schon die Aussicht darauf, mit der Windwächterin im selben Raum sein zu dürfen, reichte ihr, insbesondere, wenn es Kamika selbst war, die Juno darum bat. Ungeachtet des eigentlichen Grunds. Sie kniff für einen Moment die Augen zusammen. »In Ordnung, ich mache mich auf den Weg.«

»Tari ist schon unterwegs zu dir. Sie wird dich herbringen.«

Für eine Sekunde blickten sie sich an, dann wandte Kamika sich rasch ab. Juno wischte verärgert über den Spiegel und stampfte die Stufen hinunter.

»Wo willst du hin?«, fragte Akko, der augenblicklich aus dem Pausenraum gelaufen kam, kaum dass er Juno vorbeigehen sah. Er wirkte überanstrengt, seine Haut war fahl und die Bandage auf seiner Nase tat ihr Übriges, um den derangierten Anblick des Mannes abzurunden.

»Ich wüsste nicht, was dich das angeht«, hielt Juno dagegen.

»Irgendwann müssen wir darüber reden.«

»Warte besser nicht darauf«, gab sie kaltschnäuzig zurück und verließ die Bibliothek ohne Akko eines Blickes zu würdigen. Er versuchte an sie heranzukommen, aber die beiden Gardisten hielten ihn unnachgiebig auf Abstand. Als er den weißen, heute reiterlosen Greif, im Hinterhof sah, gab Akko es schließlich auf. Tari putzte sich gerade einen Flügel. Sie hob den großen Vogelkopf mit dem scharfen grauen Schnabel, als Juno an sie herantrat.

»Guten Tag, Tari. Wie ich höre, ist sehr viel los im Turm. Du weißt nicht zufällig, was da vor sich geht?« Der Greif stieß einen hohen Schrei aus, der Juno durch Mark und Bein ging. Tari neigte ohne Aufforderung den Oberkörper und die beiden Gardisten halfen ihrem Schützling in den Sattel. Sie nickten Juno wortlos zu und machten sich ihrerseits bereit in den Wolkenturm zurückzukehren.

Juno hatte sich kaum in dem Sattel zurechtgerückt und die Lederriemen ergriffen, da schwang sich Tari auch schon in die Luft. Ihre Finger verkrampften sich um den goldenen Sattelknauf. Es war das erste Mal, dass sie alleine auf einem Greif saß, und das für sich genommen machte sie schon nervös. Ohne Kamika hier zu sitzen, die sie für gewöhnlich im Sattel hielt, machte sie darüber hinaus wehleidig. Als ob das Greifweibchen zu der Entscheidung gekommen wäre, dass Junos Unbehagen noch gesteigert werden musste, vollführte Tari einen kraftvollen Schlenker und Juno rutschte seitlich etwas aus dem Sattel. Sie quiekte in heller Panik und umklammerte den Knauf noch fester, während sie versuchte, sich wieder richtig in den Sattel zu hieven. Tari keckerte und schien sich über die ungleichmäßige Gewichtsverteilung zu beschweren.

»Gib nicht mir die Schuld! Was machst du auch so ruckartige Bewegungen?«, keuchte Juno und versuchte einmal mehr hochzukommen. Doch ihr Schwerpunkt war zu weit verlagert, sodass sie drohte weiter abzurutschen und sich nun wie ein Klammeraffe vorkam. Vor ihrem geistigen Auge spielte sich eine Szene ab, in der sie dem Boden entgegensegelte und mit einem unschönen *Platsch* zu einem expressionistischen Fleck auf dem Pflaster wurde, als sie plötzlich zurück in den Sattel gehoben wurde. Juno stöhnte. Sie bildete sich ein zu spüren, wie sich zwei Arme um ihre Taille legten, wie sie fest in den geschwungenen Sitz gedrückt wurde. Sie spürte die Hände auf ihren eigenen ganz genau, doch sie waren nicht zu sehen. Automatisch warf sie einen Blick über die Schulter, doch es war wirklich niemand da. Dennoch, das Gefühl blieb. War das Kamikas Magie? War sie hier, ohne hier zu sein? Junos Gedanken drehten sich im Kreis und sie hatte Mühe ihre Gefühle im Zaum zu halten.

»Bist du bei mir?«, flüsterte sie. Doch niemand antwortete ihr. Kummer und Sehnsucht schienen auf diesem Flug ihre einzigen Begleiter zu sein.

Der Turm kam glücklicherweise schnell näher und Tari begann den Sinkflug, kaum dass Juno sich an die schweigsame Reise gewöhnt hatte. Mit einem sanften Ruck setzten sie auf dem Hof vor dem Haupteingang des Turms auf, wo Erigen die Lyre und Reon den Greif erwartete. Junos unsichtbare Begleitung löste sich in Luft auf und ihre Augen suchten gänzlich umsonst die Umgebung ab.

»Sei mir gegrüßt, Juno.«

Sie wandte sich dem Feuerwächter zu. »Ewig nicht gesehen, Erigen. Wie lange ist es her? Drei, vier Stunden? Was erwartet mich denn Aufregendes?«

»Ein ziemlich großer Scheißhaufen, wenn ich es mal so bildlich ausdrücken darf«, sagte er mit einer Grabesstimme.

»Ist etwas mit Kamika?«

»Nein. Ihr geht es gut. Na ja, besser«, korrigierte er sich. »Komm, ich bringe dich rauf zu den anderen.«

Er begleitete sie in den Turm und wirkte ungewöhnlich bitter. Seine natürlich gebräunte Haut erschien ein wenig blasser, als sie es üblicherweise war. Wenn Erigen etwas aus dem Gleichgewicht gebracht hatte, dann war es vielleicht angebracht, sich ernsthaft Sorgen zu machen.

Das weitläufige Zuhause der Shi empfing Juno wie ein vertrauter Freund. Es war gerade einmal einen Tag her, da ist sie noch in diesem Turm und in Kamikas Armen aufgewacht. Wie schnell sich die Dinge ändern konnten. Es kam ihr vor, als sei es eine Ewigkeit her.

Sie stiegen auf die Schwebeplattform, die sie in Windeseile bis in die Spitze des Turms brachte. Es war die Ebene, auf der Sofia wohnte, und genau dorthin bewegten sie sich nun. Als die beiden näher heran waren, hörte Juno schon die Stimmen, die hinter verschlossener Tür gedämpft miteinander sprachen. Sie nahm ihren Mut zusammen und versprach sich selbst, stark und ungebrochen vor ihre Geliebte zu treten. Sie nahm einen letzten tiefen Atemzug, bevor sie sich der Situation stellen musste.

»Bereit?«, fragte der Feuerwächter.

»Nein«, antwortete Juno ehrlich.

Erigen öffnete dennoch die Türen zu Sofias Gemächern. Die Wächter standen im Empfangsraum, *dem Wohnzimmer*, wie Juno es schlicht genannt hätte, und blickten betrübt drein.

»Woher kommt diese unglückselige Stimmung? Wo ist Sofia?« Sie war überrascht, wie gelassen sie klang.

»Sie ist tot«, sagte Lorden erschüttert und Junos aufgesetzte Nonchalance war dahin.

»Was?«

»Die Garde hat sie vor einer Stunde gefunden. Sie ist bereits seit zwei Nächten tot und wir haben ihre Abwesenheit nicht einmal bemerkt. Es gab einen Disput vor zwei Wochen und ich dachte, sie hat nun wieder eine ihrer Phasen, in denen sie sich einschließt und alles und jeden ignoriert.« Der Wasserwächter klang zutiefst betroffen. »Wie konnte es mir entgehen, dass sie nicht einmal im Turm war?«

»Aber ... Wie? Warum?«, stotterte Juno und ließ sich auf einen der Sessel sinken.

»Jack«, beantwortete Erigen die Frage.

Juno stockte der Atem. »Das kann doch nicht sein. Wie hätte er sie hier in die Finger bekommen können? Wird der Turm denn nicht durch eine Menge Bannzauber geschützt?«

»Sie hat sich mit ihm getroffen. Draußen in den Gärten, nicht im Turm. Sie lag zwischen den Büschen. Er hat sie dort versteckt.« Kamikas Stimme tönte ohne Höhen und Tiefen aus einer Zimmerecke zu ihr herüber. Junos Herz verkrampfte sich.

Nicht jetzt. Nicht jetzt! Reiß dich zusammen!

»Warum sollte sie das tun?«

»Weil sie eine Affäre hatten, offensichtlich«, gab die Wächterin trocken zurück, während sie aus einem der Fenster hinausblickte.

»Wieso genau ist das so offensichtlich? Weil sie Terranerin war oder weil jetzt alle heimliche Affären haben? Entspricht das nicht für gewöhnlich auch deinem Stil?«, blaffte Juno, bereute es aber sofort.

Doch Kamika ignorierte die harschen Worte und zuckte nicht einmal mit der Wimper. »Er hat ... *Spuren* hinterlassen.«

»Das sagt doch nicht, dass sie ihn kannte!«

»Dass sie seit sieben Wochen sein Kind in sich trug schon.«

Juno klappte die Kinnlade runter. »Du machst Witze.«

»Schön wär's«, sagte Kamika zynisch.

»Vielleicht war es gar nicht seins. In diesem Turm laufen viele Männer herum.« Juno schaute reflexartig zu Erigen, der sich sogleich vorkam, als hätte sie ihn vor versammelter Mannschaft kräftig geohrfeigt.

»Was siehst du mich an?«, empörte er sich und hob abwehrend die Hände.

»Jeder Mann in diesem Turm hätte gewusst, wie er eine planlose Schwangerschaft verhindert, Kin Juno. Ich persönlich habe Sofia schon kurz nach ihrer Ankunft erklärt, wie sie die Magie nutzen muss, um sich selbst davor zu schützen. Sie wusste vermutlich nicht, dass Jack ein Stummer ist und die Magie bei ihm nicht wirken würde«, erklärte Kassia.

»Es besteht also kein Zweifel?«

»Die Heiler haben Sofia und den Fötus untersucht. Es ist ohne Zweifel das Kind eines Stummen.«

»Aber ihr seid nicht ganz sicher, dass Jack der Vater ist?«

»Meine Güte, Juno, es gibt nicht gerade viele Stumme auf Brïn, die mit einem Messer wedeln«, fauchte Kamika nun deutlich gereizt.

»Aber der Ripper ist Terraner!«

»Ist er nicht.«

Juno presste die Lippen aufeinander und bemühte sich um Gelassenheit. »Aber die Frauen in London ...«

»Es ist derselbe Mann, nur ist er eben ein Brïnai. Er ist zwischen den Welten gereist.«

Juno schwieg eine Weile und versuchte die neuen Informationen zu verarbeiten. »Hat er Sofia umgebracht, weil sie schwanger war?«

»Das wissen wir nicht. Es wäre möglich«, sprach Kassia.

»Das ist furchtbar«, stellte Juno fest und ging zu einem der anderen Fenster. Sie brauchte frische Luft. »Sie hat sicher nicht gewusst, wer er in Wirklichkeit gewesen ist, nicht wahr? Sonst hätte sie euch doch etwas gesagt.«

Kamika zuckte gleichgültig die Schultern und auch die anderen Wächter wussten nicht, was sie sagen sollten. Sie waren sich nicht mehr sicher, ob sie überhaupt wussten, wer Sofia gewesen war.

»Wir haben jetzt erst einmal ein anderes Problem«, sagte Lorden müde.

»Noch eines? Wie könnte die Lage jetzt *noch ernster* werden?«

Lorden rieb sich mit hängenden Schultern die Augen. »Die Magie der Edana ist verschwunden. Sie war weder in Sofias Körper, noch ist sie in die magischen Adern von Brïn zurückgekehrt. Sie hat sich auch mit keinem neuen Menschen verbunden. Deswegen haben wir Sofias Tod auch nicht gleich bemerkt. Normalerweise spüren wir es, wenn eine neue Verbindung hergestellt wird oder eine alte zerbricht. Zumindest wenn sich die Edana auf Brïn befindet. Wir müssen herausfinden, ob sie je im Besitz der Magie der Edana war oder ob der Anker auf Terra verloren gegangen ist.«

»Und dabei soll ich euch helfen können?«, fragte Juno zweifelnd.

»Wir haben ihr Tagebuch gefunden, aber sie hat es in einer uns fremden Sprache geführt. Vielleicht hilft uns das, was darin steht, weiter.« Lorden griff nach einer handlichen schwarzen Kladde auf der Kommode und reichte sie an Juno weiter. »Es ist in einer der terranischen Sprachen verfasst. Deswegen brauchen wir deine Hilfe. Aber, Kin Juno, es ist wichtig, dass du das alles hier erst einmal für dich behältst. Niemand darf erfahren, dass Sofia tot ist.«

»Sicher.« Juno nahm das Buch und begann zu blättern. »Englisch. Nicht meine Muttersprache, aber eine, die ich kenne. Glück für euch. Mal sehen, was sie zu erzählen hat.« Juno begann still für sich zu lesen und die Wächter warteten ungeduldig.

Der Text war ziemlich altertümlich, die Sprache klang holprig und steckte voller Fehler. Aber Juno konnte genug entziffern und augenblicklich legte sich ihre Stirn in Falten. Beleidigungen, Neid und Wut steckten in jeder Zeile. Sie konnte kaum glauben, was in dem Kopf dieses Mädchens vorgegangen war. Wie konnte ein so junger Mensch bereits derart finstere Gedanken haben? Juno versuchte, nur die wichtigen Stellen zu finden und sich nicht anmerken zu lassen, was ihr bei diesen Worten alles an Gefühlen entgegenschlug. Zu ihrem persönlichen Schrecken tauchten sowohl Kamikas als auch Junos Name an etlichen Stellen auf und was sie dort aufschnappte, war alles andere als beruhigend. Sie überflog die Seiten und versuchte nur auf bestimmte Stichworte zu achten.

»Sie beklagt sich immer wieder, dass sie die Quelle nicht hören konnte. Die Magie von Brïn hat sie verstoßen, weil sie ...« Ein kollektives Raunen ging durch den Raum. Juno las ein Stück weiter und wurde kreidebleich.

»Weil sie was?«, verlangte Kamika zu erfahren. Süße, schöne, verärgerte Kamika. »Was steht da?«

»Es ist nichts. Sie war jedenfalls nicht mit der Magie verbunden.«

»Du bist eine schlechte Lügnerin.«

»Auf einmal?«, fragte Juno und blickte Kamika herausfordernd an. Mit Mühe verdrängte sie die aufschäumenden Gedanken. Das hier war nicht der Moment, um sich mit Kamika auszusprechen. Aber die Wächterin schien auch so zu begreifen, was Juno auf der Zunge lag und schaute wieder aus dem Fenster. Juno nahm sich einen Moment, um wieder zur Ruhe zu kommen. Sie hasste es, wenn die Wahrheit derart unschön war wie in diesem Fall. Die nächsten Worte rannen wie brennendes Gift über ihre Zunge. »Es war Sofia. Sie hat Edana Zolana ermordet.«

»Nein!« Kamika begehrte so unerwartet laut auf, dass nicht nur Juno sich erschreckte. Ihre Faust knallte gegen die Wand und hinterließ feine Risse im Gemäuer. Sie lehnte stumm mit der Stirn an dem weißen Stein und gab wimmernde Laute von sich. Die Windwächterin wirkte ausgelaugt. Erigen eilte zu ihr und legte eine Hand auf ihre Schulter. Juno wünschte sich, sie könnte Kamika in den Arm nehmen und sie trösten, ihr sagen, wie leid es ihr tat.

»Ich habe euch gesagt, dass sie etwas verbirgt. Ich habe es euch immer wieder gesagt! Ihnen ist nicht zu trauen. Die Terraner sind schlecht«, raunte sie Erigen müde zu.

Doch Junos Ohren waren gut genug. Tränen stiegen in ihr auf. Sie kämpfte sie zurück. Keine Schwäche. Nicht vor den Shi, nicht vor Kamika.

»Wenn Sofia Zolana ermordet hat, dann war nie jemand anderes in dem Zimmer. Die Magie hat Sofia nie erwählt und die Perle ... Wo *ist* die Perle?«, fragte Erigen an Lordens Stelle. Der Wasserwächter hatte sich auf einen Stuhl fallen lassen und hielt die Augen geschlossen, während Kassia tröstend auf ihn einredete.

Juno sah zu Erigen. »Perle?«

»Ein magisches Artefakt, das die erste Edana mit ihren Shi erschaffen hat. Ein Ersatzanker für die Magie, damit sie nicht auf einem fremden Planeten verloren geht, falls einer von uns stirbt. Das Artefakt der Edana ist eine Perle.«

»Ich habe die Magie an Sofia wahrgenommen«, krächzte Kamika. »Die Perle kann unmöglich auf Terra sein. Aber wenn Sofia sie bloß in ihrer Nähe versteckt hatte ... Zwischen den Kissen des Sofas möglicherweise. Sofia saß direkt davor, als ich sie abgetastet habe. Vielleicht habe ich einen Fehler gemacht.« Kamika raufte sich die Haare. »Bei den Adern, was ist, wenn ich die Perle wirklich auf Terra zurückgelassen habe?«

»Wenn ihr mal kurz aufhören könntet, den Weltuntergang zu beschwören, dann weiß ich vielleicht, wo diese Perle ist.«

Die Shi schauten zu, wie Juno durch das Zimmer in den Nebenraum lief. Sie kniete sich vor Sofias Bett auf den Boden, hob die Matratze erst hier an, dann dort und dann zog sie die kleine vertraute Kristallschatulle hervor. Im Innern schimmerte ein kühles Licht. Juno hob den Deckel ab. Auf der blauen Seide lag die weiße Perle, um die das magische Wasser sprudelte. Sie lächelte bei dem wunderschönen Anblick, der sie für einen Moment alle Sorgen vergessen ließ. Sie ging zu Lorden, kniete sich vor ihn und hielt ihm das Kästchen hin. Sein düsterer Blick klärte augenblicklich auf.

»Hier. Sofia hat sie mir vor einer Weile gezeigt. Es war das letzte Mal, dass ich bei ihr war. Sie hat mich danach nicht mehr sehen wollen und ich durfte niemandem von der Perle erzählen.« Trotz allem, was Sofia getan hatte, schwang etwas Wehmut in Junos Stimme mit. Was hatte Sofia bloß dazu getrieben, all das zu tun?

»Die Magie der Edana.« Lorden klang ehrfürchtig, was Juno sehr merkwürdig erschien.

Die Aufmerksamkeit aller Wächter ruhte nun auf der Schatulle. Behutsam griff Lorden hinein. Er hob das Kleinod heraus. Sie lag in seiner Handfläche und ihre Tropfen sprangen energisch auf und ab. Der Wächter runzelte die Stirn. Er schien intensiv zu lauschen. Eine Abfolge von Emotionen und Bildern strömten auf ihn ein. Die anderen beobachteten ihn ungeduldig und warteten.

»So ist das also«, begann er schließlich. »Die Quelle hat ihre Wahl offenbar schon vor Monaten getroffen und die Nachfolgerin hergebracht.«

»Wen?«, fragte Erigen.

Lordens Blick fiel auf Juno, die sich wieder Sofias Tagebuch zugewandt hatte. »Sie natürlich.«

Alle Köpfe wanderten in Junos Richtung. Sie spürte die Blicke auf sich und wünschte sich sofort mit der Wand verschmelzen zu können.

»Wie bitte?« Juno trat einen Schritt zurück und schüttelte den Kopf. Sie schaute zu Kamika, auf deren Gesicht sich ein Wechselbad der Gefühle abzuspielen schien. Sie stellte sich vor, wie sich Kamika im Geiste für ihre Weitsicht und ihr berechtigtes Misstrauen gegenüber der Terranerin lobte, die alles von langer Hand geplant haben musste. »Das ist eine wirklich ganz blöde Idee. Nein. Ich lehne ab, Shi Lorden.«

»Du lehnst ab?«, fragte er völlig fassungslos. »Wir haben keine Zeit dafür. Die Perle fragt ganz deutlich nach dir, Juno. Ein sehr intensives Gefühl. Immer wieder dein Bild. Hier, sieh selbst.« Er ging rasch auf sie zu, griff nach Junos Hand, bereit, die Perle in die Handfläche der Lyre fallen zu lassen. Er spürte den plötzlichen Luftzug. Jemand packte ihn fest am Unterarm.

»Tu das nicht, Lorden. Es könnte sie umbringen«, sagte Kamika unerwartet sanft.

»Nicht wenn Brïn sie erwählt hat.«

»Sie ist keine Magierin. Sie ist nur eine Lyre. Was ist, wenn ihr Körper nicht damit fertig wird? Du hast doch gesehen, was in Bados mit ihr passiert ist.«

»Juno«, sagte Lorden, »dir kann nichts passieren. Das Fortbestehen meiner ganzen Welt hängt davon ab, dass du diese Perle nimmst. Lass sie mit dir sprechen.«

»Hör auf damit!«, ging Kamika ihn an und während die Wächterin ihn mit einem vorwurfsvollen Blick bedachte, griff Juno wie fremdgesteuert nach der kleinen weißen Kugel.

»Juno!«

Kamikas angsterfüllte Stimme verblasste augenblicklich und verlor sich in einem entfernten Echo. Die Welt wurde farblos. Die Zeit schien einzufrieren. Juno sah Kamikas furchtvollen Blick, die ausgestreckten

Hände, den erstickten Ruf, der zwischen ihren halb geöffneten Lippen gefangen blieb.

Kapitel 52: Der Geist und die Quelle

Hoshide, Tag 6, 11'384 n. S.

Eydwall, Ideris

Juno sieht sich um. Es ist derselbe Ort, aber die Wände sind nun unsichtbar und scheinen einer endlosen Weite gewichen zu sein. Die Wächter stehen reglos vor ihr, eingefroren in der Zeit. Der Boden dagegen ist ein wabernder Nebel und Juno lauscht aufmerksam, hört das leise Säuseln unserer Stimmen wie das schwache Plätschern eines Bachs.

»Hallo?«, ruft sie. »Ist da jemand?«

»Willkommen, Kin Juno«, antworte ich und trete hinter ihr aus dem Nebel. Juno fährt zu mir herum und starrt mich unsicher an. Sie sieht einen glasigen Geist vor sich und viele schemenhafte Gestalten hinter mir. Ihr Blick ist wachsam und späht die Umgebung aus. Ich versuche ihr ein vertrauensvolles Lächeln zu schenken. »Weißt du, wer ich bin?«, frage ich sie. Sie wirkt zunächst unsicher, dann sehe ich, wie die Erkenntnis in ihre Augen tritt. Das Band zwischen uns ist gespannt.

»Du bist Edana Zolana.«

»Es ist schön, endlich mit dir reden zu können.«

»Warum bin ich hier, Edana? Was will die Magie von mir?«, fragt sie und klingt dabei etwas verunsichert.

Sie ist nicht glücklich darüber auserwählt zu sein, es schüchtert sie vielmehr ein. Das ist nicht schlimm. Bescheidenheit ist keine schlechte Eigenschaft für eine Edana.

»Du sollst meine Nachfolgerin werden.«

»Dafür bin ich die Falsche. Wirklich ganz falsch.«

»Die Magie irrt sich nicht.«

»Vielleicht aber doch! Was passiert, wenn ich ablehne?«

Ich zögere eine Sekunde lang. Die Dinge sind nicht sehr gut gelaufen. Sie war zu lange von der Magie getrennt und hat in der Zwischenzeit mehr erlebt, als gut war. »Dann wird sich nichts für dich ändern und du kannst dein Leben wie bisher weiterführen.«

»Kannst du mich nach Hause zurückschicken?«, fragt sie und ich bin mir nicht sicher, ob sie die Antwort wirklich hören will.

»Wenn das dein Wunsch ist.« Ich sage ihr nicht, dass ihr Leben auf Terra in Kürze enden würde. Eine Spur von Gewissensbissen streift mein ehemaliges Ich, doch ich muss es beiseiteschieben. So ist das Gesetz der Magie. Wir nehmen nur die Sterbenden mit, sonst verändern wir zu viel. Ich könnte ihr sagen, dass dort nur der Tod auf sie wartet, doch ich schiebe diese Information auf. Sie soll sich frei für das entscheiden können, was sie wirklich will.

Ich spüre die Geister hinter meinem Rücken unruhig werden. Wenn ich mich in Juno getäuscht habe, dann bleibt vielleicht nicht mehr genug Zeit um Brïn zu beschützen. Doch auch das darf ich Juno nicht sagen. »Willst du denn wirklich zurück? Du könntest hier auf Brïn eine neue Heimat finden«, füge ich stattdessen an.

»Nein, das könnte ich nicht. Schon gar nicht als neue Edana.«

»Warum sagst du das?«, frage ich sie und sehe, wie sich ihre Stirn wölbt und ihr ganzer Körper zappelig wird. »Geht es um Kamika?«

Juno sieht mich erschrocken an, dann nickt sie beschämt. Sie weiß, dass das Schicksal einer ganzen Welt über ihren Gefühlen für Kamika stehen sollte. Aber es ist eben nicht das, was sie fühlt. Im Augenblick ist es nur diese eine Frau, die für sie die Welt ausmacht und alles andere tritt dabei in den Hintergrund.

»Nach dem, was passiert ist, Zolana, wird sie mir niemals vertrauen, wenn ich nun auch noch die Magie der Edana an mich binde.«

»Unsinn. Kamika braucht dich.« Ich klinge wie eine Mutter, die ihr Kind belehrt, und wundere mich über mich selbst.

Juno lacht zynisch. »Sie braucht niemanden. Sie ist stark und störrisch und ...«

»Unglücklich«, unterbreche ich sie. »Kin Juno, du hast alles, was eine gute Edana braucht und du wärst eine wundervolle Partnerin für die Wächter. Sie alle brauchen dich. *Besonders* Kamika.« Hinter mir höre ich Midori und die anderen. Sie sind nicht wirklich verärgert, weil sie keinen Ärger mehr empfinden, aber sie missbilligen, dass ich mich mit Details aufhalte, die sie als belanglos einstufen. Ihnen fehlt jeder Sinn für Romantik. Ich weiß, dass ihnen Kamikas Wohlbefinden nicht wichtig erscheint. Sie haben andere Prioritäten und eine Shi ist ersetzbar. Doch ich habe etwas gut zu machen an meiner Wächterin der Winde. Meiner Freundin.

»Die Dinge sind ein wenig kompliziert, Zolana.«

»Sind sie das nicht immer?«

Ich kann Junos Gedanken innerhalb der Sphäre hören. Für den Moment sind wir alle Eins, Teil des kollektiven Geists der Quelle. Sie denkt daran, wie es sein wird Kamika zu verlassen und in ihr altes Leben zurückzukehren. Ein Leben, das es kaum noch wert erscheint gelebt zu werden. Nicht, nachdem sie diese wundervolle, in ihren Augen ganz und gar perfekte Frau kennengelernt hat. Es ist nicht so, dass sie völlig verblendet wäre. Sie kennt Kamikas Schwächen, die Narben auf ihrer Haut, die Launen und Unsicherheiten, all das, was eben nicht perfekt ist. Aber Juno findet jeden Makel und jede ihrer Marotten liebenswert. Es sind Dinge, die Kamika zu dem Menschen machen, den Juno liebt. Es schnürt mir für einen kurzen Moment die Kehle zu, als ihre Emotionen mich berühren. Sie weiß, dass sie es sich nie wird verzeihen können, wenn sie fortgeht, auch wenn hierzubleiben vielleicht bedeutet, dem Schmerz täglich neu zu begegnen.

»Was soll ich bloß machen?« Juno reibt sich die Schläfen und schickt ein stummes Flehen hinaus in die Unendlichkeit. Sie erwartet keine Antwort. Ihre Verzweiflung ist beinahe greifbar.

»Hab Vertrauen. Du bist ein Geschenk für Kamika. Sie muss nur noch lernen, es anzunehmen«, versuche ich es und erkenne sofort, dass es ein Fehler war, das zu sagen.

»Ich bin kein Ding, das man verschenken kann!«, schimpft sie verärgert. Der Ausruf ist sinnlos, aber er verschafft ihr etwas Erleichterung, in einer Situation, die sie glaubt, nicht kontrollieren zu können.

»Ist sie denn für dich nicht auch eines?« Sie kann mir nicht widersprechen, auch wenn sie es gerne tun würde. Ich muss sie dazu bringen jetzt die richtige Wahl zu treffen und ihre Bestimmung anzunehmen. »Kamika verliert all ihr Vertrauen in sich selbst, Juno. Sie ist so verloren, wie du es vor gar nicht langer Zeit selbst warst. Du weißt, wie sich das anfühlt, nicht wahr? Wenn es so weitergeht, wird sie bald auch ihre Gabe über den Wind zu herrschen einbüßen und sie wird sich unwiderruflich selbst zerstören. Eine andere Edana hätte unsere Heimat ebenfalls beschützen können, Juno, aber nur du kannst gleichzeitig auch Kamika retten. Sie braucht jemanden. Sie hat es verdient, Liebe zu finden und es ist nun einmal so, dass sie *dich* liebt.« Ich lege eine leise Bitte in meine Stimme und betone vor allem den letzten Teil.

»Tut sie das?«, murmelt sie nun gedankenverloren und beißt sich auf die Unterlippe. Sie geht zu Kamika, meiner in der Zeit erstarrten, stolzen Wächterin, unter deren harter Schale sich ein verwundetes Reh verbirgt. Reglos steht sie da und Juno sieht sie nachdenklich an. Sie streicht ihr zärtlich über die Wange und dann küsst Juno sie leicht auf die Lippen. Wieder streifen mich ihre Emotionen. Warm und weich. Nah und fern. Sie blickt auf die Perle in ihrer Handfläche und ihr Inneres ist ein wirbelnder Strom, der sich für keine Richtung entscheiden kann. Sie schaut in Kamikas Augen. Eine Sekunde lang, zwei, drei ... Plötzlich wird sie ruhig. Der Tumult in ihr verebbt zu einem stillen See. Sie trifft ihre Entscheidung.

Die Geister geben einen Laut der Erleichterung von sich, als sie Junos Gedanken vernehmen.

»Bist du bereit?«, frage ich meine Nachfolgerin rein der Form halber.

»Zolana, ich habe überhaupt keine Ahnung von dem, was mich erwartet. Niemand hat mich darauf vorbereitet Edana zu werden. Was ist, wenn ich etwas falsch mache? Wenn der Schild nicht hält, wenn ...«

»Du wirst nicht alleine sein. Die Shi werden dir helfen und du hast dir schon so vieles selbst angeeignet. Alles andere kommt mit der Zeit.«

Juno nickt. Sie will stark sein. Nicht unbedingt für ganz Brïn, aber für Kamika.

Es ist genug für den Anfang. Ich sehe nun tief in sie hinein und versuche zu erkennen, was ihr stiller Wunsch ist, welche Gabe ihr zuteilwerden wird. Die Magie interpretiert unsere Wünsche immer sehr großzügig, aber doch mit Bedacht.

Jetzt sieht Juno mich plötzlich aufmerksam an und für einen Moment glaube ich, dass sie über den goldenen Schimmer in ihrer Aura Bescheid weiß, dass sie meine Gedanken gehört hat. Sie blinzelt, als sei sie gerade aufgewacht und ich sehe, wie sich ihre Gabe vor mir entfaltet. Hell und gleißend. Wahrheit. Ein Schwert mit zwei Schneiden.

»Ich möchte, dass meine Freunde in Sicherheit sind. Bramas, Silka, die Shi«, sagt sie nun. Sie ahnt nicht einmal, was gerade passiert ist.

»Dann wirst du dafür sorgen, dass sie es sein werden. Darf ich dich um einen Gefallen bitten?«, frage ich und schäme mich für die schwere Melancholie in meiner Stimme.

»Natürlich.«

Ich trete dicht an Juno heran und berühre sie mit den Fingern über dem Herzen. Ein Bild wechselt von mir zu ihr. Ein Gedanke und eine Erinnerung, ein Abschied. »Würdest du ihm das geben?«

Juno nickt und schluckt den schweren Kloß in ihrem Hals hinunter. Sie spürt es inzwischen stärker als ich. Für wenige Sekunden ist sie Lordens Frau, nicht ich. Habe ich schon so viel von mir selbst verloren, dass sie meine Gefühle für Lorden stärker empfindet als ich?

Unerwartet blinzelt sie die fremden Bilder fort und studiert mich argwöhnisch. »Was ist, Juno?«

»Du hast ihr wehgetan.«

»Was?«

»Du hast Kamika benutzt und weggeworfen. Deinetwegen hat sie nie wieder jemanden an sich herangelassen.«

Wäre ich noch sterblich, wäre mir nun die Farbe aus dem Gesicht gewichen. »Das sind meine Erinnerungen. Es ist nicht anständig sie ungebeten zu lesen.«

»Du hast ein schlechtes Gewissen, sonst könntest du sie besser verbergen«, antwortet die neue Edana bitter.

Ihre Gabe entwickelt sich schnell und durchleuchtet mich wie eine gläserne Scheibe.

»Warum hast du das getan, Zolana? Du musst doch gewusst haben, was Kamika für dich empfunden hat.«

»Ich habe erst im Nachhinein verstanden, wie viel es ihr bedeutet hat. Wir waren jung und ich war neugierig.«

»Neugierig!«

Juno erinnert sich an den Moment auf dem Balkon, ich kann es in ihren Gedanken sehen. Oh, wie wütend sie plötzlich auf mich ist.

»›Manchmal sind sie neugierig‹ – das hat Kamika gesagt. Aber sie hat nicht von Frauen im Allgemeinen gesprochen, nicht wahr? Sie meinte eigentlich nur dich.«

»Es tut mir leid.«

»Das ist etwas, das du ihr hättest sagen müssen, nicht mir. Du hast nicht einmal mit ihr darüber gesprochen. Bist einfach gegangen und hast sie mit ihren Fragen allein gelassen.«

Ich spüre, dass sie wegwill. Was auch immer ich ihr jetzt noch sagen könnte, sie will es nicht hören. Die Geister hinter mir werden ebenfalls ungeduldig. Es wird Zeit mich zu verabschieden, um das Leben den

Lebenden zu überlassen. Ich nicke Juno zum Abschied zu und trete zurück in den Nebel. »Ich wünsche dir eine frohe und lange Amtszeit, Edana Juno.«

»Lebe wohl, Zolana.«

Ihr Tonfall ist scharf. Sie wird eine furiose Beschützerin Brïns sein, dabei wirkt sie auf den ersten Blick so sanft und verwundbar. Juno schaut nun auf die plätschernde Perle in ihrer Handfläche. Sie hat jetzt keine Zweifel mehr. Sie ist so wütend auf mich, dass sie alles tun würde, um den Schmerz, den ich hinterlassen habe, wiedergutzumachen. »Ich akzeptiere deine Wahl«, höre ich sie mit Überzeugung sagen und spüre das Ziehen an meinem ganzen Wesen, als sich die Macht der Quelle verlagert. Endlich.

Das Wasser der Perle wird schnell zu einer Flutwelle, die Juno mit sich reißt und sie ganz und gar verschlingt. Sie empfindet Furcht und spürt, wie ihr Körper in tausend Teile zerrissen wird und ihr Verstand in unendlich viele Splitter zerbricht. Sie hört Millionen von Stimmen in ihren Gedanken, sieht ganz Brïn und fühlt die Magie, die in ihrer neuen Heimat wie ein fein verwobenes Netz ruht. Sie sieht den Planetenschild, der während meiner Abwesenheit etliche kleine und ein paar große Löcher bekommen hat. Sie betritt hundert Portale und ist überall zugleich. Sie ist das Licht der Sonne, der Wind in den Wolken, die Stille des Wassers und das lebendige Krabbeln im Erdreich. Sie will schreien und ist für den Augenblick ja doch kein Mensch mehr, der schreien kann.

Dann wird es ganz plötzlich still und sie ist wieder sie selbst. Aber sie ist auch viel mehr als zuvor. Sie versteht nun ganz viele neue und doch alte Dinge. Sie hat das Gefühl angekommen zu sein. Ich erinnere mich sehr gut daran, wie es war, als die Quelle sich mit mir verband. Es war ein überwältigender Moment gewesen und ich sehe jetzt die tiefe Freude auf ihrem Gesicht Form annehmen.

Juno atmet erleichtert durch ihre Lippen aus und schlägt die Augen auf. Dann spürt sie die wilden Portale, die sie versehentlich zu allen acht Planeten geöffnet hat. »Oh, Schande«, höre ich sie noch trocken sagen und einer der Geister lacht lauthals über diese lakonische Zusammenfassung der Situation. Vielleicht steckt in uns doch noch mehr Leben, als ich dachte.

•••

Die Farben kehrten zurück und der Nebel verschwand. Zolana verblasste. Nur ein dünner Schleier zog sich von ihr in die nackte Perle, bis sie und die übrigen Geister nicht mehr zu sehen waren.

Die Zeit begann wieder zu ticken. Die Shi blinzelten desorientiert. Kamika fasste sich an die Lippen und runzelte fragend die Stirn. Sie stand vor Juno, in deren Adern das Licht der Magie pulsierte. An einzelnen Stellen ihres Körpers hing das Licht noch in Form kleiner leuchtender Flusen an ihr.

»Juno, die Perle! Lass sie los!«

Aber Juno schüttelte nur sanft den Kopf. Sie öffnete die Finger. Die Perle war nur noch eine Perle, doch dafür war Juno erfüllt, voller Energie und neuer Sinneseindrücke. Sie spürte die Adern der Quelle in jedem Korn, jedem Blatt, jedem schlagenden Herzen. Sie spürte auch Kamikas Herzschlag und sie sah die Magie des Windes in ihr, wie sie sich beinahe verzweifelt an die Wächterin klammerte. Zolana hatte die Wahrheit gesagt. Kamikas Verbindung zur Windmagie war wirklich in Gefahr.

»Edana«, stammelte Kamika halb erstickt und wich unschlüssig einen Schritt zurück. Lorden verneigte sich vor Juno, Erigen und Kassia folgten ihm nur einen Atemzug später. Nur Kamika stand vor ihr und sah sie mit unruhigen Augen an. Sie war durcheinander. Sie brauchte einen Moment, dann verneigte auch sie sich.

»Würdet ihr bitte damit aufhören«, sagte Juno und warf die Arme in die Luft. Die neue Edana schüttelte sich wie ein nasser Hund und straffte sich. »Da klafft ein gewaltiges Loch im Schild über der unteren Antaris«, sagte sie.

Lorden nickte. »Fühlst du dich bereit für die Zeremonie?«

»Ich bin nicht sicher, was genau ich tun muss.«

»Wir erklären es dir und führen dich, Edana Juno.«

Juno zuckte unwillkürlich zusammen. »Lorden, kannst du mich bitte nicht so förmlich ansprechen? Das ist wirklich merkwürdig für mich, in Ordnung? Ich bin weiterhin ich und will nicht anders behandelt werden als bisher.«

»In Ordnung.« Er lächelte ihr aufmunternd zu. »Du kannst dich noch eine Weile ausruhen. Wir kümmern uns derweil um die Vorbereitungen.«

Die Shi kamen in Bewegung. Später bliebe noch genug Zeit, um die neue Edana gebührend zu feiern und sie den Brïnae vorzustellen. Wenn der Schild erneuert war und dieser viel zu ereignisreiche Tag endlich ein Ende fand.

Die neue Edana betrachtete Sofias Buch, das sie irgendwann während ihres Aufenthalts in der Quelle fallen gelassen haben musste. Sie hob es auf und nahm sich vor, es bald zu lesen. Das ganze Ding. Sie wollte wissen, wer Sofia wirklich gewesen war, was das Mädchen vielleicht über Jack gewusst hatte. Aber sie fürchtete sich auch vor dem, was in dem Buch stand. Der kurze Einblick hatte ihr eine Seite von Sofia gezeigt, die Juno nicht für möglich gehalten hätte, ganz gleich, wie unfreundlich das Mädchen manchmal gewesen war.

Die Shi strebten nacheinander dem Ausgang zu, doch Juno hielt Lorden schnell am Arm zurück und Kamika blieb mit etwas Abstand hinter ihnen stehen. »Lorden.«

»Ja?«

Juno verdrängte für einen Moment ihren Ärger über Zolana. Sie berührte Lorden mit den Fingern über dem Herzen, ganz so wie Zolana es bei ihr getan hatte. Die Erinnerung wechselte von Juno zu Lorden. Für einen Moment wirkten sie sehr vertraut miteinander. Ein Ausdruck der Freude trat in seine Züge. Er schaute Juno beinahe verliebt an, trat sogar ein wenig dichter an sie heran und hob die Arme, als wollte er ihr Gesicht in die Hände nehmen. Er fasste sich jedoch schnell wieder und lachte verlegen.

Juno lächelte zurück. »Sie ist jetzt ein Teil der Quelle.«

»Danke«, erwiderte Lorden und dann küsste er sie lange Sekunden auf die Wange, ehe auch er durch die Tür verschwand.

»Was hatte das zu bedeuten?«, fragte Kamika, die ihre Eifersucht unter einer Miene der Gleichgültigkeit zu verbergen versuchte. Endlich waren sie alleine und Juno war ein wenig erleichtert, diese eindeutige Emotion im Gesicht ihrer Geliebten zu sehen. Es war noch nicht alles verloren zwischen ihnen.

»Ein Geschenk von Zolana. Sie wollte ihm Lebewohl sagen.« Kamika wich noch immer ihrem Blick aus. »Für dich hat sie auch eines.«

»Was?«

»Ein Geschenk. Zolana hat auch eines für dich.«

Kamika war nicht interessiert, wirkte müde und kränklich. »Was könnte sie mir geben wollen?«, fragte sie halbherzig.

Juno streckte die Hand nach Kamika aus. Aber die zuckte bloß und biss die Zähne aufeinander. Enttäuscht und voller Sehnsucht ließ Juno die Hand wieder sinken. »Mich«, antwortete sie leise.

Kapitel 53: Neue & alte Ufer

Hoshide, Tag 6, 11'384 n. S.

Eydwall, Ideris

»Heute ist Hoshide, Kamika! Feiere das Leben!«

Er hatte Kamika im Garten am Rande des Sees gefunden, auf einer Bank zwischen hohen Sträuchern, hinter denen sie sich glaubte, verstecken zu können. Sie saß einfach nur da und schaute auf die andere Uferseite, wo die Pagode zwischen den schwimmenden Glasschalen, mit den Kerzen darin, stand. Andere Paare saßen heute in dem hölzernen Bauwerk und erlebten dort vielleicht gerade ihren ersten zärtlichen Moment. Nein, Kamika war ganz und gar nicht nach Feiern zumute. Sie wollte die Zeremonie so schnell wie möglich hinter sich bringen und dann in ihren Räumen verschwinden, bis die Welt sie nicht mehr so sehr forderte.

»Vielleicht beim nächsten Mal, mein Freund.«

»Ah, du bist ein harter Fall. Wo steckt deine Herzdame?«

»Ich weiß nicht, wovon du sprichst.«

»Kamika, ich bitte dich«, tadelte der Wächter seine Freundin.

»Es war nichts Besonderes. Nur ein wenig Spaß und Ablenkung«, sagte Kamika teilnahmslos.

»Du machst mir nichts vor. Mit ihr ist es anders.«

»Unsinn.«

»Hör mir zu!« Erigen hob ermahnend den Finger. So ernst zeigte er sich selten. »Du bist verrückt nach ihr und irgendwo in deinem störrischen Kopf weißt du es. Du hast dein Leben lang nach ihr gesucht und jetzt ist sie endlich hier.«

Kamika lachte verbittert.

»Sie wird nicht ewig auf dich warten. Wenn du töricht genug bist diese Chance kaputtzumachen, dann wirst du es bereuen. Sehr sogar. Und wenn ich mal so ehrlich sein darf, dann hast du es auch nicht besser verdient.«

»Sie hat mich nur benutzt, Erigen.«

»Da irrst du dich.«

»Das kannst du nicht wissen.«

»Willst du auch mich einen Lügner nennen?« Seine Augen flammten für einen kurzen Moment bedrohlich auf. Kamika schluckte und wandte den Blick ab.

»Sie ist immer noch eine Terranerin. Ich könnte sie nie ...«, die Wächterin verstummte.

»Terra ist nur eine Ausrede, ebenso Kin Akkos Anschuldigungen. Du hast Angst, weil sie dir viel bedeutet. Verdirb es dir nicht, verdammt noch mal.«

»Ich habe es längst verdorben.« Sie atmete schwer und vergrub maulend das Gesicht in den Händen.

Ein leises Rascheln unterbrach das Gespräch der Wächter. Sie hoben die Köpfe. Juno stand da, als hätten sie sie heraufbeschworen. Die neue Edana ließ unglücklich die Schultern hängen, als sie Erigen und Kamika sah.

»Und ich Dummkopf denke noch, es ist besser an den See zu gehen, als auf den Balkon.«

Erigen zeigte sein immer schelmisches Grinsen. »Es ist noch nicht zu spät, Schwester.«

»Entschuldigt, ich habe euch wirklich nicht hier erwartet«, beteuerte Juno.

»Wo ist deine Garde, Edana?«

Junos Nase zuckte. »Abgehängt.«

Der Feuerwächter stieß ein bellendes Lachen aus. »Siehst du, Kamika? Wie für dich gemacht! Beide hoffnungslos leichtsinnig.«

»Ich, hm, lasst euch nicht stören.« Juno wurde hektisch, verneigte sich höflich und wandte sich ab.

»Augenblick!«, hielt Erigen sie zurück. »Kamika würde gerne ein paar Worte mit dir wechseln.«

»Wo willst du hin?«, stammelte die Erwähnte kaum hörbar und griff blitzschnell nach Erigens Arm.

»Tatsächlich?«, fragte Juno, die ihre Zweifel hatte.

»Bring das in Ordnung«, zischelte Erigen und gab Kamika einen Klaps auf den Hinterkopf, ehe er sich mit einer knappen Verbeugung vor Juno davonmachte. »Edana.«

»Shi«, erwiderte sie den Gruß zaghaft und sah ihm einen Moment nach. Sie würde eine ganze Weile brauchen, um sich an ihren neuen Titel zu gewöhnen.

Kamika saß wie versteinert auf der Bank. Sie hätte gut mit ihr verwachsen sein können, dachte Juno, und fühlte sich plötzlich auf eine ungute Weise sehr nackt. »Hm, ich kann mir ein anderes stilles Plätzchen suchen. Ich wusste bloß nicht wohin. Sofias Apartment ... *Mein* Apartment ... ich kann es einfach nicht ertragen, dort zu sein«, sie spielte unsicher mit den Fingern.

»Musst du deswegen gleich den Turm verlassen? Noch dazu ohne deine Garde? Es ist gefährlich. Wir wissen noch nicht, wie viel Sofia Jack über unsere Insel verraten hat. Er könnte sich noch immer in den Gärten und Wäldern herumtreiben.« Kamika sah, wie Juno gleichgültig mit den Schultern zuckte. Die neue Edana hatte keine Angst vor Jack. Sie war viel zu eigensinnig, um sich zu fürchten. Kamika schüttelte in stiller Missbilligung und gleichzeitiger Bewunderung den Kopf. »Nun komm schon her und setz dich.«

Juno schob ihre Zurückhaltung beiseite. Das war es doch, was sie wollte, eine Chance mit Kamika zu reden. Es wäre ihr bloß lieber gewesen, wenn sie sich dabei nicht so unsicher gefühlt hätte. Sie setzte sich neben die Shi und schaute nachdenklich zum Himmel auf. Irgendwo hinter den aufgehenden Sternen lag der unsichtbare Schild. »Denkst du, ich werde es richtig machen?«

Kamika folgte ihrem Blick. »Du hast ohne jegliche Hilfe einen Schild für Bados erschaffen. Du wirst deine Sache gut machen. Keine Sorge, *Edana.*«

Es gefiel mir besser, als du mich noch ›Hübsche‹ nanntest, dachte Juno wehmütig und fasste sich ein Herz. »Und was ist mit uns?« Sie sah, wie sich Kamikas Finger augenblicklich in die Sitzbank bohrten. »War das mit mir *nur Spaß und Ablenkung* für dich?«

»Du hast es gehört.« Es war keine Frage, sondern eine Feststellung.

»Es tut mir leid, ich wollte nicht lauschen.«

»Wie viel tiefer kann ich mich eigentlich noch reinreiten?« Kamika pustete einen Schwall Luft durch die Lippen und warf den Kopf in den Nacken. »Du weißt doch, dass ich das nicht ernst gemeint habe, oder?« Sie biss sich auf die Zunge und schaute hinaus auf das Wasser. Sie dachte an das erste Mal, als sie mit Juno am See gewesen war, drüben in der kleinen Pagode, die so weit entfernt war wie der vollkommene und verheißungsvolle Moment, den sie dort geteilt hatten.

»Du gehst mir aus dem Weg. Wird das jetzt für immer so sein zwischen uns?«

»Du stellst schwierige Fragen, Juno.«

»Liegt es daran, dass ich von Terra komme? Denkst du, ich hätte es dir nicht gesagt, weil ich dir nicht vertrauen würde?«

»Nein. Das ist es nicht.«

»Dann geht es um das, was Akko gesagt hat. Du glaubst ihm wirklich.« Juno wartete auf eine Reaktion, doch Kamika schaute schweigsam in die Ferne. »Ich weiß nicht, woher er von dem Mal weiß. Es ist gruselig«, sie schüttelte sich, »aber ich war nie mit ihm zusammen, Kamika. Niemals. Ich wünschte, ich könnte es dir irgendwie beweisen, aber ich kann dir nicht mehr als mein Versprechen bieten.« Sie wischte sich eine ungehorsame Träne von der Wange.

Kamika wagte einen scheuen Blick. Dann schüttelte sie den Kopf. »Nein, du musst mir nichts beweisen.«

»Doch, das muss ich. Denn wenn ich das nicht schaffe, dann verliere ich dich.« Juno tastete vorsichtig nach Kamikas Hand. Die Wächterin machte keine Anstalten die Berührung zu erwidern und starrte auf ihre Füße. »Ich weiß nicht, wie ich es ertragen soll, dich zu verlieren, Kamika.«

Die Shi schüttelte einmal mehr den Kopf. »Ich hätte dir vertrauen müssen, stattdessen ließ ich dich nicht einmal ausreden. Erigen denkt, ich habe Angst dich in mein Leben zu lassen. Vielleicht hat er recht.« Sie vergrub das Gesicht erneut in den Händen. »Die Quelle, hat sie dich wirklich ausgesucht und hergebracht?«

»Ja«, antwortete Juno.

»Meinetwegen?«

»Du warst ... Das Zünglein an der Waage.«

»Sie hätte dich auch wieder zurückschicken können, nicht wahr?«

Juno nickte.

»Warum bist du geblieben? Brïn ist nicht deine Heimat.«

»Brïn *ist* meine Heimat, Sturkopf, aber geblieben bin ich natürlich deinetwegen«, gab sie eindringlich zurück.

Kamika schaute aus ihrer gebeugten Haltung zu Juno auf, doch wenn überhaupt wirkte sie noch unglücklicher als zuvor. »Das war eine schlechte Entscheidung. In einem Punkt hatte dein Cousin die Wahrheit gesagt, Juno, ich bin nicht gut für dich.«

»Kannst du mich das bitte selbst entscheiden lassen?«, protestierte Juno. Der kleine hoffnungsvolle Schimmer in ihrem Herzen drohte zu erlöschen.

»Sieh doch, ich hätte es nie so weit kommen lassen dürfen. Ich verstehe von diesen Dingen nicht viel.«

»Was für Dinge?«, fragte Juno zittrig.

»Du weißt schon. Beziehungsdinge.«

»Was redest du denn?«, fragte Juno mit einer fiependen Stimme. Solche Sätze hörte sie nicht zum ersten Mal. Machte Kamika etwa gerade endgültig mit ihr Schluss? »Bitte tu das nicht, Kamika. Wir können das wieder geradebiegen.«

»Ich weiß doch gar nichts darüber, wie es ist, mit jemandem wirklich zusammen zu sein. Die Gelegenheit das zu lernen gab es nie.« Sie sackte noch tiefer in sich zusammen.

»Es gibt sie jetzt«, brachte Juno stammelnd heraus.

»Bitte hör auf damit. Mach es mir nicht noch schwerer. Ich würde dich ja doch nur enttäuschen.« Sie wusste nicht weiter und vergrub müde das Gesicht in den Handflächen.

»Sieh mich an, Kamika«, forderte Juno mit einer plötzlichen Strenge, die ihre eigenen Ängste Lügen strafte. »Sieh mich an, Shi!«

Kamika zuckte und sah auf.

»Glaubst du denn, du wärst die Einzige, die sich davor fürchtet, Fehler zu machen oder verletzt zu werden? Glaubst du vielleicht, ich wüsste alles, nur weil ich ein paar Beziehungen hatte?«

Die Shi sagte nichts. Bloß ihre Blicke wanderten unruhig über Junos Gesicht.

»Es wird nicht leichter, nur weil du Übung darin bekommst. Willst du uns wirklich aufgeben? Einfach so?«

»Ich versuche doch nur das Richtige zu tun. Für dich.«

»Das war nicht die Antwort auf meine Frage. *Willst* du uns aufgeben?«

Vorsichtig nahm die Shi Junos Hand und strich zärtlich über deren Fingerknöchel. »Nein. Das will ich nicht, Juno, aber ...« Mehr brachte Kamika nicht heraus, denn Juno fiel unverhofft über sie her und umklammerte sie so fest, dass ihr beinahe der Atem wegblieb.

»Du lässt mich gar nicht ausreden«, krächzte die Wächterin und schlang gleichzeitig doch die Arme um ihre Liebste. All ihre guten Vorsätze, ihre harten Überlegungen und Schlussfolgerungen wurden von einer schlichten Umarmung unbarmherzig niedergewälzt.

»Mehr will ich nicht hören«, wisperte Juno. »Du darfst uns nicht abschreiben. Es hat doch gerade erst angefangen.«

»Du erwürgst mich noch«, röchelte Kamika und wagte dabei ein zaghaftes Lachen. »Bist du denn gar nicht wütend auf mich?«

»Doch«, antwortete sie gespielt motzig, dicht an Kamikas Ohr. Ihre Umarmung blieb fest und unnachgiebig.

»Du meinst das hier wirklich ernst, was?« Kamika klang schrecklich erschöpft.

»Todernst.«

»Dann muss ich dir etwas gestehen.« Eine Weile blieb es still. Kamika hörte ihr Herz klopfen wie einen steten Hammerschlag. Tausend alte Ängste ermahnten sie, zu schweigen, es für sich zu behalten und nicht so naiv zu sein – nicht schon wieder.

»Ich höre zu«, wisperte Juno und schmiegte das Gesicht an das ihrer Wächterin. Eine zärtliche Geste, die Kamika das Herz leicht und schwer zugleich machte.

»Du tust es schon wieder.«

»Was denn?«

»Das. Du machst mich ganz schwach.«

»Ist das schlecht?«

»Nein. Ich liebe es.« Kamika holte tief Luft. »Ich liebe *dich*.«

»Sag das noch einmal«, bat Juno kläglich.

»Ich liebe dich, Juno von Terra.« Sie küsste ihre Edana zart und versöhnlich und schmeckte salzige Tränen auf ihren Lippen. »Juno, was ist denn?« Die junge Frau schob ihre Hand in Kamikas Haar, vergrub ihre Finger in den längeren Strähnen, und ließ sich auf den Schoß ihrer Wächterin ziehen. Kamika hielt sie fest im Arm und wartete auf eine Antwort. »Warum denn jetzt die Tränen, Hübsche? Versöhnen wir uns nicht gerade?«

»Du hast mir furchtbar gefehlt. Ich hatte solche Angst, dich für immer verloren zu haben.«

Kamikas Augenwinkel zuckten in einem Anflug von Reue. »Verzeihst du mir?«

»Das habe ich doch längst.«

»Da habe ich mehr Glück als Verstand, hm?«

»Willst du es gar nicht von mir hören?«, fragte Juno.

»Was meinst du?«

»Was ich für dich empfinde natürlich.« Kamika lachte liebevoll auf. »Was gibt es da zu lachen?«, beschwerte Juno sich nun und schaute Kamika an. Die wurde wieder ganz still.

»Du hast es mir gesagt, Juno. Hunderte Male, stundenlang.« Die Shi griff unter ihre Jacke und zog ein kleines weißes Kärtchen mit goldener Schrift darauf hervor. Sie reichte es Juno. Die blickte von dem etwas zerknitterten Papier zur Shi.

»Du hast meine Nachricht bekommen, und behalten hast du sie auch.«

»Wie hätte ich sie nicht behalten können?«

»Ich war mir nicht sicher, ob du den Umschlag überhaupt annehmen würdest.«

Kamika strich Juno das Haar aus den Augen. »Die Versuchung war zu groß.«

»Wieso hast du dich nicht gemeldet?«

Kamika nahm die Karte zurück und steckte sie wieder ein. »Ich wollte es nicht glauben.« Sie schwiegen sich einen Moment lang an, während Kamika mit einer von Junos Locken zwischen den Fingern spielte. »Das ergibt nicht viel Sinn für dich, nicht wahr?«

»Wie ist es jetzt?«, fragte Juno schließlich. »Glaubst du mir jetzt?«

»Sag es noch einmal«, lächelte die Shi liebevoll.

»Ich liebe dich, Kamika.«

Die Wächterin strich mit dem Daumen über Junos Lippen. »Ich glaube dir«, sagte sie ehrlich und küsste die letzte Träne von Junos Wange.

»Darf ich heute bei dir bleiben?«

»Heute und an jedem anderen Tag, Juno. Geh einfach nie mehr weg.«

»Einverstanden.«

•••

Jack hockte in einem der hohen Bäume nahe dem Ufer und wartete. Er hatte es auf die Insel geschafft, indem er unter der niedrigen Westbrücke entlang durch den See geschwommen war. Niemand schien ihn bemerkt zu haben. Das Glück war wie üblich auf seiner Seite. Er verharrte hier bereits seit Stunden, was zwar an seiner Geduld zerrte, aber immerhin dazu beitrug, dass seine Kleider derweil trocknen konnten.

Der lange Aufenthalt verschaffte ihm außerdem die Gewissheit, dass er keinen unsichtbaren Alarm ausgelöst hatte. Sie hätten ihn sonst längst erwischt oder wären wenigstens eifrig damit beschäftigt, jeden Kieselstein der Insel auf der Suche nach ihm umzudrehen. Doch es war überraschend still, rund um den Turm. Jack hatte erwartet, dass es inzwischen wenigstens eine latente Panik gegeben hätte, aber die Wächter wirkten vollkommen ruhig und nahezu sorglos.

Von seinem Versteck aus hatte er mitbekommen, dass sie Sofias Leiche erst an diesem Morgen gefunden hatten. In aller Verschwiegenheit war sie von den Gardisten in den Turm geschafft worden und nur eine Handvoll Blauröcke kam, um die Spuren zu sichern. Offenbar versuchten sie um jeden Preis geheim zu halten, dass die vermeintliche Edana den Löffel abgegeben hatte.

Leider bekam er nichts von den leisen Gesprächen mit, dafür war er doch zu weit vom großen Hof, der den Turm umgab, entfernt, und er traute sich nicht allzu weit ans Zentrum der Insel heran. Womöglich stolperte er sonst doch noch in eine Schutzvorrichtung, die ihn auffliegen lassen würde. Er war nicht neugierig genug, um zu riskieren, dass man ihn entdeckte. Vermutlich hielten die Shi Sofias Dahinscheiden geheim, um keine Massenpanik zu erzeugen. Sie hatten sicher gerade erst begriffen, dass Brïn bereits seit Zolanas Ermordung keine wahre Edana mehr hatte. Sie mussten wissen, dass die Magie der Edana verschwunden war und sie den Schutzschild nicht würden erneuern können. Was die Wächter offenbar noch immer nicht ahnten, war, dass sie eine Verräterin in ihrer Mitte hatten, deren Absichten Jack noch nicht ganz verstand. Weshalb behielt Shi Kamika das Artefakt der Edana? Warum würde sie Brïn den Skrae überlassen wollen? Und was wollten die Wächter von Juno?

Seit sie die Bibliothek verlassen hatte und zum Turm geflogen war, hatte er sie nicht mehr gesehen. Sie musste noch immer irgendwo da drin sein. Es musste etwas mit Sofia zu tun haben. Möglicherweise hofften sie, dass die einstige Freundin Informationen über den Verbleib des Artefakts hatte. Oder über ihn. Hatte Sofia der Lyre von ihrem heimlichen Geliebten erzählt?

Jacks Gedanken folgten vielen verzwickten Pfaden, die die drei Frauen mal mehr, mal weniger miteinander in Verbindung brachten. Er fragte sich, wie viel die eine über die wahren Absichten der anderen wusste – oder gewusst hatte. Wie viel wusste er selbst über sie alle?

Er sah Shi Kamika. Endlich bekamen seine Hirnwindungen etwas Wichtiges zu tun. Sie kam alleine einen der schmalen Gartenpfade entlang und bewegte sich in Richtung des Ufers. Nicht weit entfernt von ihm bahnte sie sich ihren Weg bis zu einer halb verborgenen Sitzbank, die Jack bisher gänzlich übersehen hatte. Die Wächterin ließ sich auf die Bank fallen und blickte hinaus auf den See, hinüber zu dem Pavillon am anderen Ufer, wo Jack sie und Juno während des Eröffnungsfestes gesehen hatte. Die Shi wirkte niedergeschlagen und saß mit gebeugtem Rücken da. Sie starrte ins Leere. Gut, dachte Jack. Wenn die Shi nicht bei der Sache war, erhöhte das nur seine Chancen sie schnell ausschalten zu können.

Es juckte ihn in den Fingern, sie endlich abzustechen. Sein Bein schwang gerade vom Ast, als er sah, dass sich etwas bewegte. Shi Erigen kam über denselben schmalen Weg gelaufen und steuerte direkt auf die Windwächterin zu. Jack zog das Bein wieder in den Schutz der Blätter und unterdrückte seinen Ärger. Shi Erigen hatte ein lästiges Gespür für unpassende Momente, aber Jack würde nicht die Geduld verlieren. Er war dem Ziel schon so nahegekommen, da konnte er auch noch einen Moment länger warten.

Wenige Augenblicke später allerdings kam eine weitere Gestalt angelaufen und erweckte seine Aufmerksamkeit. Wurde das hier nun zu einer privaten Seeparty? Sein spontaner Ärger verflog jedoch schnell, als er Juno erkannte. Sie eilte über die Wiese und blickte ein paar Mal über die Schulter zurück. Er grinste zufrieden. Sie hatte ihre Leibgarde offenbar abgehängt. Wie sehr ihm das entgegenkam.

Er beobachtete die Lyre aufgeregt. Sie kam aus einer anderen Richtung als die beiden Wächter. Ihr Weg führte sie direkt zu ihm. Er sah sie näherkommen, noch näher. Er sah sie in den Schatten seines Baumes treten. Er sah sie unter sich vorbeilaufen. Sie war so nah, dass er den leichten Duft ihres Shampoos riechen konnte. Er müsste sich nur auf sie fallen lassen und im Nu wäre es vorbei gewesen. Aber die beiden Wächter würden es bemerken und ihn niederstrecken, bevor er seine Mission vollenden konnte. Nein, Juno kam später dran.

Er musste die Kontrolle behalten und vorsichtig vorgehen. Juno war eigentlich keine Gefahr. Sicher, sie würde sich ordentlich wehren, aber das war kein ernst zu nehmendes Problem. Letztlich war er durch seine Größe und Stärke im Vorteil. Die einzige wirkliche Bedrohung waren die Wächter. Natürlich musste er sie überraschen und sofort zuschlagen. Shi Erigen allerdings störte seine Pläne. Er war ein erhebliches Zusatzrisiko. Andererseits – die Chance, Juno und besonders Shi Kamika zu erwischen, mochte das Risiko wert sein.

Doch Shi Erigen tat ihm den Gefallen die Dinge zu vereinfachen, indem er aufstand und sich von den beiden zerstrittenen Täubchen, die sich nun wie Fremde miteinander benahmen, entfernte. Er entspannte sich. Das war einer weniger. Blieb nur noch Shi Kamika, die terranische Verräterin. Alles wie es sein sollte. Jack ertastete die Spritze in seiner Brusttasche. Das Gift war bereit das Schicksal der Wächterin zu besiegeln.

Sollte er es wirklich wagen? Das Areal war gut geschützt, aber man würde ihn dennoch aus einem der oberen Turmfenster gut sehen können. Es war allerdings fraglich, ob sich seine Chancen noch verbessern würden. Eben wog Jack die Pros und Contras gegeneinander ab, als sich Juno und die Shi plötzlich näher kamen. Jack hielt inne und beobachtete sie. Die Wächterin schlang gerade ihre Arme um Juno und sie küssten sich. So viel zu Akkos Plan, die beiden auseinanderzubringen. Jack lachte boshaft in sich hinein und kletterte aus seinem Versteck.

Flink wie eine Springmaus bewegte er sich von Busch zu Busch. Seine Schritte waren lautlos. Sie würden nicht wissen, wie ihnen geschah. Er grinste breit und stumm, während er über den mit Mulch bedeckten Boden flitzte. Er hielt die Giftspritze in der Hand, bereit sie im Fleisch der Wächterin zu versenken. Er stellte sich ihr überraschtes Gesicht vor und wie das Lebenslicht innerhalb von Sekunden aus ihren Augen entschwinden würde.

Jack prallte hart gegen eine Wand. Ihn durchfuhr ein wilder, brennender Schmerz. Frisch und ungezähmt begann das intensive Stechen zwischen seinen Augen und weitete sich rasend schnell aus. Jack unterdrückte den Schrei, der sich in seiner Kehle formte. Er fiel auf den Boden und hielt sich das Gesicht. Das Blut sprudelte ihm förmlich aus der Nase und Jack wand sich auf dem Boden wie ein Wurm. Sein Blick war getrübt von den Tränen, die ihm der Schmerz unweigerlich in die Augen getrieben hatte. Er keuchte in seinen Ärmel, um das Geräusch zu ersticken, und zwang sich zur Ruhe.

Es dauerte eine Ewigkeit, bis das Stechen einigermaßen verebbt war und er wieder klarsehen konnte. Er tastete seine Nase vorsichtig ab, die nun an verschiedenen Stellen Beulen und Kanten hatte, die dort nicht hingehörten. Jede Berührung schickte neue warnende Signale durch seinen Körper und er betrachtete seine rot gefärbten Finger.

Was war gerade passiert? Kein Hindernis versperrte ihm den Weg. Was hatte ihn so unvermittelt getroffen? Er streckte die Hände vor und stieß auf eine nahezu unsichtbare Barriere. Sie leuchtete nur dort grün auf, wo seine Fingerkuppen sie berührten, und summte dabei leise. Jack fluchte. Ein Bannkreis. Ein verdammter Bannkreis! Wo kam der plötzlich her? Der Farbe nach musste es Shi Kassias Werk sein. Magie besaß in ihrem natürlichen Zustand keine Farbe, aber die Shi nutzten die Farben wie eine Signatur. Es konnte nur die Erdwächterin gewesen sein. Zornig stieß er gegen das undurchdringliche Bannfeld von Shi Kassia. Verräterin. Allesamt waren sie Verräter. Hilflos musste er mit ansehen, wie Juno und die Shi sich vom Ufer entfernten und Hand in Hand dem Turm entgegenspazierten. Das Ziel war so nah gewesen.

Jack wischte sich das Blut von der Nase und schnaubte der einsetzenden Dämmerung wütend zu, ehe er sich zurückzog, um seine Wunden zu lecken und darüber nachzudenken, wie er weiter vorgehen sollte. Die Zeit lief ihm davon.

Es hätte ihm zu denken geben müssen, dass ihn eine magische Barriere überhaupt aufhalten konnte, aber seine Synapsen wurden überflutet von zahlreichen unangenehmen Signalen.

Kapitel 54: Die rote Füchsin

Hoshide, Tag 6, 11'384 n. S.
Eydwall, Ideris

»Es waren einst zwei Füchse, der eine rot wie leuchtendes Herbstlaub, der andere weiß wie frischer Schnee. Wie die Jahreszeiten, denen sie glichen, war das Fell der roten Füchsin seidig glänzend und glatt, während das Fell des weißen Fuchses flauschte und bauschte wie dicke Schneeflocken«, erzählte Kassia. *»Die rote Füchsin trug den Namen Lalua und der weiße Fuchs hieß Aniol. Lalua beobachtete Aniol, wie er zwischen den Pfützen hin und her sprang, fröhlich und ausgelassen. Platsch, platsch, platsch. Sein Fell war inzwischen klatschnass und hing in langen Strähnen platt an ihm herunter. Doch dann kam der Moment, da Aniol in die letzte Pfütze sprang und WUSCH! – darin verschwand. Lalua sprang schnell auf die samtigen Pfoten und eilte zu der Pfütze, doch da war nur noch trockenes Gras und keine Spur von ihrem Freund Aniol. Sie lief hektisch im Kreis um die leere Stelle, links herum, rechts herum. Sie sprang mit allen Vieren auf den Flecken, doch die Pfütze weigerte sich beharrlich wieder aufzutauchen. Lalua klagte und heulte, sie wartete einen ganzen Tag und eine ganze Nacht darauf, dass Aniol durch eine andere Pfütze heimkehren würde. Doch als die Sonne aufging und Laluas Freund noch immer verschwunden war, gab sie es auf zu warten. Sie beschloss, Aniol selbst zu finden und die Waldinsel nach ihm abzusuchen. Sie fragte jedes Tier und jedes Insekt auf ihrem Weg, ob es den weißen Schneefuchs gesehen habe, doch alle schüttelten sie die Köpfe oder summten hilflos ihr Nein. Aniol war nirgends vorbeigekommen.«*

Juno lauschte Kassias Gedankenstimme, die von Laluas Schreck und Kummer erzählte. Es war der Anfang einer Reise für die Füchsin, die ihren Freund wiederfinden wollte. Die Pfütze, durch die Aniol verschwunden war, war eine Änderung in der ursprünglichen Geschichte. Kassia hatte diese Änderung vorgenommen, nachdem Juno ihre Edana geworden war. Zuvor war Aniol durch ein einfaches Portal verschwunden, doch die Erdwächterin war angetan von der Idee, Junos Schicksal mit in ihren ersten Planetenschild einzuflechten. Also fiel Aniol durch eine Pfütze in ein ungewisses Schicksal.

Kassia fuhr damit fort zu erzählen, wie Lalua ihre Heimat, die Insel der Wälder, durchstreifte um ihren Freund wiederzufinden. Sie erzählte von kleinen und großen Gefahren, denen Lalua auf ihrer Reise begegnete, von Schlangen, die sie beißen wollten, großen Greifvögeln, die aus dem Himmel auf sie niederstürzten, wie sie in jedes Bodenloch blickte und unter jeder Wurzel nachsah, bis die rote Füchsin schließlich müde und enttäuscht den Rand der Waldinsel erreichte.

»Hier erkannte Lalua, dass Aniol durch die Pfütze auf eine der anderen fliegenden Inseln gefallen sein musste. In der Ferne sah sie die Feuerinsel, die im weiten Nichts zwischen den endlosen Wolken schwebte. Unerreichbar weit fort. Wie sollte sie bloß hinüberkommen?

›Oh, liebe Wolken, nah und fern, sagt, wollt ihr eine Brücke für mich bauen, denn ich muss zur Feuerinsel hinüber, um meinen Freund zu finden‹, rief die Füchsin über den Rand der Insel hinaus.«

An dieser Stelle endete Kassias Teil der Erzählung. Sie lächelte Juno ermutigend zu und hielt ihr das kleine Flechtwerk von magischen Symbolen hin. Es waren sehr alte Zeichen, die ersten, die die Magie damals erschaffen hatte, um mit der Edana und den Shi zu kommunizieren. Die gleiche Art von Zeichen, die Juno in den Himmelskarten gesehen hatte, doch diesmal erkannte sie jedes einzelne davon.

Kassias Geschichtsstück leuchtete im Licht der Erdmagie und warf einen sanften grünen Schimmer auf das Gesicht der Edana. Juno nahm das filigrane Gebilde auf, wie es ihr die Shi vor der Zeremonie erklärt hatten. Kassias Magie summte auf Junos Fingerspitzen, wie ein Schwarm emsiger Bienen. Der Duft von Pinienwäldern und feuchtem Moos stieg ihr in die Nase.

Die Geschichte war jedes Jahr eine andere. In diesem Jahr hatte Kassia das Thema vorgegeben, und sie lieferte daher auch den Anfang. Junos Aufgabe war es nun, eine Brücke für Lalua zu bauen, damit die rote Füchsin zur Feuerinsel gelangen konnte. Sie versuchte, sich die satte Farbe von Laluas glänzendem Fell vorzustellen, die großen goldbraunen Augen, die entschlossen in die bodenlose Weite blickten, auf die satten Wolken, die geräuschlos zwischen den Inseln dahintrieben. Juno sah die Füchsin genau vor sich und begann ihre erste kurze Erzählung.

»Die Wolken antworteten ihr: ›Liebe Füchsin, wir hören dein Klagen und wollen dich auf die andere Seite tragen.‹

Und so kamen sie dicht zusammen, schoben sich eine an die andere, bis ein lückenloser Übergang vor Laluas schwarzen Pfoten in die Höhe ragte. Lalua schaute sich das Gebilde ängstlich an. Wolken waren nur Luft und Regen, wie könnten sie fest genug sein, um sie zu tragen? Doch die Füchsin war mutig und setzte eine ihrer Pfoten auf die Wolkenbrücke. Sie sackte ein kleines Stück ein, doch der Pfad war dicht und weich wie Watte. Beherzt sprang Lalua mit allen Vieren auf die Wolkenbrücke und rannte hinüber, bis sie den schwarzen und glatten Boden der Feuerinsel sah. Dort stand sie einen Moment und schaute über das weite Land, wo Feuerflüsse sich bis weit in die Insel erstreckten und Wüstensand statt Gras auf sie wartete.«

Die Edana spürte, wie die Erdmagie durch ihren Körper floss. Schmerzlos, mühelos. Eine vertraute Besucherin, kein fremder Eindringling. Juno blickte auf das feine Flechtwerk in ihren Händen. An Kassias grünem Flicken hatte sich ein weißglühendes Ärmchen gebildet, das am einen Ende nun fest mit den Symbolen der Erdwächterin verwachsen war. Am anderen Ende reckten sich fünf kleine Triebe ins Leere und warteten auf die Fortsetzung. Juno rutschte etwas auf ihrem Sitzkissen herum und sah Erigen an. Er nickte ihr munter zu und Juno reichte ihm Laluas Geschichte. Der Feuerwächter nahm sie behutsam entgegen und begann seine eigene Fortsetzung.

»Laluas glänzende Pfoten traten auf den mattschwarzen Lavastein«, erzählte der Feuerwächter und die weißen Triebe schlossen sich um den ersten rot leuchtenden Strang, der sich mit Erigens Worten bildete.

»Laluas Weg über die Feuerinsel war gefährlicher als die Suche auf ihrer Heimatinsel. Nicht nur, dass ihr die Umgebung fremd war, es war auch eine gefährliche Insel. Die Füchsin musste sehr aufpassen, wohin sie trat, denn manchmal war der Boden so heiß, dass sie sich die Pfoten verbrannte. Ein andermal stieß plötzlich ganz in der Nähe Lava in den Himmel und versengte der überraschten Lalua das Fell. Die Luft auf der Insel war so entsetzlich heiß, dass sie kaum atmen konnte, und sie bekam bald großen Durst. Doch soweit die Füchsin auch lief und auf eine kleine Wasserstelle hoffte, auf der Feuerinsel gab es nichts weiter als Lavasteine, brennende Flüsse und Asche. Manchmal sah sie gar den schuppigen Rückenkamm des Feuerdrachen, der auf dieser Insel lebte und mit der Lava schwamm. Lalua rief nach Aniol, so laut sie konnte, und suchte den flimmernden Horizont nach einem weißen Punkt ab, ihrem Freund, der ebenso erschöpft und mit hängendem Kopf über die Insel streifte wie sie selbst. Aber Aniol war nicht zu sehen. Was, wenn er in einen der brennenden Flüsse gestürzt war? Oder von einem der Lavageysire verschluckt worden war? Ob der Drache ihren Freund verspeist hatte? Lalua schlurfte weiter unermüdlich über die Feuerinsel, bis sie auch dort jeden Winkel nach Aniol durchsucht hatte und erschöpft und durstig den Rand der Insel erreichte. Hier sah sie nun in der Ferne weit unter sich die Insel des Wassers, die wie eine kühle Erlösung auf die halb verdurstete Lalua wartete.

›Oh, ihr heißen Sande, geduldig und zahlreich, meine Pfoten schmerzen und mein Atem geht schwer, doch das Ende meiner Suche ist noch fern. Wollt ihr mir helfen und einen Pfad zur Wasserinsel bahnen?‹«

Erigen reichte das Geflecht an Juno zurück. An der zuvor losen Seite ihres kleinen Ärmchens glühte nun das feurig rote Geflecht von Erigens Geschichte. Die Feuermagie bewegte sich wie die Erdmagie sanft durch Juno hindurch und hinterließ ein Gefühl von heißem Sand auf ihrer Haut. Juno begann eine weitere Erzählung.

»Die Sande antworteten ihr: ›Liebe Füchsin, wir hören dein Flehen und wollen dich behütet auf der anderen Seite sehen.‹

Der Sand kam in schweren trägen Dünen herangerollt und ergoss sich über den Rand der Insel. Er wand sich in einer weiten Spirale bis hinunter zu dem blauen Eiland, wo Wasserfälle beruhigend rauschten. Laluas Pfoten traten auf die flachen Sande und schon rutschte sie den gewundenen Pfad hinab. Der Wind zog an ihr vorüber, kitzelte ihr die Nase und zerzauste ihr Fell, bis die Insel des Wassers weit und einladend vor Lalua lag. Die Füchsin reckte die Nase hoch und roch das süße Wasser und den Seetang.«

Das weiße Ärmchen führte von Erigens Flicken fort und die neuen Fingerchen waren weit ausgestreckt. Juno übergab das Gebilde an Lorden.

»Lalua sprang ins kühle Wasser, wo kleine Fische um sie herumschwammen und ihr die verwundeten Pfoten säuberten.«

Die weißen Triebe schlossen sich um den blau aufleuchtenden neuen Magiestrang.

»Das Wasser der Insel stillte Laluas Durst und heilte ihre Wunden. Die Kraft kehrte schnell in ihren kleinen Körper zurück und sie planschte fröhlich und dankbar in einem weiten See, an dessen Ufer saftig grünes Gras wuchs, wie Lalua es von den Lichtungen ihrer Heimatinsel kannte. Sie schwamm mit rastlos tretenden Pfoten durch den

See und kletterte schließlich ans Ufer, wo sie das Wasser aus ihrem roten Fell schüttelte. Sie hörte die wilden Wasserfälle in der Ferne und sah die Eisberge in noch viel größerer Entfernung. Lalua gönnte sich keine Pause und begann sogleich die Insel des Wassers nach Aniol abzusuchen. Sie sprang über große graue Felsen, die in den Flüssen lagen, schwamm durch Bäche und Seen, schaute in jeden klaren Teich, rannte so schnell sie konnte zwischen den kalten Eisbergen hindurch und rief immerzu nach ihrem Freund. Doch Aniol war auch auf der schönen blauen Insel nicht zu finden. Bald taten ihr die Muskeln weh vom vielen Schwimmen und zwischen den Eisbergen wurde ihr entsetzlich kalt. Zitternd und kraftlos kam sie an den Rand der Wasserinsel und sie blickte abermals in die Ferne. Die Insel der Winde trieb weit über ihr zwischen den Wolken und sie konnte das Tosen der Stürme hören. Sie jaulte traurig, denn sie fühlte sich müde und sie vermisste ihren Freund ganz schrecklich. Mit leise klopfendem Herzen ersuchte sie die Insel des Wassers um Hilfe an.

›Oh, treue Bäume, die ihr hier wachst, meine Beine sind müde, mein Herz ist bang. Doch auf eine Insel muss ich noch reisen. Wollt ihr mir helfen sie zu erreichen?‹«

Die Magie des Wassers rauschte kühl durch Juno hindurch, als Lorden ihr das gewachsene Geflecht überreichte.

»Die Bäume antworteten: ›Liebe Füchsin, wir hören dein Bitten und wollen eine Treppe dir widmen.‹

Der Boden unter Lalua begann zu schaukeln und sich zu heben, als dicke Wurzeln durch das Erdreich brachen und in dichten Knoten in die weite Ferne wuchsen, bis sie eine lange Treppe hinauf zu den Winden bildeten. Lalua trat auf den ersten Wurzelstrang. Das warme Holz fühlte sich tröstlich unter ihren kalten Pfoten an. Sie begann die vielen Stufen zu erklimmen. Die Läufe waren ihr sehr schwer geworden und Lalua ließ den Kopf hängen. Die Füchsin war mehr als unglücklich darüber, dass sie Aniol auch diesmal nicht gefunden hatte. Sie schleppte sich weiter bis sie nach einer langen Zeit endlich die oberste Stufe erreichte und auf die Insel der Winde blicken konnte. Hunderte Vögel kreisten in der Luft und ließen sich von den Winden tragen. Lalua konnte den Boden der Insel nicht erkennen. Wohin sie auch schaute, sie sah nur Winde und Vögel. Lalua ließ hoffnungslos ihren schönen Kopf hängen.

Wie sollte sie bloß die Insel der Winde überqueren? Sie war ein Fuchs und kein Vogel.«

Ein weiteres Ärmchen hatte sich mit Lordens Teilstück verbunden und wartete nun auf die Erzählung der Windwächterin. Mit einem besonderen Leuchten im Herzen reichte Juno das Geflecht an Kamika weiter. Die Shi nahm es glücklich entgegen und begann ihre Geschichte.

»Ein riesiger Greif kam und packte Lalua, hob sie von der Wurzeltreppe und flog mit ihr davon.« Junos Triebe umklammerten die golden aufleuchtenden Symbole.

»Der Greif hielt Lalua in seinen gewaltigen Krallen und trug sie mit weiten Flügelschlägen über die Insel. Lalua begann zu weinen. Nun würde der große Greif sie fressen, bevor sie Aniol wieder nach Hause hatte bringen können.

›He, was weinst du denn?‹, fragte da plötzlich der Greif. ›Bist du ein Fuchs oder eine Maus?‹

›Ich bin ein Fuchs, Meister Greif, und ich weine, weil du mich gleich fressen wirst. Und dabei habe ich meinen Freund noch nicht einmal gefunden. Was wird er nur denken, wenn ich nicht komme, um ihm zu helfen?‹

Der Greif kreiste gemütlich in den Winden und Lalua konnte in der Ferne fürchterlich tosende Wirbelstürme sehen, die sich lang in den Himmel schraubten und dicke Sandwolken auf dem Boden aufwirbelten.

›Wenn du so weinst, dann habe ich gar keine Lust mehr dich zu fressen‹, sagte der Greif enttäuscht. ›So ein trauriges Füchslein ist einfach zu zäh. Das bleibt einem ja im Halse stecken!‹

›Dann wirst du mich nicht mehr fressen, Meister Greif? Wollen wir dann Freunde sein?‹

Das Flugtier öffnete die große Klaue und Lalua begann zu fallen. Sie heulte in ihrer Furcht, doch dann tauchte der Greif plötzlich unter ihr auf und sie fiel weich in sein dunkles Gefieder. Lalua setzte sich auf. Der Greif trug sie in weiten Kreisen über die Insel und die Füchsin suchte den Rücken jedes Vogels nach einem weißen Begleiter ab. Doch keiner trug einen Passagier bei sich.

›Ach, Meister Greif, sag, hast du vielleicht meinen Freund den weißen Fuchs gefressen? Er ist bestimmt hier gewesen, denn auf den anderen Inseln fand ich ihn ja nicht.‹

›Den weißen Fuchs, den habe ich gesehen. Aber gefressen habe ich ihn nicht. Er war ja auch ganz traurig und zäh, weil er sich verlaufen hatte und den Weg nach Hause nicht kannte. Er kam geradewegs aus den Wolken gepurzelt und fiel mir auf den Rücken. Da hat er großes Glück gehabt, denn der Boden unserer schönen Insel ist bedeckt von scheußlich spitzen Bergen.‹

Laluas Herz machte vor Freude einen Satz und sie fragte den neuen Freund, wohin er Aniol gebracht habe. Der Greif ließ sich genüsslich von einer Böe wiegen, und zusammen glitten er und die Füchsin einen Moment lang friedlich vor sich hin. Dann schlug er wieder kräftig mit den Flügeln und stieg weiter in den Himmel hinauf. Er erzählte seiner neuen Freundin davon, wie er Aniol auf den treibenden Felsen vor der Windinsel gebracht hatte. Weiter konnte er den weißen Fuchs nicht tragen, denn im Leeren Raum gab es keine Winde mehr und er wäre in die Tiefe gestürzt wie ein Stein. Lalua bat ihren Freund, den Greif, auch sie zu dem treibenden Felsen zu bringen, und den Gefallen tat er ihr gerne.

›Wirst du mich einmal besuchen kommen, rote Füchsin?‹

›Ich will es versuchen, Meister Greif‹, versprach Lalua und sprang von seinem Rücken hinunter auf den Fels. Der Greif flog davon und Lalua lief über das kahle Gestein. Nun endlich fand sie Aniol, der sich furchtbar freute, seine Freundin zu sehen. Doch jetzt saßen sie beide auf dem treibenden Steinbrocken fest, der an keine der Inseln nahe genug herankam, als dass sie hätten hinüberspringen können.«

Das goldene Flechtstück schimmerte hell und freundlich, als Kamika das nun beinahe fertige Gebilde an Juno zurückgab. Ihre Magie wehte wie ein frischer Wind durch Juno hindurch.

»Ihr erzählt eine Geschichte?«, hatte Juno am Nachmittag überrascht gefragt, als die Shi ihr die Einzelheiten der Zeremonie erklärt, und die Art und Weise beschrieben hatten, wie die jährlich wechselnden Muster des Planetenschildes zustande kamen.

»Es ist reichlich banal, nicht wahr?«, hatte Kamika ihr schmunzelnd geantwortet. »Deswegen veranstalten wir dieses ganze zusätzliche Theater. Stell dir einmal vor was die Menschen sagen würden, wenn sie wüssten, dass das Einzige, was sie davor schützt von einer Bande Skrae gefressen zu werden, eine einfache Geschichte ist. Ein Märchen, in den meisten Fällen.«

Juno glaubte gerne, dass solch eine Information die Bewohner Brïns ziemlich nervös machen würde.

»Während wir gemütlich auf dem Dach des Turms sitzen und uns eine Geschichte erzählen, sorgen die obersten Tempelhüter aus dem Verborgenen heraus für imposante Lichteffekte, die nach mächtiger Magie aussehen. Das gibt immer viele Ahs und Ohs.«

Die Zeremonie der Erneuerung war ein großes eindrucksvolles Fest für die Bewohner von Brïn. Für die Edana und ihre Shi dagegen war es ein zwangloses Beisammensitzen, von dem nur die Wenigsten etwas wussten. Es hatte eine Zeit gegeben, da wurden die Spezialeffekte der Tempelhüter noch nicht gebraucht. Doch das war tausende von Jahren her und Brïn war damals noch deutlich spärlicher besiedelt gewesen, mit weitaus weniger schwer zu beeindruckenden Bewohnern. Nachdem sich die Spiegelnetzwerke auf Brïn entwickelt hatten und es immer leichter wurde alle möglichen Informationen abzurufen, war es bald notwendig geworden, den Bürgern etwas zu bieten, was sie von der Stärke der Wächter und deren Planetenschild überzeugen konnte. Denn die Brïnae waren damals zunehmend häufig in Depressionen und Angstzustände geraten. Zu viele von ihnen hatten einen Skraeangriff erlebt und nur knapp überlebt, oder bereits einen geliebten Menschen verloren. Sie gaben den Shi die Schuld, was zu besorgten Protesten und Aufmärschen geführt hatte. Sie glaubten nicht an die Existenz des Schildes, den sie nicht mit eigenen Augen sehen konnten.

Juno betrachtete die farbigen Flicken mit den weißen Verbindungsstücken dazwischen, die so unscheinbar auf ihren Handflächen lagen. Es war an der Zeit, das Muster zu vervollständigen und somit Zeit, die Elemente zu vereinen. Sie spürte die Magie der Wächter in den Mustern und in sich selbst. So zart wie das kleine noch unvollständige Netz wirkte, so stark war die Kraft, die sich dahinter verbarg.

»Wird es so sein wie in Bados?«, hatte Juno ihre Wächter am Nachmittag gefragt. »Werde ich mich danach so fühlen wie damals?«

»Nein, Juno«, hatte Lorden ihr ruhig geantwortet. »Dein Zauber in Bados war ganz anders aufgebaut und damals warst du noch nicht die Edana. Du wirst diesmal keine Schmerzen haben und dich nicht einmal müde fühlen.«

»Versprochen?«

»Versprochen, Edana«, hatte der Wasserwächter sie beruhigt.

Mit einem letzten nervösen Atemzug begann Juno den Teil der fehlenden Geschichte zu erzählen, den Teil, in dem Lalua ihrem Freund Aniol von ihren Abenteuern auf den Inseln berichtete und wie sie gemeinsam überlegten, wie sie denn nun nach Hause kommen sollten. Junos Teil der Geschichte unterschied sich deutlich von dem, was sich Sofia ausgedacht hatte, doch Juno war keine Freundin freudloser Finale. Außerdem war dies nun ihre Geschichte. Die Edana erzählte, wie die Wolken der sorgenvollen Unterhaltung der beiden Füchse lauschten. Die Wolken hatten Mitleid und erzählten den Sanden, den Winden und den Bäumen von der misslichen Lage der beiden Füchse und so entschieden sie alle ihren neuen Freunden zu helfen. Der Greif und der große Feuerdrache versprachen jeden Tag zu dem Felsen zu kommen, um zu sehen, ob dort zwei Füchslein warteten, um zu ihrer Insel zu gelangen und die Wolken und Bäume spannten einen Weg von der Wasserinsel und der Insel der Wälder zu dem kleinen Felsen. Plötzlich trieb der Stein nicht mehr haltlos neben der Windinsel her, und auch die Inseln waren nicht mehr jede nur für sich. Die beiden Füchse sprangen fortan fröhlich zwischen den Inseln hin und her und erzählten dem Greif, dem Drachen, den Fischen und den Geschöpfen des Waldes von den vielen schönen Dingen, die sie auf den anderen Inseln erlebt hatten.

Als Juno das letzte Wort der Geschichte gesprochen hatte, spürte sie die Magie der Wächter hell und kraftvoll in sich aufleuchten. Ihre leise Furcht verstummte augenblicklich. Die Shi hatten sie nicht belogen. Juno spürte auch jetzt keinen Schmerz, nur die Freundschaft ihrer Wächter und ihre Verbundenheit miteinander. Als sich das letzte von Junos Symbolen in die feine Struktur des Geflechts gefügt hatte, breitete sich ihr Licht von dem zierlichen Knotenpunkt ausgehend über das feine Netz ihres Endstücks aus und färbte die Flicken der Shi ebenso weiß wie den Rest. Es glühte ein letztes Mal kraftvoll und hell auf, ehe es in ein sanftes Schimmern überging. Das Netz war vollständig und feinmaschig.

»Es ist fertig«, staunte Juno, die überrascht war, wie unscheinbar es wirkte. Das Geflecht in ihren Händen begann bereits zu wachsen, während sich das Muster Wabe um Wabe wiederholte.

»Dann schicken wir es jetzt hinauf«, sagte Kamika und schon hob eine leichte Brise das Geflecht von Junos Fingerspitzen. Sie schauten zu, wie es höher und höher stieg und dabei stetig weiterwuchs.

Während sich aus allen vier Tempeln gewaltige magische Lichtsäulen in den Himmel schraubten, die pulsierten, sich in starken Zöpfen verflochten, loderten, tobten und letztlich gänzlich nutzlos, weit oberhalb der Turmspitze zu einem farbenfrohen Netz ineinanderliefen, stieg der neue Schild unbemerkt und kaum sichtbar den Sternen entgegen. Bis Sonnenaufgang würde das zarte Gebilde ganz Brïn umspannt haben und den alten Schild ablösen.

Und so endete das wahre Hoshide nach nicht einmal einer Viertelstunde, auf dem Dach des Wolkenturms, wo vier Wächter mit ihrer Edana auf bunten Sitzkissen hockten und sich Wein eingossen, während sie das kunstvolle Schauspiel ihrer Tempelhüter noch eine Weile anerkennend beobachteten und mit zahlreichen Ahs und Ohs kommentierten.

Kapitel 55: Sofias Tagebuch

Brïn im Pyanops 11'384 n. S.
Eydwall, Ideris

»Du musst dringend aufhören morgens still und heimlich zu verschwinden, Hübsche.«

»Entschuldige, ich brauchte etwas Platz und ich wollte dich nicht aufwecken«, antwortete Juno mit einem verliebten Lächeln, als sie Kamika hereinkommen sah.

»Dann erzähl mir mal, warum du hier alleine im Besprechungsraum sitzt und den schönen großen Tisch mit dieser bunten Collage aus Bildern und Zetteln bedeckst.« Kamika begutachtete die wild verstreuten Schriftstücke, Akten und Notizbücher mit einer hochgezogenen Augenbraue und ließ sich neben Juno nieder.

»Eigentlich sitze ich gar nicht alleine hier. Lorden ist bloß gerade losgezogen, um uns eine Kanne Tee zu besorgen.«

»Lorden ist schon auf?«

»Ich glaube, er ist eben erst nach Hause gekommen. Er kam mir im Flur entgegen.«

»Hm, interessant.«

»Was meinst du?«

»Na ja, früher war ich es, die sich im Morgengrauen nach Hause geschlichen hat«, sagte die Shi mit einem anzüglichen Grinsen.

»Soso«, murmelte Juno mit gespieltem Tadel. »Denkst du, er hat bei seiner neuen Freundin übernachtet?«

»Sag du es mir.«

»Woher soll denn ich das wissen?«

»Sie ist *deine* Freu– warte. Weißt du etwa noch nicht, mit wem er sich trifft?«, fragte Kamika überrascht.

»Nein, du etwa?«

»Oh. Na, das wird dir gefallen.«

»Wer ist es?«, quengelte Juno.

»Da bin ich raus, Hübsche, sag mir lieber, was das hier alles ist und weshalb ich deswegen schon wieder alleine aufwachen musste.« Sie wedelte mit der Hand in Richtung Papier.

»Das sind Notizen über Jack. Die Ermittlungsakten von euch und den Blauröcken und meine eigenen.«

»Wieso hast du eigene Notizen zu Jack?«

»Weil ich Sofias Tagebuch habe. Deswegen bin ich hier hochgekommen.«

»Ah«, machte Kamika, ließ sich auf einen der Stühle sinken und stemmte den Kopf in die Hände. »Und was hast du gefunden?«

»Ziemlich viel. Ich weiß gar nicht, wo ich anfangen soll. Sie kannte Jack. Sie wusste genau, wer er war, während sie sich mit ihm traf. Sie hat einfach alles gewusst. Das erste Mal sind sie sich im Regentenhaus begegnet, wo er arbeitet. Ihr wart zu einer Besprechung dort und sie hat sich gelangweilt weggeschlichen.«

Kamika nickte. »Ich erinnere mich. Wir haben sie beinahe eine halbe Stunde gesucht.«

»Er wollte sie an dem Tag umbringen, aber sie hat es tatsächlich geschafft, ihn um den Finger zu wickeln.«

»Sie hatte ein gewisses Talent dafür, hilflos zu erscheinen.«

»Ja, und dafür Menschen zu manipulieren. Sie hat versucht ihn in den Turm hineinzubringen, hat ihm gesagt, wann die Garde ihre Schicht wechselt. Kamika, sie wollte, dass er dich ermordet.«

Kamika nickte. »Ich sollte vielleicht überrascht sein, aber das bin ich nicht. Wie hat sie ihn dazu überredet?«

»Indem sie ihm erzählte, du hättest Zolana aus Eifersucht getötet und die Perle gestohlen.«

»Dieses kleine Biest«, kommentierte Kamika die Information schlicht.

»Das war sie wirklich. Was in diesem Buch alles steht ... Es ist furchtbar. In der Nacht des Eröffnungsfestes hat sie dich und mich im Zelt tanzen sehen. Jack war auch dort und hat uns beobachtet.«

»Uns oder mich?«, fragte Kamika besorgt.

»Uns. Sofia dachte, er wäre interessiert an mir. Darum hat sie mich ein paar Tage später verraten. Mir war nie bewusst, wie wenig sie mich offenbar leiden konnte.«

»Warte, inwiefern hat sie dich verraten?«

»Sie hat Jack gesagt, dass ich Terranerin bin.«

»Und damit rückst du erst jetzt raus?«

»Wieso ist das wichtig?«

»Weil er jetzt genauso hinter dir her sein wird!«

»Dass die Möglichkeit besteht, wussten wir doch schon seit ...«

»Seit unserem Streit im Hinterhof. Sprich es ruhig aus.«

»Ah, gut, du bist hier, Kamika.« Lorden trat mit einem Tablett in den Besprechungsraum und stellte es auf dem Tisch ab, nachdem er eine freie Stelle gefunden hatte. Neben einer großen Kanne voll mit würzig duftendem Tee stand auch ein Korb mit Gebäck. Der Wasserwächter verteilte Tassen und schenkte ein. »Hast du ihr alles erzählt?«, fragte der Shi Juno.

»Noch nicht ganz«, antwortete die Edana etwas unglücklich.

»Da ist noch mehr?«, fragte Kamika, die gerade den Dampf von ihrer Teetasse pustete.

»Es ist so, Sofia schreibt an einer Stelle, dass es ihr fürchterlich gegen den Strich ging, wie viel Zeit Jack in meiner Nähe verbrachte, während sie ihn nur alle paar Wochen einmal sehen konnte.«

»Jack ist jemand, den du kennst?« Kamika richtete sich blitzschnell auf und spürte eine eisige Kälte ihren Rücken hinablaufen. Ihr Puls raste.

»Nicht direkt. Ich denke, Jack ist ein Freund von jemandem, den ich kenne. Was einiges erklären würde.«

»Wer ist er, Juno?«, fragte Kamika, angespannt bis in die Haarspitzen. Sie stellte ihre Tasse vorsichtig auf dem Tisch ab, bevor jemand merken konnte, dass ihre Finger leicht zittrig geworden waren.

»Sein Name ist Djakal.«

»Von dem hast du mir noch nie erzählt.«

»Weil ich ihn eigentlich auch nie getroffen habe, aber er hat mir offenbar nachgestellt.«

»Du verschweigst doch etwas.«

Juno kaute auf einer ihrer Haarsträhnen herum. »Djakal ist ein Freund von Akko.«

»Akko. Dein *vermeintlicher* Cousin Akko?«

Juno nickte. »Ich denke, Djakal ist derjenige, der Besitz von Portos ergriffen hat. Er muss mich durch die Augen meines Katers beobachtet haben. So hat Akko von meinem Muttermal erfahren und davon, dass du Zolana ermordet haben sollst. Jetzt wissen wir endlich, weshalb Akko dir gegenüber so feindselig ist.«

»In Ordnung, das wird mir zu unheimlich. Woher willst du wissen, dass es dieser Djakal war und nicht Akko selbst? Du hast gesagt, du hast Djakal nie getroffen. Vielleicht existiert er gar nicht.«

»Bramas kennt ihn. Djakal ist außerdem ein Kollege von Akko. Sie arbeiten beide im Regentenhaus. Aber du hast recht. Vielleicht war es wirklich Akko, der in Portos geschlüpft ist. Andererseits hat er uns möglicherweise deswegen die ganze Zeit so dringend auseinanderbringen wollen, weil er Angst davor hatte, dass Djakal, also Jack, mich benutzen könnte, um an dich heranzukommen.«

»Keine schlechte Vermutung. Trotzdem, das überzeugt mich nicht. Wenn die beiden so eng miteinander befreundet sind, dann weiß Akko möglicherweise etwas über die Morde.«

»Daran habe ich auch schon denken müssen«, sagte Juno mit trockener Kehle und nickte.

»Wir müssen mit ihm reden«, stimmte auch Lorden etwas beklommen zu. Die Aussicht darauf, den Sohn seines Freundes zum Verhör zu laden, behagte ihm ganz und gar nicht.

»Das müssen die anderen übernehmen. Wir drei haben eine zu persönliche Verbindung zu Akko und seinem Vater«, befand Kamika, die nichts lieber tun wollte, als den Sohn des Bibliothekars höchstselbst in den Turm zu schleifen.

»Da muss ich zustimmen. Schicken wir Erigen und Kassia rüber in die Bibliothek.«

•••

»Er ist in den Bergen. Wandern.«

»Wandern?«

»So stand es auf der Nachricht, die Kin Akko seinem Vater dagelassen hat.« Erigen zuckte mit den Schultern.

»Wann kommt er zurück?«, knurrte Kamika unzufrieden.

»Das konnte uns Meister Bramas nicht sagen. Kin Akko war wohl zuletzt nicht ganz er selbst und hat sich eine Auszeit genommen.«

»Er wird doch wohl einen Taschenspiegel dabeihaben!« Kamika warf verärgert die Arme in die Luft und schnaubte.

»Hey, bring nicht den Boten um. Ich kann auch nichts dafür. Er ist auf einer Art Selbstfindungstrip, sagt sein Vater.«

»Meister Bramas war allerdings nicht sehr glücklich, als wir nach Kin Djakal fragten. Offenbar hat sein Sohn in der Vergangenheit öfter Probleme wegen

seines Freundes gehabt. Meister Bramas wollte gleich wissen, in welche Schwierigkeiten Kin Djakal seinen Sohn diesmal hineingezogen hätte.«

»Das gefällt mir nicht«, sagte Lorden und lief unruhig auf und ab. »Jede Minute, die vergeht, könnte die sein, in der Jack wieder zuschlägt. Konnte euch Bramas denn gar nichts über den Aufenthaltsort von Kin Djakal sagen?«

Kassia verneinte. *»Er ist wirklich nicht allzu gut auf den Mann zu sprechen, Lorden. Wenn der Bibliothekar wüsste, wo wir ihn finden könnten, hätte er es sicher nur zu gerne verraten. Ich glaube, Bramas hat Angst vor ihm.«*

»Wir sind so nah dran, verdammt!«

»Da wäre noch eine Kleinigkeit, die ich vorher nicht für wichtig hielt, aber nun, angesichts der neuen Informationen ... Es hat vielleicht gar nichts damit zu tun.« Kassia fuhr sich durch das lange schwarze Haar und tippte sich mit dem Finger an die schmalen Lippen, ehe sie fortfuhr. »Am Nachmittag vor der Zeremonie wurde mein Bannfeld um die Insel touchiert. Die Garde hat Portos in der Nähe dieses Punktes herumstromern sehen, darum nahm ich an, es wäre der kleine Kerl gewesen, der zu weit rausgelaufen war. Aber da ich nun weiß, dass Jack versucht, an Kamika und Juno heranzukommen, frage ich mich, ob nicht er es gewesen sein könnte, der auf die Insel gelangen wollte.«

»Da wir gerade von ihm sprechen. Wo steckt Portos gerade?«, erkundigte sich Erigen mit einem Unterton, der nichts Gutes verhieß.

Kapitel 56: Maus frisst Katze

Brïn im Pyanops 11'384 n. S.

Eydwall, Ideris

»Jack ist krank.«

Ermittler Riskel hob die Augen von seinen Notizen und blickte die führende Forensikerin über den Schreibtisch hinweg an. Seit sie mit den Apparaten von Terra arbeitete, hatte sie beschlossen, sich diesen Titel zuzulegen. Offenbar war das die offizielle Bezeichnung der Terraner für Mitarbeiter wie Dala. Riskel hoffte, dass sie ihre neue Berufsbezeichnung nach dieser Geschichte mit Jack nie wieder brauchen würde. Wenigstens nicht für Fälle wie diesen.

»Das fällt dir erst jetzt auf?«, fragte er Dala.

»Ich meine nicht seinen Geisteszustand. Er hat etwas in seinem Blut, das seine Zellen verändert. Es ist eine Art Parasit.« Riskels fragender Blick überraschte die Wissenschaftlerin nicht. Sie verstand schließlich selbst nicht genau, was hier vor sich ging. »Meine tapferen neuen Helferlein«, damit meinte sie die drei Terraner, die sie von ganz Brïn hatte herkommen lassen, um ihr bei der Verwendung der terranischen Mikroskope, Zentrifugen und anderen Apparate zu helfen, »sie sagen, dass es kranke Magie ist. Schwarze Magie.«

»Schwarze Magie«, wiederholte Riskel wenig beeindruckt. »Wie die schwarze Magie, von der sie auf Terra reden? Hexen, Teufelsanbeter, bösartige Zauberei und dergleichen?«

»Nein. Wir nennen es schwarze Magie, weil sie zu einem pechschwarzen Parasiten mutiert ist. Man kann die Magie unter dem Mikroskop sehen, wie sie die Zellen der Proben taxiert und irgendetwas mit ihnen macht. Das Ergebnis ist dieser schwarze Pilz, Parasit, was auch immer. Es könnte damit zusammenhängen, dass Magie in Jacks stummem Körper nicht fließen kann. Wir bräuchten mehr Proben, um der Sache gründlicher nachgehen zu können.«

»Worauf willst du hinaus, Dala? Ist er ansteckend?«

»Ansteckend? Oh, nein, nein. Es hat sich auch auf seinen Sprössling übertragen, aber nicht auf Edana Sofia – ich meine *Kin* Sofia. Ich habe so etwas noch nie gesehen, Riskel. Das ist wirklich sehr faszinierend. Auf eine rein wissenschaftliche Art, versteht sich«, fügte sie schnell an, als sie den missbilligenden Blick ihres Vorgesetzten sah.

»Aha. Hilft uns das zufällig auch dabei, Jack zu finden?«, fragte Riskel zweifelnd.

Dalas Enthusiasmus schwand dahin. »Nun. Nein. Nicht direkt. Aber wenn ...«

»Aber wenn, aber wenn. Dala, bei allem Respekt für deine Arbeit und deine unermüdliche Neugier – ich will dich nicht eher wieder in diesem Büro sehen bis du etwas für mich hast, was uns einen Hinweis auf die Identität des Mörders gibt, klar?«

»Klar, Chef«, sagte Dala und schlich, wie ein begossener Pudel, aus dem Büro des Blaurocks.

Riskel wünschte sich sehnlichst eine Spur. Nur eine einzige brauchbare Spur.

...

»Portos! Portos, komm endlich her!« Juno lief durch das Dickicht nahe dem Greifgehege und suchte den Wald nach dem flüchtigen Kater ab. »Portos!«, rief sie noch einmal und schnaubte verärgert.

»Und du bist dir sicher, dass er sich ausgerechnet hier herumtreibt?«, fragte Kamika.

»Ganz sicher. Das Erdareal fasziniert ihn. Vielleicht sind es die Gerüche oder die zahlreichen Mäuse.«

Während Juno die Zweige der Büsche beiseiteschob und weiter nach dem Kater suchte, schaute sich Kamika den Bereich um den kleinen Teich näher an. »Sind Katzen nicht wasserscheu? Warum sollte er ausgerechnet in Richtung eines Teichs laufen?«

»Er spielt gerne mit den Junggreifen und die baden nun einmal in diesem Teich. Portos! Verdammtes Mistvieh«, fluchte Juno verärgert.

»Dein Kater läuft irgendwie nicht ganz rund.«

Juno seufzte. »Ich weiß. Es ist das Vorrecht der Katzen, ein bisschen bekloppt zu sein.«

»Der kleine Flohfänger kommt sicher von selbst wieder nach Hause, wenn ihm danach ist. Meinst du nicht?« Kamika bekam keine Antwort. »Juno?« Die Wächterin wandte sich in Junos Richtung um und erstarrte. Ihr wurde augenblicklich elend zumute und die Shi sog scharf die Luft ein.

»Hallo, Shi Kamika«, sagte Jack, der die Kapuze tief ins Gesicht gezogen hatte und Juno in seiner Gewalt hielt. »Wie lange habe ich doch auf diesen Moment gehofft und gewartet. Wie freundlich von euch, die Insel zu verlassen und mir in die Arme zu laufen.« Er hatte Juno die Hand fest auf den Mund gelegt und seine scharfe Messerklinge befand sich direkt an ihrer Halsschlagader. Mit einem Keuchen machte Kamika einen Schritt auf die beiden zu. »Halt!«, befahl der Mann. »Ein Schritt näher und sie ist tot.«

Die Wächterin tat, wie ihr befohlen wurde, und wechselte einen nervösen Blick zwischen Juno, der scharfen Klinge und dem Kapuzenträger. Sie biss sich auf die Unterlippe. »Wenn du ihr auch nur ein Haar krümmst, zerreiße ich dich in der Luft.«

»Schau, wie besorgt deine Freundin ist, Juno. Dabei hat Akko sich solche Mühe gegeben euch auseinanderzubringen. Aber siehst du dieses Feuer in ihren Augen? Das muss wahre Liebe sein, was? Ich wette, sie würde alles dafür tun, um dich zu beschützen. Habe ich recht, Shi?«

Kamika sah ihn unsicher an und nickte.

»Deine Augen werden sich gut in meiner neuen Sammlung machen.« Jack lachte leise.

»Was willst du?«

»Och, du enttäuschst mich, Wächterin.« Der Mann bewegte seine Lippen dicht an Junos Ohr. »Ich nehme jetzt die Hand von deinem Mund. Wenn du schreist, schneide ich dir die Kehle durch und dann hole ich mir deine Geliebte. Hast du verstanden?« Juno gab zustimmend einen kleinen erstickten Ton von sich. Ihr Angreifer nahm die Hand herunter und sie holte tief Luft.

»Es tut mir leid, Kamika, ich habe ihn nicht kommen hören.«

»Es kommt alles wieder in Ordnung, Hübsche.«

Jack zog derweil etwas aus seiner Jackentasche und warf es Kamika vor die Füße. »Aufheben!«

Kamika beugte sich hinunter und nahm das lange schmale Ding in die Hand. Sie betrachtete es argwöhnisch. »Was ist das?«

»Eine Spritze.«

»Das sehe ich. Was ist da drin?«

»Ein sehr schnell und endgültig wirkendes Gift«, antwortete Jack mit einem Grinsen, das auch im Schatten der Kapuze gut zu erkennen war. Der Wächterin schwante nichts Gutes.

»Was soll ich damit?«

»Injiziere es dir.«

»Nein!«, begehrte Juno auf und versuchte sich gegen seinen Griff zu wehren, aber Jack drückte ihr die Klinge noch etwas fester an die Kehle und ein kleiner Tropfen Blut lief über das glänzende Metall.

»Du solltest nicht so zappeln, Juno, sonst finde ich noch Gefallen an deinem Blut.«

»Du willst, dass ich mich selbst umbringe?«, fragte Kamika mit Verachtung in der Stimme, während ihre Augen dem dünnen Rinnsal auf der Klinge folgten.

»Du oder sie. Die Entscheidung liegt bei dir.«

»Warum tust du das, Djakal?«, fragte Juno leise wimmernd.

»Sieh an. Du weißt also, wer ich bin. Wie bist du dahintergekommen? Hat Akko mich verraten?«

»Akko hat nichts damit zu tun.«

»Oh, wenn du wüsstest, kleine Lyre.« Jack lachte hellauf begeistert. »Na los, Shi. Bringen wir es hinter uns.«

»Bist du zu feige es selbst zu machen?«, fragte Kamika bissig.

»Versuch nicht, an meine Männlichkeit zu appellieren, Shi Kamika. Ich bin nicht dumm. Gegen eine Shi kann ich nicht gewinnen. Also setze dir jetzt die Spritze oder ich töte deine Kleine.«

»Wirf sie weg, Kamika«, röchelte Juno.

»Halt den Mund!«, befahl Jack streng.

Kamika blickte Juno ein paar Sekunden lang an. »Lass sie gehen, dann mache ich, was du verlangst.«

»Keine Chance. Sobald ich sie gehen lasse, fällst du über mich her. Nein, danke. Die süße Lyre bleibt schön bei mir. Wenn du tot bist, kann sie gehen.«

»Woher soll ich wissen, dass du die Wahrheit sagst? Wenn ich aus dem Weg bin, hindert dich niemand daran auch Juno umzubringen.«

»Du wirst mir vertrauen müssen«, antwortete Jack leichthin. Die Wächterin schnaubte verächtlich zur Antwort. »Juno und ich werden vielleicht eine schöne Reise nach Terra machen. Sobald die neue Edana ein stabiles Tor aufgebaut hat, sind wir hier weg. Es wird ein wenig zu heiß für mich auf Brïn. Wie ist sie denn eigentlich so?«

»Wer?«

»Die neue Edana. Wer ist sie? Bist du es?« Der Speichel der Jack aus dem Mund sprühte, verriet deutlicher als sein Tonfall, wie unbeherrscht er unter seiner scheinbar gefassten Fassade war.

»Ich bin eine Shi«, entgegnete Kamika ruhig. »Selbst wenn es mein Wille gewesen wäre, hätte ich die Magie der Edana nicht an mich binden können.«

»Dann hast du das Artefakt jemandem deiner Wahl gegeben?«

»Ich ...« Kamikas Gesichtsausdruck veränderte sich und wurde kalt. »Juno, dieser Ausflug verläuft ein wenig anders, als ich mir das vorgestellt habe.«

»Kann man so sagen«, antwortete Juno gepresst unter dem Druck der Klinge.

»Ich würde jetzt lieber Lichter mit dir jagen«, sagte Kamika ernst. Sie ließ Jack nicht aus den Augen, aber sie wusste, Juno würde den Hinweis verstehen.

»Ich auch«, antwortete die Dunkelhaarige erwartungsgemäß.

»Hört auf zu reden! Du setzt dir jetzt die Spritze!«, befahl Jack ungeduldig und verstärkte seinen Griff um Juno noch ein wenig, um seiner Forderung mehr Nachdruck zu verleihen.

Kamika fiel es sehr schwer, sich zu beherrschen, zwang sich jedoch zur Ruhe. »Dann schlage ich vor, du kommst jetzt her, Hübsche, denn ich habe irgendwie keine rechte Lust mir sein Geschwätz länger anzuhören oder mir gar dieses Zeug in die Venen zu spritzen.«

Jack lachte wieder. »Aber Shi, glaubst du denn, ich lasse sie einfach gehen?«

»Nein, natürlich nicht. Es ist nur so, dass du nicht wirklich ein Mitspracherecht hast.«

Ganz plötzlich wurde Jack von einem grellen Lichtblitz geblendet und musste die Augen schließen. Im selben Moment spürte er, wie Juno aus seiner Umklammerung verschwand. Sie kämpfte sich nicht etwa frei. Sie war mit einem Mal einfach weg. Dafür traf ihn etwas Hartes gegen die Brust, ein kalter Windstoß, der ihn kraftvoll gegen einen Baumstamm schleuderte. Die Luft blieb ihm einen Moment lang weg und in seinem Kopf begann sich alles zu drehen. Er versuchte die Benommenheit fortzublinzeln und fasste sich an den Hinterkopf. An seinen Fingerspitzen klebte Blut. Er bemühte sich, seine Sicht zu klären und den Schwindel unter Kontrolle zu bringen. Er sah wie eine weiße

Sternschnuppe um Shi Kamika herumsauste. Die Wächterin blickte ihn jetzt fuchsteufelswild an, während sie zu dem Irrlicht sprach.

»Juno, hör auf zu spielen.« Das Licht kam beinahe sofort an ihrer Seite zur Ruhe und nahm die Gestalt eines Menschen an.

»Es ist aber so aufregend ein Licht zu sein«, meckerte die Edana heiter.

»Du hast später noch genug Zeit wild in der Gegend herumzuleuchten«, sagte Kamika mit mildem Tadel und konnte sich eines Schmunzelns nicht erwehren, als Juno beleidigt eine Schnute nur für sie zog.

Jack verstand nicht, was vor sich ging, aber er musste etwas tun. Er richtete sich rasch auf und wollte einen Schritt auf die beiden Frauen zumachen, musste jedoch feststellen, dass seine Füße plötzlich in einem Flechtwerk von Wurzeln gefangen waren, die sich schnell ausbreiteten. Noch während er die Lage studierte, waren die wachsenden Tentakel zu seinen Waden hinaufgeklettert. Er begehrte erschrocken auf und versuchte die Wurzeln abzureißen. Doch bevor er sich befreien konnte, schlangen sich die dünnen Pflanzenärmchen blitzschnell um seine Hände. Er wehrte sich nach Kräften. Zerrte an dem unnatürlich schnell wuchernden Gewächs. Es war hoffnungslos. Im Nu lag er mit dem Gesicht nach unten im Dreck und fraß buchstäblich Gras. Unabwendbar wickelten sich die Ranken um ihn, bis er vollkommen hilflos in einem dichten Kokon gefangen war, der ihm bis zum Hals reichte.

»Nein! Nein!«, schrie er in seinem Pflanzengefängnis und suchte mit den Fingerspitzen nach seinem Messer. Wenn er es nur irgendwie zu fassen bekäme, dann wäre er vielleicht in der Lage, sich herauszuschneiden. Er konnte nicht fassen, was gerade passiert war. Wie schnell alles vorbei war. Hatte er etwa *verloren*?

Juno wanderte um ihn herum und er versuchte sie anzusehen. Das Licht hing hier und da noch an ihr und ließ ihre Haut beinahe transparent erscheinen. »Wie hast du das gemacht? Du bist eine Lyre! Du kannst keine Magie wirken!«, schrie er sie an.

»Du bist eben nicht ganz auf dem Laufenden, Jack.«

Die Baumrinde, gegen die er zuvor geworfen worden war, begann sich zu bewegen. Zwei Augen formten sich aus dem Baumstamm, dann eine Nasenspitze, ein Gesicht, Arme und Beine. Kassia trat aus dem Baum heraus und die Rinde wurde zu glatter Haut. Sie schüttelte sich, als wollte sie so die hölzerne Steife aus ihren Gliedern vertreiben, und schaute sich dann ihr Werk prüfend an, während der Mann in seinem Kokon zappelte wie eine speckige Made. Kassia trennte das Geflecht von den Ranken, dic sich daraufhin tief in die Erde zurückzogen. Es erfüllte die Erdwächterin mit düsterem Stolz, den Mann am Boden fest in das Paket geschnürt zu haben, das nun darauf wartete abtransportiert zu werden.

Derweil formte sich auch aus dem Teichwasser eine zunächst glasige Gestalt, die auf das Gras der kleinen Lichtung trat. »Ich hatte so gehofft, du schickst ihn baden«, beschwerte Lorden sich bei Kamika.

»Tut mir leid, aber Kassia war näher dran.«

»Wieso bin ich hier der Einzige, der ohne imposanten Magie-Auftritt hinter euch herlaufen muss?« Die Wächter drehten sich allesamt zu Erigen um, der gerade den Weg heraufkam.

»Weil du sonst den ganzen Wald in Brand setzt vielleicht?«

»Sei doch nicht so kleinlich, Kassia.«

»Du hast einen imposanten Auftritt eben nicht nötig«, neckte Juno den Feuerwächter.

»Oh, versuche jetzt nicht, mir zu schmeicheln, Edana.«

Jack beobachtete die Wächter, die in einem leichten Plauderton miteinander sprachen, und seine vom Adrenalin überreizten Gehirnrädchen griffen endlich ineinander. »Ihr habt mich reingelegt. Portos ist dir gar nicht weggelaufen, oder Juno? Das war eine Falle.«

Die Enttäuschung in seiner Stimme hätte Juno das Herz erweichen können, wenn sie nicht gewusst hätte, dass es *Jack the Ripper* war, der das sagte.

»Doch nicht so clever, was?« Erigen ging in die Hocke. »Lass doch mal sehen, wie du unter deiner Kapuze aussiehst, *Jack*.« Der Wächter schob die Mütze des Mannes zurück und rollte ihn auf den Rücken. Der Shi staunte. »Da bin ich baff. Dich kennen wir doch.«

Die anderen beugten sich neugierig über das Gesicht des Mörders, den sie so lange gesucht hatten. Juno gab ein ersticktes Heulen von sich.

»Aber ... Aber das ist nicht Djakal«, stammelte sie, »das ist Akko.«

Jack begann lauthals und schallend zu lachen, als hätte er gerade den besten Witz seines Lebens gehört.

Kapitel 57: Kin Akko & Ripper Jack

Brïn im Pyanops 11'384 n. S.

Eydwall, Ideris

Kin Akko hockte in der Zelle und führte Selbstgespräche. Streitgespräche, wenn man es genau nehmen wollte. Seine Stimmlage änderte sich von Satz zu Satz und auch in seinem Gesicht spiegelte sich ein wilder Wechsel verschiedener Ausdrücke und Emotionen wieder. Er veranstaltete dieses Theater, seit sie ihn ein paar Stunden zuvor hierhergebracht hatten. Wenn seine Beobachter wegsahen, konnten sie fast glauben, da wären zwei Männer in der Zelle, die heftig miteinander im Streit lagen. Doch dem war nicht so.

»Was, denkst du, macht er da?«, grübelte Erigen halblaut vor sich hin, der völlig fasziniert von Akkos absurdem Verhalten war und ihn über die Überwachungsspiegel im Auge behielt.

»Was weiß denn ich?«, raunzte Kamika neben ihrem Freund.

Sie hatten versucht ihn zu verhören. Aber er spielte den verstörten Unschuldigen und betonte wieder und wieder, dass nicht er der Mörder sei, sondern Jack. Als sie ihn untersuchen wollten, fing er an zu fauchen wie ein wildes Tier und beschimpfte sie mit Worten, die anderen die Röte ins Gesicht getrieben hätte, nur um im nächsten Moment wieder völlig perplex zu fragen, was denn eigentlich passiert sei. Sein Verhalten änderte sich permanent und sie begannen sich zu fragen, was genau mit ihm nicht stimmte. Abgesehen davon, dass er ein brutaler Mörder war. Die Shi hatten ihn vorerst sich selbst überlassen und ließen ihn nun in der Zelle schmoren, in der Hoffnung, ihn so zum Reden zu bringen. Doch je länger sie ihn über die Bildschirme beobachteten, desto größer wurde ihre Verwunderung. Akko benahm sich tatsächlich, als wäre er nicht alleine in der Zelle. Er musste verrückt sein.

Es klopfte an die Tür des Beobachtungsraums und eine Gardistin trat ein. Sie wirkte so schweigsam wie alle anderen. Seit sie Akko geschnappt hatten, schien sich über alle Beteiligten eine ungewohnte Stille gelegt zu haben, als hätte jeder und jede für sich Angst etwas zu zerbrechen.

»Blaurock Riskel und Meister Bramas sind hier«, sagte die Gardistin.

Die Shi nickten und folgten ihr ins Nebenzimmer. Riskel und der Bibliothekar saßen am Tisch und schwiegen sich an. Meister Bramas hielt den Blick gesenkt und studierte offenbar die Papillarlinien seiner Finger. Die Schultern hingen schwer herunter, sein Rücken war gekrümmt und insgesamt machte der Mann keinen sehr gesunden Eindruck.

»Bramas«, begann Juno behutsam und er hob langsam den Kopf, um sie anzusehen.

»Hallo, Liebes«, antwortete er mit seiner väterlichen Stimme und er bemühte sich um ein warmherziges Lächeln. »Sie sagen, du bist unsere neue Edana.«

Juno nickte steif.

»Ich wusste immer, es steckt Großes in dir.«

»Es tut mir so leid, wegen Akko.«

Doch Bramas schüttelte bloß den Kopf. »Es war nur eine Frage der Zeit, bis Djakal ihn eines Tages zu Fall bringen würde. Ich hätte es früher erkennen müssen. Schon als dieser Name das erste Mal in den Nachrichten genannt wurde, hätte es mir klarwerden müssen. Jack. Verdammter, Jack. Aber er ist mein Sohn.«

Juno stutzte. »Akko ist Jacks Komplize, nicht wahr, Bramas?«

Der Bibliothekar lachte zynisch. »Komplize? Juno, siehst du es denn nicht? Akko und Jack sind derselbe Mann.«

Sie schluckte schwer. »Aber du hast mir gesagt, du kennst Djakal. Du hast von ihm gesprochen wie von einer zweiten Person. Bedeutet das, du wusstest die ganze Zeit über, dass Jack in Wahrheit Akko ist?«

»Ob ich wusste, dass mein Sohn ein Mörder ist? Nein, Juno, das wusste ich nicht. Aber ich gebe zu, dass ich meine Augen sehr gründlich vor dieser Möglichkeit verschlossen habe. Doch selbst bei dem, was Djakal in seiner Vergangenheit verbrochen hat, hätte ich ihm kein derartiges Verbrechen zugetraut. Nicht, solange Akko die Kontrolle hatte. Ich habe mich geirrt. Ich habe mich in sehr vielen Dingen geirrt.«

»Ich verstehe nicht«, meinte Juno.

Der Bibliothekar sank ein wenig mehr in sich zusammen. »Akko und Jack sind zwei ganz unterschiedliche Geister. Sie wissen oft nicht, was der andere macht. Djakal hat immer penibel darauf geachtet, dass Akko nichts von seinen Taten erfuhr. Jetzt ist mir klar geworden, welche Geheimnisse Jack vor meinem Jungen verbarg.«

»Bramas, du sprichst in Rätseln. Was ist denn hier los?«

»Er hat eine multiple Persönlichkeit«, sagte Bramas. Er schämte sich, Juno anzusehen, die nun mit offenem Mund und in Falten gelegter Stirn dastand.

»Das ist doch lächerlich«, intervenierte Erigen, der das Ganze für ausgemachten Unsinn hielt. »So etwas wie zwei Personen in einer gibt es nicht.«

»Auf Brïn vielleicht nicht, aber bei uns zu Hause auf Terra, da gibt es das«, sagte die Edana, die selbst kaum glauben konnte, dass Akko davon betroffen war.

»Soll das dein Ernst sein? Du kaufst ihm diese Geschichte ab?«

»Es ist eine ganz reale Krankheit«, entgegnete Juno mit einem Achselzucken. Sie musste dringend dafür sorgen, dass sich die Brïnae näher mit Terra befassten. Es war unglaublich, wie ignorant sie gegenüber dem Planeten und seinen Bewohnern waren.

»Du beobachtest Akko schon den halben Tag, Erigen. Du weißt, dass Bramas die Wahrheit sagt«, kam Lorden Juno unerwartet zur Hilfe.

»Das ist unheimlich«, schloss der Feuerwächter seine Überlegungen schließlich.

»Seit wann weißt du davon, Bramas?«, fragte Lorden nun sichtlich müde und gereizt.

»Schon ihr ganzes Leben. Akko tauchte das erste Mal auf, nachdem Jack seine Mutter umgebracht hatte. Er war so ein lieber Junge, weißt du? Ich hatte anfangs auch Schwierigkeiten zu verstehen, dass da zwei Personen in ihm leben. Auf Brïn kennen wir diese Art von geistiger Krankheit nicht. Ich wusste erst gar nicht, was da vor sich ging. Aber als ich anfing, es zu begreifen, sah ich die Chance meinen Jungen zu retten. Welcher Vater hätte denn nicht versucht sein Kind zu retten?

Jack hatte sich lange Zeit nach dem Tod seiner Mutter nicht mehr blicken lassen und Akko war so anders als Jack. Er war ein normales Kind. Er lachte. Er fürchtete sich im Dunkeln. Er brachte verletzte Tiere nach Hause und pflegte sie gesund. Er weinte fürchterlich, wenn doch mal eines starb. Fast ein ganzes Jahr lang gab es nur Akko und mich.

Wir zogen von unserem terranischen Vorort in eine der Kolonien. Sie stellten nicht viele Fragen. Sie kannten mich und haben mir vertraut, als ich ihnen sagte, dass ich hier auf Terra Vater eines Sohnes geworden sei. Aber das war gelogen, denn Jack war ja auf Brïn geboren worden. Es wusste bloß niemand, dass er mein Sohn war. Ich habe selbst erst von seiner Existenz erfahren, als er schon fast fünf Jahre alt war. Seine Mutter dachte, er würde ein mächtiger Magier, wenn er auf Brïn geboren wird. Sie hat die Regeln ignoriert und ihn in aller Heimlichkeit aufgezogen, bis man sie erwischt hat. Für ihr Vergehen wurde sie nach Terra zurückverbannt und ich ging mit ihr. Für unseren Jungen.

Dann, nach ein paar Monaten in der Kolonie, tauchte Jack plötzlich immer wieder sporadisch auf. Er nannte sich jetzt Djakal, weil er fand, dass das mehr nach einem Brïnai klang, als nach einem Terraner. Er wollte unbedingt ein richtiger Brïnai sein, mit einem echten brïnaischen Namen. Ich brachte Akko im Geheimen zu einem dieser terranischen Ärzte. Dieser klärte uns über Akkos Krankheit auf und versuchte ihm dabei zu helfen, Jacks Persönlichkeit zu kontrollieren.« Der Bibliothekar machte eine Pause. »Aber Jack war die dominante Persönlichkeit. Wir haben es dem Arzt nicht gesagt. Wir wollten, dass Akko die Kontrolle über Jack bekommt, nicht umgekehrt. Bis vor kurzem noch dachte ich, dass der Plan funktioniert hätte. Doch nun sitzen wir hier und mein Sohn ist der schlimmste Mörder, den Brïn je gesehen hat.« Bramas brach zusammen, legte den Kopf auf die verschränkten Arme und begann zu schluchzen.

Juno dachte daran, zu ihm zu gehen und ihn zu trösten. Aber ihre Füße wollten sich keinen Schritt bewegen. Bramas hätte wissen müssen, wer Jack war. Er hätte die Suche nach dem Mörder viel früher beenden, und so mehr als einer dieser Frauen das Leben retten können, wenn er vor der Wahrheit nicht so vehement davongelaufen wäre. Juno dachte daran, was Kamika vor einer Weile zu ihr gesagt hatte: ›Manchmal gibt es Dinge von denen wir nichts wissen wollen und dann entscheiden wir uns, so zu tun, als hätten wir sie nie erfahren.‹

Wie recht sie damit hatte. Und wie verlockend Juno diese Möglichkeit gerade fand.

Kapitel 58: Wunsch & Schwert

Brïn im Pyanops 11'384 n. S.
Eydwall, Ideris

»Werdet ihr Bramas nun auch verhaften?«, fragte Juno den Blaurock.

»Er hat uns wichtige Informationen vorenthalten. Dafür wird man ihn anklagen.«

Juno hatte es bereits befürchtet und schluckte schwer. Das alles war ein fürchterlicher Albtraum. Sie wusste nicht, was sie denken sollte. »Was wird mit ihm passieren? Wird man ihn einsperren?«

»Ich habe wirklich keine Ahnung, Edana Juno. So einen Fall wie diesen hatten wir noch nie auf Brïn.«

»Er hat versucht seinen Sohn zu beschützen. Auch wenn es vollkommen falsch war, man wird Bramas doch sicher nicht von Brïn verbannen, oder doch?« Sie schaute besorgt von einem Gesicht zum anderen. Doch sie las überall nur noch mehr Fragen.

»Das glaube ich kaum. Menschen werden nur dann von Brïn verbannt, wenn sie unsere Gesetzte zur außerplanetaren Fortpflanzung nicht einhalten wollen. Wir können schließlich nicht einfach jeden abschieben, der uns Probleme macht, dürfen aber auch nicht riskieren, dass neue Stumme geboren werden. Diese Gesetze dienen dem Schutz unserer Kinder. Meister Bramas hatte nie die Absicht, die Regeln zu brechen«, sprach Kassia ruhig.

»Der da jedenfalls gehört in eine Zelle der Blauröcke, nicht in eine Zelle der Jäger«, lenkte der Ermittler die Aufmerksamkeit auf sich und zeigte dabei auf Akko.

»Er wird zu einem Skra«, wandte Lorden nüchtern ein.

»Wie war das?«, fragte der Inspektor.

Akkos Körper schimmerte in einem schmutzigen gelben Licht. Der Heilzauber hatte ihn eigentlich rein der Form halber durchleuchten und untersuchen sollen. Er sollte bloß beweisen, dass Akko tatsächlich ein Stummer war. Sie wollten die Fakten zu ihren Theorien der letzten Monate sammeln. Doch anstatt dass die Magie, wie zu erwarten bei einem Stummen, an ihm abprallte, kam etwas zum Vorschein, womit niemand gerechnet hatte. Unter Akkos temporär durchsichtigen Haut bewegten sich dunkle Nebelschwaden. Der Heiler, der bei der Prozedur assistiert hatte, stand noch immer mit geweiteten Augen und an die Wand gepresst da, bis die Wächter ihn endlich entließen.

»Er hat sich an Magie genährt.«

»Ja ja, ich weiß. Dala war deswegen auch schon ganz aus dem Häuschen«, brummte der Ermittler. »Wir ernähren uns doch alle von Magie. Seit wann macht das einen Skra aus uns? Läuft jetzt jeder Gefahr zu einem Skra zu werden?« Riskel fuchtelte aufgebracht mit den Händen in der Luft herum und lief rastlos vor der Zelle auf und ab. Nicht genug damit, dass sein Verdächtiger eine multiple Persönlichkeit haben sollte, nun sagten sie Riskel auch noch, dass der Kerl zu einem Skra wurde. Wie sehr er sich doch einen schönen klaren Fall wünschte, wo jeder der war, der er zu sein hatte. Riskel hätte nie gedacht, dass er sich einmal nach Bagatelldelikten sehnen würde. Ein schlichter Diebstahl vielleicht. Eine rebellische Ausreißerin, die ein fremdes Haus besetzte. Ein zu Schrott geflogener Schwebepott. Normale, solide Tatsachen, denen man nachgehen konnte.

»Rede nicht solch einen Unsinn«, sagte Kassia völlig verständnislos. *»Was wir zu uns nehmen, enthält wilde Magie. Jack hier hat sich an gebundener Magie genährt. Dieser Magie wurde ebenso Gewalt angetan wie den Frauen, denen sie gehört hat, und sie wehrt sich auf die einzige ihr mögliche Art gegen ihn. Die Wissenschaftler werden sicher einiges zu untersuchen haben. Er wirft viele neue Fragen auf.«*

»Das ist ja alles gut und schön, aber er muss doch angeklagt werden!«

»Das wird wohl warten müssen. Wir werden zunächst einmal die Bannsprüche um die Zelle verstärken. Niemand außer den Shi geht in seine Nähe«, antwortete diesmal Erigen.

»Und was bringen Bannsprüche bei einem Stummen? Die prallen doch an ihm ab.«

»Darum geht es doch, Riskel. Er verändert sich«, sprach Kassia. *»Er verliert seine Immunität. Wie ein echter Skra. Schon jetzt ist er nicht mehr immun gegen viele unserer Zauber. Die Fesseln halten den menschlichen Körper solange in Schach, bis der Skra aus ihm heraustritt. Dann brauchen wir die Bannsprüche.«*

»Wir können keinen Skra in Eydwall halten«, sagte der Blaurock nun. Langsam schwirrte ihm der Kopf.

»Nein, das können wir nicht«, bestätigte Lorden.

»Und was machen wir nun?«

»Ich weiß es nicht. Noch nicht. Wir lassen ihn erst einmal hier, bis uns eine Lösung einfällt.« Lorden wirkte grimmig. Annähernd so grimmig wie in den Wochen nach Zolanas Tod. Auch er wünschte sich Normalität. Mehr als ein halbes Jahr lang hatte er ein egozentrisches Mädchen in Schutz genommen, das sich als Mörderin seiner Frau entpuppt hatte. Mehr als ein halbes Jahr lang hatten sie einen Mörder gesucht, und nun, da sie ihn endlich gefunden hatten, konnten sie ihm nicht einmal ordentlich den Prozess machen. So unbefriedigend sich dieser Gedanke auch anfühlte. Aber hier wurde der Mörder zu einer Kreatur, die noch weitaus gefährlicher war, als ein Serienmörder. Es war wirklich an der Zeit für etwas gewöhnlichere Probleme.

Während die anderen miteinander tuschelten und diskutierten, stand Juno einfach nur stumm da und hing ihren eigenen widersprüchlichen Gedanken nach. Sie beobachtete Akko und versuchte sich über ihre Gefühle klar zu werden. Sie sah ihn jetzt in einem ganz anderen Licht, aber sie sah seltsamerweise auch viele gute Dinge darin. Endlich verstand sie, weshalb er angefangen hatte sich in Bezug auf Kamika und sie so absurd zu benehmen. Sie sah den fröhlichen Kerl, der sich wegen ein paar Krummbeeren mit ihr scheckiggelacht hatte.

Der Mann, dessen Gesicht sie so gut kannte, schaute müde zu ihr auf, als hätte er ihre Blicke gespürt. Sie fragte sich, wer sie gerade aus diesen Augen ansah. Akko oder Djakal – *Jack*? Ein Schauer lief ihr über den Rücken. Bis zu dem Moment seiner Gefangennahme war ihre größte Furcht gewesen, dass Akko etwas über die Machenschaften seines Freundes Djakal wusste. Doch dass Akko zwei Persönlichkeiten in sich trug, das hatte sie auf keinen Fall erwartet. Noch dazu fiel es ihr unglaublich schwer sich vorzustellen, dass Akko und Djakal zwei gänzlich unterschiedliche Personen sein sollten. Zwei Persönlichkeiten, die miteinander stritten und lachten, die Geheimnisse voreinander hatten, als würden sie sich nicht einen gemeinsamen Körper teilen. In der Theorie klang das alles ganz einleuchtend, aber in der Realität sperrte sich jede Faser ihres Körpers es zu glauben. Es erschien Juno einfach viel zu abstrakt.

»Juno.« Akko wand sich in den Fesseln seiner Zelle. Seine einst nussbraunen Augen wirkten krank und fremdartig. Sie schaute ihn an, hin- und hergerissen zwischen Abscheu und Mitleid. »Juno, hilf mir.«

»Ich kann dir nicht helfen, Jack.«

»Ich bin nicht Jack, nicht im Moment. Es tut mir leid, Juno, so leid. Ich habe nicht gewusst, was er getan hat. Nicht bis Jaro. Du musst mir helfen.«

»Dir kann niemand mehr helfen. Du verwandelst dich. Bei den Adern, du hast das Blut dieser Frauen getrunken.« Sie sagte es und spürte wie sich dabei ihre Gesichtszüge vor Ekel verzogen.

»Das war Djakal.«

»Du bist Djakal, Akko!«, mahnte sie und bemerkte sogleich, wie paradox es klang das zu sagen.

»Nein! Nein, das bin ich nicht! Wenn er die Kontrolle hat, dann bin ich an einem stillen dunklen Ort. Ich sehe nichts und höre nichts. Jedenfalls war das früher so. Früher war es besser.«

»Was hat sich geändert?«, fragte sie.

»Seit er angefangen hat ihr Blut zu trinken, sind die Grenzen verschwommen. Manchmal konnte ich einzelne Bilder erhaschen. Furchtbare Bilder, Juno. Anfangs hielt ich sie für Träume, wilde Phantasien, die sich mein Gehirn wegen der Nachrichten über die Frauenmorde ausgedacht hat. Ich hatte viele Albträume in letzter Zeit.«

»Warum hast du niemandem etwas gesagt?«

»Mit wem hätte ich denn reden sollen? Wie hätte ich *das* jemandem sagen können? Ich wollte, ich könnte ihn bezwingen und endlich wegsperren. Für immer.«

»Halt's Maul, halt's Maul, halt's Maul, halt's Maul, Akko!« Es war Akkos Körper, der die Worte brüllte, aber die Stimme klang anders. Verzerrt und boshaft.

Juno zuckte zusammen und spürte plötzlich Kamikas Hand auf der Schulter. Die Wächter waren verstummt. Sie sahen zu, wie der Mann in der Zelle sich selbst in immer wieder wechselnden Tonlagen beschimpfte. Jack und Akko bekämpften sich und zerrten an ihren Fesseln. Der Anblick zerriss Juno das Herz. Akko war kein schlechter Mensch. Schwierig, aber nicht schlecht.

»Tötet mich.«

Juno blinzelte. Akko hing wieder ruhig in den Fesseln und sah sie gebrochen an.

»Was?«, fragte sie.

»Bitte, tötet mich. Ich will nicht, dass *das* aus mir wird. Ich will keines dieser Dinger werden.«

Sie hatten ihm inzwischen erklärt, was mit ihm geschah und er war nicht sonderlich überrascht gewesen. Als hätte er bereits geahnt, dass ein Skra in ihm steckte. In Erstaunen schien ihn die Enthüllung zwar nicht versetzt zu haben, dafür stand ihm nun die kalte, nackte Angst ins Gesicht geschrieben. Seine schlimmsten Befürchtungen – und es fiel Juno wirklich schwer, sich vorzustellen, dass etwas noch beängstigender sein konnte, als der andere Teil einer multiplen Persönlichkeit zu sein, eines sadistischen Mörders noch dazu – schienen wahr zu werden.

»Nein, Akko. Wir finden bestimmt einen Weg, das rückgängig zu machen.«

»Ja? Und was dann? Djakal wird nicht verschwinden, Juno. Er wird immer ein Teil von mir sein und mich zwingen diese oder andere Dinge zu tun. Hast du eine Vorstellung davon, was es heißt, in ständiger Furcht vor sich selbst zu leben? Ich werde niemals frei sein.«

»Akko ...«

»Bitte. Ich werde ihn nicht lange zurückdrängen können. Dieser Körper gehört mir nicht, Juno. *Er* war der Erste. Ich bin nur eine Erfindung *seines* Verstands, ein Notfallprogramm, damit Jack in stressigen Zeiten funktionieren kann. Verstehst du das denn nicht? Jetzt, da die Grenzen verschwommen sind und ich von meinem dunklen Ort aus zusehen muss, handlungsunfähig ... Und nun sagt ihr mir auch noch, dass ich zu einem Skra werde. Juno, das ist schlimmer als der Tod. Glaube mir. Ich habe bereits durch die Augen eines Skra gesehen.

Jack hat schlimme Dinge getan, aber ich bin nicht er. Ihr könnt doch nicht so kaltherzig sein und zusehen, wie ich zu so etwas werde«, rief er entsetzt und verzweifelt. »Bitte lasst mich sterben, solange ich noch ich selbst bin.«

Die Edana schüttelte verzweifelt den Kopf. »Das geht nicht, Akko. Wir können dich nicht einfach hinrichten. Wir sind doch keine Henker!« Wie konnte er nur so etwas von ihr verlangen?

»Dann töte Jack, Juno. Vergiss, dass du Akko kennst. Richte Jack für das, was er getan hat. Töte ihn und erlöse mich. Bitte.«

Akkos Stimme flehte sie an. Er wiederholte dieses kleine Wort immer wieder: *bitte.*

Juno ertrug das nicht.

»Nein, nein, nein!«, schrie sie und rannte aus dem Zellentrakt.

»Juno, bitte! Bitte!«, verfolgten sie seine Rufe.

•••

Juno war wieder in der Quelle. Sie wusste nicht, wie sie hierhergekommen war. Das Letzte, woran sie sich erinnerte, war, dass sie sich nach einem sehr anstrengenden und emotional fordernden Tag ins Bett gelegt hatte. Eingekuschelt zwischen Kamika und Portos, der sich ungefragt zu ihr gelegt hatte und nicht von ihrer Seite wich. Als wüsste der kleine Freund um die innere Zerrissenheit seiner menschlichen Begleiterin.

Es war stiller als beim letzten Mal. Sie hörte nicht das Flüstern und Plätschern, dass sie an dem Tag ihrer Berufung zur Edana gehört hatte. Es war auch nicht Zolana, die nun aus dem Nebel zu ihr trat, sondern eine Asiatin, die in einen blutroten Kimono gekleidet war. Sie verneigte sich knapp, sagte jedoch kein Wort.

»Hallo, Midori«, grüßte Juno. »Wieso bin ich schon wieder hier?«

Junos Gegenüber war anders als Zolana. Ihre direkte Vorgängerin hatte diese Ruhe und naive Erhabenheit ausgestrahlt. Midori dagegen war ein brodelnder Vulkan unter ihrer stoischen Fassade. Kämpferisch. Gefährlich. Sie lief langsam um Juno herum, ohne die amtierende Edana aus den Augen zu lassen. Juno wurde das Gefühl nicht los, dass Midori sie wie ein Tiger belauerte. ›Fressen oder nicht fressen‹?

»Es gibt kein Zurück, wenn die Verwandlung einmal begonnen hat«, sagte sie plötzlich. »Du kannst den Mann, den ihr in eurem Gewahrsam habt, nicht retten.«

»Du weißt, was mit Akko geschieht?«

Midori nickte bitter. Sie schien sehr viel mehr über das zu wissen, was mit Akko geschah, als sie mitzuteilen bereit war.

»Du wirst es mir nicht erklären, habe ich recht?«

Midori langte zur Antwort in die Luft und zog ein Schwert aus dem Nichts. Juno zuckte davor zurück. Der Griff war schwarz und die Klinge silbern. Sie leuchtete in einem kalten Licht und war mit alten magischen Symbolen überzogen. Midori schwang das Katana mühelos durch die Luft. Es summte leise. Dann schob sie die Klinge in die reich verzierte Scheide, die ebenso schwarz wie der Schwertgriff war. Sie legte sich das Katana auf die Handflächen und hielt es Juno entgegen.

»Nimm mein Schwert und erfülle ihm seinen Wunsch.«

Kapitel 59: Ein unerwartetes Wiedersehen

Brïn im Pyanops, 11'384 n. S.
Eydwall, Ideris

Sofia wurde ohne viel Aufsehen im Feuertempel bestattet. Ihr Tod hatte nicht annähernd so hohe Wellen geschlagen, wie es die Hintergründe ihres Todes und die durchgesickerten Informationen über ihre Taten getan hatten. Niemand war in den Tempel gekommen, um sich von ihr zu verabschieden. Die Nachrichten brachten keinen mitfühlenden Nachruf. Nur Juno stand dort im Tempel, ohne recht zu wissen, weshalb sie hier war. Sie fand es traurig, dass es niemanden gab, dem das Mädchen etwas bedeutete. Zugegebenermaßen hatte sie schlimme Dinge getan und unter diesem Gesichtspunkt fiel es schwer, Sympathien für Sofia zu empfinden, trotzdem konnte Juno nicht aufhören sich zu fragen, welche Lebensumstände die junge Frau zu ihren Entscheidungen gebracht haben mochten. War sie schon immer so listig und kriminell gewesen wie die Sofia aus dem Tagebuch?

Juno schaute eine Weile still in das lodernde Feuer und verabschiedete sich mit einem stillen Gedanken, ehe sie zurück zum Ausgang lief. Die Shi warteten in den Blumengärten vor dem Tempel auf ihre Edana. Sie hatten darauf verzichtet, bei der Bestattung anwesend zu sein, und Juno konnte es ihnen nicht übel nehmen. Fast vierzig Jahre lang war Zolana eine Freundin und ein Mitglied der *Familie* gewesen. Die Shi konnten ihrer Mörderin nicht die letzte Ehre erweisen.

»Da kommt sie«, hörte Juno Erigens gedämpfte Stimme.

»Hast du dich verabschiedet?«, fragte Kamika, als Juno herangekommen war.

»Irgendwie schon. Danke, dass ihr auf mich gewartet habt.«

»Du wirst dich daran gewöhnen müssen, dass in Zukunft immer jemand von uns in deiner Nähe sein wird, Edana«, antwortete Lorden gelassen.

»Außer, wenn wir zur Jagd gehen«, warf Kamika sofort ein. »Dann bleiben die Gardisten bei dir.«

»Du kannst noch so oft versuchen, mich im sicheren Hafen zurückzulassen, Liebste, aber ich werde mit euch auf die Jagd gehen. Entweder ihr bringt mir vorher bei zu kämpfen, oder nicht. Aber ich werde nicht wie eine brave Prinzessin im Turm sitzen und auf eure Rückkehr warten«, wiederholte Juno zum gefühlt tausendsten Mal. Sie trug Midoris Schwert auf dem Rücken, seit sie es vor drei Nächten erhalten hatte. Am Morgen nach ihrem Geistertraum hatte es neben ihr gelegen und Juno ziemlich ins Staunen gebracht. Sie dachte allerdings nicht daran, Akko damit den Kopf von den Schultern zu schlagen oder sich damit abzufinden, dass er ein Skra werden würde. Seit Midoris Amtszeit waren zwölftausend Jahre vergangen. Was auch immer sich damals zugetragen haben mochte, in der Zwischenzeit war sicherlich jemand einer Lösung nahegekommen. Und falls nicht, dann würde Kin Dala gewiss nicht eher ruhen, bis *sie* eine Lösung gefunden hatte. Da war sich Juno sicher. Die Forscherin schien bei ihrer Suche unermüdlich. Irgendwann würde sie sicher den Durchbruch erzielen. Vielleicht konnte Dala die Gefahr durch die Skrae dann sogar für immer beseitigen.

Die Shi glaubten nicht daran. Sie ließen Juno ihre Hoffnung dennoch. Wenigstens für eine Weile. Sie wussten ohnehin nicht, was sie mit Akko machen sollten. Es stand außer Frage, dass er nicht auf herkömmliche Weise angeklagt werden konnte. Einem Menschen ließ sich der Prozess machen, aber einem Skra? Schon der Gedanke kam ihnen absurd vor. Allerdings bot sein Zustand einen guten Grund für die Abweichung von der Norm, und die Menschen schienen sich eher damit abfinden zu können, dass ein Skra die schrecklichen Morde begangen hatte und nicht etwa ein gewöhnlicher Mensch. Dass Akko, beziehungsweise Jack, erst im Verlauf der Mordserie angefangen hatte, sich zu verwandeln, war eine Information, die die Shi aus ebendiesem Grund verschwiegen. Es half niemandem, wenn sie den Menschen sagten, dass Jack ein Sadist war. Dass er nicht deswegen mordete, weil er sich in einen Skra verwandelte, sondern weil er es genoss, ein Mörder zu sein.

Kamika hatte derweil ganz andere Sorgen und versuchte Juno von dem halsbrecherischen Vorhaben, selbst zur Jagd zu gehen, abzubringen. Aber Edana Juno war unnachgiebig und stur wie ein Fels. »Und wenn ich dich nun sehr nett darum bitte, im Turm zu bleiben?«

»Dann gebe ich dir einen liebevollen Kuss und du wirst mich anschließend dennoch in der Kunst der Skraejagd unterweisen«, sagte Juno und tat Ersteres. Gemeinsam liefen sie zurück durch die Tempelanlage in Richtung des Wolkenturms.

Die kleine Gruppe unterhielt sich zwanglos, als sie die Schreie einer Frau und das keuchende Gestammel mindestens eines Mannes hörten. Die Shi hielten inne und sahen sich fragend an. Sofort schrillten alle Alarmglocken in ihren Köpfen. War Jack entkommen?

Noch bevor die Shi dieser Frage selbst nachgehen konnten, stolperte eine Gestalt aus dem angrenzenden Wald in die Gärten, stieß mit einer der weißen Statuen zusammen und fiel zu Boden. Nur eine Sekunde später kamen zwei weitere Personen in Sicht, gekleidet in die schwarzen Uniformen der Turmgarde, und warfen sich regelrecht auf die am Boden liegende Gestalt. Wieder erklangen die hohen Schreie der Frau und das abgehackte Schimpfen der Gardisten, die alle Mühe hatten, sie unter Kontrolle zu bringen.

»He!«, rief Lorden ihnen zu. »Was ist denn bei euch los?«

Die Antwort der Gardistin verkümmerte zu einem klagenden Laut, als der Ellbogen der am Boden liegenden Frau sie in die Seite traf. Ihr Kollege schaffte es endlich die strampelnde Ausreißerin auf den Bauch zu drehen, sich in einem offensichtlich verzweifelten Unterfangen auf ihre Beine zu setzen, während die Gardistin die Arme der Frau zu fassen bekam und sie angestrengt atmend auf dem Rücken fixierte.

»Du liebe Güte, das wäre geschafft!«, rief der Gardist, als er nicht länger von fremden Gliedmaßen traktiert wurde. Inzwischen waren auch die Shi herangekommen und beäugten das Schauspiel misstrauisch.

»Wer ist das?«

»Eine der neuen Gestrandeten, Shi Kassia. Die Blauröcke haben sie gestern Abend in der Stadt aufgegriffen und eben an uns übergeben.«

»Und warum ist sie vor euch auf der Flucht und schreit, als wolltet ihr sie lebendig häuten?«

Der Gardist, der noch immer auf den Beinen der Frau hockte, die wiederum zappelte wie ein wilder Haifisch, kratzte sich am Kopf. »Sie hält uns für Dämonen, oder Teufel, oder beides. Sie erzählt immerzu etwas von *Kreaturen der Hölle*.«

»Ach, man muss sie einfach lieben, diese Terraner. Immer so positiv und lebensfroh«, scherzte Kamika sarkastisch, die die vertraute Kleidung der Frau auf sich wirken ließ. Vermutlich war sie derselben Zeitlinie entsprungen, in der auch Kamika auf Terra aufgewachsen war.

»Wir wollten sie im Wohnheim der Universität unterbringen, zusammen mit zwei anderen Gestrandeten, die wir gestern Morgen gefunden haben, aber sie scheint zu denken, dass wir ihr irgendetwas antun wollen. Wir haben versucht es ihr zu erklären, aber es wird noch etwas dauern, bis sich ihre Sprache vollständig an unsere angepasst hat.«

Die beiden Gardisten halfen der noch immer strampelnden und schimpfenden Frau zurück auf die Füße und versuchten, sie derweil mit beschwichtigenden Worten zu beruhigen. Allerdings versprachen sie sich nicht viel Erfolg davon. Die Gestrandete wirkte wild entschlossen, bei nächster Gelegenheit wieder die Flucht zu ergreifen, und sah sich hektisch um.

»Jea – Jeanne?«, sagte sie plötzlich ganz ruhig.

Kamikas eben noch gute Stimmung fiel von ihr ab und ihr Blick schoss zu der Fremden. Auch Juno wandte neugierig den Kopf zu der Gestrandeten, die mit hörbar nervöser Stimme und starkem Akzent sprach. Die Terranerin trug ein langes graubraunes Kleid, mit einer Schürze darüber, deren weiße Grundfarbe längst zu einem fleckigen Grau verkommen war, und schien geradewegs aus der Szenerie eines Mittelaltermarkts entführt worden zu sein. Ihre hellblauen Augen erinnerten an ein verschrecktes Tier, das man in die Enge getrieben hatte.

»Jeanne, c'est toi?«

Es dämmerte Juno erst jetzt, dass sie die Bedeutung der Worte zwar verstand, dass die Sprache der Frau aber eine war, die Juno nie gelernt hatte. Die Gestrandete sprach Französisch. Ein sehr altes, lupenreines Französisch. Manchmal verirrte sich auch ein brïnaisches Wort in ihre Sätze. Ihre Gedankenwellen waren in der Tat noch dabei, von der Magie Brïns angepasst zu werden, schlussfolgerte Juno. Die neue Edana folgte dem Blick der Frau zu Kamika. Die Wächterin war totenbleich geworden, was für sich genommen schon eine Kunst war, wenn man bedachte, wie hell Kamikas Haut von Natur aus war. Drei Atemzüge lang schauten die nachtblauen Augen der Wächterin ins Leere. Mit schmerzlicher Gewissheit erkannte Juno diesen Blick wieder. Denselben verletzten Ausdruck hatte Kamika angenommen, als sie von der angeblichen Affäre zwischen Juno und Akko erfahren hatte. Der Gedanke daran ließ die Edana frösteln.

Kamika hob das Kinn und nahm die Schultern zurück. Stolz und anmutig stand sie da und wandte sich der Frau zu. Ihre Finger suchten wie von selbst Junos Hand und ihr Blick bohrte sich in die wasserblauen Augen der Person vor ihnen.

»Oh, lieber Gott, du bist es wirklich, Jeanne!«, rief die Fremde in ihrer eigenen Sprache.

Kamika reagierte nicht. Auf ihrem Gesicht zuckten winzige Muskelpartien, jede ein kaum erkennbarer Ausdruck unterdrückter Emotionen. »Das ist nicht mein Name«, antwortete sie schließlich kalt.

»Jeanne, du musst es sein, du siehst genauso aus wie sie. Aber du müsstest tot sein«, rief die Frau fassungslos. »Es war in aller Munde. Alle haben sie erzählt, dass du auf dem Scheiterhaufen verbrannt bist.«

»Nun, es tut mir ausgesprochen leid, dass ich dich enttäuschen muss, Marie.«

»Ich wusste, du bist es!« Die Frau namens Marie bekreuzigte sich und faltete die Hände vor ihrer Brust, wie zu einem Gebet.

»Wer ist das?«, fragte Juno argwöhnisch, deren Hand noch immer von Kamikas fest umklammert wurde.

»Niemand«, knurrte die Wächterin.

»Marie? *Die* Marie?«, sprach Erigen leise an Kamika gewandt und Juno gefiel nicht, wie verblüfft der Feuerwächter dabei wirkte. Er musste mehr über die Fremde wissen. Kannte er sie?

»Oh, Jeanne, seit Jahren sehe ich dich Nacht für Nacht brennen und höre dich schreien. Ich habe es mir nie verziehen, Jeanne. Nie!«

»Soll ich jetzt vielleicht Mitleid haben?«, entfuhr es Kamika voller Wut.

Marie, die inzwischen so ruhig geworden war, dass die Gardisten ihren Griff um die Frau etwas gelockert hatten, wagte einen kleinen Schritt auf die Wächterin zu. Kamika wich instinktiv vor ihr zurück, wenn auch nur minimal. Es war kaum mehr als ein Zucken, doch ihr Blick wurde so hart, dass Marie sich keinen Fingerbreit weiter traute.

Die Wächterin musterte ihre Freundin aus Kindheitstagen misstrauisch. Sie war älter geworden. Nicht wirklich alt, nur eben älter, reifer. Sie war nicht mehr dieses kindliche Mädchen, mit den rosigen Wangen und der nach Rosen duftenden Haut. Wie vermutet war sie zu einer schönen Frau herangewachsen, auch wenn das Leben Marie gezeichnet hatte, verglichen mit damals, an dem letzten Geburtstag, den sie gemeinsam gefeiert hatten.

»Ach, Jeanne. Süße, Jeanne. Wie kann das sein? Wie kannst du hier sein, Jeanne? Bin ich tot? Sind wir beide gestorben, Jeanne?«

Jeanne, Jeanne, Jeanne! Kamika atmete geräuschvoll durch die Nase aus. »Keine von uns ist gestorben. Ich wurde gerettet, den Rest erfährst du vielleicht später noch. Aber nicht von mir, ich will dich nicht in meiner Nähe haben, Marie.«

Die Frau blickte Kamika mitleiderregend an. »Tu das nicht, Jeanne, weise mich nicht so ab. Es tut mir doch leid.«

Die Selbstbeherrschung der Windwächterin schwand mit jeder Sekunde mehr. Juno spürte es an der Intensität, mit der Kamika ihre Hand drückte. »Jeanne existiert nicht mehr.«

»Aber du stehst doch vor mir«, sagte Marie, »wirst du mir denn nicht helfen? Um unserer Freundschaft Willen?«

»Freundschaft!«, empörte sich Kamika. »Du sprichst von Freundschaft? Du hast mein Herz mit Füßen getreten. Du hast mich aus meinem Zuhause vertrieben. Ich war noch ein Kind!« Sie wollte auf Marie zustürmen und sie erwürgen. Juno hielt ihre Geliebte am Arm und Marie wich vor der zornigen Wächterin zurück. Sie beobachtete Kamika und Juno mit gerunzelter Stirn.

»Wer ist sie?« Marie nickte in Junos Richtung.

Kamika stieß ein zynisches und kurzes Lachen aus. »Wenn ich vorstellen darf, Marie, das ist Juno und wir lieben uns.«

»Ist das wahr?«, fragte Marie mit einem Ausdruck, der nicht eindeutig zu benennen war und Facetten von Überraschung und Irritation in sich trug.

»Ist es«, traute sich Juno zu Wort. »Und um das gleich klarzustellen, ich habe nicht vor, sie mir schon wieder wegnehmen zu lassen.«

»Was?« Kamikas Blick schnellte zu Juno, die beinahe schmollend zu ihr hinschaute und Kamika so den Wind aus den Segeln nahm. »Juno, was redest du denn da?«, flüsterte die Wächterin ihrer Geliebten zu.

»Ich meine ja nur«, murmelte die Edana wenig begeistert. »Es ist ja wohl unübersehbar, dass ihr beide euch *kennt*.«

Kamika war es nicht gewohnt, dass jemand sie für sich beanspruchte und konnte nicht leugnen, dass ihr Junos Eifersucht gefiel. Die Shi schüttelte den Kopf und schaute Marie an. Milder diesmal. »Deinetwegen sind mir schlimme Dinge widerfahren. Aber in gewisser Weise hast du mich auch hierhergebracht. Zu meiner wahren Familie, meiner Berufung als Shi und zu Juno. Du bist hier nicht in Gefahr. Die beiden Gardisten hinter dir sind nicht dazu da, dir wehzutun. Sie bringen dich nur an einen Ort, wo es warm und bequem ist und wo du gut versorgt wirst. Wenn du dich entscheidest hierzubleiben, auf Brïn, werde ich dich nicht daran hindern und dir wird dieselbe Hilfe zuteil, wie allen anderen Gestrandeten. Erwarte jedoch nicht, dass ich dir persönlich beistehen werde.«

Marie knetete ihre Finger und machte einen elenden Eindruck. Aber sie nickte. »Das verstehe ich«, sagte sie leise, auch wenn sie in Wahrheit kaum begriff, wovon ihre alte Freundin tatsächlich sprach. »Weißt du denn, wie ich hierher gekommen bin? Und *wo* ich bin? Ist das hier vielleicht Paris?«

»Du bist sehr, sehr weit weg von Paris, Marie – Willkommen auf Brïn«, antwortete Kamika mit einer leidenschaftslosen Stimme. »Die Gardisten werden dir bald alles erklären können.« Sie wandte sich von Marie ab und hatte es plötzlich sehr eilig zum Turm zurückzukommen.

•••

Juno lag an Kamikas Rücken geschmiegt und fand keinen Schlaf. Es war merklich kühler geworden in den letzten Tagen, als wäre von heute auf morgen der Herbst eingezogen. Trotzdem verhüllte die dünne Sommerdecke den Körper der Wächterin nur bis zur Hüfte und Junos Fingerspitzen strichen wie von selbst sanft über die feinen hellen Linien auf Kamikas Haut. Es waren keine Narben, wie Juno sie kannte. Die Haut war glatt, straff und eben, doch die natürliche Hautfarbe schien auch das magische Heilwasser von Brïn nicht zurückbringen zu können. Die Narben musste sie sich auf Terra zugezogen haben, lange, bevor sie nach Brïn gebracht worden war. Sie verteilten sich wie ein blasses Spinnennetz über Kamikas Rücken. Aus etwas Entfernung betrachtet würde man das feine Muster gar nicht bemerken, doch so dicht bei ihr liegend, war es nicht zu übersehen. Juno fragte sich stärker als zuvor, woher diese Narben stammten.

Die Shi wachte auf und drehte sich murrend zu Juno um. Sie machte nicht den Eindruck, als habe sie tatsächlich geschlafen. Das kühle Licht der beiden Monde fiel ihr nun auf die hellen Brüste und Junos Augen entzogen sich für einen Moment ihrer Kontrolle. Kamika lächelte ungeniert, als sie es bemerkte und zog Juno an sich.

»Was machst du da, Hübsche? Das kitzelt.«

»Ich sehe dich bloß an.«

»Und was soll dabei das nachdenkliche Gesicht?« Ihr Lächeln war unbekümmert und unwiderstehlich.

»Wer ist die Frau? Marie. Und wer ist Jeanne?«, fragte Juno vorsichtig.

»Ach, das ist alles lange her. Vergiss das einfach.« Sie küsste Juno auf die Nasenspitze.

»Ich wünschte, ich könnte.«

»Hm. Die ganze langweilige Geschichte?« Kamika schloss die Arme um Juno und die junge Edana schmiegte sich an sie. »Als ich noch sehr jung war, lebte ich bei meiner Familie auf Terra. Wir waren Bauern, wie die meisten Familien zu der Zeit. Marie und ich wuchsen im selben Dorf auf. Sie war damals etwas mehr als ein Jahr älter als ich und wir verbrachten jede freie Minute zusammen. Marie und ich wuchsen praktisch wie Schwestern auf.«

»Eine Schwester für die kleine Kamika.«

»Beinahe. Damals war mein Name noch Jeanne.«

»Es passt zu dir, dass du eine Namensvetterin von Jeanne d'Arc bist. Wild und unbeugsam.«

»Hm, ich bin keine Namensvetterin von Jeanne d'Arc.«

»Wie ist das gemeint?« Juno sah, wie Kamika etwas verlegen mit den Augen rollte. »Das ist nicht dein Ernst! Du *bist* Jeanne d'Arc?«

»Früher einmal.« Kamika zuckte die Schultern, als wäre das nichts Bedeutendes.

»*Die* Jeanne d'Arc? Die Jungfrau von Orléans? Aber sie ist auf dem Scheiterhaufen verbrannt.«

»Das war der Plan.«

»Du wurdest heiliggesprochen!«

Die Wächterin machte eine verbitterte Grimasse. »Das hätte mir nach meinem Tod sicher viel gebracht. Ohne Erigen wäre ich jetzt bloß noch Asche.«

»Entschuldige. Es ist nur, ich war immer fasziniert von ihr. Sie war eine der wenigen Frauen, die in der Geschichte von Terra so hervorgehoben wurde. Dass ich sie einmal treffen würde ...« Juno staunte.

Kamika strich ihrer Edana durchs Haar. »Soll ich nun weitererzählen oder willst du mich noch ein bisschen mehr in Verlegenheit bringen?«

»Erzähle weiter.«

»Manchmal glaube ich, das Schicksal macht sich über uns lustig«, sinnierte Kamika, ehe sie fortfuhr. »Wie dem auch sei, Marie und ich waren unzertrennlich. Unsere Eltern ließen uns kommen und gehen, als gehörten wir zum Haushalt der jeweils anderen. Wir liefen Hand in Hand durch die Dörfer und über die Felder. Wenn wir müde wurden, ließen wir uns in einen der Strohhügel fallen, wo wir in Gesellschaft der summenden Bienen und Mücken einschliefen. Für eine Weile war es einfach idyllisch. Aber wir wurden älter und fingen an uns zu verändern.

Marie begann sich für die jungen Männer zu interessieren und stellte schon bald Überlegungen an, wer sich wohl als Gatte eignen würde. Sie machte Scherze über eine Doppelhochzeit mit zwei Brüdern und darüber wie schön es doch wäre, wenn Marie und ich dadurch miteinander verwandt wären. In der Zeit begann ich zu begreifen, dass mit mir etwas nicht stimmte. Wann immer Marie und ich zusammen waren, erzählte sie von der Zukunft und unseren Männern, unseren Kindern, aber ich, ich sah immer nur Marie und mich. Alleine auf unserem eigenen Hof. Sie hat immer herzhaft darüber gelacht und gerufen: ›Aber Jeanne! Wir wollen doch keine alten Jungfern sein, die niemand liebhat!‹ – Ich habe mit ihr gelacht, aber ich habe ihr nicht gesagt, wie ernst es mir damit war oder wie lieb *ich* sie hatte. Sie ahnte nicht, wovon ich phantasierte, wenn sie im Stroh neben mir lag.«

Kamika atmete tief durch und strich Juno gedankenverloren über das Haar. »An ihrem fünfzehnten Geburtstag gab es ein großes Fest. Wir waren herausgeputzt wie feine Damen vom Hofe. Nicht so prächtig natürlich, wir waren schließlich trotz allem Bauern, wenn auch wohlhabende, aber wir kamen uns für einen Tag wie echte Prinzessinnen vor. Marie tanzte an dem Abend mit vielen jungen Männern und einmal erwischte ich sie, wie sie einen von ihnen küsste. Der Anblick machte mich so wütend. Ich verlor sie danach aus den Augen. Später fand ich sie nachdenklich und trübselig am Brunnen im Hof ihres Hauses. Sie spielte mit den Fingern im Wasser und summte eine Melodie, die zu der Zeit verbreitet war. Sie war das schönste Mädchen im Dorf, wenn es nach mir ging zumindest, und da war ich, ein Wirbelwind mit knubbeligen Beinen und ständig zerzaustem Haar, der keine fünf Minuten seine Kleider sauber halten konnte. Dreizehn Jahre alt und eigentlich noch ein Kind. Aber ich wusste damals schon, dass mir nicht mehr viel Zeit blieb, wenn ich Marie nicht an einen der Dorfjungen verlieren wollte. An diesem Abend am Brunnen also nahm ich all meinen Mut zusammen und küsste sie. So richtig, verstehst du? Kein unschuldiges Küsschen auf die Wangen. Ich grub meine Finger in ihr Haar, zog sie bestimmend an mich und küsste sie mit meinem ganzen nervös pochenden Herzen. Meine Güte, es hat gerast vor Angst und Freude.«

Juno kuschelte sich dichter an Kamika, aber ihr Blick war auf die Zimmerdecke geheftet, wo die neun Planeten des Modells in weichem Licht ihre Bahnen zogen.

»Was ist dann passiert?«, fragte sie mit einer bösen Vorahnung.

»Marie war angeekelt und stieß mich weg. Sie schrie mich an. Ich sagte ihr, dass ich sie liebte und der Abscheu in ihrem Blick brach mir das Herz. Ich war ja noch ein halbes Kind und hatte gerade die mutigste Aktion meines jungen Lebens vollbracht. Sie beließ es nicht dabei. Marie drohte mich zu verraten und allen zu sagen, was ich getan hatte, wenn ich das Dorf nicht verlassen würde.« Kamika knirschte mit den Zähnen. »Also fand ich einen Weg, um als Mädchen alleine in die Welt ziehen zu können, bevor Marie es allen erzählen konnte. Man hätte mich sonst in einem Kloster weggesperrt und mir die Hände nachts am Bettpfosten festgebunden.«

»Darum hast du die Visionen erfunden und bist Soldatin geworden?«

Kamika nickte zustimmend. »Woher kennst du die Geschichte von Jeanne D'Arc? Steht etwa in der Bibliothek etwas über sie ... hm ... *mich*?«

»Nein, ich meine, kann schon sein. Aber daher kenne ich sie – dich – nicht. Wir lernen in der Schule von ihr. Geschichtsunterricht.«

»In der Schule?«, fragte Kamika perplex. »Wie ist denn das passiert?«

Juno zuckte mit den Schultern. »Die Details sind sicher ein wenig schwammig und vielleicht wurde nicht alles so aufgezeichnet, wie du es in Wahrheit erlebt hast, aber es läuft darauf hinaus, dass Jeanne D'Arc eine wichtige Frau in der Geschichte von Terra ist.« Juno schluckte, als sie daran dachte, was sie über die letzten Wochen im Leben von Jeanne D'Arc wusste. »Oh, Kamika«, begann Juno bekümmert. »Sie haben dich gefoltert, nicht wahr? Daher die ganzen Narben.«

»Sie wollten Geständnisse hören, damit sie mich legal ermorden konnten. Ohne mich zu foltern, hätten sie die gewünschten Antworten nie bekommen.«

»Es tut mir so leid.«

»Das muss es nicht. Ich sagte doch, es ist lange her.«

»Nein, nichts davon ist gut. Egal wie viel Zeit vergangen ist. Ich verstehe jetzt, weshalb Terra dir so zuwider geworden ist. Du hast dort nur die schlimmsten Dinge erlebt.«

Kamika küsste Junos Haar.

»Ich hatte mehr Glück als andere.«

»Wie bist du gerettet worden?«

»Erigen hat mich am Abend vor meiner Hinrichtung in der Zelle aufgesucht. Ich war in schlechter körperlicher Verfassung und hielt ihn später für ein Hirngespinst. Erst als ich hätte brennen sollen, wurde mir klar, dass er ganz real und aus damaliger Sicht ein Zauberer, oder etwas in der Art war. Er hat das Feuer von mir ferngehalten oder besser gesagt, er hat mich zu einem Teil des Feuers werden lassen, bis alle Schaulustigen sich sattgesehen hatten und von meinem Tod überzeugt waren. Tatsächlich stand ich die ganze Zeit auf dem Scheiterhaufen und habe gewartet. Zolana und die Shi haben mich dann hierhergebracht. Und da bin ich nun.«

»Seitdem bist du eine Wächterin?«

»Nein, nicht sofort. Ich bekam anfangs ein Appartement in Eydwall. Sie haben mich auch zur Universität geschickt, aber ich habe mich schnell für die Jäger entschieden. Einmal Soldat, immer Soldat. Ein knappes Jahr später ist der Wächter der Winde gestorben und seine Magie kam zu mir.«

»Und Marie? Was ist aus ihr geworden?«

Kamika schüttelte den Kopf. »Ich bin nie wieder zurückgegangen. Ich habe gehört, dass sie geheiratet hat, kurz nachdem ich unser Dorf verlassen hatte. Erst als Zolana viele Jahre später nach Terra wollte, habe ich diese Welt wieder betreten. Die Zeitlinie war derweil aber eine ganz andere als die, aus der ich gekommen war. Marie war längst nicht mehr am Leben und ich hätte sie auch nicht sehen wollen, wenn es anders gewesen wäre. Mein Leben als Jeanne scheint mir so entsetzlich lange her zu sein. Es ist irritierend, dass Marie jetzt hier ist.«

»Ja, das finde ich auch.«

»Mach dir keine Sorgen wegen ihr. Ich gehöre ganz dir, Juno.«

»Sind da vielleicht noch andere Herzensbrecherinnen in Raum und Zeit verstreut, von denen ich wissen sollte?«

Kamika wandte sich herum bis sie sich über Juno beugen und ihr in die Augen sehen konnte. Sie strich mit dem Handrücken über ihre Wange. »Nein, meine *Affären* sind alle hier auf Brïn.«

»Das ist ja unheimlich beruhigend«, meinte Juno, die anfing darüber nachzudenken, wie viele Liebeleien man in gut dreißig Jahren wohl sammeln konnte. Brïnaische Jahre noch dazu.

»Malst du dir gerade aus, wie viele es wohl waren?«, fragte Kamika beinahe hoffnungsvoll.

»Wieso habe ich das Gefühl, du findest das witzig?«

»Ich mag es, wenn du eifersüchtig wirst«, raunte die Wächterin vergnüglich. Juno grunzte.

»Schäm dich, *Jeanne*.« Sie lachten.

»Den Namen vergisst du bitte ganz schnell wieder.«

»Was kriege ich dafür?«, fragte Juno herausfordernd.

»Wie wäre es mit einem Kuss?«

»Ich verlange mindestens drei. Denn aller guten Dinge sind drei, stimmt's?«

»Harte Forderungen. Aber mir bleibt wohl keine Wahl.« Sie küsste Juno und machte dabei ein zufriedenes Geräusch. »Eins«, schnurrte die Shi und schob sich etwas mehr über Junos Körper. Ihre Lippen berührten sich ein weiteres Mal und diesmal war der Kuss schon sinnlicher und länger. »Zwei«, zählte sie mit einem eindeutigen Unterton und fügte ohne Pause hinzu, »und drei«. Diesmal presste sie ihre Lippen fest auf die ihrer Geliebten. Sie schob die Hand zwischen Junos Schenkel und tauchte ihre Finger mit einer geschmeidigen Bewegung in sie ein.

»Was wird denn das?«, begehrte Juno überrascht auf, während Kamika ihren Hals liebkoste, die Finger währenddessen bestimmend auf und abführte und manchmal einen kleinen Kreis beschrieb, wo Juno am empfindlichsten war.

»Ein Bonus«, antwortete Kamika mit rauchiger Stimme. »Nur um ganz sicher zu gehen, dass du den Namen und seine Geschichte wirklich für immer vergisst.«

»Ich wittere eine Bestechung«, seufzte Juno, deren Gedanken ihr längst unsortiert durch den Kopf schwirrten.

»Soll ich aufhören?«, fragte Kamika. Ihre Finger verharrten in der Bewegung.

»Nein!«

Kamika grinste, zufrieden wie eine erfolgreiche Raubkatze, die so schön war, dass man sich gerne von ihr zu Fall bringen ließ. »Versprichst du, den Namen nie wieder zu erwähnen?«

»Name? Welcher Name?«, stammelte Juno und grub die Hände wohlig leidend in das Bettlaken, »ich habe keine Ahnung, wovon du sprichst, Shi Kamika!«

»Ah, braves Mädchen«, sagte die Wächterin und biss ihr zärtlich in die Schulter. Juno zitterte und Kamika genoss es zutiefst, wie ihre Partnerin sich in der Liebkosung verlor.

Epilog

Brïn im Maimakter, 11’384 n. S.

Eydwall, Ideris

Die Wächter waren fort, die Edana war fort, auch Bramas war gegangen. Akko hatte ihn endgültig fortgeschickt. Er wollte nicht, dass sein Vater noch länger zusehen musste, wie sein Sohn zu einer wilden Kreatur wurde. Akko war alleine, wenn man einmal von Jacks zweifelhafter Gesellschaft absah und der Furcht, die sein sich verändernder Körper in ihm auslöste. Jack allerdings ließ sich kaum blicken. Akko hatte das Zeitgefühl verloren und wusste nicht mehr, wie lange er schon hier war. Es mussten etliche Wochen sein. Jack jedenfalls zog es vor, sich nicht mit der unbequemen Realität auseinanderzusetzen. Nur wenn Akko versuchte, sich etwas anzutun, dann kam Jack aus seinem Refugium heraus und hinderte seinen Bruder daran, zu tun, wonach er sich sehnte.

Akko wollte sterben.

Die Vorstellung, weiterhin mit Jack in einem Körper eingesperrt zu sein, hätte er vielleicht irgendwie ertragen können. Er hätte wie üblich einen Weg finden können, mit Jack eine Koexistenz zu führen. Doch zu wissen, dass er, Akko, sich in einen Skra verwandelte, war zu viel für ihn. Es gab keine Rettung, keine wundersame Heilung für diesen Prozess. Jeden Morgen kamen die Heiler und Wissenschaftler, nahmen Proben, machten Untersuchungen. Und jeden Morgen waren die dunklen Flecke auf Akkos Körper dunkler und zahlreicher geworden. Manchmal wachte er aus einem unruhigen Schlaf auf und spürte, dass sein Gesicht die Zähne fletschte und dass sein Körper nach dem Konsum neuer Magie lechzte. In solchen Momenten erkannte Akko sich kaum selbst und es fiel ihm sehr schwer, wieder einen klaren Kopf zu bekommen, sich daran zu erinnern, dass er mehr war, als dieser Hunger nach menschlichem Blut und Magie. Er wusste, dass es nur eine Frage der Zeit sein konnte, bis er einfach aufhören würde der zu sein, der er einmal gewesen war. Er war dagegen ganz und gar machtlos und er hatte sich vor einer Sache noch niemals so gefürchtet, wie vor dieser. Im Vergleich hierzu erschien Jack ein geradezu lachhaft kleines Problem darzustellen. Akko hätte nicht gedacht, dass es etwas noch Schlimmeres geben konnte, als mit Jack in dem gleichen Körper gefangen zu sein.

Er fragte sich, was aus Bramas werden würde. Der Bibliothekar stand nicht unter Arrest, was ein kleiner Trost für Akko war. Sein Vater hatte zuletzt älter denn je gewirkt. Gebrochen, auf eine Art, die nicht einmal die Magie Brïns zu heilen vermochte. Bramas war inzwischen längst durch das Tor nach Terra gegangen, wo er in einer der neuen Kolonien bleiben wollte. Vorerst. Doch Akko hatte Zweifel daran, dass sein Vater die Absicht hegte, dort lange zu verweilen. Genauso wenig schien er irgendwann in seine Heimat zurückkehren zu wollen. Bramas wirkte ähnlich müde, wie Akko sich fühlte, und er wusste genau, was das bedeutete. Vater und Sohn sehnten sich nach derselben Erlösung. Für Bramas war es vielleicht der richtige Weg, seine letzten Jahre als Terraner zu verbringen und sein Leben auf diese Weise zu verkürzen. Es machte Akko unglücklich, daran zu denken, dass er die Schuld an Bramas' gebrochenem Lebenswillen trug. Vielleicht konnte Juno den alten Mann wieder nach Hause holen. Sie hatte versprochen, dass sie es versuchen würde, und Akko hegte keinen Zweifel daran, dass sie es ehrlich meinte.

»Was ist passiert? Warum trägt er die Bandagen um die Handgelenke?«, hörte Akko die Gedankenstimme.

»Er hat versucht sich die Pulsadern aufzubeißen.«

»Ich verstehe. Lass uns einen Moment alleine, bitte«, antwortete Kassia dem Gardisten.

Der Mann verabschiedete sich und Kassia trat zu Akko an die gläserne Zellenwand. Ihr Blick hing forschend über ihm und er schaute sie aus gleichgültigen Augen an. Seine Iriden waren inzwischen vollständig gelb, wie die eines Skra. Sie war in Begleitung ihres Gatten gekommen. Ein stiller Zeitgenosse, von dem es kaum visuelle Aufzeichnungen gab, obwohl er der Gatte einer Shi war. In bestimmten Kreisen war er zudem hinreichend bekannt für seine Abhandlungen über die Pflege und Aufzucht von Greifen. Es hieß, er verbrächte mehr Zeit mit seinen Tieren als mit den Menschen und Shi Kassia schützte seine Privatsphäre mit all der Härte, die einer Wächterin zur Verfügung stand.

»Kassiana, willst du das wirklich machen?«, fragte ihr Mann sie besorgt.

»Jemand muss es tun. Er leidet unnötig.«

»Er ist ein Serienmörder. Wen kümmert es, ob er leidet?«

Kassia schwieg einen Moment, ohne den Gefangenen aus den Augen zu lassen. *»Ginge es bloß um Jack, würde ich dir zustimmen. Aber Kin Akko ist nicht Jack. Würdest du dir nicht wünschen, dass dir jemand beistünde, in solch einer Lage, Reon?«*

Der Mann fuhr sich unzufrieden durch das lange weißblonde Haar. »Vermutlich schon.«

»Ich muss Kin Akko helfen, bevor er sich selbst nicht mehr erkennt. Es ist das Einzige, was wir noch für ihn tun können.«

Akko beobachtete die beiden und fragte sich, worüber sie genau sprachen. Durch die gläserne Abschirmung nahm er nur Shi Kassias Gedankenstimme wahr und hin und wieder ein paar gedämpft klingende Worte des Mannes. Sicher wollte Shi Kassia ihm nicht helfen auszubrechen. Es musste irgendetwas anderes bedeuten. Etwas, das den Shi half, oder den Forschern, die ihn mit einer morbiden Aufregung studierten und pausenlos Nadeln in ihn stachen. Manchmal holten sie sich Proben von ihm, und manchmal spritzten sie ihm irgendein neues Mittel, von dem sie sich erhofften, dass die negativen Veränderungen seines körperlichen Zustandes rückgängig gemacht werden könnten. Es gab Tage, da kam er sich vor wie ein verdammtes Nadelkissen und mehr als das sahen die neugierigen Wissenschaftler wohl auch nicht in ihm. Er hatte sie gelegentlich darüber sprechen hören, welche Rückschlüsse seine Verwandlung zuließ. Sie fragten sich, ob Akkos Veränderung das Entstehen der Skrae erklärte. Hatten sich die Kreaturen aus jemandem wie ihm entwickelt? Hatte in grauer Vorzeit schon einmal ein Stummer das Blut eines nicht Stummen verzehrt und damit die Skraeplage über Brïn gebracht? Diese Frage interessierte ihn tatsächlich selbst.

»Das gefällt mir nicht, Kassiana, nach allem, was du durchgemacht hast ... Deine Freunde werden es außerdem nicht gutheißen«, sagte Reon mürrisch.

»Er ist seit fast zwei Monaten hier und Jack lässt sich kaum blicken. Er lässt Kin Akko die Strafe für ihn büßen. Akko fürchtet sich davor, ein Skra zu werden. Edana Juno und die Shi werden verstehen, weshalb ich das tun muss und weshalb ich sie vorher nicht einweihen konnte. Du musst nicht hierbleiben, Reon. Warte draußen, wenn es zu viel für dich ist.«

»Nein, ich bin aus gutem Grund mit hierhergekommen und nun lasse ich dich auch nicht alleine damit.«

»Danke«, erklang das Wort wie eine Umarmung in Reons Geist. Dann wandte sich die Erdwächterin an den Mann in der Zelle. *»Kannst du meine Stimme hören?«*, fragte sie den Gefangenen.

Früher wäre die Antwort darauf ein klares Nein gewesen, nur hätte Akkos stummer Geist früher nicht einmal die Frage vernommen. »Ich kann dich hören, Shi.«

»Gut. Welcher von beiden bist du gerade?«

»Akko«, antwortete er müde. Wenn er sprach, hörte er sich selbst lispeln. Seine Zähne waren ihm vor zwei Tagen ausgefallen und spitze Reißzähne hatten ihren Platz eingenommen. Schon mehrfach hatte sich Akko versehentlich auf die Unterlippe gebissen, die nun verkrustet und geschwollen war. Es widerte ihn an, wie gut ihm der Geschmack seines eigenen Blutes gefiel. Es verlieh ihm zwar weder Sättigung noch Befriedigung, es zu schmecken, aber es ließ ihn von Jacks *Wein* träumen. Es waren herrliche Träume, solange er schlief, zutiefst verstörend jedoch, sobald er aufwachte.

Kassia entfernte den Bannzauber der Zelle und schob die gläserne Wand zur Seite. Sie trat an Akko heran. Seine inzwischen schwarz gefärbten Hände waren fixiert worden, damit er sich nicht wieder selbst verletzen konnte.

»Was willst du, Shi? Sind euch schon wieder die Proben ausgegangen?«

Er wartete während die Erdwächterin ihn mit tiefdunklen Augen studierte. Er wusste, dass ihre Augen eigentlich ein leuchtendes Smaragdgrün hatten, aber heute waren sie beinahe schwarz, wie ein dichter Wald. *»Ich würde dir gerne helfen.«*

Akko stieß ein freudloses Lachen aus, das die Sicht auf seine beeindruckend scheußliche Zahnreihe freigab.

»Neuer Look?«, fragte sie leichthin und sah so etwas wie Dankbarkeit in seinen veränderten Augen.

»Der letzte Schrei der Saison«, antwortete Akko und grinste schief. Es war eine normale Unterhaltung. Seit einer gefühlten Ewigkeit hatte er keine normalen Gespräche mehr geführt. Er tat einen tiefen, entspannten Atemzug. »Wie willst du mir helfen, Shi Kassia? Habt ihr ein

Heilmittel gegen meine Skrawerdung gefunden? Oder einen Zauberspruch, der mich von Jack befreit?«

Er sah, wie die Wächterin leicht den Kopf schüttelte. Ihr rabenschwarzes Haar bewegte sich dabei in fließenden Wellen, wie ein schwerer Samtvorhang.

»Dann gibt es keinen Weg, wie du mir helfen könntest.«

»Deine Hände, warum hast du das getan?«

»Du weißt warum.«

»Ist es wirklich das, was du willst?«

»Es ist das Einzige, was ich noch will. Sieh mich doch an. Ich bin ohnehin so gut wie tot, oder? In was auch immer ich mich verwandle, ich werde nicht mehr ich selbst sein.«

»Die Forscher finden vielleicht eines Tages ein Heilmittel gegen deinen physischen Zustand, nun da sie verstehen, warum das mit dir geschieht. Doch bis es so weit ist, wird es zu spät für dich sein.«

»Das dachte ich mir doch«, kommentierte er nüchtern, mit einem sauber betonten Lispeln. »Und selbst wenn ich mich nicht mehr in einen Skra verwandeln müsste, dann wäre ich weiterhin an Jack gefesselt. Nennst du das lebenswert, Shi?«

Kassia schluckte mitfühlend. Ja, sie wusste sehr genau, wie sich der Mann vor ihr fühlte. Sie setzte sich neben Akko auf die kleine Pritsche.

»Wenn ich dir nun sage, dass ich gekommen bin, um deinen Wunsch zu erfüllen, was würdest du dann sagen?«

Akkos Augen wurden sofort groß. Er richtete sich soweit auf, wie es ihm seine Fesseln gestatteten, und schaute die Erdwächterin hoffnungsvoll an. »Tu es gleich!«

»Nein!«, fauchte Jack aus demselben Mund und begann heftig an den Fesseln zu zerren. Er fluchte und spuckte, strampelte mit aller Kraft.

Die Wächterin ließ sich davon nicht beeindrucken. Sie stieß ihm die flache Hand gegen den Brustkorb und drückte ihn mühelos auf die Pritsche. Ihre Augen entflammten nun in dem grünen Licht zweier Smaragde und bohrten sich tief in Jacks Seele. *»Ich bin bei dir, Kin Akko, siehst du mich?«* Kassias Blick drang tief in die Seele der beiden Männer ein, bis zu dem düsteren Ort, in den Akko zurückgedrängt worden war.

»Er wird mich nicht gehen lassen«, wimmerte Akko kraftlos.

»Ich weiß«, sagte sie sanft, während sich Jack weiter unter ihrer Hand aufbäumte, schrie und die Zähne fletschte. Die Shi blendete es aus. Sie blendete Jack aus.

Für einen kurzen Moment war Akko der glücklichste, wenn vermutlich auch einzige, Skramensch im Universum. »Danke, Shi Kassia«, flüsterte er schließlich in ihrem Geist und schlief ein.

Der Körper sog ein letztes Mal scharf die Luft ein, krampfte, und fiel reglos, ins Leere starrend, auf die Pritsche zurück. Kassia zog die Hand fort, schloss dem Mann die Augenlider und kämpfte den Kloß in ihrem Hals zurück. Sie erhob sich, warf noch einen letzten Blick auf den nun leblosen Körper.

»Ruhe sanft, Kin Akko.«

Danksagung

Hier sind wir nun, am Ende einer langen Reise. Auch wenn es mein Name ist, der auf dem Buchcover steht, so wird die Entstehung eines Buches doch von sehr vielen Menschen begleitet. Und denen möchte ich hier danken, denn ohne sie hätte es BRÏN nie in den Buchhandel geschafft.

Allen voran gilt mein Dank drei wunderbaren Frauen und Freundinnen – Juliana Socher, Maike Claußnitzer und Simone Heller: Ihr habt BRÏN als allererste lesen dürfen (und wollen) und ihr habt mich angespornt das Manuskript in die Welt zu entlassen. Ihr habt geschimpft, wenn ich an mir selbst gezweifelt habe, habt mit Argusaugen Fehler gesucht (und gefunden), habt mir mit eurem Fachwissen geholfen und ihr habt mich auf einer emotionalen Achterbahnfahrt durch Euphorie und Verzweiflung begleitet. Wenn ich mir meinen eigenen Kader an Weltenwächtern aussuchen dürfte wärt ihr meine erste Wahl!

Auch meiner Verlegerin Tanja Gerstel gilt großer Dank. Denn sie hat ›Ja‹ gesagt, wo alle anderen ›Nein‹ sagten. Sie hat den Mut gehabt etwas Neues zu wagen und falls ich als Autorin je groß rauskommen sollte, dann nur, weil der Butze Verlag BRÏN eine Chance gegeben hat. Ich danke dir, Tanja, für deine Geduld beim Lektorieren des Manuskripts und für die vielen Lacher, die unsere Telefonate mit sich gebracht haben. Mein Debüt als Autorin ist nun voller positiver Erfahrungen und Erinnerungen – und grillenden Zirpen.

Natürlich bedanke ich mich bei allen LeserInnen! Eine Autorin wäre nichts ohne die Menschen, die ihre Geschichte lesen wollen und das führt mich auch zu den fleißigen Rezensenten und BloggerInnen, die BRÏN bereits besprochen haben oder es noch tun werden. Euer Engagement ist unermesslich wichtig, wenn es darum geht, kleine Autoren und Verlage sichtbar zu machen, und ihr verschönert die Welt mit eurer Liebe zu Büchern. Danke!

Last but not least: Es gibt noch so viele andere Menschen in meinem Leben, die ich erwähnen müsste, die mich seit Jahren durch die Höhen und Tiefen meines künstlerischen Daseins begleiten und die für mich da sind. Seid euch gewiss, dass ich auch euch dankbar bin und nicht missen möchte, auch wenn euer Name nicht an dieser Stelle genannt wird.

Für mich heißt es nun zurück an den Schreibtisch, denn auch Naruht – die Heimat von Shi Kassia – hat eine Geschichte zu erzählen. Wenn ihr mich dabei begleiten wollt, besucht mich auf meinem Buchblog www.moyasbuchgewimmel.de. Ich freue mich über Nachrichten, Fragen und Kommentare von euch!

Über die Autorin:

Sameena Jehanzeb wurde 1981 in Bonn geboren. Sie ist diplomierte und selbstständige Grafikdesignerin, Illustratorin und Scherenschnittkünstlerin, eine nimmermüde Sarkasmusschleuder, Katzenbändigerin und halbexotische Rheinländerin mit pakistanischen Wurzeln. Wenn sie nicht gerade mit der Nase über dem Zeichenbrett hängt, versinkt sie in Büchern, verfasst Buchrezensionen oder wird selbst zur Geschichtenweberin. Sowohl beim Schreiben als auch beim künstlerisch-handwerklichen Arbeiten setzt sie sich am liebsten mit phantastischen Themen, Sagen und Märchen auseinander, denen sie nur zu gern einen modernen und mitunter rebellischen Anstrich verpasst.

Blog:
www.moyasbuchgewimmel.de

Social Networks:
Twitter: https://twitter.com/sajeGezwitscher
Instagram: https://www.instagram.com/buchgewimmel
Facebook: https://www.facebook.com/sam.jehanzeb